U0491226

詞林繫年

夏承燾全集

吴蓓 主編

浙江古籍出版社

圖書在版編目(CIP)數據

詞林繫年 / 夏承燾著 ; 吴蓓主編. -- 杭州 : 浙江古籍出版社，2023.12

（夏承燾全集）

ISBN 978-7-5540-1708-1

Ⅰ. ①詞… Ⅱ. ①夏… ②吴… Ⅲ. ①詞（文學）—詩詞研究—中國 Ⅳ. ①I207.23

中國版本圖書館CIP數據核字（2020）第017497號

詞林繫年

夏承燾　著　吴　蓓　主編

出版發行　浙江古籍出版社
（杭州市體育場路347號　郵編：310006）
網　　址　https://zjgj.zjcbcm.com
責任編輯　路　偉
封面設計　吴思璐
責任校對　吴穎胤
責任印務　樓浩凱
照　　排　浙江大千時代文化傳媒有限公司
印　　刷　浙江全能工藝美術印刷有限公司
開　　本　889 mm × 1194 mm　1/16
印　　張　36
版　　次　2023年12月第1版
印　　次　2023年12月第1次印刷
書　　號　ISBN 978-7-5540-1708-1
定　　價　360.00圓

《夏承燾全集》整理委員會

《夏承燾全集》前言

夏承燾先生是中國現代著名的詞學家、教育家。畢生致力於詞學研究和教學，是現代詞學的開拓者和奠基人，有『一代詞宗』、『詞學宗師』的美譽。一生治學勤奮，著述宏富。一系列經典著作是詞學史上的里程碑，也是二十世紀優秀的學術成果和文化成果。著作流播中外，幾十年來沾溉學界及詩詞愛好者良多，爲無數的後學開啓了治學法門，也爲詩詞文化的普及與傳播做出了傑出的貢獻。爲更好地繼承和發揚這份文化遺産，擴大中華詞學的影響力，我們在八卷本《夏承燾集》的基礎上，彙集未經出版的夏承燾先生手稿以及多方搜羅的散篇、書信等爲全集，以饗讀者。兹就夏承燾先生學術的淵源背景、主要貢獻、全集的價值意義以及全集編纂情況等略作闡述和介紹。

壹

夏承燾（一九〇〇—一九八六），字瞿禪，晚號瞿髯，浙江永嘉（今温州市）人。一九一八年畢業於温州師範學校，在任橋小學、温州布業國民小學任教。一九二一年七月赴北京任《民意報》副刊編輯，同年冬往陝西教育廳任職，一九二二年在西安中學任教。一九二四年冬離西安返家完婚，次年初再度西行入秦，四月兼任西北大學國文講席。七月返温，任教於甌海公學、温州第十中學、女子中學。一九二七年二月至三月，曾在國民革命軍浙江省防軍秘書處短暫工作。隨後在寧波第四中學、嚴州第九中學任教。一九三〇年秋始任教於之江大學。一九三七年抗日戰争爆發，年末避寇返里。一九三八年八月末抵上海繼任之江大學教席（時之江大學遷滬復課），一九三九年兼任無錫國學專科學校和太炎文學院教席。一九四〇年任之江大學國文系代主任。一九四二年上海淪陷後，先後在雁蕩山樂清師範、温州中學任教，年底赴浙江大學龍泉分校任教。一九五二年浙大院系調整後，任浙江師範學院中文系主任。一九五八年浙江師範學院改爲杭州大學，任中文系教授兼語文教研室主任。一九六三年曾在北京大學、北京師範大學講詞學。一九七二年後病假長休。一九七五年七月末離杭赴京調養。一九七九年以後爲中國社會科學院文學研究所特約研究員和《文學評論》雜誌編委。一九八六年逝世於北京。

夏承燾先生前半生經歷晚清民國，這是一個天崩地解、社會轉型的時代，學術界因受西方近代文明的衝擊，力争突破傳統的窠臼而求自新，歷代學術，舉凡先秦諸子、兩漢經學、宋明理學乃至有清一代的學術，都被一一翻檢審視，新舊中西，錯綜交錯，學術思想因此而極爲活躍。夏承燾先生的道德學問，也不可避免地帶有時代的烙印。青年時代的他，曾對陽明心學、關學、諸子學、小學、史地學等等，發生了廣泛的興趣。自然，對兩浙學術地源性傳承的經史之學，更是一度表現出了儒生本色的熱衷。以一九二七年末夏承燾先生開始研治詞學爲界，此前的十幾年，從入讀浙江省立温州師範學院，到畢業任教、北上西遊、回鄉求職，皆可視爲其藏修階段。

夏承燾先生出身普通商人家庭，雖無家學淵源，却自小勤奮向學，中學時代起，便熟背除《爾雅》之外的十三經，打下了扎實的國學基礎。青年時期，更是博覽群書，一面繼續背誦經學原典，一面大量閲讀四部文獻。同時敏鋭捕捉學術動向，在中西新舊的交錯中，努力汲取多種滋養。在西安，他曾癡迷於王陽明心學而發意研治性理。陽明學説儘管在清初被實學家所批判，但它的影響却十分深遠。自陽明學後，儒家似乎已經不再把『道』的實現完全寄託在以『聖君』行使權力中心的政治建制上面，而是把先天妙道通貫到日用常行，對象遍及『愚夫愚婦』。這是儒家由上到下、由聖君賢相到普通百姓、由面向朝廷到面向社會所發生的一種重心的轉移。年輕的夏承燾先生讀王陽明而至於激動到『繞室狂走』，足見陽明學説幾百年來對知識分子心靈的震撼程度。王陽明之後，另一位激起夏承燾先生强烈震動的思想家是顔元（習齋）。顔元與他的學生李塨主張『實文、實行、實體、實用』，人稱『顔李學派』。這是清初把經世致用的思想發揮到極致，並且自成統系的一個流派。顔氏與王氏，一實一空，都被西安時期的夏承燾先生統一在他的以《省身格》爲代表的日常生活化的儒家内修之課中。如果説，性理學給予夏承燾先生以靈動之思從而有助於他的詩性詞情的話，那麼實學對於他最大的影響除『實文』外，恐怕還數『實行』。而無論清初顔李實學，抑或産自夏氏祖籍的永嘉實學，它們作用於夏承燾先生的，更多的似乎不在於事功經濟思想，而在於務實、敏行的行爲方式。這兩者對於成就他的詩詞創作以及催生大量的學術成果而言，當爲不虛的潛在因由。

西安時期，夏承燾先生對小學、諸子學也費力頗多。小學作爲研經的基礎，得到夏承燾先生的重視原是儒生學問格局中的應有之義。許慎的《説文解字》及段玉裁的《説文注》，數年間成爲他堅持不輟的精讀日課。閲讀過程中，曾劄有《段氏説文釋例》一本、《簡名編》兩本、《正名編》兩本、《假借編》及《引申編》三本、《筆樸》一本、許書字義有關於人生哲學者一本，共得劄記十本之多（手稿現存温州市圖書館）。回温州後，繼續通讀各家研治《説文解字》的專著，曾繪製《各家〈説文〉書作表》，分門别類地列舉了七八家七十三種之多，除此之外，尚有如王夫之的《説文廣義》、孔廣居的《説文疑疑》、馮鼎調的《六書準》、潘肇豐的《六書會原》等，因『皆未脱宋元明人鄉壁虚造之陋習。不録』。他還曾作《説文通論》、《説文廣例》等。總之，儼然治《説文》的專家裏手。諸子之學興盛於春秋戰國，後由於儒學逐漸定於一尊而日趨消歇；明末隨著儒家思想一統局面的鬆動，思想家李贄等人開始重新宣導諸子學説，子學開始引起人們的興趣；清代考據學興盛，由於考證六經以及三代歷史的需要，先秦諸子成爲證經、證史的重要旁證；晚清民國，在許多學者的大力提倡下，子學開始在西學的映照下而彰顯其多元的價值，不僅走出了

『異端』的境遇，而且彰顯一時，成爲近代新學的重要組成部分。這個學術背景，顯然影響到了夏承燾先生，他遍讀諸子，認真作了讀書劄記，有《〈慎子〉、〈尹文子〉、〈公孫龍子〉、〈吕氏春秋〉劄記》一本，《〈揚子法言〉劄記》一本，手稿今存於温州市圖書館。他所作的《荀子界説》，更是超乎一般的讀書筆記之上，具有一定的學術性。

一九二五年秋，夏承燾先生從西安回到温州，爲方便讀書，移家到現温州圖書館前身舊温屬六縣聯立籀園圖書館附近。用兩年的時間，遍閲籀園九萬餘卷藏書（以經部居多）。一九二七年下半年，赴嚴州九中任教，又得以恣讀原州府書院的二十四史等藏書，對史學的興趣有增無減。中國現代學術中，史學一門可謂人才濟濟，最見實績。其中浙東史學，貢獻尤大。梁啟超的《論中國學術思想變遷之大勢》、《清代學術概論》、《中國近三百年學術史》諸作，開啟了現代史學中學術史一目的端緒。梁氏之書，對夏承燾先生産生了不小的影響，他後來專治詞學，就頗以學術史的理路來構築詞學研究的系統。在西北大學時，夏承燾先生曾講授章學誠《文史通議》，編《史學外之章學誠》作爲講義，打算合章氏與劉知幾、鄭樵三人作《中國三大史學家之研究》一書。回温州後，曾撰成《五代史記劄記》。嚴州任教期間，發願編撰《中國學者（術）地表》，『此書成，可推求某地域、某學派發生及盛衰之故』（此書稿本，見於二〇一五年西泠印社秋季拍賣會上，内粗列各地域學者名録，眉目略見，而格局未成）。

從十年藏修的經歷來看，青年時代的夏承燾先生，其理想與抱負，是頗以清儒爲模範的：治群經子史，以爲經世濟時之用；一面『尊德性』，講究道德修養，一面『道問學』，熱衷學問考究。然而，正如時代的風雲變幻使清儒濟世的宏大希冀漸次破滅而專意於學問一樣，將近而立的夏承燾先生，也面臨著術業的抉擇。一九二七年四月，蔣介石國民政府成立。内戰頻仍，時局不穩，讓夏承燾先生深感『事功非所望』，於是決意維護書生本色、靠做學問而謀生。究竟以何種學問謀生計、遣生涯？他思忖再三，認爲『惟小學及詞，稍可自勉』。於是，在這一年的年尾，他做了一個階段性的打算：『擬以四五年功夫專精學詞。』（一九二七年十月四日日記）此後又續了十年期約。儘管在續期内，他也依然心有旁騖，幻想回到『大者遠者』的治經治史的『正途』上去，但終究敵不過内心真實的興趣愛好與世易時移下職事觀念的變化所綰合而成的魔力，到底與詞學締結了一生的不解之緣。

詞學對應於當時的時代律動是這樣一個情形。清末民初，傳統的四部之學在西學的衝擊下，分類格局發生了動摇，學者分科分類的意識日益突出，中國現代學術，呈現出由務博的通人之學（如嚴復、康有爲、梁啟超、章太炎、王國維）轉向專精的專家之學（如現代史學重鎮陳寅恪、陳垣）的特點。社會情境也隨之而變，二十年代初，南北各地的高校出現了越來越多的以講授詞學爲職志的學者，如北京俞平伯、吴世昌、劉毓盤，南京吴梅、盧前、陳匪石、唐圭璋，上海龍沐勛，江蘇任二北等。在這樣的背景下，夏承燾先生與他的詞學，也順理成章地成了這個由新學科與新專業而構成的新棋盤中的浙江方面的代表。這自然是夏承燾先生後來難以脱離詞學軌跡的一個重要的社會客觀因素。從學術背景與學術個體的關係來看，一方面，現代學術的轉型，促成了夏承燾先生由通入精，鍥而不舍，在詞人年譜、詞史、詞樂、詞律、詞韻、詞籍箋校整理及詞論、鑒賞諸方面均取得突破性成果，拓展了詞學研究的疆域，提高了詞學研究的總體水準，促進了詞學向現代轉型。另一方面，在古典文學的研究領域，詞學是最早具備現代學術的架構和體系的專門之學，因此夏承燾先生所代表的詞學，作爲中國現代學術繁榮昌盛的有機組成部分，實具有特殊的學術價值與研究價值。而這個關係的視點，過去似一直未被學術界所關注和認知。

未到而立之年的夏承燾先生，甫一轉到詞學，便表現出非凡的大家氣度。自一九二七年十月四日打定主意治詞後，才過一月，他已經『搜集歷代詞話竟』，並擬定計劃作四書：《中國詞學史》（或《詞學批評史》）、《歷代名家詞評》、《歷代詞話選》、《名家論詞書牘》（一九二七年十一月十一日）。不到兩月，他又修訂計劃，要作《詞學考》、《歷代詞人傳》、《詞學史》、《詞林續事》、《詞林年表》、《學詞問話》（見一九二七年十二月一日日記及眉批）。《詞學考》之一的《詞樂考》所擬綱目，包括源流考、樂器考、制曲考、大晟樂府考、樂工歌妓考、譜字考、詞譜考等内容。這個計劃之所以引起我們高度關注，是因爲它關涉到現代詞學的體系建構問題。詞學界每將現代詞學學科體系的理論構建上溯至龍沐勛先生發表於一九三四年四月的《研究詞學之商榷》一文，認爲這篇文章提出詞學研究的八個方面：圖譜之學、音律之學、詞韻之學、詞史之學、校勘之學以及聲調之學、批評之學、目録之學，正式界定了詞學内涵。我們看到，夏承燾先生於一九二七年底擬定的詞學計劃，實已大體涵蓋了這些方面。到一九三五年，夏承燾先生又擬在《詞學考》基礎上分撰《詞學史》、《詞學志》、《詞學典》、《詞學譜表》四部巨著。一九三九年底，四書擴爲六書：《詞史》、《詞史表》、《詞人行實及年譜》、《詞例》、《詞籍考》、《詞樂考》。這些計劃，雖然有些未能完成，但其構想和思路，實已奠定了現代詞學研究的基本格局。因此，與其説現代詞學的體系構築成於某人之手，不如説，它是那個時代夏承燾、龍沐勛、唐圭璋先生等精英們相互切磋、相互影響所達成的共識。只不過，龍先生將之理論化，而夏承燾先生呢，更多地付諸於實踐。除制訂詞學規劃外，自一九二八年起，夏承燾先生的代表作《唐宋詞人年譜》的諸種單譜源源不斷地撰寫出來；對姜夔詞樂、樂譜的考證也成果迭出；另一部重要著作《詞例》也在著手編集之中；一九三二年十二月《燕京學報》第十二期刊登他的第一篇詞學論文《白石歌曲旁譜辨》，也是他的成名作；一九三三年龍沐勛先生主編的《詞學季刊》創刊，夏先生成爲該陣地的三大主力之一。總之，夏承燾先生不僅在涉足詞壇的第一時間構築了龐大的詞學規劃，其詞學成果也在短短幾年内噴薄而出，這兩者的格局和質地，不僅使他迅速成爲詞壇的領軍人物，也为現代詞學做了堅實的奠基。程千帆先生巨眼洞悉夏氏詞學成就之因：『以清儒治群經子史之法治詞，舉凡校勘、目録、版本、箋注、考證之術，無不採用……當世學林，殆無與抗手者。』的確，經史之術便是夏氏詞學的點金術。

夏承燾先生晚年總結自己的治詞經驗時説：『我自師校畢業後，因爲家庭經濟等各方面條件的限制，未能繼續升學，苦無名師指點，才走了一段彎路，花費了將近十年的探索時間。』這種認識恐不足爲憑。相反，十年研治經史、諸子、小學的經歷，不僅使夏承燾先生對中國學術文化的淵源流變有了較爲深入的瞭解，也使他掌握了校勘、目録、版本、箋注、考證等傳統治學方法。簡單説來，志、典、譜、表，都是史學方法，而考、注、疏、箋，則都是經學長術。從夏承燾先生早年的詞學構架《詞林繫年》《詞學志》《詞學典》《詞學譜表》《詞學考》裏，以及詞學成果《唐宋詞人年譜》《姜白石詞編年箋注》中，經史之法昭然若揭。因此，以經史之術別立詞學，正是夏承燾先生快速成名的奥妙所在，而他所藉以構築現代詞學堂廡的手法，並非某些人意會的西學之方，而恰恰是騰挪自傳統的經史之術。這是我們審視現代詞學構築元素的一個奇妙的點，也是我們藉以反省中國現代學術的一個有意味的出發場域。

二十世紀三十年代，夏承燾先生與龍沐勛先生、唐圭璋先生幾乎同時蜚聲詞壇，這三位後來被視爲大師級的人物，不同程度地體現出了宏大的治學氣象，這是與『舊學』的土壤息息相關的。

貳

余英時在《中國思想傳統及其現代變遷》中説：『學術史每當發生革命性的變化時，總會出現新的「典範」。』所謂現代學術的『典範』，不外乎有這樣幾個特徵：其一，有方法論的貢獻，爲後學開啟法門，或取得舉一反三的功效。其二，有體系的建構，爲學科的建立和發展奠定基礎。其三，取得空前的成就、一流的成果，起到高標準的示範作用。其四，在該學術領域留下無數的工作讓後人接續，從而逐漸形成一個新的研究傳統。有著『一代詞宗』之稱的夏承燾先生，正是中國現代詞學的『典範』。試分析特徵如下：

一、方法論建樹：以經史之術別立詞學。

以經史之術別立詞學，對今人而言，理論上似乎顯得有些高深莫測，但從操作層面而言，其實很簡單：夏承燾先生是通過老老實實地閲讀大量的經史之作、沿著目録學的基本路徑而達成此功的。具體説來，可分兩種情形。

其一是通過研讀目録學著作而步入學術殿堂。目録學既是做學問的基礎，它本身也是做學問的方法。夏承燾先生很早就掌握了目録學作武器，在他二十三四歲時，他就讀了《四庫全書簡明目録》、《四庫全書提要》這樣的目録學入門書。很快，他就能嫻熟地運用這一武器、快步進入學術正途。比如：一九二三年六月，爲了鑽研諸子，他爲自己開列了一長串『子類』書目。一九二五年，他從錢基博的《古書治要之舉例》中，著録了經、史、子、集四部目録，圈定了今後讀書的重點。他也很快藉目録學而『辨章學術，考鏡源流』。比如，他窮年研讀《說文解字》，作了『《說文》學著作表』，按『考訂小徐本各家』、『考訂大徐本各家』、『訂補段注各家』、『考訂新坿字各家』、『考訂逸字各家』、『各家學說』、『引經考證及古語考各家』等七類編排各家著作，爲研修《說文》者提供方便。這樣井然有序的章法，可見目録學的良好訓練。

其二是通過大量閱讀四部書籍，尤其是經、史部書籍，從具體的書籍中借鑒其體例，完成詞學對於經史學的某種『克隆』。比如：夏承燾先生的《唐宋詞人年譜》，是因爲『早年嘗讀蔡上翔所爲《王荆公年譜》，見其考訂荆公事蹟，但以年月比勘，辨誣徵實，判然無疑，因知年譜一體，不特可校核事蹟發生之先後，並可鑒定其流傳之真僞，誠史學一長術也』（見《自序》），從而發意撰著的。再比如：夏承燾先生的另一部未刊稿《詞例》，是他閱讀了清末學者俞樾的經學名著《古書疑義舉例》後起心編著的。在夏承燾先生的日記裏，像這樣因受某書體例的啟發而準備做某項工作的例子不勝枚舉。

目録學知識體系性的涵泳與大量經史著作實證性的不斷刺激，這兩種情形經緯交織，與『詞學』這個新興的學科支點相遭遇，便產生了這樣一種效應：一方面，夏承燾先生運用目録學這一嫻熟的工具，得以準確定位與『詞』有關的資料的出處，從而快速提取他所需要的材料；一方面，目録學的自成體系，尤其是經史兩部目録學所內生的系統性，使得他所參照設立的詞學規劃也別具格局；再一方面，大量經史經典之作的閱讀，不斷刺激著夏承燾先生的靈感與興奮點，從而也不斷催生出一個又一個的詞學項目。因而，夏承燾先生援經史以治詞學，不是簡單的、個別的、偶然的、零碎的取資和克隆，而呈現出『工程』般的、體系騰挪的本質。甫一涉足詞學研究，便能够觸手成春，天才的解釋不免唯心，惟有體系騰挪的效應方能得到合理的解釋。而這，也是我們表述『以經史之術別立詞學』的用意所在。

二、現代詞學的奠基人。

二十世紀詞學，發端於晚清詞學。如果以『傳統派』與『革新派』而論，夏承燾先生無疑屬於『傳統派』。『革新派』曾經造成很大的影響，但是無論是從研究的陣營，還是從研究成果來看，『傳統派』其實都佔主流。這一點，現在尤其有反觀的必要。夏承燾先生之對於現代詞學的奠基意義，在於他個體性地突破了傳統詞學家難免偏向的研究格局，走向了自覺構築系統的、全面的、宏大的詞學研究堂廡。

在夏承燾先生意欲打造成的詞學建構中，詞史、批評史、詞體（包括詞的起源、詞樂、詞律、詞韻等）、詞人（包括年譜、傳記等）、詞作（包括作品繫年、賞析等）、詞論（包括詞話、評論等）、詞集（包括版本、校勘、箋注、輯佚等）等，靡不囊括。姑且不論其體系的結構是否嚴密，無可否認的是其系統建構思維的存在。

夏承燾詞學氣象之大，從體系自不難窺見，而他的許多具體實施項目，也無不體現出這樣一個『大』的特點。比如《唐宋詞人年譜》。詞人年譜，在夏承燾先生之前并非無見，但如此大規模地將譜牒應用於詞學，端爲第一人。在夏承燾先生的計劃中，除了已結集的十種，尚有年譜續集多種。不僅如此，他還有更長序列的《詞林繫年》，是更爲廣泛的詞人詞事的集合。因此前人謂《唐宋詞人年譜》『十種並行，可代一部詞史』並非謬贊。夏承燾先生的詞人年譜，本不出於零星打造，著眼即在於將珍珠成串的詞史構築。又比如《詞例》，這部有關詞體的巨製，分字例、句例、片例、换頭例、調例、體例、辭例、聲例、韻例九大例，每部下又細分數十例，力圖將有關詞體的諸如詞樂、詞律、詞韻、體式等一切問題涵蓋殆盡。夏承燾先生曾編輯《域外詞》，將詞學研究對象拓展到國外，也是『大』的一個例證。『大』之外，夏承燾先生詞學還體現了一個『重』字。能準確判斷詞學研究的重要内容，并且敢碰肯綮、勇擔重任。這方面，可舉姜夔詞聲律考訂爲代表，他對南宋詞人姜夔十七首詞古譜的考訂，是對絶學的挑戰，論文《白石歌曲旁譜辨》，解答了詞史與音樂史上的共同難題，而後彙成的專著《姜白石詞編年箋注》，有『白石聲學研究的小百科全書』之譽，則是『重』與『大』的又一項結合。

對於現代詞學的界定，詞學界每將『現代性』聚焦於西學影響下的詞論，私意以爲，現代詞學得以巍然自立的根基，詞論至多只能算是一個因子，它的根本在於系統的建立。傳統的詞學研究，有對於詩學研究的依附性，更有個體的隨意性、群體的散在性，而現代詞學系統的建立，正以夏承燾先生以經史之術别立詞學爲代表，它是在西學分科的背景影響下，以傳統學術爲手段，體系騰挪、别立新科而形成的，新的理論只不過是浪花，實學的考據方爲汩汩活水。現代詞學系統的構建，自然不免於尊體意識，亦即詞學的自我覺醒。但這種尊體，絶不是胡適以平民文學與白話文學而倡導的尊體，而是承自南宋、明末清初以來對詞體認識的循環往復式遞進，並在民國新學科的客觀背景的觸發下得以固化的。現代詞學系統的構建，有個體的自覺性、群體的集合性，這從夏承燾先生、龍沐勛先生、唐圭璋先生等人的詞學活動、《詞學季刊》陣地的開闢，都可得到印證的。而我們以往的評論，往往關注於某人首發的理論建樹，而忽視當時群體的傾向，更忽視活色生香的詞學實踐。如果我們對於這種重理論、輕實踐的教條主義傾向有所戒備，更重要的是，如果我們能基於對『五四』新文化的反思而重新考量現代詞學的構成與性質的話，我們對於夏承燾先生所代表的詞學，當會有更爲準確而深刻的認知。

三、一系列经典著作是詞学史上的里程碑。

『以經史之術别立詞學』，是著眼於詞學體系建構而用的表述，在具體的運用上，我們也可以用『考據學』來指代經史之術。夏承燾先生詞學成就最尖端之處，體現在考據之學的運用所取得的一系列傑出成果。請舉其三：

（一）詞人譜牒之學的代表作。有意識地將譜牒之學大規模地引入詞學，使之從此成爲顯學，夏承燾先生堪稱首功之人。晚清詞學，長於訂律校勘而疏於考史，詞人生平行實因多隱而不顯，各類書籍記載多有牴牾訛異，不少作品亦因此詞義幽隱，難以考索。夏承燾先生取正史人物本傳，兼羅野史增删之，無本傳者，旁取他證；復博採集部、子部群書，旁搜遠紹，精心考辨，匡謬決疑，積歲月而成《唐宋詞人年譜》，『爲論世知人之事』。由此詞人生平事蹟始若繩貫珠聯，清晰可辨，爲勾稽詞史打下了堅實的基礎，一些難解之作亦遂得妥當詮釋。《唐宋詞人年譜》在《詞學季刊》發表後，反響極大，五十年代結集出版後，更是得到高度的贊譽，如張爾田贊其『湛深譜牒之學，文苑春秋，史家别子，求之近古，未易多覯』；趙百辛贊其『十種並行，可代一部詞史』。『前無古人』（趙尊岳、顧學頡）、『空前之作』（唐圭璋先生）的觀感，代表了詞學界對其領風氣之先的普遍認可。夏承燾先生的詞人年譜實遠不止已結集出版的十種十二家，據日記記載，他還做過范成大、朱敦儒、王衍、孟昶、和凝、孫洙、張孝祥、劉辰翁、郭應祥、王結、劉將孫、王奕、趙文、吴存、黎廷瑞、蒲道源、段克己、段成己、王義山、蔡松年、蔡圭、党懷英、任詢、李獻能、趙秉文、陸游等二十多人的年譜，因不够成熟，最後未予刊發，夏先生晚年曾計劃修改謄抄，但最終稿子零落，本全集《唐宋詞人年譜續編》所收乃殘存的幾種。

（二）詞體研究的代表作。詞原可歌，宋以後詞譜失傳，其唱法遂不可知。姜夔有十七首詞附有樂譜，成爲考訂詞的聲樂的稀罕資料。但白石詞旁譜却因譜字爲當時俗體，與後世工尺譜有異，釋讀不易，歷來視作絶學。夏承燾先生以此爲突破口，窮年攻治，成《白石歌曲旁譜辨》一文，發表於《燕京大學學報》，是爲其成名之作。此後更進一步對白石詞聲律進行全面研究考訂，其成果彙爲《姜白石詞編年箋注》一書，被譽爲『白石聲學研究的小百科全書』。唐圭璋先生云：『瞿禪對詞之樂律研究，致力最勤，故其校箋姜白石詞，尤爲精當。』王仲聞先生亦謂夏承燾先生『對於唐宋詞之聲律，剖析入微，前無古人』（據《唐宋詞論叢》附録《承教録》）。《詞例》也是夏承燾先生費力尤多的一部詞體研究的巨製，雖未最終成書，而從整理成文、正式發表之若干篇章看，則辨例周詳，創獲甚多。

（三）詞集文獻學代表。對於詞文獻的整理，有别于王鵬運、朱彊村等人的詞總集整理，夏承燾先生的貢獻突出地表現在對於詞人别集的整理上。其中，《姜白石詞編年箋校》、《龍川詞校箋》是編年、箋校之學的代表作，除了編年、箋、校之外，還增添了『輯傳』、『輯評』、『版本考』、『各本序跋』、『白石道人歌曲校勘表』、『行實考』、『集事』（附録一）、『酬贈』（附録二）等有關詞人的各種資料，極大地深化了詞人的研究。尤其是白石詞箋校，疏解精湛，考訂翔實，搜輯宏富，廣受學界推譽，允稱範本。

四、留下無數的工作，形成新的研究傳統。

在夏承燾先生日記裏，清楚地記載著他爲後人所留下的無數的工作。這些工作，有些是他前後花費數十年心力、最終因種種原因而未能定稿的，最突出的數《詞例》《詞林繫年》兩部書稿；有些是他做了一半而中輟的；有一些則是有計劃而未得實施的；還有一些則是閃念間的著述意願和將來可行之事。這些記載，爲後學開啓了無數法門。

承其法乳，夏承燾先生的一代弟子如吴熊和、吴戰壘、陸堅、施議對、陳銘、周篤文等先生，再傳弟子沈松勤、肖瑞峰等先生，皆已卓然名家，其所形成的新的研究傳統，有如下幾個特點：

（一）具有宏通的視野。夏承燾先生以經史之術别立詞學，今天來看，就是文化學研究的視角。吴熊和先生《唐宋詞通論》後記指出，詞是一種文學—文化現象，倡詞學文化學研究，爲再傳弟子張目。吴戰壘先生廣涉哲學、美學、書畫、陶瓷等諸領域以治詩詞，臻於新境。施議對先生論百年詞學、陳銘先生治民國詞、陸堅先生治唐宋詞，均能擺脱以詞論詞之逼仄而高屋建瓴。沈松勤先生考探黨争與文學的關係，肖瑞峰先生從事海外漢詩研究，都取得了代表性的成就。

（二）運用實學的方法。乾嘉經史考據之學謂之樸學，這種重實學、不尚空論的治學方法，經由夏承燾先生的言傳身教而影響到弟子，成爲他們共同的遵從。傳統經學的一般方法有傳、注、疏、箋、考、辨，其核心更是『注』。爲名家詞集作校注，是夏門弟子的基本功。夏承燾先生詞論多『以資料作底子』，不尚空言，這種踏實的學風，也深刻地影響到了吴熊和先生及其弟子。

（三）創作與研究並舉。夏承燾先生自承作詩『於昌黎取煉韻，於東坡取波瀾，於山谷取造句』，具體而言，古體以韓、蘇諸家爲格範，律絶則以宋人爲基調，兼具唐詩風神，詩風磊落清奇，高明沉著，堪稱二十世紀一大家。填詞則欲『合稼軒、白石、遺山、碧山於一家』，有感而發，情辭並茂，詞筆『堅蒼老辣，每以宋詩之氣骨度入詞中，外柔内剛，戛然獨造，并世詞家，殆罕其匹』。如此，『以其創作心得與經驗印證前人所作，故深知箇中甘苦』，『每有論述，則如燃犀下照，洞見魚龍變幻』（見吴戰壘《前言》）。其弟子吴熊和、吴戰壘、施議對、周篤文等先生也都雅善詩詞，堅持創作與研究並舉，爲杜絶『研詞者未能作詞，作詞者未解研詞』之生態惡化作出新的表率。

以上淺析夏承燾先生的學術成就。而從全集編纂的角度而言，它所呈現的，一方面自然是完善其學術體系，深化對其學術價值的認知。另一方面，則是更多的文化價值與社會意義。

全集增收了《詞例》《詞林繫年》《永嘉詞徵》《唐宋詞人年譜續編》《姜白石詩編年箋校》《白石叢稿》《域外詞選》等重要著作，完善了夏承燾先生詞學體系的呈現。增收了夏承燾先生早年詞學之外的一些作品，包括課稿、研讀經史的筆記及論作。還增收了早年日記、缺失年份的日記，這些新增加的内容，可以讓我們『知所從來』，幫助我們了解夏承燾先生詞學的淵源、背景。同時，也能讓我們了解到，夏承燾先生不僅是二十世紀著名的詞學家、教育家，他也堪稱一位國學家。

補充完整的《夏承燾先生日記全編》，在葆有《天風閣學詞日記》的詞學價值、文學價值之外，爲我們呈現出一個更爲完整的二十世紀詞學生態、學術生態、文化生態，這份價值是難以估量的。其中一些關鍵年份的日記材料，尤爲引人注目。比如一九三三年日記，原先全年缺失，而這一年正好是現代詞學確立的標誌性年份，因爲這一年《詞學季刊》創刊。補足的日記顯示，這一年夏承燾先生與龍沐勛先生交往極密，不僅書札往來數十通，還曾數度會面交流。從這一年裏我們還可以讀到這樣的信息：『年來擬從事全唐五代宋元詞，先從整理毛、王、朱、江各匯刻入手，囑圭璋專輯佚詞，分工合力爲之。』（一月十九日）新增的由吴無聞先生代筆的晚年京華日記，記載了大量與文化名人的交遊往來、晚年詞學著作出版的過程、在京中受禮遇的盛況等等，可折射二十世紀七十年代末到八十年代中的文化生態，可考索『一代詞宗』功成名就的多重因素。而新增的『文革』前夕日記，也爲重現特定年代的荒誕提供了真實的腳本。總之，增加了一倍篇幅的《日記全編》，從時間維度上看，由原來的三十幾年上下延展到七十年，人物影像更清晰，脈絡更完整，内容更豐富，也更有價值。以其一生，觀一世紀，這樣的代表性，建立在對人或物或事漫長的歲月雕刻的敬畏裏。而從内容維度上看，依原稿增補完畢的《日記全編》，突破了『學詞』主題的匡限，除讀書劄記、治詞方法、治學方法、作品存録、唱和紀要之外，還廣涉時政要聞、百姓生活、地方風貌、朋從交遊、人物述評、山川遊覽，以及數次運動中知識分子的心態等等，大大拓展了反映面，不僅是『二十世紀最重要的詞學文獻』、『日記文學的上乘之作』，也是二十世紀的珍貴文獻，具有重要的史料價值、文化價值和社會價值，是二十世紀優秀的学术成果和文化成果。

誠然，全集的編纂，也會不可避免地導致負面性效應發生的可能，如在某種程度上，讓『作者』從『毁其少作』或『選集』等手段造就的神壇上跌回人間，這或許會讓一些讀者感到失望和難受。但是，真正有理性、有辨識力的讀者是不會受此干擾的，因爲，惟有考察的視角更多維，我們對『作家』的瞭解才會更全面，對『作品』的把握才會更準確，對『成就』的評判才會更客觀，對其社會成因、個體成因等種種因素的分析才會更深入。而這些，也是今天的編纂者所應具備的責任和擔當。

叁

夏承燾先生全集的編撰，發意由來已久。據日記記載，早在一九七三年八月廿三日，夏先生本人就與夫人吴無聞先生坐談過此事，當時取名《月輪樓詞學叢書》（以下簡稱《叢書》），開列目録如下：

甲：已出版的十種。乙：未出版的：一、《詞林繫年》。二、《詞例》。三、《詞律駢枝》。四、《宋詞繫》。五、《詞林博聞》。六、《温州詞徵》。七、《湖樓詞問》即《論詞絶句》。八、《域外詞》。九、《詞人年譜續編》，張于湖、王沂孫、趙文、劉須溪、蘇詞繫年等十種。一〇、《唐宋詞論叢續》即《月輪山詞論集》。一一、《詞論十種》。一二、《説詞劄叢》。包括《西溪詞話》《湖畔詞談》已整理付印。一三、《學詞記》。一四、《詞日記》。一五、詩創作。一六、詞創作。一七、詞辭典。

一八、《樂府補題四考》。一九、《西湖詩詞注釋》。二〇、《西湖楹聯注釋》。二一、《蘇辛詞繫》。二二、《四聲繹（論）［説］》。二三、《〈四庫全書〉詞集提要校議》。二四、《李煜集輯注校附事輯》。二五、《詞調韻目》。外篇：一、《杜詩劄叢》。二、雜稿（包括序跋書劄）。三、《唐長安詩人行迹考》、《白居易曲江考》等。四、讀書劄記。五、《月輪樓詩詞歌曲譜》。

這份《叢書》目録既由夏承燾先生親自制定，理應引起我們的高度重視。晚年的夏先生，在吴無聞先生的幫助下，意欲對他半世紀辛勤灌溉出來的成果，進行一次總的收穫。可惜，《月輪樓詞學叢書》的整体出版規劃，並未果行。但此後十數年，吴無聞先生在悉心照料夏先生的身體与起居之外，顯然將夏先生的名山事業當成了己任，爲此而不遺餘力。在她的辛苦整理和張羅籌措下，《論詞絶句》（一九七九）、《域外詞》（一九八一）、《夏承燾詞集》（一九八一）、《天風閣詩集》（一九八二）、《天風閣詞集》（一九八四）、《天風閣學詞日記》初編（一九八五）相繼出版，文章也得以密集發表。目録『未出版』的一〇、一一、一二、二二、二三項，以及『外篇』的一、三項，多收録於中華書局一九七九年出的《月輪山詞論集》修訂版，以及一九八〇年天津百花文藝出版社出的《唐宋詞欣賞》。從一九七九年至一九八五年，夏承燾先生著作的出版和文章的發表達到了一個井噴期，爲以後全集的整理出版奠定了很好的基礎。

一九八四年底，又有陳邦彦先生與上海古籍出版社洽談出《夏承燾文集》之事，『談妥文集包括《唐宋詞人年譜》、《詞林繫年》、《唐宋詞論叢》、《月輪山詞論集》、序跋（即文集）、詩、詞、《學詞日記》、《論詞絶句》、《姜白石詞編年箋校》、《詞源注》、《姜白石詩詞集》、《域外詞》等』（十二月廿三日）。然此事亦未果行。八十年代出書對於一般的讀書人而言尚難夢見，儘管夏承燾先生當時聲譽隆盛，但是出版叢書，仍然是一件極不容易的事。

先父吴戰壘先生繼一九八四年、一九八九年助吴無聞先生完成《天風閣學詞日記》初編的出版及二編的整理之後（二編於一九九二年出版），復與先師吴熊和先生商議編纂夏承燾先生全集。其時，夏承燾先生與夫人吴無聞皆已辭世，無聞先生原先所挑的擔子就落在了其子吴常雲先生身上。一九九〇年五月，杭州大學中文系朱宏達先生與先父一起赴北京，從吴常雲先生手中接受七十册夏承燾先生日記手稿及其他資料，以作整理出版之用，其中二十三册由先父保管，四十七册日記由杭大中文系保管。爲出全集，先父又屢次與吴常雲先生接洽，接收到大批夏承燾先生的資料，開始布局全集的整理，名之曰《夏承燾詞學全書》。這項工作進展並不算順利，當時適逢出版系統改制，造成整理、出版經費短缺，只得退而求其次，編成八卷本《夏承燾集》（以下簡稱八卷本），由浙江古籍出版社和浙江教育出版社於一九九七年聯合出版。八卷本完成了一次對《叢書》目録的覆蓋，是對夏承燾先生詞學的一次總結。然而，這次覆蓋並不完全，目録中仍然有不少溢出於八卷本之外。先父也許並未看到過這份目録，但他知道：『八卷本遠未能體現夏承燾先生的詞學體系及學術價值，還有更重要、更豐富的著述有待面世。』爲饜初心，他繼續四方化齋，上下奔走。二〇〇四年春夏，在金鑒才、張如元等先生的周旋之下，温州市政協終於承允次年撥款，助成此事。詎料天有不測風雲，這年春節未到，先父竟突然駕鶴西去，全集整理再度擱淺。二〇〇九年元月，吴常雲先生全權委託於我，將浙江古籍出版社的資料轉移到我杭州城西的居地聽風樓。九月，在吴常雲先生授意下，『夏承燾日記整理』經我所在的單位浙江省社會科學院申報成爲『浙江文化研究工程』項目。《夏承燾全集》的編纂工作，隨後也在對所接手資料的慢慢董理中重啟。

這次全集的重啟，可謂困難重重，簡言之有以下幾點：

一、資料歸置的難度。由於先父走得突然，全集之事一無交待，臨危受命，一切從頭開始。浙江古籍出版社的資料交接並不順利，接手的十箱資料散亂無章。因量大而序亂，完成初步的清理工作即達數月之久。此後對照八卷本已出版内容，確定是否收録、如何收録，亦隨著對資料的把握程度的加深而有更新。

二、資料蒐集的難度。存於浙江古籍出版社的資料經與吴常雲先生提供的目録對照已經有所缺失，數經周折發覆於個人私藏及浙江大學人文學院資料室的大批日記手稿，使得啟動項目《日記全編》兩度易版，抄録校工作一再推倒重做。除了公藏於圖書館的資料外，尚有一些私藏的手稿及信札難以收集。

三、抄録核校的難度。此次全集編纂，日記部分悉從手稿整理抄録，由於時間跨度長，晚年日記又出別人之手，字跡辨認難度極大，分配到各人之手的抄、校工作遠遠超乎事先預估，大大影響進程。全集對已出版過的集子重新標點，書名號、引號等的添加需要核對原書，也遠比八卷本工作要費時費力。

四、全集編排的難度。全集雖謂『全』，亦並非將所有資料悉數收納。收哪些，不收哪些；以何種方式整理呈現；文集、詩集等編排如何兼顧到歷史性與内在體系。凡此種種的定奪，雖關乎體例，實關乎原則與主張，亦皆令編委會大費周章。

五、資金短缺的難度。繼日記之後，雖説又通過我院的浙江歷史研究中心争取到一個省課題的立項，但是先父時代的資金困擾依然存在。人文社科類課題每每二三萬元的資助對於這樣難度極高的大型手稿文獻整理工作無異於杯水車薪，極少的點校費只能對義務付出聊作安慰。且因課題經費管理體制的不合理限定，一項課題未出版結題，不得再申請新的課題；經費的使用，勞務支出的比例極有限；申請的課題，又每設限於一年至多兩年内完成整理並出版。如此這般，皆大不利於《夏承燾全集》這樣的大型課題的操作。

六、人才使用的難度。主編、副主編各自單位尚有許多本職工作，全集的整理只能利用業餘時間完成。編委的徵用，又陷入有心者力不足、有力者不得暇的尷尬。而文獻整理成果不能納入考核體系，如此高難度的整理工作效益與付出不成正比的考核制度性缺陷，也在一定程度上影響著編委積極性的充分發揮。

雖然困難重重，所幸在多方的支持下、在編委會成員的共同努力下，歷經坎坷的《夏承燾先生全集》，總算得以面世。

全集以『求全』、『存真』、『存史』爲編撰宗旨，努力做到以下幾點：

一、收録完備。此前的八卷本，出版字數在三百五十萬，而此全集内容將增加一倍左右。光是日記部分就已趕超八卷本的篇幅。對照《叢書》目録，全集覆蓋了八卷本未能覆蓋的《詞林繫年》《詞例》《詞律駢枝》《詞林博聞》《温州詞徵》《域外詞》《詞人年譜續編》《西湖楹聯注釋》《李煜集輯注校附事輯》《詞調韻目》等。仍然未能覆蓋的幾種中，《詞辭典》《西湖詩詞注釋》《月輪樓詩詞歌曲譜》皆未成，只留存目。《詞辭典》是夏承燾先生很早就計劃要做的事，後來業師吴熊和與馬興榮、曹濟平先生編撰出版第一部《中國詞學大辭典》，也算是對夏承燾先生詞學規劃的一個很好踐行。唯一遺憾的是《蘇辛詞繫》，原目録下注『已成』，但在接收的資料中，並未見完整的抄稿，『蘇辛詞繫』條目紙袋中僅存數頁綱目文字，列蘇系詞人數名、蘇辛過渡詞人數名、辛系詞人數名，完整的抄稿不知流向何處。全集對詩集、詞集、文集皆酌情重做編排，增加内容不少。總之，盡可能收録夏承燾先生已出版過的所有作品，盡最大努力從零散的手稿中整理出有價值的成果，庶幾讓『全集』之『全』得以名副其實。

二、資料可靠。收録的著作均經嚴格甄别，剔除誤認及疑似之作。如温州圖書館受贈于游止水先生（夏承燾先生妻舅）的著作中，著録有『丙丁存稿』和『戊寅存稿』油印本，題名據卷端。按『丙丁存稿』當爲丙子與丁丑兩年合稿，『戊寅存稿』同理接續之。丙子年爲一九三六年，民國二十五年。此二本既未署名，初實難定作者。考《丙丁存稿》有《秉燭》詩：『歲歲愁將白髮催，自迎明月上瑶臺。何堪秉燭春寒夜，兒女明朝諫疏來。』摩『兒女』詩意，當非夏承燾先生作。又有《寄次女溧陽》詩題，可確定非夏承燾先生作矣。又有詩《定居魚池王祠贈弟子陸孔章並仲卿》：『孔章讀我書，報我以赤血。』注：『名山三集出，孔章坐視半日不起，起乃咯血。』則此二稿乃江南大儒錢名山之作（孔章爲錢名山得意弟子）。又如從浙江古籍出版社接手的資料中，有《清詞人小傳》抄稿，未署姓名，查今全集日記，未見提及，而吴無聞先生過録的夏氏著作目録中亦未見，雖則不必定非夏氏所作，亦必不能貿然收録。

三、底本最佳。全集底本有四大出處：其一，日記以夏承燾先生手稿（包括吴無聞先生代筆手稿）爲底本，不僅增加了一半多的内容，而且還糾正了《天風閣學詞日記》因抄録而造成的失誤；其二，單行本以後出而轉精的八卷本作底本（多依從夏承燾先生手定本）；其三，以抄定本爲底本；其四，單篇文章以正式刊發者爲底本。

四、抄録、點校精細。日記抄録自手稿，辨認難度極高，尤其晚年日記，塗乙嚴重，一校在實行編委互校的基礎上，要求核對手稿。加書名號、引號時，要求核查書目及原著引文。校記務求精要、有選擇，删汰無價值的異文以免校記過於冗雜，最後由主編以簡式校記作統一。

五、編排系統、合理。詩集、詞集由夏先生手自編定的，依其生前，新增者闢爲詩集補編、詞集補編，均按年序編排。文集根據內容分類稍作調整，以清眉目，以成體系。

六、不同手稿區别對待，以最佳方式呈現。全集絶大多數内容皆整理點校出版，《永嘉詞徵》、《詞林繫年》、《詞例》三種以及《唐宋詞人年譜續編》裏的《放翁年譜》採用影印出版的方式。因《詞林繫年》、《詞例》雖爲夏承燾先生極爲重要的作品，向爲詞學界所矚目，但二稿皆乃未成稿。夏先生晚年雖曾多次請人抄録整理，但因難度大，終究未能形成定本。《詞林繫年》王榮初先生曾有部分整理發表，有些内容又爲詞人年譜所資採，今稿本有些欄目之下皆爲留白，需要大量填充，而填充則意味著再創造。《詞例》亦大多留白，需要有相應的卡片内容作填充，而稿本的複雜程度似更大於《詞林繫年》。在這樣的情況下，依原稿影印出版，或許是最好的方式。它一方面滿足了詞學界對此二稿的好奇與期盼之心，一方面以原貌面世，避免厚誣先賢，也鼓勵真正有興趣的研究者前去攻艱，催生一項新的成果。《永嘉詞徵》原稿相對完善，但二〇〇四年出版的『温州文獻叢書』裏已經有了《東甌詞徵》，以如今文獻搜集的便利程度而言，後出而轉精，未爲難事，故此《永嘉詞徵》的使用價值與當年相比已經不可同日而語。但此手稿以毛筆書寫，字跡秀雅，影印出版，欣賞價值更高，同時，也不妨礙有心人拿它與《東甌詞徵》互校，查遺補缺，並不影響發揮它的文獻價值。《唐宋詞人年譜續編》裏的幾種詞人年譜，如今也都已有出版成果，其文獻價值有類《永嘉詞徵》，已然大打折扣，故毛筆書寫的《放翁年譜》亦做同樣處理了。

『求全』是全集的必要條件，但是對於一些合作的成果，因爲有版權糾紛的擔憂，我們的全集不予採録。如：《唐宋詞録最》，夏承燾先生輯，藍江注，一九四八年，上海華夏圖書出版公司出版；《怎樣讀唐宋詞》，夏承燾先生、吴熊和著，一九五七年，浙江人民出版社出版；《讀詞常識》，夏承燾先生、吴熊和著，一九六二年，中華書局出版；《唐宋詞選》，夏承燾先生、盛静霞選注，一九五九年，中國青年出版社出版；《辛棄疾》，夏承燾先生、游止水著，一九六二年，上海中華書局出版；《韋莊集箋注》，劉金城校注，夏承燾先生審訂，一九八一年，中國社會科學出版社出版；《放翁詞編年箋注》，夏承燾先生、吴熊和箋注，一九八一年，上海古籍出版社出版；《蘇軾詩選注》，吴鷺山、夏承燾先生、蕭楣合編，一九八二年，百花文藝出版社出版；《金元明清詞選》，夏承燾先生、張璋編選，一九八三年，人民文學出版社出版。這些合作裏，夏承燾先生的擔責與用力程度當是有所區别的，大家可從日記有所分辨。從中也可以體會出夏承燾先生對於後學的提攜。這些合作的著述，有些也體現出夏承燾先生的詞學思想，比如《金元明清詞選》，與唐宋詞相比較，金元明清詞顯然是冷門。因此這本詞選，也是能體現夏承燾先生詞學的廣度的。也有的合作成果，我們是要做點處理而後加以選録的。如《域外詞選》，夏承燾先生選校，張珍懷、胡樹淼注釋，此次刪去張珍懷、胡樹森的注釋部分内容，而將詞選納入全集。因爲域外詞這個視角很獨特、很重要，也是夏承燾先生詞學堂廡宏大、氣象萬千的一個佐證。

全集重啟後，在繼續蒐集資料的過程中，得到了温州市圖書館、浙江大學圖書館、浙江大學古代文學教研室、浙江圖書館、浙江省社會科學院圖書館、西泠印社等單位以及金鑒才、張如元、胡可先、盧禮陽、陳瑞贊、胡永啟、沈迦等先生的熱情相助。全集編纂出版，得到了多方關心和幫助。浙江省社會科學院、浙江省社科聯、浙江省歷史文化研究中心提供課題經費，浙江古籍出版社領導和編輯全力支援，責任編輯費力尤多，在此均表示誠摯的謝意！最後，也感謝編委會全體成員齊心協力、克服困難，堅持到了勝利的這一天！

凝聚著三代人心血的全集即將面世，在這百感交集的時刻，我們深切緬懷吴無聞、吴戰壘、吴熊和等已故前輩學者，他們是全集的功臣，讓我們牢記他們曾經所做的一切！全集的出版，應該是對他們最好的告慰。

六年來，以小兵而擔重任，誠惶誠恐，如履薄冰。雖竭盡全力，但主觀上因學識有限，各種疏失，情知不免，懇請方家和讀者教正；客觀上，因諸如上所列的種種困難，仍然有些工作未能一步到位，例如《日記全編》的人名索引，依然未能找到的《稼軒詞評注》（書名未確，見張如元《西湖雁蕩寄相思》，《吴戰壘先生紀念集》第二八四頁，中華書局二〇一五年版）、一些手札和部分日記等，但願日後尚有機緣，可俟補充，再呈座下。

吴　蓓

二〇一六年春於杭州城西聽風樓

《夏承燾集》前言

夏承燾（一九〇〇—一九八六），字瞿禪，晚號瞿髯，浙江永嘉（今温州市）人。出身普通商人家庭，雖無家學淵源，却自小勤奮向學，十三經除了《爾雅》外，都能背誦，於經學、小學打下深厚的根基。他最初學填詞，是在温州師範學校求學時期，所填《如夢令》結句：『鸚鵡，鸚鵡，知否夢中言語？』受到國文老師張震軒的激賞，以濃墨加了幾個大圓圈，這給他以很大的鼓舞。師範畢業後，先生在小學任教，參加當地的詩社活動。所作得到林鵾翔、劉次饒等長輩的贊賞，於詩詞創作，興趣更濃，奠定了一生攻治詩詞的始基。一九二一年夏，先生赴北京任《民意報》副刊編輯，同年冬轉赴西安中學任教，一九二五年兼任西北大學國文講席。此時先生曾研究宋明理學，並發願整理研究宋史。一九二五年秋先生回到故鄉，爲方便讀書，乃移家温州圖書館附近，於兩年間，幾遍讀鄉賢孫仲容『玉海樓』和黄仲弢『蔘綏閣』兩家藏書。一九二七年下半年，先生赴嚴州九中任教，又得以恣讀原州府書院藏書。此時先生正當而立之年，苦苦尋求一生之治學鵠的，終於認定以詞學爲自己終身奮鬥的事業。一九三〇年，先生到之江大學任教，自此以後，幾近半個世紀的時間，先生一直主持東南詞學講席，與海内詞家、學人聲氣相通，治詞授業，多所建樹，終於成爲蜚聲海内外的一代詞學宗師。

先生繼晚清詞學復興之後，以深厚的傳統學殖爲根底，師承朱孝臧等前輩詞學家考信求實的治學風範，却又不爲其所囿，而廣求新知，多方取資，進一步開拓研究領域，改進研究方法，在詞學研究上開闢一個新境界，代表了一個歷史階段的研究水平，具有繼往開來的學術意義。王瑶先生主編《中國文學研究現代化進程》，遴選近百年來二十位中國文學研究大家，在詞學方面獨選了先生。這應是學術界的公論。

綜觀先生一生學術建樹，約有下列數端：

一、開創詞人譜牒之學。

晚清詞學，長於訂律校勘而疏於考史，先生則以詞學與史學結褵，進而『爲論世知人之事』。他博覽羣書，究心尋檢和校核唐宋詞人的年里事迹和創作背景等，積歲月而成《唐宋詞人年譜》十種十二家，由此詞人行實得稱信史。前輩學人張爾田贊其『湛深譜牒之學，文苑春秋，史家别子，求之近古，未易多覯』。趙百辛則稱：『十種并行，可代一部詞史。』唐圭璋先生譽爲『空前之作』，並推爲『詞學研究者必讀之要籍』。先生於詞人事迹考證，尚有更宏大之著作規劃，其遺著《詞林繫年》（一名《唐宋金元詞人繫年總譜》），以年代爲經，詞人事迹爲緯，涵括面極廣，惜未殺青，尚待進一步充實整理。

二、對詞的聲律和表現形式的深入研究。

詞原名曲子詞，是可歌唱的，宋以後詞的樂譜失傳，其唱法遂不可知。但姜白石有十七首詞附有樂譜，却因譜字爲當時俗體，與後世工尺譜有異，釋讀不易，歷來視爲絕學。先生即以此爲突破口，窮年攻治，成《白石歌曲旁譜辨》一文，發表於《燕京大學學報》，是爲先生成名之作。此後先生更進一步對白石詞聲律進行全面研究考訂，其成果彙爲《姜白石詞編年箋注》一書，被譽爲『白石聲學研究的小百科全書』。唐圭璋先生云：『瞿禪對詞之樂律研究，致力最勤，故其校箋姜白石詞，尤爲精當。』先生對於詞的四聲、用韻、字法、句法、换頭等藝術形式規律也進行細心研究，仿俞樾《古書疑義舉例》，擬成《詞例》一書，包括字例、句例、片例、辭例、體例、調例、聲例、韻例諸門，規模宏闊，洵爲巨製。雖未最終成書，而從整理發表之若干看，則辨例周詳，創獲甚多。其所積累的豐富資料，有待系統整理。

三、詞學論述。

先生對於詞史、詞人、詞作的研究和評述，早歲已曾着手，但較全面地展開，則是在新中國成立以後。嘗擬撰述一部《詞史》，已完成唐五代温、韋數篇，並於兩宋詞的發展脈絡，自具獨識。他對易安、稼軒、龍川、放翁諸家的評論，準確、深刻，迥出時流。對詞論的研究，也一空依傍，時有卓見。先生還熱心於詞學普及工作，寫了不少深入淺出的鑒賞文章和知識性讀物，受到廣大讀者的歡迎。先生留下許多片段的讀詞感想、詞話雜札和詞籍批注等，尚待整理發表。

四、詩詞創作。

先生早歲即耽吟詠，豪興至老不衰。終其一生，學術研究與詩詞創作並重，以其創作心得與經驗印證前人所作，故深知箇中甘苦，每有論述，則如燃犀下照，洞見魚龍變幻。先生自承作詩『於昌黎取煉韻，於東坡取波瀾，於山谷取造句』，填詞則欲『合稼軒、白石、遺山、碧山於一家』，所作均有感而發，情辭并茂；詩風磊落清奇，高明沉着，詞筆則堅蒼老辣，每以宋詩之氣骨度入詞中，外柔内剛，戛然獨造，并世詞家，殆罕其匹。

五、治詞日記。

先生少時即記日記，今存日記自一九一六年（十六歲）始，迄於易簀之前，數十年來，從未中斷，誠爲可貴。一九二八年後，先生專心治詞，日記中多有讀書教學、研究撰述、詩詞創作、友好過從、函札磋商、南北遊歷等記録，先生原擬在此基礎上另撰《學詞記》，而逡巡未果。一九八一年應施蟄存先生之請，乃選抄從一九二八年起日記爲《天風閣學詞日記》，發表於《詞學》專刊，後次第出版。這是先生一生治學的翔實記録，反映了半個多世紀以來的詞學史和當代許多重要的學術界掌故，具有重要的學術文獻價值。其治學方法與經驗，燦然俱陳，無異現身説法，金針度人。而文筆之雋美，亦堪稱一流。施蟄存先生已有專文贊之。唐圭璋先生也很看重老友的這部日記，認爲先生的許多想法，『提出了治詞的宏偉廣闊課題』，『爲治詞學開闢了生疏的渠道，拓寬了研究領域』，先生的未竟之業，乃是『今後詞學研究發展之奮鬥目標』。

六、培養人才。

先生的一生經歷十分單純，概括起來就是讀書、著書、教書。他是一位大學問家，也是一位大教育家。他先後在小學、中學、大學任教六十餘年，桃李滿天下。『得天下英才而教育之』，先生認爲是平生最大快事。他熱愛教育事業，覺得教書有無窮的滋味，在日記中每有真摯動人的記録。先生還做《教書樂》一文，回顧數十年教育生涯的感想和體會，言之醰醰有味，在豐富的教學經驗中滲透着深刻的哲理和醉人的詩情。聽先生講課，是一大享受。他氣度從容，笑容可掬，娓娓而談，莊諧雜出，課堂氣氛十分活躍，使人有如坐春風之感。先生性情温厚，虚懷若谷，見人一善，則拳拳服膺；見時賢之精彩著述，則喜形於色，『恨不識其人』。先生於門下，也從來不擺師道尊嚴的架子。他送給一位老學生的對聯寫道：『南面教之，北面師之。』其撝謙善納如此。對於學生的優點，他總是盡量加以獎勉，且用以自勵，在日記中亦有不少感人的記述。先生治學門廡廣大，從不以自己的愛好和專長來規範學生，而是因材施教，充分鼓勵學生發揮自己的才性，揚長避短，卓然有所成就。故先生門下，濟濟多士，略舉其著者，如繙譯莎士比亞的專家朱生豪，語言文字學家任銘善、蔣禮鴻，園林建築家陳從周，戲曲小説專家徐朔方，臺灣散文名家琦君（潘希真）等，均親炙先生而另闢學術新境；傳先生詞學一脈而卓然成家者則有吴熊和等。

先生治學勤奮，著作甚豐，已出版者二十多種，遺作尚待整理者，數量亦不少。這次編輯《夏承燾集》，由吴熊和、吴戰壘、吴常雲主編，吴戰壘負責具體編輯工作。商定體例如下：

一、凡經先生寫定，最足以代表其學術成就之著作，全部編入；已成書者，均按其原貌，不另行分散編排。

二、先生與人合作者暫不收；尚待整理者亦不收。

三、凡一文數見者，則視其所宜，編入一册，概不重出，而於編後記中加以説明。

四、凡一文數經修改，則收最後改定者；倘前後差異較大而各有價值者，則兩存之。

五、尊重先生不同時期之行文習慣，如書名號、引號、異體字等，不强求規範和統一。

六、全書分八册編次，每册編輯情況具見編後記。

本書的出版，得到各方面的關心和幫助，浙江古籍出版社的領導和浙江教育出版社的領導，均十分支持，謹於此表示深切的謝意。至於全書在資料收集、編排校對方面的疏失，情知不免，懇望讀者教正。

吴戰壘

一九九七年木樨香中於杭州

全集凡例

一、全集以『求全』、『存真』、『存史』爲編撰宗旨，竭盡所能收集夏承燾先生的全部著述。其中與人合作的爲免版權糾紛，一般不予收録（特殊情況下分離著作權加以採録）；單純摘抄型的讀書筆記不予收録；無法整理的零碎草稿不予收録；檔案資料中的思想匯報不予收録；餘則皆在收録之内。

二、全集按日記、書劄、詞學研究、國學研究、詩詞集等分類編排，每類以時間先後爲次。其中佔全集泰半篇幅的日記十卷以一個書號整理出版，另外十種十卷各用一個書號整理出版。十種十卷裏面，《永嘉詞徵》、《詞林繫年》、《詞例》三種以及《唐宋詞人年譜續編》裏的《放翁年譜》採用影印出版的方式，其餘均爲點校出版。

三、每種卷首均有編校説明，簡述著作、版本及點校情況。

四、著作内容有重見者，視情形而定是否重出，當交待於編校説明。

五、全集爲符合現行學術規範的引文要求而統一重新標點。標點符號依從一般古籍整理句讀原理。詩詞依韻而斷句。書名號的運用：書籍統稱不加書名號，如：四書、五經、三禮、二十四史；單部書籍簡稱加書名號，如：《毛詩》、《論》（《論語》）、《孟》（《孟子》）、《説文》；叢書名一般需加書名號，如《十三經注疏》；附屬於某書的注釋之作不加書名號，如：毛傳、鄭箋、五臣注；作者與書名連用時的簡稱，如『班書』（指班固《漢書》）、『謝沈書』（指謝沈《後漢書》）等，標作班《書》、謝沈《書》；書名與篇名連用時的簡稱，如『漢表』（指《漢書》諸表）、『隋志』（指《隋書·經籍志》）等，均連標作《漢表》、《隋志》；書名號内又有書名時，裏面一層一般不用標明，如《蘇軾文集》卷六十六《跋嵇叔夜養生論後》，嵇康（叔夜）作《養生論》，蘇軾跋後，《養生論》可不標書名號；同一書中不同篇名連用，書名號使用如下：《後漢書·竇融傳》《范升傳》《陳元傳》。

六、對原稿訛（錯）、脱（缺、奪）、衍（多）、倒（顛倒）的處理：係明顯錯字、筆誤者，徑改，不出校；删去原稿中誤字加圓括號『（）』表示，改正或增補字加方括號『［］』表示，一般不再出校，如『《古書疑（意）［義］舉例》』；顛倒字一般徑改不出校。疑誤，通常無本不改，但可酌情出校。

七、詩詞作品義可兩通者，注存異文。

八、原稿文字不能辨認者，作截圖處理。原稿空缺文字，用空方格『□』表示，每格一字，不出校記；未能確定字數者，用『□□』表示，並出校記，説明大約字數。原稿文字係作者自行塗墨者，用實方格『■』表示，每格一字，不出校記；未能確定字數者，用『■■』表示，並出校記，說明大約字數。原稿空缺之人名（多因記時遺忘，晚年尤甚），以『姓氏』加『某』表示，如『王某』；若無著姓氏，則以『某某』處理；皆不出校。原稿文字係作者一筆勾去或『×』去者，乃因多種原因，顯見作者猶豫不定，玆編照録，並出校記；原稿文字蠹損者，以省略號『……』表示，並出校記，說明大約行數、字數。

九、原稿中的異體字（多見於早年），較生僻者徑改，如『夝』，徑改爲『晴』。不甚生僻，仍爲一般古籍通用字，不作統一，如『迹』、『跡』、『蹟』；『踪』、『蹤』，均可保留底本原樣。

十、引文與原著有異者，或檃括大意者，一般依原稿，不改；若改動，則出校。

十一、日記卷因情況特殊，在本凡例基礎上另作補充說明。

出版説明

《詞林繫年》是夏承燾先生最重要的詞學著述之一。它的遭遇，與《詞例》相仿佛，可與《詞例》出版説明相參看。

夏先生著手作此書是在一九二八年五月十五日，早於《詞例》。歷十年稿初成，避日寇輾轉中幾失墮。夏先生一九四七年九月三十日日記記載：『檢稿箱，少《詞林繫年》一種，作函問徐淳穆，有誤置他處，抑有人假閲？十餘年心血，棄去亦復可惜。』多方問尋，月餘後獲佳訊，同年十一月十一日日記：『陳紹經君爲予攜到上海宓逸羣家藏書，《詞林繫年》赫焉在焉。欣慰無似。』在隨後的數十年間，此稿亦常處於增補之中，亦終未得定稿面世。

《詞林繫年》，一開始又稱《詞林年譜》、《詞林年表》、《詞林繫年表》，一九四九年後又曾稱《詞林繫年總譜》、《詞林總譜》、《唐宋金元詞繫年總譜》、《唐宋金元詞總年表》等。此書若足成，當爲一部巨著。它縱貫唐、宋、金、元四朝，以年代爲經，以詞人行實爲緯，以歷史大事爲參照，兼及詞作考證繫年，煌煌乎一部唐宋金元詞史的規模。一九五五年九月十日，夏先生作函新文藝出版社錢伯城，附去《唐宋詞繫年總譜》稿樣，分四格：『一、作家行實，二、作品可考年代者，三、各種文學藝術有關詞學者，四、政治經濟大事對詞有直接間接影響者。』一九六二年一月十九日，夏先生在致余冠英復書時寄去科研計劃，其中有『《詞林繫年》六七十萬字』。一九六四年八月九日在簽署上海中華書局約稿合同時寫『《詞林繫年》，約卅萬字，一九六八年年底交稿』。卅萬字，只能是簡約版，而這個合約，最終也没有下文。

此次影印的《詞林繫年》手稿，當即失而復得的那套書稿。原稿當有八册。現存六册中，首册始於八六六年（唐懿宗咸通七年），尾册迄一三四五年（元至正五年）。失第一册七〇五年（唐神龍元年）至八六五年（唐懿宗咸通六年）、第八册一三四六年（元至正六年）至一三六八年（元至正二十八年）。夏先生一九七八年十月七日日記謂：『又從王榮初處取回《詞林繫年》手稿三本（二，三，七），當有第一本與第八本榮初未還。』今存手稿首册首頁上亦有『第一、第七兩册皆在王榮初處』字樣，按此『第七』當爲『第八』筆誤。晚年夏先生也曾倩人抄録整理《詞林繫年》，最有成效者當屬王榮初。王先生整理的成果，於夏先生去世後，於一九八七年至一九九八年間分九篇發表在《中國韻文學刊》上，内容是九六〇年至一〇三〇年之間的繫年。若將整理稿與原手稿相對照，會發現整理稿内容溢出較多。疑在這部《詞林繫年》手稿外，應還有不少卡片資料，爲夏先生後來所增補者，今皆不存。

《詞林繫年》與《唐宋詞人年譜》是有關係的。其實前者的框架内，許多資料已經相應地挪至唐宋各詞人的年譜中去了。因此儘管這部初稿的框架現在看來有些地方不免有些空疏，但是它曾經在夏先生的詞學建構中發揮過大用。並且，這樣的格局框架，也仍然可給我們提供一些有關傳統學術的方法論上面的啓發、借鑒與思考。

吴　蓓

二〇一七年年春謹記於聽風樓

目録

附：据通鉴
南宫历代纪元年表（通表）已

唐懿宗 咸通下
僖宗 乾符
广明
中和
光启
文德
昭宗 龙纪
大顺
景福
乾宁
光化
天复
天祐

唐小宗元诗
林系年

〔五代〕
梁太祖 开平
乾化
末帝 贞明
龙德

唐庄宗 同光
明宗 天成
长兴
愍帝 清泰
潞王
晋高祖 天福
出帝 开运
汉高祖 天福
隐帝 乾祐
周太祖 广顺
世宗 显德
恭帝

第一第七两册
皆在王琴初处
王君已移上卡片之

十月杨收罢……（为人）通、字……
新……
同 去年转此
吕岩 礼部侍郎吕渭之孙 河中府永乐县人 咸通中举进士不第 游长安酒肆遇钟离权得道 不知所往
全唐诗引

766

懿宗咸通七年

丙戌

李暲（应昭宗）生（文学大綱）再查应书本紀

一八八九

七月楊收始瑞州　台

~~849~~
867

八年

丁亥

楊收賜死

唐书一七七本傳

868

九年

戊子

第二册

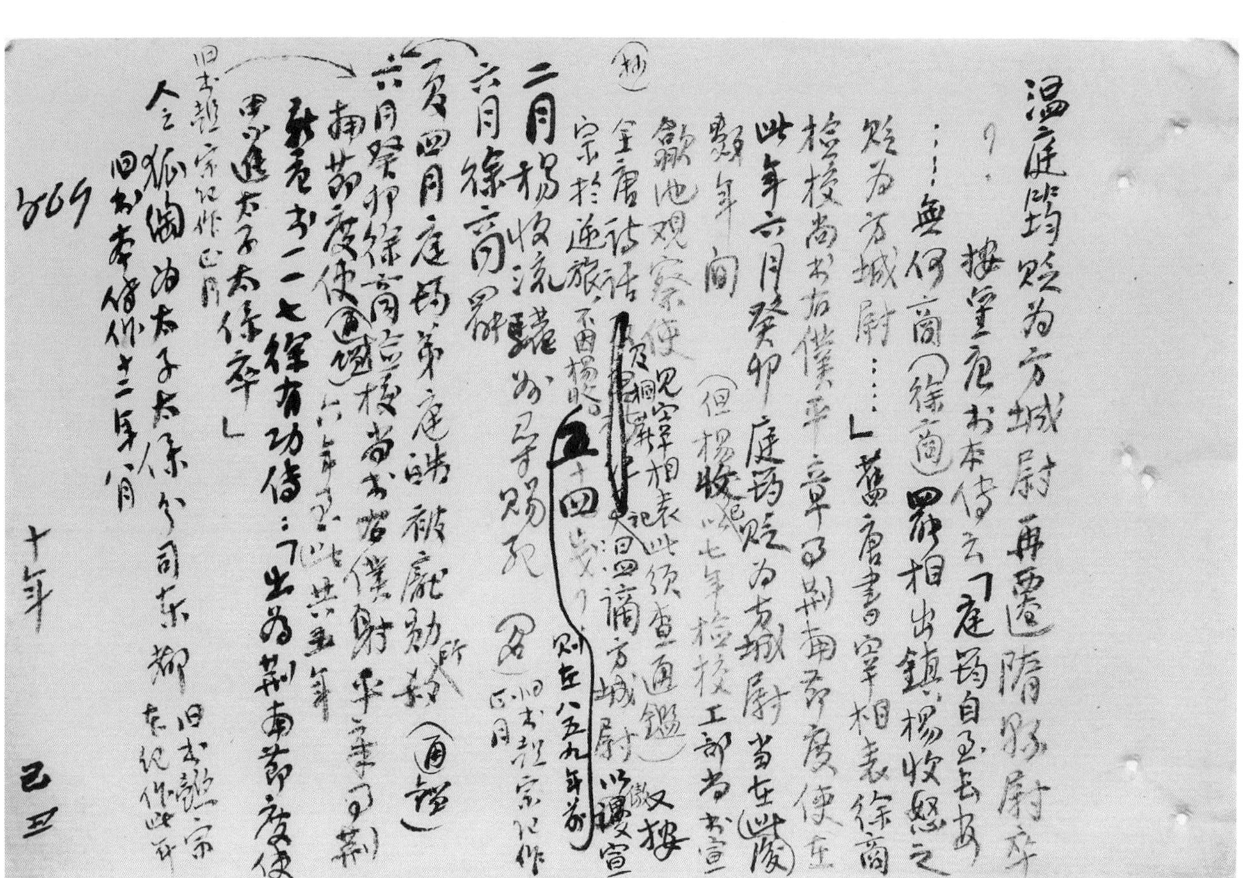

温庭筠贬为方城尉，再迁隋县尉，卒
。按皇甫松本传云「庭筠自至长安
……無何商（徐商）罢相出镇，杨收怒之
贬为方城尉……」旧唐书宰相表徐商
检校尚书右仆射平章事、判荆南节度使在
此年六月癸卯，庭筠贬为方城尉当在此后
数年间（但杨收以七年检校工部尚书宣
歙池观察使，见宰相表，此须查通鉴）又按
全唐诗话 宗於逆旅 方城尉
二月杨收流驩州，寻赐死（通）旧书懿宗纪作正月
六月徐商罢
夏四月庭筠弟庭皓被庞勋所杀（通鉴）
六月癸卯徐商以检校尚书右仆射平章事判荆南节度使（通鉴）
新书一一七徐有功传：「出为荆南节度使……进太子太保卒」
令狐绹为太子太保分司东都 旧书本传作十二年八月
969
十年 己丑

六月杜悰判东都，为尚书省兼御史大夫充
东都留守东畿汝都防御使
[illegible]
970
十一年 庚寅

671

十二年

辛卯

672

十三年

壬辰

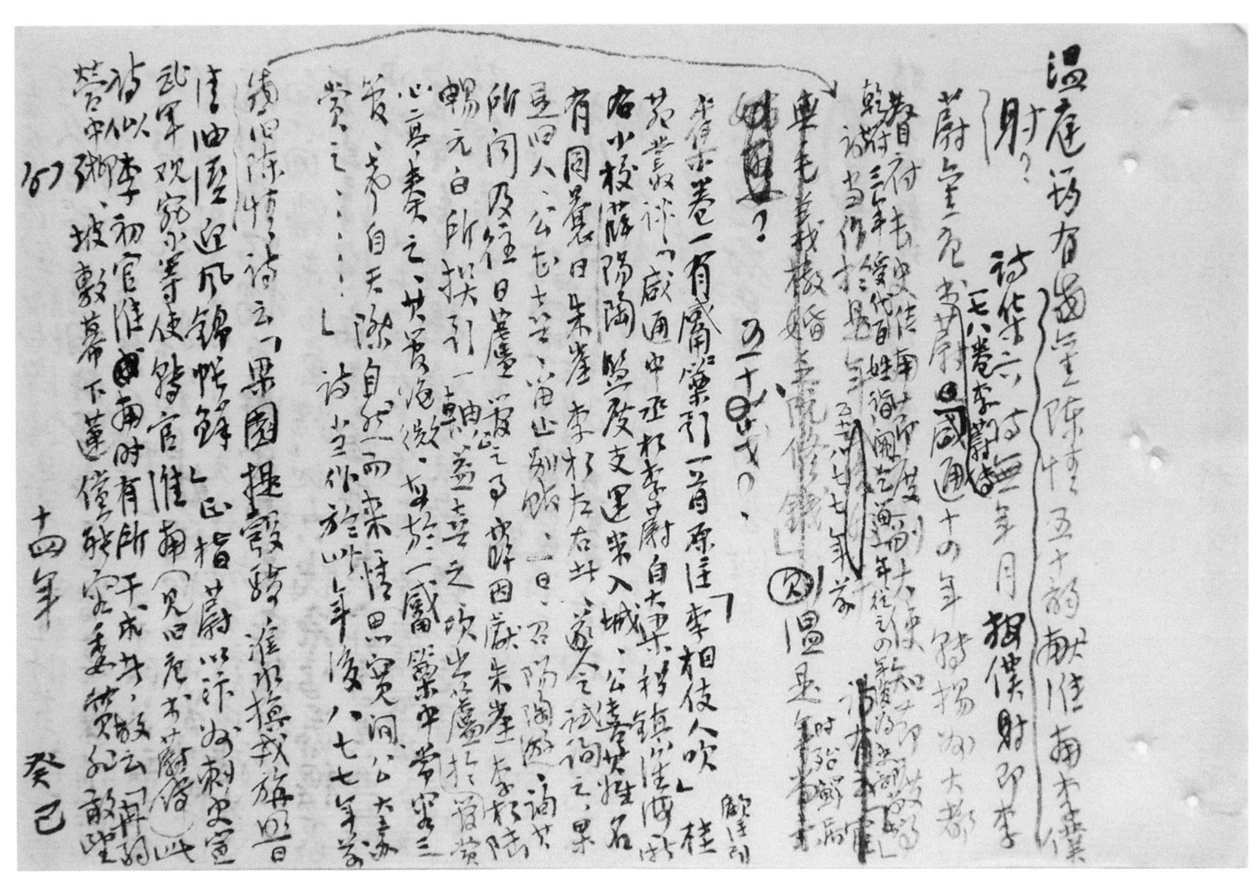

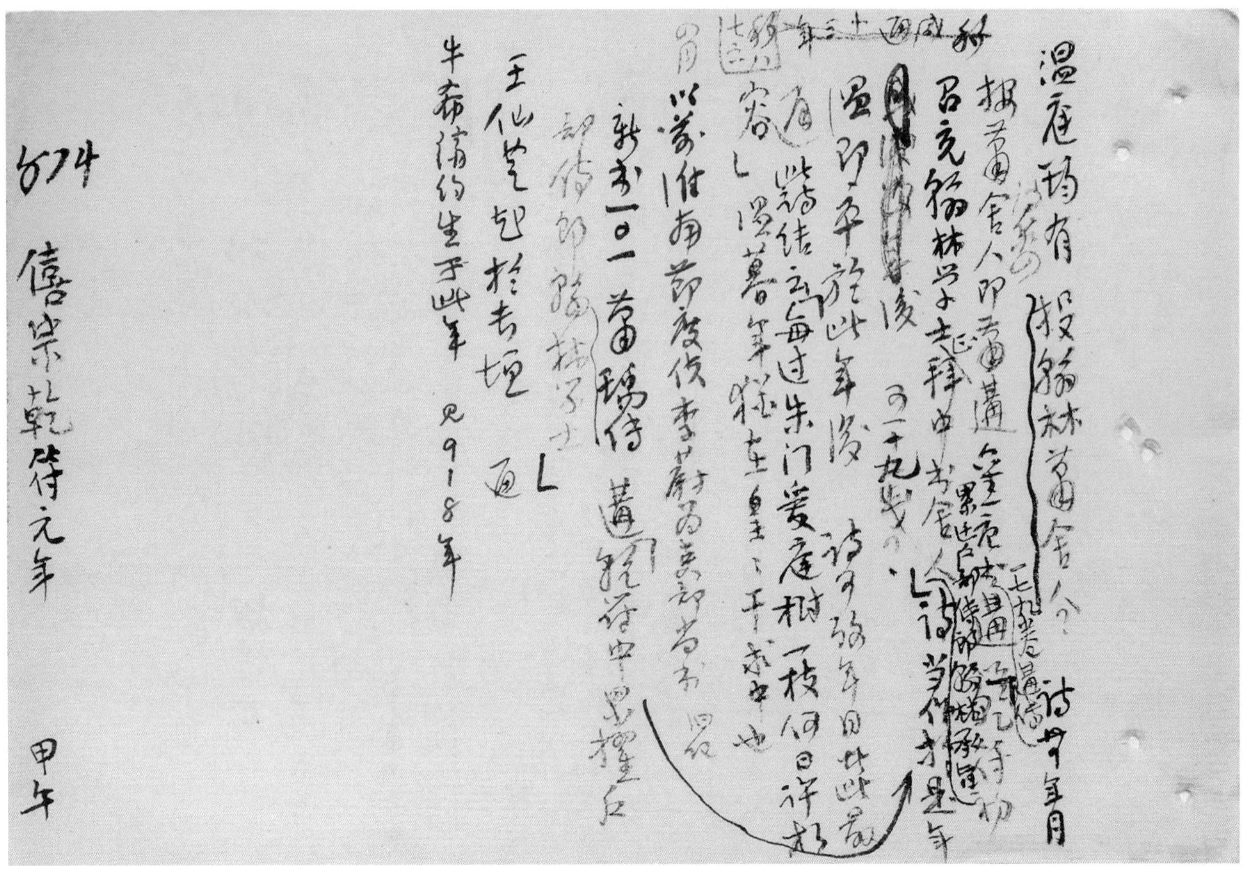

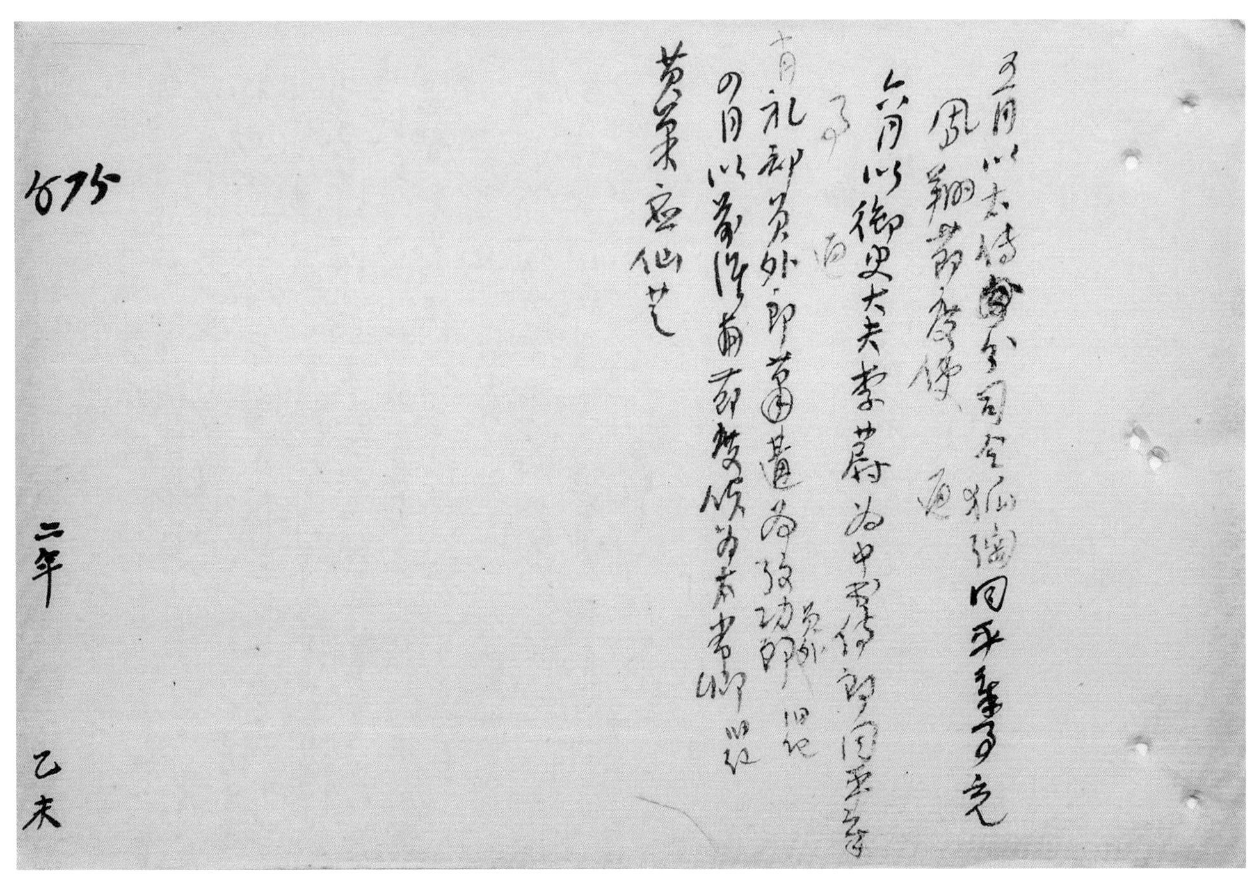

876 三年 丙申

三月以太常卿李蔚本官同平章事〇六月
为中书侍郎 旧纪
九月以户部郎中翰林学士崔澹为户部侍郎学
士承旨 旧纪
温诗或此时作

877 四年 丁酉

温庭筠卒于此年 约六十二 胡适词
温以温纷卒于八六〇年 约五十五岁〇、唐艺文
志有握兰集三卷又金荃集十卷诗集
五卷 汉南真稿十卷 宋艺文
志又有纪宝备要三卷 诗集五卷 集十四
卷 集七卷

李蔚后为吏部尚书 出为检校司空东都留
守东畿汝都防御使 旧唐书一七八蔚传

宋艺丘生

898

五年　戊戌

隴西牛嶠　松卿　延峯　第進士（胡）　後仕蜀

蜀主建至給事中

九月　考疑蜀尚未都當寧一通　四紀四

文獻通考二〇三引晁公讀書志：牛嶠詩三卷。晁氏曰：「偽蜀牛嶠字延峯，隴西人，唐相僧孺之後。博學有文，以歌詩著名。乾符五年進士，歷拾遺、補闕、尚書郎。王建鎮西川，辟判官，及開國，拜給事中，卒。仕蜀，本三十卷，自序云：窃慕李長吉所為歌詩，輒效之。」

十國春秋四十四本傳據此文

云「當引詩三卷」

全唐詩二十一卷　薛能柳枝詞五首序：「乾符五年，許州刺史薛能於郡閣與幕中讌飲醉吟，因令部妓少女作楊柳枝健舞。復歌其詞，無可聽者，自以五絕為楊柳新聲。」又注云：「自劉、白二尚書為蘇州刺史，皆賦楊柳枝詞，世多傳唱。雖有才語，但文字太僻，宮商不高。如可者，豈斯人徒歟。洋洋乎唐風，其令虛愛。」

899

六年　己未

李蔚　八月為太原尹北都留守河東節度使

宗寀　度使　十月卒　六十

（舊唐書一七八傳）

四紀四

通鑑作「充河東節度使」

十二月 黄巢陷京师 僖宗西行
新唐书卷九 旧唐书卷十九下 僖宗本纪
韦庄。有（浣花集二）雨霁晚眺（原注 庚子年冬，大驾幸
蜀后作）、立春日作（起云「九重天子去蒙尘」）、赠云阳县裴 同年
明府「南北三年一解携，海为深谷岸为蹊。已
闻陈胜心降汉，谁为田横国号齐……」
贼中与吴由者二秀才同脱重围，二君寻[illegible]
余独加重于恍惚之中因有赠 弟妹不知处
重围中逢萧校书 夜景「乌兔不知多少世 星辰长似太平年 兵戈殊未休
……欲把伤心问明月，素娥无语泪娟娟。」数首皆在辛丑
新年一首之前，当此二年间作
浣花集卷二 有「庚子季冬大驾幸蜀后作」大约
庚子辛丑（有辛丑年一首）年间作 如人 安莫旅舍 只
宵一首已有「若夏于安近，贫觉故交疏」对
这贼又人有「[illegible]偶更大，[illegible]莫濡襟」
早秋夜作 有「不须更作悲秋赋，王粲辞乡[illegible]
已润 当已の十左右了。
同卷有 又同湖南[illegible]次临汝 犯 黄巢陷京都 僖宗
纪：黄巢陷潼关在去年十月，陷江陵在去年
僖宗广明元年 庚子

十一月 临鄂宣歙池の如出去年十二月。
年作
浣花集卷一 似皆此，皆庚子以前作。第篇序所
谓「自庚子乱离，前后作诗久年为十通篇
兵火选日，前缘[illegible]，唯余口诵者所存无几
共也」有 章台夜思 延兴门外作 秋日润东林
居作 柳谷道中作却寄 霸陵道中作 题盘
豆驿水馆后轩 曲江作 长安旧居 登咸
阳县楼望雨 途[illegible]十六韵（原注 在朱阳县）未
阳县[illegible]山神庙
又有下第题青龙寺僧房
一首 是 癸丑 当下第一次

四 黄巢别将临睦州 婺州 一个月
四、〇〇 顷 韦庄撰于八〇〇年赴长安应试，浣花集
第二卷亦有庚子年冬大驾幸蜀后作，正在
于是年来应试无疑
纪氏谓韦庄撰于八〇〇年赴长安应试举秀才，尤不可信。按
新唐书选举志载「唐初秀才与进士明经等目同科，
至永徽二年，（六五一）始停秀才科。」是先庄前尝
秀才之科已废。后庄作秦妇吟，风行一时，而时人犹之
为秦妇吟秀才者，乃当时士子通称之语，犹称田舍
致（即作致）未显时人称之为不利市秀才耳。厐才子
传谓庄于乾宁元年举进士始释褐，于此可也已
以上则先生[illegible]何人说也

李珣兄弟玹從唐僖宗入蜀

黃休復茅亭客話：「李四郎名玹，字廷儀，其先波斯國人，隨僖宗入蜀，授率府率。兄珣，有詩名，預賓貢焉。玹舉止文雅，頗有節行，以鬻香藥爲業，暮年以爐鼎之費，家無餘財，惟道書藥囊而已。」

陳垣回回教入中國史略引（宋方勺泊宅編卷五）

按通鑑，僖宗幸成都在此年正月。李珣入蜀或在此年。

「李珣字德潤，本蜀中土生波斯，少小苦心，屢稱賓貢……」見何光遠鑒誡錄

引茅亭客話作「樣如李珣其先波斯人……」 黃昇唐詞詞評卷上

又有「胡臭薰來也不香」句，疑同爲尹鶚嘲珣詩

見九國志：波斯賈人李蘇沙獻沈香亭子材。陳垣以珣、玹或即其後人。見其回回教入中國史略。

詞林繫年卷一 [illegible]

韋莊

歲有辛丑年一律：「九衢漂杵已成川，塞上黃雲戰馬閑。但有羸兵填渭水，更無奇士出商山。田園已沒紅塵裏，弟妹相逢白刃間。西望翠華殊未返，淚痕空濕劍文斑。」

兵中尋得家小

正月王鐸在蜀以翰林學士承旨、兵部[illegible]

僖宗中和元年 辛丑

錢鏐逐黃巢使不[illegible]

劉崇[illegible]「時天下大亂，有爲之士，莫不爭求干[illegible]……」

全唐詩[illegible]

查[illegible]爲相之年

692

二年

壬寅

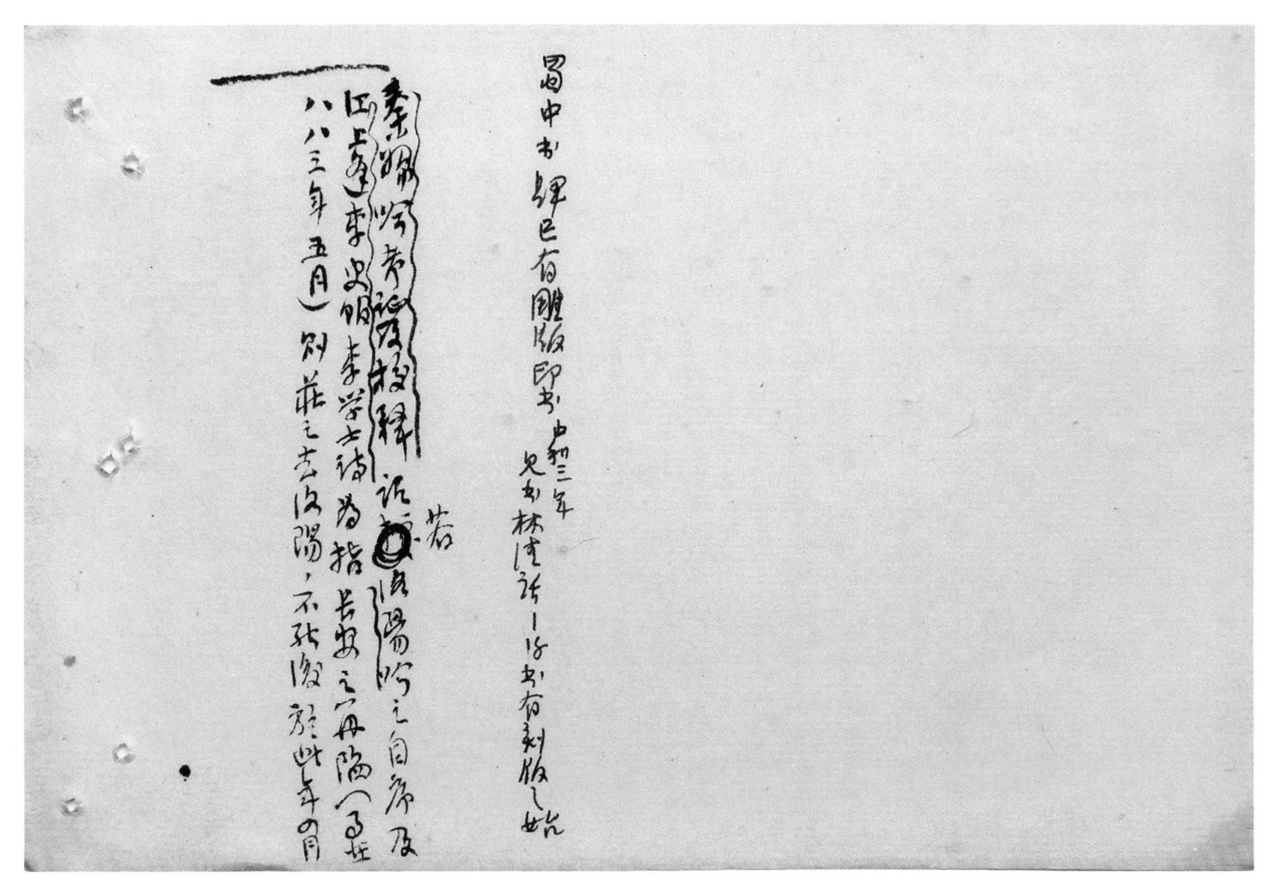
蜀中书肆已有雕版印书（中和三年）
见书林清话一，此书有刻版之始
秦妇吟考证及校释
近若洛阳吟之自序及
江上逢李良明来学士诗为指长安之再陷（乃在
八八三年五月）则庄之去洛阳，不能后于此年之月

《賓退錄》：「秦婦吟秀才，五代蜀相韋莊也。」卷三

韋莊在長安應舉，遇黃巢之亂，作

秦婦吟（胡適）約在是年，此說當誤

夏四月，李克用收復京師。

韋莊寓洛中。（三月渡江客江南）

撰秦婦吟。是年三月，韋莊尚居洛陽。

是年遊江南。浣花集卷三《洛陽吟》

〈原注〉「昔大駕在蜀，巢寇未平，洛中寓居作」七言。《喻東軍》有「四年龍馭守峨嵋，鐵馬西來步步遲」。傳宗以廣明之年幸蜀，此詩或此年作。《觀軍回》「關中群盜已心離，關外猶聞羽檄馳……」鄉信至塗地，不及到環城解圍。昨日屯軍還在道，……當四月李克用收復長安前作。《聞官軍（至）》、《北原閑眺》一首、《贈戍兵》一首、《晚眺》一首、《贈薛秀才》一首同。

所居似在洛北。《洛北村居》云「十畝松篁百畝田，歸來方屬大兵年……」……有《洛陽（吟）》……作一首、《別村業閑題》一首、《穎陽……》一首……

667

三年　癸卯

一首、《新正日商南道中作寄李明府》一首，皆是年行跡。

巢寇平後，似曾西歸。同書《東游遠歸》云「扣角干名計已踈，劍歌休恨食無魚。……三事堂前……」……李雲……天子何由問子虛」。殆今年七月初時。又《和集賢侯學士分司丁侍御秋日雨霽之作》云「（洛）陽秋晴夕照……鳳樓……闕倚晴光……多慚十載游梁士，……使寄詩入帝鄉」。

作秦婦吟。（本府紀聞）「端己英秦婦吟，猶為……」

《北夢瑣言》（卷六頁八）：「蜀相韋莊應舉時，遇黃巢犯闕，著《秦婦吟》一篇，内一聯云：『内庫燒為錦繡灰，天街踏盡公卿骨。』爾後公卿亦多垂訝，莊乃諱之。他日撰家戒，内不許垂秦婦吟障子，以此止謗，亦無及也。」……浣花集不以入集，遂不傳於世。……此詩當時幾為幛子，……可知。」見《觀堂集林》十七卷七頁。此詩由燉煌石室流落海外，倫敦博物館藏本、巴黎國民圖書館藏本。甲子正月王國維託法國伯希和教授寫寄，並以倫敦本一足本校之，遂為完璧。（據王跋）

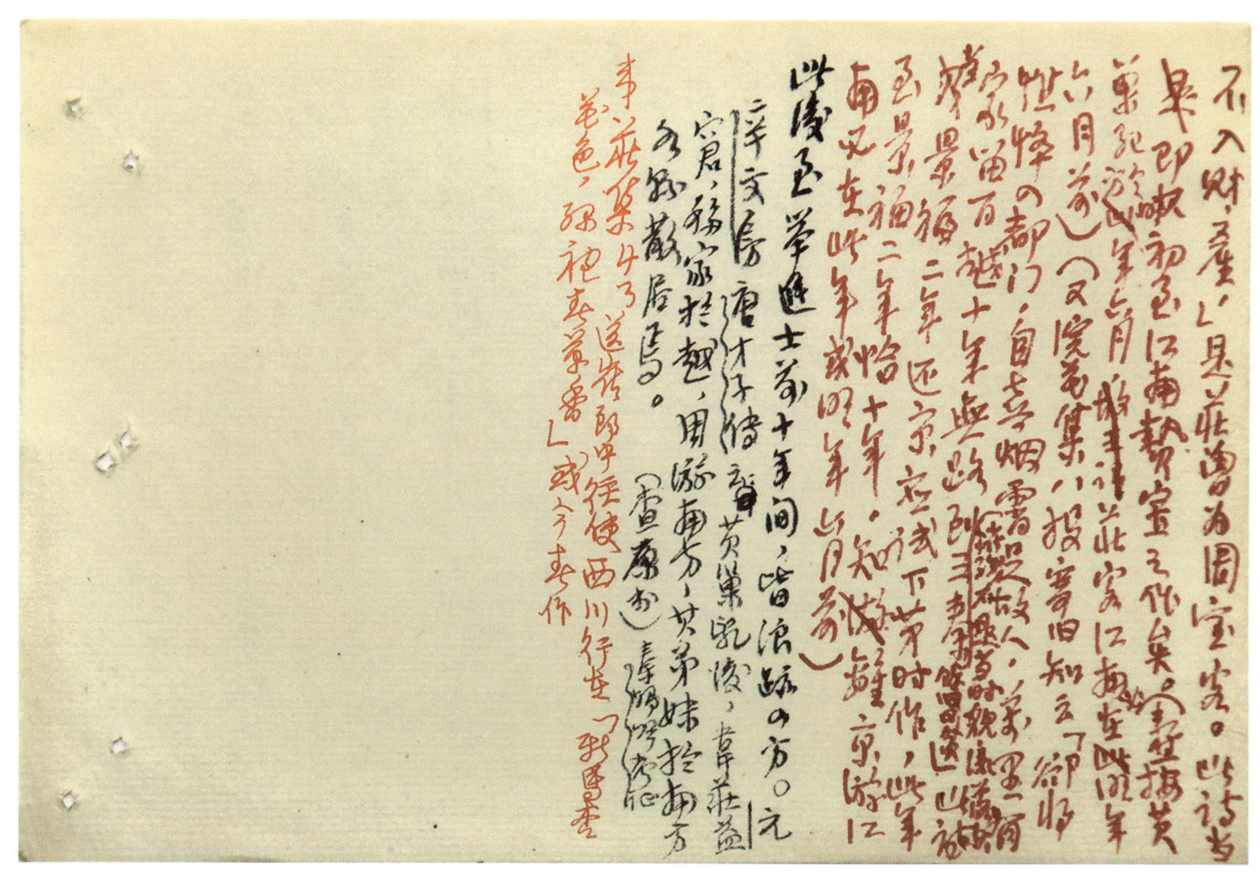

十月二十二日李存勗生於晉陽宮（太原）舊五代史

正月 僖宗自成都返 三月至長安

十二月李克用逼京城 僖宗幸鳳翔

885 僖宗光啟元年 乙巳

唐昭宗遣左諫議大夫李珣為兩川宣諭和協使，詔顧彥朗、王建罷兵。（新五代史前蜀世家）此李珣不知是否詞人蜀秀才王衍國亡不仕之李珣，待攷。

光啟為僖宗年號，五代史作昭宗，待攷。

897

正月田令孜劫僖宗幸寶雞 三月至興元（路出金陵）

韋莊在江南（夏自浙西往汴宋，路經陳倉，迎駕，御過昭義相州）。韋莊聞再幸梁洋一首

此時作 同卷鑷白云「白髮太無情」……鑷又生……之意，皆在江南作。此時韋莊五十一歲。上半卷作年可見者只此首……

同卷有買酒與侯補闕江南有約同泛淮汴，西行勸……莊自九驛路先至……

由侯……至四上，……病聞……

迴首照……因成古句之……一首（原注）

以下自洪西遊汴宋路至陳倉，迎駕，御過昭義……

相……金陵作……

今年僖宗回在陳倉，今年五十一歲，鑷白一首在此首前……

886 二年 丙午

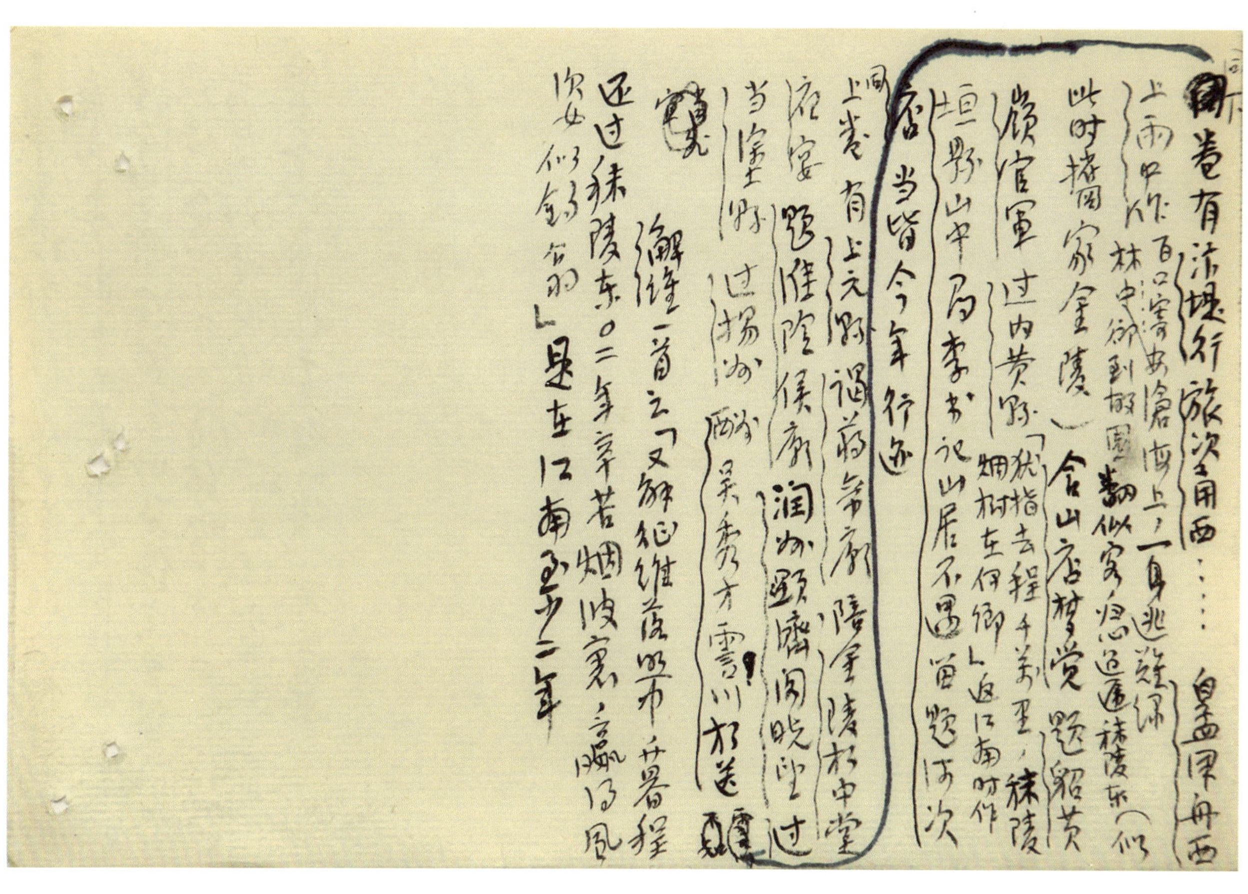

同卷有浙堤行旅次用西…… 皇甫冉西
上雨中作「百口寄安沧海上，一身逃难绿林中」，卻到撇因」，勘似客居逃难秣陵东（似
此时播迁金陵） 舍山店梦觉题貂黄
岭官军 过内黄野「犹指去程千万里，秣陵烟树在何乡」返江南时作
垣野山中局李书记山居不遇留题河次
宿 当皆今年行迹
同上卷 有上元野谒薛第廊 隐金陵於中堂
旅宿 题淮阴侯庙 润州甄济阁晚望 过
当涂野 过扬州 酬吴秀才霅川於送霅
审定 海陵一首云「又解征帆落照中，暮程
还过秣陵东。二年辛苦烟波里，一曙归风
次女似敛翅」是在江南至德二年

三月传宗至凤翔

韦庄避地居婺州，年代无考，婺书云「乾宁
进士，授校书郎，避乱客婺……」似进士以後，
然一院花集居婺诸诗编在浙西之後，三衢至
江西及甲寅自江南到京之前，兹姑从之，
定为此年左右。 完集卷五注云「昔在婺
州寓居作」，有婺州陆谏议将赴阙，怀阳
羡山居、婺州屏居 蒙右省王拾遗车枉
除访，病中延候不得，因成寓谢（三年以后 余宾、王察）
思家找 旅频 和陆谏议避地寓东阳进退未决见
寄、 东阳留家赠别二绝句、 和郑拾遗秋日
感事一百韵 首云「道孤思怅望，家远隔
天涯。[illegible]…… 殷
牛常在耳，晋竖欲潜肩。 恨山思板怙
归海别航。角吹魂悄悄，笛引泪潸潸。 觉
乾坤窄，贫知日月长。」是儿家书景况
本年「匡救[illegible]」 作闲近纳[illegible] 剑楯，礼物攒旌，棠[illegible]

4851

三年 丁未

唐[illegible]歎設[illegible]

鹿[illegible]館」若指今年僖宗[illegible]

當今年作。「全詩」叙時乃僖宗幸[illegible]而不

及僖宗之卒。[illegible]據僖宗在於興元

三月，則此詩殆作於是歟？

無[illegible]江南[illegible]作年更在以後　考在[illegible]

李存勗侍父克用置酒三垂岡　五代史

記唐本紀云「初克用破孟方立于邢，還軍

上黨，置酒三垂岡……時存勗在側，方五歲」

二月僖宗至長安　三月崩

韋莊居[illegible]州　去年[illegible]

李昇生　陸游南唐書

888

僖宗文德元年

戊申

韋莊自三衢至江西，游（湘中）富陽、桐廬等處。浣花集六、七兩卷，自「三衢至江西作」（原注）。年月無攷，姑據以居發詩有「二年流落臥漳濱」句，姑繫於居發三年後。卷六有袁州作、過巫山、洪州送西明寺省上人遊福建；卷七有建昌渡暝吟「烏樓彭蠡樹，月上建昌船」、泛鄱陽湖、黃藤山下聞猿、章江作、南游富陽江中作、饒州餘干縣琵琶洲……九江逢盧員外、南昌晚眺、衢州江上別李秀才、湘中作、桐廬縣作、東陽贈別、婺州水館重陽日作、過[illegible]越中作、撫州江口雨中作、信州溪岸旅吟作、東林寺寄逐僧益大德、西塞山下作、[illegible]郡、夏口行寄婺州諸弟云「婺女星邊遠寄家」，當似家寄在婺。○江行西望云「西望長安白日遙，半年無事駐蘭橈」。○[illegible]新江雨，無作虛風雪鮑昭」，是在江西等處至少半年。

590

昭宗大順元年　庚戌

以上寄湖州舍弟亦有「半年江上愴離襟」句（鮑昭云云，莊必有誤）；江邊吟「江邊烽燧幾時休，江上行人雪滿頭」　五十五歲

唐才子傳（卷十）「……於離亂流漂，泛寓目緣情……或離羣軫慮，或反袂興悲，四愁九怨之文，一詠一觴之作，俱能感動人也」

案此弟藹集亦序稱

891

王建（陳州項城人）入成都為西川節度使　舊五代史云在龍紀元年　新五代史據蜀書運曆圖九國志定為此年

十國春秋四十四「牛嶠……乾符五年登進士第，歷官拾遺、補闕、校書郎。高祖以節度使鎮西川，辟為判官，及開國，拜給事中。有集三十卷、歌詩三卷……」參878

張曙第進士　全唐詩二五小傳「吏部侍郎禕之子，大順中登第，官右補闕，詩一首」（下第戲狀元崔昭緯）又全唐詩26冊杜荀鶴「依韻次同年張曙先輩見寄之什」云「天上諸名天下傳，引來齊列玉皇前」荀鶴大順二年第一人，則曙亦此年登第也

二年　辛亥

892

昭宗景福元年　壬子

韦庄应试下第（还京）　浣花集八有「癸丑年下第献新先辈」二首　五十八岁

明年始入诗编此

693

二年　癸丑

直斋19 17 浣花集「唐乾宁元年进士也」

李存勖从父克用破王行瑜[illegible]

京师昭宗[illegible]

杜陵韦庄端己　第进士

昭宗乾宁元年进士　授校书郎

婺书云「乾宁进士」又云「授校书郎」

浣花集有和陆谏议[illegible]山居诗曰[illegible]

仍远子年[illegible]　东阳[illegible]地王[illegible]

思归

[illegible]中喜逢二首　浣花集八有[illegible]作

自江南到京　云「甲寅年，自江南到京後」

又有鄠杜旧居二首云「阮咸贫去田园尽，向秀归来父老稀」

寄江南诸弟云「[illegible]」

「别离惆怅入都门，自喜烟霄是故人」

万里有家留百越，十年无路到三秦

摧残不是当时貌，流落[illegible]……」

或未第前作　家尚在越

是年入诗编始

694

昭宗乾宁元年　甲寅

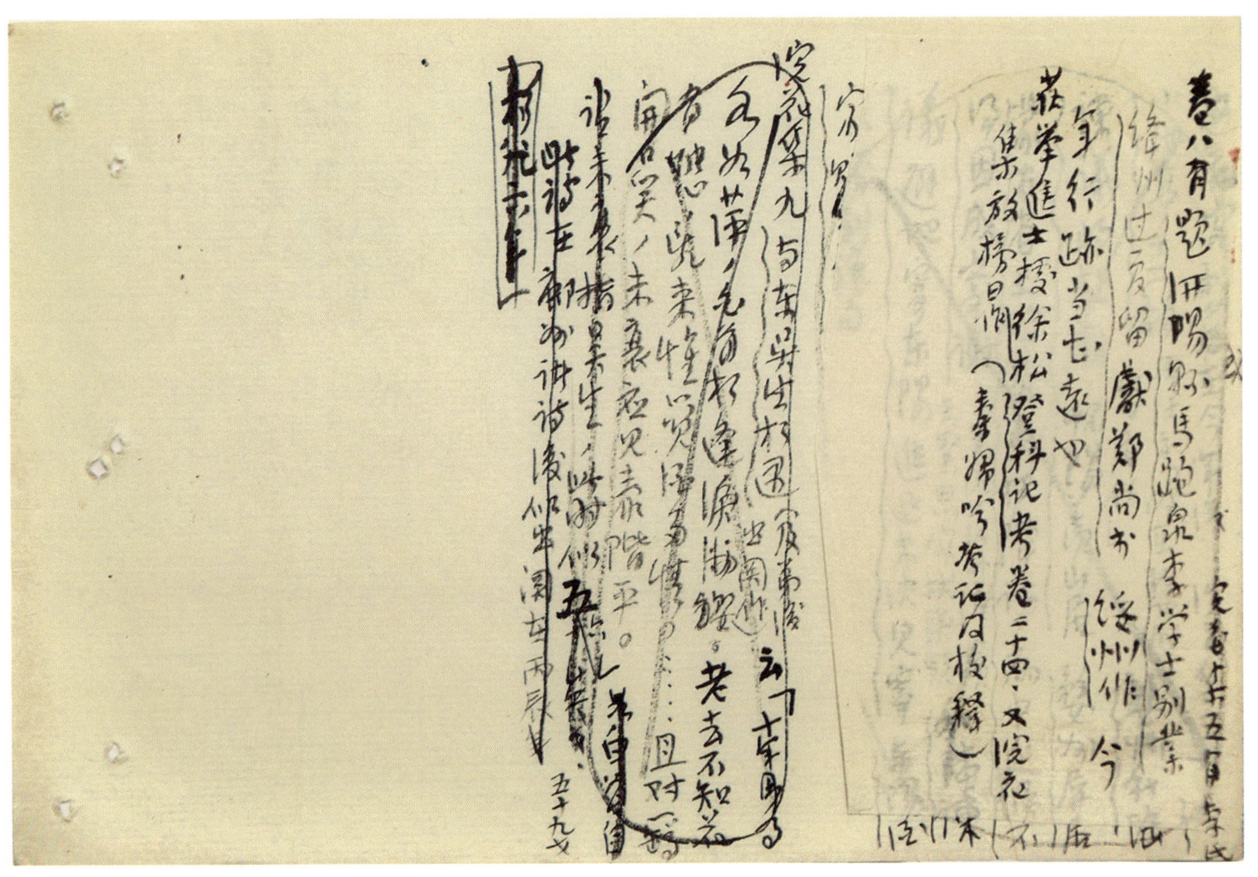
卷八有題沔陽縣馬跑泉李學士別業
絳州過夏留獻鄭尚書　絳州作　今
年行跡當亡逸也
莊舉進士授徐松登科記考卷二十四、又浣花
集放榜日偶（李肇吟……校釋）

五十九歲

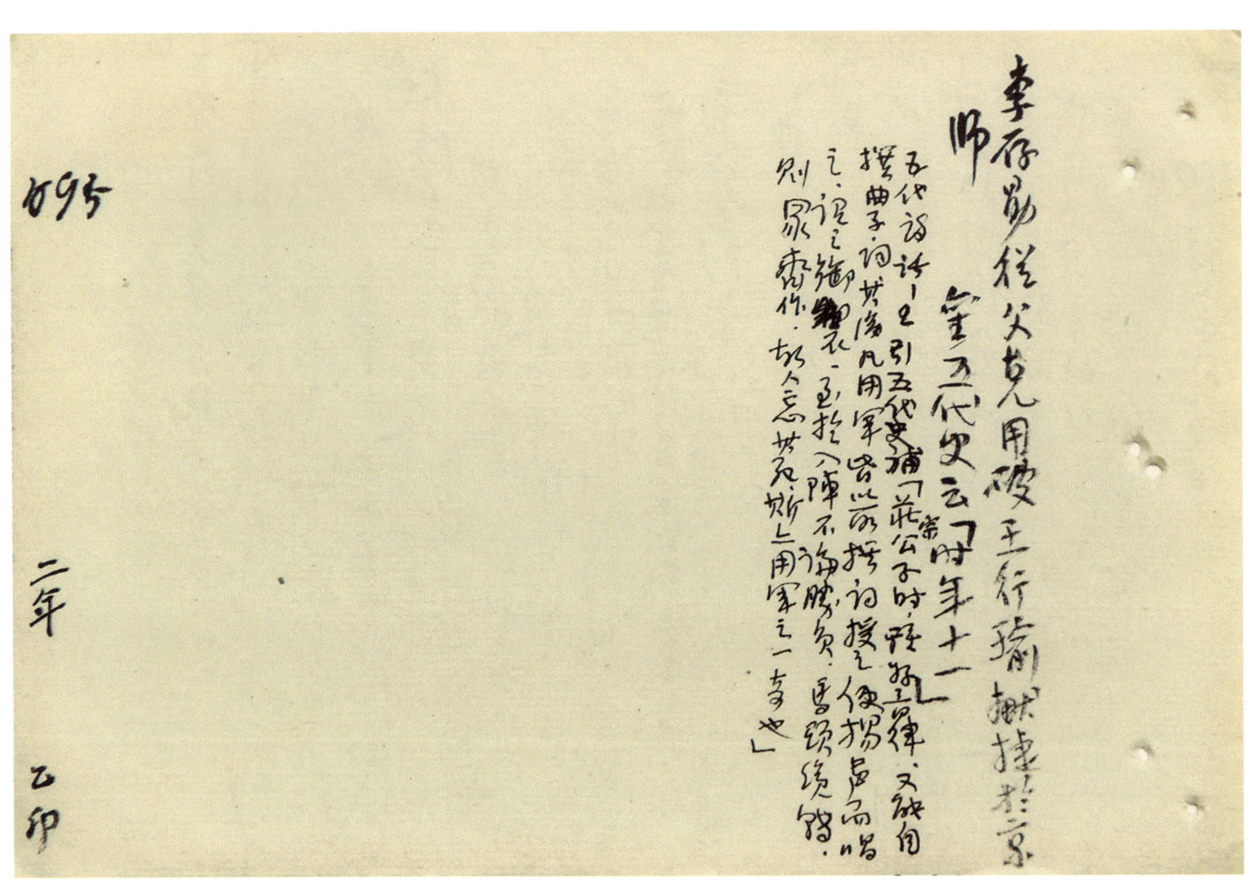
895
二年
乙卯

李存勗從父克用破王行瑜，獻捷於京師
舊五代史云「時年十一」
五代詩話一之引五代史補「莊宗為公子時，雅好音律，又能自撰曲子詞。其後凡用軍，皆以所撰詞授之，使揚聲而唱之，謂之御製。至於入陣，不論勝負，馬頭纔轉，則眾歌齊作。故凡人忘其死，斯亦用軍之一奇也」

益州華陽歐陽迴生　十國春秋52 傳 參971
胡適引作迴 迴誤印
歐陽炯？
宋史四百七十九卷，世家二 西蜀孟氏
又出閣東行？
事莊宗，食宗廟，為　花間集九首 丙辰御
為通宗官城外時吟七言五首　鄜州留別
時員外 江南於遂君山下，塞北於途湖漢中……三
楚故人皆是夢，十年陳事只如風……」
同卷載寶君卿卜居不遂，留題王秀才
別業二首　或云今年了
出關「到處因循緣嗜酒，一生惆悵為判花」
一首在鄜州分吳詩後，似出關在此年。鄜云
「馬嘶烟岸柳陰斜，東去關山路轉賒」似
在夏間
卷九與東日先生於道「十年身到鳳凰池，……首
於途溪淼淼。老去不堪花有態，此來唯覺
酒多情。……且對一尊開口笑，未衰應見泰
階平。」　六十一歲
卷九詩注「及第後出關作」，據此丙辰在 去年
鄜州，出關似在今年夏間
段安節為國子司業　新唐書八十九卷段志玄傳
696 「段成式子安節乾寧中為國子司業，善樂律，能自度曲」
三年
丙辰

昭宗七月幸華州
詞見於北夢152　朱全忠為　五代史
為昭宗機馬傑
歐陽炯生　韋莊譜

五月王建自將攻東川，昭宗遣諫議大夫
李洵、判官韋莊宣諭兩川，詔建罷
兵，建不奉詔（新五代史前蜀世家）
家卷六十三
莊年約四十三歲
（此不知即八六年之諫議大夫李珣否）—9

乙卯 入901
李珣拜兩川宣諭和協使，薛莊為判官（本莊弘）
（唐詩紀事所載如此）

七月甲戌，昭宗（在華州）與學士、親王登齊雲樓，
西望長安，令樂工唱御製《菩薩蠻》詞，奏畢，
皆泣下沾襟。
二十上　昭宗紀

五月
韋莊在華州，為蜀家東使入蜀

浣花集十卷（樊川舊居）
「立別後苦生閑，猶院歸來雪滿頭」云
皆然蜀中作
「不旧別雲巢」二十年，汧陽間
又有去安舊里，過漢陂

597
王國維韋端己年譜考昭宗避難……之年
丁巳

三年丙辰七月，韋華州，至光化元年戊午
八月始還京師，則莊奉使入蜀當在
丁巳之年中
王國維查五代史也

以顧詩七言、五言，貢士陳諭，甫為其城人，
尚能名善，宗朝昭宗勅遷陝郊，見果萊
名偏蜀，禁書紀其事以詩贊之……」或
在此年（查詩集）

昭宗駐蹕華州，以崔胤鄭曁，以詩及楊柳枝詞
楊朱全忠」比韓偓之作，天子歎賞
五代詩話，引……「朱溫歸鎮，昭宗以詩餞之，溫進
楊柳枝詞五首……以全忠之兇悍而能為詩，可與
其陵歸題曰矣」

楊行密
「行密出身保據江淮之間，全忠不能與之爭」
「自楊氏王吳，淮南之人不復干戈者二十餘年」
通鑑紀卷27下
雪謝悉子3
多客崖75

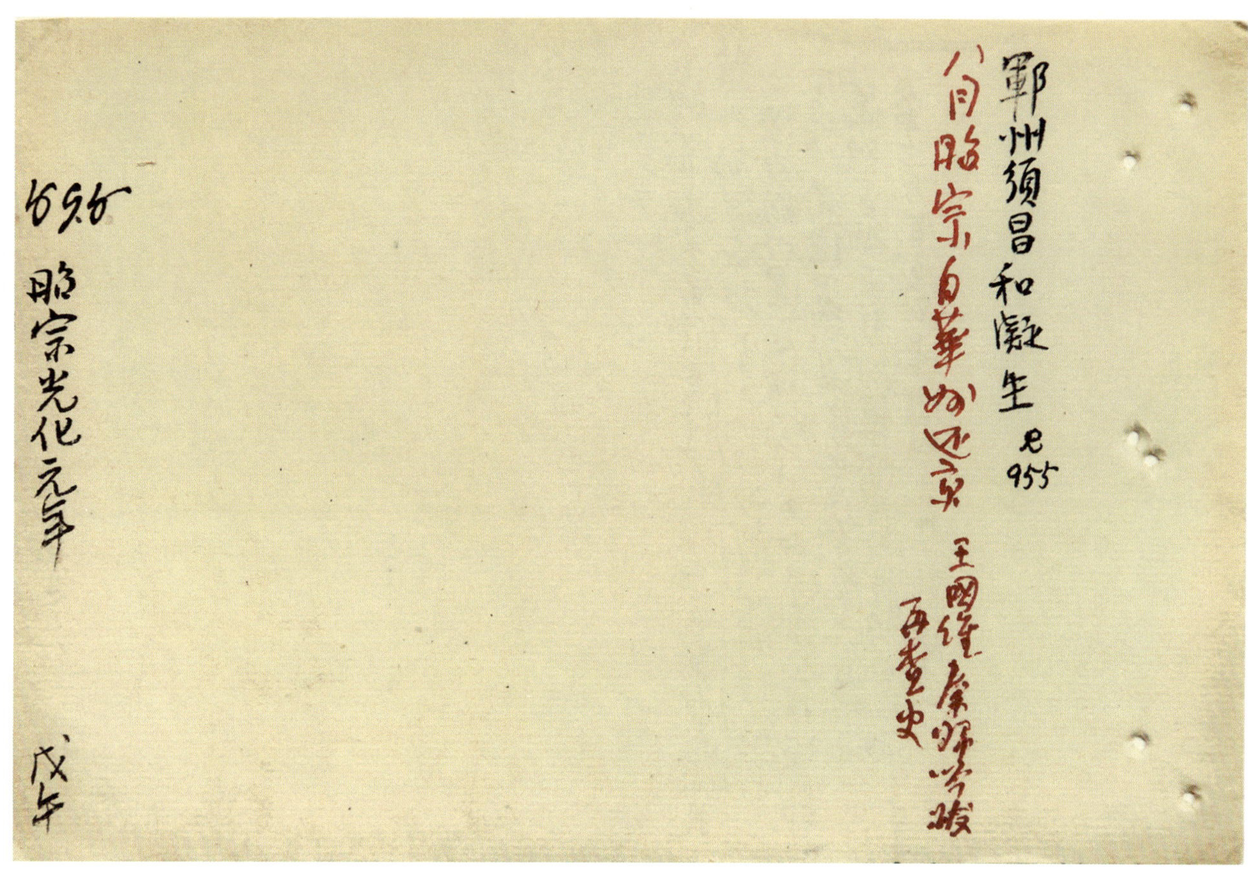

鄆州須昌和凝生 卒955

八月昭宗自華如西京

王國維 康輔嵩峻

西臺史

558

昭宗光化元年

戊午

559

二年

己未

唐摭言卷十韋莊奏請追贈不及第人近代者

條「尚有孟郊、李賀、顧邵（吳人）、沈珊（吳人）、顧榮五

人。溫庭筠作溫庭皓（或係石印本之誤）」。孟郊

唐摭言小注孟郊、李賀已及第，「莊云不及第，誤」。

[illegible]之座下有「但把一懷氣未銷，上徹[illegible]」

庚申十一月宦官劉季述幽帝於少陽院

韋莊　夏，自中諫□□□□。　兼補闕否

作于序「庚申夏，自中諫□□□□」。

再查已見　此文載全唐文中

「唐昭宗光化三年十二月，左補闕韋莊奏：詞人才

子，時有遺賢，不沾一命於聖明，沒作千年之恨

骨。據臣所知，則有李賀、皇甫松、李群玉、

陸龜蒙、趙光遠、溫庭筠、劉德仁、陸逵、傅錫、

平曾、賈島、劉稚珪、羅鄴、方干，俱無顯

遇，皆有奇才，麗句清詞，遍在詞人之口，銜

冤抱恨，竟爲冥路之塵。伏望追賜進士及

第，各贈補闕、拾遺，見存惟羅隱一人，亦乞

特賜科名，錄升三四[illegible]。敕獎莊，而令中書門下

詳而覆之」（見宋敏求三年卷七唐昭宗

恤錄儒士條）。[illegible]

據北夢瑣言陸龜蒙追贈傳　6ト

據此浣花集序之「空

拾遺」是「除左補闕」之誤（非也）

據此自皇甫松此時已卒，其年代當與[illegible]

花間集值「皇甫先輩」，「未霑一命」[illegible]

唐人呼拾遺、補闕三官為中諫，見北夢瑣言八（[illegible]）

唐摭言卷十韋莊奏請追贈不及第人近代者條[illegible]

英雄[illegible]四月三[illegible]，自叙之[illegible]

[illegible]有「三年」

庚申

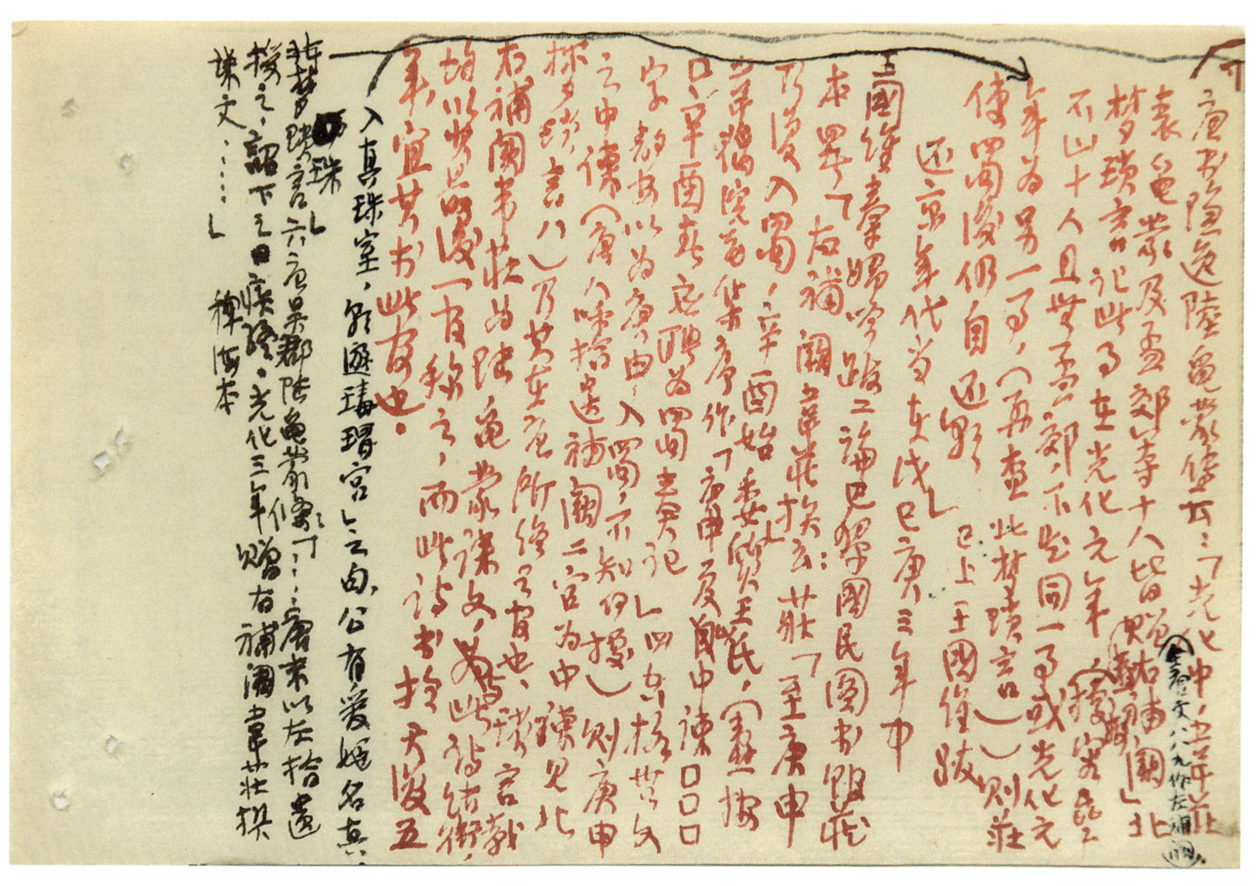

唐书隐逸陆龟蒙传云：「光化中，卒。」（全唐文八八九作左補闕）
袁龟蒙及孟郊李贺十八人皆赠右补阙」北
梦琐言记此事在光化元年（按安）
不止十人且无孟郊，不当同一事，或光化元
年为另一事。（再查北梦琐言□）
使蜀后仍自还（以上王国维跋）则庄
还京年代当在戊午、己未、庚申三年中
王国维韦端己年谱二论巴黎图书馆藏
本署「右補闕韦庄撰」，谓庄「至庚申
乃入蜀，辛酉始委质王氏」（案此据
韦蔼浣花集序作「庚申夏，朝中陈□□□
□，辛酉春应聘为西蜀奏记」四卷本校勘文
字数，可以为庚申入蜀，不知何据）则庚申
之中续（庚八□□）□□二公为中续见北
梦琐言八）乃其在京所作之首也、□宫都
右补阙韦庄出陆龟蒙诔文，若此□结衔，
胡以其出蜀后「有余之，而此诗书于后五
年，宜其书此衔也。
入真珠室，敛遁瑶琼宫」之句，公有爱姬名真
珠。北梦琐言六：「唐吴郡陆龟蒙字鲁望……唐末以左拾遗
授之，诏下之日疾殁。光化三年，赠右补阙韦庄撰
诔文……」　韦诗本

春

韦庄应聘为西蜀奏书记　自是终（？）日居蜀

（浣花集序「辛酉春应聘为西蜀奏记」）

纪事：「入蜀，（王）建辟掌书记，寻召为起居舍人，
建表留之，后为蜀散骑常侍，判中书门下
事，累官吏部尚书……」　再按 897

古今词话：「韦庄以才名寓蜀，王建割据，遂羁留之。
庄有宠人，姿质艳丽，兼善词翰，建闻之，托以教内人为
辞，强庄夺去，庄追念悒怏，作荷叶杯（二首）、小重
山词，情意悽怨，人相传播，盛行于时，姬后传闻之，
遂不食而卒」三词皆此年后作

王国维韦端己年谱以入蜀在去年，待

文　陈□□□□年引十国春秋一则，须补入此年

唐诗纪事：韦庄为纪室时，蜀有某妳令籍故
携民，庄奏有云：「正当凋瘵之秋，好安凋
瘵之民，勿使疲瘵之后，复作疮瘵」此词僖
诵一时。（韦端己年谱）

查　校本

四月，调孙偓以翰林学士，遂复位。
时人为作樊哙排闼图（全唐诗本），盖即全唐文大典之
祖也。详见陈旸乐书　不传

此梦琐言卷七　王赞□□□□须补　韦庄大事
又卷一　朱全忠逼驾于凤翔□□　须补
又20页　休公自幸□　□须补

901　昭宗天复元年　辛酉

「韓偓天復初入翰林，其年冬車駕幸鳳翔，偓有扈
駕功，遷兵部侍郎，上面許偓為相，（偓薦趙崇為宰相面
辭官）摭言（今代詩題）

王衍生　十國春秋三十七前蜀後主本紀「光天元年六月
癸卯即皇帝位，時年十八。」　生日明918

韓偓十一月隨駕岐下　辛丑冬十一月隨駕幸岐下作
香奩詩序
以下抄岑仲勉唐集質疑　韓偓（南依）記
歷史語言研究所集刊第九本

韋莊在西蜀，於浣花溪尋得杜工部
舊址。　浣花集序「辛酉……，明年浣
花溪尋得杜工部舊址，雖蕪沒已久，而柱
砥猶存，因命芟夷結茅為一室，蓋欲
思其人而成其處，非敢廣其基構耳」
朱承爵浣花集補遺有乞彩牋歌云「浣花
溪上如花客，綠闇紅藏人不識……我
有歌詩一千首，磨礱山岳羅星斗，開卷
長疑雷電驚，揮毫只怕龍蛇走，班班布
在時人口，滿軸松花都未有，[illegible]」
今浣花集十卷逸二首，止存二百五十四
首

韓偓生

韓偓隨駕在鳳翔府　冬至夜作（天復二年壬戌隨駕
在鳳翔府）

902

二年

壬戌

高季興為荊南節度使，觀察留後

新五代史六十九南平世家

六月九日昔于杜工部舊作浣花集序 「余家

之兄莊，自庚子亂離前，凡著詩歌文章數

十通，屬兵火迷失，向備供墜，唯餘口誦

者，所存無幾。爾後流離漂泛，寓目緣

情，子期懷舊之辭，王粲傷時之製，或

離或反，或悲或樂，乃紀於文，一詠一觴

篇之作，迨於癸亥歲，又僅盈千餘首。……

使因閒日，錄兄之藁草中，或默記於吟諷

者，次為口口，目之曰浣花集，亦杜陵所

居之義也。」餘錄之所製，則供為別錄，

用繼於右。時癸亥年癸月九日，藹集。

（韋藹孔修撰毛氏汲古閣本補）

の訂如刊本

韋莊入蜀 與修好于朱全忠

此數語書15-1移入此下

移 陳譜 光化の年

歐陽炯作貫休詩

五代詩話四世引野人閒話「唐沙門貫休本婺州蘭溪

人，…詩，善書畫。王氏建國時，來居蜀中龍華

之精舍，因縱筆用水墨畫羅漢一十六身……

語之，蜀主曾宣入內，歎其供養，

了經月，翰林學士歐陽炯為之歌以詠之，

三年 癸亥

99

「西嶽高僧名貫休，孤情峭拔，清若秋天，數水之
德寰摸，遊學古容生章頭，……始自江南來
入秦，於今到蜀，多以詩名，書手皆奇絕，處處觀你
把人爭是人……」
在蜀見韋莊年譜　　當休初入蜀時作　休今年
傳延已生見譜

四月丙午（四日）　上令韓偓及趙口老人寫額　宣諭
於朱全忠軍　　己巳（二十七日）車駕入京師（舊紀）
二月十六日壬午　貶偓濮州司馬（出收謹碘石刻注）

904

昭宗天祐元年

甲子

李曄（唐昭宗）為被殺於朱全忠
韋莊為王建作書答王宗鐬　說郛45卷23頁
韓偓
　二月在湖南（訪同年虞部李郎中注）
　時節度使為馬殷
　五月自長沙赴醴陵　詩題注云「甲子歲夏五月
　自長沙抵醴陵……」

巴黎图书馆（国民）藏韦庄秦妇吟（「右補闕韋莊撰」）「天復
伍年乙丑岁十二月十五日燉煌郡金光明
寺学仕郎张龟写」　国学季刊一卷四号
王国维　校韦庄的秦妇吟
秦妇吟　天祐二年而题曰天復伍年，殆以地僻不
知改元也。（再查国学季刊）
授「Lionel Giles 秦妇吟之考证与校释」
秦妇吟写本，自得一本（共有五本：）英国博物院斯坦因
因学士藏一本，跋「贞明五年己卯岁
の月十一日燉煌郡金光明寺学仕郎安
友盛写记」 Giles 自藏。旋又得一本。三本
依次称甲乙丙本。伯希和教授在
燉煌发现二种，藏巴黎国立图书
馆，依次曰丁戊本。丁本诗题下有「右
補闕韋莊撰」一行，戊本有末尾题
「天復五年十二月十五日燉煌郡金光明
寺学仕郎张龟写」。　日本狩野博士
教授钞得甲本，乙本在日本亦有钞本。
王国维据此二本乃巴黎图书馆所藏戊
本之钞本，校写全文。惟未见原

905　[illegible]　二年　乙丑

本，又似未知有两本，故其所校不免错误。
罗振玉燉煌零拾中所录此书亦复不全
爾。 Giles 乃合五种写本，重为校定，
作「秦妇吟之考证与校释」一篇，并有秦妇吟英译本。
「乙戊两本同出一寺，亦於阳十三年。金光明寺
之名，屡见斯坦因所得燉煌写本中，据贝
第二七二九号，知八〇〇年间，寺中有僧
十六人。其第三九〇五号，写於九〇一年。其第二七一一号寺
甲乙写经人」名录。此卷或属於十世纪
初，然其中独无安友盛及张龟之名，
岂二人者皆愚前，不能胜写经之任，
仅只以抄录俗书而已欤」　Giles 说

906

三年 丙寅

韓偓在福州 秋到福州（吳初校三首注，「丙寅年秋到福州」

907

梁太祖開平元年 丁卯

九月 王建稱帝 韋莊為左散騎常侍判中書門下事（莊見素之孫）（新五代史卷六十三頁）

紀四十七卷 北宋「累官吏部尚書」

舊五代史以王建建帝號改元在明年天祐五年，新五代史據前蜀書、運曆圖、九國志定為此年。 韋莊子抄說郛卷21頁

高季興拜荊南節度使（新史）

「建割據自主，以其義子王宗佶及莊為相」 秦婦吟攷證

又云「九〇七年唐亡，建稱帝建國，韋莊參預過密，與建謀議，多採其策，開國制度多出其手，積功升吏部尚書同平章事」

韋莊以才名寓蜀，蜀人為王建所奏作宣於…… 尚未為相時句

詞見趙翻古今詞話一頁 花草粹編三引

牛嶠 蜀開國拜給事中 見6頁

韓偓在福州 正月十八日王審知于開元寺設無遮會

偓在庵

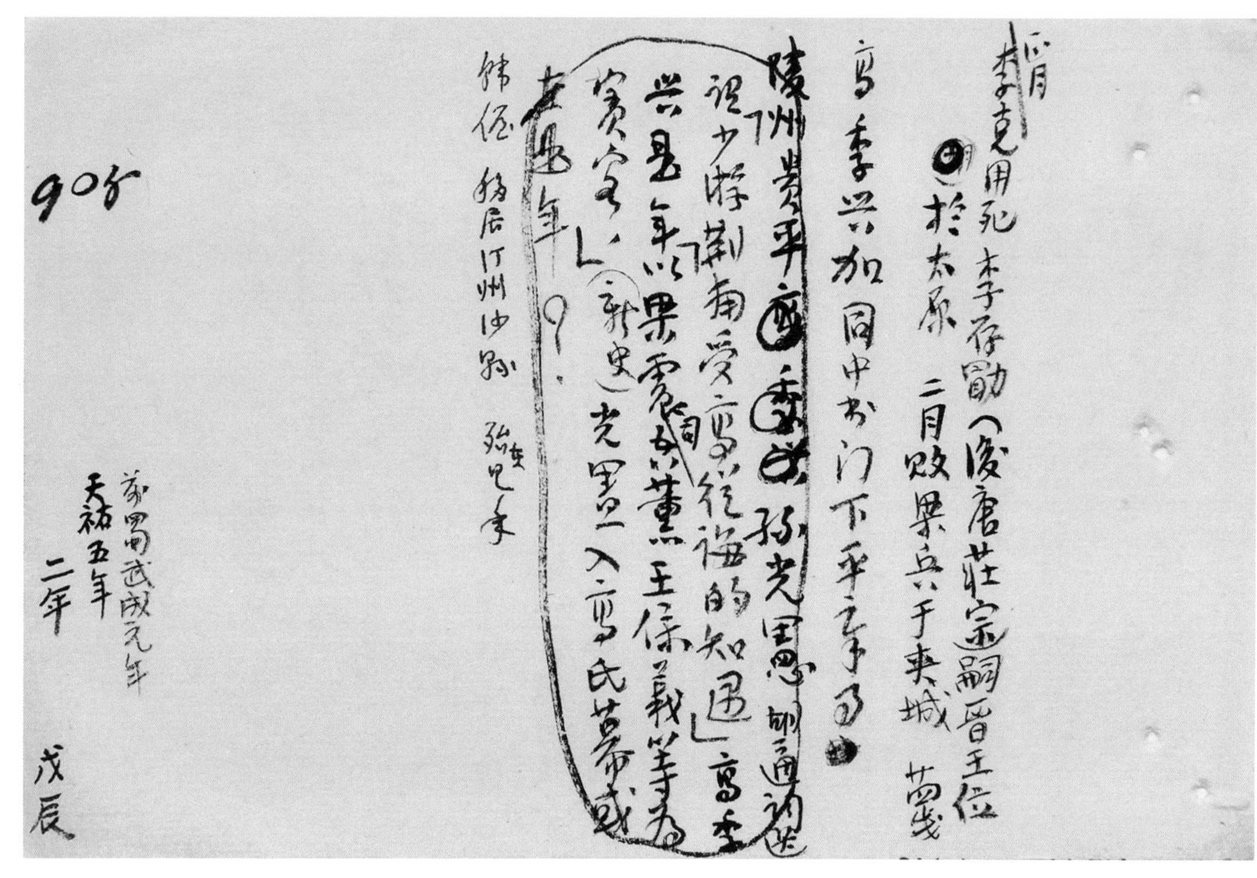
908

正月 李克用死 李存勖（後唐莊宗）嗣晉王位 於太原 二月敗梁兵于夾城 廿叢

高季興加同中書門下平章事

陵州貴平[illegible]孫光憲（卿通詩）避少游荊南受高從誨的知遇」高季興異之以梁震（同）薦，與王保義等為賓客」（新史）光憲入高氏幕或在是年？

韓偓 移居汀州沙縣

前蜀武成元年
天祐五年
二年 戊辰

909

正月韋莊為吏部侍郎 錢郭作卷21頁

韓偓在汀州沙縣寄居

前蜀武成二年
三年 己巳

韋莊的卒於此年の、七十五歲

「卒謚文靖」有浣花集十卷」 代る

（再查ㄴ十國春秋）

「莊以大唐中〔興〕國之の年（九一〇）七月卒於成 似出唐才子傳 後九一九

都花林坊，葬於白沙之謚文靖 秦婦吟以孩

又云

「莊又選杜甫王維等一百五十家之詩凡三百 全唐文韋莊又玄集自序ㄴ「唐詩百五十家」唯唐才子傳云五十二家 又唐詩紀事 校揉

首名又玄集以續姚合之極玄集 並

弟藹亦為校刊行世。」 查全唐文

韋莊後嗣無攷 太平廣記引〔王〕蜀野史

歎一子：「韋莊卅歲米而炊，稱薪而爨

……之士也。唐人撰傑，又睦姪內

一片，亦見此之。有一子，以乾而夭，其妻以

以常服，莊剃去，易以蔽席，及葬，

並去蔽席攜歸家中。」（秦婦吟攷證 查元案）

儉樸或有之，此似誣謗也 錯之矣

弔夭年月亦無攷

文獻通攷二の三 韋莊浣花集五卷引……

91 晁公武曰：「……稱史稱莊有集二

の年 庚午

十卷今已存此」

八月吏部侍郎平章事韋莊卒……

有浣花集二十卷

掇說部 卷23頁

錦位 白沙鄉振犬浮鄉

居南安鄉桃林場

911

太祖乾化元年

蜀永平元年 (red ink)

辛未

韓偓在南安縣

912

二年

壬申

韓偓在南安縣

913 三年 癸酉

蜀太子元膺作亂，皆樞密使潘峭、翰林學士毛文錫

新五代史前蜀世家卷六十三第五頁

蜀太子元膺作亂，被殺，建立幼子宗衍（即衍）為太子

新五代史前蜀世家頁同上

韓偓在南安縣

914 甲戌年

和凝舉明經 十七歲 至京師

舊五代史百二七卷本傳

毛文錫「咸平四年進士第者，判樞密院事」十國春秋本傳 又云「年十四登進士第，已而來成都，從高祖，官翰林學士承旨」參926

韓偓初年可考止於此年

岑仲勉唐集質疑韓偓南依記（歷史語言研究所集刊第九本）

劉克莊跋韓致光帖云：「致光自癸亥去國，至甲戌悼亡，十有二年，流落久矣，而乃心王室，眷戀不衰。其書紀年則只書甲子，猶書翰林學士承旨……是時朱氏篡唐已八年，為乾化四年，猶書故官而不用梁年號，賢於楊凝式輩遠矣」

岑氏云「涂山依偃得久，其卒蓋卒不逾是年，但無可確考」

915

梁末帝貞明元年

乙亥

蜀王建以内枢密使毛文錫為文思殿
大学士　蜀　新五代史　前蜀世家　卷六十三　第六頁
南唐李景通　即李璟　生　按新五代史南唐世
抄玉壺清話九李先主傳　文学大綱云「字伯玉」　及卷十　家　全五代史　璟節　又云
和凝登進士第　滑帥
滑帥賀瓌知其名辟置幕下
莊宗相推梓同上戰胡柳陂以一矢為瓌救　瓌与書
瓌襄妻以女　在何年待查
後歷鄆鄧洋三府從事　十九歲
凝舉進士　新史云第五　水玉壺清話云第
十三　參九三　三年
「唐末礼部……」抄石林燕語八卷二頁
毛文錫「通政元年進文思殿大学士，已而又兼司徒判樞密院如故」十國春秋41本傳
鑒誡録「通正年有大星殞為錫於摩訶池上，頃太尉
鄭昉為小臣直於內庭，遂獻嘆「二十八宿與日昔為
祈瑞家圖，著鎮祥瑞不然者，摩訶池上何叫見什
細看其星所謂，至光天元年帝崩，乃天鎔之
微也」　兩錄4 29引
前蜀通正元年

916

二年

丙子

顧夐「前蜀通正時，以小臣給事內庭，會禿鶖鳥翔摩訶池上，夐作詩刺之，禍幾不測，久之，擢刺史。已而復仕孟昶，累官至太尉。夐善小詞，有醉公子曲，為一時艷稱。尤善談諧，嘗于前蜀時見諸武臣多恭勇之夫，戲造武舉牒以譏之，人以為滑稽云」 十國春秋56

「鹿虔扆 一作虔扆 不知何地人，愿官至檢校太尉，與歐陽炯、韓悰、閻選、毛文錫等俱以工小詞供奉後主，時人忌之者號曰五鬼……」 十國春秋56

「閻選 後蜀布衣也，善小詞，有臨江仙詞云……」 同上 歐陽炯 皆以奉

後蜀詩人，毛文錫，前蜀人，顧夐，前蜀後蜀，鹿虔扆

閻選與歐陽炯同稱五鬼，似皆前蜀人 韓悰十國春秋

無傳，人名偶異耶

毛文錫 「天漢時，宦官唐文扆同掌兵柄，與文錫爭權，會文錫以女適僕射庾傳素子，宴親族于樞密院，用樂不先奏聞，高祖聞鼓吹聲怪之，文扆因擿其短，貶文錫茂州司馬，子詢流維州，籍其家。」 十國春秋41本傳

「和魯公凝 梁貞明三年薛廷珪下第十三人及第」

見詩話總龜引漁隱叢話

登科記

917

天祐十四年 前蜀天漢元年

三年

丁丑

韋莊年譜の十五、韋生于八七四
夏承燾「天佑十三年以前蜀檮杌」「鑑誡錄」自然志
「惠數第」「由是江淮向晴士國夫扇、萬様滿路。
國以官達」 面佐 270

十二月十四日（知祥邢州龍岡人）孟昶生於太原 十國春秋49「天祐十一年十一月生于太原」知祥第
三子 宋史云 昶初名仁贊 擇宮
錄話云 昶字保元 舊五代史一百三十六
卷 僭偽列傳第三 又舊五代史卷百三十六
張詔云「紫花蕊夫人宮詞云 法雲寺裏
中元節，又是官家降誕辰，是日取以七月
十五為生辰也 与是書異」の 十國春秋49 廣政元年「十一月以誕生日為明慶節」
研北雜志下「余平生見黃荃畫雪兔凡三 是以中元生也
の本，蓋偽蜀孟昶卯生，每誕辰，荃即
畫獻也」 蓋其己卯年
倫敦博物館藏韋莊秦婦吟作「貞明五年
己卯歲四月十一日燉煌郡金光明寺學仕
郎安友盛寫記」（王國維韋莊的秦婦吟）

韋莊此年已八十四歲，或已前卒矣
王國維韋莊的秦婦吟見北大國學
季刊一卷の四号 再查羅叢林

914

唐天祐十六年
前蜀王建乾德元年
五年
己卯

孟昶字保元，尊號睿文英武仁聖明孝皇帝，道歸宋
玉霄子　見揮麈餘話：蜀花蕊引成都人呂煥
野人閒話

920

六年　庚辰

韋莊七十七　按胡推　有浣花集十卷
約六十六歲
冬　王衍北巡至于西縣　新五代史前蜀世家
王衍　錯出
王衍十二月庚申至利州，閬州團練使林思諤來朝，請幸其
郡。從之。癸亥，浮江而下，龍舟畫舸，輝耀江水，所在供
億，人不堪命。壬申至閬州，舟子皆衣錦繡，衍自製水調
銀漢之曲，命樂工歌之。閬民何康女美而將嫁，衍取
之，賜其夫家帛百匹，夫一慟而卒。癸未至梓州。十四
本紀三十七

921 末帝龙德元年 辛巳

正月王衍还成都 新五代史前蜀世家

欧阳迥为王衍为中书舍人り、 宋史の七九

孟蜀世家「少事王衍……」 约在此年左

右 廿歳

922 二年 壬午

王衍「九月，帝以重阳节曲宴群臣于宣华殿，夜分未罢，帝唱韩悰柳枝词，内侍宋光溥咏胡曾诗，帝闻之不乐，遂罢宴」 十国春秋廿七

923 唐莊宗同光元年 前蜀乾德五年 癸未

四月 李存勗即帝位 十月滅梁 卅九歲

王衍起上清宮 新五代史

李景通（即璟）娶鍾泰章之女 八歲

按通鑑：泰章為壽州團練使，有人告其侵市官馬，徐知誥遣王稔代之，以鍾泰章為饒州刺史。……知誥請徐溫收泰章治罪，溫命知誥為子景通娶其女以解之。 見通鑑在此年

按即李煜母

王衍「三月，帝以上巳節宴怡神亭，自執板唱霓裳羽衣，內臣嚴凝月競歌後庭花、思越人之曲……歌竟達旦。……八月，……帝設醮于苑中，以杜光庭為傳真天師、崇真館大學士，起上清宮……」附在李後主大周后譜霓裳之前十年，霓裳未失傳也

韓偓卒 八十歲 陶宗[illegible]表

924 二年 甲申

唐莊宗使李嚴聘蜀歸，獻策伐蜀 新五代史

九月王衍奉母徐妃同遊于青城山 舊五代史 一百三十六卷

嘉王宗壽侍宴，因以社稷國政為言，言發涕流。于再三，同宴佞臣潘在迎等紿奏衍云：嘉王好酒悲。因自[illegible][illegible]諧謔取笑而罷。自是忠正之臣結舌矣。

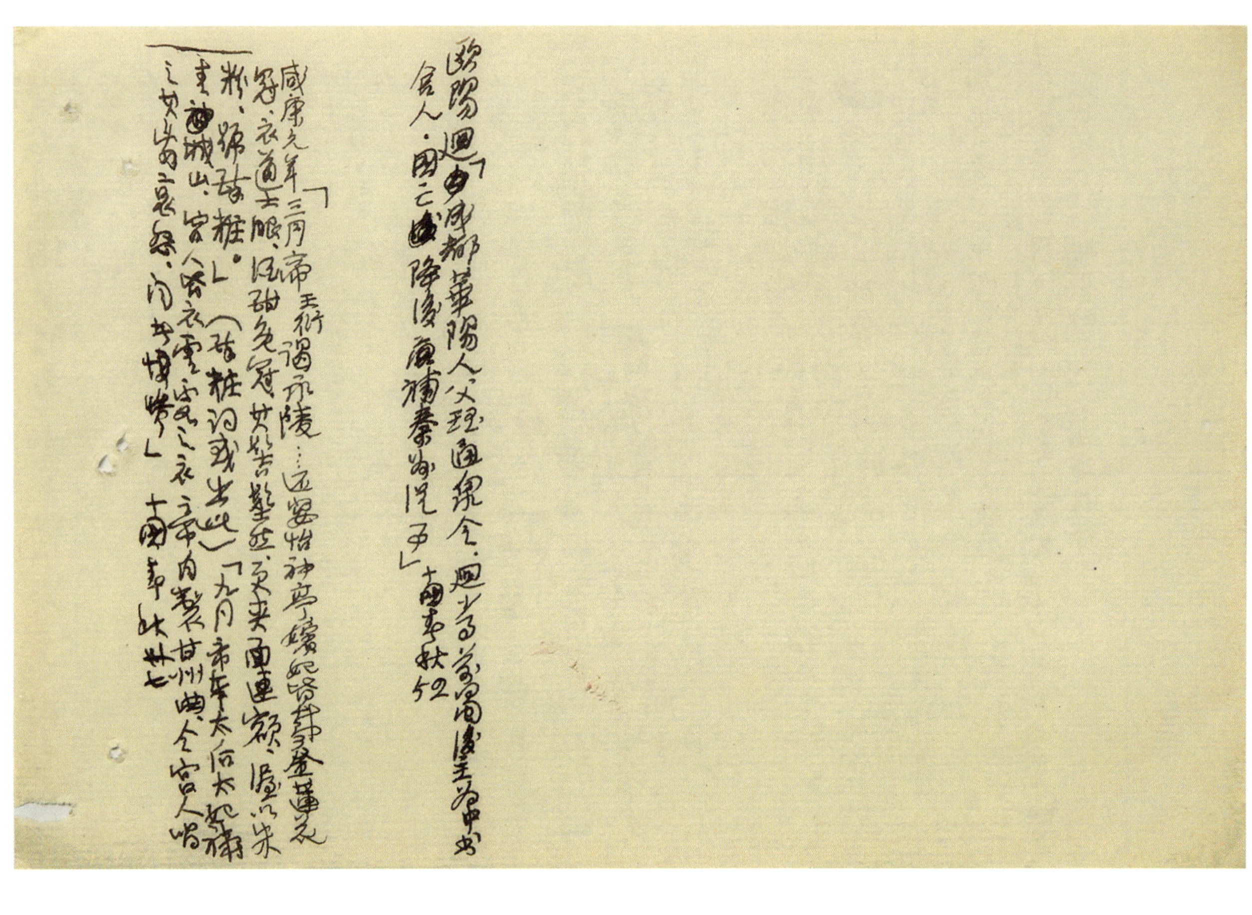
欧阳迥「成都华阳人，父珏，通泉令。迥少为前蜀后主中书舍人。国亡，随降后唐，补秦州从事」十国春秋52

咸康元年「三月帝（王衍）谒永陵……还宴怡神亭，嫔妃皆衣道服，顶金莲花冠，衣画云霞，望之若仙。及酒酣，免冠，其髻髽然，更施朱粉，号醉妆。」（醉妆词或出此）「九月帝奉太后太妃祷青城山，宫人皆衣云霞之衣，帝自制甘州曲，令宫人唱之，其辞哀怨，闻者悽怆」十国春秋卅七

九月十日唐庄宗下制伐蜀，十八日魏王继岌、郭崇韬（二十四）伐蜀，蜀军发洛阳
王衍幸彭州阳平山，幸州三学山。十月辛
秦州节度使……唐师入境，遽还成都。十一月廿日上表乞降
廿二日庄宗召衍入洛
自王建大顺二年入成都，至
此凡三十五年（依新五代史；旧五代史以王建
纪元年入成都，则凡三十七年）
（以上新旧五代史）
孟知祥为西川节度副大使　孟昶七岁
毛文锡（仕前蜀后主，降唐，未几又事孟氏，与欧阳炯等五人以小词
为前蜀后主所赏。文锡有……二卷，茶谱一卷」（十国春秋41本传）参阅年
欧阳迥随衍至洛阳，补秦州从事（详见下页）
（宋史四七九西蜀世家）
牛希济（陇西）随王衍降后唐
雍州节度使　仕前蜀为御史中丞（胡）后仕唐（胡）
（牛峤之侄）又抄诗……
李珣（……）……
……词评卷上引……
三年
乙酉
925

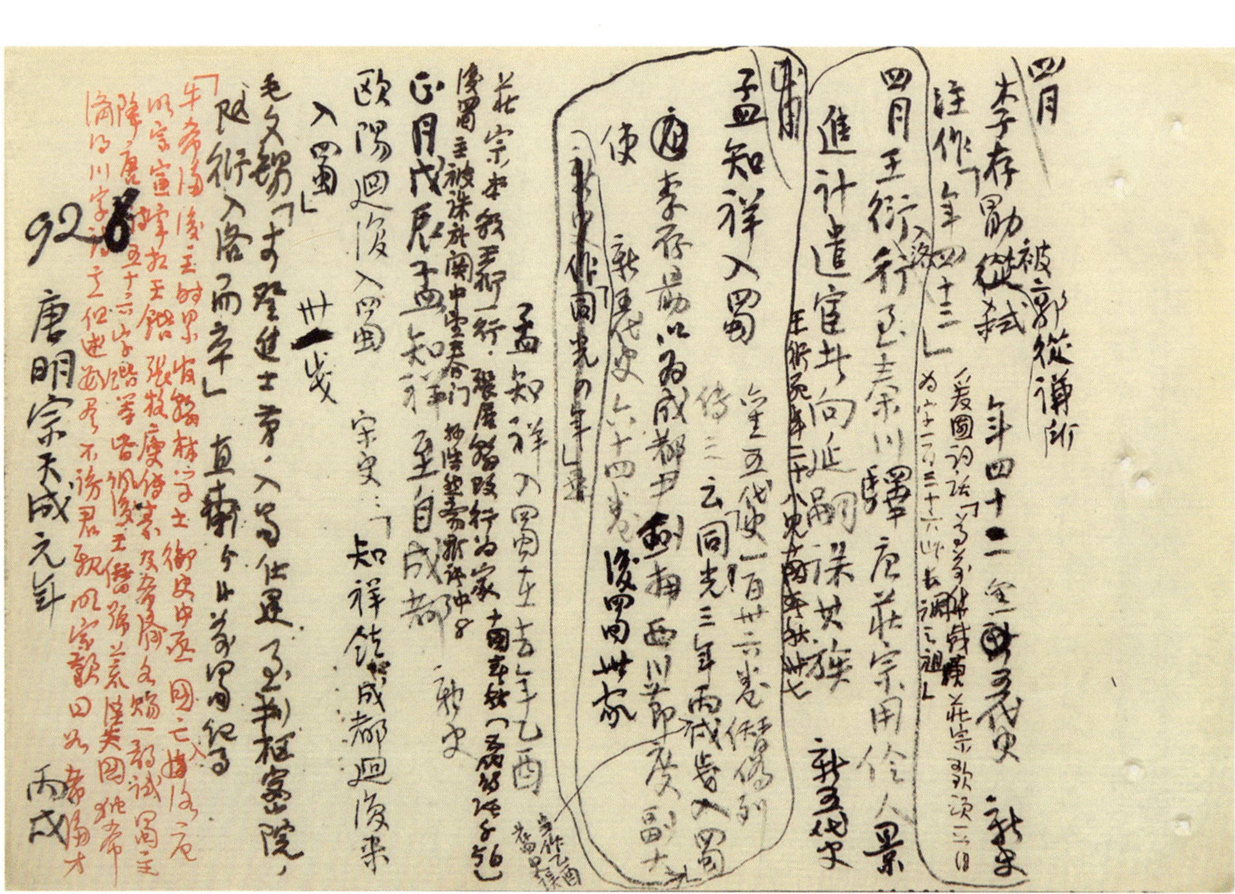

思敏好不伤两周迎在忠孝的罕矣卽拜龍游两京副使——」十国春秋44高季兴传

蜀内主被诛蒲禹卿题诗驿门而逃 引五代诗话 十国春秋

并蜀王衍降唐，王承旨作诗云「蜀朝昏主出降时，衔璧牵羊倒系旗。二十万人齐拱手，更无一个是男儿」共后蒲禹卿亦有诗云「……二十万人齐解甲，更无一个是男儿」……知诗录家作」纳诸诗话录（五代诗话卷4 47引）

高季兴以孙光宪掌书记名人弟子

「孙光宪字孟文，贵平人。世业农亩，惟光宪独读书好学。唐时为陵州判官，有声。天成初避地江陵，此荆南高从诲之作，宗世业农……信王在荆士拓致の方之士，用梁震荐，入掌书记。王方大治战舰，欲与楚角，光宪谏曰荆南乱离之后，赖公休息士民，始有生意，若又与楚交恶，他国乘吾弊，良足忧也。王乃止」十国春秋一〇二荆南列传

又十国春秋一〇〇荆南世宗此年「の月梁震荐孙光宪……」

官孙光宪于王，王命光宪掌书记，时王欲攻楚，大治战舰，光宪以为荆南士民始有生意，未可与楚交恶，王乃止」……其后二年楚以舟师败荆南

止。」 参928

同上「王（梁震）雅知人，荐孙光宪，好宾客，……借……以安荆……且皆在而延揽」

梁震邛州依政人，登进士第，向平初高季兴奏为判官，不受。……十国春秋一〇二有传

十国春秋一〇三李载仁传「及孙光宪掌书记，时人以光宪为长者」……出……仁……曲里与光宪有隙，光宪积之……通之人以光宪为长者」

王宗寿 王建养子 （上书谏）指京师

之明宗封衍顺正公，许以诸侯之礼葬

新五代史

孟知祥 新五代史 斩李严

徐温元年 太子昇……天政

南唐李氏世家

宋史孟昶世家云「孟昶……太原……明宗因令……送长公主及昶与母……」

宋史の七八卷 九卷

孟昶自太原入蜀

至蜀时」按新五代史明宗遣客省使李严……知祥……斩严……明宗……嗣入蜀在是年

十国春秋一〇三王贞范传「平江节度使保义之子也。为文献王为推官，累官少监。素性于春秋有献，正杜预左传谊而更得人望，与同官孙光宪说春秋，文会人心者得也」

又康传传「为文献王为……长阳令，有良吏才……与少监孙光宪时相往还云」

9294

二年

丁亥

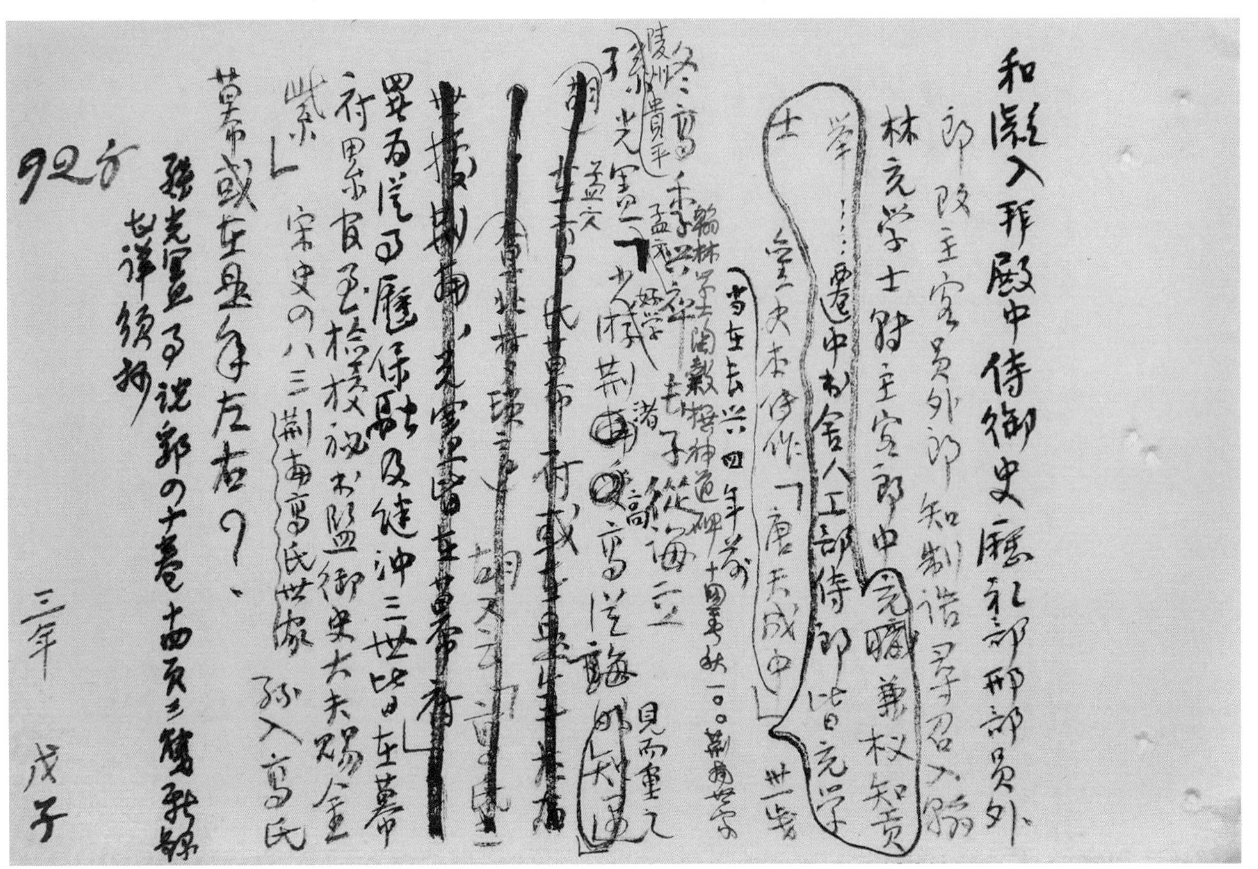

和凝入拜殿中侍御史，歷礼部刑部員外
郎，改主客員外郎知制誥，翌年召入翰
林充学士，轉主客郎中，充職兼权知貢
挙……遷中書舎人工部侍郎，皆充学
士
全一史本传作「唐天成中」 廿一卷
当在長兴四年前 翰林学士陶穀撰神道碑 十四巻 一〇〇
見而重之
孫光憲 陵州貴平人 孟文 好学
累官至檢校秘書監兼御史大夫賜金紫
宋史の八三 荊南高氏世家
孫入高氏幕府或在是年左右の、
孫光憲の説郛の十巻
三年 戊子
922

929
の年
己丑

孟知祥平兵殺唐 董璋敗死知祥遂
并有东川 新五代史
孟昶十二岁
李璟（即景通 璟）为兵部尚书参知
政事 新五代史六十二卷南唐世家
十五岁
唐明宗拜高从诲为节度使

930
明宗长兴元年
庚寅

李昪出镇金陵 留其子景通为司徒
同平章事 新五代史六十二卷南
唐世家 十六岁
诗话总龟の卷十九页「李昪镇金陵，旁罗
隐（逸）沈彬赴辟，出其所取杨氏，因献山水图曰
须出手中安排定，不怕山河整顿难，乃览之
而喜」 卷五引江南野录，云是沈彬诗

931
吴太和三年
二年
辛卯

932

李昪封東海郡王　新史

李璟十七歲

唐明宗封從誨為渤海王

三年　壬辰

唐明宗封孟知祥為蜀王　新五代史

李昪封齊王　新史　李璟十八歲

和凝知貢舉

全五代史本傳無年月，按澠水燕談錄：范質初舉進士，時和凝知貢舉，凝常以寒鋪自期，登第之日名第十三人，及覽質文，尤加歎賞，即以第十三名處之……」查宋史二〇九卷范質傳，質以唐長興四年舉進士

全一史本傳又云「晉遷中書舍人工部侍郎皆充學士

卅六歲

新史本傳云「凝舉進士（及第時）五歲知貢舉，送范質為第五」

宋文鑑の華岩の知范杜蘇の傳云「晉和凝以唐長興の年知貢舉，取范質為第十三人，唐故事，知貢舉者所放進士以己及第時名次為重，謂之傳衣鉢，若凝在渠正：凝中居此級，故以處之……」三朝史質本傳亦書之，而新五代史和凝傳誤為第五，以登科者之而說也……

933

9年　癸巳

范少連詩「紅杏可觀……長興四年知貢舉」
八月馬希範至長沙，襲位 通鑑

孟知祥卒 子孟昶立 年十六（舊五代史一百卅六卷僭偽列傳三）
孟知祥稱帝國號蜀 七月卒 年六十一（新五代史）宋史
孟昶即位數月殺李仁罕以貪驕恣踰法度（新五代史） 十六歲
歐陽迥為中書舍人 宋史四七九孟蜀世家
卅歲 十國春秋（迥）「及（孟昶）即位，以為中書舍人」

974
後蜀明德元年
愍帝清泰元年
甲午

975 潞王 乙未

孫光憲諫高從誨慕馬希範好奢靡，從誨悉以政事屬孫光憲 通鑑279 20 「荊南節度使高從誨性明達，親禮賢士，委任梁震，以兄事之。震常謂從誨為郎君。楚王希範好奢靡，游談者共誇其盛。從誨謂僚佐曰：如馬王可謂大丈夫矣。孫光憲對曰：天子諸侯，禮有等差。彼乳臭子驕侈僭忲，取快一時，不為遠慮，危亡無日，又足慕乎。從誨久而悟曰：公言是也。它日謂梁震曰：吾自念平生奉養，固已過矣。乃捐去玩好，以經史自娛，省刑薄賦，境內以安。梁震請老」自是悉以政事屬孫光憲」

亦見十國春秋一〇二 荊南文獻王世家 及一〇二本傳 [illegible]

976 晉高祖天福元年 丙申

徐州 李燈生

和凝拜端明殿學士兼判度支。轉戶部侍郎，會廢端明之職，復入翰林充承旨 舊史 本傳云「晉有天下……」

卌九歲

十月李昪受吴禅（國号齊）（二新史）
李璟封齊王（新史） 廿二歲
李煜生 文学大綱作去年（九三六）生
米元章画史云「李後主諱煜號鍾山隱居」
名画録自有鍾隱 南唐人 不知即後主否
清波雑志二卷の頁引 真物
據此後主能画
後主丁酉生 抄説郛的卷廿頁
又抄詩話總龜廿卷二頁 四部叢刊本
後主七月七日生 見九八七引忠影
三月以翰林學士禮部侍郎和凝為端明殿學士 通鑑二八一

937

齊 昇元元年
二年
丁酉

李昪復姓李（改國号曰唐）（新史）
李璟 廿三歲
李煜 二歲
三月一日 孫光憲為僧齊己白蓮集序 見全唐詩8冊下 引白蓮集序
孫時為荊南節度副使 序有云「都以旅宦荊渚
最承歡狎、頗味風人之旨、頗及文士之宮、周旋十年
互見閫域、平生詩稿、未遑刪汰、俄驚遷化……」

938

後蜀廣政元年
三年
戊戌

939

李昇下詔 授耕并田税免三年租役

（後来崇儒用武 予的亡國 南宋已起）

馬南唐1

9年

己亥

940

趙崇祚結花間集 （胡）（郑） 後蜀右衛步軍指揮使 趙崇韜之兄

詞選1·41有傳

和凝时為學士 胡適說花間集稱人官爵

陸游时為舍人 皆是結集的官爵

秋歐杉在九月 花間集成於九月前 （此說待考）在の

北夢瑣言「晉相和凝少年时好為曲子詞，布於汴洛，洎入相，專託人焚毀不暇……」 香奩集乃与韓偓同名

九月 和凝以中書侍郎平章事 （宋史本傳）

新史晉本紀凝拜相在九月

の十二歲

四月歐陽炯為花間集十卷序 丁卯

花間集今卷稱歐陽炯為蜀舍人 據宋史の七九歐陽迥以後元年為中書舍人 在此前六年 則炯即迥也 胡適說可信

五代詩話 十國春秋

五年

蜀廣政三年

庚子

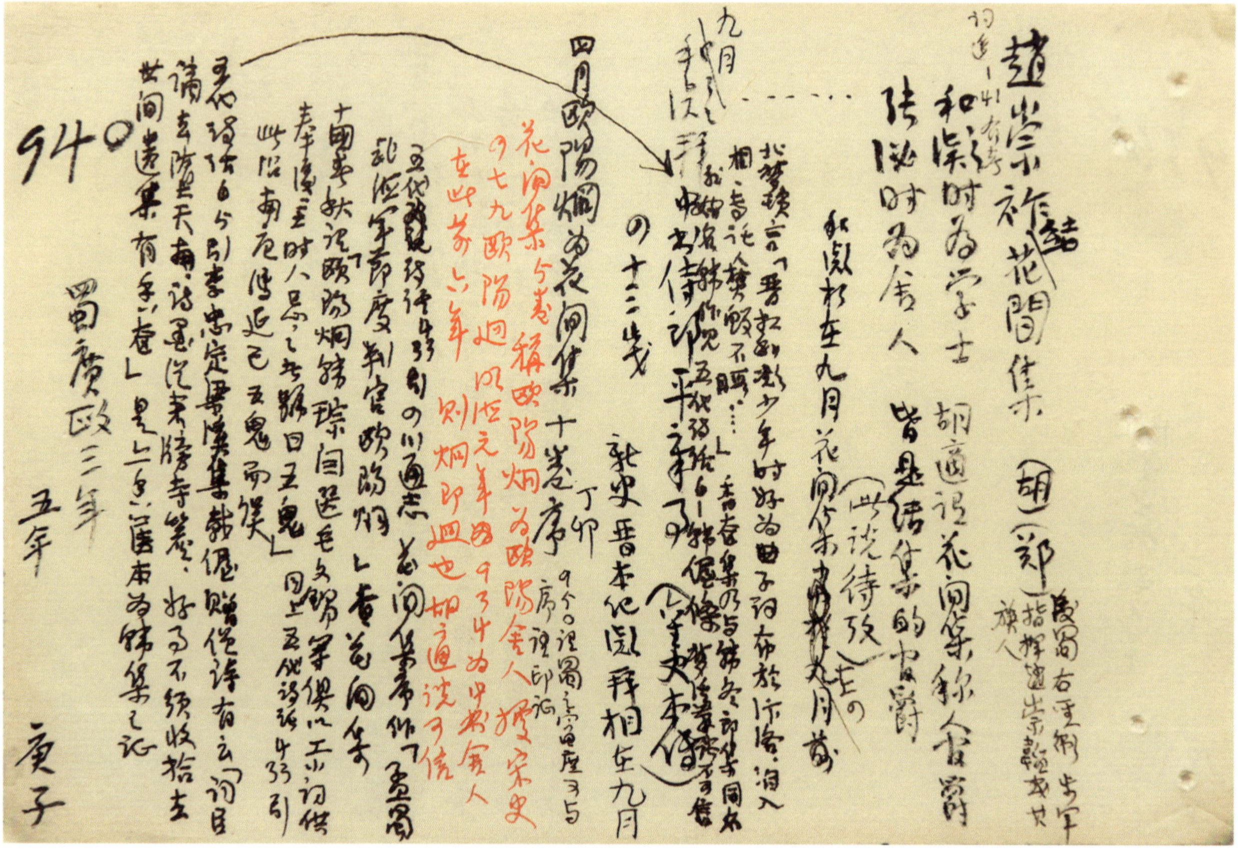

941

六年

辛丑

孟昶五月若宫藏领剧物门……下吴穷崖上天难奴」 高

春秋49 6 又「帝好学为文皆本於理，居恒谓李昊、徐

光溥曰：王衍浮薄而好轻艳之辞，朕不为也。常勅史馆

集古今书会五百卷」

942

出帝

壬寅

李昇与吴越约和 新史

李璟廿七岁

煜六岁

李昪卒　長子景立　即景通改立 又改名璟
景廿八歲

李璟以馮延巳常夢錫為翰林學士 ……延巳等皆以邪佞用事吳人謂之五鬼[illegible]文 夢錫屢言五人其不可用 景不納　新史

[illegible]馮　廣陵人 一名延嗣 字正中 李昪時擢為秘書郎 李景時以為左僕射同平章事 卒謚忠肅

立妻鍾氏為皇后

煜七歲

和凝加右僕射　全史云「少帝嗣位……」

李景[illegible]從郎[illegible]子[illegible]　又の[illegible]五月　江表志

「李氏乃徐溫養子，及僭號，遷徐氏於海陵，璟繼統，用宋齊丘言，無男女少長皆殺之，今海陵猶[illegible]家小墳十餘皆當時所殺徐氏之族也」

諸[illegible]江南野錄の十六之二引

孟昶「是歲大選良家子以備後宮，年十三以上二十以下……蜀民多立嫁其女，謂之驚婚……後宮位號列十四品……比公卿士大夫焉」[illegible]

943　南唐保大元年　七年

癸卯

南唐伐閩（新史）

李璟廿九歲

煜八歲

李璟華飲東亭　拾遺部引15

944　出帝開運元年

甲辰

和凝罷相（[illegible]丙寅）

舊史本傳云「天運過」新

（罷相守本官未幾

左僕射

史無月本紀在此年

の六歳

945

二年

乙巳

馮延巳為南唐宰相　按新史

大保の年南唐陳覺馮延魯伐閩与呉

越戰大敗　李景怒　遣使者鎖覺延

魯至金陵而馮延巳方為宰相……

為稍解之……」

契丹陷京師

御史中丞江文蔚劾奏宰相馮延巳

[illegible]（朱筆）

李景大怒自答其疏　貶文蔚江州の

司士參軍，以罷延巳為少傅　新史

南唐閩王延政

譜　新五代史十國世家年

李璟卅一歳

湯悅江南錄以李景滅閩在保大三年　欧

史定為此年

煜十歳

946

又抄鈔衛立誥　以下五頁　[illegible]罷集

詩話總龜四の十六引詩史「南唐元宗僚[illegible]

僕，馮延巳自元帥府書記[illegible]中書侍郎延相，時偶以

為文木，江文蔚[illegible]延魯福州之敗

南方[illegible]保大の[illegible]

三年

丙午

請從周制，乃出撫州。移海陵郡，由起内史進封
曰田壽樓阿監房和男，新池光墟又御回」見
延巳是年曾出省

947

漢高祖天福元年

丁未

和凝 授太子太保 全一史本傳云「會
興」 五十歲
新史本傳云「漢高祖時拜太子太傅
封魯國公」
李璟宴雪 抄五纏志九頁又新說郛5

← 在44?頁

孟昶始親政於朝堂置匭以通下情（新五代史）

錢俶立 新五代史

雄武節度使何建以秦成階三州附于蜀昶因遣孫漢韶攻下鳳州於是悉有王衍故地（新五代史）欲窺關中

卅歲

十月南平高從誨卒子保融立（新史）

孟昶始親政了 十國春秋49/10

後蜀十二月「丁酉中書侍郎兼禮部尚書同平章事徐光溥坐以艷詞挑前蜀安康長公主，罷守本官」 十國春秋49/11

948 後蜀廣政十一年

隱帝乾祐元年

戊申

歐陽迥拜翰林學士 五十四歲

宋史四七九「孟昶世家」 十國春秋52作廣政十二年

李璟召大臣宗室赴內殿曲宴 說郛六十一卷 六十八頁

949 後蜀廣政十二年

二年

己酉

950 後蜀廣政十三年 南唐保大八年 三年 庚戌

南唐與吳越戰於福州 新史

李璟卅五歲

煜十四歲

歐陽迥知貢舉判太常寺遷禮部侍郎

領陵州刺史轉吏部侍郎加承旨

宋史四七九蜀世家

五十五歲

孟昶「九月命城上芙蓉盡種[illegible]幔 是時蜀中久安，斗米三錢，國都子弟不識菽麥之苗，金帛充實，弦管歌聲盈於閭巷，合筵社會，晝夜相接。城頭盡種芙蓉，秋間盛開，蔚若錦繡。帝謂群臣曰：自古以蜀為錦城，今日觀之，真錦城也。野人閒話言：後主時，城內人生三十歲有不識米麥之苗者。每春三月夏四月多有游花院及錦浦者，歌樂掀天，珠翠填街，貴公子華軒彩舫，共賞百花潭上，至諸王功臣以下，皆各置林亭，異果名花充溢其中」 此蜀詞集皆景 十國 秋49

飛加尊號曰睿文英武仁聖明孝皇帝孫王霄子」 見[illegible]

951 周太祖廣順元年 辛亥

孟昶「三月帝宴芳林苑，放士庶人入觀，俳優有叫老康子者，帝顧李昊等問曲所由名，昊不能對。徐光溥曰：康老子即長安富家子，開元中拓落不事生業，好與梨園樂工游，一旦家產蕩盡，而樂工憐之，因為此曲。又名曰得至寶。光溥蓋不知而妄對也。」任臣按樂府雜錄：康老子與國樂狎昵，偶有一老嫗持舊錦褥貨鬻，乃以半千獲之，尋有波斯見之，曰：此是冰蠶絲所織，若暑月置於座，滿一室清涼。即以千金酬之。與國樂追歡，不經年蕩盡，尋卒。樂工嘆之，曰得至寶子，帳氏似亦未詳」 十國春秋49

是歲詣勤論經指石 同上

952

馮延巳孫忌為左右僕射同平章事

見新五代史南唐世家

楚地新定其將宰以寵字於馮延已以克楚為功不敢取賞於國內重斂其民以給軍楚人皆怨而叛其將劉言攻邊鎬ここ不能守遁歸 同上

張從及第 詞選1-41頁參考

南唐大保十年

二年

壬子

953

通鑑㉑二九一「自唐末以來所在學校廢絕、蜀毋昭裔出私財百萬營學館且請刻板印九經、蜀主從之、由是蜀中文學復盛」

三年

癸丑

十月周世宗伐南唐取滁州 李景遣使至徐州稱「唐皇帝奉書願効貢賦陳兄事之禮」世宗不答 景改名璟以避周廟諱奉表稱臣 割壽濠泗楚光海六州求罷兵 世宗不報 景遣人懷蠟丸書走契丹求救 為周將所執（在下半乙卯）

卅九

煜十八

張泌出仕 見961年

△鉅野王禹偁生

954 南唐保大十二年 世宗顯德元年 甲寅

周世宗伐蜀 秦成階鳳復入于周

孟昶遣使聘於南唐東漢以拒周

三月李景奉表於周 辭益卑服 五代史補

又遣兵反攻 周世宗班師（在下年丙辰）

周世宗伐南唐……（見上年甲寅）

世宗破景軍於正陽 遂進圍壽州 宋史

煜十九

澄心堂紙 考見書林清話六·廿頁

和凝（以此間插）卒年五十八 贈侍中 有集百卷

（宋史本傳）宋[illegible]藝苑[illegible]謂有香奩集曰後貴乃嫁名為韓偓 凝平生著述多為演論樂章孝悌疑獄香奩篇咏

全六集 香奩集今無傳本

和凝英華傳本 考在書林清話[illegible]廿一

韓偓同名 見五代詩話 柏園

955 南唐保大十三年 後蜀廣政十八年 二年 乙卯

薛史和凝傳云平生為文章長於短歌艷曲尤好聲
譽有集百卷自篆於版模印數百帙分惠於人焉
書林清話一刻板盛於五代條引此謂此為與貫休
禪月集為自刻集之始
案和詞為在百卷之内則刻詞可考者以此為最早矣
（元稹為白居易長慶集序有繕寫模勒衒賣於
市井之語謂唐人已有刻書 白詞未見長慶集中
耳）

二月周世宗又征南唐取壽州為（世宗南征）
十月又取濠（金陵下年丁巳）泗四州（同上）
李景奉表……（見上年乙卯）
煜廿●歲 抄本新記七卷一頁「李璟時」
孫光憲在荊南判官任 陸游入蜀記卷
「二十日早發歸州，出馬肝峽門，過天下觀，為
……又有周顯德中荊南判官孫光憲
知歸州高從讓所立碑。從讓蓋南平
王家子弟，光憲亦知名，國史有事迹……」
宋史本傳不載
張先父維生
見齊東野語十五卷張氏十詠
圖像陳振孫十詠圖跋，顯德六年，維年
九十一，為生於五年
梓為蘇易簡同生 △
孟昶「見吳焯詩僧可朋錄十家昌子十足」 十國春秋49
十國春秋五十七僧可朋傳「丹棱人……自號醉髯，少與
盧延讓方干為詩友，來蜀與歐陽炯相善。炯比之孟郊、
賈島。力學後主賜錢百萬為加等，是夏炯與同
僚納涼淨眾寺，依林亭列樽俎，眾方歡飲，有農者外
956 有耕者曝背烈日中，耘田鼓詩，炯……
在塵力作耘田鼓詩撤炯……可朋……丙辰
撤飲……」

孟昶寓書於周世宗，，怒其無臣
礼，不荅　新五代史

周世宗又南征，，，，（見上年丙辰）

李景去帝號，，，，（見下年戊午）

煜廿一歲　卅二歲

李景遣使詣周，自去表稱臣，比地父母
之恩不可報，又請降詔如同藩鎮例，
傳位世子，周世宗優詔以勞之
新五代史南唐世家

宋史作六年十月
九月太子冀卒，次子從嘉封吳王，居東
宮，鍾謨言從嘉輕肆，請立紀國
公從善，景怒之，貶謨國子司業，立　太子冀卒，貶謨為耗
從嘉為太子
景既失淮南地，數蹈憤，更以大臣宋齊丘
陳覺皆殺之（宋史）

957
南唐保大十五年
周四年
丁巳

李煜幼子政王生　見962年

懶真子卷一：「廬山東林寺，有李煜頌並書經，如人
許大，楷法極古，蓋其書也。題曰：保大五
錄作已，時乃東野開寶四年也。南唐自顯德五
年用中原正朔，然南唐仕大夫以為恥，故江南
寺觀中碑，多不題年號，但書甲子而已。後
戊辰七年，為次乙亥，遂收南唐。」

958

周兵伐南唐取淮南十四州諸國皆懼

荊南高保融以書招王昶使歸周

昶以前政書於世宗不答乃止 新史

昶の十年

周師取楚州海泰揚州 畔大江 李景奉表

請傳國世子而聽命 獻廬舒蘄黃

四州畫江以爲界 五月下令去帝號

稱國主奉周正朔 時顯德五年也

新史南唐世家

揚境江南保以畫江為界在保大十五年 歐史

此乃上年丁巳

注當是保大十六年

錦熙報謀李煜孫羅亭詩 時已失淮南 九見

煜廿二歲

七二年

十國春秋 十六 十二月 周兵部侍郎陶穀來聘 聘南唐也

南唐書補注 37下 鈔本 陸游 又十國春秋 1623

南唐交泰元年

後蜀廣政廿一年

五代年 戊午

959

恭帝

顯德六年

己未

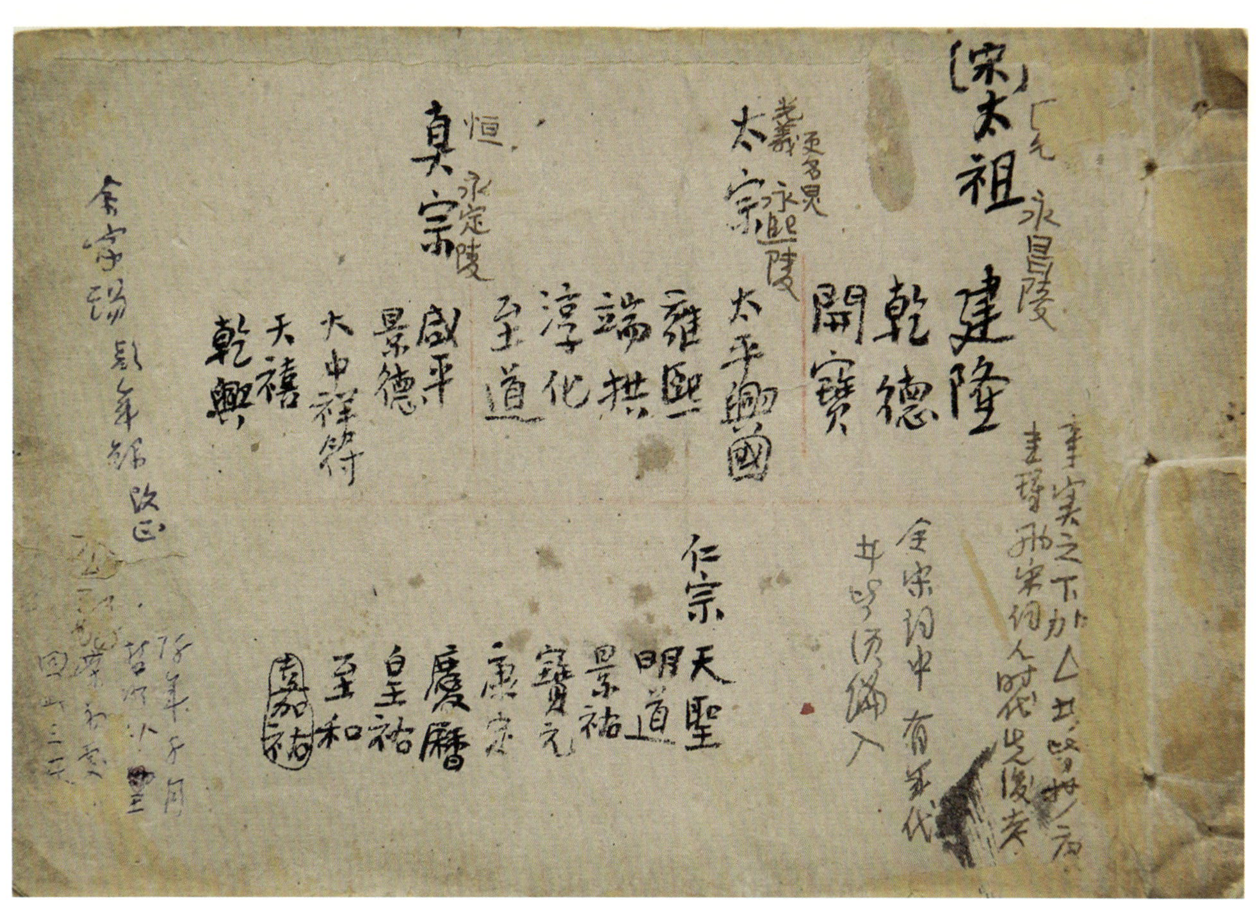
（宋）太祖 匚乂 永昌陵
建隆 乾德 開寶
太宗 義 更名炅 永熙陵
太平興國 雍熙 端拱 淳化 至道
真宗 恒 永定陵
咸平 景德 大中祥符 天禧 乾興
仁宗 天聖 明道 景祐 寶元 康定 慶曆 皇祐 至和 嘉祐
全宋词中有年代 并以后编入
余嘉锡 《年录》改正

公元
960
宋太祖建隆元年 庚申

宋太祖即位以前称藩李景遣归江南
来降将校（成都史唐尼悠安）景
遣使□贡绢银数以万极（同上）
煜廿四岁
南平高保融之子弟保勖立（宋史）
冯延巳卒 胡云「他死时大约在是年」
有阳春集
按：…四果钧磔之说 廿四页记太祖讨李重进于扬州，南唐遣冯延巳受命……」查太祖讨
重进年代 历代名人年谱 重进卒于此年
正月 陶穀「自翰林学士承旨吏部侍郎迁礼部尚书
依前充翰林学士」 翰苑群书下学士年表
五国宝乱二年卒

李璟從鄭洪都留太子從嘉監國（第六子）（即煜字重光）

六月卒年四十六從嘉嗣立更名煜於金陵

新史、說郛本江表志作璟年四十九，在位十九年，待攷

立妃周氏為國后

煜初封安定郡公累遷諸衛大將軍

副元帥封鄭王（宋史）

是年改名煜 廿五歲 見宋史世家 抄江表志

歐陽迥拜門下侍郎兼戶部尚書平章事（吏部侍郎 見十國春秋四九紀）

說郛本江表志作煜「二十六即位」，本年乙亥國亡，當[illegible]

監修國史嘗擬白居易諷諫詩五十篇獻孟昶，手詔加美 宋史の七九五葉

六十四歲

李璟女李芳儀

抄陸游避暑漫抄三頁（說庫本）

又默記47頁 世說本不是齋本

「北掌識」後主嗣位之初，嘗持一羊升殿衛[illegible]之，及金陵之陷，補闕[illegible]，議者知有子盛衰之理，其[illegible]徵歟。

說郛廿卷十九頁引南唐近事 亦見說郛江表志

續長編二 五月丁卯，以蜀門下侍郎兼戶部尚書平章事歐陽炯為左散騎常侍，[illegible]致仕「出處」十國（原注紀年）

後蜀[illegible]林學士[illegible]及范仁恕皆

96

二年

辛酉

向宮尉張泌上書李煜。 抄說郛五十江

有云「由天策府進位，待詔命於金門，比八年於茲矣」 說郛五十江南別錄作張泌

李煜子及李璟子須抄江南別錄

李煜即位樂章作「丁酉」，十月章謨 說郛卷 古今

三六後雅集錄 三振瓊瑤集上卷

寇準生 見一〇二三

甲六撰旌忠之碑

孫何生 陶表

六四

李煜母雪为后钟氏卒十　妻周
氏卒十
据宋史世家「煜每闻朝
廷……吉凶大礼皆别修贡。煜有母妻之
丧，亦遣使往吊」在四年了。
二十六岁（宣城郡公）（读郑の十卷十八页载后主幼子为六岁）
煜幼子卒十。周后在疾，闻之亦逝。煜悼痛
悲伤，哽噎几绝者数四，将赴井，救之获免」
周后谱宽（抄王壶灵佳话卷七十第五页）（杨说郭十一页）
荆南高保勖卒　宋史の八三荆南高氏
世家「保勖……淫泆无度……不好营造
台榭，极土木之工，军民咸怨，政事不治，
从子孙光宪切谏不听。」三年（建隆）十
一月卒，年二十九。」
孙光宪时为荆南从事
李煜诗：「尝与周后移植梅花于瑶光殿之西，
及花时而后已殂，因成诗见意」：「失却烟
花主，东君不自知。清香更何用，犹
发去年枝」（千首宋人绝句八）
后蜀广政廿五年　周后似卒于今春或今冬
三至
壬戌　此诗不知今年作否
962

据江表志：煜有二皇子——清源郡公仲寓、
岐王仲宣亡（岐王为郑王）
前郎当通以本教授拜学士　与周宪の事
翰林学士承旨下学士事录
长州张谓生△
句容尉张泌上书　此是词人张泌　词选1 42

李煜上表於宋乞呼名詔不許 宋史

春 南平高保勗卒，其弟繼沖立，荊門之地不為高氏所有 舊五代史一三三世襲列傳

二

孫光憲時為判官(?)，勸高繼沖獻三州之地於宋，宋太祖擢為黃州刺史 宋史の八三

荊南高氏世家「判官孫光憲為黃州刺史」

按說郛の十卷 查頁

孫光憲另抄の筆(?)撰為北夢瑣言 及詞入花間集

詞集名荊臺集，亦名(?)荊(?)集 見楊慎古今詞話

孫嘗依楊行密於廣陵，後去而就高氏

見劉子庚荊臺集(?)錄跋

直齋川(?)下 此(?)……「……光憲仕荊南高氏歷三世在其府……復勸繼沖入朝，有其裁(?)。太祖將用為學士，未及而卒。光憲自號葆光子。」

[illegible]

963. 太祖乾德元年 建隆四年 癸亥

乾德

五代詩話一引三楚新錄：孫光憲自負文學，常怏怏不得志，又嘗草吏民之作，自恨詩侯(?)幕府，不呈展其才力，每謂人曰：安知獲磨之策(?)，自為(?)焉之用，因以(?)為謁詔曰：一生不得文章力，百口寧為飽暖家。」

十國春秋一〇二 荊南侍中繼沖世家：「乾德元年正月，(宋)命慕容延釗帥師平湖南，樞密副使李處耘為都監，且諭以發水軍三千人赴潭州，繼沖即遣親校李景威將以往。二月，處耘遣其將丁德裕來諭假道之意。景威力言城外之約不可信，孫光憲叱之，言於(?)繼沖曰：宋帝規模宏遠，不若早以疆土歸朝，不惟免禍，而亦不失富貴。繼沖乃遣叔父保寅奉牛酒犒師于荊門……是夕延釗召保寅宴帳中，處耘密遣輕騎數千倍道……繼沖向宋師奄至……遣詣延釗納牌印，籍其境內州三，縣一十七……宋太祖……授繼沖荊南節度使如故……孫光憲為黃州刺史」論曰：「真人出，四海一，理勢之必然也。天以群雄斷(?)國……即歸伏(?)，錢(?)威(?)虞之謀(?)，為(?)氏其欲常守此土乎？光憲出(?)幾所由……國以(?)……共異矣。」 同書一〇二孫光憲傳「光憲為南平三世皆參幕中，累官荊南節度副使，朝議郎，檢校秘書少監，試御史中丞，賜紫金魚袋。繼沖時，宋使慕容延釗等平湖南，假道于荊，約以兵過城外，大將李景威勸繼沖嚴兵備之，光憲叱之曰：此峽江一民耳，安得(?)成敗？中國自周世宗時已有混一天下之志，況聖宋受命，真主出邪(?)，王師若雷電，因勸繼沖去斥堠，封府庫以待，慕(?)獻三州之地。宋太祖嘉其功，授光憲黃州刺史，賜賚加等，在郡亦稱治」

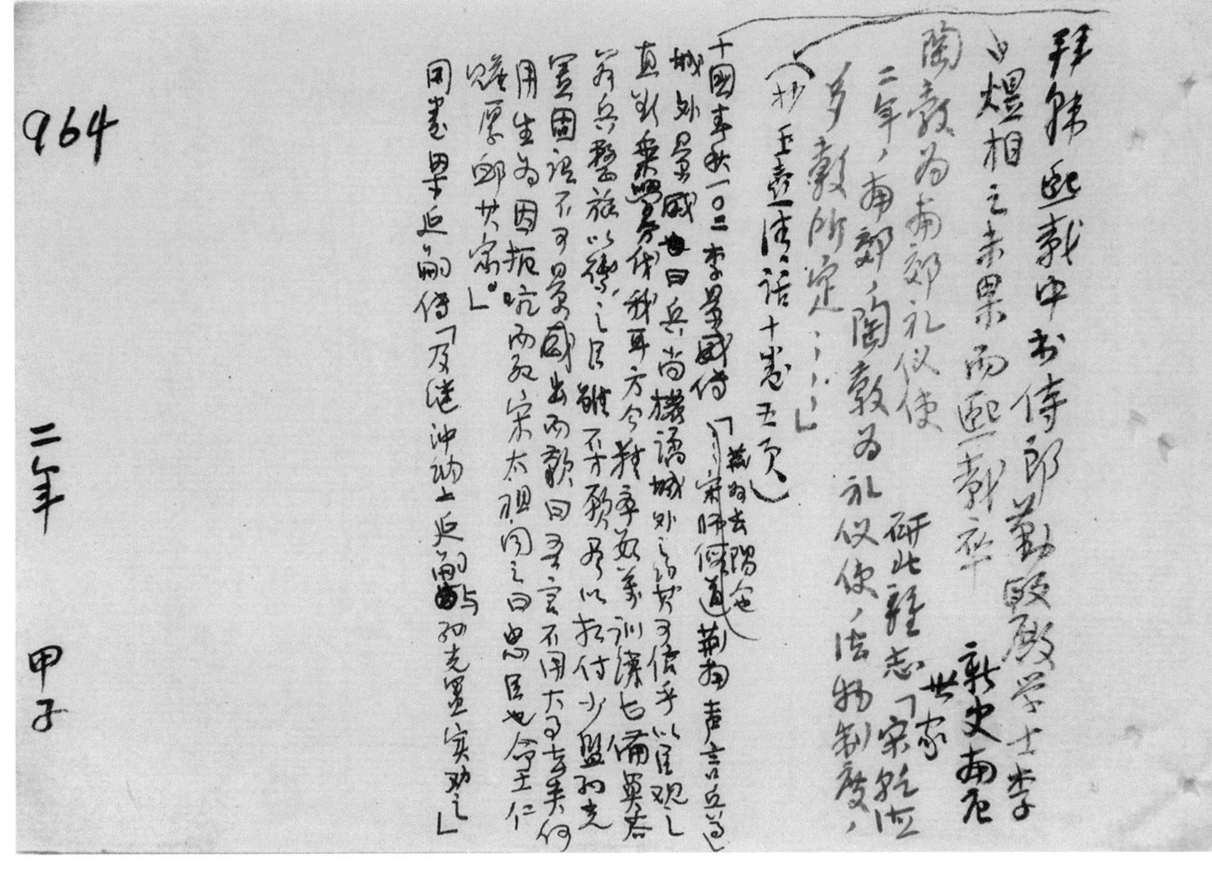

964

拜韩熙载中书侍郎勤政殿学士，李煜相之未果而熙载卒。新史南唐世家

陶穀为南郊礼仪使

二年，南郊，陶穀为礼仪使，法物制度，多穀所定……」研此雜志「宋紀四」

（抄玉壶清话十卷五页）

十国春秋一〇二 李景威传「（熙为安阳令）宋师假道荆南，声言且为之」城外景威曰：兵尚机谲，城外之约岂可信乎？以臣观之，直欲乘便袭我耳。方今精卒数万，训练已备，愿君整兵整旅以俟之，且据不可测之地以扼付少盟和光……宋国语不可，景威出而叹曰：吾言不用，大事去矣，何用生为。因扼吭而死。宋太祖闻之曰：忠臣也。令王仁赡厚恤其家」

同卷梁延嗣传「及继冲幼，延嗣与孙光宪实劝之」

二年

甲子

蜀后宫人以后主赐自供死者，后蜀有孟花蕊夫人，王蜀则为王氏，孟蜀则徐国璋女，又有南唐宫人鲜于氏，宋后为小花蕊，其馀名皆不同云」

十国春秋五十 后蜀 慧妃徐氏，青城人，幼有才色，父国璋纳于后主，后主嬖之，拜贵妃，别号花蕊夫人，又升号慧妃。尝与后主登楼，以龙脑末涂白扇，扇坠地，为人所得，蜀人争效其制，名曰雪香扇。又后主与妃夜饮摩诃池上，作小词以美之，国中争为传诵。徐氏长于诗，咏居恒做宫词百首，时人多称许之。国亡，入宋，为太祖召，使陈诗，诵亡国之由，其诗有十四万人齐解甲，更无一个是男儿，宋太祖大悦。徐氏心未忘蜀，每悬后主像以祀，诡言宜男子之神（张仙送子图即后主也）

一云其墓在闽山宗安」

論曰「……昔花蕊夫人时有言，宋平蜀，将徙夫人入宋，道中作败兵词……为晋邸射死，又言以蜀伶

正月（宋史）春，宋平蜀，詔孟昶舉族赴闕，封楚（六十六日）抄說郛六十一卷三頁

王。孟昶秋卒於東京，時年四十七（宋史）

知祥 年入蜀凡四十年而七

抄說郛卷三頁十五 又卷八頁卅三

追封楚王，京師釋檢校太師兼中書令，封

秦國公，七日而卒。追贈楚王

母李氏不食而卒（新史云 知祥…… 自同光二年至乙酉

入蜀至皇朝乾德三年乙丑，凡四十一年

惟蜜一五代史云同光三年丙戌至乾德三年乙丑凡四十年

乙丑の十年，共誤也。按同光三年乙酉，知祥為西川節度使

史以為丙戌，固誤；新史以同光二年為乙酉，亦誤。

賜第 抄石林燕語一卷一頁

歐陽炯從昶歸宋，為右散騎常侍，俄充翰

林學士，轉左散騎常侍。七十六歲

按韓致堯鑑戒錄十三卷十頁下蜀輔重

百里不絕條

花蕊夫人作初離蜀道詞，抄韓致堯十六卷上

又抄說郛卷一頁

又抄蕭風輯二草十九頁

965

又抄說郛三十卷二十五頁蜀酒條二條 乙丑（孟昶）

八月，歐陽炯以左散騎常侍為翰林學士 [illegible]

年 [illegible]

不見是詞八首 [illegible]

毛文錫附此

五代詩話一引十國春秋 [illegible]

[illegible]

第三冊

馮吉

馮道子。「善琵琶妙音律。」又「乾德四年郊祀容出存世無友者，表弟即刊正斷備」十月同奏其缺典，但以宗廟殿庭宮懸三十六架……」五代詩話五卅引玉壺清話 錢某抄

966

四年

丙寅

967

林逋生 （鄭）繫年補錄二

鄭侯知明為宰為了

道光寧陵府志16 秩官表

五年 丁卯

陵州貴平孫光憲卒 十國春秋一〇二本傳「乾德末卒」 今傳北夢瑣言

二十卷

「自號葆光子所著荊台集三十卷、鞏湖編玩三卷、筆傭集三卷、橘齋集二卷、北夢瑣言三十卷、蠶書二卷、又撰續通歷紀五代十國事失實太平興國初詔毀之」宋史四八二

詞見橘齋稿明詞集

貽子錄 抄宋齋續第十二卷 二頁

南唐陳彭年生△

十國春秋一〇二列光憲傳「……光憲博物稽古先是唐元和中裴冑鎮荊南以據地狹一隅欲擴橫為依江陵城制命從置他所溪雨不止以後因棄之乃露其一面文獻王得其地硯問光憲光憲曰昔伯禹治水自岷至荊穴……泉源之穴處其世下或有內溢宜以石壓鎮之耳王方加歎賞益重之性嗜經籍聚書凡數千卷或自鈔寫孜孜校讎老而不廢自號葆光子所著有荊台集橘齋集鞏湖編玩筆傭集北夢瑣言蠶書貽子錄若干卷宋高祖平荊南……光憲……續通歷紀五代事失實太平興國初詔毀之光憲素以文學自負常謂荊南快快不得志……乾德六年卒……作頗恨居此僕

968

太祖開寶元年

戊辰

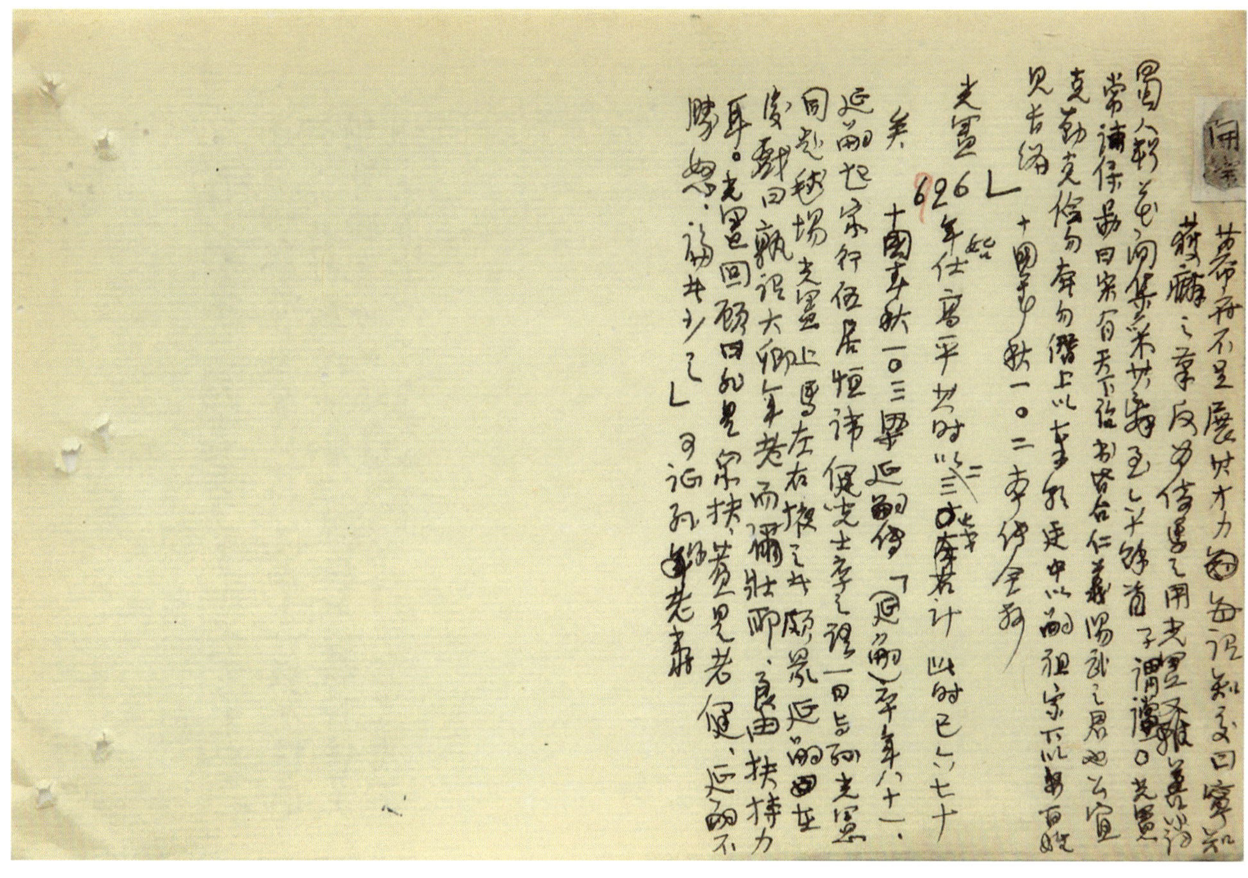
開寶

黃帝殊不足處其才力而無從知之曰寧知蘇蘇之事反為傳書之用光憲雖善治蜀人彭乘閒兵采其事至今時有子謂澹○光憲常諷保勗曰宋有天下後必有仁義湯武之君也公宜克勤克儉勿奢勿僭上以善事建中以承祖宗下以安百姓見古籍十四年秋一○二事傳全錄

光憲626年仕南平其時以三十歲若計此時已六七十矣十國春秋一○三梁延嗣傳「（延嗣）卒年八十一、延嗣起家行伍居恒諱候士禮之謂一日與孫光憲同觀毬場光憲上馬左右撥之井顧謂延嗣曰吾少戰日疏記大鄉年老而彌壯耶、良由扶持力耳。光憲回顧曰兒是宋扶，若兒若健，延嗣不勝嗟：禍其少之」可證孫光憲老壽

969

二〇年

己巳

970 三年 庚午

十二月陶穀卒 翰苑羣書下學士年表

穀風光好詞。玉壺清話謂使南唐時贈秦弱蘭

詞。研北雜志援沈睿達集任社娘傳謂使吳

越。妓名任社娘。見蘇軾言 又謂是曹翰

詞 皆見五代詞話 73 74

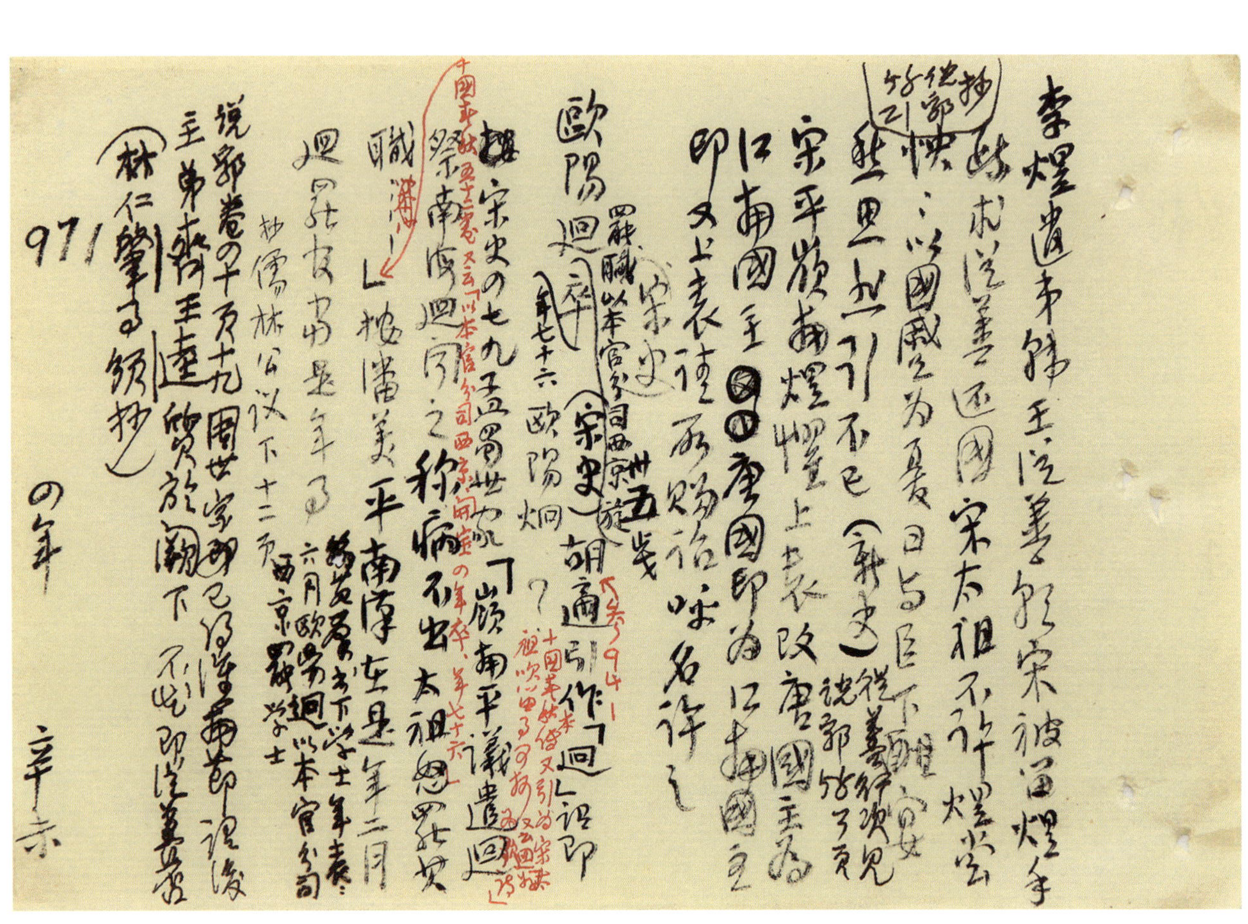
971 四年 辛未

李煜遣弟韓王從善朝宋，被留。煜手疏求從善還國，宋太祖不許。煜嘗怏怏以國蹙為憂，日與臣下酣宴，愁思悲歌不已（新史）

抄 從說郛58 21

從善辭次見說郛58頁

宋平嶺南，煜懼，上表改唐國主為江南國主，唐國印為江南國主印。又上表請所賜詔呼名，許之。

歐陽迥卒 年七十六 歐陽炯（宋史）

罷職以本官分司西京（宋史） 卅五卷

胡適引作「迥」誤 即

宋史四七九孟蜀世家「嶺南平，議遣迥祭南海，迥聞之，稱病不出。太祖怒，罷其職。」按嶺當是平南漢在是年二月

迥卒於是年可知

翰苑羣書下學士年表：六月歐陽迥以本官分司西京，罷翰學士

十國春秋五十二卷又云「以本官分司西京，開寶四年卒，年七十六」

參794

十國春秋本傳又引為宋太祖次以申了可拍 又云迥誤

抄傳林公以下十二條

說郛卷四十九 周世宗既已得淮南，節度謂後主弟齊王達覽於闕下，不比即從善

（林仁肇以下須抄）

第三册

十国春秋 红 欧阳迥 秦州从事，中书舍人 翰林学士 判太常寺 礼部侍郎 陵州刺史 吏部侍郎加承旨 门下侍郎 户部尚书 同平章事

66 欧阳炯 武信军判官 翰林学士 中书舍人

「欧阳炯为人高祖后主历官武信军判官翰林学士中书舍人。炯善文章，尤工诗词，广政十三年卫尉少卿赵崇祚编十二家人作，世称其妙，安思谦以孝廉起，本乃于风度节上献后主，命炯为之，其装潢成帙，其见重如此数也。炯并有武信军衙花间集序传世，序曰……」又小注十七家人，无时名编者，遗之渔父歌，大为蜀宰所偏和」

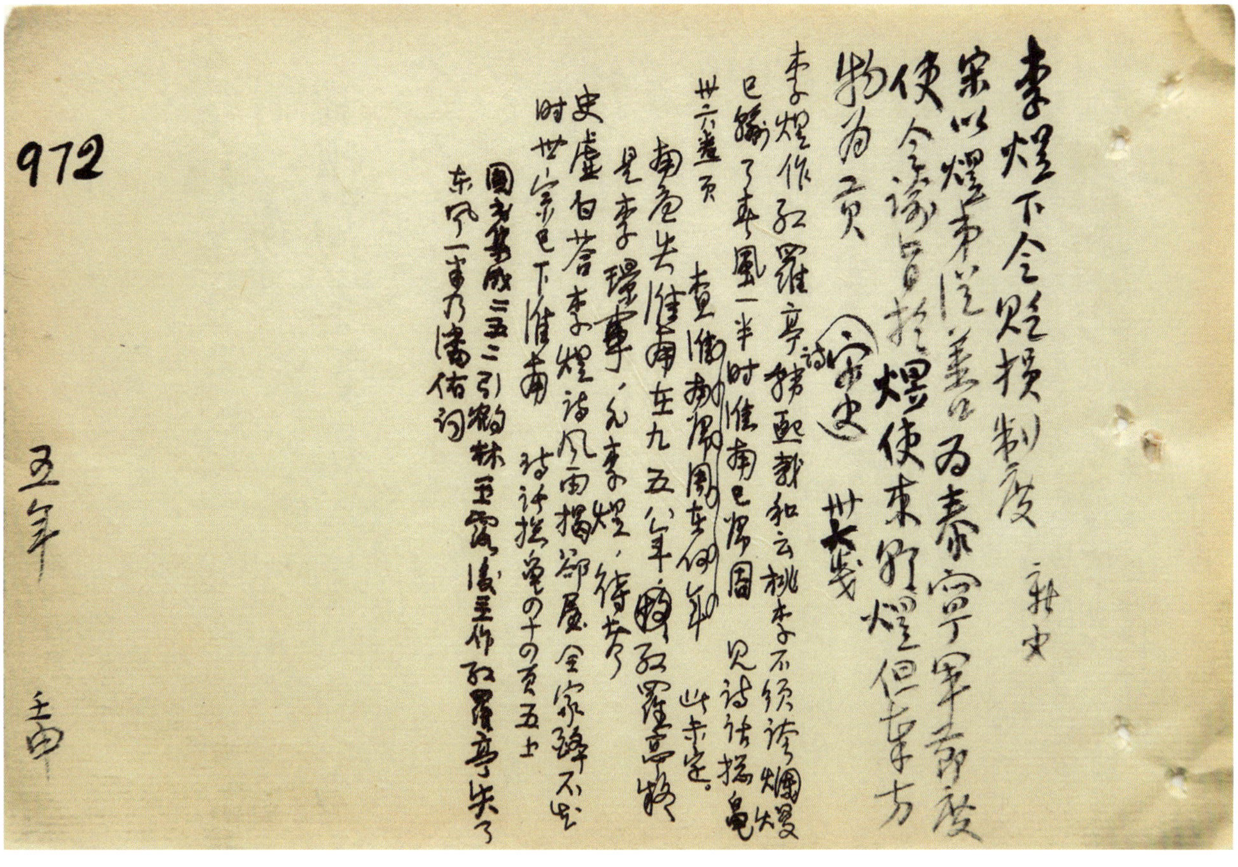

972

五年

壬申

李煜下令赐损制度 新史

宋以煜弟从善为泰宁军节度使，令谕旨于煜。煜使来朝，煜但去其方物为贡 宋史 卅七卷

李煜作红罗亭，铺题教和云：桃李不须夸烂熳，已输了春风一半。时淮南已没周。见诗话总龟 卅六卷页 此未定。

查陆游南唐书在何年

南唐失淮南在九五八年，时红罗亭败

是李璟事，非李煜，待考

史虚白答李煜诗：风雨揭却屋，全家醉不知。时世宗已下淮南。诗话总龟四十八页五上

图书集成二五二引翰林玉露，后主作红罗亭，失了东风一半乃潘佑词

973 六年 癸酉

南唐内史舍人潘佑上书谏李煜好声色、专崇浮图事，讥不恤政事。煜收下狱，佑自缢死。新史

煜卅七岁（汪焕谏李煜佞佛 十六卷六页）抄说郛卷11页（抄宋六朝僧(?)……）

高继冲卒

李煜作念家山破？ 说郛四十卷十九页说在开宝中，须抄

李煜佞佛 抄说郛九十二卷十六页

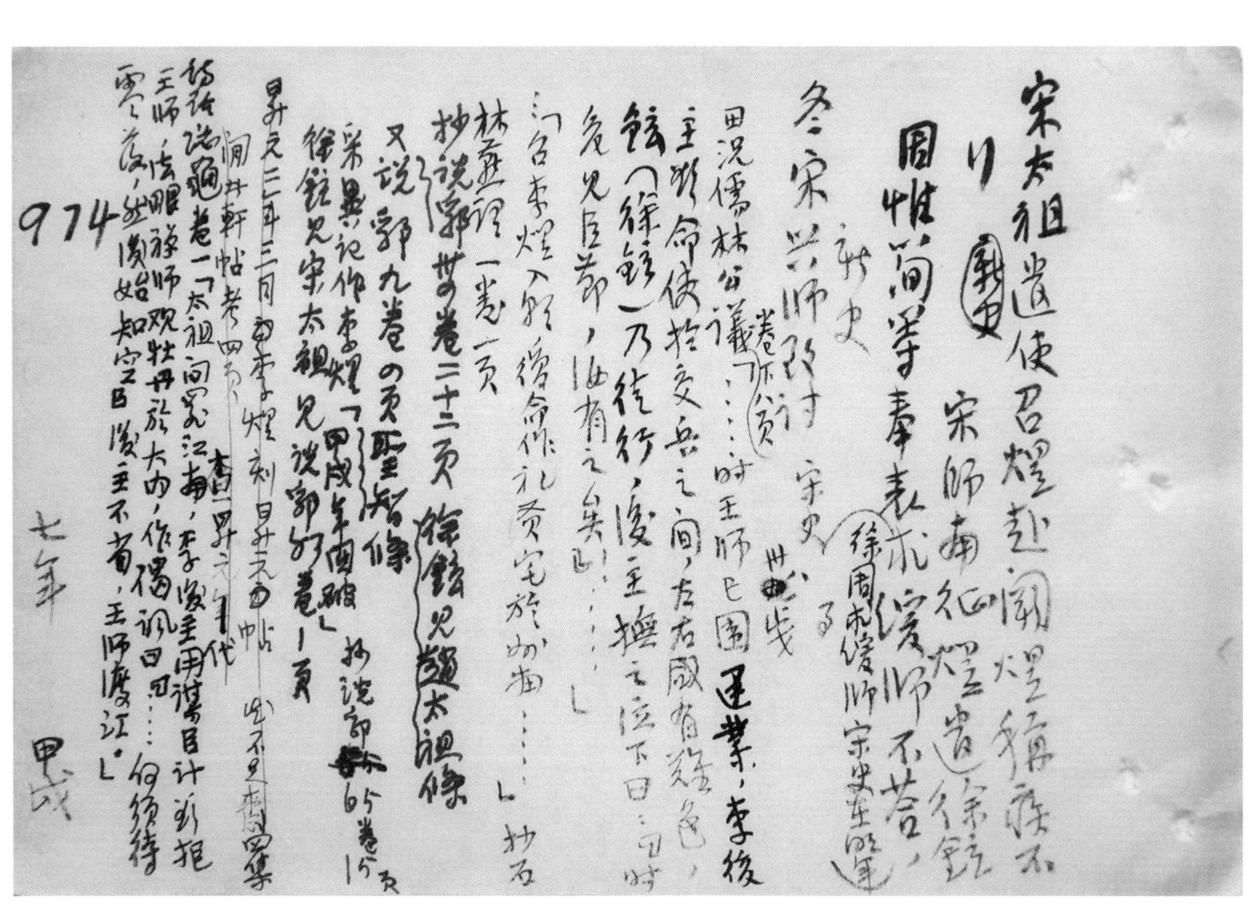

974 七年 甲戌

宋太祖遣使召煜赴阙，煜称疾不行（熙史）

周惟简等奉表求缓师，不答。（徐周求缓师 宋史本纪）

冬，宋兴师讨 宋史（抄史）

卅八岁

（卷八(?)页）田况儒林公议“……时王师已围建业，李后主命徐于交兵之间，左右咸有难色，铉（徐铉）乃往行，后主抚之位下曰：‘时危见臣节，汝有之矣！’……”

“后李煜入朝，铉命作祀贡宅于此……” 抄石林燕语一卷一页

抄说郛卌卷二十二页 徐铉见宋太祖像

又说郛九卷？页 圣像

采异记作李煜“甲戌年破” 抄说郛65卷15页

徐铉见宋太祖见说郛81卷1页

昇元二年三月南唐李煜刻昇元帖 出不足斋丛书 阅耕轩帖考四

抄说郛卷一“太祖问罪江南，李后主用谋臣计，欲拒王师，法眼禅师观牡丹于大内，作偈讽曰……何须待零落，然后始知空。后主不省，王师渡江。” 书昇元帖代

杨億

煜俘至京师 太祖封之違命侯拜
左千牛衛將軍
封妻周氏鄭國夫人 宋史 （新史）抄石林燕語の[illegible] 「江南李煜既降……」
宋太宗即位始去違命侯 宋史 加特
進封隴西郡公 册[illegible]卷
元人有太宗逼幸小周后圖 抄蓮子居三卷十九頁
張泌 一作佖 字子澄 隨李煜降宋。仍入史館遷
郎中
（前蜀官？）句容尉上書陳治
道 李煜徵為監察御史歷內史舍人（王詞青集？）
以上曾見杜文瀾詞人姓氏錄
張泌係認花間集於九四〇年 其时[illegible]唐 胡適詞選
建國不及四年後主嗣位在九六一年 相
距二十餘年（據花間集时李煜止四歲）而花間集之張已經是舍人泌了 花間
集編人的官爵皆是该集的官爵 故
和凝只稱学士而不称相 所以我们疑心词（此说甚[illegible]）
人张泌另是一人 大概他是蜀人 他的年輩
很早 故他的詞在花間集裏列在韋莊

976 太祖 太平興國元年（太宗） 丙子

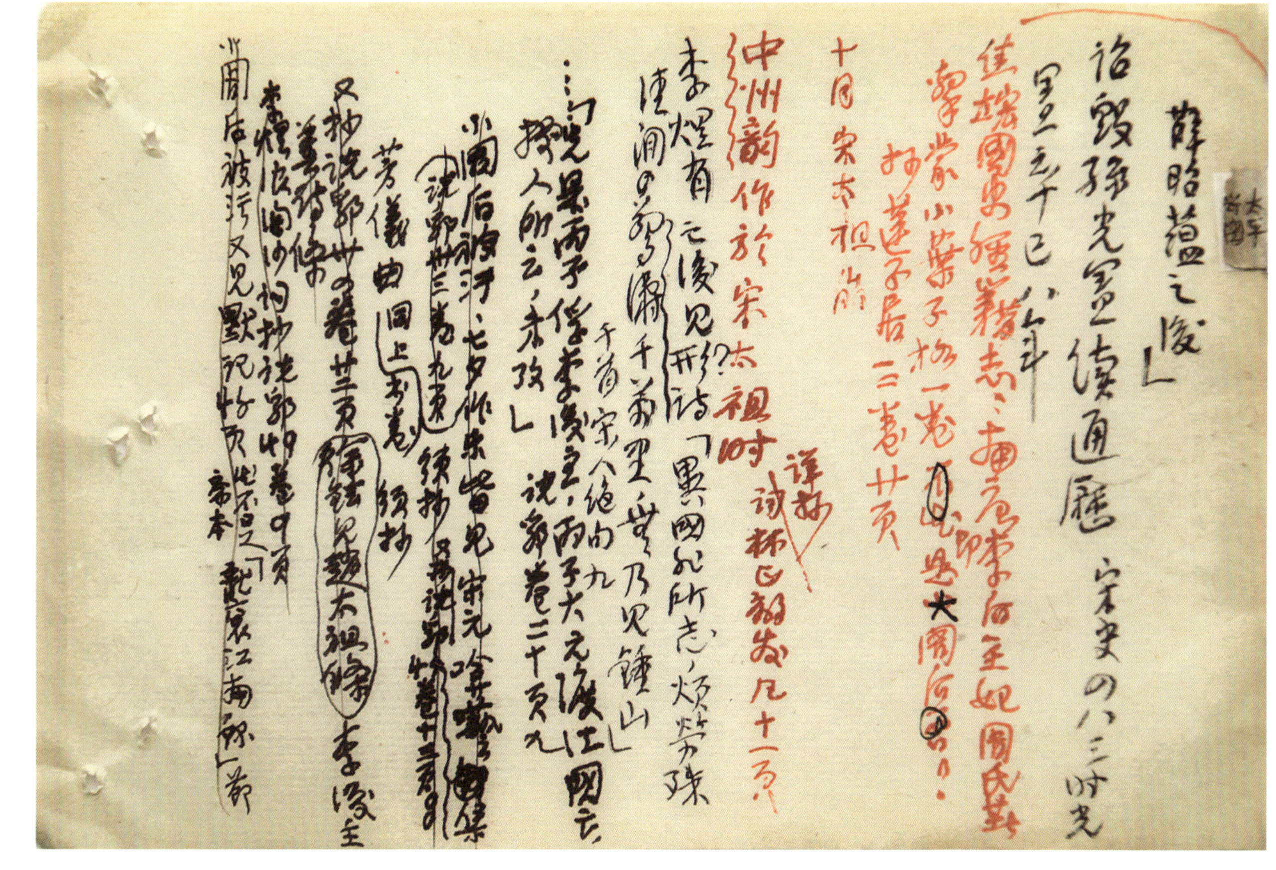
（太平興國）
韓昭蘊之後」
治舒孫光憲續通歷 宋史の八三 时光
[illegible] 八年
徐鉉[illegible]志云 后主李后至妃周氏[illegible]
李崇小蓮子抄一卷[illegible]是大周后[illegible]
抄蓮子居三卷廿頁
十月 宋太祖崩
中州韵 作於宋太祖时 詳[illegible] 诸杯巳熟尚凡十一頁
李煜有之後見形詩「異國非所志，煩勞殊
清涧の[illegible]千萬里 要乃忍鍾山」
千首宋人絕句九
……見是丙子作李後主，丙子大元[illegible]陵江國云
擇人所云，未改」 詩家卷二十頁九
小周后被汙，七夕作未曾見 宋元[illegible]
說郛卅三卷九頁 須抄 [illegible]說郛[illegible]卷十[illegible]頁
芳儀曲 同上卷 須抄
又抄說郛卅の卷廿三頁 [illegible]太祖[illegible] 李後主
[illegible]說郛[illegible]卷十[illegible]頁
小周后被汙又見默記[illegible] 京本 [illegible]江南錄」一節

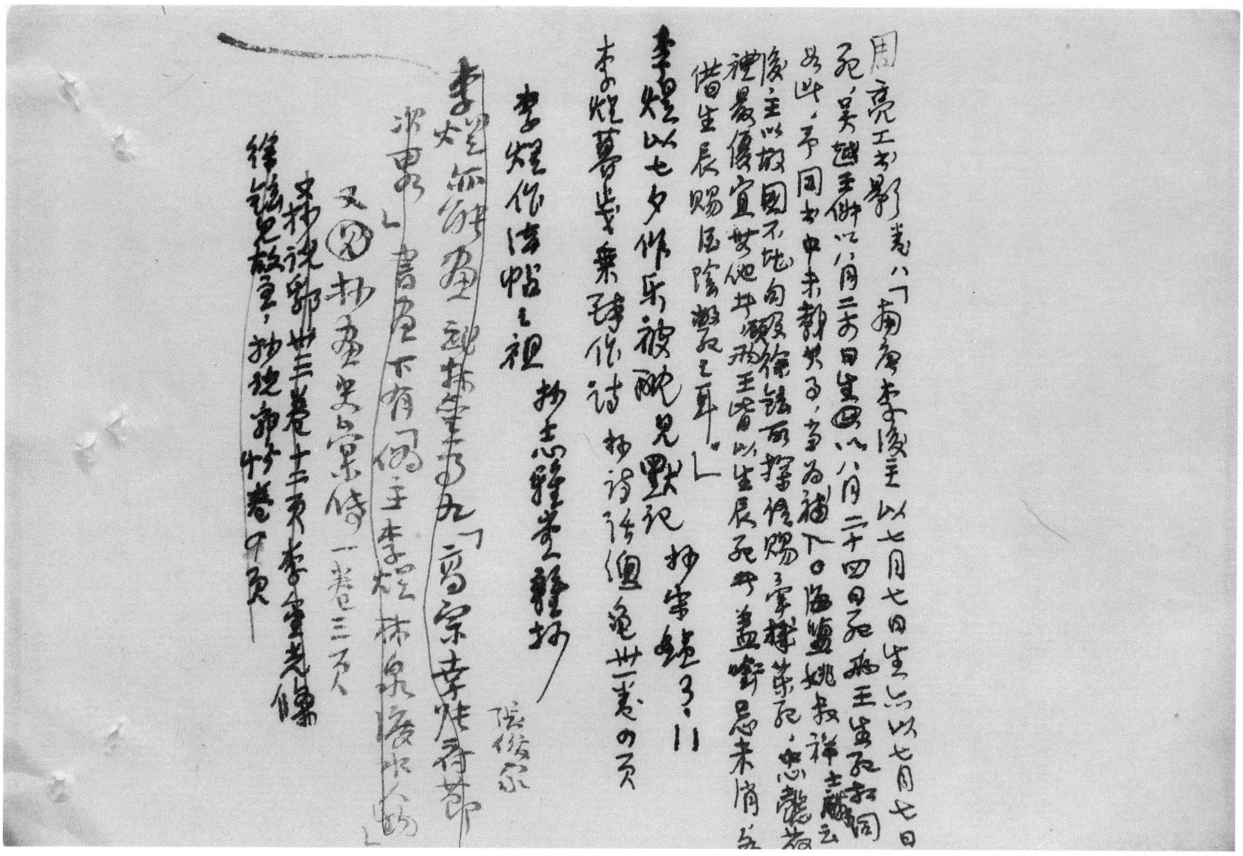

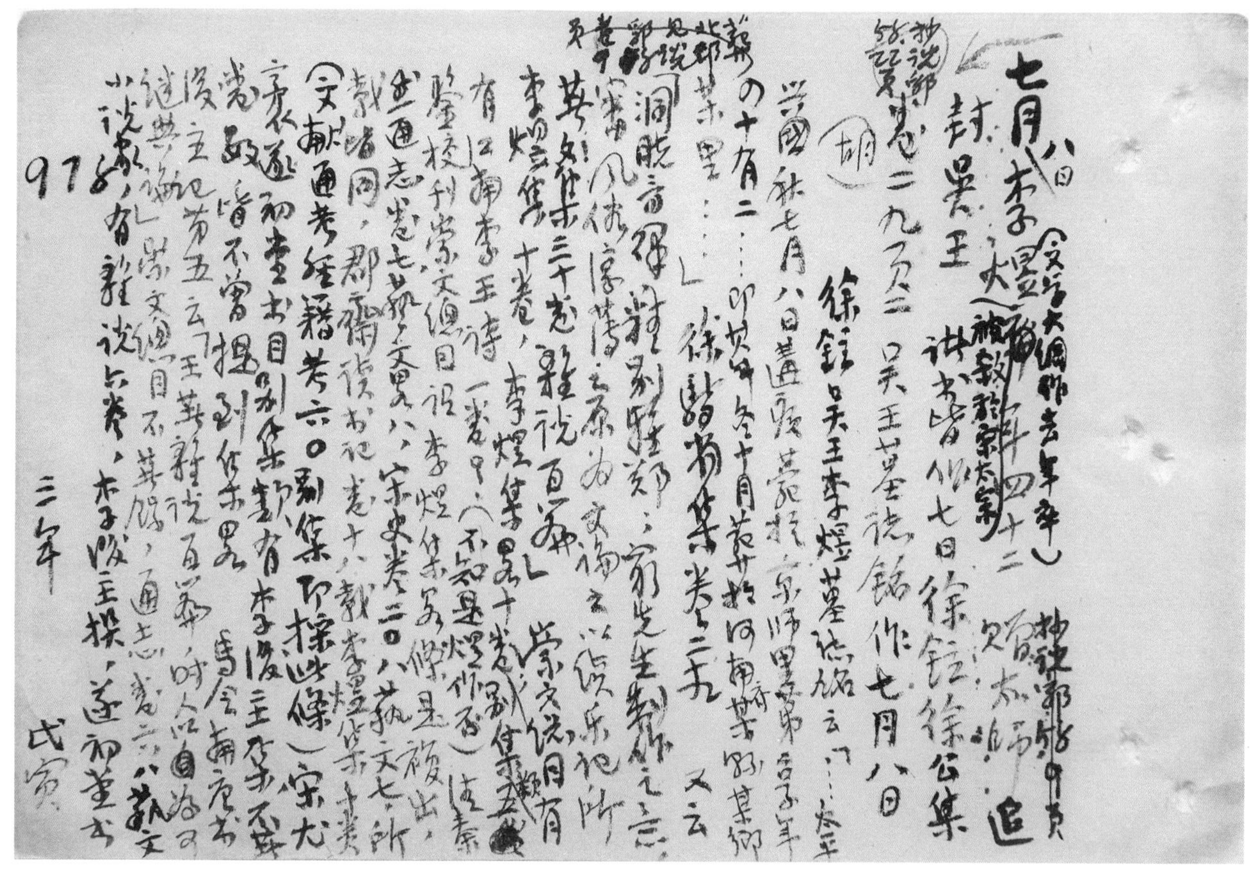

日新承類有李氏雜說不知即此否 宋史志
二〇五藝文の有南唐李煜雜說二卷、此係
書目皆不及雜說 墨池編録載李後主書
（佩文齋書畫譜卷十引）或即雜說為同書
記、雜說作李文和典論可以近矣 述而篇
書目宋曲類有李後主詞一卷 直齋書録解題
卷二十一歌詞類有南唐二主詞一卷 長沙書坊
刊行（見王國維說） 參曹雨峯 李後主詞
述及此板本（北京図書館報第一卷）
研北雜志上三「李煜墓在北邙，故吏徐鉉作銘
有佳城，新棘，舊墓，哭云哀哀。煜子仲宣先替，
常分侍姻綜」 見徐鉉文集（騎省集）

錢俶上十三州之地於宋 衍生 △
中吳紀聞卷二 錢氏納土條
「太平興國三年，陳洪進表獻漳泉兩郡，諸摸
洪進既寓宰節度使，留京師，乘龍讓。是
歲，錢忠懿王俶上表獻十三州之地，錢氏納土，
蓋在陳氏之後。世俗以為興國二年，非也。」

李后主彌陀亡國身殞六年戊 自南唐書宋史
李後主不容 抄舊遼子居の卷二頁
李煜女及婚洪州劉生 抄續湘山野録九頁
李煜工書畫 抄夢溪補筆談二卷七頁
李煜後身為宋徽宗 抄從鄭卷八 寳曲
「後主姐嫁大梁，江左聞之，皆垂涕為寄 抄從鄭卷十一 江表志

白雲翁公尹子京日見李煜鬼 抄詩話總龜の十の卷六頁
遂山詩話載錢俶作「看即五樓雲雨隔詞」 李煜的年
宋祐年十九 舉進士 王舫名臣言行錄の三之二

979

四年

己卯

第三册

980

天台張伯端 平叔 生？ 人名辭典說「元豐

初默法而化 年九十九」 約生於此年

著易悟真篇 [illegible] △

五年

庚辰

981

六年

辛巳

982

七年

壬午

983

「宋時已有中州韻之書，載嘯餘譜中，不著撰人姓氏，而凡例謂為宋太祖時所編，毛馳黄亦從其說，是書安（周德清）已有可考」 詞林正韻凡例十一頁

王禹偁第進士 △

八年

癸未

984

太宗雍熙元年

甲申

夏竦生　張維驤輯年譜錄三

宋史三〇五楊億傳「雍熙初，年十一，太宗聞其名，詔江南轉運使張去華就試詞藝，送闕下……授秘書省正字」

十一歲

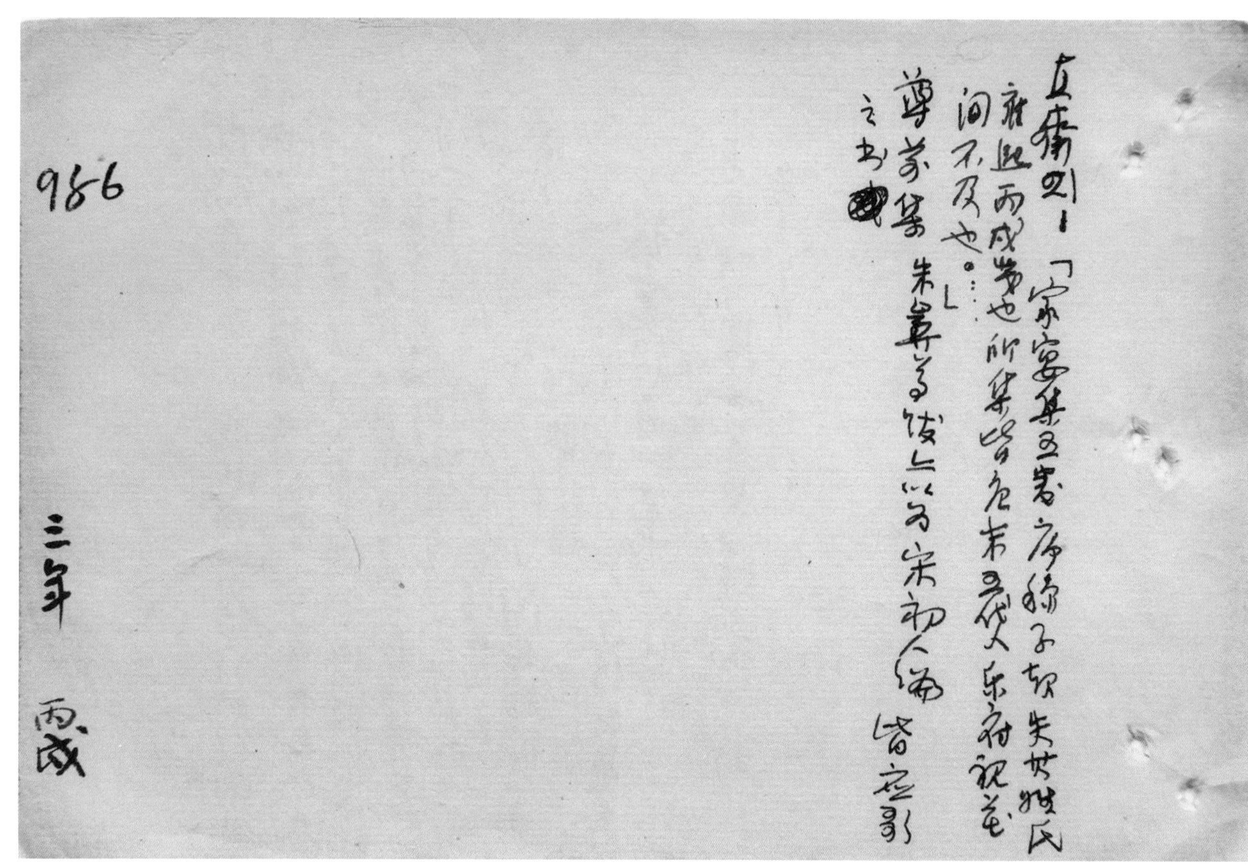

986

直齋云:「家宴集五卷,序稱子起失其姓氏,雍熙丙戌歲也。所集皆唐末五代人樂府,視花間不及也。……」

尊前集　朱彝尊跋亦以為宋初人編　皆定影之本

三年　丙戌

987

八月二十四日錢俶卒

「錢俶將發,預戒挽鐸中歌木蘭花,引紼為送。有『帝鄉煙雨鎖春愁,故國山川空淚眼』之句——」見五代詩話一卅引湘山野錄

柳永生　抄唐書詩「柳永可讀刺記」

四年　丁亥

988　太宗端拱元年　戊子

潘閬賜進士第　兩浙詞人小傳引の紀聞見
録、湘山野録、詞綜云「閬字逍遙、大名人、太
宗朝賜進士第、坐事逃中條山、後收繫得釋、
以為除名參軍、有詞一卷、嘗居錢塘太學
著、詞集中有憶餘杭詞三首、湘山野録又載
其詞一首、後半闋似寫西溪芦花」
〔出處多少疑〕[illegible]
閬乃變姓名僧服入中條山、閬命捕賊甚急
助教授之官、閬乃自歸、後舍教所、遂信州安置、
……投荒終身」王客揮犀一卷
查虞多逝歿年
直齋20、潘逍遙集、云卒於泗州卒
失ら998

989　二年　己丑

范仲淹生（鄭）胡年録二
陳堯佐登狀元△
↓
詳
988

吴興張先子野生

苏軾詩推兄一〇七〇年（及〇〇年）〔援陳隱君[illegible]話引

五書佳氏十詠圖條載孫覺莘老十詠圖序云 齊東野語十

「……公諱維，吴興人……公年十八年，公子尚書都

官郎中諟，亦致仕家居，取公平生所自愛

詩十首，寫之縑素，号十詠圖……都官字

子野，蓋其年八十有二云 陳振孫跋

[illegible]

生，當[illegible]

知……二說相差一年●從陳說

公名維 援孫覺莘老作氏十詠圖序云「……維字[illegible]吴興人，少年學書，貧不能卒

業，去而躬耕以為養，善教其子，至於有成，平居好詩，以吟詠自娛，浮游閭里，上下於溪山（湖）

谷之間，遇物而發，率然成章，不事雕琢之巧，采

繪之華，而雅意自得，徜徉閑肆，往往與異

時處士能詩者為輩……蓋猶其夢於中，皆求於

世，其言不能蒙是也。公不出仕，而以子封至正

品，亦足以謂窮不得職而受禄養以終其身矣

謂寵，行年九十有一，可謂壽考……」其生平

概梗如此

繼今年卅五歲 援陳跋

六年維年九十一，今年當卅五歲

援孫序維……

太宗淳化元年 庚寅 990 ●為[illegible]

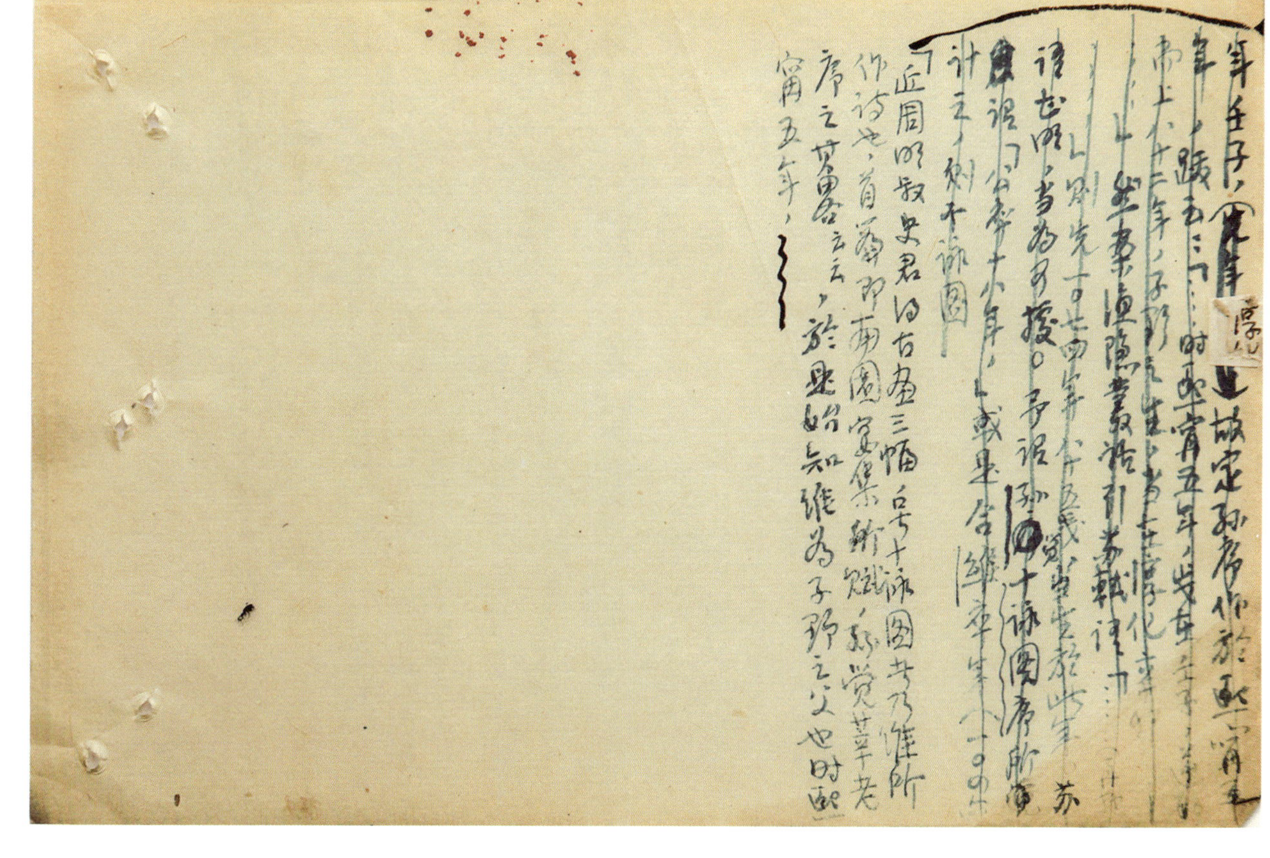

年壬子，〔[illegible]〕年……故定孫序作於熙寧五年

年，跋云「……時熙寧五年，歲在壬子……」

[illegible]上六十二年，子野先生……當生淳化……

其集載陳隱君話引蘇軾詩十[illegible]

[illegible]先十〇七四年……八十五歲，當生於此年 苏

詩也則，當為可援。予謂孫〈因〉十詠圖序所

[illegible]謂「公年十八年」，[illegible]

計之，則十詠圖

「近周明叔史君得古畫三幅，号十詠圖，其乃維所

作詩也，首為[illegible]南園宴集[illegible]，孫覺莘老

序之……云云，於是始知維為子野之父也時熙

甯五年」

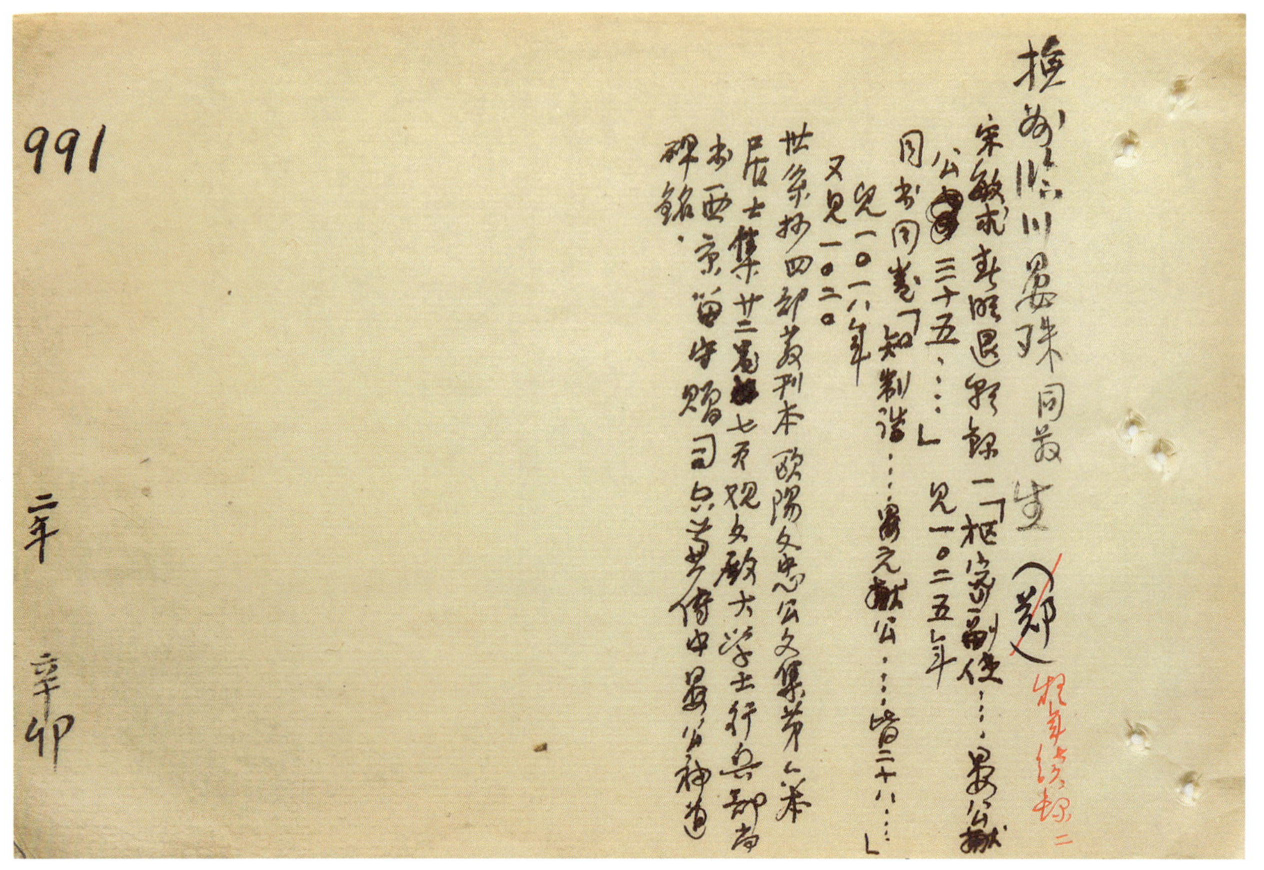

991

二年 辛卯

換翰林晏殊同發生（鄭）

紀年錄二

宋敏求春明退朝錄二「樞密副使……晏公殊 公[illegible]三十五……」見一〇二五年

同書同卷「知制誥……晏元獻公……皆二十八……」見一〇一八年

又見一〇二〇

世系揚四部叢刊本歐陽文忠公文集第廿二卷 居士集廿二卷七頁 觀文殿大學士行兵部尚書西京留守贈司空兼侍中晏公神道碑銘。

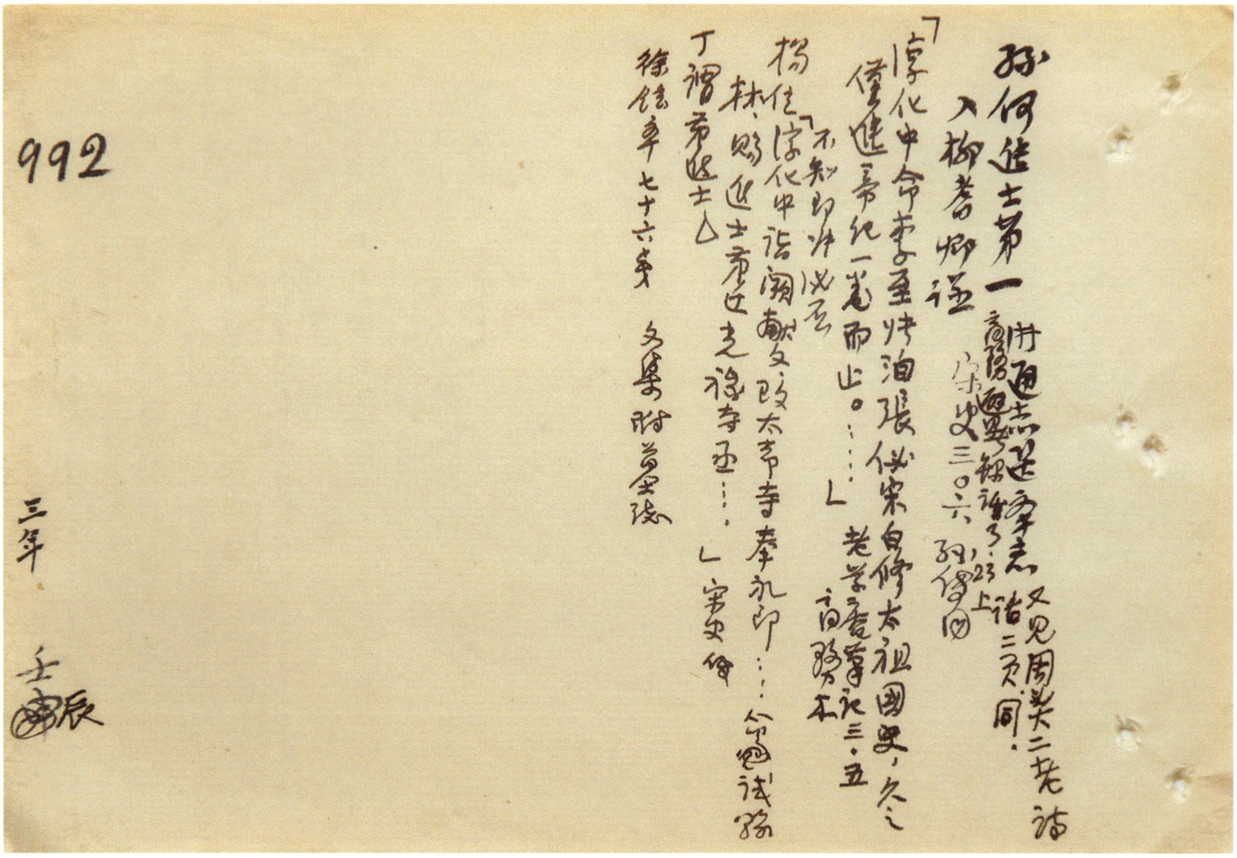

992

三年 壬辰

孫何進士第一 附通志選舉志 高陽選舉錄 諸子23上 宋史三〇六 孫何傳 又見周紫二老詩話 二頁 同。

入柳耆卿詞

「淳化中命李至、焦泊、張洎、宋白修太祖國史，久之僅進帝紀一卷而止。……」 老學庵筆記三·五 百部本

楊億「不知所以然……」「淳化中詣闕獻文，改太常寺奉禮郎……」 宋史億傳 林，賜進士，帝以之為……」 命追試

丁謂 帝進士△

徐鉉卒 七十六歲 文集附錄墓誌

994

石延年 曼卿 生 归田录二

五年 甲午

995 太宗至道元年 乙未

謝絳希深生　輯年譜卷二

王禹偁正月以禮部員外郎知制誥擢　五月以工部
郎中出滁州罷　翰苑羣書下學士年表
「至道初，太宗親製九弦琴、五弦阮，文士奏頌者衆，
獨稱億爲優，賜緋魚。」宋史楊億傳
蘇易簡卒年三十九 △L
胡宿
張昇杲卿生 △

改992

改996

996 二年 丙申

李
七月寇準罷知鄧州　通
楊億匠華作誥詞。宋史傳

吴孙七岁能属文（宋僧）

自临川诣都下求举神童见寇准（抄续湘山野录二页）

中山诗话：「太宗晚年，烧炼丹药，潘阆尝献方书，及太宗升遐，阆坐诛，遂饰舒州潜山寺为行者，其题诗于钟楼云……」孙仅为郡馆，见诗曰此潘逍遥也，告寺僧，悼(?)释行者，潘已亡去矣。」

吴孙七岁出学，向为寺僧，孙为神童

欧碑

诗话总龟三卷七页（引古今诗话）：「潘阆「逸虚堂遗堂」，亡命，捕之甚急，乃易姓名为僧，入中条山，许同赠诗曰……四川教授老投补衲，归中条……后会赦，出砥……四

以门助教招之，遂信宿安置，复舞于市曰：四出砥云仍钱，可怜归拔灰寻弄火，畅教我！四以此士人不齿，放弃终身。」与中山诗话不同，

据旧诗潘是时已老

矣 9 行子

都穆《南濠诗话》云：「潘逍遥家居钱塘，尝至陕观华山，回题云：高爱三峰插太虚，昂头吟望倒骑驴，傍人大笑从他笑，终拟全家向上居。时魏野在陕，有赠逍遥诗云：从此华山图籍上，更添潘阆倒骑驴。二公之高致可想也」。入陕不知何年

991 宋祁生 考生同刘谱

三年 丁酉

宋史乐志谓太宗洞晓音律，制大曲十八（曲名）今无一传者（见宋大曲考27页）

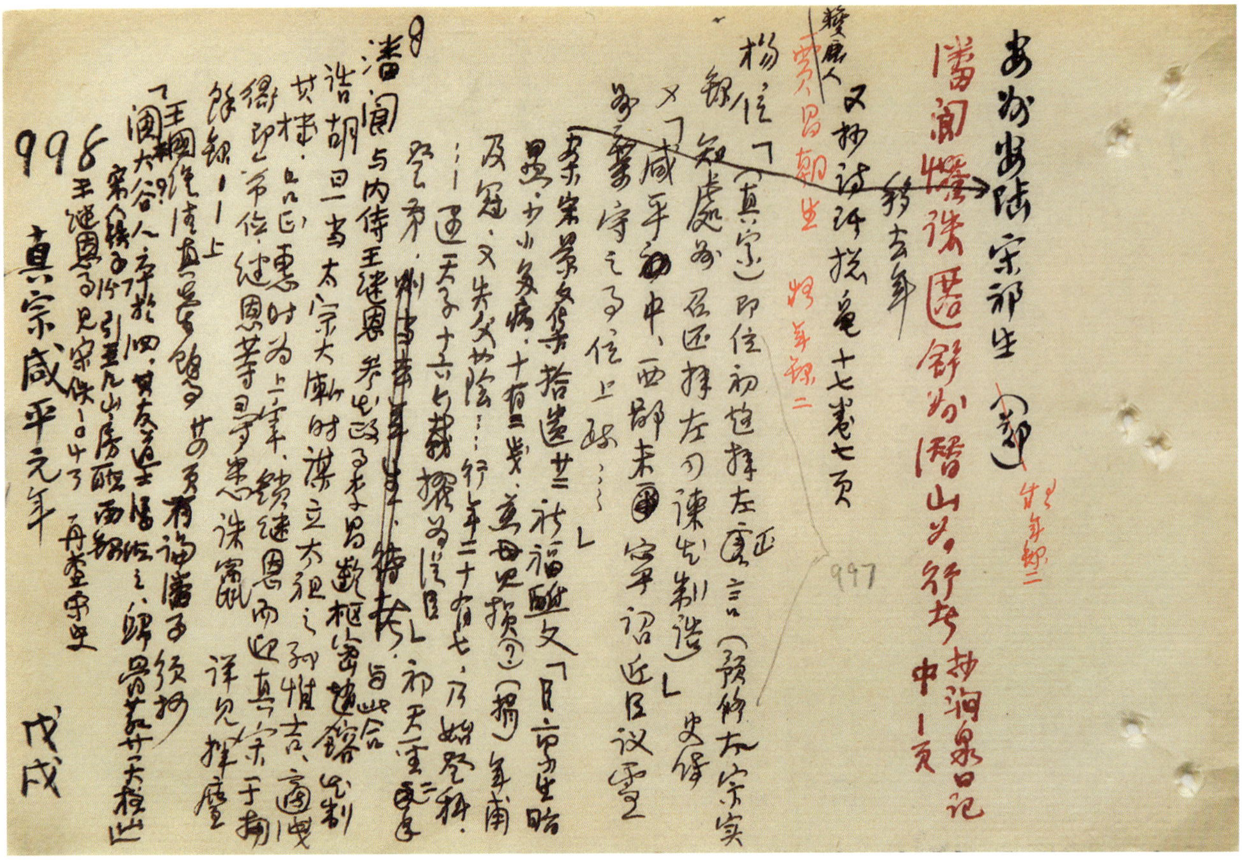

安州安陆 宋祁生（郑）　廿二年録二

潘阆 逍遥 舒州潜山人，行于中　抄洞泉日记一页

移去年

又抄诗话总龟十七卷七页

獲鹿人 贾昌朝生　繫年録二

杨亿「（真宗）即位初，首拜左正言（预修太宗实録），知处州，召还，拜左司谏、知制诰」史传

又「咸平中，西鄙未宁，诏近臣议灵州弃守之事，亿上疏……」

宋景文集拾遗廿二 [illegible]文「[illegible]生昭显，少小多病，十有二岁，丧母，见抚（?）（捐）养，甫及冠，又失父母……行年二十有七，乃始登科，……逢天子十六年龄，擢为从臣……登第，[illegible]」初天禧[illegible]

潘阆 8

潘阆与内侍王继恩共也谋立李昌龄、枢密赵镕、知制诰胡旦……当太宗大渐时，谋立太祖之孙惟吉，适泄其谋，上即位，继恩等皆贬，惟[illegible]诛窜。详见挥麈録 上

「王禹偁[illegible]寄[illegible]生有诗讥潘子……」[illegible]人……

998　真宗咸平元年　戊戌

1000

三年　庚子

1001

王禹偁卒の十八歲△

の年　辛丑

1002

陈亚第进士　直斋204 药名诗一卷　司封郎中陈亚亚之撰　咸平五年进士　有集三卷　药名诗

[illegible]　有澄源集△

梅尧臣生△

五年

壬寅

1003

六月陈恕荐寇準为三司使　通

晏殊　年十五、李虚己知滁州、一见奇之、许妻以女、因荐拔杨大年、、以同时年十三　五朝名臣言行录引温公日录

六年

癸卯

晏殊以張知白神童薦，賜同進士出身
擢秘書省正字，秘閣讀書。（宋史三一一本傳）
十四歲
十二月宋真宗幸澶淵，御契丹
孫何為兩浙轉運使，在此年前
宋史孫何傳「未幾徙兩浙轉運使，加起居
孫何年 舍人，景德初代還」是冬卒，年四十
[illegible]
入柳傳
歐公碑銘「年始十四，自起田里，進見天子，時方親
閱天下貢士，公與廷中千餘人，與夫官臣觀
擢列圖觀，公不動，詞氣不撓，援筆為文，辭立
成以獻，天子嘉賞，賜同進士出身，遂以
館閣掌書命，以文章為天下所宗……」
再錄歐碑九頁
富弼晏同叔 三續類稿三「東坡集題忠肅公碑
南陽集晏公墓誌」
楊億以宋公之典郡江左，詔令知通進銀臺司
燕公門下甚相歎異……御判史館，公修冊府元龜
任與天錫并同編修」 史傳

1004 真宗景德元年 甲辰

柳永三歲生？ 柳永有紀子の事見類稿卷今 詞話四頁
晏殊遷太常寺奉禮郎（本傳）
又云「東封恩遷光祿寺丞，為集賢校
理，丧父，歸臨川，奪服起之，從祀太清
宮，詔修寶訓，同判太常禮院，丧母求終
服不許，再遷太常寺丞，擢左正言，直
史館，為昇王府記室參軍，歲中遷尚
書戶部員外郎，為太子舍人，尋知制誥，
集賢院，久之為翰林學士，遷左庶子」
在仁宗前？ 十五歲
為館職選東宮官 抄墨客揮犀
劉元獻選文須盡 卷十最後一節 歲一〇一八 [illegible]
柳三變以蹴球兒丁晉公 兒中山詩話九頁
柳三變蹴球詩「僅逐翁行兩步，蹴後立多時」
周丁謂詩見 澠公續詩話五頁 作丁謂詩
晏殊 召試中書，遷太常寺奉禮郎，封祀泰山，
歲進 作編采
擢置光祿寺丞，數月充集賢校理 （歐）

1005 二年 乙巳

17

1006 三年 丙午

二月寇準以王欽若譖罷爲刑部尚書出
知陝州
林逋游江淮 武林記子「景祐中放游江淮及
帰結廬西湖之孤山真宗聞其名賜粟帛
詔州縣常存慰之」 西湖志十九巻引
抄説郛三十五巻十の頁 又桑世昌和靖先生
傳
晏殊遷著作佐郎 丁父憂去官 欧 六
攷仁宗朝宰輔年代 仁宗為皇太子年代 在一〇一八
「祖無擇生 蛾年譜叙二「以治平乙巳年六十推之」
楊億十二月以左司諫知制誥 拜翰林學士 至大中祥符六年
翰苑群書下 學士年表 史傳目

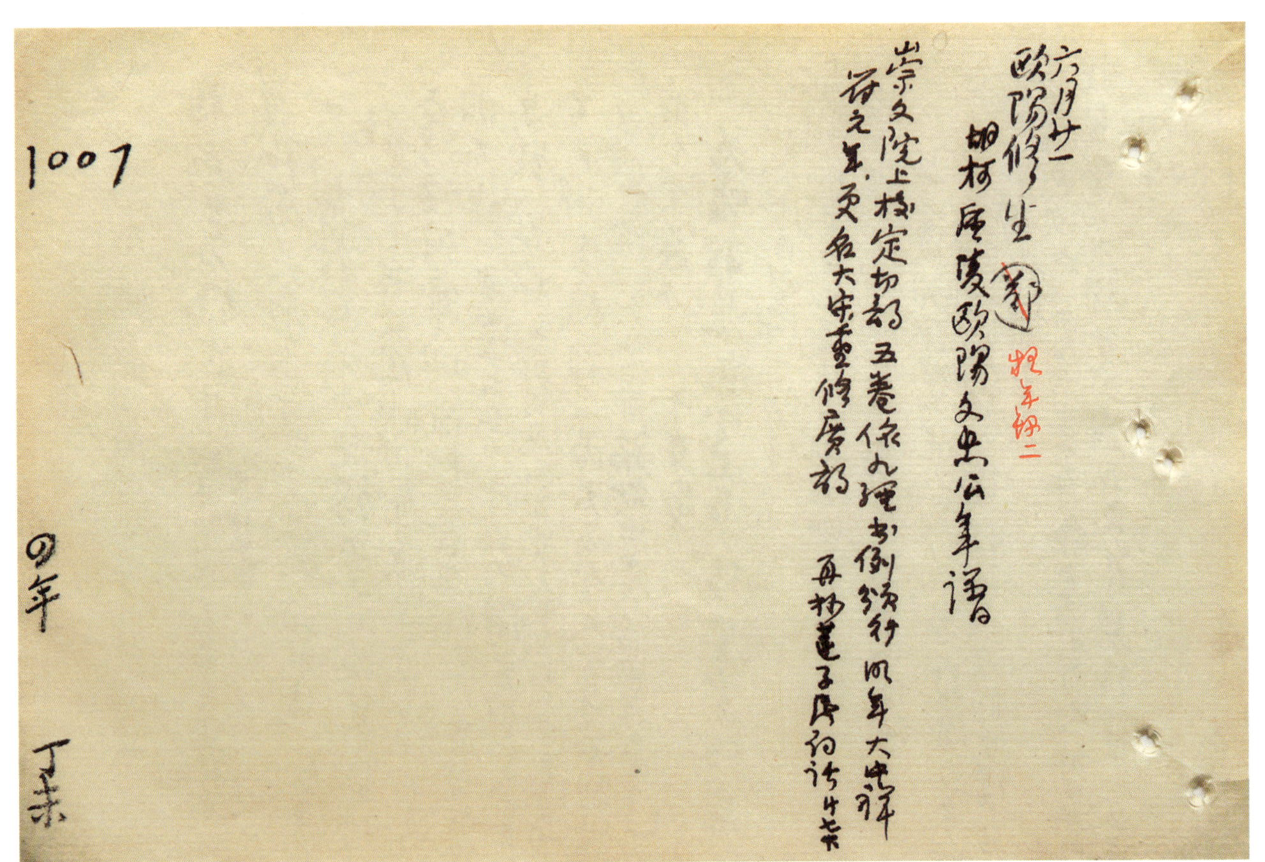

1007 四年 丁未

六月廿一
欧陽修生 綿州 蛾年録二
胡柯 廬陵欧陽文忠公年譜
崇文院上校定切韻五卷 依九經書例頒行 同年大中祥符
改之集更名大宋重修廣韻 再抄蓮子居詞話卅七

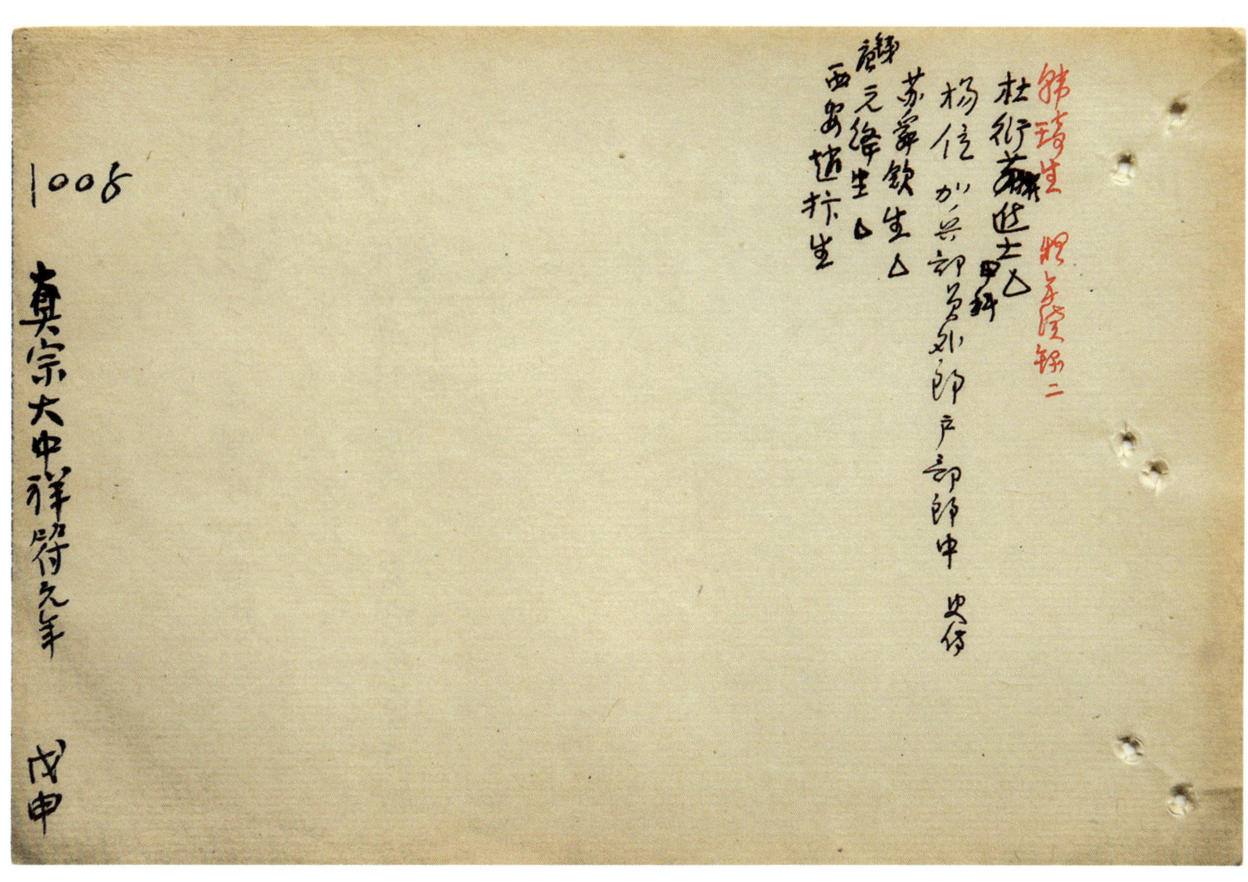

1008

真宗大中祥符元年

戊申

韩琦生 精义堂録二

杜衍进士△ 甲科

杨信 以兵部员外郎户部郎中 史传

苏舜钦生△

元绛生△

西安 赵抃生

1009

二年

己酉

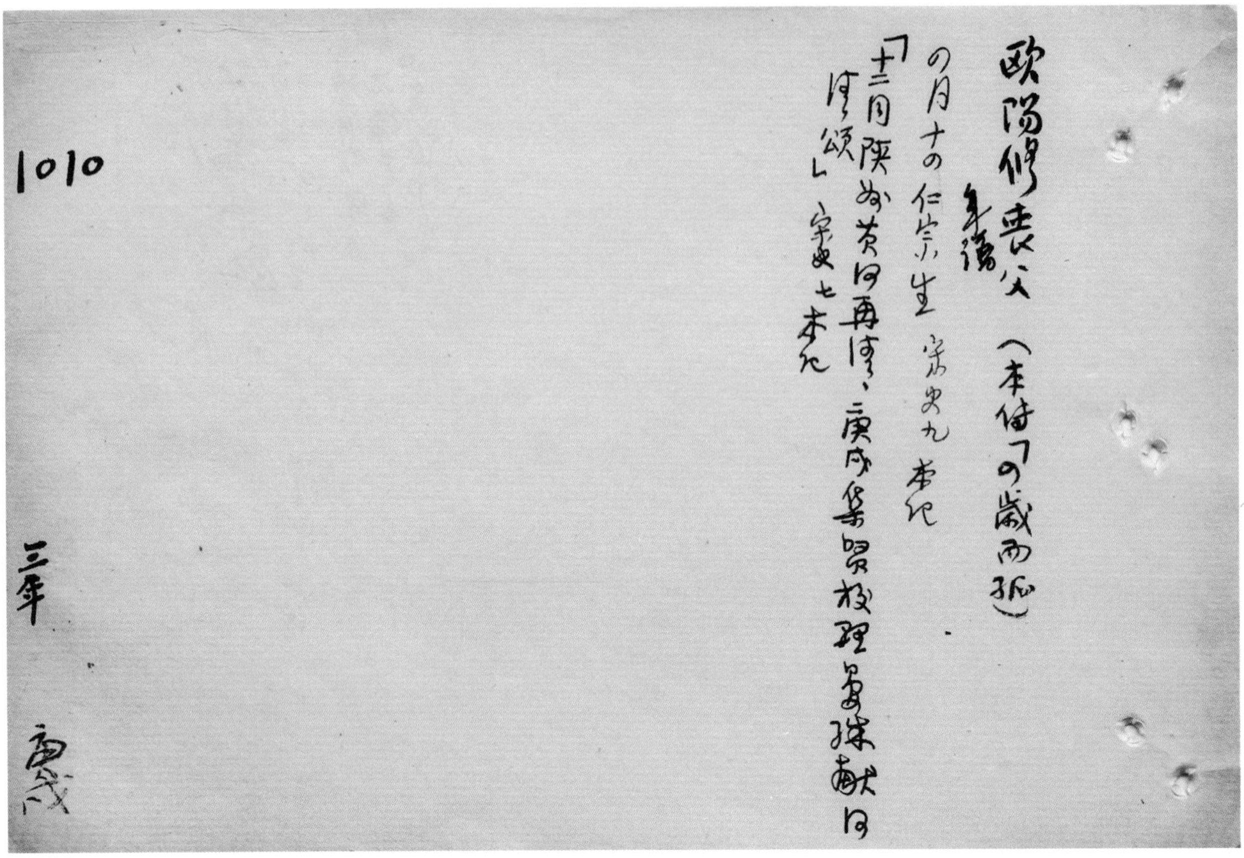

1010

三年 庚戌

歐陽修永叔（本傳「四歲而孤」）

年譜

四月十四仁宗生 宋史九本紀

「十二月陝虢黃河再清，庚戌集賢校理晏殊獻河清頌」宋史七本紀

1011

四年 辛亥

三月召陝州隱士蜀人魏野仲先不至，命工圖其所居，架草堂觀之（通）

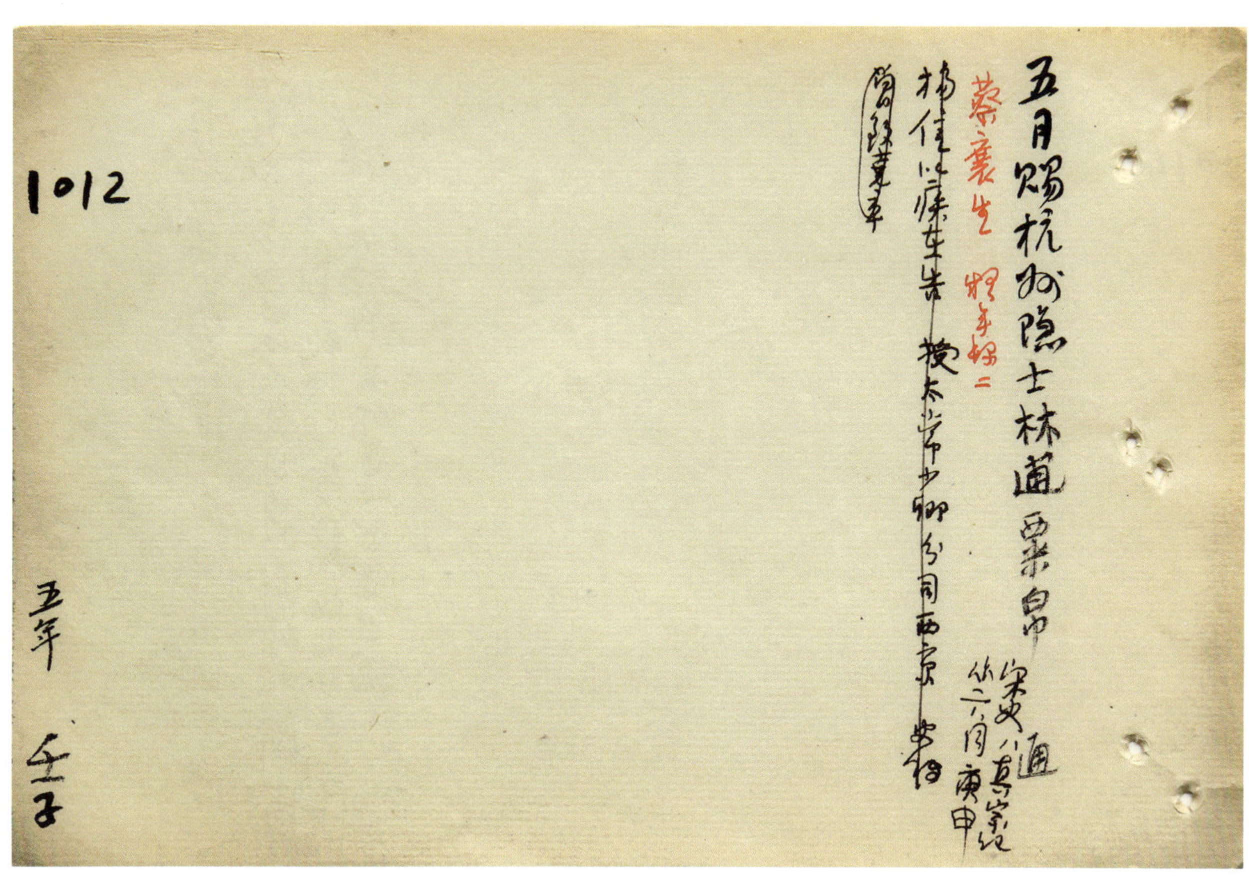
1012

五年 壬子

五月賜杭州隱士林逋粟帛 宋史八真宗紀 以六月庚申

蔡襄生 年譜二

楊億以疾在告 授太常少卿分司西京 年譜

曾鞏生年

1013

六年 癸丑

楊億六月以太常少卿分司西京罷翰林學士

陳彭年六月以龍圖閣直學士右諫議大夫拜翰林學士 年表九 翰苑群書下學士年表 宋史287傳

王曾六月以主客郎中知制誥拜翰林學士 同上 表九

宋城蔡挺子政生△

↓ 1014

1014 七年 甲寅

六月 王旦薦寇準為樞密使 通
楊億 胡宿 即代王欽若加上玉皇聖號表求除預
以為參詳儀制副使 兄孔儀院判秘閣太常寺 史傳
宋本紀「八月辛卯 尊上玉皇聖號……」

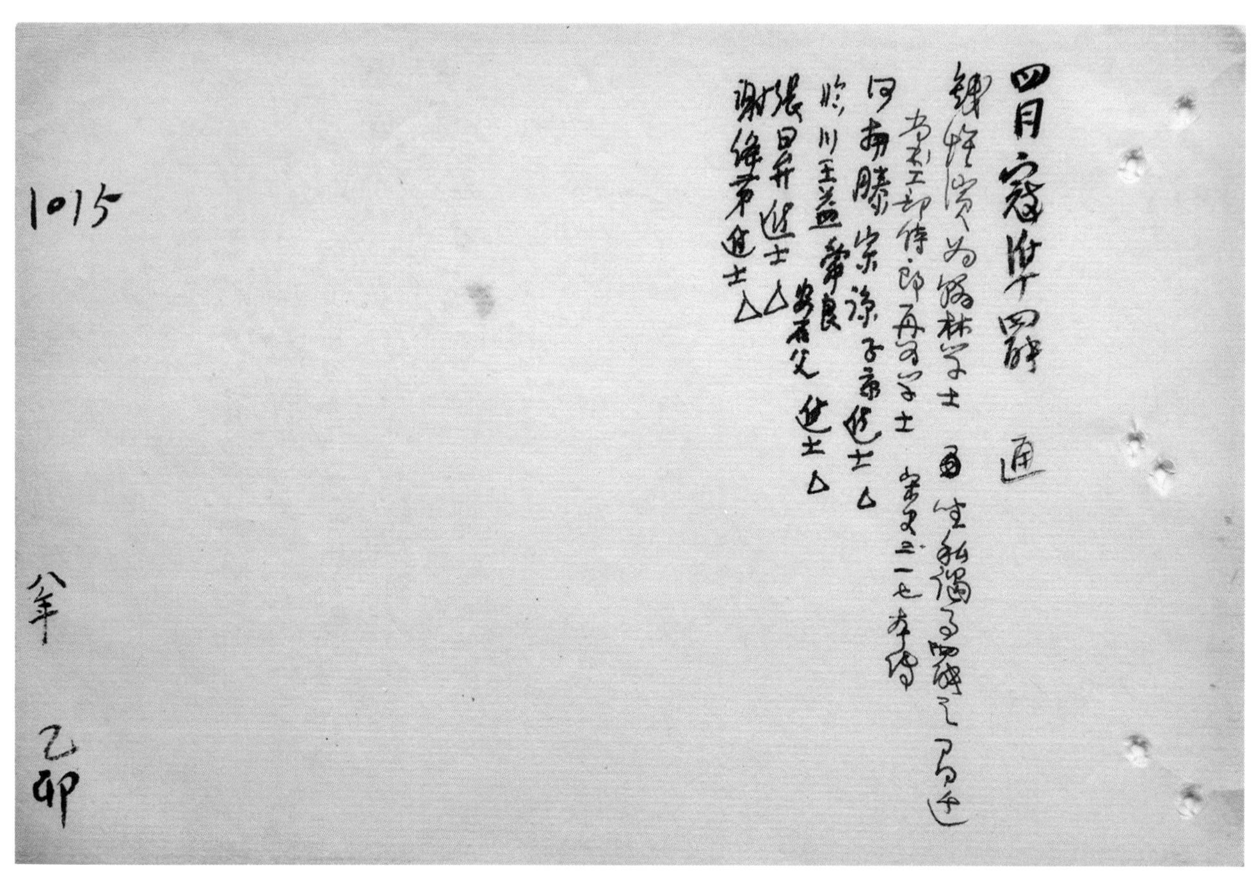

1015 八年 乙卯

四月 寇準罷 通
錢惟演為翰林學士 通 坐私謁為罷之 乃手 通
李杰工部侍郎再為學士 宋史三一七本傳
河南滕宗諒子京 進士△
臨川王益舜良 安石父 進士△
張昇 進士△
謝絳希深 進士△

1016

魏淳生　授通推

陸游年譜　宋史　年五十七

註 1017

九年　丙辰

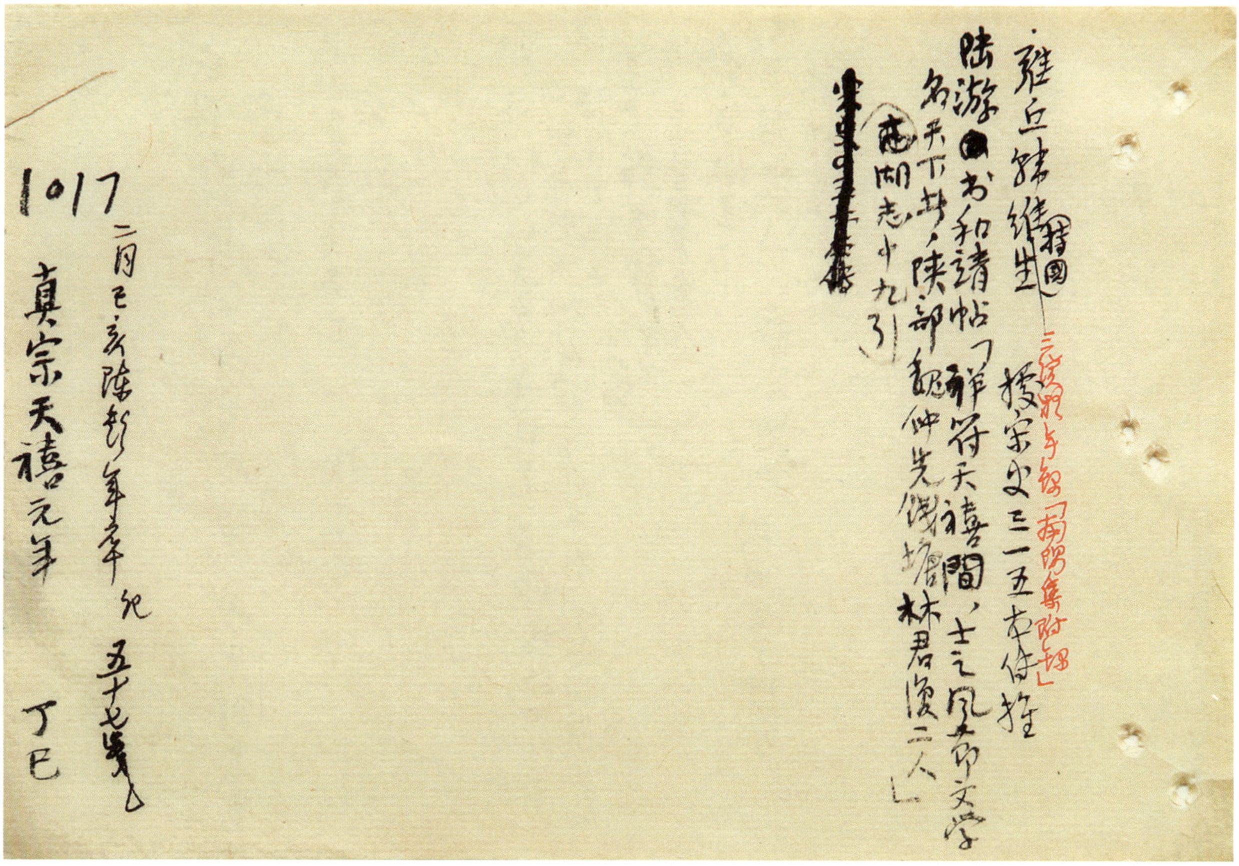

1017

雁丘鍾繼生　授宋史三一五本傳推

三溪明年録「南陽集附録」

陸游跋和靖帖「祥符天禧間，士之風節文學名天下者，陳部郎魏仲先、錢塘林君復二人」

（西湖志中九引）

真宗天禧元年　丁巳

二月己亥陸游年譜　死　五十七歲

1018 二年 戊午

晏殊知制誥 廿八歲

宋敏求撰神道碑（卷下）：知制誥……廣平楊文公晏元獻……皆二十八……」（世の卷 二頁 被鈔）

劉邠中山詩話五頁：「祥符、天禧中，楊大年、錢文僖、晏元獻、劉子儀以文章立朝，詩皆宗尚李義山，號西崑體……」 查楊錢劉詩入作壓

後見獻后臨政了

仁宗進封昇王 九月丁卯冊為皇太子 宋史九本紀

真宗紀（卷八）：仁宗封昇王在二月丁卯，立皇子昇王為皇太子在八月甲辰、九月丁卯冊皇太子

錢惟演以工部侍郎拜翰林學士 玉の年辛 翰林學士年表

冬 楊億拜工部侍郎 宋傳

柳永兄三變進士（福建通志八九）

1019 三年 己未

六月 寇準時判永興軍 上朱能天書（通） 同平章事了

錢一〇二 父益有燭影搖紅、折芙蓉詞 抄張改齋十七卷四頁 燭影搖紅

臨川王安石介甫生 據宋史三二七本傳推

司馬光生 見年譜二

楊億 權同知貢舉坐考校差謬降授秘書監 丁內艱 屏行鄉郡，以億典同孔未幾（？）……復工部侍郎令視事了 宋傳

賈昌朝天禧中進士△

南豐曾鞏生△

新喻劉敞生△

華陽王珪生△

錦繡生 王瓚之從弟 瓚當生于此前

1020

宰相寇准罢为太子太傅
封莱国公 七月 ● 丁谓与皇后谋 贬朱能天
书妖妄 贬之为太常卿知相州 谪
士与准亲厚者皆斥之 八月朱能据众
叛败死 准再贬道州司马
晏殊卅岁 为学士
[illegible]录「学士……」卷一 晏元献公宣献
王公当三十 ● …… L
编苏学士年表 八月晏殊以户部员
外郎充制诰 L 至天圣三年
晏殊有紫微花赋 在中书省作 见欧阳修跋
十六卷二页 或可删
杨亿卒 の十七 野年录二 本传作五十七误
中山诗话五页 1011年条此
钱惟演八月除枢密副使 自翰林学士 学士年表
四月杨亿以工部侍郎除翰林学士 十二月
卒 学士年表 史传同
刘筠八月以兵部员外知制诰 翰林学士 学士年表
至明年

四年 庚申

1021

钱思公谪汉东日撰玉楼春词 临卒於随州
见诗话总龟卅三·六引侍儿小名录 查本传在府
年 姑记於此 录 一〇二九 一〇三〇
十一月十二日 王安石生 野年录二
刘筠正月以谷谏议大夫充翰林学士 学士年表

五年 辛酉

1022 真宗乾興元年 壬戌

四月寇準以丁謂譖貶為雷州司戶參
軍 七月丁謂貶崖州 道出雷州 準使人
以一蒸羊逆諸境上
翰苑群書下 翰苑遺事「乾興元年十月翰林學士
晏殊等言先朝楊億再為學士，班在錢惟演
之上，今新除學士劉筠，天禧中已入翰林，請如故事
班在晏等之上，從之，其後為此例。」仁宗實錄 元注
晏殊拜右諫議大夫 歐文以下未抄
二月戊午真宗崩
錢惟演仁宗即位 進兵部尚書 又云「王曾為相，以惟
演嘗位曾上，因拜樞密使 宋三一七傳 又云 以章
獻太后姻家「乃罷為鎮國軍節度觀察留後，即
日改保大軍節度使知河陽」
劉筠八月以給事中復拜翰林學士 十一月除御史中
丞 罷翰林學士 宋史
安陸鄭獬生 △ 宋人傳記一〇〇八引墓誌云鄭
生壬戌

1023 仁宗天聖元年 癸亥

晏殊遷右諫議大夫，兼侍讀學士，加給
事中，預修真宗實錄，進禮部侍郎
（本傳作「仁宗即位」，或在去年，仁宗以乾興
元年二月即位） 卅二歲
閏九月寇準卒於雷州 天聖元年徙衡州司馬，未行而薨
年六十三 見其孫名臣言行錄の之二
寇準生年 六十三 見九六一
上黨李遵勖字公武登進士 仁宗初年卒 有
閒宴集 △
錢惟演仁宗初年卒 △
錢論居學東作「城上風光鶯語亂」一闋者 婉
知其誤 見代詩話一44引湘山野錄
1034
十月，翰林侍讀學士孫奭言鄭衞二聲失序，歌下
有司考議，於是學士承旨劉筠等議云云（此為
宋代回雅樂之始，亦大晟樂之先聲） 宋史紀九
參考 28 正雅樂

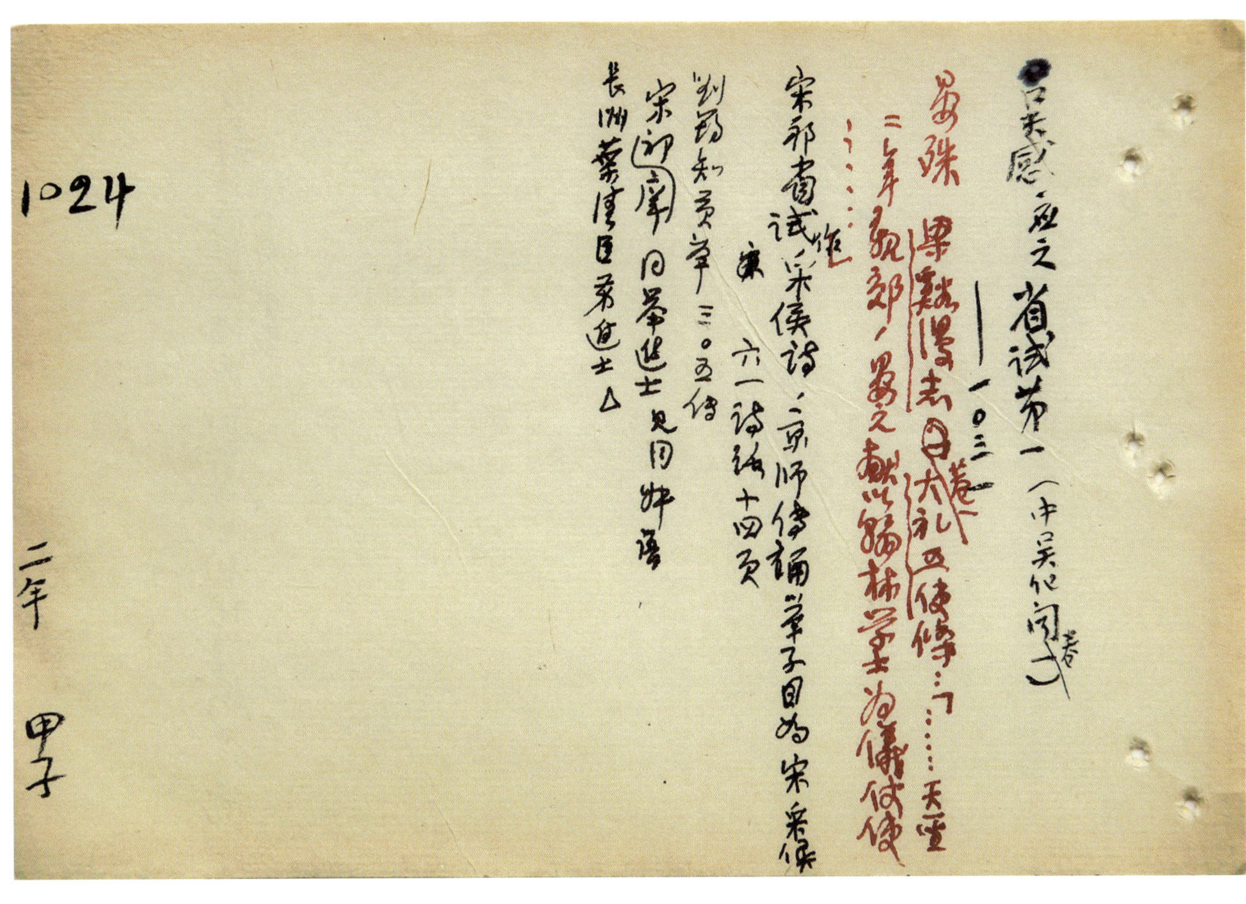

1024 二年 甲子

曰宋感、庭之 首试第一（中吴纪闻卷一）

晏殊 果献得志日大礼五使仆……天圣 一〇三一卷

二年驾部……晏之献以翰林学士为仪仗使

宋祁省试……宋侯诗、京师传诵，举子目为宋奢侯 宋 六一诗话十四页

刘敞知贡举 三〇五传

宋郊（庠）同举进士 见同 中语

长洲叶应臣第进士△

1025 三年 乙丑

晏殊迁枢密副使（宰辅表）上疏论

张耆不可为枢密使，忤太后旨（本传

（当年月或为明年） 廿五岁

翰苑群书下学士年表："晏殊十一月除枢密

副使。"

五月己亥赐陆士林达等第 本纪

王得臣生？、见1105年

1026

四年　丙寅

夏竦三月以起復戶部郎中知制誥拜翰林學士
二宋生年表

1027

五年　丁卯

正月晏殊以刑部侍郎免（宰輔表）出
知宣州，數月改應天府，興建學校
延范仲淹以教生徒（本傳無年月日）
（見七年）鑑系此年）　本傳又云：「召拜御史中丞
改資政殿學士，兵部侍郎，兼秘書監
為三司使」。當在明道以前。　卅七歲
梅堯臣訪林逋於杭州雪中？　梅堯臣和詩
詩集本序作「天寒中」
宰相王隨以給事中知杭州，日與林逋唱和詩頗
屢出俸錢新之？　青箱雜記作「天聖中」
張鎡默記「晏元獻以前兩府作御史中丞，頭
舉……此少年舉人乃歐陽公也，果榜為
省元」　查歐為省元事代[illegible]一〇三
○年又、

1030

夏竦三月以右諫議大夫除樞密副使　宰輔年表
錢藻進士△
范純仁生△

1028　六年　戊辰

林逋卒，年六十二（据年谱补 二）　梅尧臣作和诗

集序云卒年六十一　宋史四五七本传「及逋卒，〔宋〕诏适罗三司使为州守，为素服与其门人临七日葬之」　萧磨《杭州府志》亦云卒年六十一

有诗三卷　西湖志遗一卷　抄说郛廿五卷十四页 林和靖传 第九页

晏殊卅八岁　归田录卷一「晏元献公……罢枢密副使为南京留守，时年三十八……」

再详抄 一

宋遗四·三二「晏丞相殊留南京，王琪、张亢为幕客，泛舟湖中，以诗酒自娱，晏公把桡，王琪操篙，其是南人也，行舟次第，至桥下，旋使舵触柱而横，亮郡曰：晏稍俊舵，不是也。见其平仲谓其〔琪〕林记之幕僚者云，晏开琪亦如是诞耶」　黄稣鉾语

王安国平甫生　三经在年　据王荆公集

山阳徐积仲车生

五月　夏　元昊取回鹘甘州

1029　七年　己巳

十二月范仲淹奏以请太后太还政不报

自秘阁校理出通判河中　儒林公议上十页

晏殊时为资政殿学士

「天一圣中明肃太后垂帘听久……」

详抄

欧公赴京试国子监第一，秋赴国学解试又第一　[illegible]置聊田　抄湘山野录上十五页

钱惟演改武胜军节度使　宋史三一七传　勿留 可删

又云为御史中丞范讽所劾，落平章事为武胜崇信军节度使，归本镇，未几卒　查范讽

吳興張先子野登進士。（官至都官郎中）

（閏）年の十一名 見譜

浙通志丑年王拱宸榜此是

歐陽修試礼部第一（鄭）廿四歲 本傳「舉

進士試南宮第一，擢甲科，（閏）西京推官，

始從尹洙游……与梅堯臣游……入館為

館閣校勘」 當在一〇三〇年

張先 浙通志作宋 天聖八年進士，知吳江縣，為嘉禾郡 嘉泰湖州志同

倅，宋史（植年代）子孫 尹京兆，辟為通判，累官都

官郎中……晚歲優游鄉里，常泛扁

舟垂釣為樂，至今口吟張公釣魚灣。東坡

年十猶能自唱曲……歷代詩餘云：子

野居杭州，嘗云岸花月寄……（黃州集）

詩 嘉泰吳興志 直齋書錄解題

兩浙詞人小傳（引） 再查

齊東野語十五張氏十詠圖條云「吾家有兩張先，

皆字子野：其一博州人，天聖三年進士，歐陽

公為作墓誌；其一天聖八年進士，則吾州人也。二

人名姓字偶皆同，而又同時，不可不知也。」

明錄「此作『陳括知日』」又云「志俱作康定」

初進士」附去

1030

八年 庚午

正月試礼部 翰林學士歐陽修知貢舉

沈括生 （紀年錄）

元絳進士△

蔡襄進士△

歐公年譜 歐公墓碑文

1031

吴感中书拔萃科
殿中丞，居小市桥」 中吴纪闻卷一又云「佳[illegible]学书尝题诗……作天圣中
欧公西京留守推官与尹洙梅尧臣游
谢绛为三司使 欧文
钱惟演为西京留守 见欧谱
卢氏天圣中人有词题泥溪驿△
「钱文僖公留守西洛……惟演在城上西楼……
公在镇，皇宋……命厨传……行……
诸贤游行……一时胜事，至今称之」
「……后钱拥旄荆州……谢希深……欧公军送别……
钱相置酒作长短句，俾妓歌之……钱相泣下」诸
公皆泣下」 引闻见前录
归田录「钱思公虽生长富贵而少所嗜好，在西
洛时，尝语僚属：平生唯好读书，坐则读经史，
卧则读小说，上厕则阅小词，盖未尝顷刻释
卷也」 同上引
（宋人不免重词如此） 然公
纂文至此下矣

九年

辛未

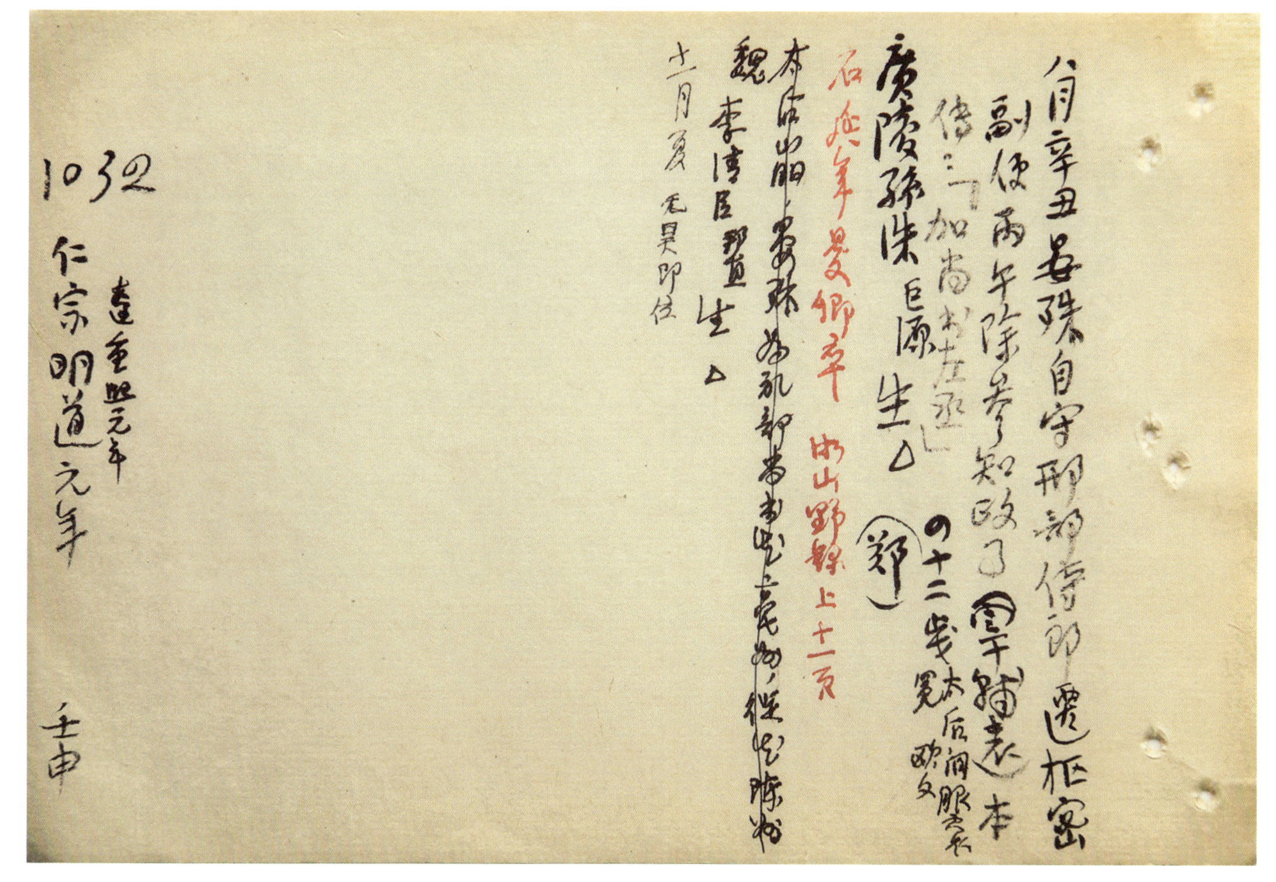
八月辛丑晏殊自守刑部侍郎迁枢密
副使 两午陈尧佐参知政事（宰辅表）本
传云「加尚书左丞」 の十二岁 太后闻所知云 欧文
广陵孙洙巨源生△ （郑）
石延年曼卿卒 中山野录上十一页
本传出晏殊为刑部尚书出知亳州，徙知陈州
魏李清臣邦直生△
十二月夏元昊即位

1032

仁宗明道元年 辽重熙元年

壬申

1033 二年 癸酉

晏殊自參知政事以礼部尚书出江寧府（宰輔表） 本傳云：「太后崩，以礼部尚书罷知亳州，徙陳州，還為三司使」當在寶元前乎。○十三歲 抄說川別志上六頁

十二月范仲淹以諫廢郭后自右司諫罷知睦州

抄錄政府遺錄十三卷○頁 千里偏行實條

時先為宮此據 抄說政府十七卷七頁吊

玉蝴温卿宜鄉侍條 摘出年 湘南八卷十六頁

晏殊 抄青箱雜記川別志上九頁

晏元獻為留都 青箱雜記卷七·三

晏元獻公留守南郡，主君玉時已為館閣校 或在此年

晏元獻 抄石林詩話上二頁

晏殊 歐陽文忠公集五十六有《謝晏尚书二絕》目錄注此年作 首句云「見……到家」 同卷又有《留守相公移鎮漢東》有云「節候兒梅英」 六此年作

吉嶷生 說郛「錢塘集附行狀」

丁酉 年七十二歲△

李之儀生約在此年 揮麈後錄六卷百十二條載之

儀 紹京再相時為郎，以甫所臨郛作詩嘲之云「七十餘歲老朝郎」。京再相在大觀元年，以七十年計當生此年左右，其多須詳抄于大觀元年

「柳三變字耆卿，改名永，父宜，擢進士，官至工部侍郎」 揮麈後錄二卷卌二條「景祐……」本郡因之。未暇草也。……左司諫……何與……言……别……景祐三年……

柳永 古今詞話有紀四則 見趙……古今詞話

但宗史紀字……真宗即位……仲淹……广慶三年……

景祐元年

柳永登第为睦州掾官（胡）年约卅？ 柳三接亦此年进士 福建通志八十九 词苑丛谈

能改斋漫录：「景祐末，方及第，后改名永，方得磨勘转官」（再详抄）[十六卷七页] 景祐元年进士……」 通志同

渑水燕谈录八卷：「柳三变，景祐末登进士第，少有俊才，尤精乐章，后以疾更名永，字耆卿，久困选调，入内都知史某爱其才而怜其潦倒，会教坊进新曲醉蓬莱……」

磨勘转官在庆历后？

王安礼和甫书（再详抄）

祐六 [illegible] 六 祖宗时选人初任荐……年进士 限以考成，景祐中，柳三变为睦州推官，以 [illegible] 为人所称，到官方月余，吕蔚知州，即荐之。郭劝为侍御史，因言三变释褐到官才逾月，善状安在？而遽论荐，由是诏州郡官初任未成考不得举，后遂为法。」

查严州志柳见宦迹条

[illegible] 续志八卷二页「……贤方回柳耆卿为文长于咏，不传于世，……独以乐章脍炙人口……」

宋镜五·十一 引艺苑雌黄「柳三变 字景庄……见晏殊求官事 山斋偷余抄

夏元昊反

1034 仁宗景祐元年 甲戌

宋镜六·四「柳耆卿与孙相何为布衣交，孙知杭……」

又六·五 引若舟撮记：柳永字耆卿，死后，宋姬……群妓合金葬之……」 两见录诗「永孙」为屯田员外郎

……」 山斋偷余抄入「永卒年」

据此，知柳卒在王和甫为润州守前，查王为守年代。

词苑丛谈七·六 柳为屯田员外郎，作醉蓬莱 [illegible] 老人盖现了不见在何年 此见花庵词选并太平乐府

渑公续诗话二页 科场程试诗体「景祐元年省试宣室受釐诗」

柳三变游东都 献醉蓬莱 见后山诗话十一页

欧阳修 吕安 [illegible] 欧阳文忠公集五十六卷 [illegible] 及知要尚书自 [illegible]，目录注此年作 须抄

苏舜钦 景祐中进士△ 湖州判 [illegible] 进士△

王安礼 和甫生 闽书

同，判太常寺燕肃等上言大乐制器岁久金石不调，诏以周王朴所造律准考案修治，范仲淹荐布衣胡瑗与镇东军节度推官阮逸同较钟律，丁度等以为非古制，罢之

宋史纪事本末·乐

七月 元昊寇庆州

二月，命集賢校理李照重定雅樂。鄭向薦阮逸，知蘇州范仲淹薦胡瑗，以右司諫韓琦議而止，詔仍用和峴所定樂。

通

韓維以進士奏名禮部（入明年），不肯試大廷，以蔭為官。

本傳作「方億（維父）輔政」，按宰相表及億傳（宋史三一五），億自此年二月同知樞密院，至寶元元年罷。

本傳云「召試學士院，不就，[illegible]辭河東幕府，史館修撰歐陽修薦為檢討太常禮院……已罷歸院，以秘閣校理通判涇州。神宗封淮陽王、潁王，維皆為記室參軍……同修起居注，侍邇英講……進知制誥……通進銀臺司……」

影宋本[illegible]

本傳上神宗即位前

曾布生

能改齋漫錄：曾子宣乙亥年丁亥月辛亥日己亥時生，李廖以四亥命之。　宋人佚事639

二月，命集賢校理李照重定雅樂。照言王朴所造律準，視古樂高五律，視教坊樂高二律，乃朴擬意造之，不合古法，請改制大樂，以秬黍累尺成律，鑄鐘審之。五月，照上所改樂制度，改制金石，則絲竹匏土革木亦當更制。乃鑄銅為龠合升斗四物，以興鐘鑄聲量之法。又請留十二中聲，去四清聲，馮元等駁之。

1035　（宋史紀事本末正雅樂）

二年　乙亥

聶冠卿以集賢校理，被李照薦為檢討雅樂制度故實官（宋史紀事本末正雅樂），照定雅樂在此年二月。

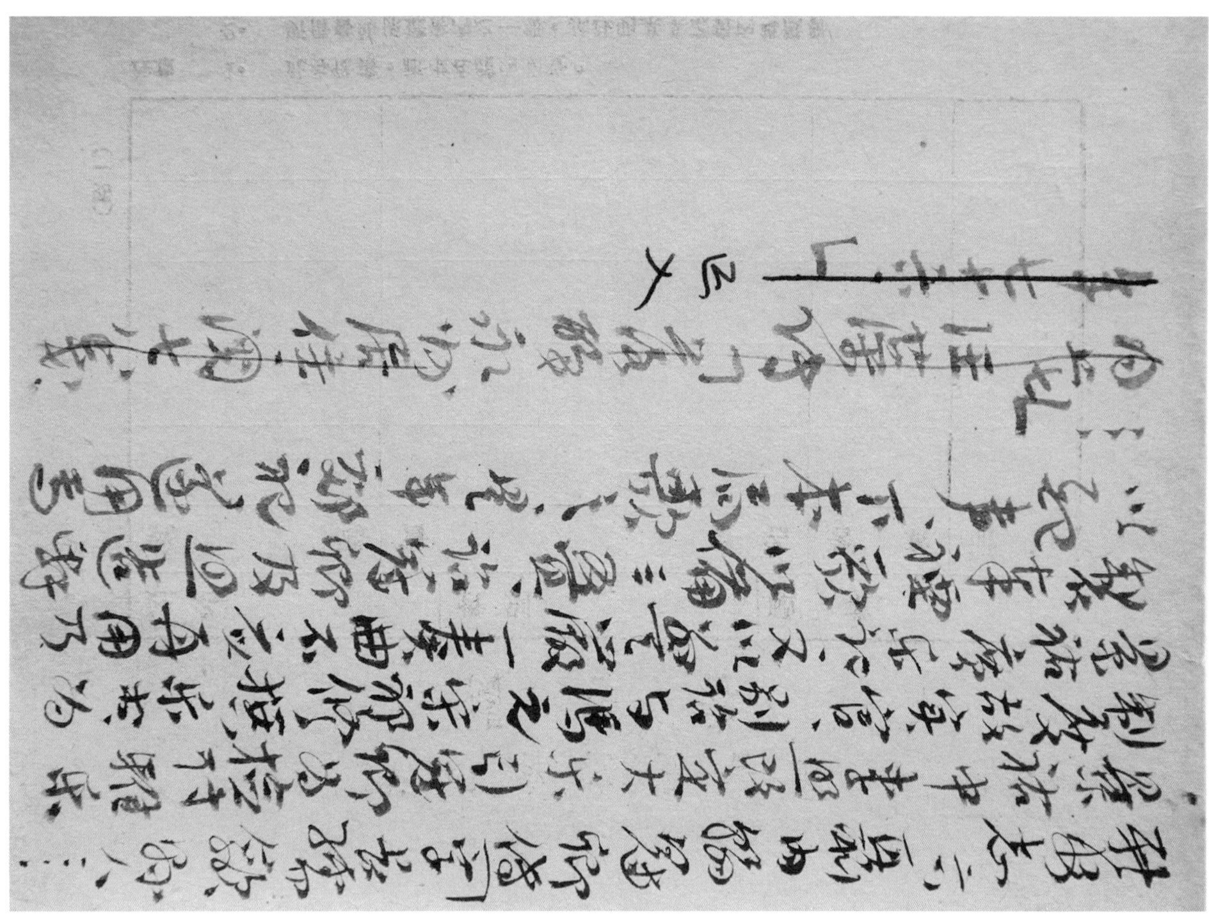

1036

三年　丙子

五月范仲淹（知開封府）献の論呂夷簡百官図……越職
言事　貶知饒州　余靖　尹洙　上疏争之　貶
館閣校勘歐陽修　貽書責司諫高若訥　責
其不辯仲淹之冤　不復知人間有羞恥
事　貶夷陵令（年譜）（一通）「與高司諫書」
武成軍節度掌書記……

十二月十九日　眉山蘇軾生　子瞻（廿出歳）
先生年譜　以下は間絲王「或王譜」　但下接王宗稷（南宋）　東坡
陳亞知楚州任　歐陽修于役志　是年六月
「甲戌出為陳……飲魏公亭看荷花与此……」
……于役志在歐集一百廿五卷

七月　馮元等上……修景祐廣樂記
二月　命……胡瑗等……鍾律　度等言　阮逸胡
丁度……高若訥……
李（照）所用太府寺等尺　及逸度量法皆不可用
（宋史……）

冬　元昊改回鶻……

1037 四年 丁丑

從賈昌朝請重修廣韻 六月以重修禮部韻畧頒行 抄蓮子居詞話卷下上

宋人作詞多用韻 頒律論

1038 仁宗寶元元年 戊寅

范仲淹既徙潤州讒者恐其復用遽誣以為希

怨望命置之嶺南中外論莫伸惟其罪十

月上諭戒百官朋黨（通）

趙元昊反稱帝（通） 建國號曰大夏 叛宋

歐公赴乾德令任

司馬光寶元進士△

1039

晏殊請罷內臣監兵，不以陣圖授諸將，
使得應敵為攻守，及募弓手教
之以備戰鬪。又請出宮中長物助邊費，
凡他司之領財利者，悉歸度支，並為施
行（本傳 畧同）按此時元昊反，當在此年？ 四十
九歳

時に張先五十
謝絳卒 享年四十五 輯年續錄二
蘇轍生る

五月丁亥，詔新作明堂禮神玉，禮儀使言明堂所用樂
皆南郊同用律　六月己未，内出御製明堂樂八曲
王堯臣等言，從前所上編鐘の清聲譜法不可用
閏十二月下詔集兩制太常官制局於秘閣詳定
大樂　（宋史紀事本末 正雅樂）
八皇祐二年

二年
己卯

九月晏殊自知樞密院事加檢校太傅
樞密使（宰輔表）　五十歳
正月韓琦使蜀歸，安撫陝西，薦范仲淹　越州
范仲淹知永興軍
五月韓琦范仲淹為陝西經略副使　范仲淹
再知延州
（通）
范仲淹辟歐陽修掌書記，修辭　本傳曰　辭
本傳云「久之，復校勘，進集賢校理」當在
慶曆三年前　歐　卅の歳
張先（會）
五十一歳
[illegible]湖州府志
又云李公擇守吳興，招集於郡圃為六客之會
又云「知吳江縣」
出通志 同

張先以秘書丞知吳江縣任
（三卷）蘇舜欽君謨題壁條：「龔明之中吳紀聞
張子野宰吳江，因
吳江宰一亭新而新之，蘇君謨題壁間云：
蘇州吳江之濱，有亭曰如歸，隘壞不可居，
康定元年冬十月，此邦為秘書丞張先治而大之，
以稱其名之說（？）。吹成記而作之始，亦以於後」
（先宰吳江年代再查吳江志）

1040
仁宗康定元年
庚辰

中吳紀聞卷一「子野吳江詩」：「子野宰吳江日，嘗賦詩云：『春後銀魚霜下鱠，遠人曾到合思鄉。』

圖江色不上筆，靜覓鳥聲深在蘆，落日未昏閩市散，青天都見山破橋南水漲虹垂影，清夜澄光合大湖，為當時之絕唱」

晏元獻為樞密使時，西師未解，會天雪，陸子履與歐公同謁之，晏置酒西園，歐即席賦詩，……晏由是銜之

揮麈後錄十一卷七頁，劉貢父知(?)

更見宋稗類鈔亦作此條　再查通鑑(?)

移一〇四一年

張鏜(?)默記廿四頁「王荊公於楊寘榜下第四人及第……」一節可抄。晏殊為樞密使，留荊公俾(?)

[crossed out: 荊公登第年代]

移一〇四三年癸未

東(?)荊公平生似指晏公多不滿，錄以譏(?)其作宰相不作小詞（宋稗二卷八頁引東軒筆錄）

題詩駁其題定中書南廳壁詩（見石林詩話中卷十頁）

遼道(?)后蕭，重熙九年本年五月五日生　焚椒錄（同年叢話引焚椒錄(?)）

朱淑真生？、　疑更晚(?)　花庵不及宋詞選詞(?)

二月，韓琦出撫陝西、范仲淹、以范為永興軍

1041

仁宗慶曆元年

辛巳

范仲淹以書諭元昊（傳(?)）三月以焚元昊答書除為戶部員外郎，從知耀州，未幾從慶州　宋庠請斬仲淹（通）

（通）二月韓琦與元昊戰於好水川，兵敗，貶知秦州

歐陽修　歐陽文忠公文集外集三（五十三卷即）有晏太尉西園賀雪歌，目錄係此年作，結云「主人與國共休戚，不惟喜悅將豐登，須憐鐵甲冷徹骨，四十餘萬屯邊兵」，知係錯繫[illegible]相之語與此無涉（一〇四四年歸此）

歐集五十六又有和晏尚書對雪招飲一絕，目錄係此年

詩話總龜後集二卷三頁上有一節論歐晏詩事

石延年卒，年四十八　輯年錄二

鄭俠生　三續輯年錄三「西塘集附行實」

1042

二年　壬午

育

韩琦与元昊战於好水川兵败贬知秦州（任）

范仲淹降为户部员外郎，从知耀州（以焚元昊答书）

未几复徙庆州　宋庠请斩仲淹

苏轼七岁已知读书　王谱

眉州老尼姓朱年九十余能知孟昶宫中事　洞仙歌自序云「仆七岁时，……」

王珪第进士△

宋景文出知寿春，道维扬，赋浪淘沙近留别刘原父（按此诗亦作于离汴京时，以宋祁作寿春年代列在此年左右）　查宋祁知寿春

8　8

晏殊同平章事兼枢密使　五十二岁　本传

欧阳修知谏院，进朋党论，同修起居注

遂知制诰　本传：「奉使河东议（存）麟州……」

韩琦范仲淹为陕西安抚经略招讨使（通）

四月为枢密副使（韩范）

贾昌朝参知政事（通）

七月范仲淹参知政事（通）

韩琦为陕西宣抚使（通）

为龙图阁直学士河北都转运使？

欧阳修知谏院

苏轼八岁入小学，以道士张易简为师　王谱

晏殊　龙川别志上八页「晏公为道学者」

第言」條　言务本在十一页

王荆公及第。晏殊访谱　默记卅四页　一〇四二年移此

默记四十二页「庆历二年御试进士时晏元献为枢密使……」

翰苑群书学士年表　此年「宋祁」至一〇〇五

欧公三月除太常丞知谏院　年谱

三月晏殊以刑部尚书居相位……欧文

石介庆历圣德诗或作于此年　1044

1043　延平黄裳生　勉仲△

蜀郡津张商英天觉生△　三年

癸未

梅堯臣宛陵集卷十二有郡閣閑書投壺□五和國[illegible]
公、擬王維觀獵（卷五）、和永叔中探[illegible]　題滕葉（同書卷）和公滕[illegible]
投壺、[illegible]七律首（便以滕日用物賦先成四首上呈）滕
[illegible]、滕甫、滕（卷七）六首　皆此年左右作

「慶曆[illegible]十月十九日之[illegible]」

宋祁為翰林學士　學士年表　五年二
葉清臣□月以起居舍人直學士[illegible]部郎中轉翰林學士　學士年表　五年

冬十月，更定磨勘法
[illegible]之年置磨勘司直宗[illegible]罷之，亦見范仲淹
[illegible]　抄宋史紀事本末29 44
柳永以磨勘轉官當在此後。（卷一〇三 上）

[illegible]月之日[illegible]和」

九月庚午，同中書門下平章事晏殊為
刑部尚書，依前所論，以工部尚書知潁州
（宰輔表）　本傳：「[illegible]除[illegible]又從許[illegible]緒
後以刑部尚書[illegible]
[illegible]
[illegible]
在潁州二年　皇祐　且[illegible]

抄龍川別志　上六頁

~~[illegible]知政事~~（通）
范仲淹為陝西河東宣撫使（通）
臨川王雱生（元澤）　據宋史三二七王安石傳　本人　附王安石傳

[illegible]

侯鯖錄四：「晏元獻公作樞，因雪
復宴，歐陽文忠公與年在座，時西方用兵，
歐公有詩云：『可惜鐵甲冷徹骨，四十餘
萬屯邊兵。』次日，[illegible]言：『昔[illegible]
[illegible]
文士飲[illegible]，但作詩云：「[illegible]園林[illegible]勝
[illegible]曾[illegible]合[illegible]」

[illegible]一〇四一年

1044
晏元獻罷相守潁州[illegible]」　默記　頁
可抄
此不見當本集
の年
甲申

第三册

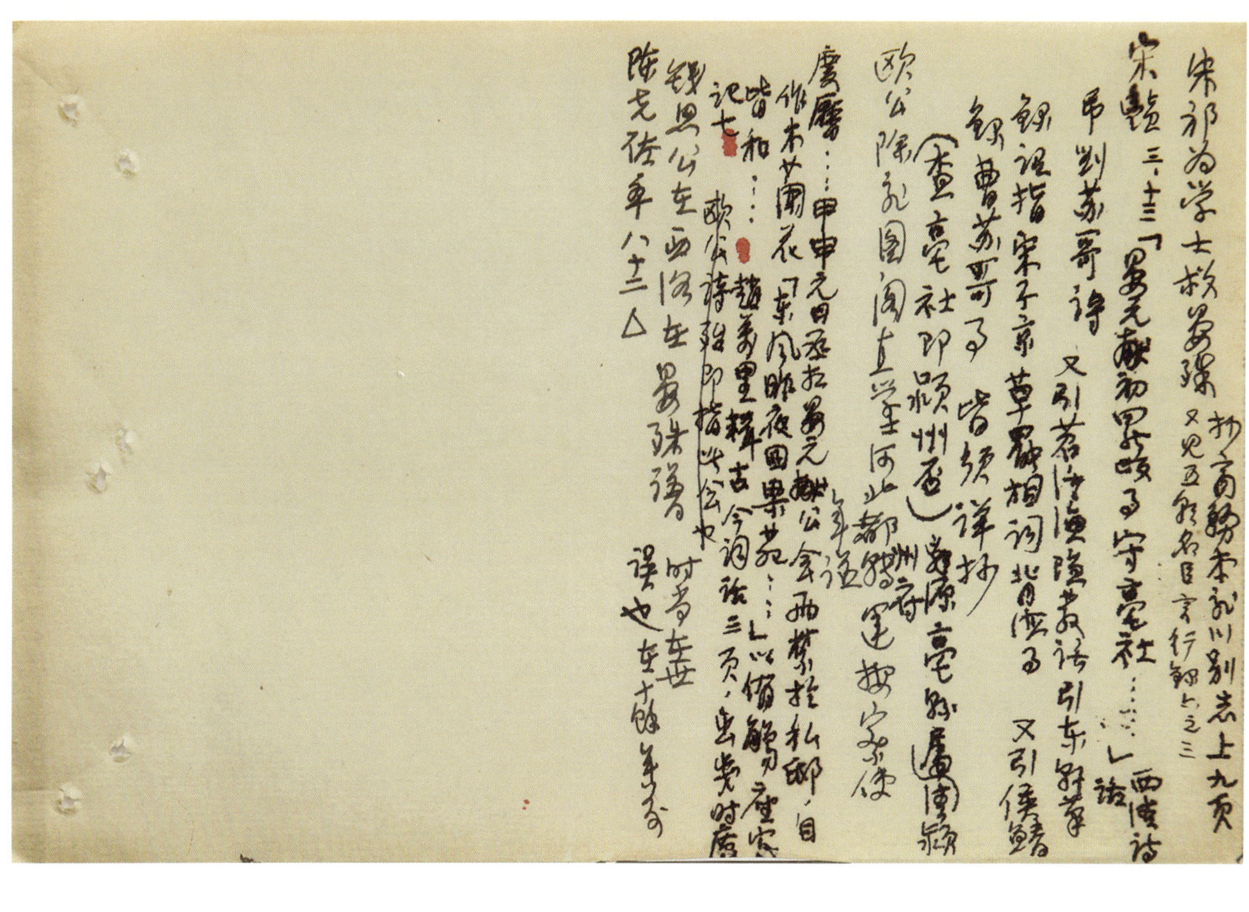
宋祁为学士救晏殊 抄商务本渑水燕谈？别志上九页
宋鉴 三·十三「晏元献初罢政事守亳社……」 又见五朝名臣言行录卷之三
吊刘莽哥诗 西清诗话
录语指宋子京 又引苕溪渔隐丛话引东轩笔录
录曹莽哥事 皆须详抄 又引侯鲭录
（查亳社即颍州否） 晏殊亳州
欧公除龙图阁直学士河北都转运按察使 年谱
庆历……甲申元日延于晏元献公舍，西厅于私邸，自作木兰花「东风昨夜回梁苑……」以备歌宴……
皆和…… 欧公诗辑即指此公也
记七
钱思公在西洛在晏殊后 误也 时晏在亳 十余年后
陈尧佐 年八十三 △

洪州分宁黄庭坚鲁直生（据黄营年谱）
范仲淹罢知邠州改邓州（通）
韩琦罢枢密副使出知扬州（通）
以东路……罢…… 疏陈罗杜衍范仲淹 ……知制诰 ……知滁州（通）
月 通在此年
苏轼十岁 书苏在学四方 太夫人亲授以书 王谱
程氏 读东汉范滂传 本传 宋史三三八
[illegible]
翰苑群书 下 学士年表「宋祁二月以翰林侍读学士 五月以龙图阁学士出……」
欧公以张氏甥被诬 八月出除知 年谱
知制诰 十月除翰林侍读学士知郑州
宋祁二月以翰林侍读学士充龙图阁学士知郑
学士年表
时欧公以河东路转运使上疏论韩琦杜衍范仲淹富弼之罢……谓小人……惟有指为朋党……因傅致修家 左迁知滁州 欧公景祐初……
假盗甥女诬 ……宋史……广历三年又……
1045 庆历五年
乙酉

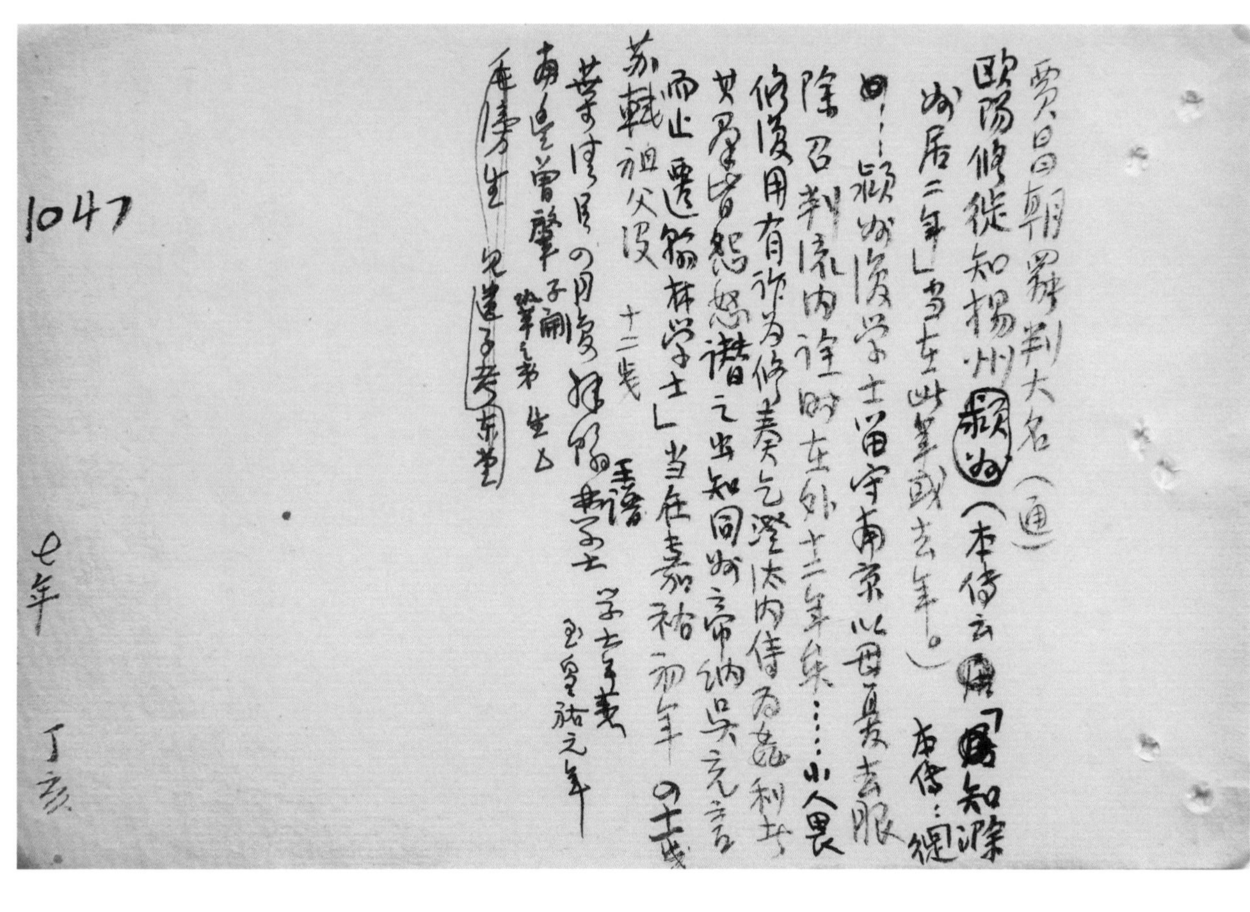
贾昌朝罢判大名（通）
欧阳修徙知扬州颍州（本传云「出知滁
州，居二年」当在此年或去年。）本传：徙
曰：……颍州复学士，留守南京，以母忧去服
除，召判流内铨，时在外十二年矣……小人畏
修复用，有诈为修奏乞澄汰内侍为恶者，利其
其群皆怨怒，谮之，出知同州，帝纳吴充言
而止，迁翰林学士」当在嘉祐初年 の十二卷
苏轼祖父没 十二卷
叶梦得（?）生 [illegible]
1047
七年
丁亥

吴江县尉王廷坚建垂虹桥，即吴江长桥，有亭
曰垂虹，后因以名桥 梦窗词笺引吴
郡志
翰苑罢书下学士年表「宋郡六月撰 十月出
许由（?）罢 欧公自扬州 移陈州 移颍
晏殊自颍 宛陵集卅二卷六页有依韵和
晏公且将有宛丘之命诗云「七年公干谢幕
府，遠觉二州事」编在卷卅一戊子正月二十六
日夜梦及卅二戊子三月二十一日殇小女称称三
首之间，必是此年作（卷卅二杂诗绝句十七
首注云「自此后庆历七年夏……」七字
疑衍）
知晏殊自颍移陈在此年
事后
申七月七来汎通三殢……戊子夏再过广陵
兼（?）交流 可谓竟是通判郡在戊子
卷三十三五月二十四日过高邮三[illegible] 有「甲
庆历八年
1048 晏殊在陈州辟梅尧臣 宛陵集卅三泊姑苏江
口遇刁景纯相见，洼子时陈州，晏相公辟
诗云「尾生信女子，抱柱死不移」 春与丞
相约，安得不顾期……年
以上下编按之系在戊子之夏秋之交
戊子

嘉祐元年丙申 年四十六

三續稽古錄三「孔平仲集附行狀」

宋祁六月復拜翰林學士 十月知許州罷學士 年表

蘇軾今年二十一

宋子京以張貴妃引謝出知安州 詞選一廿七 引聞見後錄19.3

查何年

揚州東軒 嘉祐 又 太平 查 年譜

宋庠同平章事

孫洙擢進士。 宋史十六或二十 待查

擢進士」

李定制科進策五十篇指陳政體明白

劉攽……

論天下事之要……

出太常禮院

年十六

本傳（宋史三二一）

知在何年 當在治平以前

韓魏公皇祐初鎮揚州撰揚州好的詞

強煥齋十七卷……引

查宋史

歐公……

……學士

歐陽修……

1049 仁宗皇祐元年 己丑

葉清臣三月以翰林侍讀學士……

皇祐中柳永（史志卷三十三）改名，制撰词，老人星现，作旨。见诗话总龟卅二卷三页引翰苑新书

秦观生　挥麈录二「挥麈余话云：秦淮海及其子湛墓志铭云：建中靖国元年辛巳年五十三而殁，其井铭名云五十年三十六。今案年谱引先生文集题王氏斋壁云：皇祐元年予先大父赴官南康，道出九江，予实生。定为皇祐元年己丑生，而辛巳元符三年则未将此年五十三矣。若据其井铭名，则当以丁亥生而书此年五十三。今题名已不存，恐未可信」

[illegible]文同进士

毛滂生　见东堂词　考　据左氏与陈[illegible]（词选）皆采入此

秦观重编淮海先生年谱，定此年生

秦瀛刊淮海先生年谱，叶因康熙初侍御大名[illegible]而改正其讹误，见钱大昕跋　此据淮海

集首卷节录本节录：又高邮续志补案「先世居江南，中徙扬州高邮，祖宦卿左廨里人」

案淮海集二送少章弟赴仁和主簿：「我宗本江南，为将门列戟。中叶徙淮海，不仕但躬耕。先祖实好学，先君如复进擢。议郎为名士，余亦祖词客……」

欧阳文忠公集卷十六有太傅杜公入陪大祀以疾不行蒙恩优赐诏书令到允，叹于盛遇，纪以嘉篇，小子不揆，辄亦课成拙诗一首（律）用敦法此年。此句见

晏殊年以疾不陪大祀，并有诗纪盛　本传云「祀明堂，迁户部」

祀明堂恩迁户部尚书

士此乳兴书此年秋 从河南府迁兵部，以疾

请归京师留侍经筵」　本传「以观文殿大学士知永兴军」

闰十一月诏更宋权乐　1049入此　诏内鄧保信阮逸卢昭序同太常[illegible]博士作[illegible]铸钟

特蒙[illegible]太常胡瑗赵师民[illegible]等

（通）

词林纪事：晏殊「京兆府侍郎先进（宋陕西、京兆）殊以永兴军路（李长五种）」

词集补三页有示张寺丞王校勘（见宋史）　三二一页侍

晏以观文殿大学士知永兴军

玉楼春「南部夜饮」（宋书）

山下游：玉楼春「离恨」「[illegible]」

（同时作）

凤城　1049　加观文殿大学士此年秋入[illegible]

当时罢以部事者此年七月罢

二年　庚寅

「賀元献守長安」？……19應從星五編譜
張鎡野記九頁 巴不之需叢書八函集
邸子段巴言天府寄西南京留守司乃 注
附問
十月男孫尚在許昌
家議集 二十七卷 四十頁 有什月二十一日19許昌男叔公書一首 在卅八卷 讀月石屏詩「自此皇祐三年五月至京後」之叢 此是此年作 同卷 观壬午
夫叢集 夏亭記云「是年將五十」 據今年四十九歲
賀鑄年六十七 張鍾駿輯年譜 頁二

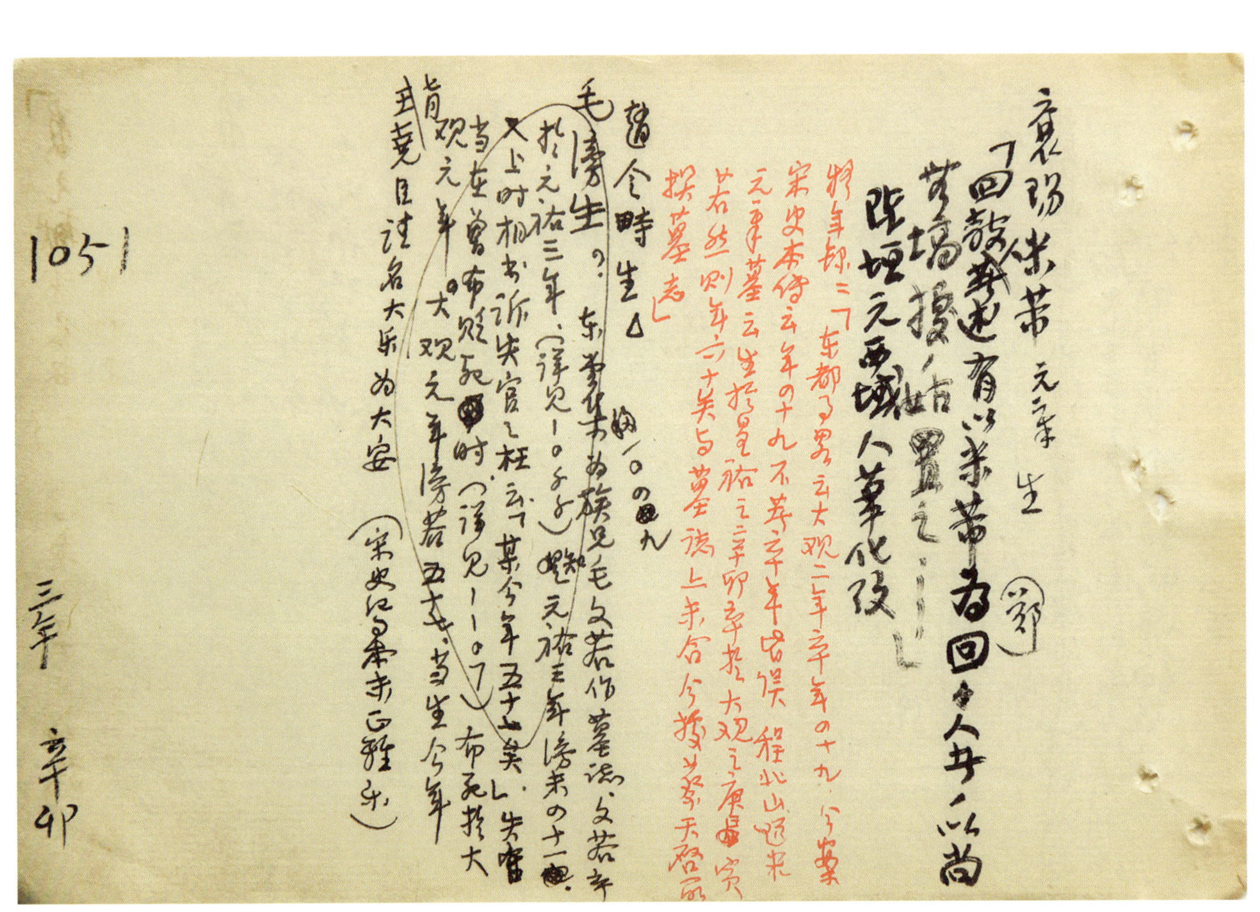
襄陽米芾 元二年 生
「回敎人米芾為回回人并人以尚
芸場撥人古置之……」 （鄭）
張垣元西域人華化攷
輯年錄二「東都事略云大观二年卒年四十九，今案宋史本傳云年四十九不著卒年。程北山輯米元章墓誌云生於皇祐三年辛卯，卒於大观元年丁亥，若然則年五十七矣，与墓誌上未合，今據蔡天啓所撰墓誌」
當今時生△
毛滂生？ 約10の四九
東堂集有為族兄毛文若作墓誌，文若卒於元祐三年（詳見1088年）。嘗知元祐三年滂未の十一歲。
大上时相書訴失官之枉云「某今年五十□矣」。失官當在曾布貶死之時（詳見1107）。布死於大观元年，滂若五十七，當生今年
肯观元年 大
武竟且請名大樂為大安 （宋史記為本末正録樂）
1051
三年
辛卯

1052

五月次男政殿学士汝南公范仲淹卒 谥文正

（通）年六十四（郑

苏轼十七岁 满庭芳自序云「予年十七始与刘仲达

往来于眉山」 王谱

贺铸生 文献通考说见一百六三

范仲淹卒 六十四 疑年録二

1054 张耒生 疑年録

1054 高密侯蒙元功生 △

秦观の弟「太父承议公官满岁代宾近候舍」

谨

四年 壬辰

1053

彭城陈师道履常 无己 生△（[illegible]年谱）

梅尧臣五十二岁 五月十三日为林和靖诗集序

以原序 逋死已廿六年

钱塘韦骧子骏 进士 武林纪事作「皇祐五年」

文云「以尝为擢利州路运判转福建路……」

「年十七王安石兄弟借笔赋大奇之 皇祐五

年进士，累迁屯田员外郎，改驾部郎

至少府监四管」

左元祐发

萧贯州敏谭

直斋17.20钱塘韦先生集「皇祐五年进士」

𨗈补之生 名人年谱 疑年録二

韦骧登进士 宋史翼26引「咸淳临安志」引陈师锡

郑獬 探黄裳 状元」△

阆州新井 蒲宗孟 传曰进士△

五年 癸巳

苏轼年十九 始娶眉州青神王方女十六岁 王譜

晏殊 归田录卷一「……至和初晏元献公以旧相为观文殿大学士、提举醴泉观，而武臣今致政李少师端愿为观察使，止得管勾祥源观，自陈于枢府，宗衮（谢朓诗 宗元是也）谢安为宗衮，乃加以都管勾，今观察亦云提举，盖故事也。」

九月欧公迁翰林学士、充史馆修撰 年谱

六月晏殊以观文殿大学士、行兵部尚书、西京留守临淄公以疾归于京师（欧公碑铭）留侍经筵，英国谥元献

梅尧臣宛陵集卷の十九页二「闻临淄公薨」云「至和癸巳十二月兮，友人谓我火犯房兮，射钩钤而拂上相兮，祸我乡县谁可当。昨日闻太宰怯天道而畏忌兮，归卧其第三辞章。太宰既不得请而赐第金百两以为寿兮，缘官御史然蔡强，明年子正俄临公薨兮，罢出郑国楼榛栗……」

1054 仁宗至和元年 甲午

宛陵集の十五卷十二页 吉草送王钦

云「江南二月芳菲白，送子归时已满汀，谁信而今有忠义，纸上七日哭秦庭」不此何可

周邦彦生

晁补之生

杨时生 直斋18 龟山集「龟山先生年八十七」

寸 入贺铸谱 贺今年三岁

秦观六岁「始入小学，父元化公游太学，归观言太学人物之盛，称海陵王见观高才力学，遂以其名名先生」谱

晁咏之生至和间 陶表

毛滂生至和间 陶表

柳永作醉蓬莱 老人星现 乙丑 宋史天志此年五月老人星现出天关东 岁时

杨湜（予另有考）

花庵词 柳此时为屯田员外郎 可疑

正月丁亥 晏年六十五 将年纪录二

晏殊司空兼侍中，谥曰元献，仁宗篆二 三月癸酉葬于许州阳翟……

晏殊章（歐〔神道碑〕銘）　御之北原
文集二百四十卷，刪次
梁陳以後名臣述作為集選一百卷（本
特）　今有珠玉詞　著文志、
年六十四五（鄭頌文
趙抃為殿中侍御史，石延、歐陽修等（通）
蘇軾年二十游成都，謁張安道　王禮
晏墓在陽翟
曲洧舊聞卷七「元豐元年
盜發陽翟晏元獻晏公墓，最被其酷。始盜
之發冢也，烟霧不可近，及有黃白氣如風
而出，乃下石束松炬而入，見一冠冕帶坐
呵之○叱，盜以鋤鍬擊之，乃剖
棺，其衣片片如蝴蝶飛舞，取金帶、瑞玩
材大之而去……乃出…之道，迷陽翟，歸
於元獻墓下……」

晏幸時楊棄白馬渡長橋次辛
楊侍郎察楚見公而卒　皆抄澠改
十八卷十三頁元獻公楊侍郎楚條
妻王氏　詞林紀事條　十六頁引道山清話
梁谿漫志八烈女孝節條：「……晏元獻公之
孫女，其父孝廣為鄧州南陽縣尉，
女小字師姑，年十五從叔孝
1055　二年　乙未

往宜於嘗陵，遂與三年隔於廣，僕以北
去，每歎得陵，…舉身於地，僅仆氣
絕，戴自起投於井，皆救而獲免。負
主母當之，撫育如己出，……
丁憂二子（上文為有丁家間公五世孫女通）
列年少來，奔侍郎奏之……」

叢書集成初編書目別集類有晏元獻（二卷集）
（說郛廿八卷）
四十如意齋叢刻鈔錄卷下三頁晏元獻夫人像：
「擢廣錄：晏元獻夫人王氏，國初勳臣超之女，樞
密使德用之孫也。元獻婿富弼、楊察，鄭
公婿楊察之謂，女婿蔡，朱文鄭公也。鄭
朱澤字聖予，女之適滕子京，俱為執政。元獻有
賢予古硯一，方也，王氏墨物也，然女於授，鄭為傳
古硯，今在滕氏。朱之孫女適洪景嚴，近
又登二府，亦盛事也。」
張鎡默記十七頁　晏元獻自西京以久病請歸
一節可抄
晏殊有紫薇花詩　見歐陽修集16，2　偏倪哭
歐陽修17，9　查晏元獻遺文
子　李淑翰苑　歐文
歐陽文忠公文集五十六有晏元獻公挽辭三首　一五鐸　二七鐸
周邦彥生

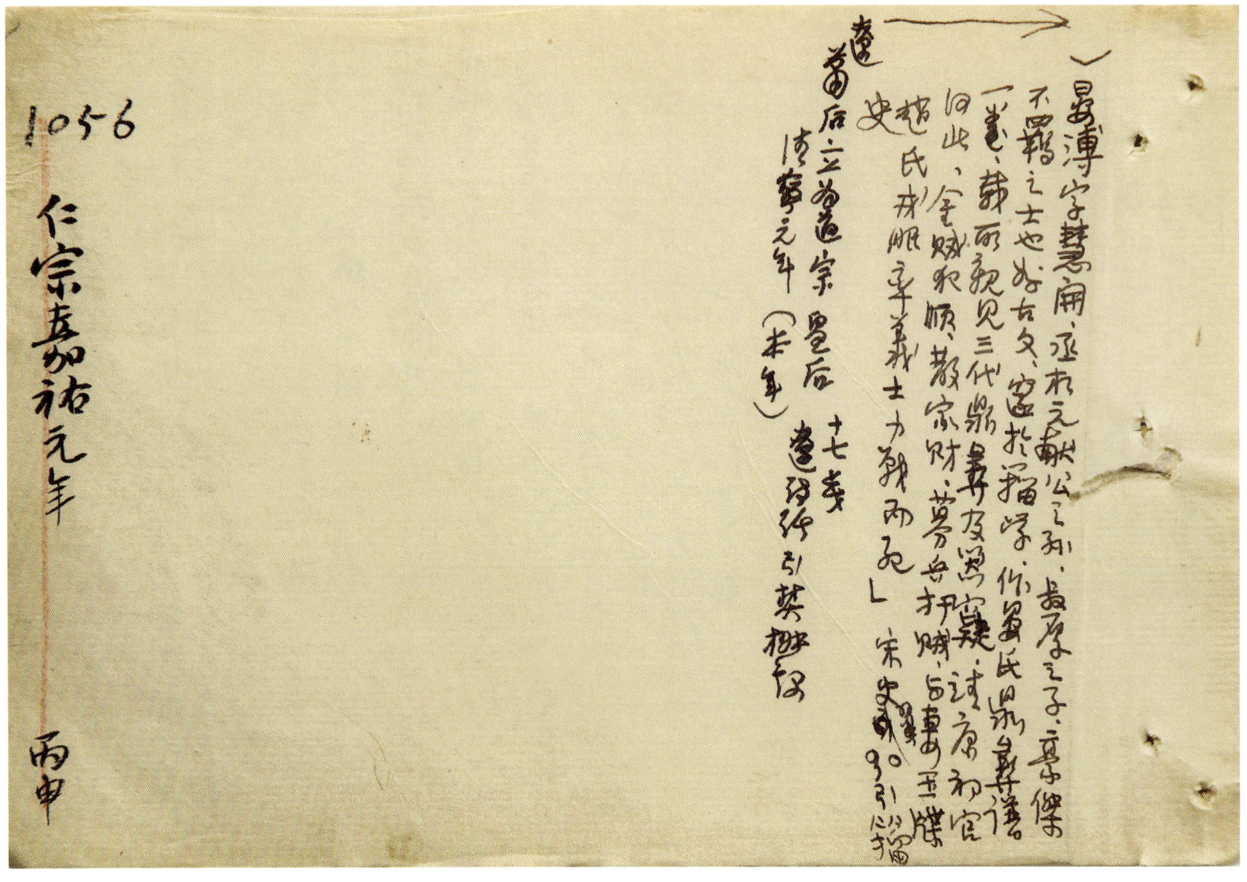
「晏溥字慧開，丞相元獻公之孫，長原之子。豪傑不羈之士也。好古文，邃於籀學，作晏氏鼎彝譜一卷，蓋所親見三代鼎彝及器窾識，諸家初定同此。金賊犯順，散家財，募勇士捍賊，與妻東安玉牒趙氏，戎服率義士力戰而死」 宋史[illegible] 90引[illegible]

史

遼
蕭后立為道宗皇后 十七歲
清寧元年（本年） 遼詩紀引焚椒錄

1056

仁宗嘉祐元年

丙申

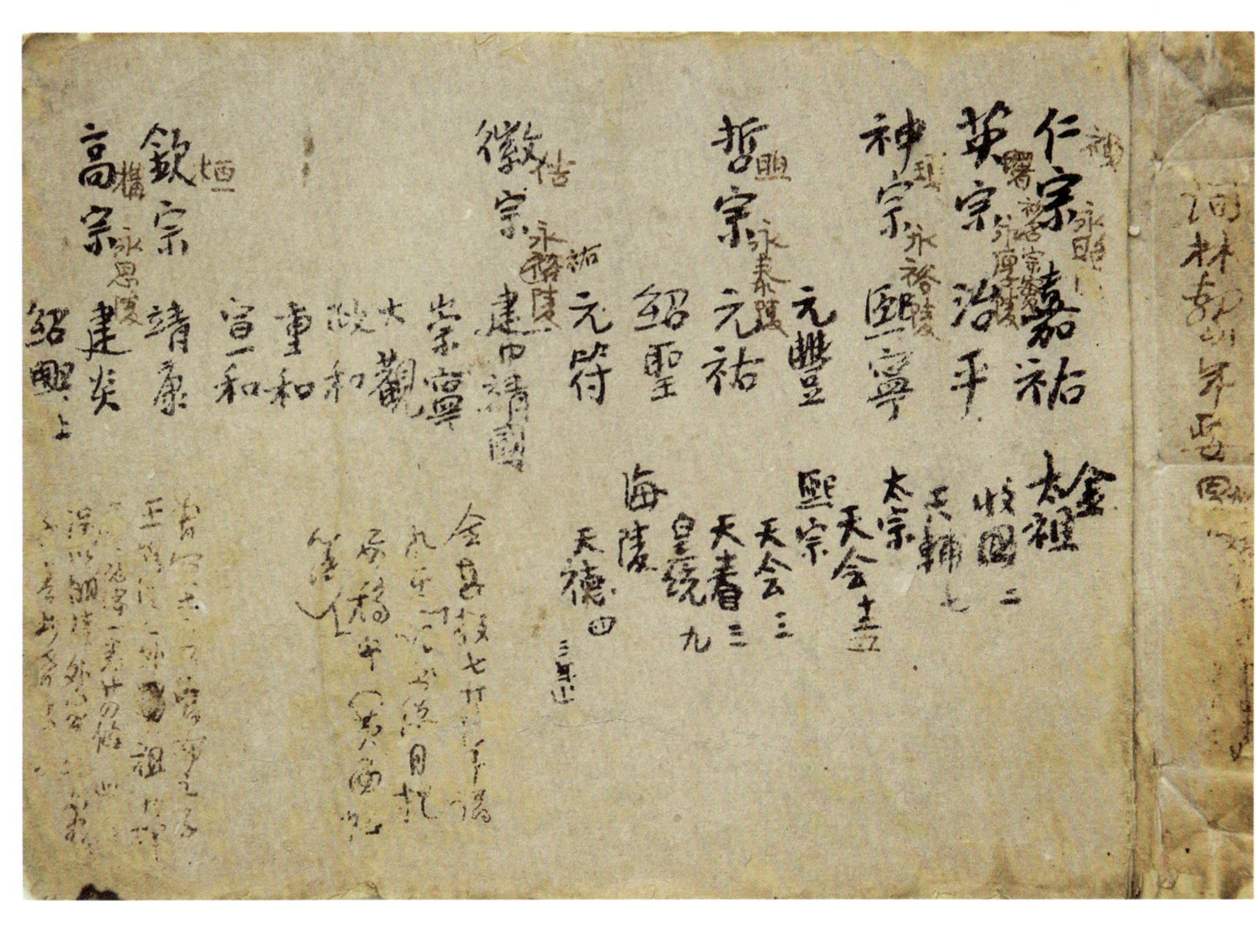

濟州錄事晁補之集略 生（文学年表
作秦 嘉祐四年 生一〇五三年
并州通判司馬光 翰林学士歐陽修等上疏言
建儲子（通）
八月以韓琦為樞密使
歐陽修論狄青
十月 [illegible]朝為樞密使
歐陽修還翰林学士 俾修唐書 未幾使契
丹 契丹主命貴臣四人押宴 曰此非常制 以
卿名重故爾（宋史） 五十四歲
義 積年二十一 第進士（王讜）
歐陽文忠公文集九十一卷 有賀壽星表 至和三
年二月作 有云「庚寅之夕 壽星見南方」 占書天
文 福在人主」
在此年 查宋史
歐集附年譜 引兩朝國史 至和三年二月辛卯壽
星見
柳永作老人星現 乃献詞
周邦彦生
[illegible]紀錄此年
杜安世壽域詞 [illegible]甲子の序 提要以為[illegible]題 列之[illegible]
詞綜 歐陽修詞家 則北宋人也」
柳永[illegible]
公元1056
仁宗嘉祐元年（至和三年）
丙申

周邦彥生

「[illegible]」卒年宋史本傳[illegible]志略
元年六十六。據王[illegible]考則先生實以宣和二年
辛丑卒，以此上推則當生于仁宗嘉祐二年也。以上
王國維清真先生遺事 案王氏誤[illegible]一年當定
為此年生

柳永作〈老人星現〉詞 見前[illegible]
柳永作〈醉蓬萊〉求進身 見苕溪漁隱叢話前集五十九引後山詩話
不知何年作

（歐陽文忠公集末卷[illegible]十五頁 記此七律

二月 歐陽修知貢舉 （校：以禮部[illegible]痛排抑險怪奇澀之文，號太學體） 五十一歲
蘇軾 蘇轍 曾鞏等皆及第 （通）
歐傳：加龍圖閣學士，知開封府 向日改
[illegible]牧使」生一〇五九年前
蘇軾年二十二赴試禮部，館於興國寺浴室。時歐
陽修考試，得先生刑賞忠厚之至論，以為異人，
欲冠多士，疑曾子固所為，子固文忠門下士也，
乃置先生第二，復以春秋對義居第一。殿試
章衡榜中進士乙科。始見知于歐陽公及韓魏
公、富鄭公，皆待以國士。有上韓太尉書及有上
梅直講書[illegible]是月丁夫人武陽君程氏

冒廣生小三吾亭文集甲
[illegible]宋王欽臣 中嘉祐二年
修仕郎守大理丞出揚州江都縣[illegible]任[illegible]揚
[illegible]五山[illegible]集

子野有〈首夏[illegible]贈[illegible]主人〉 [illegible]
送別作 [illegible]致仕[illegible]知杭[illegible]
[illegible]宋才任（[illegible]杭州志） 又二子有贈
[illegible]上送[illegible] 張[illegible]志致官
五詞[illegible]英宗時[illegible]
[illegible]年代[illegible]

1057 杜衍卒八十△
曾鞏進士△

二年

丁酉

欧公此年与梅圣俞书：「读轼书不觉汗出快哉快哉老夫当避路放他出一头地也可喜可喜……」

周[illegible] 拨读东坡遗事

胡学曾布之 士。 吉安欧氏 封晋国夫人。

毛滂字泽民 生 卒 1089 诗约九卷

曾巩字 曾布 弟进士 临川人 36 退帝

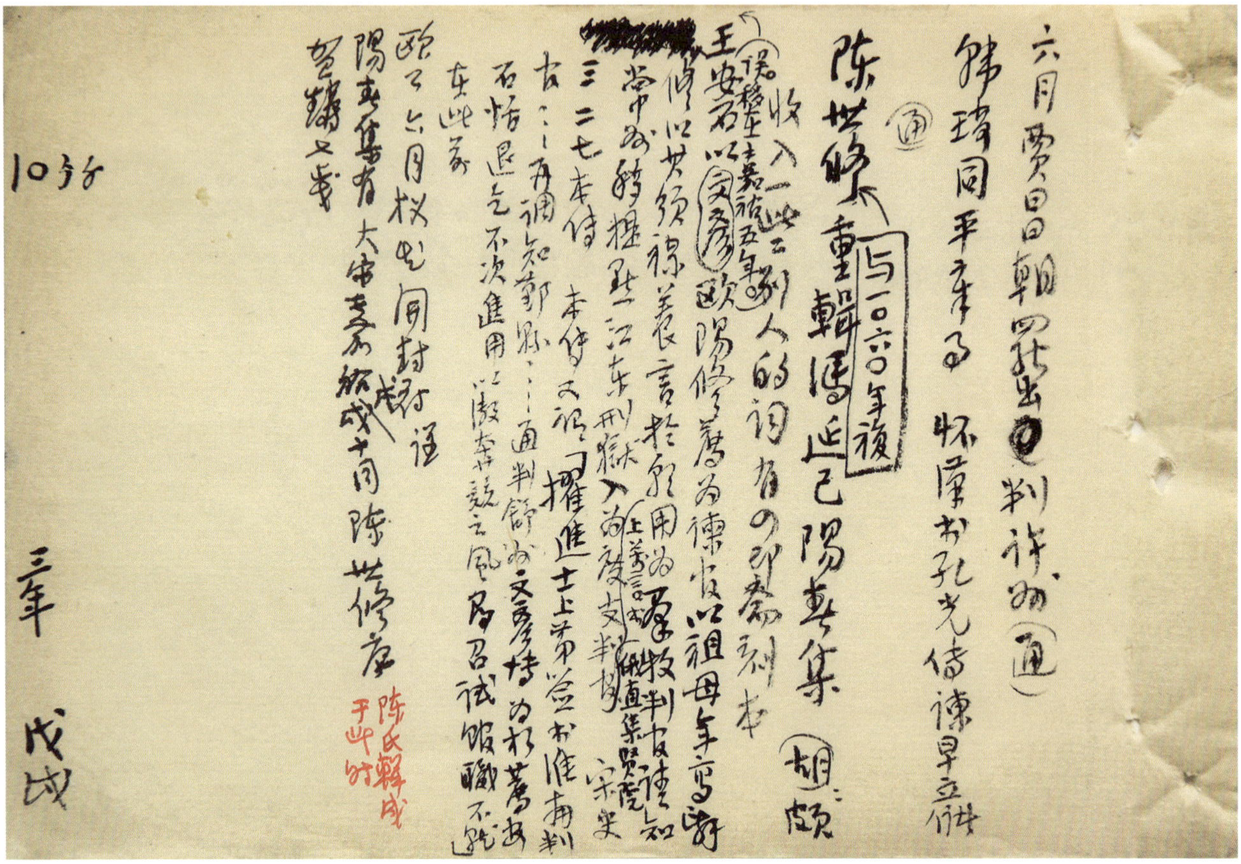

六月癸酉朝罢出，判许州（通）

韩琦同平章事　怀叶书孔光传谏早立储

（通）

陈世修重辑冯延巳阳春集（胡二颂）

与一〇六〇年后

收入一些别人的词　有四印斋刻本

王安石以（安房）欧阳修荐为谏官，以祖母年高辞（保：移置于嘉祐五年）

修以其须禄养，言于朝，用为群牧判官，请知

常州，移提点江东刑狱，入为度支判官（上万言书）（据直斋集贤院　宋史

三二七本传　本传又说：「擢进士上第，签书淮南判

官。……再调知鄞县……通判舒州，文彦博为相，荐安

石恬退，乞不次进用，以激奔竞之风。寻召试馆职，不就」

东些参

题十六月校毕同封行证

阳春集有大宋嘉祐戊戌十月陈世修序　陈氏辑成于此时

智聊之甚

1058　三年　戊戌

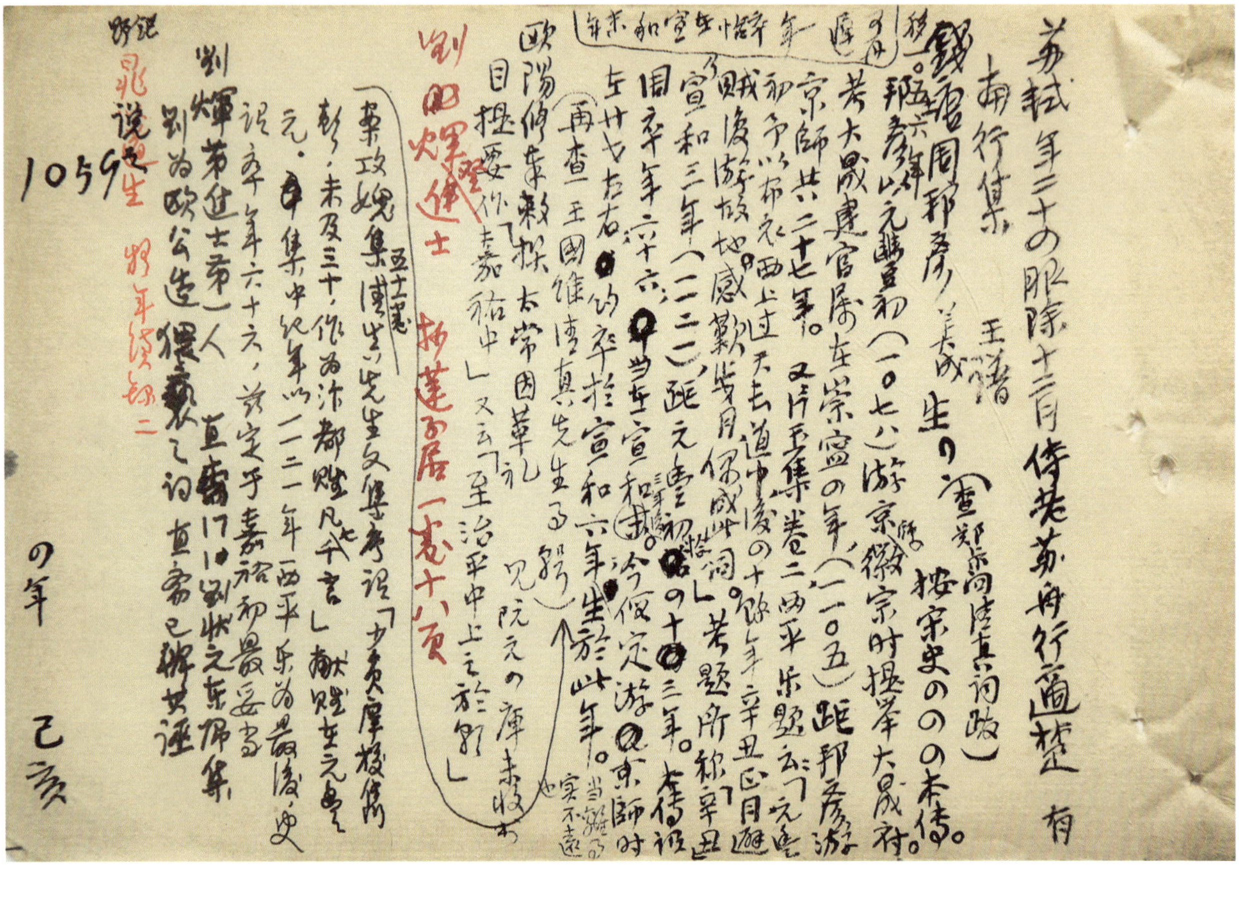

苏轼年二十四服除，十二月侍老苏舟行适楚，有

南行集　王着

移　钱塘周邦彦，美成，生。（查郑文焯清真词跋）

五六　邦彦以元丰初（一〇七八）游京师，徽宗时提举大晟府。按宋史の本传。

考大晟建官居在崇宁の年（一一〇五），距邦彦游

京师共二十七年。又片玉集卷二西平乐题云「元丰

初予以布衣西上，过天长道中，后四十余年辛丑正月避

贼，复游故地，感叹岁月，偶成此词」。考题所称辛丑

宣和三年（一一二一），距元丰初の四十三年。本传谓

周卒年六十六，当在宣和（辨），今假定游京师时

年廿七左右，的卒于宣和六年，生于此年。当距实不远

（年未和宣年惜辛年一（辨）（不升））

（再查一王国维清真先生遗事）

欧阳修荐数探太常因革礼　见阮元の库未收书

目提要作「嘉祐中」又云「至治平中上之於朝」

刘几煇登进士　抄莲子居一卷十八页

案攻媿集（五十三卷）谢先生文集序谓「少负庠校隽声，未及三十，作为汴都赋凡七千言」献赋在元丰元年。集中纪年以一一二一年西平乐为最后。史记卒年六十六，故定于嘉祐初最妥当

刘煇第进士第一人　直斋作刘几状元，东都事略

刘为欧公退黜之词　直斋已辨其诬

野记　晁说之生　野年续录二

1059　四年　己亥

1060
五年 庚子

五月 王安石為三司度支判官 上萬言書（通鑑誤定在嘉祐三年）四十歲

七月 歐陽修等上新唐書 拜禮部侍郎（本傳：書成，拜禮部侍郎……）兼翰林侍讀學士？

十二月 歐陽修拜樞密副使（本傳）（通）五十四歲

蘇軾年二十五 授河南府福昌縣主簿（本傳） 正月

過唐州 王詩

策論 本傳云「歐陽修以才識兼茂薦之秘閣」 在明年對制

陳世修輯南唐二主詞及馮延巳陽春集 [illegible]

（與五年參校）

[illegible]

張先嘉祐中過山陰 [illegible]

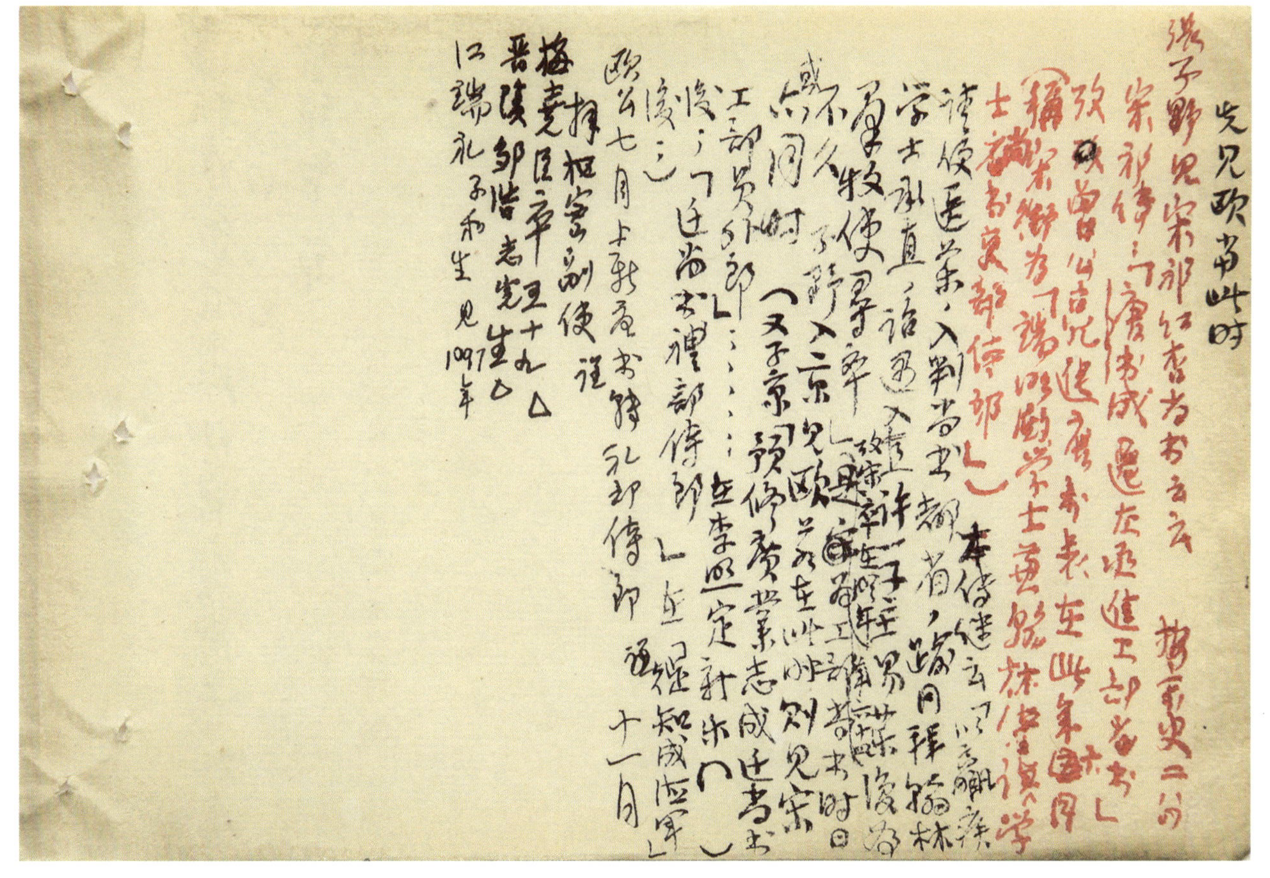

先兄歐當此時 [illegible]

宋祁 [illegible] 唐書成 遷左丞 進工部尚書 [illegible]

[illegible]

歐公七月上新唐書 轉禮部侍郎 [illegible] 十一月

拜樞密副使 謹

梅堯臣卒年五十九

江端禮子和生 見1097年

六月 司馬光知諫院 通

(六)月 王安石知制誥 自度支判官改同修起居注 時 本傳「以母憂去 終英宗世召不起」 の壬戌

閏八月 策賢良方正直言極諫之士 蘇軾蘇轍

轍皆在選中 轍對切直 胡宿力請黜之

帝不許 收入四等 王安石不肯撰詞 歸璋

改命沈遘為之詞 通

閏八月 歐陽修參知政事 通 傳 五十五歲

歐年譜二「史不言之子於何年 今據蘇文」 旅續通鑑」

宋祁六十四 年六十の

蘇軾年二十六 應中制科 入第三等 有應制科上兩制

書及上富丞相書 授大理評事鳳翔府簽判

与子由居懷遠驛 十二月赴鳳翔任 与子由別

五

錦苑叢書下 錦苑遺事「嘉祐六年三月承旨宋

祁言久病不能繕寫 請入學士院 割第一子主

湯蔡ノ從之。」

歐年譜 戶部侍郎參知政事 六年譜

慈谿 楊適 知州事△

王安禮 進士 和甫 △ 臨川 安禮 字和甫

1061 六年 辛丑

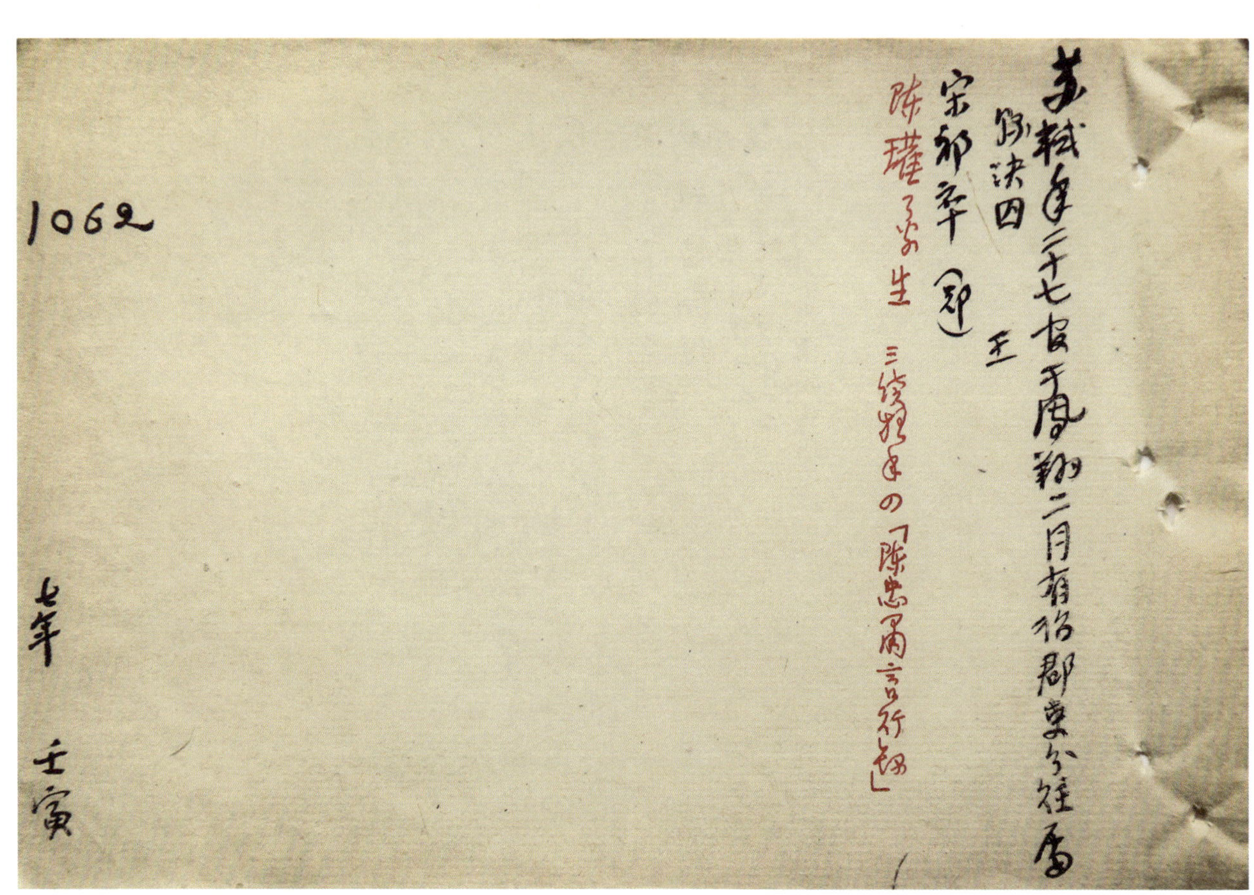

蘇軾年二十七 在鳳翔 二月 有詔郡吏分往屬

縣決囚

宋祁卒(六十五) 五

陳瓘了翁生 三續疑年の「陳忠肅言行錄」

1062 七年 壬寅

衛州賀鑄方回 十二輯

（鄭）

商務本賀詞首有傳，可抄

賀鑄《慶湖遺老集序》：賀本慶氏，吳王僚之子慶忌，公子光之禍，王子慶忌奔於衛，妻子亦度淛水，隱會稽上，越人哀之，表其族曰賀氏，名其田曰慶湖，今為鏡湖，傳訛也。（嘉泰志山川七江）

《文獻通攷》「鑄居吳，葉少蘊為作傳，詳其出處，且著與米芾為友，鑄生皇祐壬辰，視米芾稍為前輩也」

宋史四四三

《慶湖遺老集序》「鑄生於皇祐壬辰，始七齡，蒙先子專授五言七言律，日以章句自課，迄元祐戊辰，中間蓋五十甲子，凡著之藁者何啻五六千篇……」

又云「鑄少有狂疾，且慕外監之為人，顧此遺老已久，嘗以北宗狂客自況……」丙子子月庚戌江夏寓皋監阿堵齋序」

序首云「擬以持先業者，力田自贍，不復為仕宦計，季父實君祖也，嘗一挫者，有慶奉孫殘，且自誓約，生隆居死寓祔，冑先壠之次，遂七世弗替，遵修不隳，後廣世重恩瀆越，民羅其盛，因家業此焉，合族焉。國朝緣外戚賜帶開封，陸[illegible]里，六代祖廣平王始剔籍於浚儀，冑子陂之原，高門平州刺史君受命……

1063

八年

此祀，即諸其家始曰：吾家本賀氏，出自王子慶忌於衛，而以皇氏名之，吾死，封樹衛郊，示不忘本。府君竟死葬朔野，曾門以哀致廣於家，但名其子而重諾之。天聖初，大門攝此道，洞牧之正，遂卜府君之新阡於衛居邑共城東原，仍從曹吉，循先志也。鑄少有狂疾，且慕外監之為人，初北遊之人嘗以北宗狂客自況，今寓其自號，公歸何而無又旧稱也，亦首卯之文耳。鑄生于皇祐壬辰——（已指于前）「何啻五六千篇」，前此「辛未三兩年」閱故稿為妄作也，即投諸爛灶，灰滅後之。非廣夫年髮過壯，志氣旧衰，若吟諷弄風所謂與蟋蟀調聲儀向之煩，計後日所賦益寡矣，而未免工於前，忽前日之業煩為文無業也，始哀接其餘而謄寫之。後八年僅得成集……朴仲常十卅卷

第二）戲集見（共九卷）隨編叙其歲月與所賦之地者，曷俾閱者回想陳迹，嗟其出而學淺而笑狠之狀耳狂也，僕摯切自未遂坊藏，前有所賦，斷自乙卯歲，列為後集云。丙子子月庚戌江夏寓皋監阿堵齋序」

王為巴郡守，曙子之子 仁宗朝用其陰玉殿中丞△

閱許將沖元 進士第一△

郭紹孔武仲嘗父

秦觀少游 父元化公亭 進士△

（謹）

五月太后還政　加韓琦尚書右僕射

黃庭堅赴試禮部留京師

張先時致仕家居為父維作十詠圖　序云「尚書都官郎中先君維……」（鄭）

張氏十詠圖條　孫覺莘老十詠圖序云「……　齊安郡錄十五

公（維）享年八十八年公子尚書都官郎中先

以致仕家居，兩公平生自賞詩十首寫

之繪素，號十詠圖，傳示子孫……」維

卒於一〇〇六　陳振孫十詠圖跋云「十詠圖

十詠圖書諸自六歷而成，後十八年，子野為十

詠圖，當治平甲辰」

周美成生？

~~大鶴山人校本清真集……錄要~~

鄭文焯清真詞校後錄要：「蓋生當

平之和四印齋刻清真集

鄭叔問大鶴山人校本清真集二卷補遺一

卷刻於光緒二十六年　錄要改清真四聲

了中斐備　約一〇五六

「張芸叟治平初以英宗諒闇榜赴乘試，時遇某主文柄，以

公生明為賦題，芸叟誤書廢明字試罷，自分黜矣，

及榜出，乃居第四……」揮麈後錄六卷百一條

106　英宗治平元年　甲辰

四月司馬光知諫院　韓琦歐陽修等議濮

王允（讓）（通）（歐陽修年譜）六十二歲

五月蘇軾妻王氏卒於京師　蘇軾元配王氏乙巳五月二十八日……

誌銘（熙寧八年有悼亡江城子詞云「十年生

死兩茫茫」）悼王氏作此年至熙寧八年正十年

蘇軾年卅自鳳翔罷任還判登聞鼓院　英宗在

藩邸聞先生名，欲以唐故事召入翰林，宰相限

以近例召試秘閣，皆入三等，得直史館　是年

通義郡君王氏卒於京師　王譜　本傳宋史

按本傳宰相韓琦曰「軾之才遠大器也，他日自當為天下用，要在朝

廷培養之，使天下之士莫不畏慕降伏，皆欲朝廷進用，然後取

而用之，則人人無復異詞矣，今驟用之，天下之士未必以為然，適

足以累之也……」軾聞琦語曰「公可謂愛人以德矣」

（大白）張伯端訪扶風馬處厚於河東，以所著悟真

篇授處厚　人名辭典作「治平間」　按名

辭典敘此於熙寧間，殆因下則而誤後，當有

誤

蔡襄出杭州　咸淳臨安志「治平二年以端

明殿學士禮部侍郎知杭州」

宋史三二〇蔡襄傳「……（附志）

殿學士以往，治平三年丁母憂，明年卒

年五十六　擬咸淳臨安志

子野作[illegible]天門謠[illegible]

1065　二年　乙巳

[illegible]

王安石「～～」似道别作，当治平三年作

贾昌朝辛，六十八△

新喻孔平仲毅父进士△

慈溪舒亶进士△　道光宁波府志17选举表，又传云进士第一

陈师道以文谒曾巩，留受业。（本传作「年十六」，当在是年）熙一〇六八

本传又云：「巩典五朝史事，得自择其属，朝廷以白衣难之。」不知在何年，待考。

侍御史吕诲、范纯仁、吕大防为濮议劾韩琦、欧阳修。

赵鼎使辽还，以尝与吕诲言濮王事，乃上疏乞同贬，乃出鼎通判淄州。

（通）欧六十岁

孙洙应治平时，以韩琦荐十七人，为史馆检讨，同知谏院？宋史本传作治平中　卅五岁

苏轼年卅一，在京师直史馆，丁老苏丧，扶柩归蜀。四月戊申老苏卒　壬

子野送苏轼填词〔去年相此〕

欧公已号六一居士。光聪谐有不为斋随笔辛：谈欧「元二年胡柯所订欧阳文忠公年谱从庚戌公年六十四时始更号六一居士，盖据六一居士传后署款而云耳。按集古录跋隋泛爱寺碑后署治平丙午孟飨，书于……称六一居士，丙午为治平三年，是时公年六十，已号六一居士，后四年始作传，胡订谱未检录跋，遂误以作传之年始为更号也」

1066　三年　丙午

黃庭堅登進士第 調汝州葉縣尉（本傳 無年月 據胡譜）

（曾鞏[illegible]）

正月 英宗崩 神宗即位

韓琦為司空兼侍中

三月 歐陽修罷……（[illegible]明年。）

王安石知江寧府 數月召為翰林學士兼侍講（本傳）

四十九歲

臨川先生詞曲有桂枝香[illegible]有云「[illegible]」

「自古帝王州……」……晉代衣冠成古丘……臨川先生[illegible]江寧府作

韓維[illegible]除龍圖閣直學士 兼神宗即位時 侍講判太常寺（本傳）又云「[illegible]知汝州 數月 召[illegible]」

蘇軾[illegible]二十二居服制中 以八月壬辰[illegible]

張子野卒 補上[illegible]

王讜

張子野 宋史三三一[illegible]

1067

子野[illegible]

三 判[illegible]翰林學士[illegible]

唐庚子西生 見一一七年

二月 歐陽修以蔣之奇[illegible]

蔡襄卒 [illegible]

張元幹 蘆川生 [illegible]「蘆川歸來集」

徐積進士

[illegible]進士

常州張[illegible]進士

王觀[illegible]進士

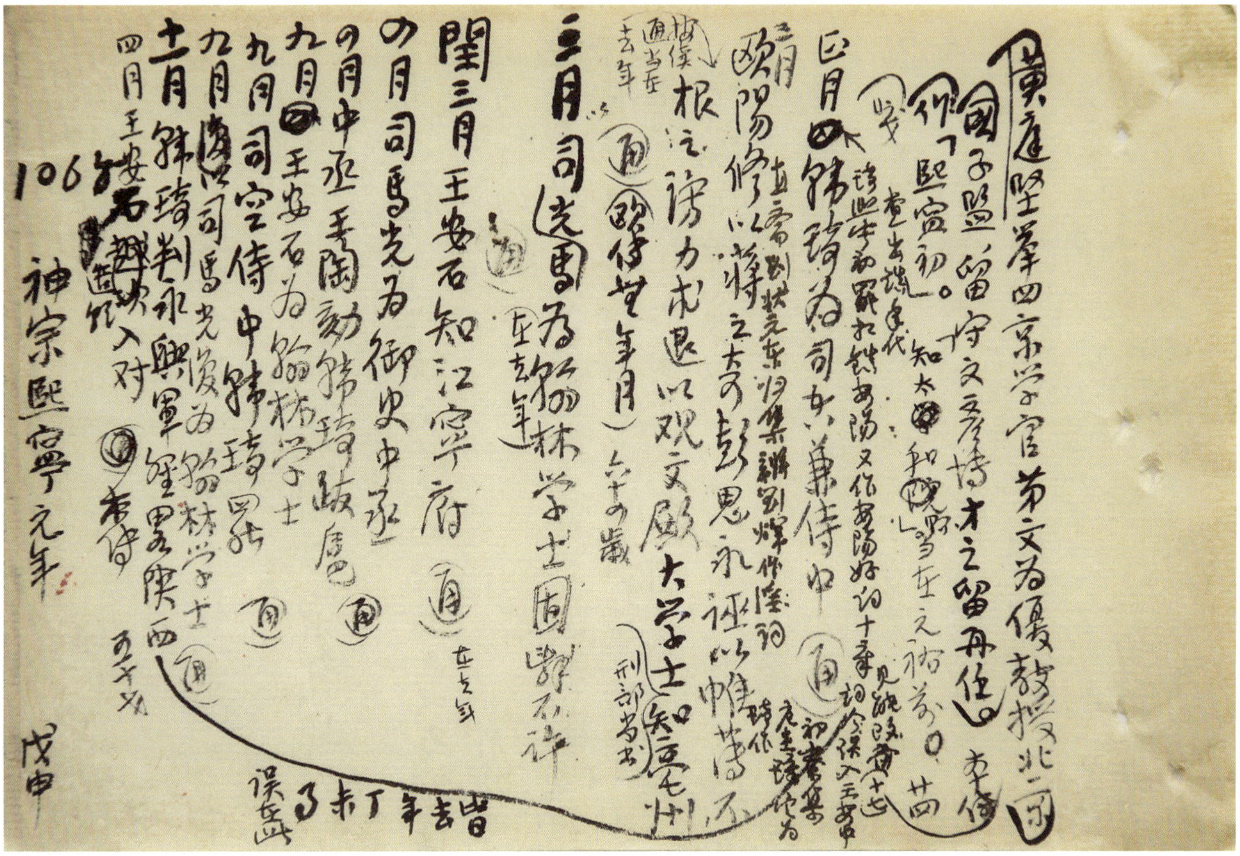

黄庭坚举四京学官，第文为优，教授北京（国子监）。留守文彦博才之，留再任。
作「熙宁初」。
正月 韩琦为司空兼侍中
二月 欧阳修以蒋之奇彭思永诬以帷薄不[illegible]
根注 请求退以观文殿大学士知亳州　刑部尚书
三月 司马光为翰林学士（固辞不许）　六十二岁
闰三月 王安石知江宁府
四月 司马光为御史中丞
四月 中丞吕诲劾韩琦跋扈
九月 王安石为翰林学士
九月 司空侍中韩琦罢
九月 复以司马光为翰林学士
十一月 韩琦判永兴军，经略陕西
四月 王安石越次入对
1068 神宗熙宁元年 戊申
皆去年丁未了　误在此

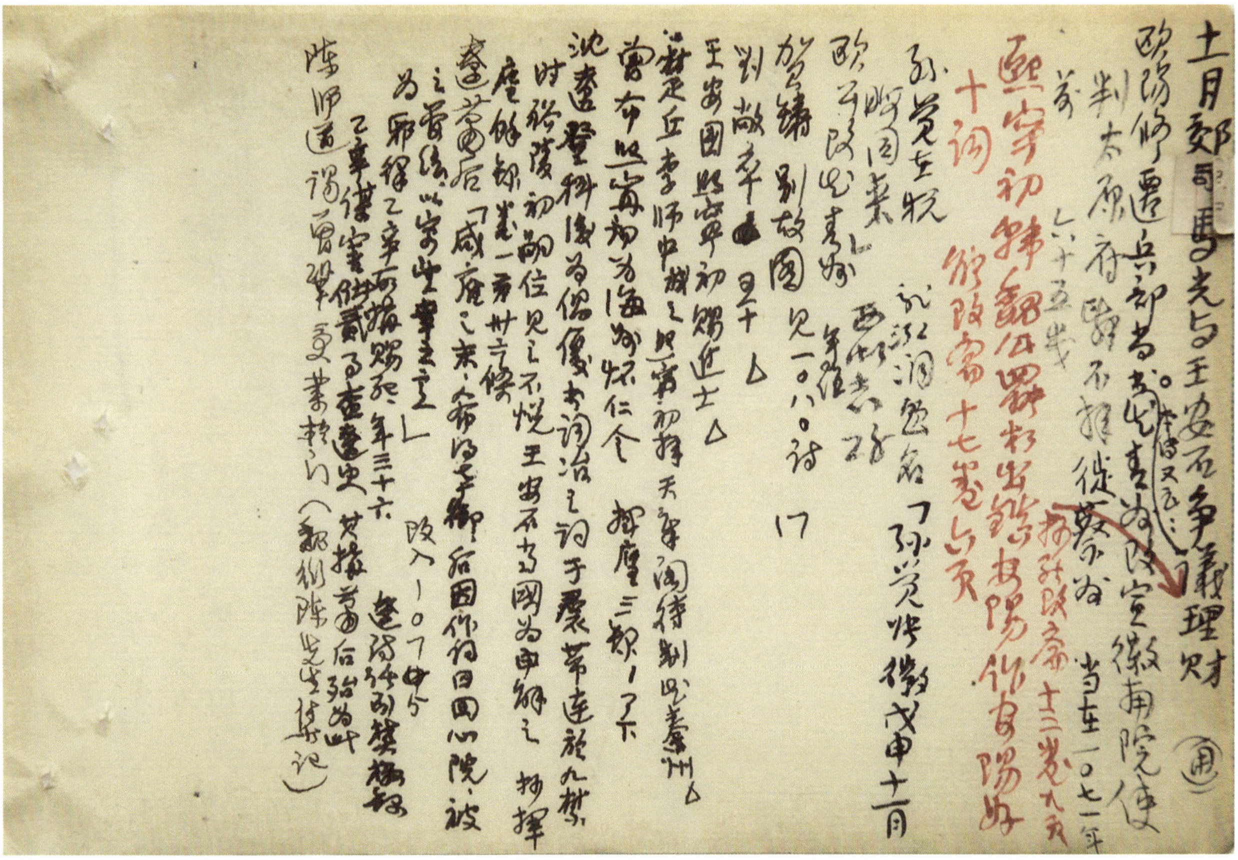

十月 司马光与王安石争议理财
欧阳修迁兵部尚书。改宣徽南院使
判太原府，辞不拜，徙蔡州　当在一〇七一年
蔡　六十五岁
熙宁初韩魏公罢政出镇，欧阳作安阳好十词
孙觉[illegible]
贺铸 别故园 见一〇八〇诗 17
刘敞卒 年五十 △
王安国 熙宁初赐进士 △
[illegible] 李师中 熙宁初以天章阁待制出知秦州 △
曾布 [illegible] 为海州怀仁令
沈遘[illegible]
陈师道[illegible]

是年二月 王安石參知政事 議行新法

六月 御史中丞呂誨上疏論王安石罷 通

八月 范純仁以言王安石罷 七月行均輸法

八月 劉述等六人以論安石罷

八月 條例司檢詳文字蘇轍與王安石論

人の言求遠利不合罷為河南府推官

九月 行均輸法

九月 司馬光與呂惠卿爭論青苗法

孫洙以史館檢討同知諫院 力求外補 得知海州？

宋史本傳（三二一卷）「王安石主新法 多逐諫官御史 洙知不可為 而鬱鬱不能有所言

但力求補外……」 當是是年

修起居注 進知制誥 當是元豐間

本傳文云同

卅八歲

錢維[illegible] 遷翰林學士 知開封府 本傳 五十三歲

蘇軾還朝 監官告院 與王詵寫詩及蓮華經 王譜

據本傳云「王安石執政 素惡其議論

異己 以判官告院」

張先五[illegible]秋臨嚴院 與祖無擇 沈振 元居中 游定山[illegible]

1069 二年

兩浙金石志卷六有祖無擇[illegible]

「題名」 湖錄 陳振孫曰[illegible]

先字子野 [illegible]一時名人 天聖三年進士 歐陽[illegible]作墓誌 [illegible]天聖八年進士 則湖州人也

鄭獬出知杭州 宋史獬傳「不肯用按問新法 為王安石所惡 出為[illegible]知杭州 御史[illegible]

逐呂誨之逐 又不肯[illegible]

青苗錢 獬言但[illegible]官不[illegible]民無[illegible]

[illegible]

一」

[illegible] 獬[illegible]杭州 [illegible] 五月

青苗法 [illegible]年九月 查[illegible]獬官杭

[illegible]杭州 通鑑在一〇七〇年

則鄭獬[illegible] 當一〇七〇年の同年

集二 天仙子「鄭毅夫[illegible]社」「[illegible]

來時[illegible]有[illegible]……」 當一〇七〇年夏

[illegible]

是年 [illegible]十七歲 一〇七一[illegible]

王直方立之 見1109年 即作詩話者

十二月王安石拜中书门下平章事 [illegible]

司马光以端明殿学士知永兴军 [illegible]

韩维以御史中丞復知开封府 再充侍读学士 [illegible]

又诏"岁知府[illegible]"

五十一岁

苏轼三十五岁 范纯仁举先生 [illegible]

三月 赵抃以资政殿大学士 [illegible] 知杭州 [illegible]

[illegible]

1070

[illegible]

三年

宋史 [illegible]

[illegible]

赵抃又有陪赵少师游西湖 [illegible]

[illegible]

以太子少师致仕，退居十五年…… [illegible]

[illegible]

1071 四年 辛亥

蘇軾（本傳無年代，查蘇通判杭州在熙寧四年）

晁補之從父官杭州，作《七述》以謁通判蘇軾 十七歲

本傳：「舉進士，試開封及禮部別院，皆第一……調澶州司戶參軍、北京國子監教授」當在元祐前？

（六月）歐陽修以太子少師致仕（本傳） 歸潁（年譜）

六十五歲

蘇軾見歐陽修於汝陰（王案） [illegible]意其述公之言而記似也」 志文銘十二

夏四月 司馬光判西京留臺（年譜）

八月 王雱為崇政殿說書 廿八歲

本傳：「未冠已舉進士……年十三得秦卒言洮河事，嘆曰：此可撫而有也……舉進士，調旌德尉……作策二十餘篇，極論天下事，又作《老子訓傳》及《佛書義解》」

蘇軾年卅六，以監官告院直判尚書祠部 [illegible] 上疏 [illegible] 十一月到任 [illegible]

蘇軾以通判 [illegible] 至直都廳日莫返舍題一詩（王譜）

按本傳：「權開封時上書論新法不便，曰『臣所欲言者三言而已，願陛下結人心、厚風俗、存紀綱……』」又曰：「見安石贊神宗以獨斷專任，因試進士發策，以晉武平吳以獨斷而克、苻堅伐晉以獨斷而亡……安石滋怒，使御史謝景溫論奏其過，窮治無所得，軾遂請外，通判杭州」

[illegible] 御史中丞楊繪 [illegible]

王庭珪生？見二一〇三年 又參一一二八直齋說再考

（福州）鄭獬卒 五十一 △

[illegible] 生 △

筠州高安：惠洪覺範生 △

黃庭堅除北京國子監教授，受知於蘇（當此年？此年蘇已在杭，待考）
軾（本傳無年月，據胡）廿八歲　本傳云
留守文彥博才之，留再任。知太和縣（有〈擬庭竹〉寄太和日記，〈城外作〉在太和作）
在元祐前？
歐陽修卒（本傳）年六十六　謚同　謚文忠
代史記（通）有六一詞　詔刊五　想年錄
蘇軾有浪淘沙〈昨日出東城〉外探春作
一首　南歌子　八月十八日觀潮〈海上乘槎侶〉一
首（據王文誥蘇詩總案）
張先在湖上？　按蘇軾有江城子〈湖上與張先同賦〉
〈鳳凰山下雨初晴〉一首，即賞作，時先在杭
是年左右
五月壬戌，石以李評事求去位，帝不許
蘇軾年三十七，在杭為通判任，監試科場　十首
運司差先生往湖州相度隄岸利害，與湖州太
守孫莘老相見　王詵
（天台）張伯端游蜀，遇劉海蟾，授金液還丹火候之訣
乃改名用成，字平叔，號紫陽？　悟真篇作
1072　「熙寧間」蘇過生　△
五年　壬子

張先以十詠圖序孫覺廿年老為序　參一〇七〇
陳振孫十詠圖跋云「子野為十詠圖當治平
辰，又後八年，孫莘老為太守，為之作序，當熙
寧壬子」
又補上十首　吳興
咸淳臨安志　熙寧五年五月陳襄自陳州知
杭州
查注蘇詩　莘老知湖在王介甫當國　公辭
當一〇七〇の前後
趙槩　南京公自南京訪歐陽修於潁，修作〈會老
堂致語〉　見歐公近體樂府卷一
「熙寧中」　見歐陽修　年十二　詞中
王明清　熙寧中守　年代查通鑑　見一〇五七年
葛勝仲生　三修揮年の「丹陽集附行狀」
宣城汪輔之　△
毛滂作〈惜分飛〉　擬秋興賦　1074錄此
秦觀廿の歲　讀兵家書作〈郭子儀單騎見虜賦〉　考屯田郎中
治尚墓表　時在孫莘老幕　熙寧の年十二月自
新守吳興　六年東坡守廣州見施注坡詩　墓表之作
當在守吳興時　先生在其幕府　程
熙寧中蔡挺以樞密直學士帥平涼，因作〈喜遷鶯〉詞進宸
未幾擢樞密副使　見揮麈錄　卷20　陳夷宗編表

入歐公年表 熙寧五年壬子

宋本、歐公近體樂府 会老堂致語 原注
云「熙（壬）寧五（子）、趙康靖公自南京訪公於潁，
時呂正獻公為守」。[illegible]云「壬子為熙寧
五年，公是年八月薨，年六十六」 據此
又有西湖念語云「……因翻舊闋之辭，
寫以新聲之調……」下接采桑子頌西
西湖詞。[illegible]此篇僅[illegible]
「十年一別」「十年前是」二首，據此即宴趙
康靖公是日所作。前十首公舊作，所謂
舊闋之辭也。後二首公新作，所謂新
聲之調也。詞不作於一時，詞則同於一日。
[illegible]僅新作，故祇二首」
[illegible]卷十首「平生為愛西湖好，來擁朱
輪。富貴浮雲，俯仰流年二十春。歸來
恰似遼東鶴，城郭人民，觸目皆新，誰識
當年舊主人」似亦此時作，查歐公是
後[illegible]年代
毛刊本卷下漁家傲「趙康靖公」 宋本同 或亦壬子作

[illegible]進士 直齋21 3 [illegible]集下
丹陽葛勝仲字魯卿生 （本傳「宋史四四五」）
[illegible]
孫洙[illegible]時[illegible]十七爲[illegible]史館檢討
同知諫院。 本傳作「治平中」 [illegible]
蘇軾有行香子過七里灘「一葉舟輕」一首（按
王文誥蘇詩總案。傅藻紀年錄以此首為祝
「甲子十二月同泗州太守遊南山過十里灘作」。
[illegible]「挂帆[illegible]帆風急槳還過釣臺路」
[illegible] 至湘上 太守未來[illegible]令先[illegible] 又有瑞鷓鴣「[illegible]」 瑞鷓鴣
[illegible]一首（[illegible]此詞[illegible]癸丑
又[illegible]仙（水風洞作）[illegible]一首（按王深[illegible]）臨江
[illegible]紀年錄[illegible]
王譜游風水洞在次年正月
蘇軾十一月發臨平（王深[illegible]）（年八月作）
蘇軾卅八歲 冬以[illegible]至姑蘇 運司又差先生往潤
[illegible]出秀[illegible]錢[illegible]送蔡和詩 王譜
「張子野……熙寧六年，年八十五，見東坡集……」
莲子居[illegible]待再查 詞林紀事[illegible]
107 東坡守揚州時晁无咎為倅 見直齋[illegible]晁詠
之[illegible]集下[illegible] [illegible]揚倅[illegible]
[illegible]癸丑

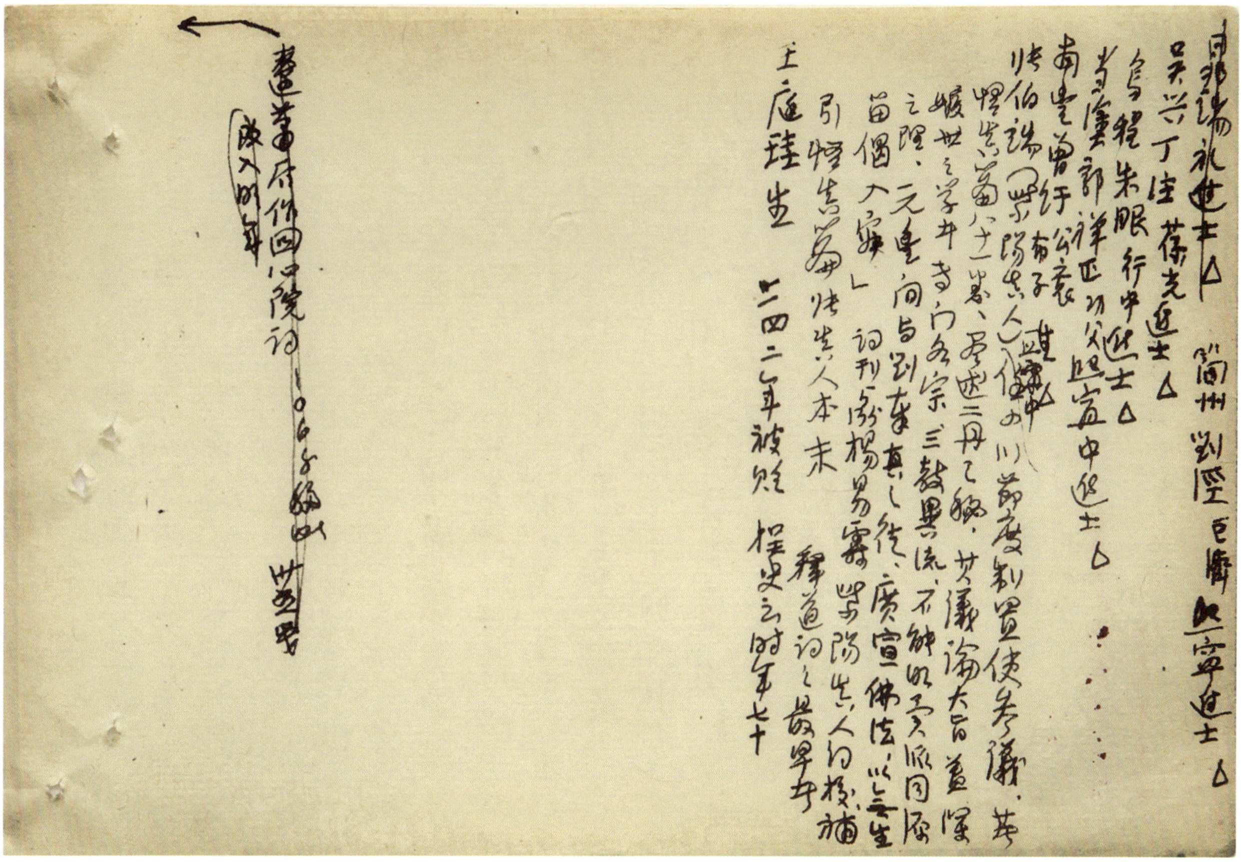

周邦瑞 永 進士△ 簡州 劉涇 巨濟 熙寧進士△
吳興丁注 葆光 進士△
烏程朱服 行中 進士△
當塗郭祥正 功父 熙寧中進士△
南豐曾紆 公袞 布子
張伯端（紫陽真人）熙寧中以川節度判置使參議，英
悟真篇八十一首，另述三丹之秘，其儀論大旨蓋深
嫉世之學者各以名宗三教異流，不能歸一，以同原
之理，元豐間與劉奉真之徒，廣宣佛法，以三玄生
苗個入寰」 詞刊、楊易霖紫陽真人詞校補
引悟真篇悟真人本末 釋道詞之最早者
王庭珪 生
一四二年被貶 桯史云時年七十

書道黃庭作四明院詞 一〇八 世界
（應入明年）

熙寧七年 太常博士權知密州軍州事，離杭州通守任（紀年錄）
蘇軾自杭州移密州（胡）與楊元素陳子野
另 會宴松江垂虹亭 子野作定風波令（年八十五）
張子野年八十五（以上胡仔漁隱叢話引）
又云「今七年耳，子野……皆為異物」
陳振孫直齋書錄解題：子野生於淳化辛卯，至今年當八十四歲。兄生年
夏四月 鄭俠上流民圖，權罷新法 下鄭俠獄，後行
鄭俠上疏論呂惠卿，編管汀州，從英
新法
（俠傳）（宋史三二一）
悉錄（宋信道）
錄鞫捕鄭俠，以名臣諫草悉揭姓名指之，馮京
王安國皆以罪責，擢太子中允，提舉刑獄
常平
（本傳 宋史三二九 無生月 鄭俠傳無）
此年乃 本傳：試禮部第一，調昭州司理，……
劾去……為審官院主簿，使熙河，括田有績
遷秘書禮郎」不知在此前何年 左王安石當
國時 王安國卒 年四十七 三經新義 臨川王荊公集
蘇軾有南鄉子「晚景落瓊杯」一首（紀年錄
以為甲寅潤州作） 行香子「丹陽寄述古」攜手
江村」一首（紀年錄甲寅自京口還寄述古作）
昭君怨「金山送柳子玉」（紀年錄作柳伊）三弄一首（紀
年錄）醉落魄「京口送……」 輕雲微月一首
10 王庭珪 ……
七年 甲寅 有南鄉子

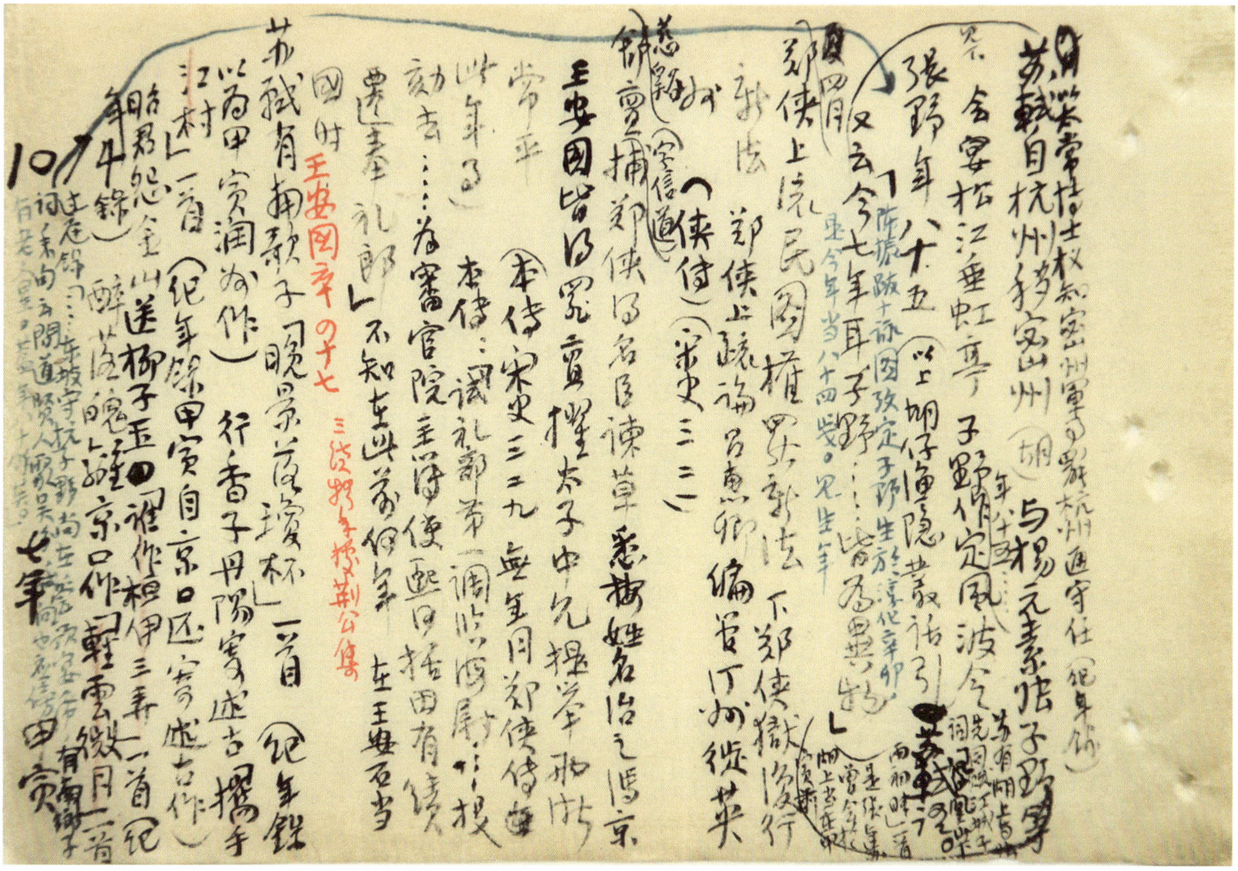

孔方平子韶　受度　寧極
李ゝ寧子詩集ハヒ有題三孔詩ヲ見此り宋
（四部叢刊三編）

補二

「仝雲溪序上同会共六人楊文素侍讀劉孝叔吏部子瞻公擇二学士陳令舉賢良「西湖名臣年譜行」　又宋風波令之次子瞻韻送元素内翰「沼殿詞臣亦議兵」再次韻送子瞻「談辨儀跡堂上兵」二首当亦同時作　是年　子野年八十五

（總苏集・訪別垂虹亭記）「吾昔自杭移守高密与楊文素同舟而陳令舉張子野皆從吾過公擇於湖遂与劉孝叔俱至松江夜半月出置酒垂虹亭上子野年八十五以歌詞聞於天下作定風波令……」

虞美人送子讀南郡「恩波明月露之到」一首　按陳襄述古移南郡在此年　苏軾詞紀年録

慢贈述古「武林卿占湖山第一詠事争巧」二首或亦同時作　按咸淳臨安志熙寧五年五月陳襄自陳州移知杭州（鄒[illegible]苏詩）或前二年作

「汎青苕」四月十四日与公擇吴興泛舟「綠漲無痕……」一首或亦此年作乎

苏詞ノ外有江城子「下瀬……」

孫洙在潤州与苏軾会於多景樓　苏軾有采桑子詞序云甲寅仲冬又有更漏子送巨源紀年録

七年　甲寅

六月 是年作 按蘇詞又有和述古寄巨源

詞有云「而今何在西垣清禁……此時看回

廊曉月也應暗記」（據宋史洙傳以同修起居

注知制誥召還，當在是年

夏六月 杖罷新法 詵 下鄭俠獄 後行新法 [illegible]

石求去 以觀文殿大學士知江寧府 自禮部侍郎

趙九齡為吏部尚書

韓維召為翰林學士承旨 上疏論[illegible] 青苗錢加[illegible]

明殿學士知河陽 [illegible] 又詔「[illegible]」

進資政殿學士 [illegible] 提舉嵩山崇福宮」 [illegible] 在

神宗即位首 五十八歲

晏幾道 教原下獄 侯鯖錄の「鄭俠上書下獄」中，鄭俠上

書下獄，悉治平時所往還厚善者，晏幾

道叔原皆在數中，俠家搜得叔原與俠詩云

「小白長紅又滿枝，築球場外獨支頤。春風

自是人間客，主張繁華得幾時。」裕陵

即釋出。

紀一 七二

毛滂的卅の歲 據秋興賦序云「前此郡掾曹，故自勉

以行，昔潘安仁三十有二始見二毛……僕少潘十

八歲，然黑髮猶未衰，而其志同也，顧頭絲早白耳」

是時已出仕（光五頁卅八 [illegible]

襄陽 [illegible]

揚州先生 [illegible]

老出 [illegible]

遂造神交 [illegible]

（紀年錄）蝶戀花「京口得鄉書」「雨後春容清更

麗」一首（紀年錄）少年游「潤州作代人寄遠」「去年

相送」一首 卜算子「蜀客到江南」一首 紀年

錄「甲寅自京口還寄述古作」 江城子 陳

直方妾嵇……「玉人家在鳳凰山」一首 朱[illegible]

謂案 [illegible] 江城子湖上與張先同賦 [illegible]

在杭州作」 江城子 朱案「以甲寅以前作」

初晴」一首 朱案「[illegible]」一首 虞美人有

美堂贈述古 [illegible]

送述古 迎述古 錢塘風景古今奇」一首 菩薩蠻

杭妓往蘇迓新守楊元素寄蘇守王規甫「玉童西

迓浮丘伯」一首 江城子 孤山竹閣送述古「翠蛾羞黛

怯人看」一首 [illegible] 西湖送述古「秋風湖上蕭

蕭雨」 清平樂 [illegible] 一首（紀年錄甲寅送述古

作） 南鄉子 送述古「回首亂山橫」一首 南鄉子「再

秋過」一首（王案「甲寅八月十八日江上觀潮作」） 浣金船 流

杯亭和楊元素「無情流水多情客」一首 南鄉子和

楊元素時移守密州「東武望餘杭」一首 又和楊元

素「[illegible]」一首 又 [illegible] 詞和楊元素

雀 [illegible]」一首（朱案「二首詞題調皆同，當並

是一時唱和之作」） 浣溪沙 自杭移密守席上別楊

元素時重陽前一日「縹緲危樓紫翠間」「白雪清詞

在湖上题林由泾居诗 见抄西湖志诸稿一则
居洪咏以乐府题名 抄同书卷他一则
张先自杭罢还吴兴 木兰花序云去春自湖
归杭忆南园花已开 有当时犹有蕊如梅
之句今岁还乡南园花已盛复为此词以寄
意「去年春入芳菲国」云云 又有木兰花乙卯
吴兴寒食「龙头舴艋吴儿竞」一首 寒食书怀
八十六岁
张先行迹据其词中所见曾至南徐 有南乡子南徐中秋一首 东都 有怀
日李阁使席上一首 南乡 玉联环南乡夜饮一首 郎州 郎州作一首 木兰花郎 渭州 醉桃源渭州作
一首 渝州 天仙子渝州一首 别 金陵 金陵上元之西一首 长相思 润州 曾官嘉禾
天仙子时为嘉禾小倅以病眠不赴府会一首 又有华州西溪诗是亦曾到
并两年月皆不可考
苏轼到密州 有蝶恋花密州上元「灯火钱塘三五夜」一首（纪年录）
江城子乙卯正月二十日夜记梦一首 雨中花慢 初至密州以累年旱蝗
沁园春……一首（纪年录） 江城子密州出猎
一首 水龙吟 …… 一首
减字木兰花送东武令赵昶失官归海州一首（纪年录）
1075年 韩琦卒 六十八
八年
乙卯

正月放校图校理王安国于田里
二月王安石复拜相 六月上三经新义 加尚书左
仆射兼门下侍郎 王安石 五十七岁
六月王雱除龙图阁直学士 李传 通 通 三十二岁
司徒侍中韩琦卒 真
苏轼来密州任作后杞菊赋其序云予仕宦十
有九年家日益贫……斋厨索然 王禧 东坡
生于丁酉年登第至是恰十九年矣
杨绘坐翰林陈安义作木兰花 见杨复歌词一文
苏轼 6/1 上巳有不会西池游赏 与…… 乙卯临城作」
韩琦 年六十八 相位 卷二
秦观 …… 三十六岁 周年秦遊语许别其构
张耒 …… 于山阳 右史名集 与陈康常
孙 …… 1078

（惠卿知陳州，去年十月）

1076 九年 丙辰

蘇軾 在密州。十一月告下，以祠部員外郎移知河中府（全集）

蘇軾有「蝶戀花」〈微雪，客有善吹笛擊鼓者〉（全集）

方醉，中有人送苦寒詩，求和，遂以此答之」一首

「滿江紅」〈正月十三日雪中送文安國還朝〉一首（朱案）

（朱案）「殢人嬌」〈戲邦直〉一首（朱案）「望江南」〈超然臺作〉一首（編年錄）又「春已老，春服成時成」一首（朱案）「滿江紅」〈東武會流杯亭上巳日作……〉一首（紀年錄）「水調歌頭」〈丙辰中秋，歡飲達旦，大醉，作此篇，兼懷子由〉一首（王宗稷年譜）「畫堂春」〈寄子由〉一首（朱案）「江城子」〈前瞻馬耳九仙山〉一首（紀年錄）又「東武雪中送客」一首

[illegible]

正月，放秘閣校理王安國于田里

王雱方疽發背死，年三十三。本傳 [illegible]

安石傳「華亭獄久不成，雱以屬門下客呂嘉問、練亨甫共議，取鄧綰所列惠卿事，雜他書下制獄，安石不知也。省吏告惠卿于陳，惠卿以狀聞，……帝以示安石，安石謝無有，歸以問雱，雱言其情，安石咎之，雱憤恚，疽發背死。」[illegible]

罷……」[illegible]

館，先生此年秋七月，[illegible]於是年

王安石罷[illegible]，以鎮南軍節度使同平章事，判江寧府 本傳繫年月 通鑑此年十月

收子野作以[illegible]山「[illegible]狀元」[illegible]

楊繪、陳舜俞、劉[illegible] 九月二十日錄下天竺 西湖志

[illegible] 6-[illegible]

[illegible]「[illegible]」「[illegible]」「夫子長[illegible]五十年」[illegible]

東坡[illegible]，王安中[illegible]

[illegible] 東坡[illegible]

王雱方卒，三十三

[illegible]

[illegible]

1077

少游在京口

參寥子〈集詩〉「送少游學士……叙孟實京口，彷彿熙寧末，吳方駕扁舟，歸來自苕霅，中流忽相值，傾蓋忘楚越……」

(1083年)

1076 神宗元豐元年 戊午

秦觀 [illegible]

舒亶權監察御史 [illegible] 言[illegible]行太學官受賂

孫洙、朱服兼直學士院 [illegible] 本傳作「元豐初」

蘇軾（在徐州）十七歲？ 有〈臨江仙〉送李公恕一首（朱本），〈浣溪沙〉徐門石潭謝雨道上作五首，又〈徐州滿庭芳〉[illegible] 中一首（此「雪壓村」[illegible] 缺廿五頁一張待補）

秦觀見蘇軾於徐州，為賦〈黃樓〉 秦本傳某年月

當在此年前後 本傳又謂「（軾）又介其詩於王安石……勉以應舉為養親……館登第，調定海主簿、蔡州教授」（同上）在何年待查

蘇軾年四十三 [illegible] 八月癸丑 [illegible] 九月庚辰大合[illegible]

王讜 [illegible]

周邦彥游京師，獻〈汴都賦〉萬餘言，神宗異之，命侍臣讀於邇英閣，召赴政事堂，自太學生一命為正。本傳作「元豐初」，又云「居五歲不遷，益盡力於辭章，出教授廬州」

張伯端 [illegible] 年九十九 八十二年左右 陽生，入詞十二首 [illegible]

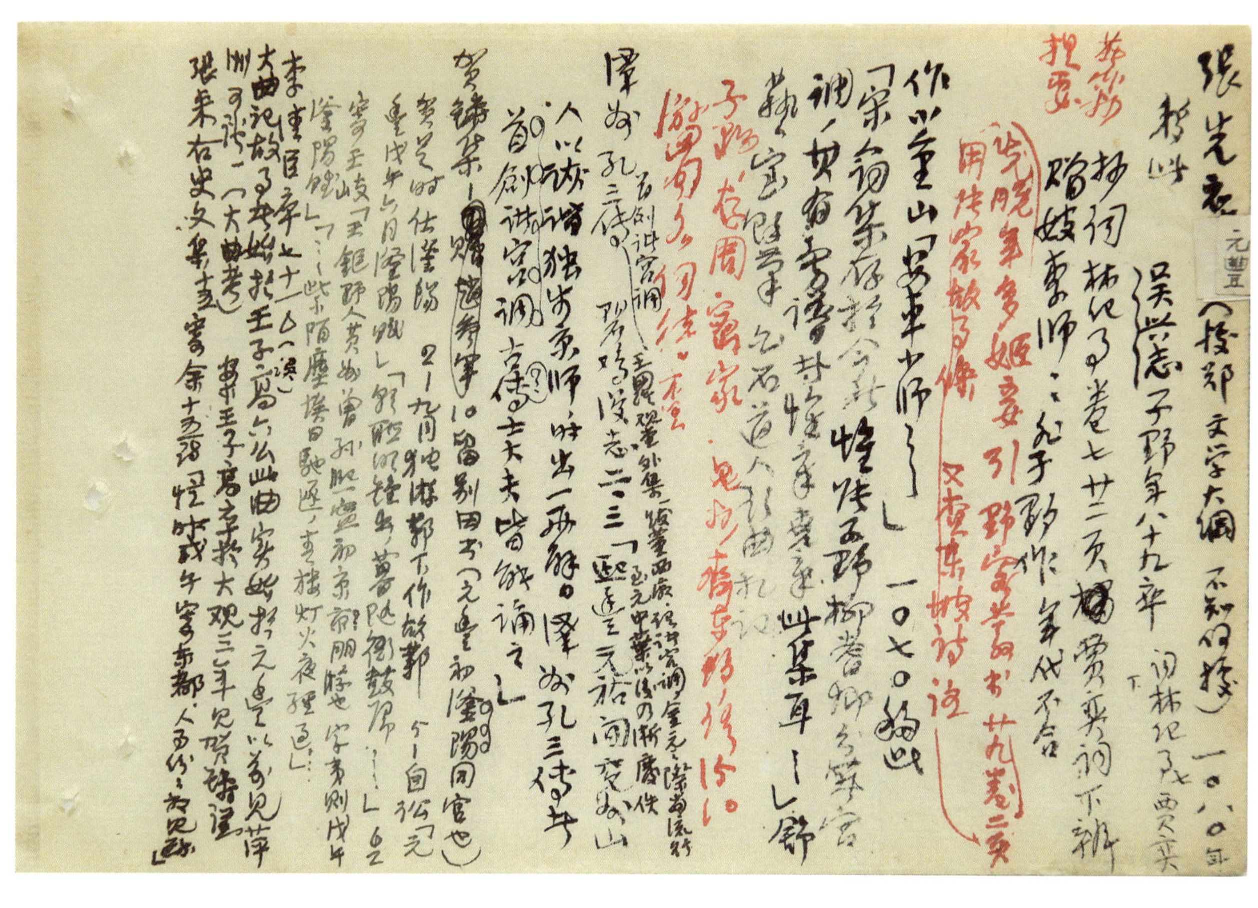
張先卒（據鄭文學大綱 不知何據）一〇八〇年

元豐三

錄此 吳興志 子野年八十九卒

抄何林紀了卷七廿二頁 楊繪 [illegible]詞 不辨

贈妓李師師 子野作 年代不合

英范 提要

「張先晚年多姬妾 引野客叢書 廿九卷二頁」

用張家故事條 又查[illegible]詩注

作「望山」安車少師 [illegible] 一〇七〇 錄此

1078

張耒右史文集 卅六「余元豐戊午歲自楚至宋，由柘城至[illegible]還福，年二十有五，後十年，爲元祐二年再至宋都，追尋存殁，悵然有懷」詩

張耒此後前輩 一〇七八 錄此

据年録二「史不載其籍，今據孫覿所撰墓志」

饒州德興汪藻彦章生。（文學年表）

文同卒△

八月，蘇軾自徐徙湖，上表謝，又以為不便民者以詩託諷。李定、舒亶論之，逮軾赴臺獄論定。亶、張璪、何正臣等雜治，必致之死，以太后曹氏及吴充、王安禮言之，貶黄州團練副使，本州安置。蘇轍、王詵坐貶，張方平、司馬光、范鎮等二十二人俱罰銅。（通）

（舒亶傳）末云「同修起居注，改知諫院」（本傳作知雜）。本傳又載陷張商英，進知雜御史，判司農寺，[illegible]權直學士院。亶與王和甫不叶，[illegible]罷[illegible]。[illegible]史中丞。[illegible]當在一〇八二年。[illegible]蘇軾。（蘇年譜）

蘇軾二月有江城子別徐州一首（紀年録），同字不[illegible]。彭門留別一首（宋槧）。[illegible]彭門送人一首（宋槧）。四月同作太守游平山堂，有西江月平山堂一首（王槧）。五月有南鄉子沈州作一首（王槧）。又送行甫赴餘姚一首。又「[illegible]」一首。又「[illegible]山雨」一首（宋槧）。雙荷葉湖州賈耘老小妓名雙荷葉一首（紀年録）。漁家傲七夕

1079 劉一止生（行簡）據年録二

葉夢得辛六十六△

二年 己未

一首。陳[illegible]進士△ 毛滂娶趙氏，年十八歲（見1089 年卅一歲）

吉州安福劉弇偉明登進士第。宋史の本傳：歷知嘉州峨眉。本傳又云「繼中博學宏詞科，改太學博士」。由年元符[illegible]

蘇軾年四十四。三月自徐州移知湖州，由宋登舟三宿而至。四月二十九日到湖州任。言為黄州先生。湖州到任謝表以為謗。七月二十八日中使皇甫遵到湖追攝。八月十八日赴臺獄。由蘇子由書二首。已而獄具，十二月二十九日責授黄州團練副使，本州安置。子由間先生下獄，上書乞以見任官職贖先生罪，責筠州監酒。（王譜）

本傳云「知湖州，以表謝，又以為不便民者不敢言，以詩託諷，庶有補於國。御史李定、舒亶、何正臣摭其表語，并媒蘗所為詩以為訕謗，逮赴臺獄，欲置之死，鍛鍊久之不決。神宗獨憐之，以黄州團練副使安置」。

晁補之同録。為田氏妹作下水船。[illegible]新志九卷五頁。能改齋十六卷三頁

十二月甲戌，張方平以太子少師致仕。（宋史神宗紀）子野集中有「寄張安道少師」[illegible]。[illegible]

趙抃此年二月為杭州。西湖志攻[illegible]名。

周邦彦入都為太學生。[illegible]

苏录今一 侍读郑谓夫度作「己未十月下元涂阳赋」 自和答郑郎中见寄「郑临城人名瑞，字粹钱」，余诗因他人韵者皆不取，此（特）留此篇，以见将于集中耳。附之皇己未重阳日作」 和田锦子君义涂雪「己未十一月涂阳作」

锦子君义 秋风登城楼七首涂阳9

吴兴刘一止生 参见一二六〇。

宇文、宏中生 见宋以来……行状……十六年云「死年六十八」，注：「据……参见宏中行状及其家谱。理状，此盖据其以元年自述年五十二之数合之。宋史虚中本传云：六年使金，二月，虏括翰林家奴、杜天佛留告宏中使反，诏各司朝治，是宏中之死，宏东皇统六年，死时年六十八也。宏中行状记宏中死年六十七报误（毛汶宇文宏中年表（国学论衡三）

王庭珪生 三泽和年谱の「卢溪集附行状」

宋史四〇七 云「乾道某年卒，年九十三」。据乾道七年卒，见一一七一，与此合。

秦观廿一 将如越省大父承议及叔父定于会稽，与苏公轼自徐州徙知湖州，遂与偕行，过无锡，游惠山，与苏公参寥子作和王八诗；又会于松江，至吴兴，别苏公至临平，道中作诗送参寥遂如越。闻苏公下诏狱，度江至吴兴问讯，后过杭，与同参寥子同夜游风篁岭，谒辩才于龙井寺，作龙井题名记，与东游，谒禹庙，登蓬莱阁，与钱越州程公辟相得欢，作会稽唱和诗序，余馆于卧龙山禅院，作会稽怀古诗，岁暮还高邮，除夕抵家。案见其宋会稽作满庭芳词，即山抹微云篇，苏公极赏此词，戏呼为山抹微云君。谨（秦词可考年者止此）

1079 二年己未

张耒右史文集之十七 书曾子固集后「元丰二年冬，曾公自明州守亳，道楚，余时自楚州赴河南寿安尉，始获以书谒公于行次……后余病，六日至永城病未愈……思公六年余罢寿安尉居洛，而闻公卒……盖公之门多贤，自洛来陈，明年又逢雎阳，未尽祭也，次年乃同公弟缙林公自建昌赴京师，余谒见于咸平，知公之葬南丰……」

秦观作满庭芳（山抹微云）、望海潮（柴莲烟中怨）词选（一）12页上下

海词纪年 在硖石榜梅溪

水龙吟 小楼连苑横空 词选一16上

吴儆集9 14 先父槐坡居士行状：门……因宝平章请怀之长子勉，家于……宋南渡直敷文阁迁理……

1083

丹阳张纲彦正 生？ 宋史三九〇本传无生卒

年，止言「享年八十四」。在孝宗…召…祀

南郊後。楼钥华阳长短句，有凤楼…癸未

生日」词云「多谢天公怜我晚，使…向…闲散」

大约六十岁癸未後数年。 生於此年左右。

此节移一〇七八年 （一一六三）

「满庭芳 生日」云「十月风光，小春时候，宴…」 （华阳长短句…作金坛人，金坛即镇江）

初启朱陵」，是生於十月

王安石以後拜左仆射、观文殿大学士，换特进，改封荆

东侍 六十二岁

苏轼年四十三，考授(?)自京师道出陈，与子由自南都

来陈相见，三日而别。正月二十八日，与子由道上遇

雪，过新息，渡淮，至岐亭，访故人陈慥，季常为留

五日，乃以二月一日至黄州，寓居定惠院。家在南都，将

与子由来黄。 五月子由来，济安 同游西山寒溪寺

是年迁居临皋亭，立南堂。 有答秦太虚

书

王谱

自秦观自吴兴道杭东还会稽，僧辩才以诗邀入山游西

湖，遇道人参寥 西湖游览志引少游赵…井寺记

（西湖志十九引）

苏东坡过十五张氏十咏图 像，云「子野之墓在弁山多宝

寺，今其後影响皆不存矣」。又云「余家又得张子野

诗一帙，名曰安陆集，曰京本也，给守杨嗣翁见之，因

取刻之郡斋」……」 湖志引宋嘉

宦郎中以史…车於卞山多宝寺 湖州府志二 宋都

1080

三年庚申

贺铸 …知田铸…庚午二月渡阳 年 …

初见白发示内 二月…阳 局中岁三月渡阳 「心火成

不停止，故园芜亦十三年……」 路 （七月渡阳） 秋花

苦热の时因家阻 （八月渡阳）

秦观 廿二岁 作书谒苏公与黄州公弟子由将赴高安过

高邮，秦人两日…邵伯堤，赠诗而还 夏中县秋…

大学 与同好 …谨

…以将为据 …知礼院杨杰…旧乐之失，召致

侍秘书监刘几、侍郎范镇与杰参议 宋史一二七 …乐

第四册

[illegible]の十六张　正月往岐亭访陈季常　至黄二年

日以负困，遇故人马正卿哀予乏食，请故

营地使躬耕其中，方替东坡

陈克子高 自号赤城居士 生

字子高，自号赤城居士，[illegible]八，生於元丰の年

二年卒，[illegible]全集，名举不第」

见查书备第一册 [illegible]

据黄[illegible]年谱[illegible]生一〇八年

李婴元丰间[illegible]

[illegible]

己阳春录，温[illegible]延已歌[illegible]间有误入六一

词者……」

七国[illegible]作[illegible]　广陵集……　十月[illegible]

[illegible]

1081

直斋 卷17「扬州诗集」二卷 教授陈克[illegible]

元丰の年[illegible]作序」

同上 卷20 11 天台集十卷[illegible]三卷「陈克

……」又有甲午岁所作诗[illegible]

丰辛酉，[illegible]入幕，[illegible]老矣……」

赵明诚生　据年谱二

晋陵孙觌生

[illegible]

苏轼[illegible]

李清照生

[illegible]

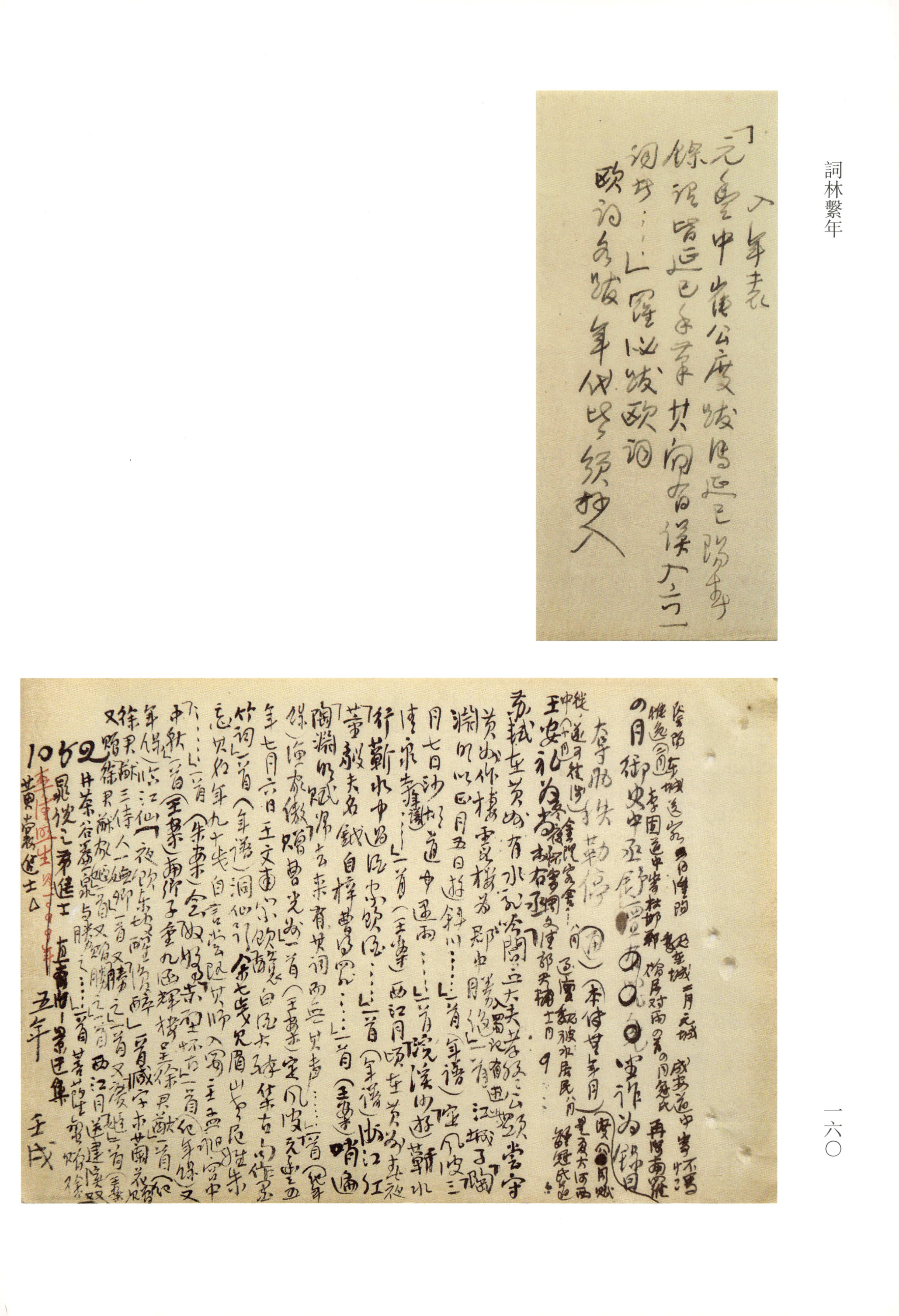

「入年表」

元豐中崔公度跋馮延巳陽春錄，謂皆延巳親筆，其間有誤入六一詞者……上羅泌跋歐詞

歐詞多駁年代，皆須移入

君猷生日」一首（朱安之） 醉翁操「琅琊幽谷泉鳴
空澗中，若音會，醉翁喜之……」一首（王安之）
卜算子「黄州定慧院寓居作」一首（王安之）
十月丁巳趙佶（宋徽宗）生 宋史十九本紀
蘇軾四十七歲 貶东坡築雪堂自號东坡居士
三月以后至蘄水 七月遊赤壁 十月又遊之 十月後
自臨皋遷雪堂 有夢扁舟渡樓處作鼓笛
慢及把單題張非曰作怪石供（此詞佚
在集中無有）
周邦彥出教授廬州知溧水縣？
「京師……召赴政事堂……居五歲不遷，益盡力於辭
章出教授廬州知溧水縣」遊京師並在元豐之
元年教授廬州為當在此年 本傳又云「還為國子
主簿」在哲宗立前 約卅四歲
晁補之跋林逋為士書後 作於元豐五年七月十
の日晁補之記」 卅歲 仙居杖之 附志文集卷九
沈括元豐中為翰林學士有聞太樂詞の首 稱陵苦之 夢溪筆談 卷六頁
周紫芝竹坡生 卷廿一一ㄐ2年 竹坡詞1-7
孔紀與新十月占新儀為始生之日……」
賀鑄八月至彭城作「寄杜仲觀」「八月晦作游雲龍山張氏山居 九月幸彭
作新懷言 重九後一日飲燕子樓作燕子樓（以上慶湖三） 63頁
彭城張氏放鶴亭」…… 壬戌九月晦」至廿九日望觀風亭「壬戌彭城晚」
9 病吉中登王鑄見招 正月京師 儀舟虜津門外七月 晚泊
今年七月「溪田符雞後擢舟馬協敵士入徐州」
張綱生？ 卷二〇九
晁說之進士△

1082
秦觀卅四歲 應禮部試罷歸 謁蘇軾 如黄州假
蘇公 （由廬山訪於黄州） 胡翰玉以詞為壽 大
父承議公之年 謹
徽宗生「五月五日生以俗忌改作十月十日為
天寧節」 癸辛雜識後A45「五月五日生」條
張伯端元豐中傳宣佛法 見1073
周紫芝生 陶表 辛亥年 高宗
武才人 宋史二の三 后妃傳「武賢妃，始以選入宫，元豐
五年進才人」 神宗以為武才人作踏莎行一層，
（見陸村本徽宗詞。注） 神宗詞惟此一首可考

蘇軾在黄州 有滿庭芳「有王长官者弃官黄州三十年，黄人谓之王先生。因送陈慥来过予，因为赋此一首」(王案) (亦见纪年录)

水调歌头「黄州快哉亭赠张偓佺」(纪年录)

蝶恋花「送潘大临」一首?(朱案)

醉蓬莱「余谪居黄州，三见重九，每岁与太守徐君猷会于栖霞楼……」一首(年谱)

好事近「黄州送君猷……」一首(朱案)

定风波「王定国歌……」一首(纪年录)

鹧鸪天「林断山明竹隐墙」一首(朱案)

十拍子「白酒新开九酝」一首(王案)

南歌子「黄州腊八日饮怀民小阁」一首(王案)

十月，赵佶授镇宁军节度使，封宁国公 本纪二文

蘇軾四十八岁 在黄州 十二月十二夜游承天寺 年谱

邓州张舜民芸叟 有江神子「癸亥除和赵令於赏心亭」(画墁词の首有年月者此为首)

周邦彦廿八岁 七月进汴都赋，自诸生一命为太学正(见了) 一〇七八

贺铸 六月作快哉亭 彭城 十二月十日作戏鸿亭 在彭城 卷二 ヶ 送

李易初迁沈阳「癸亥正月 彭城戏鸿亭」「寄怀离亭……」

重送 ヶ之平为「癸亥六月 彭城」「……更局生如梦……」

七年九日呈李成父「癸亥彭城作」 题彭城南禅寺苏眉山诗刻后「癸亥十月……」 ○怀承天寺竹轩 五月 永城 杨枝词 五月 汲郡

自卫迁徐离永城王氏园 六月

宜阳赋年八十 三谈据年录

1083 癸亥

曾巩卒年六十五△ 二六年

張綱彦正生 三谈据年「华阳集附录」

綦崇礼生 三谈据年录の「北海集附」

元绛卒年七十六△

秦观廿五岁 辑精骑集自为序 谨

李纲生 梁溪先生于元丰六年乙丑年五十六 陶 依

据李忠定公年谱

张耒 垂进曾从子京师 右史集廿二 与阳履常书

寄暮安尉居后，又自后来际 见1079

七月六日（星期四）

[illegible]

易安居士此年近八岁（李文椅年谱上同）参予与李姝状函

苏轼授检校尚书水部员外郎（徐州团练副

使本州安置）（黄州，通海州）（有满庭芳元丰七年四月一日

……留别雪堂邻里二三君子

……江月 姑熟再见胜之次前韵

陵赏心亭送王胜之龙图

……日移南郡（纪年录）浣溪沙

……问小鬟 一首（王案）虞美人

……晓 一首（王案作于甲子十二月与秦

观淮上饮别作）行香子 与泗守过南山晚归作

一首（纪年录）如梦令 元丰七年十二月十八日 浴泗

州雍熙塔下戏作如梦令两阕……二首（纪年

录）浣溪沙 元丰七年十二月二十四日从泗州刘倩叔

游南山 一首（纪年录）满庭芳 余年十七始与刘仲

达往来于眉山，今年四月九日相逢于泗上……一首

（纪年录）水龙吟 昔谢自然欲过海求师蓬莱……

……一首

东坡志林卷三 三页

（秦）秦观与苏轼淮上饮别 苏有虞美人词（见

苏词）

苏辙四十九岁 四月有量移汝州之命 四月离黄州 陈季

常独送至九江 过和州 游庐山 过建昌 自富川

陆走高安别子由 七月过金陵 遍步到泗州

1084 黎源臣存公卿荐△ 七年 甲子

易安居士此年近八岁（李文椅年谱上同）参予与李姝状函

苏轼授检校尚书水部员外郎（徐州团练副

使本州安置）（黄州，通海州）（有满庭芳元丰七年四月一日

余将去黄移汝留别雪堂邻里二三君子

……（纪年录）西江月 姑熟再见胜之次前韵

渔家傲 金陵赏心亭送王胜之龙图

（朱案）王守金陵视事一日移南郡（纪年录）浣溪沙

席上赠楚守田待问小鬟 一首（王案）虞美人

波声拍枕长淮晓 一首（王案作于甲子十二月与秦

观淮上饮别作）行香子 与泗守过南山晚归作

一首（纪年录）如梦令 元丰七年十二月十八日 浴泗

州雍熙塔下戏作如梦令两阕……二首（纪年

录）浣溪沙 元丰七年十二月二十四日从泗州刘倩叔

游南山 一首（纪年录）满庭芳 余年十七始与刘仲

达往来于眉山，今年四月九日相逢于泗上……一首

（纪年录）水龙吟 昔谢自然欲过海求师蓬莱……

……一首

东坡志林卷三 三页

（秦）秦观与苏轼淮上饮别 苏有虞美人词（见

苏词）

苏辙四十九岁 四月有量移汝州之命 四月离黄州 陈季

常独送至九江 过和州 游庐山 过建昌 自富川

陆走高安别子由 七月过金陵 遍步到泗州

1084 黎源臣存公卿荐△ 七年 甲子

上表乞於常州居住，其略云：「今雖已至泗州，露
用罄竭，見一面前去南京，聽候敕旨」 王詵
按本傳：神宗數有意復用軾，輒為當路者沮之。旌以曾
筆進太祖總論，神宗意不允，遂手札移軾汝州。過金
陵見王安石，論西方用兵及東南大獄，安石曰：「二事
皆惠卿啟之，安石在外，安敢言」

按[illegible]男遯生此年 二卷十五頁

趙抃卒，年七十七。 蓮居卷二 有挽趙抃詞 本傳：宋史三一六

秦觀編閒居文集。 宋本淮海居士長短句，有閒居文集序，原未載年，大為
葉，黃彥國跋葉集之序，係未載失年，大為
可寶。葉夢得影宋本校記，自序在元豐
七年，時年方三十六歲。

賀鑄在彭城作黃樓詞 集一一 與張仲連謀文 東萊賀彭城
昌熙元鄉，彭城隨師中侍道，臨城王子立，宋城王適文
手。又詠彭城三詠 一了 又作十二月漁家傲 見巴陵百題 卷一
快哉亭作口 夏在彭作後李益詩 八月在彭作田園樂寄昔
歸來亭園，幽橫溪上村」 九月在彭作此日足可惜 十二月作郭
兵之獄卿道中懷寄彭城社友（以上卷二） 六之擬[illegible]「甲子
七月彭城……」 今子照陳氏白雲莊「……甲子九月……」 題詩扇上
閏秋「……甲子冬至日……」 六公尊懷「甲子二月彭城」 登快哉亭
有感「甲子三月二十五日登快哉亭，得閒舟中吹揭萃者有懷寄
路田姓」「……殘春可憐，斷絕晴不待風初強」……
城王生擇行人嘶……甲子四月望日」 臨頓亭送客口馬上作 和散
「甲子九月彭城作」

1084

毛滂為郯縣尉。 集 9 25 郯縣縣停
尉司記「予以貧為尉……元豐七年六月一日」
約廿四歲

8
秦觀卅六歲 蘇軾有薦先生于王荊公
荊公復蘇公書 先生以不免就李德蘇公
贊徐自次得文為十卷，名淮海閒居集

蘇軾自黃移汝，過泗州作詞云「長橋上，燈
火鬧，使君還」，為太守劉士彥所戒，夜
過長橋，其徒二年 抄揮麈後錄卷三 百廿六條 補遺

元豐八年　八十　紀年錄卷二

召蘇軾還朝（一周）宜興蔣璨宣卿生△

有告下，仍以檢校尚書水部員外郎、團練副使

不得簽書公事，當塗居住（紀年錄）。有滿庭

芳「余謫居黃州五年，將赴臨汝，作滿庭芳一

篇別黃人。既至南都，蒙恩放歸陽羨，復

作一篇」一首（紀年錄）。南鄉子宿州上元一首（朱

案）。又用前韻贈田叔通舞鬟一首（王案）

又用韻和道輔一首（朱案）。漁父四首（朱案）

菩薩蠻「買田陽羨吾將老」一首

五月起知登州。有蝶戀花「雲水縈回溪上

路」一首（王案）。又過漣水軍贈趙晦之一首

閏書　十月告下以禮部郎中召還（王案）

趙鼎生△

三月神宗崩，哲宗立

元豐間有二詞抄錄政帝十卷の頁　再查本集

王安石加司空　太傅作「哲宗立」　六十五

李綱生△

起知陳州，未行，召為侍讀，復加大學士　本

院閱士△　拜門下侍郎……還大學士知鄧州

為之侍，段海為久之以太子少傅致仕

師　六十九歲　無棣李之儀元豐中進士△

趙佶封遂寧郡王　本紀作「哲宗即位」の

蘇軾年五十　四月四日離泗州，及到南京，有放歸陽羨

之命，遂居常州。五月以禮部郎中召還，赴登州官

10 任城李邴生△　州再任宣州，任海州五日以禮部郎

八年乙丑

召到省半月除起居舍人　手譜

本傳任起居舍人引法四論詳了調停司馬光　附為門下侍郎　5

章惇●知樞密院　光賴以少安　洛陽劉几神宗朝官秘書

李常安中翁趙挺之通判德州任　監△　宋史三五一趙挺之傳「……

通判德州，哲宗即位，賜吉服錢，郡守貪耄不時給，

同狀，立發庫錢，守趙挺之，左右吏……挺之守貪上

貴行市易法，黃庭堅監德安鎮，謂鎮小民貧，不堪誅

求」　王珪卒　六十七△　黃庭堅監德安鎮，謂鎮小民貧，不堪

黃庭堅三月以宗即位，德州（趙挺之傳）

周美成通判

鄭文焯校本錄要↑

欽議郎劉玉焚苑　撰禮部貢院

抄錄政帝錄十二卷五月狀元焦蹈

（此錄五不安是詞人，待查）

攻媿集引傳生，以其集序云「未幾神宗上賓，公亦低

徊不自表襮，哲宗始寘之文館」　鄭被氣

向子諲生　（徽宗又烈之詞嘗）

乙丑」向自語　攻媿集52　薌林居士文集序「余生於元豐之

戊辰詞　題云「稱年六十四，西度閩中秋」与此合　洛遊調寄水調歌頭和雪隱寄用綃真

宋史本傳未收入

賀鑄　三日在彭城作江南曲一卅詞　二十日將南遊「二千起

丁離二官，初為貧，佛将兩浚東，飄凿茅舍塵」　夏夜宴

懷舊遊（在彭城）以上凡二　秋在彭作和將謀父將召佛山兜

太祖書　八月被外計檄自徐趨鄭道中賦」夜行邻州道中望南

作　又作行路難「乙丑八月被外計檄召徐鄭往返千二百里……」

八月在彭送錢元卿王文卒

賀鑄〔方回〕和人將至雲莊「乙丑冒暑……」，早夏「乙丑彭城賦」「吏役初無補……」，杵臼「乙丑冒暑彭城南禹廟上」，送陳傳道攝官汝州「乙丑六月陳發彭城……余方抱疾不遑出餞……」，滕縣時氏園池「乙丑八月賦」，自鄆至徐道中「乙丑八月賦」，早發王村道中寄李節文「乙丑八月賦」，暮投蒼谷堰區上「乙丑八月」，送陳傳道……「乙丑六月彭城賦」，送彭城周主簿……「周字元通，乙丑七月餞，余方抱疾」，寄題狄丘李倅官舍東齋「李字子徽……乙丑七月彭城賦」，病後登快哉亭「乙丑八月彭城賦」，送李宗古……「李字從已，乙丑八月彭城賦」，次上留別李智「乙丑八月賦」，昔陳傳道深以余領寶豐錢官，每有贈詩云爾……「乙丑九月彭城賦」，懷寄寇元弼「……乙丑九月彭城賦」，答指寇之弼……「乙丑九月彭城賦」，題潤州軒「……乙丑十月彭城賦」，留王文舉「……乙丑九月彭城賦」，南鄉子六首 乙丑六月客居彭城東禪佛寺，有龍材集于庭樹，為青鶻搏而食之，余感而賦四六詩，鄉王文舉十首 乙丑八月彭城，懷寄寇元弼 東平周村驛觀臨川吳公題 八月，席上分韻寄陳傳道 二月 彭城

仲殊在杭作感蘭 慢詞，後序：「元豐末，余遊杭，一日客安定湖上，命仲殊賦詞曲，劉巨濟成上疊，仲殊續成後疊。」詞見全宋詞。今詞話則云「東坡守錢塘，劉巨濟赴密州，道過錢塘，東坡宴湖中，和聖，時屬之席有西湖圖，東坡賦上疊，仲殊續成之」。今存仲殊詞從此可考年代

李綱生 粹年錄二 張惟驤集「名人年譜」李綱生於元豐六年癸亥，年至十八」

李邴〔漢老〕生 三陵粹年四「周益公集」

1085 乙丑 八年

張耒在咸平 見1079

〔方〕高。百里之長。再命之士。苞苴禮絕。問訊不通。此其蟬蛻。物外天全。余卑棲塵俗。降志辱身。吃粒。望實交隕。此三易也。孝標身淪道顯。籍甚門可懸。都人爭寫。余著書五車。數窮覆聞其言。今無其事。此四異也。孝標履道貞一窗啼顏。盡成罪狀。跬步不踰。荊棘已生。此加酷焉。余于孝標。仰又不逮。是知九淵之下。在。實命不同。勞者自歌。非求傾聽。目瞑意

金墻張綱齊四生

又右史集五十一 送將臨道人序 國始山中序「余之官末年與……生會于宛丘，余時年壯嗜酒，此歐陽世乐」

趙鼎生 三陵粹年の「忠正德文集自撰壙志」

康與之從陽「祖識之」公年 東上閣門使，素為劉史嘗兩度。宋史翼27 康傳 功，以胡榮州團練使 長編三五三

玉芝堂談薈云庚申生（紹興十年）當誤 宋佚1020引

秦觀 卅七歲 登焦蹈榜進士 上王岐公論薦士書 上呂申公論此書薦之為人 改字少游 陳無己師道為作字序 除定海主簿 補蔡州教授 秦母老 蘇公召為禮部郎中 先生碩賀（書郵後學附案 無已字序 文末自記作元祐元年二月）

少游見東坡 水龍吟以樓連苑一首 舉 行遠 一宗

向子諲 鄉文集 向薌林詞記「向公諱子諲字伯恭，鄉之舊城人，孟叔敏文簡公之世孫也。雖以椒房入仕，中外咸推文學。」

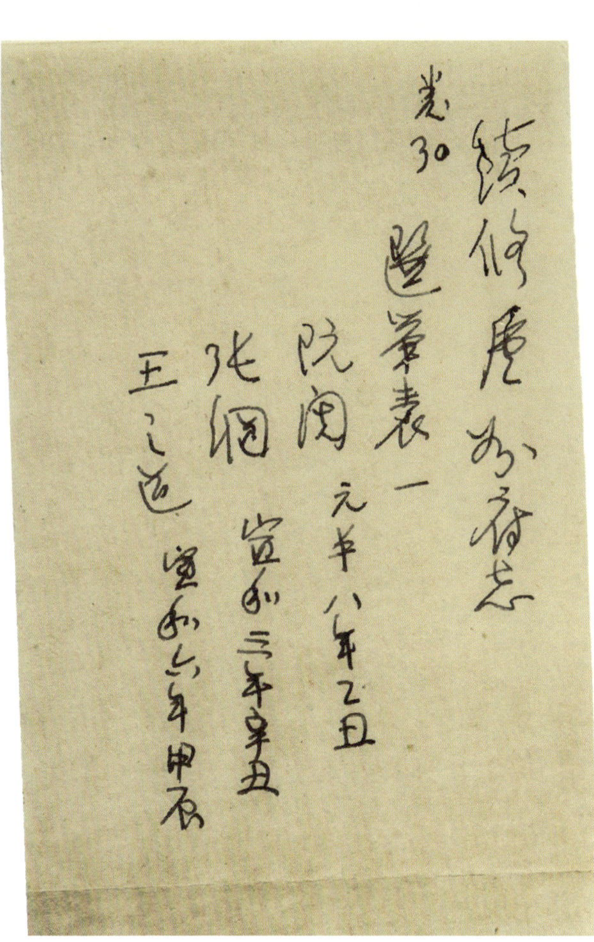

续修庐州府志 卷30

选举表一

阮阅 元丰八年乙丑

张洞 宣和三年辛丑

王之道 宣和六年甲辰

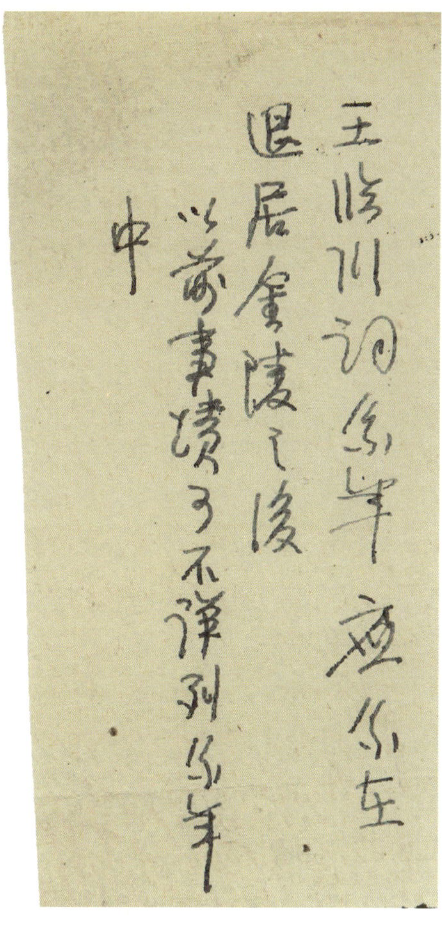

王临川词系年应系在退居金陵之后，以前事迹多不详列系年中。

陈师道不皆见章惇在去年五月後今年闰二月前 见予文

陈师道以苏轼傅尧俞孙觉荐，起为

徐州教授 临江向子諲生△

司马光卒 六十八 据年谱

召黄庭坚为校书郎 神宗实录检讨官（本

传作「哲宗立 [illegible]

自出机杼 [illegible] 补之元祐间曾守济州 [illegible]

晁补之为太学正（本传）本传：「李清臣

荐试館閣，召试除秘书省正字，迁校

书郎，以秘阁校理通判扬州，召还为

作佐郎」当在绍圣前？ 卅二岁？

秦观以苏轼贤良方正荐于朝，除太学博

士，校正秘书省书籍，迁正字，而复为兼国

史院编修官？（本传作元祐初） [illegible]

[illegible] 调定海主簿 蔡州

教授」在此後 卅岁

贺铸通判泗州又太平州

九月 左仆射兼门下侍郎司马光薨 宰辅表

苏轼迁中书舍人翰林学士（王案[illegible]） 米[illegible]仁生△

米芾英宗年待访录

1086 [illegible]之官陈州（见贺方回年谱） 卅六岁

哲宗元祐元年 丙寅

米友仁生　時年補錄二「[illegible]」　此錯簡「[illegible]」
補遺：據石雲山人集子卿烟雨图跋，元暉生熙寧七年甲寅
紹興二十五年乙亥年八十二

毛滂上蘇軾書　毛集卷26賀蘇公內翰啟「伏惟內翰……嘉祐間，共傳鳳翼景星之瑞；元豐之末，益知泰山北斗之高。」
又6卷上蘇內翰書「……自先生兄弟入朝，某由二州歷任[illegible]
於京師，未……某行亦秦七、黃、[illegible]，特所載經史是用……[illegible]
有明儒衣冠者，某嘗問之，今公卿大夫以經術文章世共推[illegible]
曰不出先生兄弟，宜師，又曰宜師先生兄弟……
新詩文一篇，惟先生之哀覽之，而七十數之」　6 3 再答蘇子[illegible]
書「……某向學頗陋，如僅荒落於夏蟲[illegible]，今儒宗文師[illegible]
[illegible]

1086

秦觀卅七歲　在蘇州　蘇軾鮮于侁以賢良方正薦於朝　劉攽赴京過淮南先生作詩送之
謹
錢大昕編年從劉邠知蔡州在此年
即被召去
資治通鑑末卷附書校對官姓名：
校對宣德郎秘書省正字 上1.C. 張耒
同
校定承議郎充秘閣校理武騎尉賜緋魚袋 張舜[illegible]
「元祐元年十月四日奉聖旨下杭州鏤板」
通議大夫守尚書左丞……李清臣
張耒右史文集五十一有送秦觀從蘇杭州為學序　查蘇杭為學年
元祐初　曾布為水調歌頭大曲，詠馮燕事。
玉照新志二「馮燕？傳見之麗情集，唐賈耽守太原時事也。元祐中，曾文肅帥并門，感歎其義風，自製水調歌頭以亞（？）大曲」
宋史491布傳　元祐初以龍圖閣學士知太原府。
（沈亞之馮燕傳見文苑英華795）

6

晁无咎賦文潞公薦師道為太学学録不就（[illegible]）

陈師道以苏軾傳堯俞孫覺薦，起為

徐州教授（本傳作「元祐初」，此據[illegible]

年表。本傳又謂「又用梁燾薦為太

学博士，言者謂在官嘗越境出南京

見軾，改教授潁州。[illegible]

[illegible]……久之召為秘書省

正字」不知在此後何年，並記。

黄庭堅遷著作佐郎，加集賢校理（本傳作

「[illegible]踰年」又「實錄成，擢起居舍人。丁丑艱……

……除服為秘書丞，提點明道宮，兼國史編修

官」當在紹聖前。　四十二歲

賀鑄通判泗州又倅太平州？　宗室の三本傳「元

祐中李清臣執政，奏換通直郎，通判泗州，又

倅太平州，竟以尚氣使酒不得美官，悒悒不得志

食宮祠，退居吳下」按：[illegible]表：清臣以

元祐元年閏二月丙午自通議大夫守尚書右丞

除尚書左丞，二年の月戊申以資政殿學士知

河陽，賀官當在五年或前一年　廿五歲

苏軾有水調歌頭「歐陽文忠公嘗問余琴詩何者最

善……」一首（王案）水龍吟次韻章質夫楊花詞

李邦彥執政，賀方回　見中吳紀聞卷三賀方回

1067　二年　丁卯

（宋案）黄庭[illegible]「香[illegible]雕盤」一首（王案）

[illegible]罷門下侍郎，除資政殿大学士知鄧州，兄[illegible]

為之詞，改汝州

本傳又云「久之以太子少傅致仕，歸[illegible]少師」在

本傳某年月通在此年

紹聖の年前

南陽詞有西江月「席上呈子華」云「早歲[illegible]

翰林下，高年同在[illegible]……」前送莫惜

醉朱顏，一品[illegible]來強健」按子華為維兄

韓維字持國，宋史三一五維傳：元祐二年以司

[illegible]太尉致仕，明年卒，年七十七　此詞及臨江仙

次韻范景仁寄子華」子華嘗[illegible]或此作於

是年　南陽詞此五首（[illegible]）減字木蘭花「潁

州西湖」一首（[illegible]不知）改汝州時作　維知汝州至[illegible]

或為潁王記室參軍時作？（王譜）　七十[illegible]

苏軾年五十二，一〇六七年，為翰林学士，讀除侍讀

中傳：軾嘗鎖宿禁中，召入對便殿，哲宗[illegible]御前金蓮

燭送歸院

[illegible]紀聞五[illegible]條「先君為武学博士，[illegible]被旨校正武經

孫吳等七書，先君言六韜非太公所作……後與徐州

教授，與陳無己為交代，陳云，嘗見東坡先生言世傳

王氏元經，薛氏[illegible]傳，子[illegible]易傳，李衛公對問皆阮逸[illegible]

撰……」是無己為徐州教授與何去非（字正臣）為

交代

周邦彥卅二歲　教授廬州[illegible]

贺铸今今京居寓舆「丁卯正月卿，时领将作局」 王律晓
归马上「丁卯侍闻京师赋」 今今西城有怀重游「丁卯七月
余以将作局日至琼林金明增察营缮留怀陈迹怅然因
赋是篇」 作上有抚李易初「丁卯三月京师既时余领
将大匠局为佳游行」 6-12 踏宗室今 席惠连至「今
席宗景道丁卯四月京师赋」 8 奉晚楼上丁卯京师
和王文举别饭初夏丁卯京师 和陈传道秋日十诗（九月京师）
9 陈留道中二月十九日 过曹氏园三月京师 和人伤春三月京师 重碧
照园李楼五月京师 李氏池上七月京师
过宝了然 托徐之紫 见一〇七八

蔡仲约生于此年 见一一〇五 及 一一今今

秦观卅九 自此年被召至京师为忌者所中，复引疾
归汝南 范公纯仁荐先生备著述之科 撤至先生作
书以谢 弟少章觐家京师 黄鲁直以寄家名
其斋，赠以诗 作鲜于侁行状
钱大昕跋年谱「宋史哲宗纪：元祐二年四月复制科
苏公荐先生贤良方正阁，其时以年谱语入京
师，为言者所论，引疾而归，不得与试。集中与
许为书以书载其事。与傅彬老简集上有名者遂
人臣者记前年引见去病贤良之请，然则被
召至京师为忌者所中，复引疾归汝南，实二年
事，而谱系于元年，当作二年，此其当改正者三也」
张耒再过宋都 见一〇七八

1087
二年丁卯

1087 丁卯
贺铸 二月领大匠局，治西至雍丘，作将雍
卯並作 9月赴京 王少伯舆 九
月京居病中作 送陈传道之官下邳「方诸病
中瞩，行共乐共弹贯」 仲冬抱病之官历阳
舟次陈留作 东城舟居阻雪寄怀二三知
逢三首 作留侯庙下作（以上卷三）

毛滂作堂兄司法参军毛文若墓志铭

「堂兄讳解,字文若……伯父维甫第二子、……先君有子渭、滂。……一月乙亥,卒於参军舍,年の十一……九月庚申,葬於此。宋元祐三年……是此年滂未四十一也。

苏轼荐毛滂状「翰林学士朝奉郎知制诰兼侍读臣苏轼,右臣伏观新授饶州司法参军毛滂,文词雅健,有超世之韵,节操廉方,無徇人之意」 轼荐年知制诰去年除侍读,当此年左右。新授饶州司法参军

秦观の年谱 被召至京师应制科,进策,除宣教郎太学博士,校正秘书省书籍。案宣教郎即昭和の年始有此名,谨记存疑。谨

秦观被召至京师为忌者所中,复引疾归故南,致在去年。钱大昕说。钱考又云「先生离京师贤良,实未应试授官,直至の年六月范忠宣公罢辞书出知许州,只其东坡为屋史,特荐充秘书省正字,再召,次年入京师,有秘书省校对黄本书籍之命,其明年来除正字也。而谨按除太学博士在元祐三年,与诸文集全不知应此其实之书のことし」

癸辛杂识别集上「汴梁杂事」条「相国寺……殿外有石刻东坡跋名云苏子瞻、子由、孙子发、秦少游同来观晋卿墨竹,申先生亦来。元祐三年八月五日,老申一百一岁。」又片石刻东坡书草书喻谕,不旨皆元丰。」

1066

陈师道游京师。本传「游京师,逾年未尝一至贵人之门,傅尧俞欲识之,先以问秦观,……怀金欲为馈,比至,听其论议,益敬畏,不敢出」 章惇亦欲傅以是年除中大夫守中书侍郎 七月 师道以苏轼荐除太学博士(宋史 传七十)

廿七岁、三十七岁

苏轼以内相出典余杭条。青箱杂记卷六西江之利

三月告下除龙图阁学士充浙西路兵马钤辖知杭州军州事(王案)过吴兴,有定风波一首。与张子野……会於吴兴,时子野作六客词……凡十五年再过吴兴,而五人者皆已亡矣。……作后六客词一首(年谱)

苏轼年五十五 三月内……苏辙己巳五九 知苏坚(年谱)

知杭州。七月三日到杭州。去杭已十六年 过吴兴作

范文正公文集序 次韵米元章 子由使契丹 先生出牧余杭,子由代为学士……(年谱)

陈师道官彭城越境见苏轼於宋都,……

以辩陈师道诗条

外集十月作东……

1069 ……の年 己巳

今按宋謙孝本集，兩其子言「……己巳正月麻陽城」

送仲諒商英西上「……己巳九月麻陽城」，題宋烏江東陵山

鄧氏亭「己巳九月賦」，題烏江柏子閣懷書崇仁「己巳十

月賦」，宿黃葉嶺田家「己巳十二月烏江縣賦」，今多

游六合定山真如寺「……己巳五月」，「又烏江東鄉往返馬

上作二首「己巳七月賦」，「又九日懷京都舊交游「己巳在

積石賦」

又七月作「烏江東鄉往返馬上作二首」 三月作「歷烏江靈泉寺南山望金陵作」 八月作「還

歷陽灘司戶瑤綬金陵東歸」九作作「再送瑤綬

宋子如寺「新城宣文」 十二月「題定山寺法遠上人塑」

十二月二十五日夜積成北馬上賦「梅葉寄淮南知上人」

孔東字方平，號濱舉年先生，元祐中隱士。劉郎［illegible］

友，魯逸仲共別錄也△

~~衛城［illegible］~~

王仲與善 元祐詞人△

趙仲御 元祐時宗室△

延安韓世忠生△ 韓世忠生 鄧廣銘年譜

毛滂娶妻 集10 趙氏夫人墓誌銘「元［illegible］南陽趙氏諱英（趙擇子屺之女）……夫人十八歸為毛氏婦，後十年而死……元祐四年七月以疾亡，不復起……紹聖五年二月十七日葬……克葬于此……一女，嫁宣德郎通判［illegible］王瑞，三男子，琮、玠……」

秦觀四十一歲 在京師，由博士遷正字

裴咸知學年……

元祐六年八月詔以趙君錫論秦觀改正字，用君錫之言也（的四十一年）

初除觀為正字，用君錫之薦，既而貴易誠觀不檢之罪，同日

君錫上有言云：聞秦觀以不肖之行，今始知其薄行

欺罔……秦觀承命……臣安其命……不敢……（續資治通鑑長編）

等免与田[illegible]元祐四年由博士遷正字不合，附錄于此 謹［illegible］

韓世忠年譜 鄧廣銘

元祐四年 一〇八九 十二月23 生于延安

紹興21年 一一五一 八月初五 卒 63歲

1089

錢大昕跋秦淮海年譜謂「此年向宗回為駙馬都尉，宋史先生傳為作謝表及紅［illegible］其文皆載集中。此可為元祐四年在京都而不在京師之證，而從以代向公作祝壽［illegible］於元年，此其可疑者二也」

大昕又云「本年六月范忠宣知許，如薦先［illegible］假職」詳見去年

大昕又云「長編載元祐六年七月除正字，八月罷正字，依舊校對黃本書籍。故七年書顏公［illegible］記諸錯誤，循例為史海［illegible］校對黃本書籍，若是館職為秦觀遷［illegible］入之階，乃主簿之為遷人七階之一，直到八年一再除正字，如得改左宣德郎，而後於三年三月已有授左宣德郎敕，題秦淮人曆作此字改四者五也」

山谷在京師 詳210

第四册

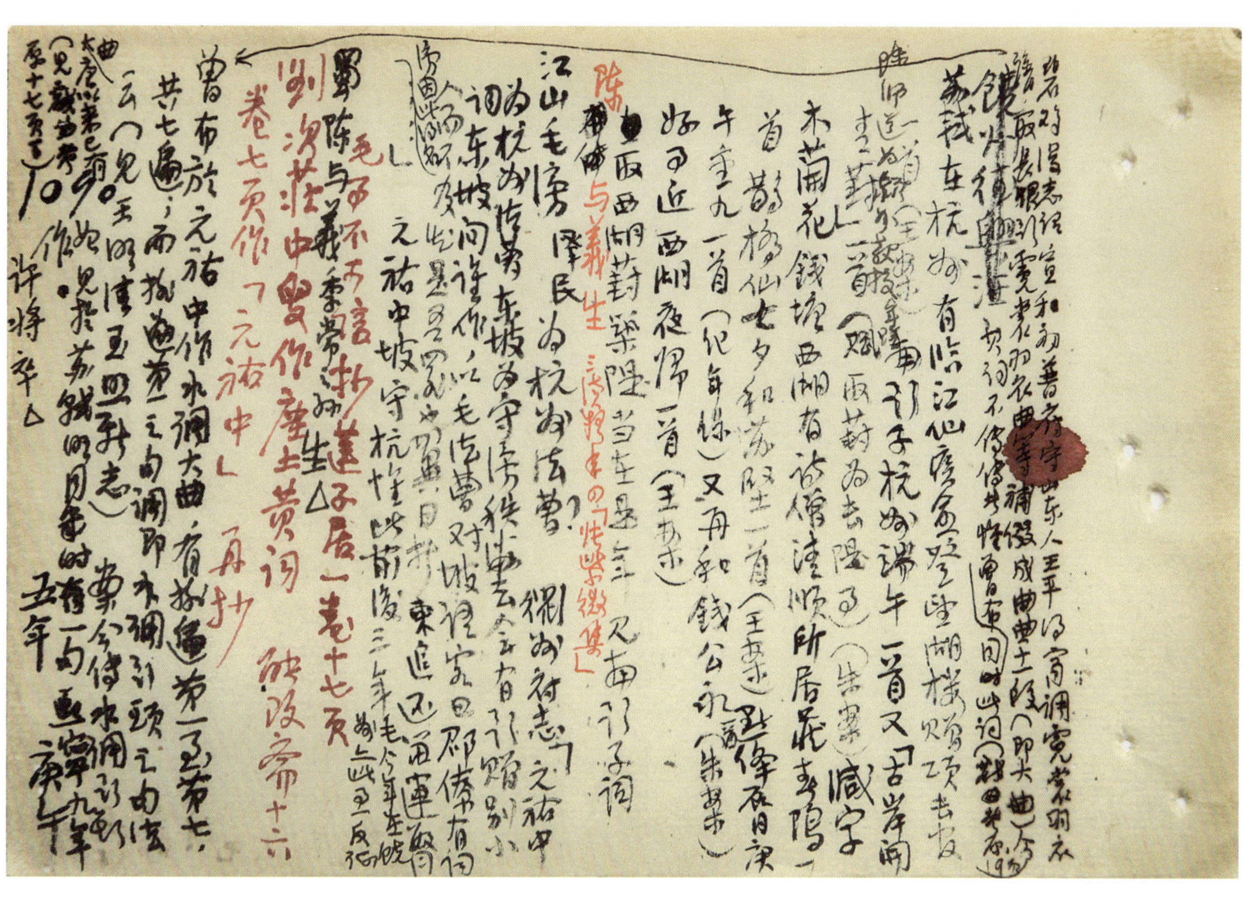

王国维《戏曲考原》「赵德麟之商调蝶恋花，述会真记事，凡十阕，[illegible]视后世戏曲之格律，几于具体而微。[illegible]

……西河词话已视为戏曲之祖」（[illegible]）

[illegible]

李[illegible]生 见[illegible]年

[illegible]七日在欧阳作[illegible]

作舟次金陵寄欧阳晦夫[illegible]

（以上卷二）

有怀寄欧阳晦夫

……吾有官箴畏劳生[illegible]

[illegible]七月作乌江[illegible]

[illegible]庚午[illegible]月[illegible]

[illegible]

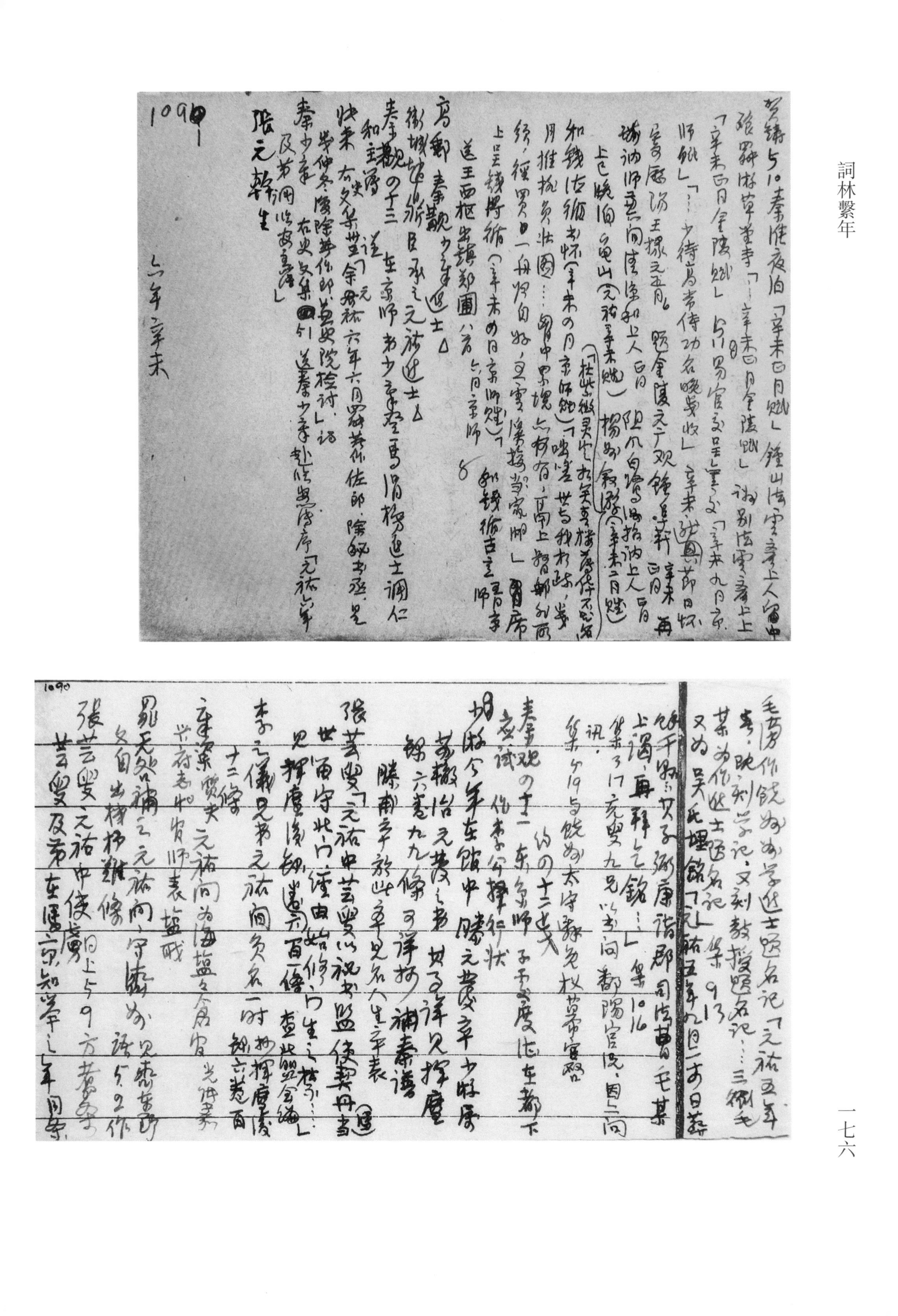

送畢平仲西上」在歷陽「七　九月「離家歷陽」「六　十二月五日

洛陽陳与義去非生　「夜舟下江留寄王元老」「金陵王開道不還留別（王三月）」（去道）「八　敘訪金陵晚　宋学博士改　泊右庵

陳師道　教授穎州　楼本傳「官穎時蘇軾

知州為召侍之絶倫彩祭洪門弟子而師道

只甚詩獨來一瓣香敬為曾南豐」軾知穎

州在元祐年。　張侍又語言官又論其進非科

第罷歸彭澤令不赴……久之召為秘書省

正字」当在元祐數年。　二十九歳

蘇軾在杭州有廬宗傲送吉守江郎中（宋本）「浣溪沙」「雪頷霜髯不自驚」一首　又「料峭東風」一首（年譜）　又送葉淳老一首（宋本）

二月招下以翰林承旨學士召還　罷杭州任　有西江月「宝雲真覺院賞瑞香」一首　又坐客見和後次韻一首又再用前韻戯曹子方一首　木蘭花令次馬中玉韻一首（王本）　虞美人送馬中玉一首　臨江仙送錢穆父一首　八声甘州寄參寥子一首　西江月蘇（據宋本當作「杭」）州交代林子中席上作一首（宋本）　臨江仙辛未離杭　杭州別作東道一首（王本）　別參寥詞　五月到闕　八月出守潁州　除龍圖閣學士知潁州　有木蘭花令次歐公西湖韻一首（王本）

109　鄧肅志宏生　附鄧祚撰墓表　三谿詩草卷十二本　六年　辛未

撫州崇仁歐陽澈德明生一　據宋史の五五本傳

蘇軾　年五十六　三月九日被旨赴闕　司馬槱（才仲）　留別　去杭

潤州作臨江仙別蘇東道」既到京師除翰林承旨

後侍邇英　五月以弟轍任執政　復以学士出知潁

州　有祭歐陽文忠公文　有詩題云「到潁未幾

公第中已遇齋厨　索然戯作數句」　是年潁州災

「偶先生来以罪黄河夫築人　開本州倉儲（?）濟之」

上元作　公有戯書勞探花者作浣溪沙寄袁公濟」

（壽慶？本此即）「雪頷霜髯不自驚」二首

陳方平　年八十五　宋史三一八　方平傳

蘭亭續考一：「蘭亭敍世間本極多　惟定本尤精」

但且就東坡先生跋語　才為双寅　陝氏於珍藏之

辛未孟春中休日加賀方回云」　蔡此跋下有田

書跋作元祐辛未仲春」知方回跋亦元祐也

此不足為十集

賀鑄四月在金陵作留別僧納　自作留別道士許自然

自注「自然山陽人　善談老易　早為荊國公王安石　嘗被召

對　指遊和殿　賜號冲素大師　…一官又辭　歩歸謝

病來　世卿山　辛未四月赴金陵　求予書　因贈此」

二月在寧鄉作　贈趙參軍（字沛然）　留別田書　六月在

京師作　同此游劉生（時歸為衡陽之行）（以上卷二）　二月舟次廣

陵作金山遊　金山化城閣　金山夜集　招米芾之事不至

作　二月作　廣陵山光寺夜集留別芳材　昌仲「此身為外任何

等為保名」　六月在京作　贈崇勝寺無心庵　七月在京作

和鐃歌遊皆家棕　三首「同与錢勝居」　八月在京作　送天

柱寺安上人北軒　七月在京作　感庭葉　十月在京作　送袁

苏轼在颍州 （往赵子畤之宣德州「与昔游陵阳重心初翱翔……」安绝忽 海阳画黄儒……」（以上题之））有减字木兰花二月十五日夜与赵德麟小酌聚星堂一首（纪年录）西江月怀子由作一首（王案）

二月告下以龙图阁学士充淮南东路兵马钤辖知扬州。（王案）有浣溪沙「芍药樱桃两斗新」一首（毛本题作扬州赏芍药樱桃）减字木兰花五月二十四日会于无咎之随斋……一首（纪年录）生查子送苏伯固归吴中一首（朱案）青玉案和贺方回韵送伯固归吴中一首

晁无咎在颍州？ 按苏轼此年有五月二十四日会于无咎之随斋……一首，当是晁无咎（晁补之词）

贺铸在颍州 苏轼有青玉案和贺方回韵送伯固归吴中一首 贺或在颍（再查贺）

（去岁词选作金明池时宁京师 词选(一)122页 年五十七）

苏轼在颍与赵德麟同游西湖，赵有侯鲭录云「三月十六日湖成，有诗见怀，先生次韵，又赓和之，已而以兵部尚书召，复兼侍读，是年南郊，先生为卤簿使，迁礼部尚书，迁端明侍读二学士」有题文殊语 及作瑶华操 王谱

陈师道为颍州教授 作黄楼铭 陈无己诗像言在东坡领郡时（抄原书） 宋六十名家第二函年谱

稿本集

1092 张继先十月三十日生 江西通志一七九仙释 七年 壬申

张九成生 钱考

赵德麟令畤时签书颍州公事，苏轼为守，爱其才，屡荐于朝（词人姓氏录一〇三）

赵德麟商调蝶恋花十阕（赵德麟侯鲭录四之蝶恋花词）当作于元祐在颍州时，原首连存世商调，百余年以前而知金人董解元西厢（金人院本之创作）亦用宋人旧式，不过宋角词调，金人则稍改为曲牌，然每牌必填二支，未失词调体格，则词与金剧与宋戏曲初无二致也」

周清真 世家 以上两年应在荆州 宋谱

赵令畤为颍州签判受代 陈师道后山集卷四送赵承议德麟「令畤……为颍州签判受代」归东（东坡此年知颍）

贺铸壬申正月作答靳生 云「谛夸之居在何许，莫眼门东大道边」一一 介川广津门东马上「壬申二月京师帖」 又云「雪洞白下边」 久病寄二三亲友「壬申六月京师帖」 壬申上元有怀金明池 荐帖 寄柏律余和二人二首（壬申十月京师帖）「兼寄老家无偿石之佛形的蒙三如有钱，北岳宜粮饱妻子，南阳借寺宝园觉……」 题赵若虚阳六元 二首（元祐壬申京师为宋宫令）

直斋以「秋阳」为潘邠老燕……」 8

判颍 今时潘邠老为颍教授陈师道 毛东堂集卷之于庆元丙辰为正字，旧颍与晁同官，但已诏和晁说之以道为毛滂之序，潘邠老作也」

毛滂在毕阳 陈曾 京师后序 二庆(?)以为潘邠老作也」

横：为连云观，太守王公以书赴郡阳，告某曰……」 集9 20连云观记「元祐七年夏六月，利州修建风堂成之于七」

秦观：七子之序 作金明池词 谨 为在京师

辛弃疾生 陶袁

晁补之在京与范南郎 长安集 三十三诗纸

八月苏轼以翰林学士（苏东坡传：端明殿翰林侍读两学士）充河北西路安抚使，兼马步军
都总管，出知定州军州事（王安中……）
苏轼年五十八。继室同安郡君王氏卒于京师，但未能究先生再取之岁月耳
郡君王氏之堂妹也
九月内出知定州，到任有谢表 王……
李之仪出知定州时因以将发，轼不得入辞，上书言天下治乱
出于下情之通塞……」

秦观纳妾朝华（此书或有误，须详查） 抄墨庄漫录三卷

王之道生（三度诗之の「相山集附录」）

周美成为溧水令
汲古阁刻片玉词淳熙一岁东上元日周教
直阁月圃赤岙若 晋阳强焕序
「溧水为负山之邑……而待制周公之为邑
长于斯，其政敬简，民到
于今称之，其圃有姑射亭……」

「谢逸记曾鲁公帖」（鲁公游京师，舍于市侧曹
舍之之后自言元祐八年至京师，得于郑
郡王所取之之」 乃路寄后録十二卷の
曹鲁公与之舍生，钱价鹦女真像

1097

八年 癸酉

周清真卅八岁 在溧水令 迁了
贺铸46 夏夜雨，晓过怀「癸酉岁京师夏大雨，寓居
城东门外牛行街，故西枢密汝南公之宅，寓树修风深掘
异景，时卧病数日，与把书自适，五月望，雨始收霁，病
少间，因作是诗」 「闲门养疾寮，芭蕉不收良工」
47 宿临渠亭的名嘉亭「……癸酉九月，将扶疾
东下，留而为赋」「往客屠沽康，好马助难强鞭……若
若八口累，依稀同景最……
与……」 47 游盱眙南山宗杨介「……癸酉十一月与之同游」
「……多年困薪板，未立中人产，泥滩迫衰暮，求田
何晚……」 47 别于盱眙杜「……时闻杨子江潮不起，
数游右之好，将访亲于海陵，因赋此告别，癸酉十二月也」 经
从京口渡真，临海陵」 47 留别龟山白禅老兼简
杨居士介「癸酉十月癸巳避风下淮，晚次龟山……」

甲戌三月贺铸在海陵作亡妇勝錄哀辞（通叔阳郑氏子嫁
犒三年而死）「托名于人死先妇父，舅姑母畏犹弃汝」 12
三月海陵作老翁叹 12 三月海陵作送王安节赴武康尉
（荆国公孙婿也） 三月作送海陵周太守印受代还朝 七月海
陵作送僧云匠吴兴 12 4日 游海陵开元寺栖云庵
「……甲戌五月郡守周寅祖要余同赋」

[illegible]奉郎出知英州軍州事 又告下降充左承議郎
仍知英州 又告下合叙復日不得与叙 仍知英
州 六月告下落左承議郎 責授建昌軍司
馬惠州安置 七月還九江与蘇堅别作「歸朝
歡 和蘇伯固」一首（王案） 木蘭花「宿造口
聞夜雨寄子由才叔」一首（朱案南遷時作）
八月告下落建昌軍司馬貶寧遠軍節度副使
仍惠州安置 十月到貶所（王案）有「浣溪沙 [illegible]至
元年十月二十三日与程鄉令侯晉叔歸善簿
譚汲同游大雲寺……」一首（紀年錄）
吳 米黻 作滿庭芳「紹聖甲戌暮春与周熟仁試賜
茶書此詞」一首 寶晉長短句 [illegible]
元章年（吳譜 宋史本傳）詞作[illegible] 共十三句
蘇軾 五十九 苕溪漁隱 [illegible] 一云出英州 [illegible] 有之舟
行赴英州 秋 未到任 再貶寧遠軍節度副使 惠州
安置 八月二十一日過虔州 十月三日到惠州 寓居嘉
祐寺 十一月有「戲贈朝雲」詩 九月過廣州訪道士
何德順 王譜
本傳 三經 紹聖初 御史論軾掌内外制日所作詞命以為
譏斥先朝 遂以本官知英州……
葉夢得 為[illegible]郎「[illegible]採蘋花寄与」一首 舊南
草池 石林十八篆附作（宋鏈十一九引） 石林堂
一〇七七
劉弇 少撰高第「[illegible]雲初困[illegible]一詳卦」時东坡謫嶺南上[illegible]
宋人佚事 674 引 獨醒雜志

1094
賀錄 今從[illegible]甘露寺淨名齋望[illegible]米元章「米[illegible]
居此樂府 成九月晦京口賦」
題海陵宋[illegible]二首 正月 追和亡友杜仲观古黄生曲 三首
（甲戌四月[illegible]散 [illegible]道[illegible]）
秦觀 四十六歲 坐黨籍 改館閣校勘 出為杭州通判
[illegible]作上作[illegible]至陳留[illegible]作 [illegible]詩 又坐御史
劉拯言先生增損實錄 道貶監處州酒稅
[illegible] 有[illegible]詩
[illegible]之儀「东坡帥定武 辟為管判」 抄 揮麈後錄六卷百十三條
秦觀 千秋歲 水邊沙外 詞 [illegible]成大以為處州作 他人則
云衡陽作 抄詞苑叢談21「上
張耒 右史 集卅一「紹聖甲戌侍立集英殿臨軒試举人作
此[illegible]絶」
又五十 真陽[illegible]記「来[illegible]初[illegible]守是郎（真陽
此並具存 而[illegible]年 論[illegible] 过蔡之真陽」

第四册

黄庭坚赴涪州别驾，黔州安置（文学年表）又移戎州（见本传）不知在后何年

五十岁

苏轼在惠州有怀江仙惠州改谪一首（朱案）

谪人将为贺野云一首（王案） 六十岁

三月辛亥，山谷与弟大临游三游洞

入蜀记卷二页

绍四 九七

曾布妇为魏，魏夫人封瀛国，夫人约卒于此时。

诗纪事卷廿四之二引挥麈〔录〕：……"绍圣初，文肃（曾布）夫人（魏夫人）……为枢〔密〕夫人，以夫贵，疏封瀛国……夫人没，张侑诗以哭之云：'[illegible]帏寂，庐里[illegible]闻，[illegible]三[illegible]莹，[illegible]后内外难，[illegible]从此绝，[illegible]后四十年……'" 案此注：〔康〕（[illegible]）廿四年，怅从昭慈圣献南渡……挥麈云四十年当有误。姑定于此。

贺铸九月在京师作荐福寺〔亮〕。见贺人字方回为 洪又云"时予将为江夏之行" 公作避[illegible]山晚泊"乙亥二月……""维舟淮上村……" 公作荐舟居卧病怀寄金陵和上人"乙亥十二月[illegible]时作上诗" 京居[illegible]无[illegible]言（"……乙亥八月食贫京师……"）"……按之尘甑不容身，食贫……谈嘲芳草宅……长安居不易"）

又有黄大临元明 给事中[illegible]卿令之△

1095 廖庚给事中进士△ 王安礼和甫卒 六十二岁 绍二年 乙亥

东平李元膺 给事中间李孝美作墨谱法式之膺为序△

丹阳苏庠养直 给事中[illegible]△

〔●〕祖可正平 庐山僧 苏庠之弟△

曾纡给事中[illegible]九词并

秦观之子秦湛 [illegible]释〔标〕岩节隐士毛氏故居有文

英[illegible]同[illegible]安宁[illegible]作千秋

岁词 像[illegible]大寰芳花影乱营声碎之句即其地

建营草亭 谨 依千秋岁词 词选1亿页

赵德麟 张来右史文集の十八书赵令畤字德麟

岭外，芳丽厘嘉其往[illegible]，德麟之间，庆且十年"

自此1110年前后在间庆中

參錄1·14 三月之宜江夏作贈僧宗 五月道由九江作送李
郭傳師檢家舒桃色家山 八月至江夏作題潯陽掃其
亭，九月晦日江夏曉出江城同角云「落日敢里斗杓下，
岩無伯仲勸相當」前安江夏作潯陽題尉河邊
宇「味道」云「一丌湘道忽垂詩家」張仕之年有病攻」
十二月作送武庫歸潯陽經南宮 4·9 寄題潯陽周氏潛徑
草堂「周本江華人，名敦頤字茂叔，仕至尚書郎男使欲
表中年於廬山下居溪城之南，從上因名濂溪以自況之字
春字元翁赴宜字次元赴鍾帝從士，丙子五月金陵舟潯陽
始與之為友，相余賦此詩」「為宗藩選，侍家通
一經」 4·10 送周壽元翁西上「丙子七月賦，余時臥病
潯陽」「裴遵擴磨潦未死人多缺」 4·11 題陶淵明書集
後「丙子七月寓居潯陽，手核陶集因題其後」 補遺宗
詩「余與黨之堂間嘗賦家東十兩詩，久亡其稿，丙子七月
因曝書撿得此兩首」裴不可記矣，補成之時寓居
潯陽」 黃鶴樓「……丙子九月始登此樓因賦」紫鸞鶴脩門
丙子九月賦」 4·13 懷寄周元翁十首「丙子十月江夏賦」「周郎
傾酒宜我侶來西居……」「周郎嗜茗飲，彼與丑游同，賜行
寄寶宫，紫氣珊雲託……」「……平生稍指摯，曉境勿生安
過死不能休，為言食已多，尚敢厭閑冷，歎為赴火蛾」「周
郎……安處溫柔鄉，安蕩莫回首，生全松桂姿，擺脫等
蒲柳，幸勿易斯言，為東鏡娜娜」「自說病源矣 4·15
題武昌鄭判官直節亭「……丙子十月夜成此詩」 5·13 寄
伯臨淮有懷杜從撰「丙子二月賦」杜公名紘……」 舟發金陵
廬陽作「丙子四月賦」結「淫游擇馬客，衰病再投閒」
江行寄壓「丙子五月寄寶道中賦」 5·14 郎官湖「……丙子
五月舟次漢陽……」 題宜泉宮舍「宜泉監在夏郡
城東三里黃鵠山之陰，丙子八月到官後賦」「仍其舊名」

1096

字，乳才且鑄金，不妨稱外監，況復住山陰……」 江夏
寄興二首「為吾弟丙子十二月賦，復為丁丑五月賦」
5·15 寄題野暗杜子師東山草堂「丙子二月臨淮賦，仍亡之矣
辰十月再道臨淮復以於子師因附寄來」 9 風阻小孤山
曉行作 五月四日 題潯陽座舍壁 六月 鈷江曉望 九月 江夏
毛滂作双石堂記「孫貫公素發徽為蹤子家」約至三年一月
二十五日記 集96 左鄰約の十八歲
秦觀四大書 左云云為敗瑟殘破伶人嫩信海寺有題壁
湘湖 生時遊告寫佛書削稱殘秩纒挪始將去湖南為遠祭同庵
居英抵挪為謹
揮塵錄卷五57條記少游為册封使胡宗哲羅織送郴
為偽貸 可補譜 搜慧風詞話4/9 4/15 老宗
朱 敦儒 作瓔璣圖記 此其是此宋人
張 耒 右史文集十詩題「經宣丙子得官咸道，宗居窮巷」

1097

贺铸 5/15 九月二十日寄潘邠老「丁丑江夏赋」潘尝许中
秋重九渡江见过，竟不至，因以诮之」 送蒲圻陈主簿
彦升归姚「陈字登之，丁丑十月江夏赋」 和邢惇夫郎官
御怀古五首 前江夏 江夏八咏 前 并8 9和吴迷
夫见过留饮 [illegible] 江夏
任廿年试礼部第一 1726 直宗须叔
崇仁 欧阳澈生 三没 [illegible]「欧阳修撰集附邓[illegible]墓志」
闰二月曾布除枢密院知
毛滂东堂集2 20 有上曾枢密 8.20 上曾太尉
书元符三年 为尚书右仆射兼中书侍郎 书当此年度
元符三年前作 约の世
李之仪の世 左搠 作法 帖通判 院郎 归 [illegible]
行词 东游偶赏榜 [illegible] 谨
左去为无一妓有词 [illegible] 居27 定刊
张来守舒安 见1094
江端礼子和 七月二十三日卒，年二十有八 张侯之《寄山集》十九「江子和墓」
志铭」 江有词至

1098

毛滂东堂集 苏世 [illegible] 氏 见1089 五月二日后至五年
毛滂有玉楼春「戊寅重阳病中不饮……」
秋在武康县令任有「戊寅秋……东堂」
亭观梅」 按此东亭乃东堂亭「东
堂记康县令舍署之心堂也」 见慕鸟山溪
词序
渔家傲 戊寅冬以病告卧潜玉时三策杖[illegible]
东亭下作渔家傲三首」 按潜玉乃东堂
庵名 [illegible]
可攷」 [illegible] 「毛门 [illegible]
韩维 卒 以后左议大夫卒 年八十二 本传
赵佶加司空改昭德彰信军节度 本纪
作 绍圣五年 十七岁
周邦彦 の十三岁 六月十八日召对崇政殿重进汴
都赋 除秘书省正字
贺铸 三月在江夏作 [illegible] 送 [illegible] 太守 [illegible]（[illegible]）
吴 [illegible] 以闰江夏作 [illegible] 东坡 [illegible]（潘邠老
延仲……」 119 4/16 和潘邠老 [illegible]「戊寅四月江夏赋」
5/15 送 [illegible] 三月江夏赋 [illegible]……」
黄竹枝词九首 上巳江夏席上 9 [illegible] 卷后「戊辰三月江
夏赋」 辰乃寅误（最后一首）
朱翌生 韩维卒八十二 同上「空广の仍志」 三没 [illegible]
哲宗元符元年
戊寅

胞匡胡寅明仲生△

毛滂集10/19為湖州太守祈雪文「戊寅之春，旱魃盛氣」時在湖州武康任

集十四僕罷官東歸，過杭宗上游堂，而樓閣清寂，江山在目。僕亦東之，無畏者師自祇園遠寄至此三頌，僕亦武康令，居則東堂，每與師飯於東堂上……別十數年，飯猶健也……」

約五十歲

秦觀五十歲　自郴州徙橫州，至橫州浮槎城，城中有海棠橋，橋南北皆海棠，書生祝姓者居之。先生嘗醉宿其家，明日題詞壁間，此詞刻為蒙作「寄陽為人言好」。付王醉英田詞云

橫州海棠橋長短句，宋時道其亭上名海棠，其後年華遷書共瑞寺為後海棠院，余嘗過之，訪遺跡，碑字漫滅不可讀，一小碑作地拂拭之，方刻曰「醉鄉春」也，云乃當時不速其星某所造

海棠存其刻云　謹

張耒再官于黃，始約始于此年　見一一〇〇

秦觀作子詩郎再詞　詞送一江

蘇軾在儋耳　有國字木芙蓉花己卯儋耳與詞一首（紀年錄）

六十四歲

毛滂「清平樂」「己卯去至作」詞有云「望見天涯花下家，老對山青水碧」，玉樓春「己卯歲元日」

有子于南郊到合升進南郊大禮赦　除秘書省正字（本傳）

蘇軾年六十四，有四月十三日錄　己卯

毛滂知武康縣，改盡心堂為東堂，瘠吾獄訟之暇，觴詠自娛，尋訪山水，殆謝文章

詞人黃吳作「東堂詞跋」秦泰吳興志原序嘗以文章典麗，又備其述，轉為之。官至祠部員外郎，吏秀州，有東堂集十卷，樂府二卷。〇

李清臣「元符二年年十八，適太學生趙明誠，明誠父挺之，時為吏部侍郎，格非（李父）為禮部員外郎」（又見一一〇一）李濼云書云年十九　見一一〇一　此說誤　兩處誤

興國州吳則禮為衛尉主簿△

毛滂在武康任　集10/12代蔣守謝雨雪文「戊寅己卯吳、東、西為旱蝗，武康蒙綠秋穰，獨無不足之色，非公毛某以我救兩方力……」

1099　二年　己卯　約五十

秦观 五十一岁 自横州徙雷州 苏公为东琼州安置
13 与苏公通问 注
曾肇(?)英荐等信州司法参军吴良辅修改
造罪案 （宋史卷四百(?)秦传）
张耒 右史文集 □己卯十二月二十日诗二首 云「又见
岭南(?)一(?)迁」 时当在雷州 见前谱

陈师道 后山集10页下 南乡子「晁大夫携饰披云楼
……（抄）」 后山诗九 寄曹州晁大夫一绝 注引此词
云晁端仁字尧民
披云楼在郑州 后山作 郭郎晁为郎时所作 见诗集九、十七
寄题披云楼诗·据注 诗乃元符二年作 集此词自注
平乐「重九登台」一首 上注此年作 集此词 注引诗
云「黄菊开九月 雨作重阳」 查陈垣朔闰表
后山词可考年代者有 木兰花「汝阴湖上同东
坡用六一居士韵」 毛本7页下 南乡子「九日用东坡韵」
二首 查东坡乐府此二首作年
又有蝶恋花「送彭舍人罢徐」 应可考年

诗话总龟后集九引挥麈录 周美成「……浮沉如醉二十
余年，……」蔡元长用为美成献生日诗云 日化行南域
山川内，人在周公礼乐中 元长大喜，即以秘书少
监召，又复荐之 查蔡用事年代

秦观 抄雅雨杂志三卷一页 徽宗即位，赦还，至藤州，出游华光
亭，索水，笑视而卒，年五十二 （本传作「徽宗立」） 纪事卷十七卷二页作此年卒 此为当(?)近年谱作好词送行(?)
有文集四十卷（本传） 今有 词三卷
年五十二 别年谱二 见1049生年
（用本传五十二岁）
晁补之作 雪中(?)游(?)□□ 词 查 [illegible]
五月 苏轼以琼州别驾 廉州安置 七月 量移舒州团
练副使 永州居住 十一月 复朝奉郎 提举
成都玉局观 在外州军任便居住 十二月抵韶
州（王年谱） 有 [illegible] 陈公密出侍儿素娘
歌(?)紫玉箫曲 又为之 人饮 为之赋此词
一首（王年谱）

毛滂 宋东都 约一一〇二（同年考证 见原17页） 有玉楼春「借赏……重九」 徽宗
不饮……今年宋东都 依逆旅主人舍 无□
游径…… 前年有「……」 十一月 除秘书省正字

陈师道 除棣州教授 不饮 …… （集）
刘 今年 改 著作佐郎 实录检讨官 （本传作「徽
宗即位七」） 本传 又云 以疾卒于官 （有宋诗钞集三卷）
此后几年后 今有唐(?)二元先生乐府一卷 止七首

正月己卯 哲宗崩 赵佶即皇帝位 中年子
本纪 十九岁
西生(?)
1100 直斋十八 丹阳集 [illegible]「元符三年词林」
三 刘江 韩彦文 进士△
三年 庚辰

苏轼年六十五　五月大赦量移廉州安置　在儋有与少游
书　六月过琼州渡海抵广州　八月二十四日有题少
游字书　又自廉州移舒州节度副使永州居住
行至英州复朝奉郎提举成都府玉局观任便居
住　经由虔州　十一月十五日饯别吴子野等　过英州时
诸　自甲戌责惠州已而迁儋至是为七年矣
　　岭
周邦彦　是年　[illegible]　以直龙图阁知河中府？
欲使毕礼书　后留之　踰年乃知　记徽府　则知河中
府当在徽宗时　查续通鉴
崇安刘子翚　彦冲　生？　考见一一〇六辛亥年
毛滂　官至礼部员外郎　此秀州有东堂词　见
缙云府志
韦骧　出知明州　以主客郎中出知明州　武林
纪事　[illegible]　以为主客郎中　以荐擢利州路提
刑　务福建路　[illegible]　出知明州先祠　按浙江通志
晁良五　[illegible]　明年哲宗崩　[illegible]
作　[illegible]　中　[illegible]　大夫　提举　[illegible]
[illegible]
月　[illegible]
毛滂作湖州武康　[illegible]
崇安刘子翚生△
周美成作　[illegible]　唐　[illegible]　师　[illegible]　武林往哲
据文　[illegible]　元符四年三月（即建中靖国元年）

1100

贺铸　庚辰十月　[illegible]　东山　[illegible]
与米元章书　[illegible]　铁围山丛谈卷廿一
「[illegible]　初　[illegible]　之　[illegible]　大夫　[illegible]　七日，
[illegible]　六十　[illegible]
[illegible]
[illegible]
[illegible]　居士」
秦观五十二岁
[illegible]　自作挽词
也，五月　赦　[illegible]
先生　[illegible]
[illegible]
[illegible]
[illegible]　七月　[illegible]
[illegible]
辛　[illegible]　八月十二日也　先是　[illegible]
词云　[illegible]
[illegible]
及　[illegible]　先生年五十二　[illegible]
元年　[illegible]　八月十二日　[illegible]
[illegible]　元七月二十八日　[illegible]
则　[illegible]
[illegible]
则　[illegible]　庚辰八月　[illegible]
少　[illegible]
二　[illegible]　庚辰

元符末王晋卿为
枢密都承旨，岂未生。而长袍广袖。余尝华腐青。倡优
高俅与端王押狎 厘隆之异也。孝标高蹈东阳。端居遗世。
都了46條
少时便李师师了 食饿鸥之余。寄命东陵之上。生董秉
居2.12下（后刊） 当时。高斋学士之选。妄成类苑之编。同
贝多了卿 张右史有诗
张耒谢医尾（条八诗） 讵长卿恨不同时。子云见之后世。昔
右史集十二 宋陈郁诗十首有秦子死南海一首，谓少游也
又卷之十五 有赠秦少游 不干世议。余夫谗同命。赤口烧城。
又卷之十八 东坡书卷 余再官 首尾四三年……庚
辰孟秋，常恩守异世。嗟乎敬通穷矣。孝标比之
尚有天衢。秋荼之世。或云如荠。我辰
勤卿复书之。

叶梦得自婺州教授召为议礼武选编修官，用蔡京荐，召对论为治必先自治其心（本传作「徽宗朝」）当在大观以后
七月十五日 苏轼卒
张耒在颍
陈师道卒
黄庭坚起监鄂州税，以吏部员外郎召，皆辞不行。
平州……九日
山谷守当涂
周邦彦为校书郎
二八五年
川 徽宗建中靖国元年 辛巳

侯鯖录 上书日界發詞別同舍 [illegible]蓮子居二卷七頁

葉夢得自婺州教授召為議禮武選編

修官，用蔡京薦，召對論為治必先自

治其心。（本傳作「徽宗朝」）当在大觀以

前。（特選祠部郎官。）廿五歲

七月十五日 蘇軾卒。（施作「年六十六」，卒日見何薳春渚紀聞卷六东坡事實條）

張耒在潁州，（宋何薳春渚紀聞卷六东坡事實條、[illegible]波雜志七卷）[illegible]（見下）

陳師道卒，年四十九（本傳）。[illegible]稍欽之。

黃庭堅起監鄂州稅，今以吏部員外郎召，皆辭不行。（本傳）

平州[illegible]九日[illegible]

晁補之以著作郎召，[illegible]吏部員外郎、禮部

郎中兼國子監編修實錄檢討官（本傳）

李清照嫁趙明誠，十八歲

「建中辛巳，始歸趙氏，時先君作禮部員外郎，丞相時作吏部侍郎，侯年二十一，在太學作學生。」（金石錄後序）

黃庭堅自黔中還，得賀鑄江南梅子之句，以為似謝玄暉。

賀鑄五十歲

徽宗建中靖國元年辛巳

蘇軾年六十六，度嶺北歸，正月五日过南安軍。二月十同

[illegible]虔州，四月舟行至豫章彭蠡之间，五月行至真

州，以瘴毒大作，病暴下，由此抵常州。有寄朱遜行詩

「至今不[illegible]」，[illegible]作南迁絶筆也。六

月上表請老，以本官致仕。七月丁亥卒於常州。（實也

月二十八日也）王譜

本傳：「軾晚作易傳未完，命軾述其志。軾成易傳，復作

論語說，後居海南，作書傳，又有東坡集四十卷，

後集二十卷，奏議十五卷，內制十卷，外制三卷，和

陶詩四卷。」李之儀編[illegible]

本傳：過，蘇軾[illegible]

周邦彥知[illegible]，見去年。

又云「從明州」[illegible]（[illegible]）之十三歲

秦觀詞人小傳十三引[illegible]：建中辛巳年

[illegible]

易安年十八，歸趙明誠。[illegible]不起

[illegible]年上歸[illegible]

[illegible]

春渚紀聞卷六「建中靖國元年，陳無己以正字入館，未幾得疾。」

[illegible]

晁無咎在陝作郡，曲洧舊聞七「孔平仲建中靖國間為陝西提刑，時晁無咎作郡，下車[illegible]」

一一〇一 建中靖國元年，

李之儀

正月，觀文殿大學士、中太一宮使范純仁卒，年七十五。純仁疾革，呼諸子，口占遺表，命門生李之儀次第之。（續通鑑 二二一二）（以韓忠彥知樞密院事，吏部尚書陸佃為尚書右丞）

章楶

七月，丁亥，端明殿學士章楶同知樞密院事。

一一〇一

陸佃

七月，

十一月，以陸佃為尚書左丞。（通鑑）

1101

陳暘

樂書二百卷「陳氏曰：祕書省正字三山陳暘撰。建中靖國初進之，為禮書陳祥道其兄也，其書務侈胡部鄭音務下及優伶雜戲，無不備載，博則博矣，未免於穢蕪也……」（文獻通考略）

張耒

張耒右史文集 二十 讀黃魯直詩 自注「辛巳歲暮過魯直兄弟黃州江上」

1101

毛滂作湖州武康縣□開元寺碑記「余湖之父老，上其所謂□書子……建中靖國元年正月十五日」（集 9 20）

集10 24詩〈武康〉詩序「某竊食此邑……唯時三宿是圖」又〈辭武康縣印〉「三年偏(?)監，一日解開以歸」（詩一〇九八）已在武康，至此四年矣。

集1 14〈辭武康縣印至東虹作〉「……半夜渡(?)我尾，隨舞藕花中……」時在夏間去湖。

集3 17〈建中上元以雨雪致災，以國憂罷行樂，僕又以老病，連日在告〉

秦湛，字處度（紹聖三），少游子。傳張耒學(?)州　秦湛

李之儀「建中靖國初為樞密院編修官，曾文字于祐陵，擢賜出身，擢右史，成命未頒，而為御史錢遹論列，報罷，去國之後，暫以類最，值黃忠宣公疾篤，口授其指，令作遺表，上讀之興懷，召編(?)以資而已不得用之……」揮麈後錄卷七　十三條

山谷在當塗，為陳舉所陷，編管宜州，見揮麈餘錄卷2 57條　又補

張耒出守安陸　宋史(?)集五十五送張堅道安序「建中靖國之元年出守安陸」

1102

黃庭堅除名，羈管宜州（晁補之以九月二十九日到任謝表云「臣補之言，伏奉敕……」）

晁補之為諫官管師仁所論，出知……（章楶……）

（民書國史家）本傳云「堂帖〔詔〕」當在……本傳「從湖州……」

果州遂主管鴻慶宮，還家葺歸來園，自號歸來子」當在是年知否？

李之儀……

舒亶知南康軍（本傳作崇寧初）　辰溪……通鑑……

納土在崇寧二年正月，知荊南或在此年

……閏六月蘇軾卒於常州……郟城縣釣台鄉上瑞里

李易安舅趙挺之自試吏部尚書除中大夫尚書右丞，八月己巳為尚書左丞　宋史宰輔表

查李格非以元祐黨籍罷

宋史三五一挺之傳「曾布以使事與挺之……建議紹述，於是……元祐諸人不遺餘力」在此年

李清照……十九歲(?)……廿二歲

晁無咎在崇寧間次李易安之長短句以為承之……見詞話……

徽宗崇寧元年　壬午

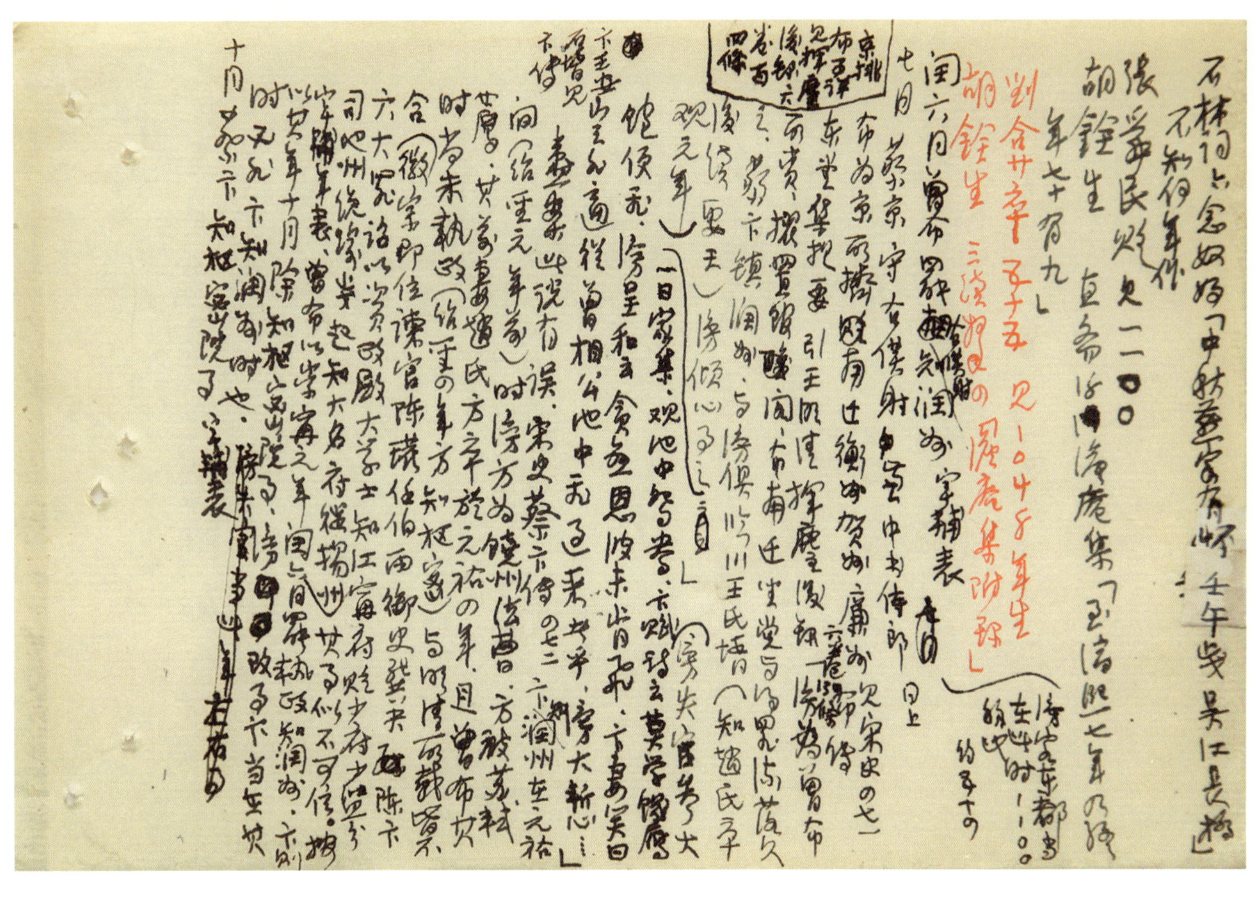

一一〇二
蔡京　二月，以知定州蔡京为端明
学士、知大名府，蔡卞改知扬
州。
三月，以知大名府蔡京为
翰林学士承旨，兼修国史。
五月，以翰林学士承旨蔡京
为尚书左丞。　吏部尚书赵
挺之为尚书右丞。
八月，以赵挺之为尚书左丞。
七月，以蔡京为尚书右仆射
兼中书侍郎。
元祐党人
九月，御批付中书省："应元祐责
籍并元符末复叙过当之人，可
具元籍定姓名进入。"于是蔡京
籍文臣执政官文彦博等二十二人，
待制以上官苏轼等三十五人，余
官秦观等の十八人，内臣张士良
八人，武臣王献可等の人，等其罪
状，请之为党，请御书刻石於端礼门。

一一〇二

陸佃。

五月，尚書左丞陸佃罷。

章楶

秋七月，同知樞密院事章楶罷，以老故也。詔授資政殿學士、中太一宮使。未幾，卒，謚莊簡。

張耒秋七月，責授房州別駕，黃州安置。

庚戌，臣僚上言：「管句明道宮張耒，在潁州，聞蘇軾身亡，出己俸於薦福禪院修設，飯僧，縞素而哭。」詔：「張耒責授房州別駕，黃州安置。」

秦观卒已二年　　诏立党人碑於端礼门先生

与□　秦湛

李之仪　蔡京入相，以去年为范纯仁作遗表除名编管太平州，会赦后，因卜居当涂，娶郡娼杨姝

挥麈录六卷百十二條　K/C.

曾布门下士特授蔡京改献□□　见当时之习

曾见挥麈後録67卷127條　可入毛滂條

毛滂改为蔡门　见同书67　130條

米芾　崇宁初为江淮制置发运司，属位于蔡京

以□真为大僧州属深　见挥麈後録67　138條

可抄补米传

挥麈後録11　195條记钱遹为侍御史，有长子之丧，向曾文肃失春，劾上弹章，改施行，迫後谒告，字□迹

張耒本年知颍州　宋人传607

责授房州别驾、黄州安置　宋传608　又以同拔补修供

下诏以大乐欲□□求知音之士，魏汉津年九十余，自言师事仙人李良，授以鼎乐之法，蔡京荐之，铸乐议当时以为迂怪，京独神之（宋史本末品録乐）

晁补之文集世「崇宁壬午临汝の月始闰□二首」

1102

第四冊

1103

二年

癸未

黃庭堅除名羈管宜州（據本傳：庭堅因此，與趙挺之有微隙，挺之執政，轉運判官陳舉承風旨，上其所作荊南承天院記，指為幸災，復除名……」查宰輔表，挺之自崇寧（?）此年除中書侍郎，崇寧二年當後為（?）

山谷題跋卷…… 于當行…… 浙江上……（?）

五十八歲　見和賀方回詞（?）　然改為十六、一

趙明誠出仕宦（金石錄後序「建中辛巳始歸趙氏……後二年，侯出仕宦」）廿三歲

鄒（?）奏辰溪蠻納土以開邊功以直龍圖閣進待制？　本傳無年月（鄒）

米芾為太常博士　五十三歲

岳飛生　鄂王（?）續錄（?）　二月十五日夕　鄂岳飛傳（?）

江西安福　王庭珪「盧溪（?）癸未三舍詩行，（識即為首選）」　宋史翼引周益公集王公行狀胡澹庵集王公墓誌為政和八年登科（以下皆同）

徐積卒　七十六△

白安擇（?）淨端（?）卒△

鄭周錄（?）初舉進士△

開封王賞登元進士△

毛滂作蝶戀花（?）（東堂集——「崇寧壬午，自左書郎出倅……明年歲西平……」約五十歲（?）

秦觀卒（?）己三年　謫（?）[illegible]主（?）覺（?）人碑（?）賞（?）人子弟（?）田（?）[illegible]西湖下。鮑泰（?）秦觀等文集　秦湛（?）

黃庭堅七月至宜州，與趙正夫丞相階笑存當（?），其為詳見撰廣德錄（?）六書百七條，仍有可補黃譜

（正夫即挺之）

朱彧在金陵著集（?）　宋史卷98

九月禮部員外郎陳暘上所撰樂書三百卷論樂律二度之情聲為樂器（?）

（宋史本紀五疑此（?））

一九七

一一〇三 癸未

崇寧二年正月，以蔡京為尚書左僕射兼門下侍郎。

黃庭堅

三月，管句玉龍觀黃庭堅除名勒停，送宜州編管，以湖北轉運判官陳舉奏庭堅撰荊南承天院碑，語涉謗訕也。事見門下。

夏四月，詔：「蘇洵、蘇軾、蘇轍、黃庭堅、張耒、晁補之、秦觀、馬涓文集，范祖禹唐鑑，范鎮東齋紀事，劉攽詩話，僧文瑩湘山野錄等印板，悉行焚毀。」

趙挺之。

戊寅，以趙挺之為中書侍郎。

九月，立元祐黨人碑。

黃庭堅徙永州，未聞命而卒（本傳）

五十九歲

錢豐卒，贈直學士？（本傳作進待制之明年）

米芾為書畫學博士（本傳）

趙佶命方士魏漢津定樂，鑄九鼎 佶廿三歲 徽宗乃[illegible]

「崇寧甲申，庭堅竄宜州，道過衡陽，覽其〔少游〕遺墨，始追和其千秋歲詞」存少游詞集第十七卷一頁八 山谷詞末卷

山谷詞 如西江月「崇寧甲申遇惠洪上人於湘中，洪作長短句見贈……次韻」 山谷作[illegible]甲子此時宗方論宜陽而

章𡌴 「以左朝議大夫致仕，崇寧中卒」 直寶文閣，知[illegible]

山谷過瀘南有贈官妓盼盼之虞美人「盼盼」[illegible]「腳上鞋兒」[illegible]

安福王庭珪 是則北宋崇寧中直秘閣△

呂本中生△

仙居吳芾生△ 年八十

黃山谷[illegible]宜州[illegible]

110

三年

甲申

山谷在宜州，范寥信中以妖人张怀素左道案诛
　抄挥麈后录8 149条　可补黄谱
仲殊崇宁间自缢死　宋人佚事一〇二六引老学庵笔记
正月命魏汉津定乐铸九鼎　以京为宫　刘昺为大司
乐　魏汉津以帝左手中指三节三寸为君指裁为宫声
之管云云　　抄宋史纪事本末26正雅乐
赵挺之自1095至此在朝廷中
姚宽生　参1104年

一一〇四甲申
六月，诏："重定元祐、元符党人及上书邪等者，合为一籍，通三百九人，刻石朝堂，余并出籍，自今毋得复弹奏。"
元祐姦党、文臣曾任宰臣、执政官、司马光二十七人，待制以上官，苏轼等四十九人，余官，秦观等一百七十六人；武臣，张巽等二十五人，内臣，梁惟简等二十九人。为臣不忠，曾任宰臣，王珪、章惇。
赵挺之
九月，以赵挺之为门下侍郎。

黄庭坚（九月卅日）卒于宜州（著豫章集）年六十一（本传） 有山谷词 艺文志有集三十卷，外集十五卷

大晟府 田为 方俟雅言 宋史乐志 崇宁中立大晟府 制撰

八月新乐及九鼎成 新乐赐名大晟，置之大晟府，建官属

典乐官徐伸 田为 协律郎有晁冲之 制撰官有江汉 姚公立 方倚

赵佶以朱勔领苏杭应奉局及花石纲

魏汉津铸鼎于京师，年九十，赐号嘉成侯

（郑樵史）尚直言

周邦彦提举大晟府？ 刘昺为 宋志二七作崇宁间 务二六此年

本传云「入拜秘书监，进徽猷阁待制，提举大晟府，未几，知顺昌府，徙处州，卒，年六十六」 又云「未几知顺昌府，徙处州，卒年六十六」 （宋史三九一本传）

此前 此后 皆不知何年

按浙江通志职官五周邦彦知处州在李孟传后

黄莘 保光 张鲁 徽宗末年任而无年月，待查

（词林纪事）此据处州志

赵挺之自门下侍郎加右银青光禄大夫，尚书右仆射兼中书侍郎，三月授金紫光禄大夫，观文殿学士，中太乙宫使 宋史三五一赵挺之传

1105 乙酉 四年

李易安有和张文潜浯溪中兴颂碑诗二首 查张集作于何年

米芾为礼部员外郎，罢出知淮阳军 宋史十二卷十七页 目米元章 索以直题条

九月 赐新乐名大晟，置大晟府官属（宋史一二九）

赐徽宗号虚静先生 宋史本纪五月

贺方回作小重山词二阕 跋见本子仪姑溪题（汪珂玉 陆俊等附）

晁端礼次膺卒（在政和三年） 直斋21了 闲斋琴趣集一卷「晚以承事郎为大晟府协律，二阅月而卒」 九月迁大晟府则卯卒于十二月（务1-1-3）

苏辙卒 七十三 见政道二年生

宋史339「子寿隆以崇宁四年守颍，迎辙」 年七十三（咸淳临安志引陈师锡撰墓志铭）

正月 蔡京罢相 中太一宫 出知河南府 宋辅表

毛滂失官，倾宝为京之下 至此年崇宁元年复

秦观卒已五年 诏除党人子弟 先生年十七 广陵

王彦辅作尘史 徽宗崇宁 年八十一 广陵

词学季刊二卷一期大晟乐府考年表可参

八月九鼎成 九月下诏赐新乐名大晟 以礼乐寺 大乐 一员 协律郎四员 又有制撰官 为制古乐 永乐

一一〇五 乙酉．

蔡卞．

春正月，知樞密院事蔡卞罷。

趙挺之

三月，以趙挺之為尚書右僕射兼中書侍郎。

六月，罷。

初，帝以蔡京獨相，謀置右輔，京力薦挺之。既相，與京爭權，屢陳京姦惡，且請去位以避之」。遂罷為中太一宮使，留京師。

大晟樂．

八月，崇政殿奏新樂，詔賜名曰大晟，其舊樂勿用。

八月，辛未朔，以九鼎成，御大慶殿受賀，始用新樂。

元祐黨人：

九月乙亥，大赦天下。詔「元祐姦黨，久責遐方；用示至仁，稍從內徙，應嶺南移荊湖，荊湖移江淮，江淮移近地，唯不得至四輔畿甸」。

鄞縣史浩直翁生　按宋史三九六本傳

鄞縣李卿　第進士　又云「除徽猷

閣待制，兄越公……後為資政殿學士」

周必大李卿神道碑

李卿……趙挺之加特進，光祿大夫，尚書右僕射

兼中書侍郎　宋史宰輔表　通鑑一〇職卅六

戈

武林黃靜淵　重午日　閑酒泉子十首於西湖

知不足齋十三集　道鄉集後

張仲宗　第進士　陸心源……彭……後

趙鼎　第進士

上虞李光　莊簡　第進士　南宋の名臣詞人（莊簡詞）

陳史浩生　三……鄭華……附行

任廿漢　進士△

晉陵胡世將承公　進士△

上虞李光泰發　進士△

廬陵歐陽珣全美　進士△

鄱陽彭汝實　進士△

衡山侯彭老思……進士△

謝邁……進士△

李邴　進士△

趙鼎……進士△

1106

五年

丙戌

詔毀党人碑　秦觀年譜

晁詠之之道　生至和間　辛棄疾年表　五十二歲　陶表

一一〇 丙戌

元祐党人

春，正月，毀元祐党人碑。

又詔：「應元祐及元符末係籍人等，遷謫累年，已定懲戒，可復仕籍，許其自新。朝堂石刻，已令除毀；如外處有奸党石刻，亦令除毀，今後更不許以前事彈糾，常令御史臺覺察。違者劾奏。」

丁酉，太白晝見。大赦天下，除党人一切之禁。

庚戌，三省同奏，皆敘復元祐党籍曾任宰臣、執政官劉摯等十一人，待制以上官蘇軾等十九人，文臣餘官任伯雨等五十五人，選人呂諒卿等六十七人。

二月，尚書左僕射蔡京，罷為開府儀同三司、中太一宮使。以觀文殿大學士趙挺之為特進、尚書右僕射兼中書侍郎。

第四册

直斋18了 石林词集「三十一岁掌外制，次年遂入翰林中」
叶梦得 （宋史[illegible]）避居郎（本传）卅一岁 [illegible]
米芾 辛 年五十七 （生于1051）
五月甲午 [illegible] 宋[illegible] 1107 [illegible] 1050
真宗 [illegible] 年生 [illegible]
三月 李[illegible] 赵挺之以特进观文殿大学士[illegible]
观致仕 字[illegible] [illegible]
[illegible]（七十二）见宋史の七一本传
八月二日 曾布卒 八月二日卒 [illegible] 见老学庵笔记 [illegible] 曾一[illegible]
曾布 [illegible] [illegible] 实[illegible]
尝自称玩世颠狂 16下 [illegible]
「公本杭人，长于[illegible]都」「只有平生[illegible]」
减[illegible] 「[illegible]」 15
「父请字安世」[illegible] 下 [illegible]
母许氏「曾氏母房先生」即许师[illegible]
赵令畤 辛 [illegible]
吴激 今年约廿岁
叶梦得 大观中为祠曹郎 见石林诗话中十一页
张景修 [illegible] 又[illegible] 见[illegible]中十
三页 [illegible] 白 太宗 [illegible]
曾肇 辛 六十一岁 八月三日辛 见老学庵笔记
[illegible] 赵令畤 辛 五十七
正月 赵构 生 1107 徽宗大观元年
丁亥

「曾布据宋史生于景祐大观之间」其为[illegible]颇大
曲[illegible]传[illegible] [illegible]十年至百年以前
[illegible]知杂剧之[illegible]，[illegible]宋[illegible]，但[illegible]杂剧
[illegible]体制[illegible]人不同，[illegible]相[illegible]。
与[illegible]道[illegible]用词调[illegible]
与词不同，又有[illegible]通[illegible]之[illegible]，[illegible]元[illegible]之[illegible]」[illegible]
[illegible]陈振孙[illegible]为[illegible]时人
（[illegible]曲[illegible]）
同[illegible] 五十二岁 [illegible]考功员外郎[illegible]宗正少卿
[illegible] [illegible] [illegible]年 [illegible]
毛滂失官 [illegible]
[illegible]二十[illegible]
[illegible] [illegible] 其今年五十七岁矣。
三十许年，官不[illegible]，[illegible]一[illegible]……[illegible]去年
[illegible]不[illegible]之[illegible]，[illegible]不到，[illegible]不及，[illegible]不敢
[illegible]……[illegible]，[illegible]の[illegible]，独有三[illegible]，[illegible]
一[illegible]……」 [illegible]东[illegible]集[illegible]
以[illegible]曾布党失官（参一一〇之）此必指失官了，[illegible]
定为布辛之年，时相必[illegible]京
东[illegible]集[illegible]去国[illegible]之[illegible]「去国[illegible]」[illegible]白
[illegible]，[illegible]还辛岁，[illegible]何人……」 又の21之[illegible]
生日[illegible] [illegible]真宗[illegible]政[illegible]「……不[illegible]
[illegible]见[illegible]，[illegible]许[illegible]，[illegible]
[illegible]……」[illegible]时 [illegible] [illegible]
[illegible]一一〇五年
曾布辛 [illegible]七十二 [illegible][illegible]云
毛滂东堂集三·十上[illegible]二首 自注「某[illegible]东都
[illegible]主人，[illegible]年，[illegible]不[illegible]，[illegible]不[illegible]
[illegible] [illegible]也」[illegible]

1107

李之儀有蔡京再相時為郭功甫所陷坐削
籍，功父作詩紀之「七十餘年老郎郎……」
揮塵後錄六卷百十二條
在此年？查宋史郭祥正傳　蔡京再相
同書又云「久之其婿林攄為執政，訟其冤，方獲
昭雪，君正其家與子」　林攄此年八月同知
樞密院，見大觀三年八月免
李邦彥與諸路貢生舉試作魁，困蓮常從
宋人佚事699
遂首謂李子後有詞作浪子為年
蔡松年生　陶
張耒右史文集の十八跋吾居仁所藏李少游拔卷，題中年作事

一一〇七丁亥

正月，詔頒新樂于天下。
曾布，
八月，乙卯，太中大夫提舉山堂福宮曾布
卒于潤州。
九月，庚子，宣文郎致仕晁[illegible]
卒。
蔡京
十二月，庚寅，以功加太尉。

一一〇七丁亥

蔡京，正月，中太一宮使、魏國
公蔡京，復為尚書左僕射
兼門下侍郎。
趙挺之
三月，尚書右僕射趙挺之，
罷為祐神觀使。
癸丑，觀文殿大學士、祐神
觀使趙挺之卒。贈司徒，謚清
憲。
葉夢得
三月，以葉夢得為起居郎。
夢得附蔡京，得為祠部
員外郎。京罷相，趙挺之惡其
所行；及京再相，復用為政。
夢得入對，因曰：「陛下前日
所進用者，出于陛下乎？出
于大臣乎？豈可以大臣去留
而有所更張也！」帝悅，故
有是命。

葉夢得（同時有兩葉石林（葉子居乃卜先）宋刊）（選）翰林學士。權諫議大夫

朋黨之弊，乞身先眾人補外。沮蔡京

以童貫宣撫陝西，取青唐，京不悅。（本傳）

卅二歲　今年入翰林　見壽年

~~渫~~　葉選景蓋　生　撥

賀鑄有虎丘白蓮池題壁

黃氏稿題第一卷八頁引葉僴生吹網錄

周美成元豐以後洛陽三十餘年世乃元長用為

獻生日詩元長喜以秘書少監召又復薦之

見詩話揮麈後錄卷九頁の　查元長用

子年　代

~~趙府年~~

南陵趙企　後道　宗傳修

二月劉詵上徽声下論詔徽角二諝　宗史紀四本末　宋傳

黃潛大晦約辛于此時（據查嘉貞方回譜）

1108

二年

戊子

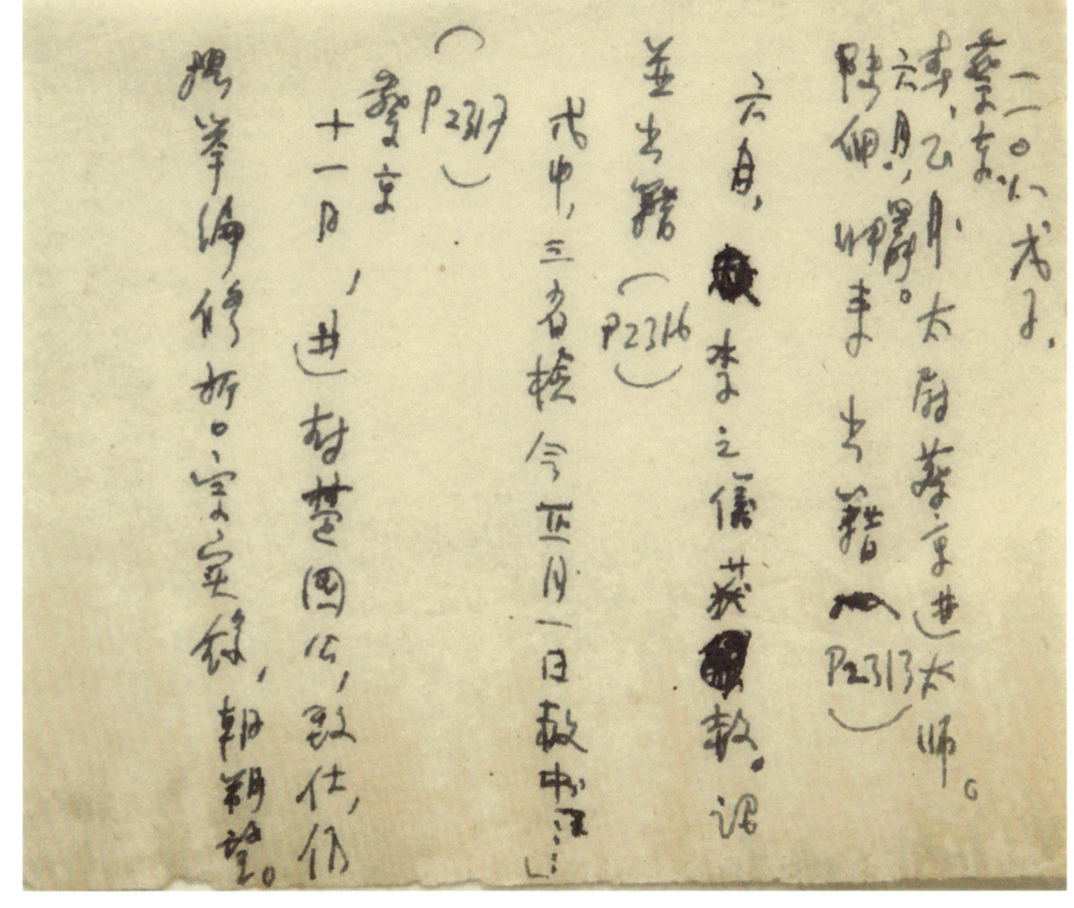

一一〇八　戊子，

蔡京，正月，太尉。蔡京進太師。

六月，黜陸佃。陸佃卒。書錯（P2313）

六月，李之儀赦。詔

差書錯（P2316）

戊申，三省檢會正月一日赦中江……

（P2317）

蔡京十一月，進封楚國公，致仕，仍

提舉編修哲宗實錄，朝朔望。

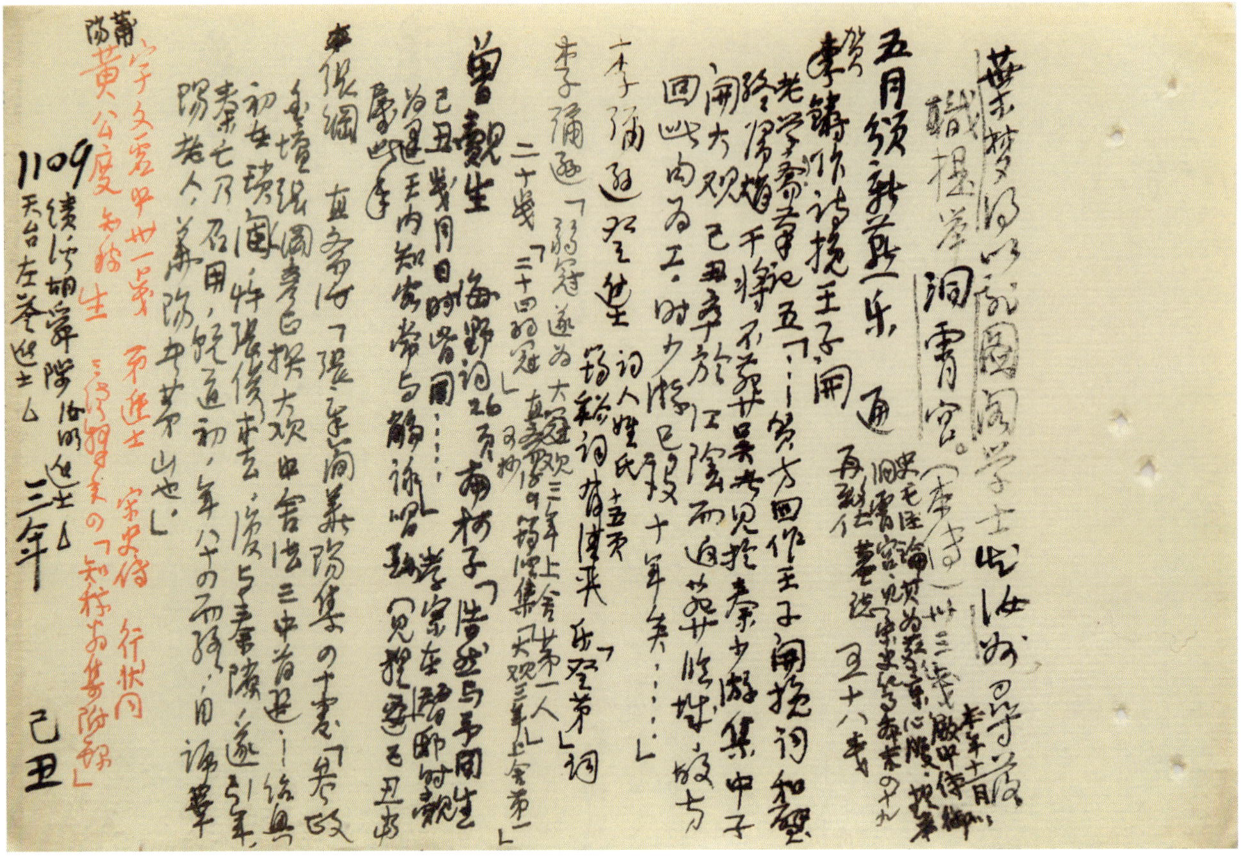

葉夢得以龍圖閣學士出知汝州 是年十月以殿中侍御[illegible]
職提舉洞霄宮。（本傳）以三省[illegible]論其為蔡京所厚[illegible]
五月頒新燕樂 通
賀鑄作詩挽王子開
老學庵筆記五「……賀方回作王子開挽詞和[illegible]
路偶婿千騎不及[illegible]吳老見於秦少游集中子
開大觀己丑卒於江陰而[illegible]葬[illegible]故方
回此為工，时少游已殁十年矣……」
李彌遜登第 詞人姓氏十五頁 筠溪詞 [illegible] 「登第」詞
李彌遜「弱冠遂為大[illegible]」二十歲「二十四弱冠」 直齋書錄解題[illegible]大觀三年上舍第一人「大觀三年上舍第一」
曾覿生 海野詞26頁 南柯子「借與子同生
己丑歲月日時皆同……
為是年[illegible]孝宗在潛邸時覿
[illegible]王內知客帶與[illegible]（見[illegible]）己丑
[illegible]
張綱 直齋[illegible]「張綱華陽集」[illegible]
[illegible]張綱[illegible]大觀中舍法三中首選[illegible]
初在璘國[illegible]
秦[illegible]
[illegible]山也」

黃公度 字文[illegible]第[illegible] 進士 宋史傳 行狀同
[illegible]「知[illegible]」

1109 續資治通鑑[illegible]
天台左[illegible]進士△
三年
己丑

惠洪大觀中游丞相張商英之門△
樂正方[illegible]大觀間秀才△
五月帝御崇政殿，觀按宴樂，下頒新樂，並回樂悉
禁[illegible]大晟[illegible]以[illegible]樂中[illegible]於宴樂，回[illegible]徵
角二調，及其上石，施三分今樂[illegible]施入[illegible]天下
九月頒大晟樂於太學 宋史樂志[illegible]
三月丙寅[illegible]
[illegible]方立之 辛 年の十一 [illegible]山集十九 王立之
[illegible]詩話

晁補之出党籍，起知達州　在國宗旅舍書

開封府牢。□、本傳：起知河中府，徙慶州，未赴，坐黨籍[illegible]

管宮亳州太平宮。　董嗣雅涉黨籍[illegible]

下水船詞　[illegible]雜志九卷五〇八

十月　曾布追復資政殿學士

致政曾肇復[illegible]　十三卷の頁

閏八月，向子諲與汪藻等同家説公畫府　見詞邊引行　水調[illegible]

按朱右史[illegible]

晁補之卒於泗州官次，年五十八。△　雞肋集[illegible]附[illegible]

其七年其弟謙之跋云「自摘[illegible]書目今二十八年，後編次爲七十卷」，在卒後此年。作洞仙歌

[illegible]泗州中秋作此絕筆之詞也」　五十八卷

八年矣　琴趣外篇[illegible]甲子　但可參甲子詞七首　名

皆未考

侯延慶此時人　直[illegible]退衛詞「長山侯延慶季長撰」[illegible]爲大富[illegible]年觀又有庚寅京師作水調則大觀之年也」　當作大觀の年

晁補之卒年五十八　將年譜二「本傳不載六十年，今據郡[illegible]」

晁[illegible]書志」

江[illegible]致和初獻魯公詞△

[illegible]先又生△

六月　[illegible]商英爲尚書右僕射，[illegible]中書侍郎　名人年譜

洪覺範入京，始爲僧　宋傳一〇三一

一一一〇　の年　庚寅

四月　大晟府言，宴樂所用宮調多不正，如以無射爲黃鐘宮，以夾鐘爲中呂宮，以夷則爲仙呂宮之類，又加以越調、雙調、大食、小食，皆俚俗所傳，今依月改定，從之。

宋史紀第二十　徽宗

一一一〇 庚寅。

蔡京。五月，詔「蔡京特降授太子少保，依舊致仕，在外任便居住」。

李清照卅一歲　據蕙風詞話卷四，十四頁

據洪城某氏藏易安居士三十一歲小象立軸，題「政和甲午新秋題」，~~是年（辛卯）~~易安二十八歲，誤。象作於是年，明誠題辭則在甲午，非甲午易安三十一歲也。

此說待考

李易安與趙明誠題照　蕙風詞話續卷二　卷五頁　抄

王安中　夷堅乙志卷十の頁六：大名府鬼傳「王履道左丞政和初監大名府棠寧倉門……」

万俟雅言　政和初　召試補官，寘大晟樂府製撰之職」……

須詳抄碧雞漫志二、七下（知不足齋本）

因為時供職大晟樂府　同上

周邦彥　五十六歲　遷衛尉少卿，又以直龍圖閣出河中府，留之，為在此年　[illegible]

據樓鑰後跋以[illegible]向校[illegible]

鄒浩卒　五十二　宜

仙井監人韓駒子蒼　政和初進士

三徑徐伸幹臣　政和初為太常典樂，出知常州（揮麈餘話）

毛滂為祠部　銅山善長庵記「政和元年八月十五日」　集9.25

[illegible]

許彥周[illegible]下

李易安　蕙風詞話4/15下　云是年二十八歲　[illegible]　廿七頁下

1111　徽宗政和元年　辛卯

洪覺範刺配朱崖　宋佚一〇三
張某在宛丘　右見集五十一卷大慧文集序

一一一一　辛卯
蔡京。
六月，復為太子少師，
八月，復為太子太師。

1112 二年 壬辰

李清照翁趙挺之约卒於此年。 在大觀元年

宋史卷三五一挺之傳：「……已而京復相，挺之仍以大學士使佑神觀，未幾卒，年六十八，贈司徒，謚日清憲」按宋史宰輔表蔡京以丑年五月己巳落致仕依前太師，三日一至都堂治事， 挺之卒當在此年或此後。

周清真五十七歲 出知隆德府，於此年。

隆德詞50 隆德府 政和壬辰四月[illegible]作。[illegible]

師川洪駒父[illegible]作別」 向子諲詞

甲子此最早

[illegible]

蘆川詞 [illegible]「政和壬辰東都作」 于此最早 此之群詞甲

空同詞 [illegible]「壬辰鄧武[illegible]灯夕」 洪[illegible]詞[illegible]

[illegible] 又有[illegible]山 此有甲子

[illegible]宋為[illegible]北宋詞人

張耒年

鄧武 李綱第進士（梁谿詞序） 李綱有和秦[illegible]

張耒六十一 [illegible]錄二「東都[illegible]作，六十」

蘇轍卒七十四△

[illegible]為司理參軍△

李綱進士△

[illegible]王十朋生△

李之儀六十年八十 约卒此年 參1033生年

十二月十二日 王嘉生 道藏七真年譜

王十朋生

七真年譜 [illegible]

[illegible]

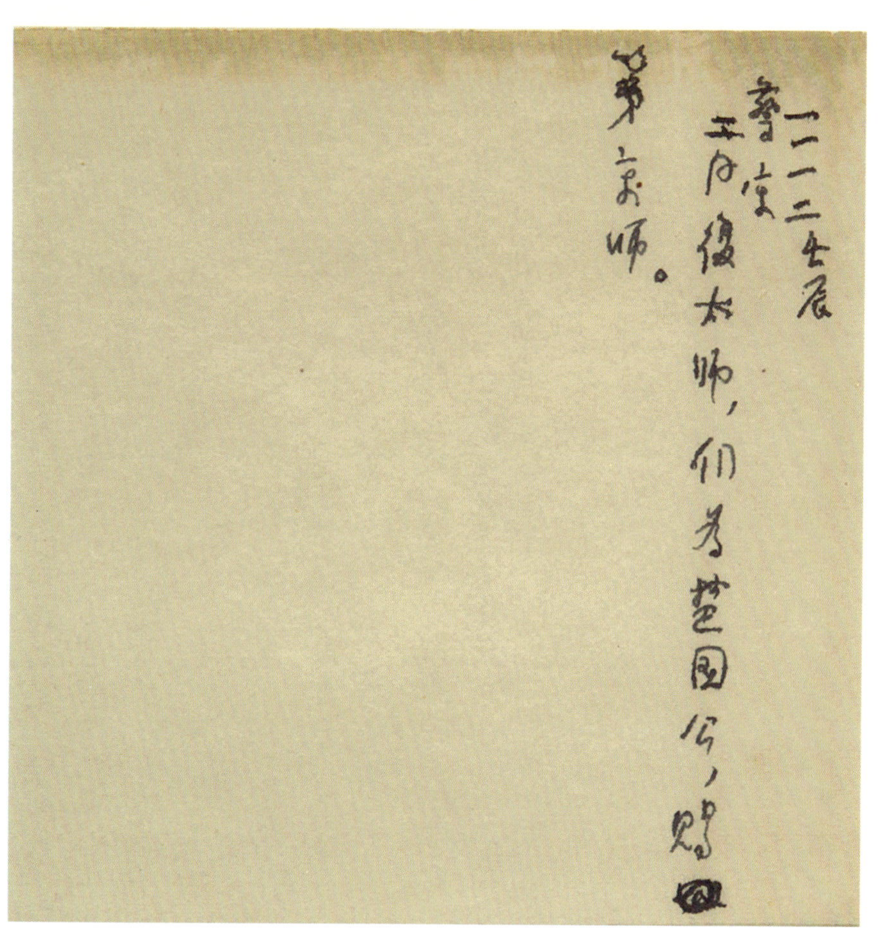

一一一二 壬辰

蔡京 五月復太师，仍为楚國公，賜第京师。

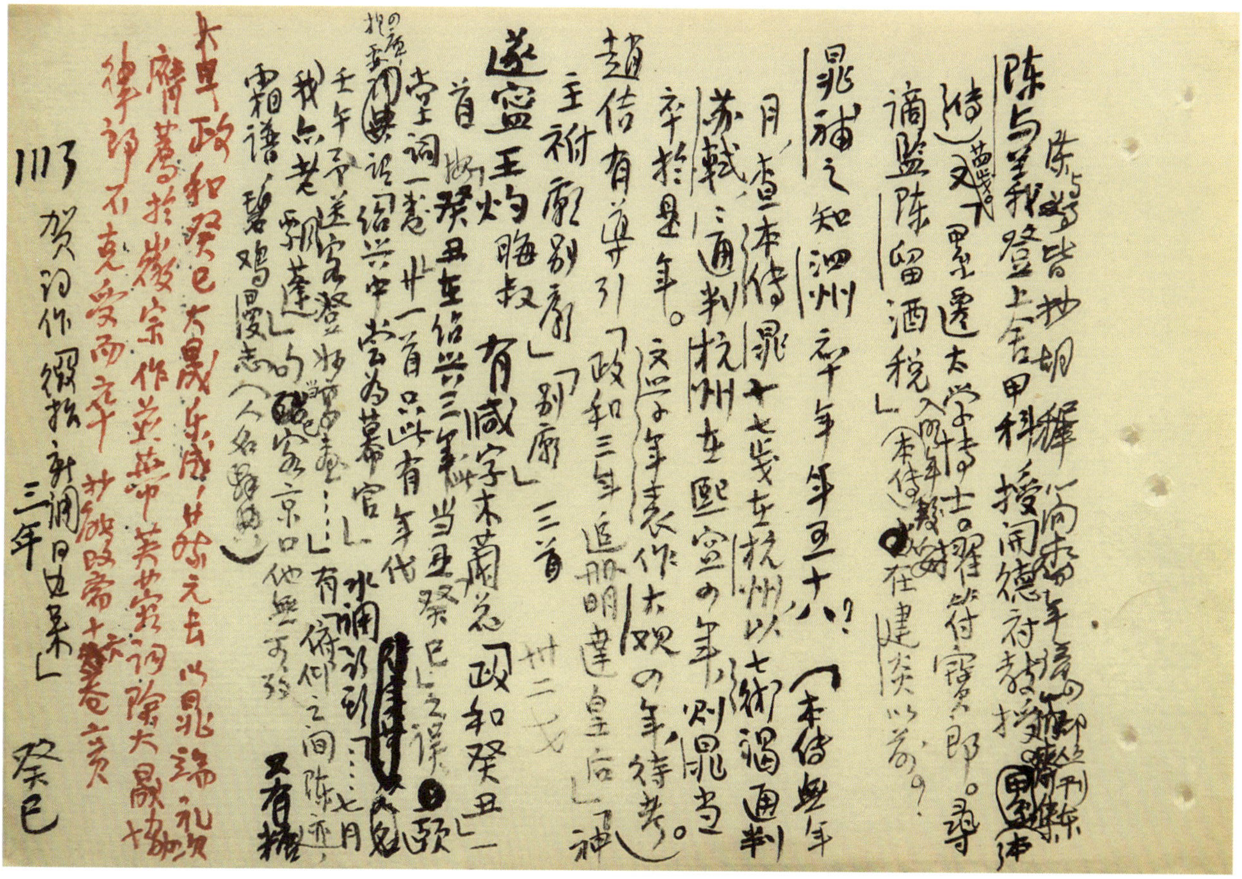

陈与义（陈与义皆抄胡穉《简斋年谱》）登上舍甲科，授开德府教授

《诗选》文「果迁太学博士，擢符宝郎，寻谪监陈留酒税」（本传）在建炎以前。

晁补之知泗州，卒年五十八？（本传无年月，查本传，晁十七岁在杭州，以[illegible]谒通判苏轼，苏轼通判杭州在熙宁四年，则晁当卒于是年。文正子年表作大观四年，待考。）

赵佶有《燕山亭》引「政和三年，追册明达皇后」「神主祔庙别庙」「别庙」三首

遂宁王灼晦叔 有《减字木兰花》「政和癸丑」一首（按：癸丑当丑，癸巳之误）

《颐堂词》一卷，廿一首，只此有年代

[illegible]说，绍兴中尝为幕官」《水调歌头》……七月

壬午，予送客登[illegible]……」有

我亦老[illegible]「[illegible]蓬莱」的[illegible]家京口，他无可考。

《碧鸡漫志》（人名[illegible]）

霜谱 又有[illegible]

大晟。政和癸巳大晟乐成，时[illegible]元去，以晁端礼荐于徽宗，作《黄河清》[illegible]词，除大晟协律郎，不克受而卒。[illegible]

1113 贺词作《[illegible]》新调「日出乐」 三年 癸巳

李澤老謂以澤宮壽詞見賞於王黼，見五四

錄考作「叫王黼為首相」，再查王黼為相年代

還詞張滄庵芳「政和癸巳除陽作……」引定論的

「政和癸巳儀真東園作」

毛本（諸刊）政和中宰蔡京△

晁次膺「政和三年七月二十三日元子于貽泣外弟宋玉叟除月也」晁說之嵩山集十九〔宋故平恩府君晁公墓表〕次膺本年被薦為

入大晟府　據墓表入京在六月也。　直齋云為協律郎

三、閏月，見110頁　卷二十一

曝書亭集卌一書高麗史後謂樂志崇本所鑄

大晟府樂譜（不知何年事，查本紀）

詞學季刊大晟樂府考鈔入

一一一三　癸巳、

五月，詔頒大晟樂於天下，舊樂

遂廢禁。

龍舒 朱翌 新仲 中進士 延祐四明志「以太學生賜第，初為溧水令」 宋野典作「政和進士」

德清 沈與求 必先 卅ㄥ 中進士？ 人名辭典作「政和進士」，高宗

附案：官御史中丞，知無不言，前後凡四百奏，遷吏部尚書兼

翰林學士，金人入寇，贊高宗親征，進知樞密院，卒諡忠

敏。有龜溪集」（查讀通鑑） 龜溪長短句止四首，無年月

有江城「……」石林嘗示所和去短句，輒亦次韻和呈，因以自見

鄉宴之意」又「和葉左丞石林」

陳與義 政和甲科△ 宋…卷十三

二朱詩詞 云「朱敦儒節如桐城人

為黃州教授，有詩云見官間答之曰蝴蝶上階飛」

東坡公見之，稱賞再三，由是舍人新仲翌，其季

子也。十八歲時，戲作小詞，所謂日高花冷淡，戲橋斜

照揚枝亞（已失），朱希真見而大之高，今人遂

以為希真所作……

朱翌字新仲，龍舒人，籍桐鄉黃夫邑之後，政和

間以太學生賜第，為溧水令

抄猗覺寮雜記 鮑廷博跋

龍舒院閣休 官宜興，作詞似舒州官妓趙

備奴 抄孫殷叢書十四七卷二頁（不出明院閣

袁綯 政和中為教坊判官△

嘗名字作詠笙念四詞 孫殷叢刊十七卷三頁作「政和向」

查何人作

1114 李東 政和中崇山寨四年 甲午

趙明誠為李易安題冊一跋 抄黃… 二卷十三頁

政和間補徵角二調 李仲年

蔡攸年八歲 以下作「政和中」 父謹知燕山府？ 劉景仁

李彌遜 「政和向以南宮舍人使契丹，擢左史，因行

直賦，宣和末知冀州。……請康初攢仁宗，……入偽

吳為饒吉二州，七年復立太嶠，……歸隱福之連江

西山凡十六年……見為書瑞大（宋史作吊誤）

集見筠溪文集序 攻媿

汪藻詞 15 西江月「政和年間上蔡宛丘，手植

宋節，自稱蘇林居士」 詞外此年作

葛勝仲詞 國風子「政和向迎延平双鯉，陶蕃成帝

上賦」

張綱 政和四年上舍及第 「其仕三朝歷參政，年

鄭桑振三枝居皆不為之屈，始與末不預政，年

八十而終

范周 無外 仲淹姪孫 政和向人△ 查麻王6 滿書諸文

政和向李方叔黃鶴飛信流人全嘆 善試老女 見黎

殆 1 9

毛滂 集 10 6 双竹贊「政和甲申臣某蒙恩佩嘉禾之章」

甲申當甲午或丙申之誤，政和無甲申也

又集 10 17 送鄉文「太師魯國公西湖於元帝……嘉

禾縣令毛某作送鄉文……」 蔡京封魯國公在政和三年

東堂集以宋志所著官詞部員外郎知秀州」 滂嘉生於 10

仁 此時已六十外矣 卷 1 1 0 0

先生 嘉泰吳興志引陳字傳引至元志云毛滂「政和向守是邦因家

焉」或係老于嘉禾 知州 牟子

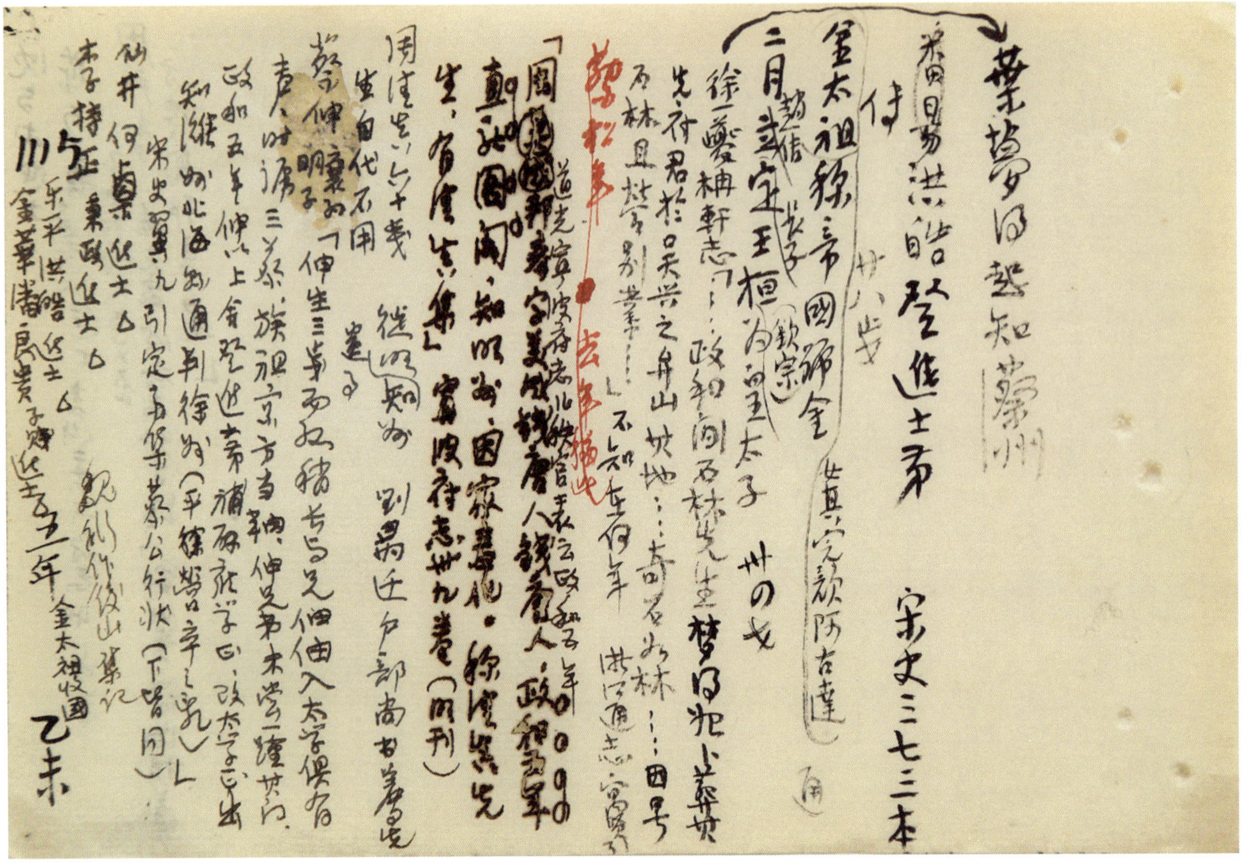

葉夢得 越知蘇州

曲阜 洪皓 登進士第　宋史三七三本傳

卅八歲

金太祖稱帝國號金　其先款阮古達

二月 徽宗長子 趙桓為皇太子　卅の七

徐一夔楠軒志「……政和間石林先生葉夢得犯上，葬其

先府君於吳興之弁山，其地……奇石如林……因號

石林，且以石林名其業……」不知在何年　洪武通志

葉夢得 去年播此

「周邦彥字美成，錢唐人。政和五年

通判明州，知明州，因家焉。錢塘先

生，有清真集」 寶慶四明志卅九卷（同刊）

道光寧波府志　表云政和五年

周德生 六十歲

生自代不用

從此知此　劉昺遷戶部尚書奏言

蔡伸 蔡襄孫「伸生三歲而孤，稍長與兄佃由入太學俱有

聲，時號三蔡。族祖京方當軸，伸兄弟未嘗一謁其門。

政和五年伸以上舍登進士第，補承務郎，改太學正，出

知濰州北海縣，通判徐州（平陽蔡公行狀（下皆同））」

宋史翼卅九引定齋集蔡公行狀

仙井 何桌 進士△

李持正 進士△

樂平 洪皓 進士△

金華 潘良貴子賤 進士

政和五年　金太祖收國

魏衍 作後山集記

乙未

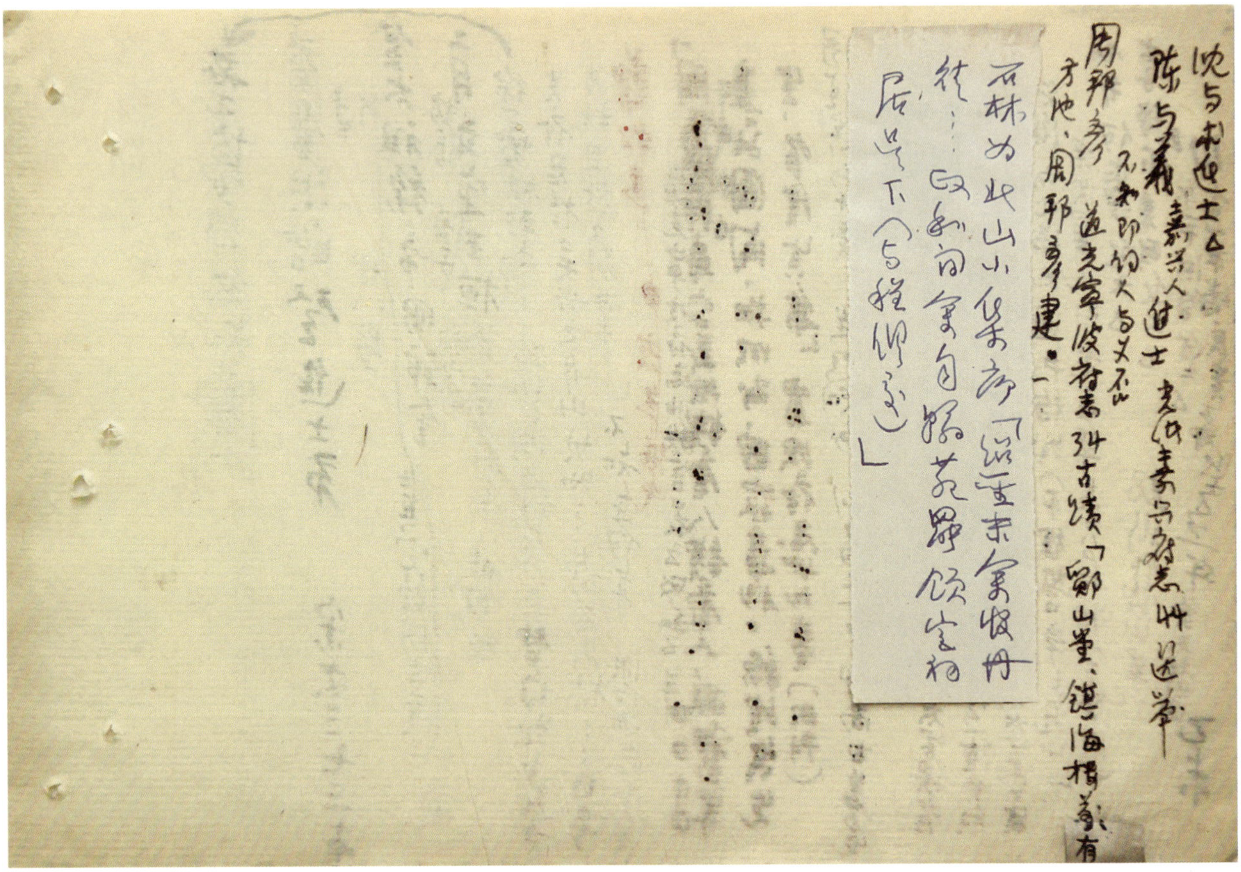

沈與求 進士△

陳與義 嘉興人 進士 光緒嘉興府志卅 進第

周邦彥 不知即邦彥人與文否 道光寧波府志卅四古蹟「鄮山堂、鎮海樓舊有

方池，周邦彥建。」

石林云此山水集序「紹興末金收丹徒……政和間余自鄭花歸假家相居吳下（與程俱等）」

宋继（周）八、五 赤城集 谢伋曾使君新词
序：「谭曾惜 政和十三年岁在丙寅，余以
来守临海，既秩满去郡，门生故吏，叔与二累次
新词属黄岩县剥诸板，将传之」 案政和无
十三年，又无丙寅，再查赤城集始系於此
此佚词集也
石林词八，彭甘如 正月二日 是岁闰正月 二十史朔闰表
是年闰正月 十四日復立春 叶梦得甲子此岁早
周邦彦提举大晟乐府在此年 续宫梗大献集
徐仲田为典乐，姚公立为协律郎，晁冲之为李邳
江汉范端礼（已）万俟雅言为制撰官 同嵜
洪皓 主宁海簿 盘洲文集二九 文季亭序
周邦彦 六十一岁 入为秘书监 进徽猷阁待制提
举大晟府 逝了
汤道词如「端居时吟政和丙申九江道中」
黄公度约生於此年 见二二六三 （生一一〇九）
毛友知明州 见本年 见道光宁波府志16秩官表
「政和六年，徽宗赐林灵素归画也 生作上清宝
箓宫以颂醉之事……道者醉词一谁」 词徵5 下
高丽文宗王徽延请宋乐工，较接宋仁宗所定新乐，
政和六年特赐大晟乐 （张政烺等所著「五千年的
中韩友好关系」 宋代传播曲词引）
宋史487高丽传：「政和中赐高丽一卷以大晟乐」
1116 高丽史乐志25 （唐乐类） 二八年 成源等 乐学轨
丙申 郑骞辑 范 起止

献仙桃 寿延长 五羊仙 抛球乐 莲花台
等舞曲 皆中国之乐，是唐乐，而中国史籍
不载 陈书章集册书高丽史后：「是中乐
志所录 宋 宋徽宗所赐大晟乐借」
（宋代传播曲词 陈寿题）
高丽史乐志70：睿宗九年由徽宗所赐新乐

朱敦儒 樵歌上有 望海潮「……丁酉……西內成……遣卿待……作」

望幸曲」 約廿七岁 一一三七 樵歌三卷……及柳梢青 丁丑松江賞月 三首

鄱陽洪适生 盤洲集……宋史……三七三 李侍云「皓使金在……

朔方适年甫十三」 癸三二年（一

趙佶作萬歲山（ 艮嶽 ）同封東北（後更名艮嶽）

一二九）适生於此年 宣和……

本紀 卅六岁

易州任詢君謨生於處州？

易州軍市人父貴有材幹善畫書，以兵宣政間游江淅，君謨生於處州……」「宣政」當當政和宣和間，茲定生於此年

中州集小叙云「詢字君謨

政和末李彥年為御史……何執中為提舉官，遂定命官所得詩，犯者杖一百，是年草……榜上不赐詩為赐識」 抄石林燕語

九歲……

庚寅子西居山自東為遺歆北遇卒於道 年五十一

（四庫提要一五五 庚子西集）

李綱遺宣和末……見一二〇

酒邊詞 和虞美人「政和丁酉下瓦口琵琶作」

1117 金太祖天輔 七年 丁酉

向伯恭政和末為真州判官，仲謂王□對移六合尉

抄押鹿溪錄……傳

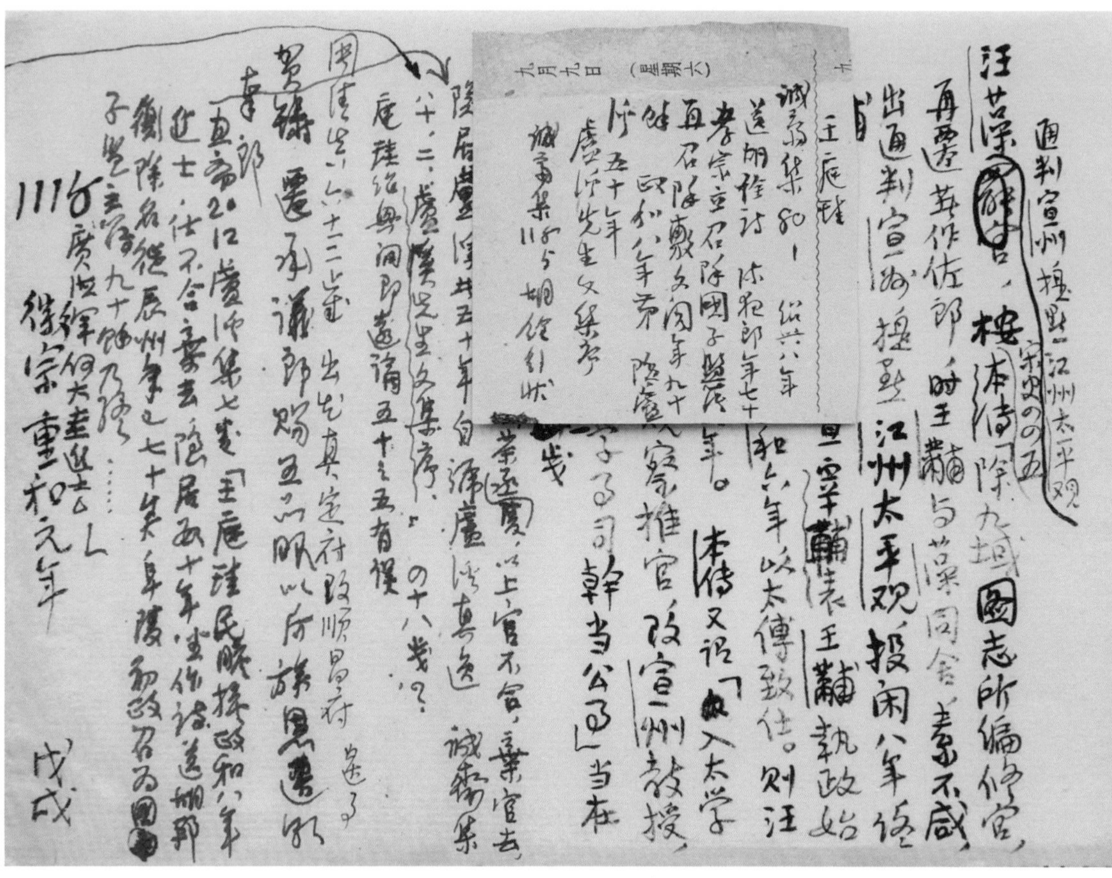

通判宣州，提点江州太平观

汪藻〔彦章〕、楼　宋史の五　本传：除九域图志所编修官，

再迁著作佐郎，时王黼与藻同舍，素不咸，

出通判宣州，提点江州太平观，投闲八年，徙

旨

王庭珪

诚斋集80 — 绍兴八年

送胡铨 讨 … 年七十

孝宗立召除国子监丞

直召除敷文阁 年九十

卒 政和八年第 隆庆

竹 五十年

卢溪先生文集序

诚斋集118 胡铨行状

… 宰辅表王黼执政始

… 和六年以太傅致仕。则汪

… 年。 本传又谓「由入太学

… 察推官，改宣州教授，

… 子司干当公事」当本

… 岁

隐居卢溪五十年，自号卢溪真逸　诚斋集

八十二。卢溪先生文集序」の十八卷？

庭珪终典洞郎道论五十七五有悞

周必大 … 十二岁 出先真定府路顺昌府

贺铸 迁承议郎，赐五品服，以所谏黑遗

孝 直斋20/12 卢溪集七卷「王庭珪民瞻撰 政和八年

进士，仕不合，弃去，隐居五十年，尝作诗送胡邦

衡，除名徙辰州，年已七十矣，阜陵初政召为国

子监主簿，九十余乃卒……」

111 何 广陵 何大圭 进士 徽宗重和元年

戊戌

通判宣州，提点江州太平观

汪藻〔彦章〕、楼　宋史の五　本传：除九域图志所编修官，

再迁著作佐郎，时王黼与藻同舍，素不咸，

出通判宣州，提点江州太平观，投闲八年，徙

黼之世不得用。」 查宰辅表王黼执政始

於重和宣和间，宣和六年以太傅致仕。则汪

出守当在此年或明年。 本传又谓「由入太学

中进士第，调婺州观察推官，改宣州教授，

稍迁江西提举学事司干当公事」当本

此年前。 是年四十一岁

王庭珪民瞻 登进士 调茶陵丞，以上官不合，弃官去，

隐居卢溪五十年，自号卢溪真逸　诚斋集

八十二。卢溪先生文集序」の十八卷？

庭珪终典洞郎道论五十七五有悞

周必大 … 十二岁 出先真定府路顺昌府

贺铸 迁承议郎，赐五品服，以所谏黑遗

孝 直斋20/12 卢溪集七卷「王庭珪民瞻撰 政和八年

进士，仕不合，弃去，隐居五十年，尝作诗送胡邦

衡，除名徙辰州，年已七十矣，阜陵初政召为国

子监主簿，九十余乃卒……」

111 何 广陵 何大圭 进士 徽宗重和元年

戊戌

韩元吉生　三浅（？）顺手の　六十年之考

朱翌：「政和八年，年二十三，以太学生赐第，初任溧水主簿，为江宁王彦昭幕官。」宋史翼卅

王庭珪「政和八年进士，调衡州茶陵丞……拂衣归

年未五十，筑草堂于卢溪之上……」宋史翼七

长乐张元干仲宗「在政宣间以乐府擅名」

江都王昂为奥状元△

婺源朱松政和八年同上舍出身△

王庭珪　杨万里撰刘才邵槃溪居士集跋庭珪

与才邵犯大[illegible]……一坡[illegible]之[illegible]入卢[illegible]　见书林清话

十、九　宋元论[illegible]芳黄乐板

田为良生　参一一[illegible]分

赵佶　蔡京　十二月以微行富[illegible]……
　正月曹辅于彬州　卅八岁

陶侹在京师与强行父从眉山唐庚子西游（？）
　强行父幼安序子西文录序
　四库总提要此书入存目谓唐庚大观五年

卒，不及见宣和，此书後人依托

郑侠介夫卒，年七十九　有西塘集十五卷　の方人

谢逸以诗名宣政间　の溪堂词集甲子
　　铁[illegible]道人

溪堂词乃逸门弟子

则乙巳之後，宣和无乙亥也

张之干此时已任官　见广川书跋 1596

[illegible]再致仕　[illegible]

姜特立生（以年谱推）

郑侠卒，七十九，见一〇四一生

「宣和初，普府守山东人王平……词言该富则出贵……衣诸[illegible]……

八月[illegible]大晟府[illegible]景钟成……以声到德……

徽宗宣和元年

己亥

第四冊

姚述堯 出道州李祥榜進士，有簫臺公餘詞一卷，予曾藏有之」瞭書字公佐，18 書此尚未釋係（查李祥何年進士。十一二五〇

張元幹 蘆川歸來集自跋祭福州劉氏文後稱占和元年八月獲緣野子道邊墓，想證此時已仕宦

賀鑄晚年姑熟與郭功父游

查郭在姑孰年代

商務本賀詞首有一傳

按白石年譜又考證

東坡詩見竹坡詩話五頁

1120

1091

賀鑄卒年七十四、藏書抄墨莊漫錄五卷二頁

（鄭）抄獨醒雜志三卷一頁 有慶湖遺老

集二十卷（宋史本傳） 宋史藝文志作二十九卷

周邦彥在杭州 按詞苑叢談卷七「周美成晚歸錢唐，夢中作瑞鶴仙一詞……

1120

毛傍卒六十餘 陶表

賀鑄藏書及二子 參紹興二年

夏倪均父宣和奏子自齊曹左遷郁陽酒官

二年

庚子

繫柳年 十四歲 「賓王庚子有五字十二年」之廿 庚子（？）

侯鯖錄七：「秦少游贈賀方回於維揚作詞，眾（？），少游有詞云：「醉臥古藤陰下，了不知南北」，後遂卒於藤州光華亭上。方回有詞云：「當年曾到王陵鋪，鼓角秋風，千載遺蹤，一寄人間夢寐中」，後卒於江門之外，有王陵鋪云」

知不知齋注於此條：又曾見獨醒雜誌載王陵鋪事。鍾蒙本顧疑（？）（兩卦）獨醒雜志三，亦未有了人

皆以為詞讖云」為字

八月，罷大晟府製造所并協律官 宋史一九 二樂志

(1125) 姜特立生（？） 梅山詞跋西江月「戊午生朝」云「驟八秩未華顛」，又云「此身後健」，慶元宗[illegible]

蓋當所論此戊午當慶元四年，約生於此年（移明年）

洪遵生 攻媿集紀洪文安公遵集序

周紫芝（？）年五歲 從知雲南（？）於（？）提舉南京鴻慶宮（？）事在前年或此年 見太倉（？）居睡（？）跋

紹（？）過方臘反，還杭於（？）又絕江居揚州（？）要（？）引（？）

洪適生

葉夢得石林自跋（？）許昌（？）唱和詩詞（？）問（？）書 據方回年譜此年

一一二〇 庚子

蔡載、

冬十一月，以內侍梁師成為太尉。

：：師成實不知文，而高自標榜，自言蘇軾出子。時天下禁誦軾文，其尺牘在人間者，皆焚毀之，師成訴於帝曰：「先臣何罪？」自是軾之文乃稍出。（P2423）

十月，方臘起义（P2424）。

十一月，戊戌朔，方臘自號聖公，建元永樂，以其日為元月：：（P2424）

十二月戊辰，方臘陷睦州，殺官兵千人，據壽昌、分水、桐廬。

甲申，陷休寧縣。丙戌，陷歙州。

陷杭州。富陽、新城

石林詩話云永遇樂曲蔡州謁守顯昌提舉南京鴻慶宮……作

葉夢得 由 知穎昌府 —「按本傳：」李彥

括公田，以黠吏告汧，籍郟城、舞陽隱田

數千頃，民皆冤訴，其八百頃復歸之，夢得上其事，

捕吏案治之，郡人大悅。」

括民田于京東西路？在此年。查通鑑李彥

「至是戮」「楊戩死」本傳則云：「戩彥

交惡」或前此數年事乎？ の十五岁。

眉 趙佶 方臘亂 宣和 [illegible] 花石綱

周邦彥 避賊過天長 即辛丑 片玉集卷二 六月 西平樂

「元豐初予以布衣西上過天長道中後の十餘年辛丑正月避賊復游故地感歎歲月偶成此詞」

陸村片玉集校記引元 [illegible] 二面 片玉集無此題此 按 宋

約六十歲

劉一止 進士 …… 苕溪詞 人少傳 [illegible] 云

一止字行簡，歸安人，遊之族弟，七歲

能屬文，宣和三年進士，為越州教授，為

此改了李邴薦為詳定一司敕令所刪定官，

除秘書省校書郎，遷監察御史，除起居郎

祠部郎，出知袁州，改浙東路提點刑獄，為 [illegible]

書少監，擢中書舍人，三年，兼侍講 [illegible] 進士

112 世文

張商英 辛 七十九△

為中，以讒奏不已，為用事者所忌，而罷提舉

江州太平觀，進數文閣待制，直學士，宣為

晚年詞稿傳於京師，劉一止號晚行，有苕溪

集五十卷，詞一卷。 直齋 宣和 [illegible] 年進士 劉一止撰

周邦彥 六十六岁 正月 過天長至南京 卒於

鴻慶宮齋廳 選了

見過詞引虞美人「宣和辛丑」云「去年雪滿長安樹，望斷揚州路，今年雪在揚州……」

時親如見「宣和辛丑」詠揚州蹟 [illegible]

曹組 登第 直齋 17 26 箕潁集 [illegible]

胡寅 辛 五十一△

宋齊愈 進士△ 上舍第一△

侯蒙 辛 六十八△

一一二一 辛丑
正月，方腊陷婺州，又陷衢州。
二月，降诏招抚方腊。
方腊陷旌德县及处州。
宋江降。
三月，方腊与官军战杭州、相
庚，败。退清溪帮源洞
与官军力战而败。
八月，方腊被杀。

濡须 王之道 彦猷 宣和中进士？ 中国人名大辞
典作「宣和进士」。时策极言燕云用兵之非，以
切直抑置下列」 按通鉴 [illegible]
[illegible] 在此年 王中进士当
同年可
洪皓为秀州司录？ 秦会之志 36 宋史本传作「政和年」
本传作「宣和中」
赵佶作万岁山成，更名艮岳，自为记
廿五七
の十一七
归安刘一止 行简 登进士？ 人名辞典作「宣和进士」
秘书郎……给事中……居琐闼百余日忤秦桧罢去
……」 居刘词人考证作「宣和三年」
阮阅知郴州？ 四库提要集部の别集类三郴江百咏
下云「阮阅探芸宣和中知郴州时作……」
徐申干臣 知常州。 抑斋东野语の卷六
见避讳条（多于不避）
宣和遗事之实
艮岳成，徽宗御制记，李质、曹组各献赋，独太学
生邓肃上十诗备述花石之扰，屏逐之
の库总要一五七引王明清挥麈后录
友古词 21 [illegible]「宣和壬寅 [illegible] 向伯恭 [illegible]
又 为此词
112 词甲子止 [illegible] 9年

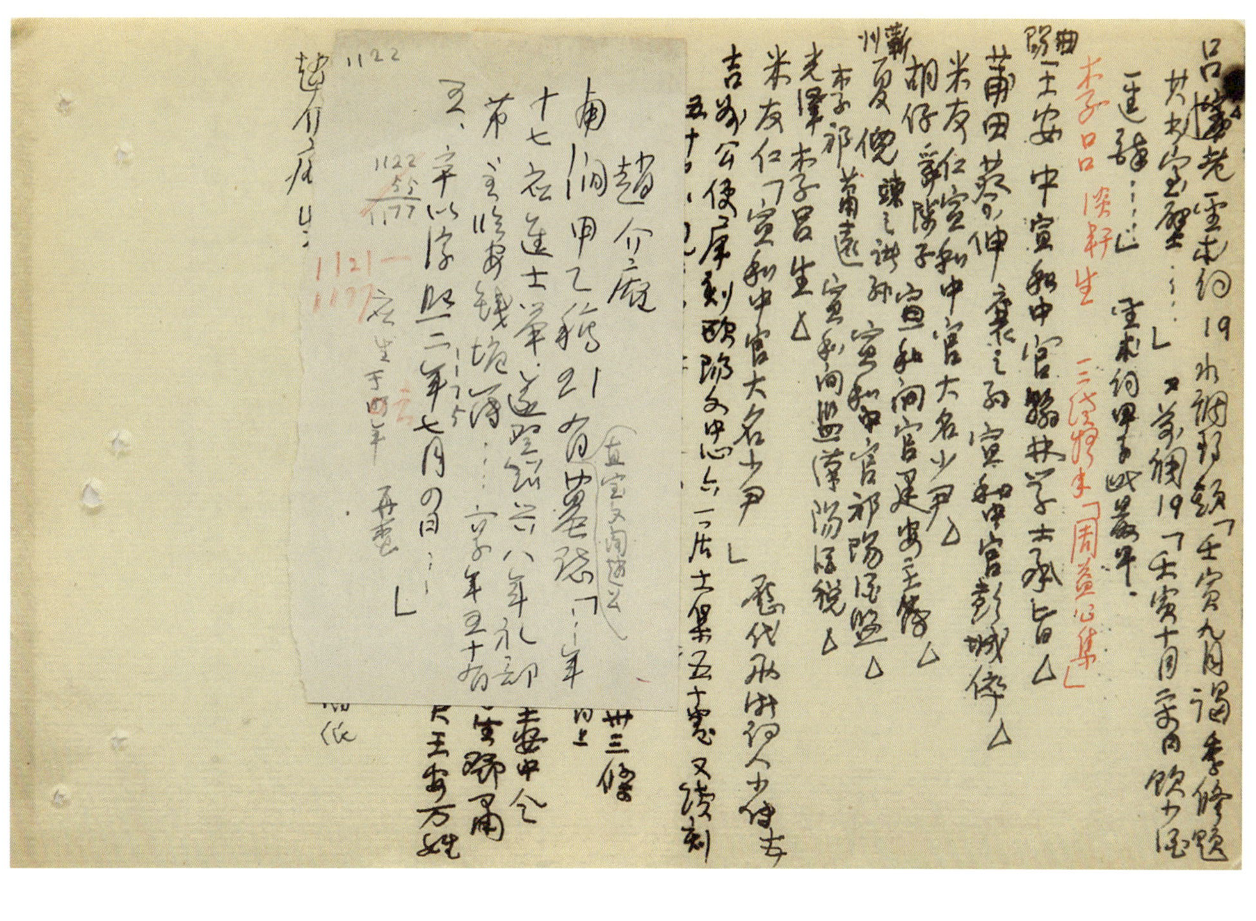

休寧 程大昌泰之生 文簡公詞11首 紹興二十一年進士 「丙午生日」云「行年幾六十」 據年錄二同 宋史四三三本傳

〔趙〕彥端 德莊 王 [illegible] 通 △

鄱陽 曹勛 公顯 〔賜〕甲科 台州府志

宋史三七九本傳云「用〔父〕恩補承信郎，特進士赴

進士廷試賜甲科 為武 [illegible] 故」 在詳徽宗北遷

無年月 台州府志 [illegible] 詞集題名作「功顯」

洪邁 景盧 生 〔鄱〕 錢大昕洪文敏公年譜 據年錄二同

澤州高平 李晏 致美 生 據金史九六本傳推

蔡松年 1146 十七歲

吳激 自中山府 [illegible] 蔡山 父靖知蔡山 〔通〕鑑

蔡 [illegible] 1109

吳傑 官游河東 1117 之十

作石州 [illegible] 序云「僕頃在河東三年，每約會心

二三家，作 [illegible] 之友，酌宗居之西山 [illegible]

[illegible] 酣暢 [illegible] 詩，首逸界逸 [illegible] 居之樂。安在庚子，

年二三入都 [illegible]

有五字十 [illegible] 今已後三經是日，李 [illegible]

塵泥，勞生念長。今 [illegible] 入都門，三 [illegible]

平生故人共 [illegible] 」詞有云「此

誤 絕，此身萍梗 [illegible] 夢魂 [illegible] 」今

年才十七歲 庚子二字當有誤，不敢肥定。

（所謂三經是日者，指在京過三重九，故言 庚子後也） 前說誤 金太宗天會三年

庚子 當是庚申之誤 1140

1127 蔡 [illegible] 五十二 △

五年

癸卯

李彌遜 筠谿詞有 [illegible] 「癸卯歲先生 [illegible] 此年寫

〔是〕一首 李大觀三年進士 癸卯當是此年寫

[illegible] 詞性此首有甲子

石林詞 虞美人 「癸卯種梅…… 今歲十一月見何處枝」

不知何年作

[illegible] 川詞 [illegible] 「癸卯歲為 [illegible] 守 [illegible] 李西 [illegible]

雲樓」

直齋 11 12 石林 [illegible] 「 [illegible] 得 [illegible] 宣和

五年所作也。」

張 [illegible] 知 [illegible] 李 [illegible] 記 [illegible]

馬鈺 丹陽子 生 斷腸 [illegible] 上 [illegible] 時「贈李官人」 伊子 [illegible]

作 [illegible] 癸卯因 [illegible] 不覺 [illegible] 年五十三，撥 [illegible] 道 [illegible] 言 [illegible]，自

然不 [illegible] 遺 [illegible] 道藏七 [illegible] 作五月二十日生于寧

蘇 [illegible] 摭塵 [illegible] 錄 [illegible] 16 [illegible] 詩 [illegible] 康中 [illegible] 真定 [illegible]

林 [illegible] 錄 [illegible]

朱弁 曲洧紀聞 與王倫使金被留 約在此年 貴史

後 [illegible] 此年初後九州，都下盛唱小詞云云 揮塵三錄 3 之下

（揮詞品 3 下）

三月初一 譚真人生于寧海州 七 [illegible]

此年「初後九州…都門盛唱小詞「 [illegible] ……」」 [illegible] 三 [illegible]

[illegible] 七 [illegible] 九 [illegible] （ [illegible] 話 39 引 [illegible]

錄） [illegible] 引

安 [illegible]

1123

石林詞一

葉德輝刊石林詞臨江仙第十三首

「次韻答曾鄉法燕山曲水勸道」

據樂府雅詞 次上補癸卯二字

又十首「南山從頂，倚危闌成句

實賞月」補乙卯八月九日六字

又雅詞有石林甚讓齋「己未五月

十七日贈無住道人」一首、宋東等

張綸 華陽長短句 有 慕溪山「甲辰生日」

紹云「深深拜，頻頻祝，早休官，居鋤藥

衣，一笑去，歡原。」在官時作

吉水楊萬里廷秀

生 按本傳存

楊萬里錄二「周益公鹽三老詩自注

傳の十三

趙佶 王黼 通

中丞何㮚文鎮論，黼爲郭藥師

十三了

傳の十三

周邦彥 卒 ？ 六十六歲 本傳

提舉南京鴻慶宮見孟志 上海二二一在卒前

有片玉集十卷 邦彥行實見於片玉集者：少時客

卷一瑣窗寒云「似楚江瞑宿，風燈零亂，少年羈旅」；

渡江雲云「晴嵐低楚甸」，卷五風流子云「楓林凋晚葉，

關河迥，楚客慘將歸」。齊天樂云「荊江留滯最久，故

人相望處，離思何限。渭水西風，長安亂葉，空憶詩情

宛轉」是留楚已久且嘗客長安矣。卷四蘇幕遮云「家

住吳門，久作長安旅」是又曾移家吳門矣。又曾客揚

州一帶，卷五憶舊游云「淮山夜月，金城暮鼓，夢魂

飛去」卷七倒犯新月云「淮左舊游，記送行人，歸來山

路窮。」卷九少年游云「朝廉壁引，透簾燈火，風

景似揚州」。又曾客金陵，卷八有西河詠「金陵」。年

月皆不可考。據美成有瑞鶴仙詞「悄郊原帶郭……」

詞苑叢談云此爲晚歸錢塘夢中作

「曹杓字季中，號一壺居士，注清真詞二卷，見

書錄解題，今不傳」遺子居一卷八頁

1124

攻媿集題跋序云「三館嘗魔僅登松璫而旅

死矣」 三竊謂此中存說恐存及明州也

天會二年

六年 甲辰

葉夢得年十八歲 [illegible]除夕（四月）

果[illegible]詞無年月同[illegible]作

邢具瞻[illegible]榜及進士第 [illegible] 入明年

李[illegible]宣和末[illegible]（見二一〇）

石林詞与八聲甘州「甲辰承詔知[illegible]初日畢工[illegible]

言相逢[illegible] 石林亭[illegible]在1147年

友古詞29 小重山「宣和甲辰余自彭城[illegible]山

[illegible]莫聞……」詞作於此年 「虞美人

「甲辰入燕」 「一剪梅 甲辰除夜」皆在燕作

王之道登科 直齋相山集「[illegible]之道

[illegible]宣和六年，兄弟三人同登科[illegible]

[illegible]以功改京官[illegible]

[illegible]」

趙鼎得全居士詞[illegible]水調歌頭「甲辰九月十五夜飲[illegible]見

山[illegible]生中坐[illegible]」

趙集甲子如此 此詞[illegible]十七年1147

是為宋王之道「宣和六年与兄之義弟之深同年進士

第[illegible]榜[illegible]居[illegible]」 （宋史[illegible]十引大

[illegible]王公神道碑[illegible]（下皆同）

鍾[illegible]

[illegible]進士Δ 沈晦（元用）

丹陽[illegible]鈺生 見1169 [illegible]年 [illegible] 宋代[illegible]

王之道与兄之義弟之深同登第 相山集附神道碑

[illegible]又曰「時太平久[illegible]對策[illegible]

[illegible]之下列」 廿二歲

[illegible]「予生甲辰与[illegible]同歲」 [illegible]

[illegible]夜[illegible]詞（宣和遺事[illegible]）

一一二四甲辰。

十月，詔：有收藏習用蘇、黃之文者，並令焚毀，犯者以大不恭論。

十一月，太保王黼致仕。

十二月，蔡京再致仕，領三省事，五日一赴朝請，至都堂治事。

[illegible]

[illegible]

加入紹興年　年七十四　叢稿

十月十七日山陰陸游生於淮上舟中

休寧吴儆生

以下節錄趙翼陸放翁年譜　見日本

如近藤元粹（[illegible]）選評陸放翁詩集

十二月庚申趙佶禪位與子桓（欽宗）為教主道君太上

皇帝　本紀の十の七

罷花石綱及內外制造局　罷大晟府　通鑑卷廿六

有臨江仙（宣和乙巳冬幸亳州途次）詞　見能改齋漫錄十六　通抄說郛　宋徽宗紀

靖康元年正月己巳詣亳州太清宮行恭謝禮　宋史二二徽宗紀云

送幸鎮江府　本紀及續通鑑皆無此年

冬幸亳州且詞下段云「古寺幽房權且住，夜深宿在僧房，夢魂猶在[illegible]，嗟吁，

然之筆心上遐想，[illegible]寫回書，顯是回憶之作，當在同年。乙巳冬之當作「丙午春」

續通鑑云：元年正月己巳……聞濬州不守，夜漏二鼓，道君東幸出通津門」

蔡松年為金元帥府全宋　金史一二五本傳「父靖宣和末守燕山，松年從父來，宣和末守燕山，松年從父來。宗望自白河，郭藥師敗，靖以燕山府降，元帥府辟

松年為令史」　按通鑑　郭藥師劫蔡靖及都轉運使呂頤浩降金在此年十二月（丙寅）

1125　金保之宗　天會三年　宋宣和七年　乙巳

金以為元帥府令史，時劉彥宗之年月[illegible]　十九歲

高士談子文任忻州曹官　江州壬寅宣和末官丞　26下

以上樂府雅詞　宣和末作於宣和間……侍郎

秀州呂渭老宣和末為士　△

逃亡

十二月以金人敗盟，罷大晟府及教樂所教坊

員額外人（宋史一九二樂志）

阮閱為郴州守　東坡詩話　兩志十五卷五頁　阮郴州婦

條「戶部員外郎阮閱，江州人，宣和末為郴州守

子婦以病卒，權殯於天寧寺，阮將受代，謂其子

曰，吾老矣，幸得郎還……」

李彌遜　去年條　時

蔡伸友古自京山歸為陳文

呂渭老以詩名宣和末　趙師岌寄作小重山詞　見本年

從吾甲子蒲寄詞見證」　求詞序　南渡時尚在　の處機

人嘗為翰士」　直齋21.9呂渭老詩「宣和末

郴州張元幹民嘗嵗宗時年六十七　△

李彌遜請宮初譜江東　見一二の

「靖康元二間

向子諲為江淮制置發運使……帥長沙，金兵攻，堅守

（查本紀）……尋改鄂州……」　攻城見之鄱林居士文集序

宋出徵宗北狩在房中作「燕山亭」詞　抄說郛

竹坡詩人周紫芝丙午嘗「向謫居亭」在南京竹坡詞中八卷　5頁

竹坡詞甲子四卷

錦溪嗣錄日記：「靖康元年三月辛巳，詔南劍州

進士鄧肅通進士任申先常州布衣鄧柄

並賜某補承務郎」

1125

王安中时為太丞　揮麈後錄：「徽宗宣和
七年十二月二十日，於崇漢殿张灯，預赏元
宵，曲宴近臣，命左丞王安中、中书侍郎冯熙
載為詩以進……」
向伯恭　宣和末出為淮漕，自京师往越访苏过
未幾金人南侵　向上表劝进因識過　揮麈後
錄8第12條
南戲發生　祝允明猥谈「南戲出於宣和之
後，南渡之際，謂之温州雜劇。予見旧牒，
其时有趙閎夫榜禁，頗述名目，如趙貞女
蔡二郎等，亦不甚多。」　徐渭南詞敘
錄「南戲始于宋光宗朝，永嘉人所作趙
貞女、王魁二種實首之，故劉後村有「死
後是非誰管得，滿村聽唱蔡中郎」之句。或
云宣和間已濫觴，其盛行則自南渡。
號曰永嘉雜劇，又曰鶻伶声嗽。其曲
則宋人詞而益以里巷歌謡，不叶宫调，故士
大夫罕有留意者」
此必發生於宣和，大盛于光宗朝
词自靖康乱後，乐曲淪落，南戲遂代之而
興歟　宋某氏著　謂南戲與而词亡
曾道明（宣明夷集序）「王圻云雷侍子諸孫曾道易　因舉
曾道明英華通去，思宜出国军节使」
曾諸孫云中书舍曾道明父遠夫，广中経科，仕国朝
为兵部郎中……據此，道明之父，入金為兵，道明或
出于金，遠明两不可得之遠人明矣，似非观点新了，入
名（道明英華新詩話）殆似遠遺于金辨，況
洪玄博出男子，完英明曾之，或别有所据也」
再查中州集

一一二五　乙巳
二月，遼主行至应州新城东
六十里，為金将婁室所执，遼亡。
六月，宝文阁待制刘安世卒。
苏軾嘗評元祐人物曰「器之真
鐵漢！」器之，安世字也。
是歲，擢太常少卿李綱。
十二月，下詔内禅，皇太子即位於
福寧殿；尊帝為教主道君皇
帝。
太学生陳東等伏闕上書，乞誅蔡
京、王黼、童贯、梁师成、李彦、朱勔
六賊。
詔改明年之曰靖康。
李綱除兵部侍郎。

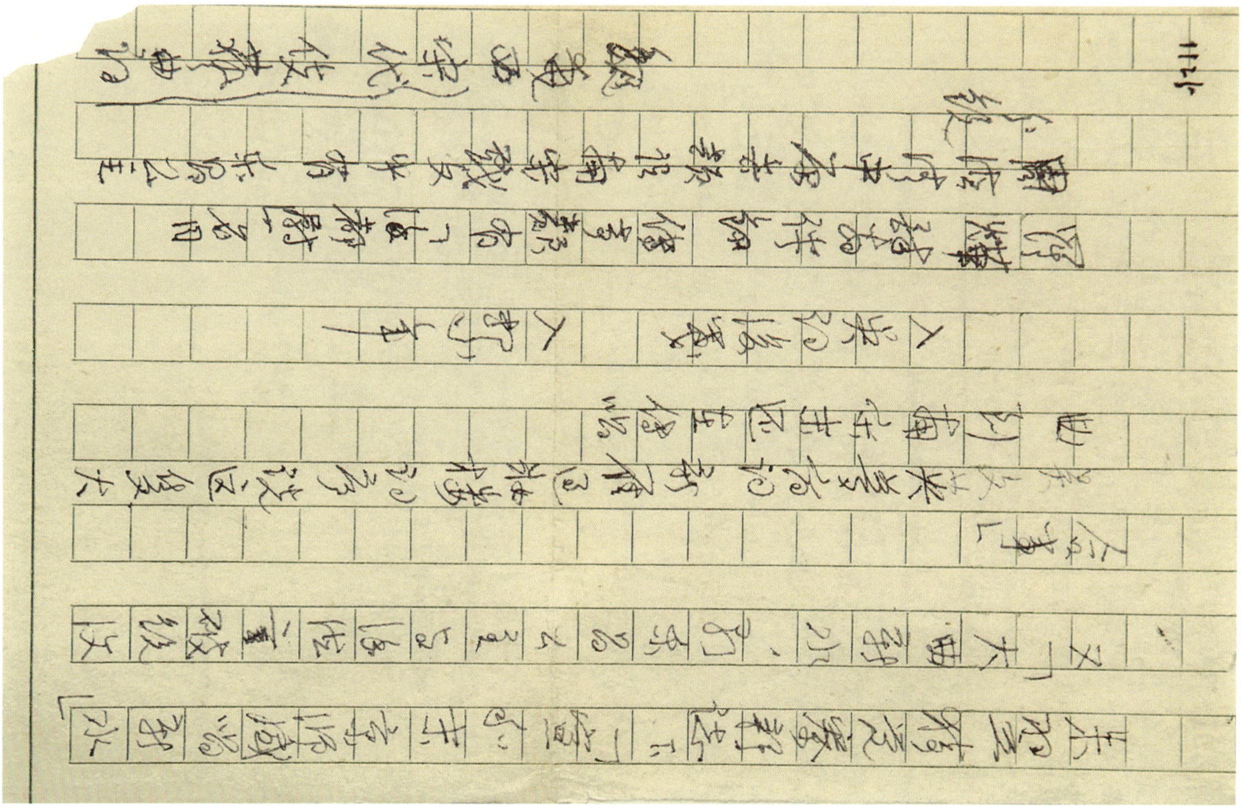

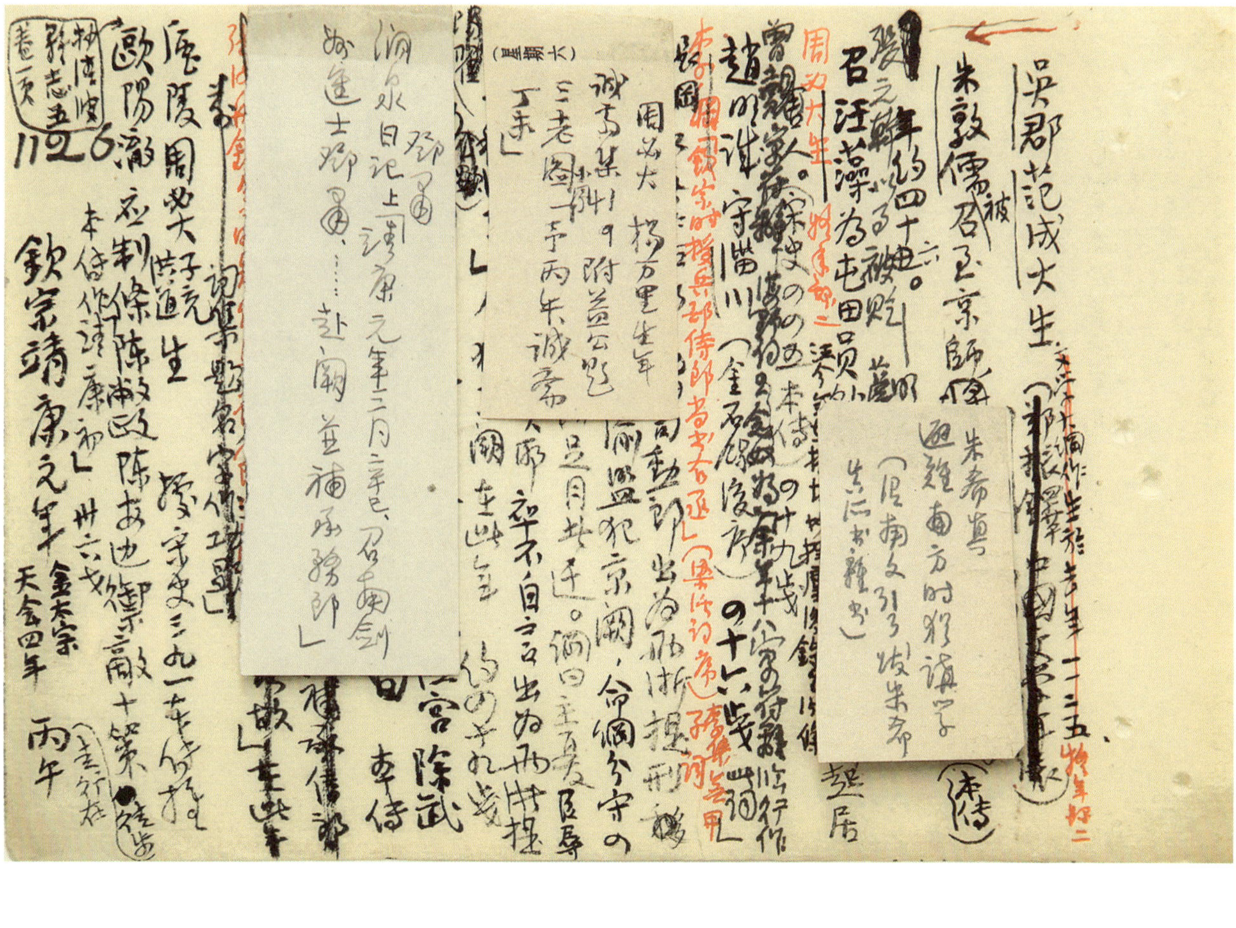

吴郡范成大生 一一二五

朱敦儒被召至京师

召汪藻为屯田员外郎

庐陵周必大子充生

欧阳澈应制条陈敝政

钦宗靖康元年 天会四年 丙午

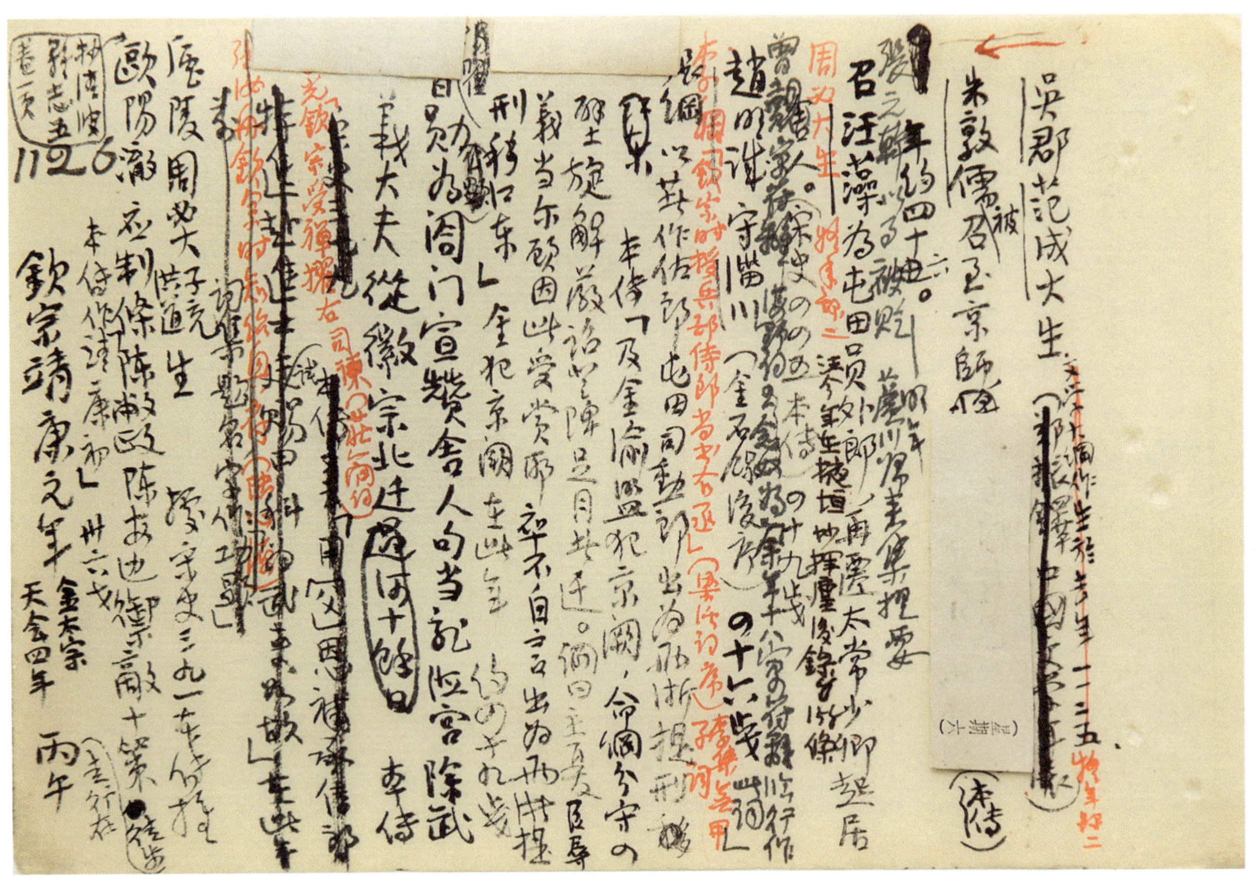

吴郡范成大生。

朱敦儒被召至京师。

召汪藻为屯田员外郎，再迁太常少卿、起居郎。

一一二六 丙午

正月，下诏亲征。

以兵部侍郎李纲为尚书右丞、

东京留守。

命纲专亲征行营使。

金人渡河。

二月，罢纲尚书右丞、亲征行营使，

以蔡懋代之。军民数万人集，欲李

纲、种道复用。趣进子[illegible]续，复

纲为右丞，充京城四壁守御使。

追封范仲淹魏国公，赠司马光

太师，张商英太保，除元祐学术

党籍之禁。

以金兵议和，令兵退、

李纲知枢密院事。

蔡京守秘书监，小司南度，致仕，

河南府居住

三月，蔡京责授崇信军节度

副使，德安府安置；子攸前去看侍。

四月，蔡京移衡州安置。又诏又移

韶州。

六月，以知枢密院事李纲为河北、

河东路宣抚使，援太原。

七月，蔡京移儋州安置。

甲申，行至潭州死，年八十。

九月，李纲出知扬州

罢知扬州李纲提举洞霄宫。

冬，十月，贬李纲为保静军节度

副使，安置建昌军。

同训诰以恩岳飞为承信郎。

同时，诏以李纲为资政殿大学士、领开封府。

王之道「靖康初調和州歷陽丞，攝歷陽令，尋丐
罷，奉二親延郎」 宋史列傳十
張繼先「靖康丙午，汴京逼迫，召不行，至泗州天慶
觀索筆書頌，隱几而化，葬於龍虎山之林巒。」
生元祐七年 江西通志一七九
王以寧「靖康初，金人入寇，徽宗下詔求兵，以寧首先
鼎州先帥，率所部入援，解太原圍」 湖南通
志一六二
徽宗出奔 王明清揮麈後錄一卷廿三條「靖康元年正月，
金賊犯闕，徽宗微服出津門，御小舟將次雍丘，命宦官
鄧善詢召縣令至津亭，計可善詢乃以他事召之（徽宗笑）
令之來，驅至近岸，善詢從稠人中躍出呼令下馬，宰君亦之
令同某出宮，歲邑宜宋盛宅，安肯以民而行，於乎善詢
曰：太上皇帝也。令亟聊此舟，舉令大家擔東，疾趨舟
前山呼拜，溫自勸其罪，徽宗笑曰：中官與卿戲耳！……
窮日而行，以命，民皆甜寢，獨一老媼家燈燭光半掩上
排戶而入，媼問上姓氏，曰姓趙，居東京，已致仕，帝長子
自代衛士皆笑，上徐顧衛士亦笑……」 今存皇之際
言語當從如此，故有心為之詢也
鄧肅 揮麈後錄二卷廿三條「……論序函之（見靖康宣和の
年）靖康初，李伯紀廷對薦其才，召對賜進士出身，後
為右正言，華亮直之名于當日，南宋志宏，南劍州人
有文集栟櫚集文三十卷……」
江端友拜承事郎，為書兵部員外郎，時華老 拆揮麈
後錄子260條

1126 靖康元年 丙午

1126

曾來空（裕の）以江南轉運使拆京口府，徽宗幸靖康 纤
初建十京口府看見如生見之，由曾之子書為長記
的身後の林中 揮麈三錄二、三上
王初寮「靖康之難，公扈駕南且死，子孫往往散居
江陽間」 劉時序千九 初寮王先生搞錫序
前後集內外七十六卷，南宋盛行大德間甘之世
孫庭槐為作搞黃巢年 先公仕政宣二歷以割字中司
以直竹蔡京父子被後窮，亦隱和地保章不
張而本末人不及知」
宋文憲中從童貫 宋人傳記778引北盟會編
王以寧「靖康初，聚兵以援太原，旨折彥質，郭執中等並
充宣撫使，李綱節制下。見楊仲良皇宋通鑑長編
紀事本末一四五卷 李綱梁谿集所有乞保全王以寧
劉子羽之不推賞王以寧劉子羽等（李綱梁谿集跋王周士詞）
王之道「靖康初調和州歷陽丞」 延卿率旗壹保胡避山破
李仲之園，殺張玦，鍾文之難與此後 廿の歲
張元幹 蘆川詞年譜案上張丞報詩：「罷放丙午末歸
東京參初」（把要）
趙□□ 辛丑 1175 五十五歲

正月己巳趙佶離亳州幸鎮江府の日

己亥還京師　本紀の十三卷

長沙

1127

高宗建炎元年　丁未

陳與義避亂襄漢，轉湖湘，踰嶺嶠。久之召為兵部員外郎。

朱敦儒 又

南雄州 張浚奏赴軍前計議[illegible]

紹興二年（一一三二）

陳與義避亂襄漢，轉湖湘，踰嶺嶠。久之召為兵部員外郎。

汪藻 ……免為集英殿修撰提舉太平觀，以見[illegible] 三十八歲。

葉夢得 ……翰林學士兼侍讀 除戶部[illegible] 恩於高宗 五十歲。

以尚書陳待敵之計，請高宗南巡，阻江為險[illegible] 又請置宣總使[illegible] 不報。（本傳云[illegible]宗駐蹕揚州時[illegible]

三月[illegible]

石林詞序[illegible]之十七歲

1127

陳與義有[illegible] 五日[illegible]

高宗建炎元年 丁未

天臣節序忽二…… 萬里一身傷老矣 戎葵凝笑[illegible]

曹勛[illegible]

歐陽澈[illegible] 年三十七[illegible]

[illegible] 知袁州[illegible]

尤袤生

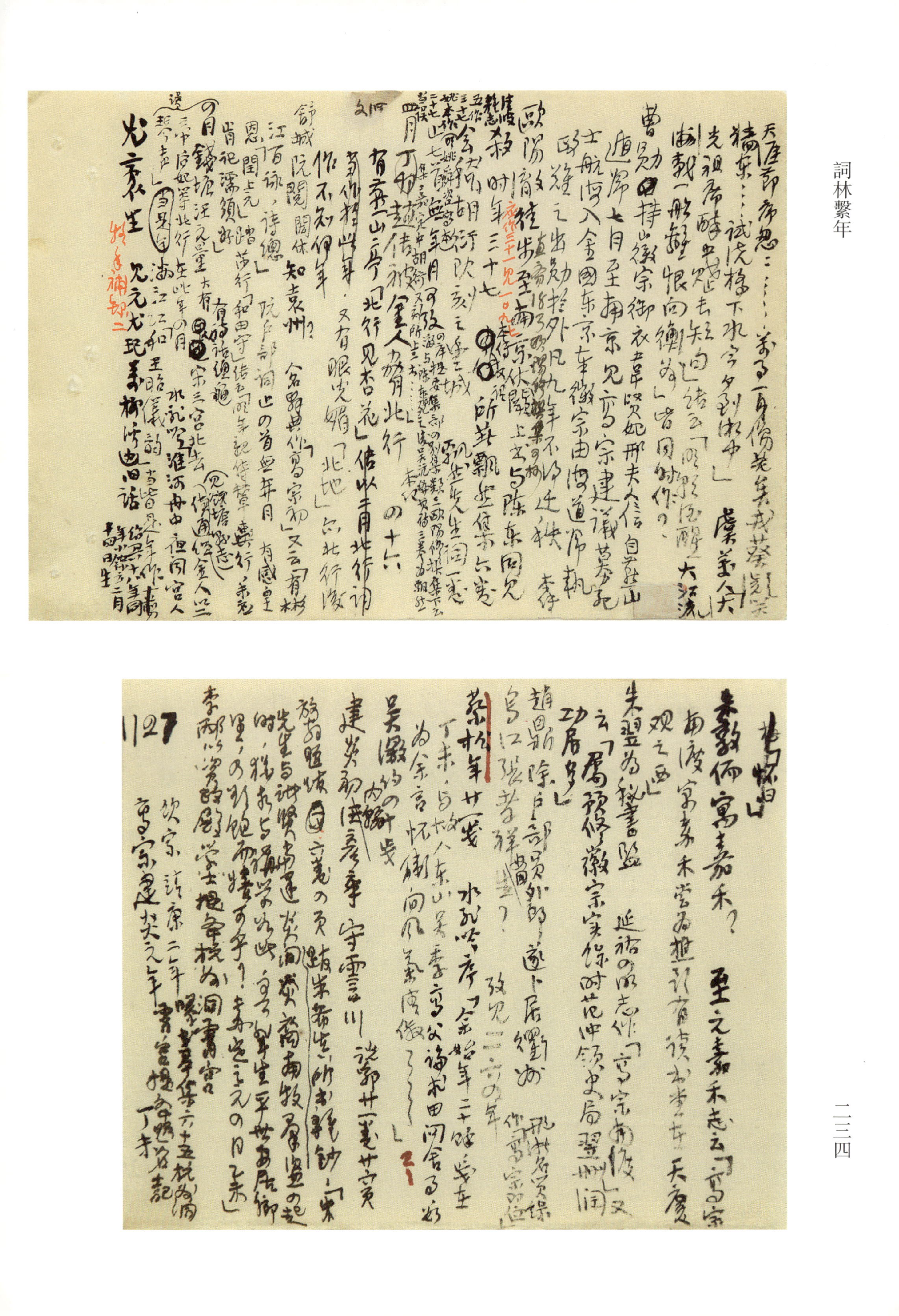

二老堂詩話八，朱希真出處條，謂希真「讀書亂，避地自江西走二廣」，當此年？

趙鼎〔避〕自京師挈家東下抵四明……

寓望支景卷八「四明鄉士條」

向子諲「建炎初，解六路漕事……卜居清江之五柳坊……」，見酒邊詞序西江月序

王之道辛棄疾條，紹西山，見金和戎年

趙彬為金詞〔〕今安江紅「丁未九日南渡泊舟儀真江口作」

康與之「南渡初，高宗駐蹕揚上中興十策，名振一時」 宋史翼27傳 查宗高駐蹕揚州年代

此前又云「凡所道居嵩山，與之往往學焉，又以酒上文人陽翟陳恬雅趣記左氏，不遺一字，與嘗之正同鄰居，同趣焉」（查鼎居嵩山年代）

此後又云「旋監杭州大和樓，任庫，坐盜錢飭罪羽為奴金，臨歸，免官」 左錄興八年前

蔡伸「金人犯闕，高宗以康王開大元帥府，伸聞道趨軍門，留幕下，同議軍事，及高宗南渡，道路阻梗，伸為頓遲，官不至，無闕焉」 宋史翼〔〕九

尤袤生 〔〕康王為 紹興二年

王明清生 見1136 朱希真條

洪适學跋云高宗於海上 揮麈三錄1卷37下 三錄上

向伯恭為淮南轉運，不避張邦昌偽詔，奉表勸進高宗于歸此 揮麈三錄2卷下

趙文奢山谷集五 向公邦林祠記「建康之亂，〔〕淮南時張邦昌僭號，〔〕利亡厥，出歷從之，公同下廬於廉史家居，未幾邦昌反正，列於三公，公上疏引避，不得請」 〔〕年代

胡銓進士△ 紹興胡受後，師部登建炎試弟乙科，不及祿而去△

後召汪藻為中書舍人，兼直學士院，兼侍講，

擢給事中，遷兵部侍郎，

拜翰林學士，兼所以侍從師，廿三日。（汪藻）

天台續志載汪「建炎中避地居台，有道中

抄撰改齋十六卷七乃汪彥章詞偶集 五十一卷 詩集「浮溪集」

秋九月趙明誠起復知建康府（金石錄後序）

東坡〔〕十八歲 六十五卷以寓撫司參謀（襄鄧）制置使，

王以寧周士詞作〔〕，建炎中」 王周士詞「悪卅三首」

序上「暮山溪」「和虞彥恭寄錢遜叔」有云「風

裘雪帽，踏編荊湘路」念奴嬌「罷上雪」浣溪沙

「艤舟洪江步下」岳庭芳「陳覺民雪中見遇」云「五十

七年，侵尋老矣，小庵初築林坰」

曹勛作北狩見聞錄 原本〔〕，序云〔〕提要史部五雜志類

本書下云「勛以靖康二年二月從徽宗入金營，以建

炎二年七月歸至南京，述所見聞為此書，書進

以與去年曹勛條異，再效本傳及原書，兼廉……」

（抄〔〕）

朱敦儒年五十二歲 左藏 後范季雷

京西都中進士第 1122 （撰此詞序，白此至已未

似以上景為最後中間

江上為〔〕

為少年人所贊 此年〔〕

宋文宮中被留 有金七九年傳

1126 在齋今19北狩聞見錄「〔〕當我個官〔〕 〔〕勸稱

北方返……以建炎二年七月〔〕，（見南京）

（戊申）

二年

翰苑群書卷下 葉夢得此年以戶部侍郎除翰林學士，十一月除左丞

廬陵胡銓建炎二年進士甲科（澹庵詩序）

己酉冬，黃大輿編梅苑序見自序於山陽 四庫提要一九九

梅苑下「考己酉為建炎三年（元作二年 沈溪）正高宗航海之歲，山陽又戰伐之衝，不知大輿何以得蒐閒編輯是集，殆己酉字有誤乎。」

杜案宋詩紀事四十三謂大輿「南渡初蜀人」不知何據，其年代不易擬定，此已不可知矣

即是建炎三年矣，始從提要氏此。或從蜀人擬雜綜卷下山

提要謂錢曾讀書敏求記引王灼之語」

乃謂灼同時人，灼南渡初人也

錢書待查

朱松香年 日歐公十二月鼓子詞於長樂 見近体樂府卷二 朱松跋 建炎戊申

王灼 碧雞漫志二六「吾友黃載萬歌詞號樂府廣變風，……有錢塘處士日日惜手裡如而多傷，思窮而氣不舒，然才如此，反畜其壽，無乃情之兆歟，□……」

碧雞漫志作於己巳（紹興十九年）似大輿已前卒矣

王以寧 建炎中官宣撫司參謀，襄鄧制置使」 湖南通志一六二

劉一止 紹興中為（紹興）教授 紹興府志廿六職官表

直秘閣中有 林復集「中廣至建炎乃抵明州……而卒」

汪莘？ 叔野、革弟「浮溪居士集」 建炎二年丙科 江西通志 一百五十

冬 高宗駐蹕維揚 揮麈餘話2，67頁

康與之「建炎中駕駐維揚，上中興十策，聲名大振，時不能用，其後擢為郎，值慈寧（ ）歸養，兩宮燕樂，與之专應制為歌詞，腴麗粉飾，世以柳耆卿比之。」 光緒嘉興府志引嘉興文苑傳 引鶴林玉露卷 蜀志

李綱以觀文殿大學士為杭州洞霄宮提舉 杭州洞霄宮提舉題名記

（稼軒 曙□集）

天會六年七月徙二帝之上京，八月以見太祖廟，封徽宗為昏德公，欽宗為重昏侯，十月徙之韓州。 四庫南渡錄引金本紀

趙令畤以榮州防禦使襲封安定郡王 宋史高宗紀

（紀事 宋代侍曲詞）

正二月 向金兵犯揚州，高宗倉促南渡，人民被劫掠者甚 宋吳氏 建炎維揚遺錄 一卷 紀此事作

汪莘 浮白第一 革弟，字宣孤 建炎二年進士 臨川縣志36選舉

1128

九月甲申，鼎從之為鼎次膺「故宋平惠齋尹鼎出 黃崇壽」自稱從姪 嵩山集十九 頁廿三

日北以道辛 七十一 [illegible]

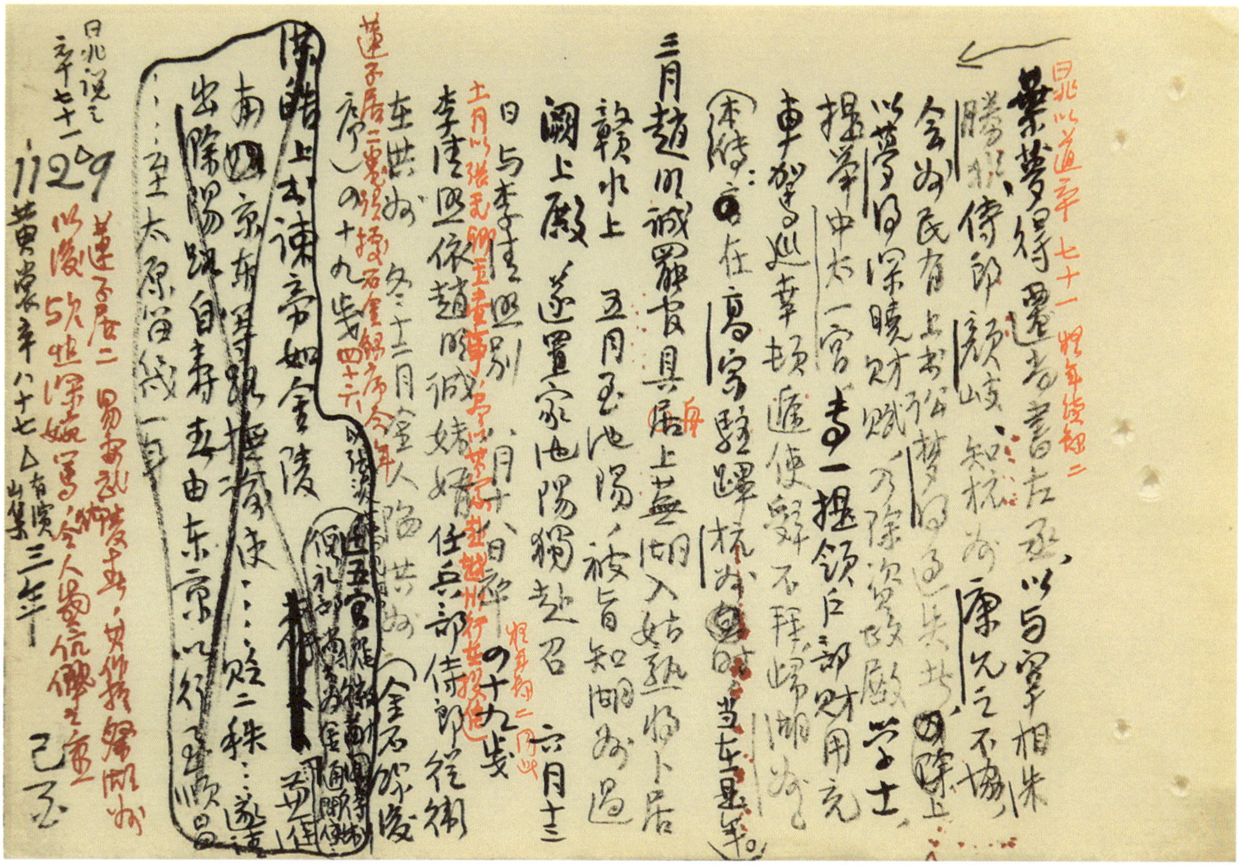

葉夢得還為尚書右丞，以与宰相朱勝非、侍郎[illegible]不協，[illegible]知杭州，[illegible]學士[illegible]提舉中太一宮。

[illegible]

三月趙明誠罷官，具舟上蕪湖，入姑孰，將卜居贛水上。五月至池陽，被旨知湖州，過闕上殿，遂置家池陽，獨赴召。六月十三日与李清照別，[illegible]八月十八日[illegible]の十九歲

李清照依趙明誠妹婿任兵部侍郎，從衛[illegible]

在洪州，冬十二月金人陷洪州。

[illegible]

洪皓上書諫帝如金陵

[illegible]

日北以道[illegible]七十一

1129

黃裳卒 八十七 [illegible]

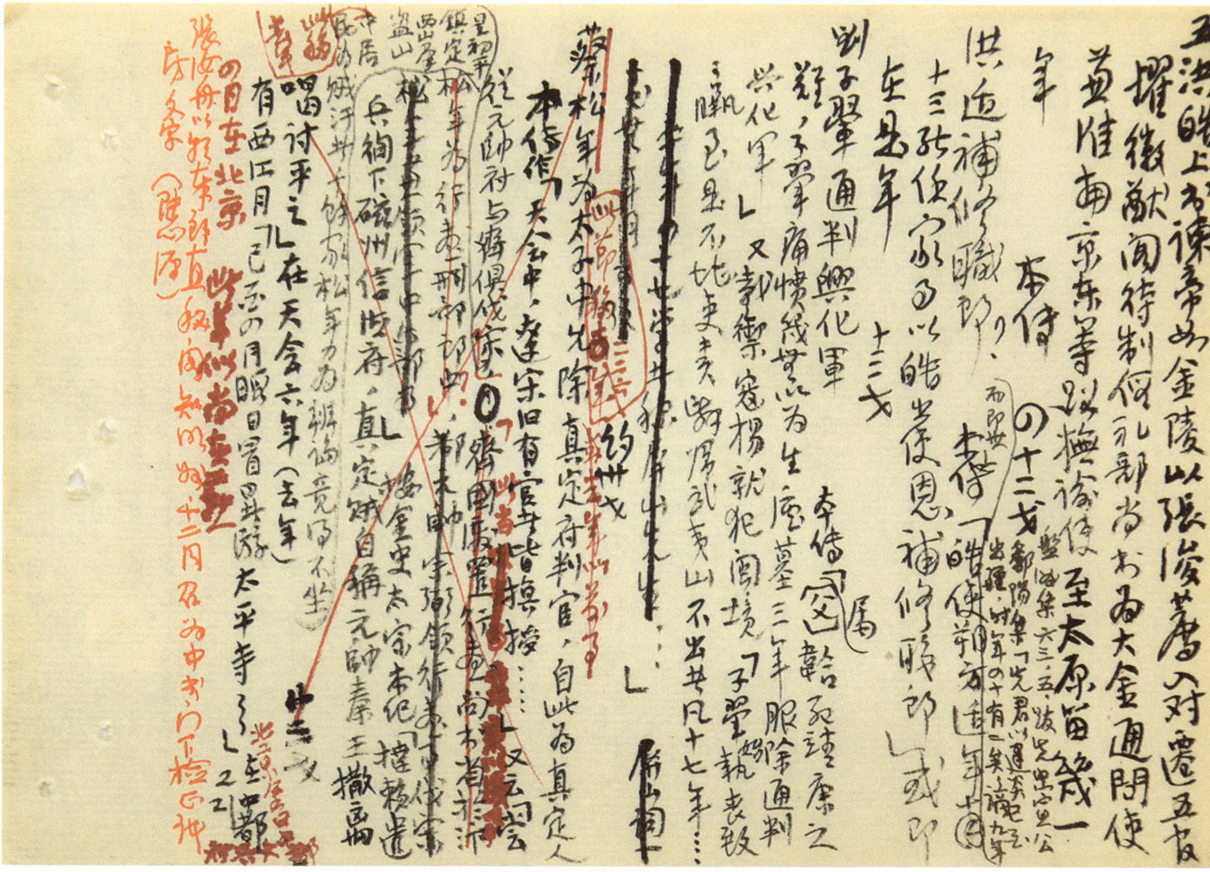

五月洪皓上書諫帝如金陵，以張浚薦，入對，遷五官，擢徽猷閣待制，假禮部尚書，為大金通問使，與龔璹由南京東京等路抵撫諭使至太原，留幾一年。本傳 の十二才

洪适補修職郎，十三歲，從家[illegible]以皓使恩補修職郎[illegible]

劉子翬通判興化軍 十三才 子翬痛憤成疾，以為生[illegible]

[illegible]

鄭北山為此山小集序「宗徽舍人陸公
先生退然已而自太常少卿出守
嘉禾，潘畲……公左丞葉公爾政經
從調先生……」
同上 80

蘆川詞 石州慢「已而秋吳舟中」「兩宮何處，
塞垣祇隔長江，唾壺空擊」
晁說之卒　直齋18—景迂集
王之道「建炎三年金人陷無為軍守臣李知幾棄
走，之道率族黨保胡避山，使之深居守，自以兵
津部其宗依歸手劄……附近賊蜂起，殺人如
麻，獨在胡避山者得免，鎮撫使趙霖以便宜檄
攝無為簽判……」宋史翼十
李邴此時為學士　見揮麈後錄9 16條　參1130年
當時宗之變革語（苗傅、劉正彥逼高宗退位）
又後一條169記高宗避敵之地之遠至也詳
「建炎己酉以葉夢得少蘊為左丞纔十四日而為言者所
任城改而罷」　揮麈餘錄1 2下
李邴漢老以資政殿學士為杭州洞霄宮提舉
曝書亭集65（見1128）
王之道建炎年冬自官歷陽還里，廬之人團合肥，王
善陷巢……是年予始與里人保胡避山，丁丑夏五月九月妻
表　見相山集24和留人墓誌　是保胡避山在明年
廿七歲
相山集30附神道碑云「未幾丁丑夏，鎮撫使趙霖以
負宣起公攝御郡」
七月 治李邴參知政事，勝康權知三省樞密院事，隆祐太后如
洪州（通鑑輯覽）

1129　三年　己酉

朱熹生　紹年録二

葛胜仲復知湖州。（宋傳，宋史四四五）建

十月秦檜中，范宗尹為相，凡前日以朋附被皇

檜白金某 遠貶斗咸赦還，復知湖州

查一宰輔表

宗尹為相在此年。五十九歲。

張汝舟知明州 … 李格非女

李清照任依前近任敕局刪定官到台之剩

40 9 讀書七集 跋定武稧帖 趙明誠本，明誠之妻李易安夫 逃難寄居里之東化 … 散落 …

戊　吳儆生　公元一二〇〇年

陈与義家邵州，有「美人邢子友会上」 胡稺仲孺 無住詞箋 引 大生法帖「邢子友成 家邵為時御人 邢子友為監郡 一日過之会 天大雪 子友置酒於超然亭上……嘗作詞……」の十五歲

朱敦儒生

洪皓至雲中，報軍迫仕劉豫不從，流遞冷山 編管也（本傳） 即冷山，刪山亦作冷陘（方輿紀要）在故黃龍府北

語 至太原留滯一年，當是年事（李傳）

1130 松漠記聞作于此年の底 提要史部五 載記類卷下 云「皓在金國了，蓋使金居冷山時所作」上 庚戌

謝克家 …

朱熹生　紹年録二

葛胜仲復知湖州。（宋傳，宋史四四五）建

十月秦檜中，范宗尹為相，凡前日以朋附被皇

檜白金某 遠貶斗咸赦還，復知湖州

查一宰輔表

宗尹為相在此年。五十九歲。

張汝舟知明州 … 李格非女

李清照任依前近任敕局刪定官到台之剩

出睦　李英發 顧舟入海，奔行在時，從躍 十二月

李易安，從御舟海道之溫，又之越

放散百官，遂之衢（金石録後序）五十

戊　吳儆生　公元一二〇〇年

陈与義家邵州，有「美人邢子友会上」 胡稺仲孺 無住詞箋 引 大生法帖「邢子友成 家邵為時御人 邢子友為監郡 一日過之会 天大雪 子友置酒於超然亭上……嘗作詞……」の十五歲

朱敦儒生

洪皓至雲中，報軍迫仕劉豫不從，流遞冷山 編管也（本傳） 即冷山，刪山亦作冷陘（方輿紀要）在故黃龍府北

語 至太原留滯一年，當是年事（李傳）

1130 松漠記聞作于此年の底 提要史部五 載記類卷下 云「皓在金國了，蓋使金居冷山時所作」上 庚戌

謝克家 …

与帽宫如意上留之南一月九杭教坊宫十年

宋遣人奏，二三楼来在国城下……

在云中时宋遣人奏，于以桃梨栗麵献二

帝 本传无年月，须查在此年

四十三岁

建炎庚戌 两淮旅广陵，有题水调歌头於吴江长

桥，不书姓氏，亭极悲壮。今録之于后。已见平生太

湖上，短棹几经过……以上 （中吴纪闻卷六）

李清照建炎末自杭家至若溪，未几迁

金陵。前後二月而罢，因首撰诗以託言

云、绮霞彩雪霰忽问逢，风雨惜情怅

吹、与家来成心，不甘桃李傍路

小簃

卅七 改首蒙録十一叶六页

蔡松年 廿七岁 满江红「半亥三月」，偶记去年

今日事……」词云「云破花院……」。後云

「观此念公执年曾偶故邦佳趣也」 36

酒中有名播……京使记五华

下首 念奴娇「念奴五云……」当亦指此人 36

此人全按 满江红「虎菌古人……」谣即此人乎

（但念奴娇下段「去子陶宫平生

谁知 出明年满江红亦有「去天喘嘘 心怀」。程蔡词少

一人 年多首谣 晚年既宋共歌

（新例）

中州乐府 蔡首赠熊词

张安国 六月之朔（陆心源） 主管江州太平观

虎叹士甲志一卷五页冷山记条「冷山去燕山几三

千里，去金国所都五百里，皆不毛之地…… 先君

所居亦曰冷山，又去此百里。」

向子諲 临江仙 见一三二

卢炳 哄堂词 9 贺新郎「上南太守，庚戌正月」 卢词植此首

庚按 要1999 98 考定为此年

甲子 蔡伸「建炎の年为神武右军参赞官，随军戡

方张守忠洮岷江州间，制置使仲复全伸作书

招之方等，諲复降，伸在後幕多裨益，复

每称诸将马进刘直……」擢知滁州……知

（蔡挺当国，数其为左仆射尚书右丞事，绍兴宰相王庶之

堂。）罢归主管台州崇道观……」宋史 蔡九

诏追赠秦观直龙图阁 秦谨

の月 越之镇，攻去吕元直，除为书枢密院

均拜应三除了正

七月壬子，郎散郎伟，谰为尚书司勋员外郎，谰金

坛人也。」 蔡年要翻册五

九月庚戌，诏官秦观子孙一人，观收止宣郎郎，以完

祐党人，特有是命」 蔡年要翻 册七

（时已雪之祐党人）

1130 张安国本年知明州 道光宁波府志16职官表

甚恭尝礼 在其後 同上

王以宁为此後所部代程千秋为京西制置使（在鼎澧州） 李

弥逊 王周士词引 蔡年要翻 孔在此年三月乙丑

9 〃月戊戌在宁州为辰沅靖镇抚使孔彦舟所逐（同上）

向子諲本年当孔彦舟围潭州时入益阳，於「宁居向子

潭在衡永间未至」 同上

王之道 保胡避山 见去年 卅八岁

生于元丰甲子　绍兴辛亥左桂林
见乾道二年の月曾几为东莱客
诗集序时「公之墓木拱矣」

（上图卡片正文与下图相同）

李璠延为人铭墓为饶吉二州　见二の
葛胜仲鲁卿祠归（本传）年岁。
董敦逸 陆与义 夏至行在，還迁中书舍人，兼学士内
制，拜吏部侍郎（四十二岁。）（本传）十月以徽猷阁
奏检 二月除 参知政事 直学士知湖州，召为信甫中。又以显谟阁直学
士，提举江州太平观，被召，以宰相 [illegible]
义武 [illegible] 复用为中书舍人、直学士院」（本传）
葉梦得起为江东安抚大使，兼知建康
府 [illegible] 等六州宣抚使，诏除壬才，
及复象寿 [illegible] 寇宏陈示，示 [illegible] 败
豫兵。五十五岁。
张元干 三月李纲 [illegible] 起 [illegible]（全宋词）五十一岁
洪皓 [illegible] 南木兰花慢 重阳 [illegible] 云
国三年，行 [illegible] 重阳 [illegible] 登高 [illegible]
况於留滞殊方 [illegible] 於是年　浣溪沙词
王侍郎复命」 [illegible] 王 [illegible] 世祖 说词
帅 [illegible] 蘭卿究壁雅踏跑」当作於 [illegible]
八月 宗初 [illegible] 时 の十の戈
1171 向子諲起知平江 攻媿集 [illegible]
高宗绍兴元年 辛亥

八月秦桧拜相（宰辅表）

王之望有洞仙歌「范丞相夫人生日」二首（汉滨集） 按集中尚有风流子「范觉民生日」。按宋史范宗尹传（范字觉民）及宰辅表，范以去年五月拜右头，是年位此年七月为秦桧所挤，落职，未几命知温州，退居天台 王词称丞相，当作於此年

人名疑无误，云望谷城人，后家台州，集中有

[illegible]鹧鸪天……由金挐家而南，一一按年[illegible]

人名[illegible]语之望[illegible]绍兴进士[illegible]

陆淞作瑞鹤仙「脸霞红印枕」词 春日信内作[illegible]

后初[illegible]实及[illegible]绝妙好词为一本又

李光擢吏部侍郎（[illegible]）

史[illegible]绍兴十五岁主[illegible]条「……绍兴初又有傅洪秀才注坡词，镂板钱塘，至於「因不知天上宫阙，今夕是何年」不能引「共道人间惆怅事，不知今夕是何年」之句，「笑怕蔷薇罥，学画鸦黄未就」，不能引南部烟花录，如此之类多

[illegible]

蔡松年 三月[illegible] 满江红「辛亥三月[illegible]」有云「人撰世，浅华良是，此身[illegible]」言北宋之也

松年[illegible]

[illegible]

康与之父倬字为章「绍兴元年知临江军。李成陷邵友，犯临江，倬遁」宋史[illegible] 见挥麈后录[illegible]

与之[illegible]倬为元祐名将倬之子 [illegible]人号丹阳先生 昔绍京师倡了见挥麈余话卷二

马珏 山[illegible]

马珏丹阳神光灿烂庭芳[illegible]诗有云「人生七十，学希寿数。我今四旬有五。……」鹤隐野叟，宁师常作丹阳神光灿序，署「大定乙未重九日」（1175）若即作词之年，则生此年

李邴 挥麈后录二「李成季昭玘，元祐左史，自号乐静居士，五代宰相李涛子孙……成季从子汉老邴也。中兴初拜右府，一时大诰令多出其手……」同书卷八「……涛五世孙即汉老邴也。汉老之弟唐老，建炎初守越，为陆虑所杀。」……亦有可笑如此者」

李恭兼治京兆在政和初（见挥麈余录2[illegible]），则康倬绍倡在政和前也 挥麈录2 67条

「倬知临江军，弃城而去」二见余录2 77条

杨补之 后花光长老 宋佚1032

巨闲王以宁以湖南宣抚司参议官居贼责[illegible]

监台州[illegible]监安州[illegible]御史[illegible]劾其擅命也（宋[illegible]）

徙王周士[illegible]

1131 绍兴元年 辛亥[illegible]

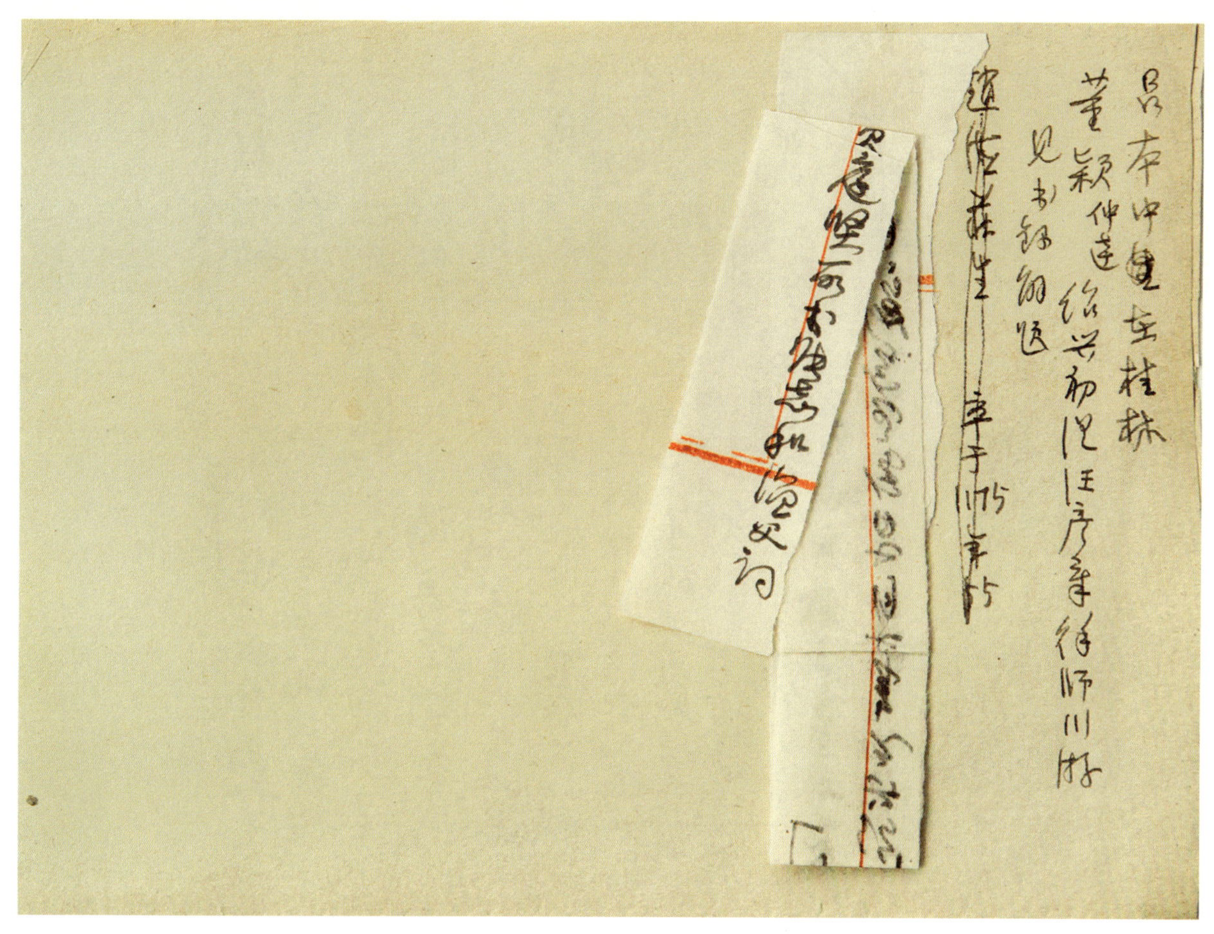

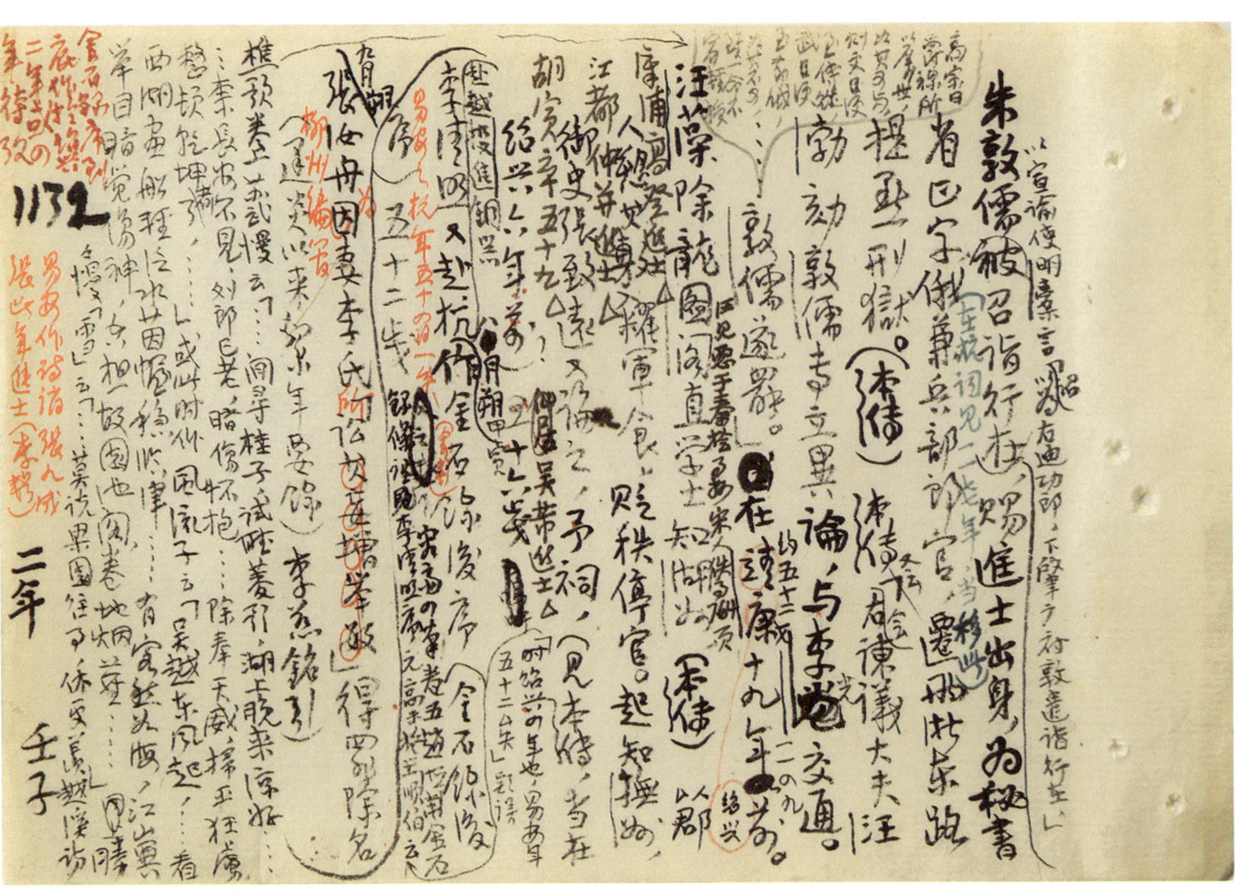

1132

直斋作浮山集「左朝请大夫江都仲并弥
性撰，绍兴壬子进士……（可据）」
八月丙辰，直秘阁、主管江州太平观赵思诚守起
居郎，坐擅离职也（李心传要录）
癸卯 周辛四十二 见一〇九一生
仲并「尝从胡安国学，力排王氏一偏之说。绍兴壬午
进士，累官平江府学教授。五年，以朱胜非
荐，召对，特改左承奉郎……」宋史翼28
王之道「绍兴二年，（赵）霖以守胡迺功闻于朝，特
改左宣议郎，进承奉郎，镇抚司参谋官」
宋史翼十
「绍兴壬子诏知大宗正事安定郡王令畤访求宗室
伯字号七岁以下者十人入宫备选……」 挥麈余
录1-6下
赵德麟此时当在郡
葉要轩词刻 中途悉悉绍兴二年刊 叶梦得定
为元初人伪托 见词刊第184叶跋
张九成状元及第 宋佚8-10 对策曰：「澄江泻练，夜桂
飘香，陛下享此乐，必曰：西风凄动，两宫得无寒乎」
见名臣言行录 见同上 当安居桂子飘香时九成
指此
叶梦得以贵政殿学士为杭州洞霄宫提举
曝书亭65
（张孝祥生） 于湖集附录宣城张氏信谱传记「绍兴
甲戌廷试擢进士第一，时年二十有三。」改入明年
姚宽「绍兴壬子岁，从侍先公（舜明）在副都督胜军建
康，寓保宁寺」（西溪丛语）

五月李清照上胡松年诗，有「嫠家父祖
生齐鲁」句（李慈铭引） 五十三岁
蔡松年廿七岁 有「小小阳春」句 似非中错「癸丑岁暂设生辰之二首」
又15
金史本集 似当在燕
此时元帅府令史代宗在此为年
石林词了 水调歌头「癸丑中秋」
向子諲「绍兴癸丑罢帅南海，即弃官不仕」西江月序
端午号安如为内夫人代进帖子（李清照）按林见赐林
上金帛之赐直赐林升奉投林思之（家语）
五月作上韩肖胄诗、上胡松年诗，二人皆使金 上胡诗
首「闻何嫠妇亦何知，沥血投书干记室……」 按此
家祖父生齐鲁，位下名高人比数」（家谱）
[illegible]
闰八月壬戌，先以黄金三百两隐故秘阁修撰……
家申讼之，谢克家且云（李心传要录）
三后好年「江湖兮有万客琐绿」
陈造生
闽人武子二月特补修政郎△
陈造生△
赵文青山集五 向芗林祠记「江左中兴，公为帅长沙，
长沙再安，久之，公上疏乞世，上路引年，遂以户
部侍郎致仕归。清江爱其山水之胜，家焉。园林
为一郡甲，御赐其田宅。公高蒸山水，同者十五年，其
出处本末如此」 卷一一三十年
赐范宅生蔡号 赵文保

1133 三年 癸丑

張孝祥生 于湖集附錄宣城張氏信譜傳記「紹興甲戌廷試擢進士第一，時年二十有三。」当生于去年壬子。然譜傳記乾道五年己丑得不祿，庚寅冬殯，後作道辛」依此生壬子推算為三十八歲，而于湖集附國傳則云「年三十八」擢第甲戌及卒年俱白紙，似以譜傳擢第「年二十有三」三乃二之誤。若定生于本年，則[illegible]誤

是年生

陶表作紹興二年壬子生 三十九歲 誤，宋史本傳文集附傳皆云三十八歲 [illegible]生於[illegible] 当

汪藻 黟縣人「紹興三年由龍圖閣直學士知撫州，奏羅遣舟之為民病者，民稱惠焉」臨川縣志名宦

十二月二十四日作打馬圖經序 説郛十九卷一頁

李清照避亂居金華（胡） 五十四歲 蓮居二説 紹興甲寅作金石錄後序

黨懷英生 年五十有一

秋 陳與義以徽猷閣直學士知湖州 本傳並湖

年月 據虞美人「予甲寅歲自春官出守湖州，秋杪道中荷花無復存者……」 四十五歲

[illegible]在雲中[illegible]人秦[illegible] [illegible]世年月[illegible]

此年

起獻二首

金從二帝於五國城

本傳云紹興元年夏行至[illegible]中書舍人[illegible]拜吏部侍郎，尋以徽猷學士直知湖州，引此匯云「紹興元年知湖州」與詞不合 兩浙江通志 存疑

奉符 黨懷英世傑生 錄鬼簿二年[illegible] 據金史一二五本傳

中州樂府小敘「……宋太尉進之十一代孫，父純睦，自馮翊來泰安任仕郎，為泰安軍錄事參軍，卒官，妻子不能歸，遂為奉符人。公之在孕也，太夫人夢道士吳筠來託宿，及公生，儀觀秀整，如神仙然」 [illegible]云師亳社劉巖老，與辛幼安同舍生也，嘗試東府不顧，歸，遂困於名場，遂不以世務嬰懷……」在大定十年前

1134 蔡松年 卅八歲 治印嘗元帥府代筆 查本傳

起兵前侍從軍[illegible]江漂作竹屋 有洞仙歌[illegible] 2 [illegible] [illegible]北方

金太宗天會十二年 甲寅

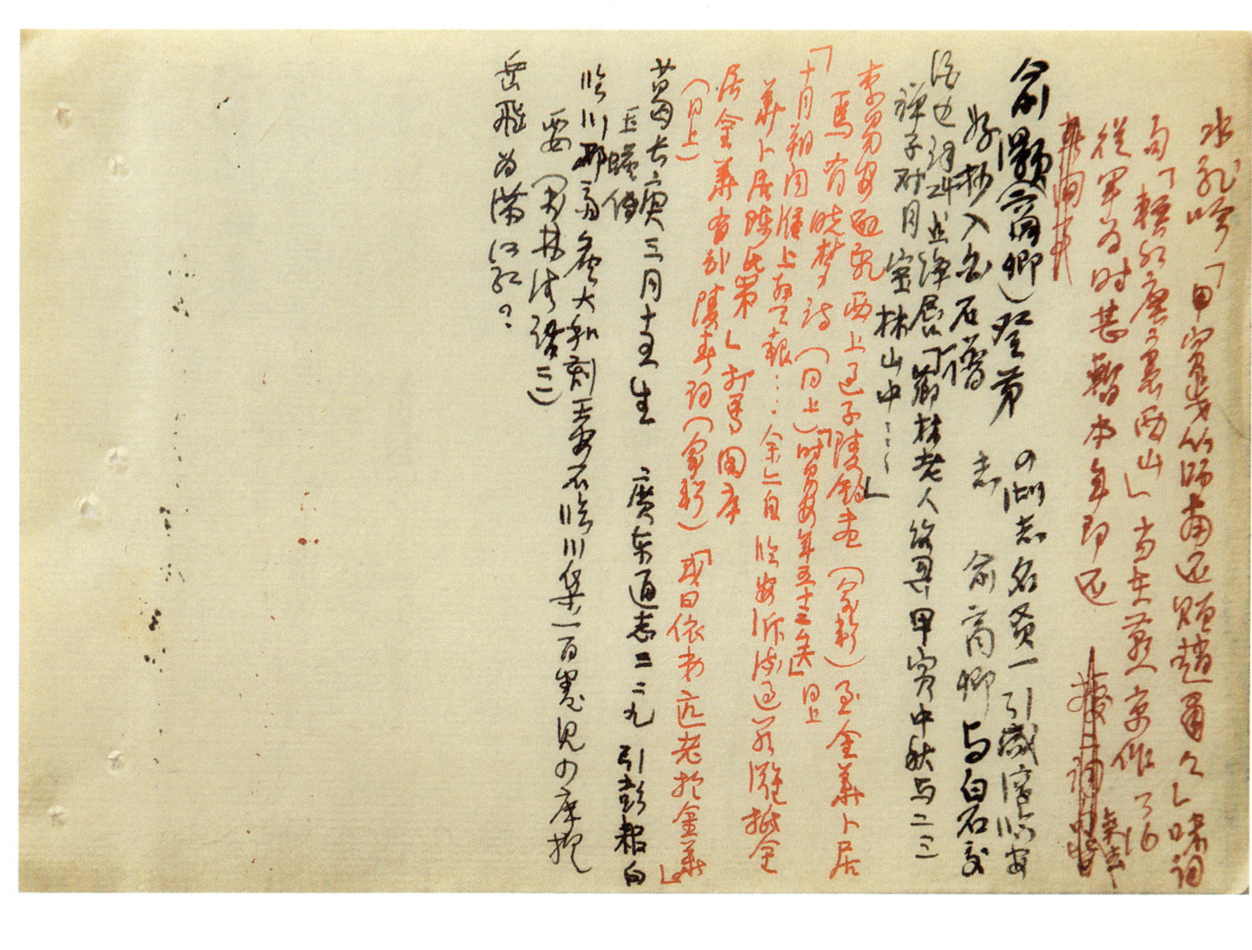

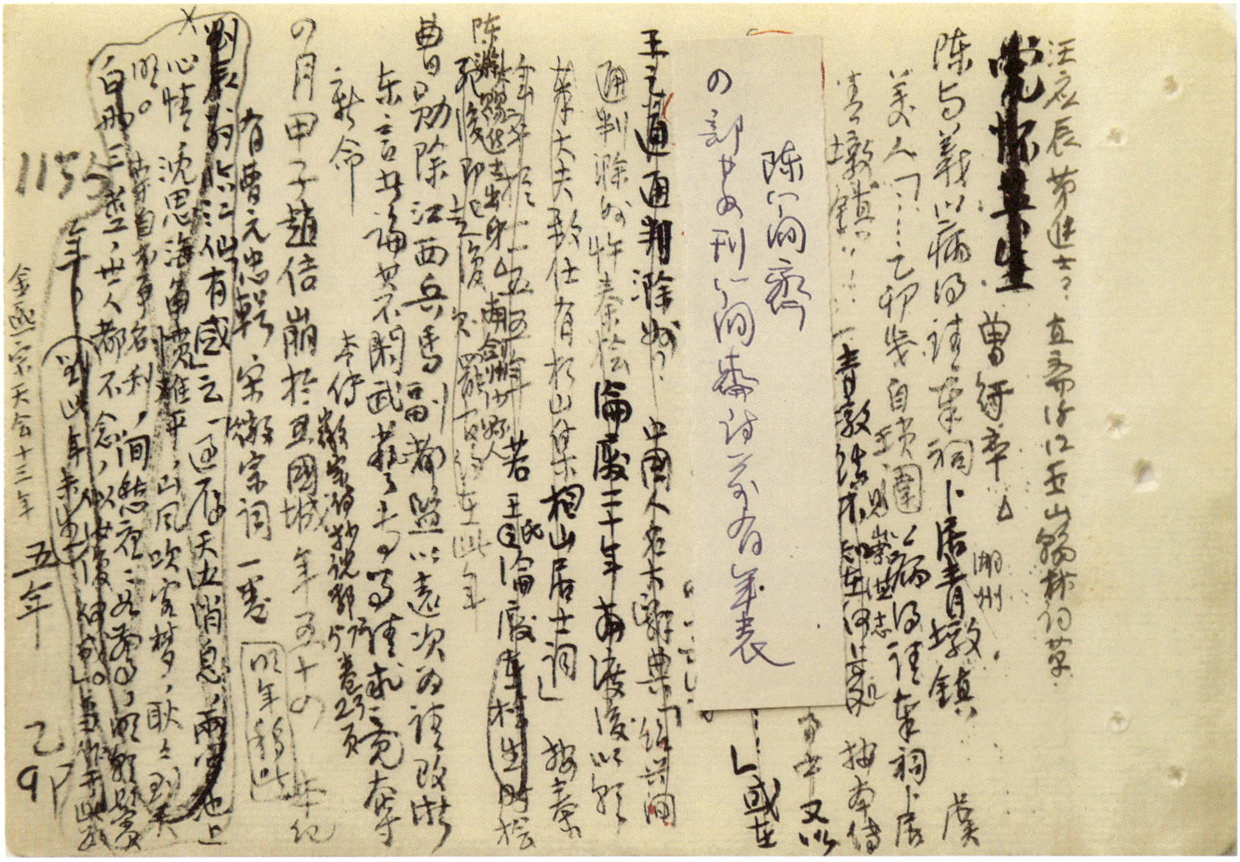

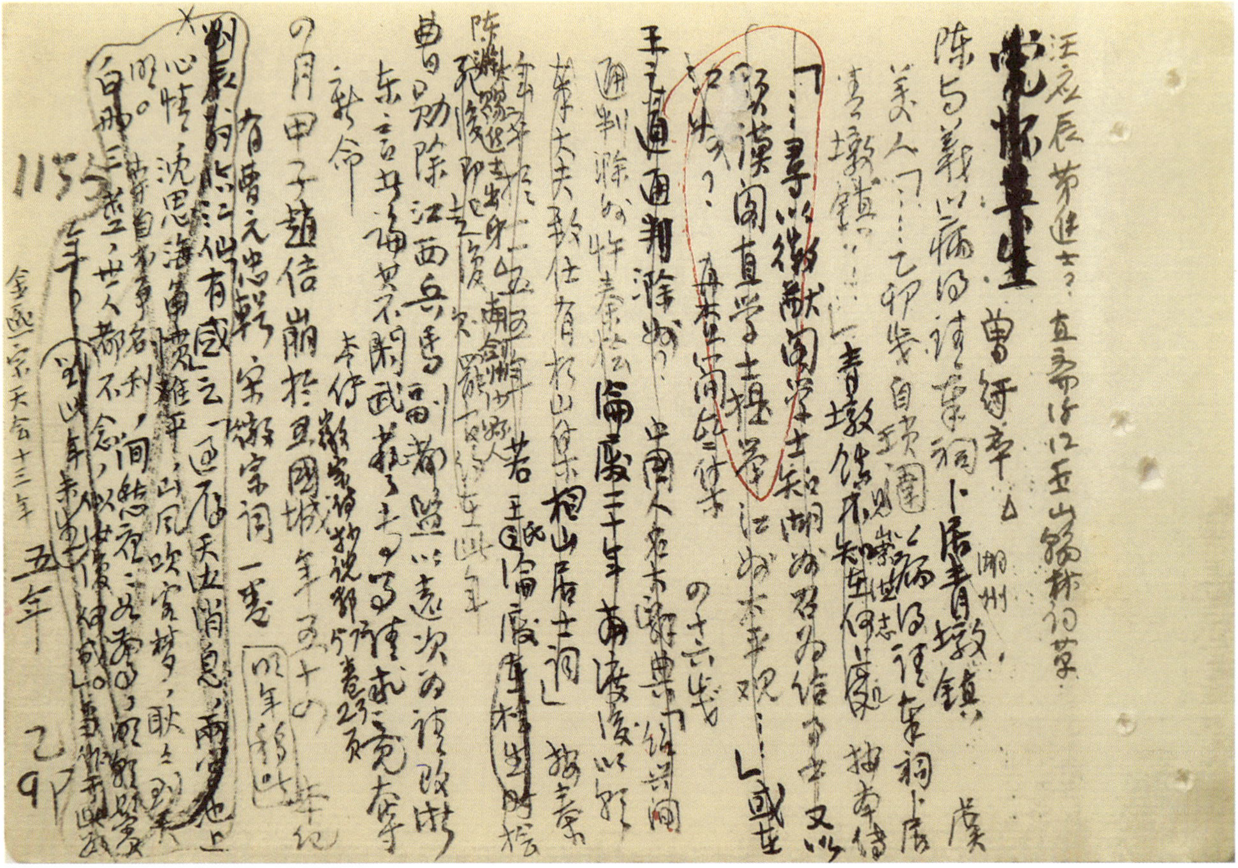

洪皓

泣血，往燕山道途揭於开泰寺，题曰：千年厥
世，乃有东云之心；四海遏音，同深袭老之
戚。况故宫为禾黍，改馆徒於秦、梁；
康游衣冠，招魂漫讬於林野；此江
莫此江南之哀，遗民失望而痛心，孤臣久絷
而莫白。伏坐感慨之祀，传百世而弥笃，[illegible]
之尽，继三后而不朽。金人读之，亦为堕泪
[illegible]：「隆诵，北朝之臣武
注：辞屡擢十八，魁天下，孝，不以为罪。」
遗子居易疑：李易安今年五十二岁 宋人佚事 刘引坚瓠集
案于年先卒（此注[illegible]）
在江上「可当江上为高洪皓寿」1-22
寿」注「洪皓东命南归」，注丹阳向，曾逢寿 黄文节表
明钞本三水调新列「高洪皓
日」，或即此册也
宗食在高阳有水调引钞，抄下 此醉词，
在黄如当所署 道
王季平为我舟词序 我舟即东坡中表兄黄
几词纸の卷十六页下
闽臣茶进士 又见真霞15 浮梁佳求（宋镇十一、十二页引）
不林词26 题绛居「临舆乙卯登绝顶水亭」 闽博集 绍兴五年进士 又见宋元真志 宋贤
卷词甲字
臣边词二 蕲州（?）山谷 「绍兴乙卯大雪行鄱阳道中」14 （高邮（?）谒四为二三零在此作也）
此为属
阮郎归 题图刻 「乙卯起以九江郡守出为宫守姑苏列郡少日，又力请为江东漕 入为户
部侍郎，蕲州（?）守
可且燸舟日泛宅 逸」 此词 以旧五月序，宗本1
17子年 逸词 30 上 「宗子宁 时以九江郡 假 守 未报」

1135

直斋11 20 通真解题二卷「[illegible]集」
五年所作
胡铨绍兴五年以荐除枢密院编修，上封事抵和
议谪吉阳军」（浮庵词）
赵鼎以端明殿学士为枢密副使，用青宫把牵
嘉泰二年以
八月书易安为金石录后序 矣予考
芦川词刊石排词 重阳十五首「南山绝顶作重
寿成与宗嵩月」 补 乙卯八月九日 出字

陆与义拜翰林学士知制诰。(宋传)の十七岁 十月

全宋本中特赐进士出身△

诏汪藻修日历(宋传)

陆游以荫补登仕郎 授越(宋史本传)

十二岁

汪元量有一剪梅「怀旧」云「十年愁眼泪巴巴。今日思家,明日思家。一团燕月明窗纱。楼上胡笳,塞上胡笳……」按汪以钦宗二年(一一二六)随三宫北 钱塘遗志云「留燕十年」

燕词云「十年……」当此年或此后作(元量在金宋)

水云南归已宋旧宫人

真赋词云「吴山秋,越山秋……」万里人归白头

袁正先赋词云「西湖北高峰,北高峰……」

传言玉女「钱塘元夕」「浙江楼闻笛」「洞仙歌」「水云词中」「忆秦娥」

过金陵,云「昆陵道中」

附岳陵僧舍占作佛屋「莺啼序」「重过金陵」云

州别「江郡」「满江红」「吴山」元夕「吴江中秋」「鹊桥」

风流湖光绿正肥……「一萼红」「寿王」「杏花」……九首

首日味词说以皆南归还钱塘时作

水云集遗民录十一见宋

此江南「幽州九日」至金时作

有湖山类稿水云集(见钱塘遗志)

吴激以乾文阁待制出知深州 吴激生日使 金史交

建州人 宋高宗之……

碑表上

1136 约の十九岁

叶梦得年「水调歌头·自寿韵」(江城子)一首 叶梦得生日,吴激词句出新时

六年 丙辰

赵信叔「宋绍兴六年二月初六」宁福楼「天眷三年五十岁」

宋绍兴六年 「宋史」「金史」 上溯 「此年为金熙宗天会十四年」 天眷三年则值

按此年乃金天会十四年 天眷三年则值

兴十将年也。若年五十四,则当六年七十(一〇八二年),再查宋史

去年(宋史本纪传)生一〇八二年 再查宋

史 宁福楼有年号皆误 不足信

天眷年号再查金史

金本纪作天眷 金本年号 今年号

叶梦得年卅岁 在承州 首「满江红」「丙辰九日」

浮梅溪雨道中

词云「缥缈重阳,一簇西风……

夏」又云「直境……」

「年才自立年」 「书仰楼」……作绮御侯……

丙辰丁巳以来,三木宫历内,经营三径,道路

入作者……指作此年……

有人月圆「丙辰晚春即事」

水调歌头「寓世辞生死」 或此年作 ……

此年 改……

陈与义此年六月以中书舍人兼权直院十一月除翰林学士

士七年正月除参知政事

侍御史……指宗已此年

王炎在金以作古风一篇赠王嵩

道成先生墓

勤坚三忠 壬七……

石林词26 蝶恋花「丙辰八月二十七日雨中与何……小饮」

赵鼎得全词4 贺圣朝「丙辰岁生日作」 按集甲子止此

王之道「绍兴六年五月知开州」 宋史……引……

辛弃疾一……

罗愿生△ 宋徽宗辛 金本纪

1136

朱希真为正字（时）

王明清《挥麈前录》四：绍兴丙辰

明清甫十岁时，朱三十五丈希真、徐五丈敦立

俱为正字，来过先人，命明清出拜。二公询以国

史中数事，随即应之无遗，欣然爱二公见赏之

于稽断，希真之相与多见于词编中……

抄一正本寄为时中提刑绍兴府志卅规发表

岳飞作满江红词　参研座铭　岳飞传145—159页

34岁　收入一二三四年鞍安

陈与义正月参知政事。（本传）附赵鼎对金

用兵。　三月从帝（高宗）如建康。　の十八卷。

宋史艺文志：有诗十卷，岳阳纪咏一卷。

无住词（见　）

苏庠（左明年）京镗仲远生？　据宋史（第三册）一一九

四南仲推　留表

陈克　五十七岁　此见南宋书及北盟会编（见宣和）

吕祉节制淮西军，辟克（参议东路…）为参谋。

叶梦得昌（…）吕祉老敢将之才，不可〔illegible〕诗人

我国士也。劝止之不从，年已五十，〔illegible〕有天

台集去短句，附词于〔illegible〕（…）〔illegible〕

访程词铭史目三十六〔illegible〕 陈克于〔illegible〕

蔡松年卅一岁　〔illegible〕〔illegible〕宣和间仕金　永乐之变

施词此后作　1　25

赵伯玉天会中，北从上京以后　有　鸟夜啼

年不惯水天雪的　当（自注）从上京后作之23

又云与君两鬓凝雪

李纲生　宋史三九五〔illegible〕

李弼逊复立左螭　见三四

沈与求卒　五十二△

金熙宗天会十五年十

七年　丁巳

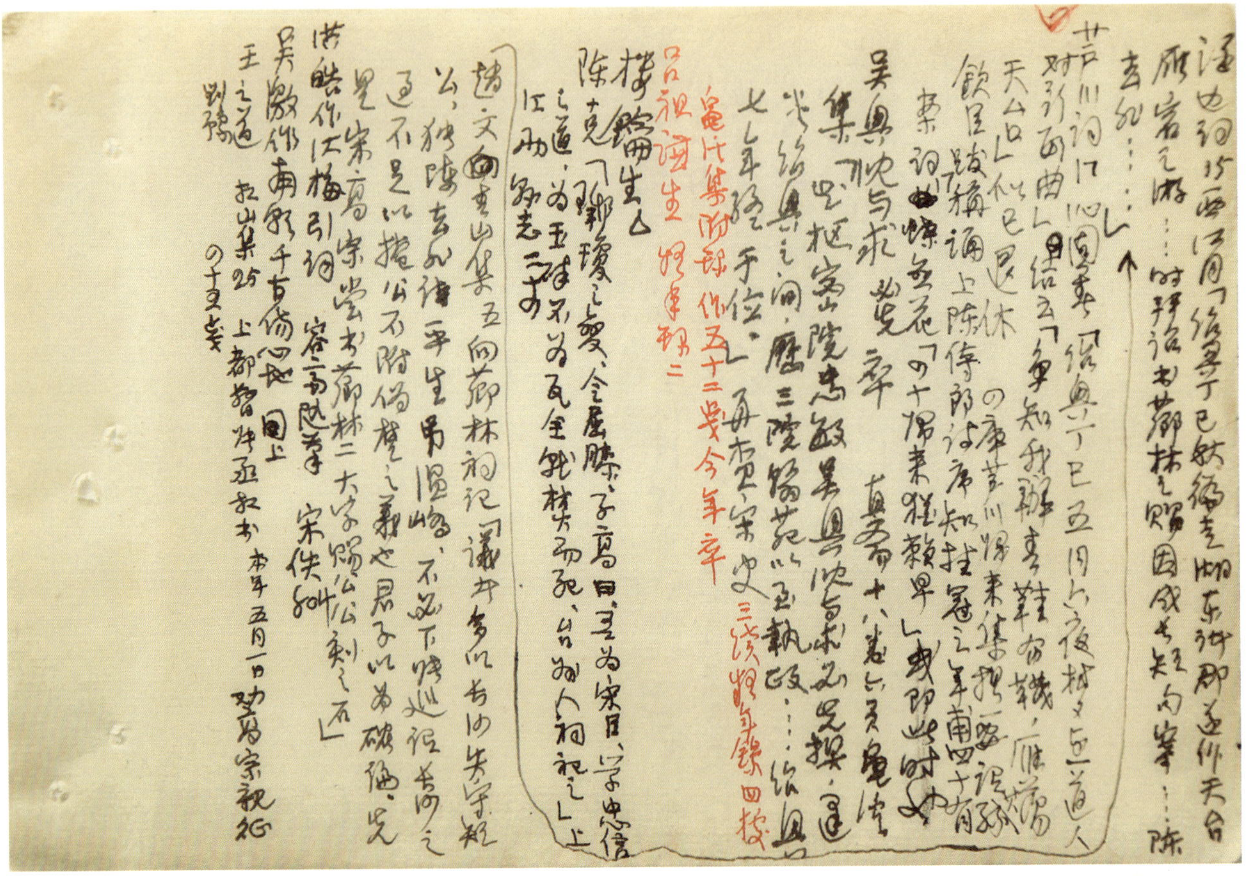

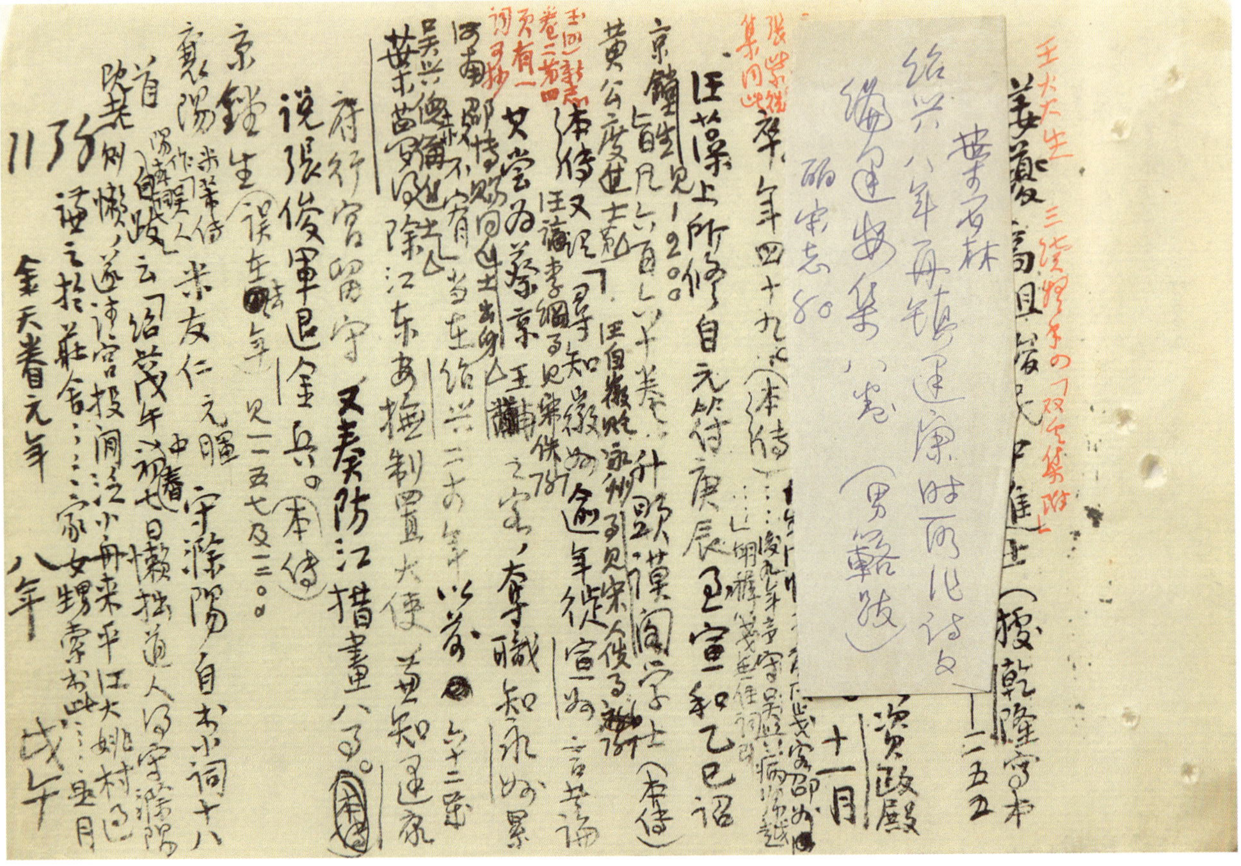

湖也词35，西江月「绍兴丁巳秋余游东湖，那道仲夫台
鼎宿之游……时拜诏书荐林之除，因成长短句寄……陈
去记……」

芦川词1 沁园春「绍兴丁巳五月六夜，梦与道人
对酌西曲」，自序云「争知我，骑羸鞋窄，雁荡
天台」似已退休
饮且跋稿词上陈侍郎诗序知挂冠之年甫四十有□
索词 蝶恋花「四十归来犹赖早」，或即此时也
（四库芦川归来集提要……）

吴兴沈与求龟溪集 直斋十八，龟溪
集「出抚宝陵，忠敏。吴兴沈与求必先撰，道
光绍兴之间，历三院、翰苑，以至执政……绍兴
七年卒于位」。再考宋史 三续疑年录四按
龟溪集附录作五十二岁今年卒
吕祖谦生 疑年录二

楼钥生△

陈亮「孙□之变，全虏腾□，子高曰：吾为宋臣，□□忠信
之道，为王□不为夷□，全□禁而死，台为人祠祀之」上
江西通志二十[illegible]

赵文向书山集五向芗林祠记「议者多以长沙失宗社
公，独陈东欧阳平生男烈，不必下阵逃征长沙之
匹不足以推公不附伪楚之义也，君子以为确论，况
见宋高宗尝书芗林二大字赐公，公刻之石」

洪皓作江梅引词 容斋随笔 宋佚

吴激作再和千古伤心地 同上

王之道 相山集25 上都督张丞相书 本年五月一日 到高宗视师
刘鹗 の十五卷

壬戌大生 三续疑年录四「双溪集附」

姜夔 高且岩□生（据乾隆宫本）
一二五五

叶石林
绍兴八年再镇建康时所作诗文
编为建安集八卷（男简跋）
硕宋志80

张宗锐集同此

资政殿 十一月 卒，年四十九（本传）……」（俊乃卒……宇吴兴……病卒……）

汪藻上所修自元符庚辰至宣和乙巳诏
旨凡六百卷。以千羡升显谟阁学士（本传）

京镗生 见1200

黄公度世 士毅
洪适又见「□□知徽州」（汪应辰书编予见宋佚787）迁□年从宣州 言者论
汪自牧……见宋佚787

玉照新志卷二有此……词可抄
女尝为蔡京王黼之客，夺职知秋州累

湖南郡侍……尝在绍兴二十六年以前……六十二岁

吴兴 叶梦得 除江东安抚制置大使，兼知建康
府行宫留守，又奏防江措画八事。（本传）
说张俊军退金兵（本传）

京镗生（误在前年）见一二五七及一二〇〇

襄阳米芾侍 米友仁元晖 守溧阳自书小词十八
首（溧阳作……）自跋云「绍兴戊午中春初七日，懒拙道人书，守溧阳
陈老……懒人……遂请宫投闲，泛小舟来平江大姚村……
谨之于庄舍……家女甥索书此……是月」

11了行

金天眷元年

八年

戊午

第四册

壬大大生　三续妇年の「双〔?〕集」附

姜夔高祖俊民中進士（據乾隆家本白石道人集九真姜氏世系表略）——一一五五

三续妇年据张宗徽集同此年。

陈与义我危邑蹕还臨安。以疾請複以资政殿学士知湖州。陞辭于閤，提举洞霄宫。十一月卒。年四十九。（本傳）……大生法帖「予庚戌歲[illegible]……後九年丁亥[illegible]以病[illegible]」……明[illegible]姜[illegible]

汪藻上所修自元符庚辰至宣和乙巳詔旨凡六百七十卷。升顯謨閣学士（本傳）

京鏜生　見一二〇〇

黄公度进士第一。本傳又见「[illegible]知[illegible]」汪藻李纲為见宋佚787　汪自[illegible]兼秘書见宋人佚名[illegible]　為通年從宣[illegible]言[illegible]論

玉〔?〕…卷二第四頁有一詞可抄

史堂為蔡京王黼之客，奪職知[illegible]累

河南鄞[illegible]不宥当生紹興二十四年以前　六十二歲

吴兴人偽[illegible]　葉夢得除江东安撫制置大使，兼知建康

府行宫留守。又奏防江措畫八事。（本傳）

说張俊軍退金兵。（本傳）

京鏜生（误在[illegible]年）見一一五七及一二〇〇

襄陽米芾侍　米友仁元暉　守滁陽，自书小词十八首，跋云「紹興戊午中春初七日，懶拙道人[illegible]守滁陽，懶遂请宫祠，投间泛小舟，来平江大姚村……家女婿[illegible]……」

11月〔?〕　金天眷元年　八年　戊午

十三日元暉」　宋史の米芾傳：「友仁……官至兵部侍郎、敷文閣直学士」不知在此前後

朱晞真六十月六日与洛陽尹彦明、趙伯栗、邢叔瑞、朱晞真……游烟霞洞

題名云：「雒陽尹彦明、趙伯栗、邢叔瑞、朱晞真、敦一，时丙子，[illegible]维方，紹興戊午十月六日同來」西湖志

嘉興府志：「朱敦儒字希真，洛人。……以詞章擅名，……寓郡城，有讀書堂，在天慶觀右」

更據朱[illegible]寓[illegible]當在此年左右

胡銓請斬秦檜和議　抄獨据經志八卷の交邢條

又抄詞林紀事……胡銓詞

楊冠卿家〔?〕亭生　の[illegible]一六一〇李壽[illegible]

葉夢得建康集　の康抱要一五六引书録解題

王炎生　双溪詩餘自叙「三十有二始得一第」　見一一六八年　の[illegible]

趙介庵登進士年

張孝祥云戲道三年第進士。——一一二三

[illegible]，予見其同年先夫人之墓誌……纪[illegible]戊午

壙志……東坡[illegible]大地增[illegible]家

王庭珪民瞻作送胡銓謫嶺表，时庭珪年七十　紹興十八年

二。盧溪先生文集序（原作紹興八年之又の年）

十二年，待考」　年譜待再考　……一〇七一

[illegible]胡銓作詞送[illegible]元幹　以[illegible]除名　寄胡邦衡……」　盧川詞提要

张元干作贺新郎「送胡邦衡待制赴新州」 书

「李伯纪丞相」二首 抄芦川词提要 改入1142年

葛立方登进士 毛晋跋归愚词 在甲子 18 20 直斋

知稼翁黄公度登进士第一 提要1518 100

知稼翁集 廿一岁(?) 被秦桧论罢岭南

待查知稼翁集

归安倪偁 文举 绍兴八年进士 直斋18 20 续川集

黄公度大魁 直斋21 8 知稼翁集「考功郎官莆田

黄公度归里 按绍兴戊午大魁,主与赵忠简往

来,得罪秦桧,流落岭表,及化及对,为郎未几

死,年四十八。

康与之「八年,谄崇同於御批」,以养母为请,同剧一检察御

书之员,同则僭锋三叛,傅其母,与之乃不以为养,同

探取数月,道政其母,与之鞅鞅去,旋因左珰以题徽宗

画扇诗,受知高宗,起为承务郎」 建炎元年一部

可疑也 宋史翼27 此八年当是此年

王之道「(绍兴)八年通判滁州,时方议和,之道移书

吏部尚书魏矼,谏议大夫曾统,言辱国非便

又投匦上书言敌有五败,陛下有五胜,其有……

而我有未必胜者三,又不可不知也……大忤秦桧

意……」 宋史翼引要录一三七

黄公度「绍兴八年省试第一,是科廷试,赐进士及第,签

书平海军节度判官,代还,除秘书省正字(忤秦桧)罢

归 云台观 如崇道观」 宋史翼卅 廿岁

黄童 公度从弟同榜乙科及第△

1138 襄阳王之望进士△ 八年 戊午

杨冠卿生△ 见四库客亭类稿提要

十二月胡铨以枢密院编修官上书请斩秦桧,坐为福州

签判 挥麈后录十175条 (张仲宗送词作于1142年)

词作秋景可证非此年

李邴与秦桧贺进维垣启 抄挥麈后录11 7上

王之道 相山集24 绍兴八年六月十二日上侍御郎魏矼书论议和

有九不可而一可 时赴调居临安八十余日赴无为毋次

宜兴时作 の十六岁

时以金人遣使随王伦报聘,讲和作此书上凡半年不得

报,而胡铨之书传写,言至於此,实值之後湖宋不为过

也(见次年与曾统书)

李弥逊时为户部侍郎,反和议 见桧传

向子諲时守平江,金使将过,方当拜,不拜,乞致仕 见桧传

赵鼎罢 第

韩南涧作[illegible]

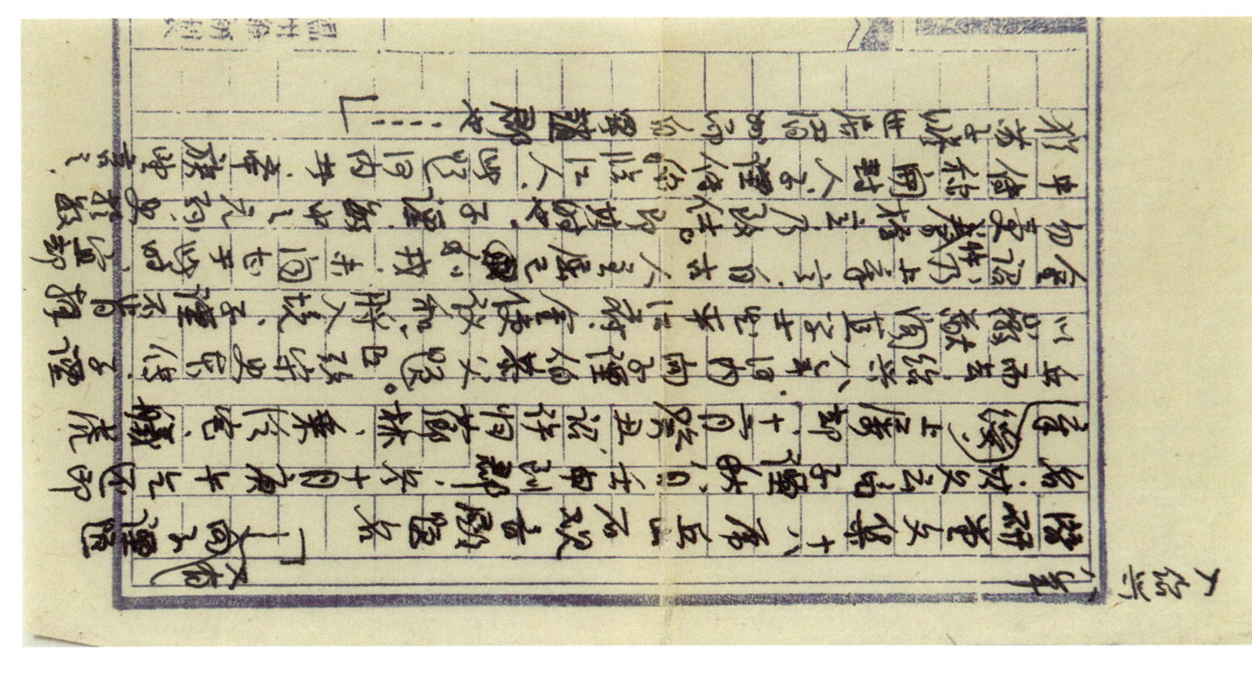

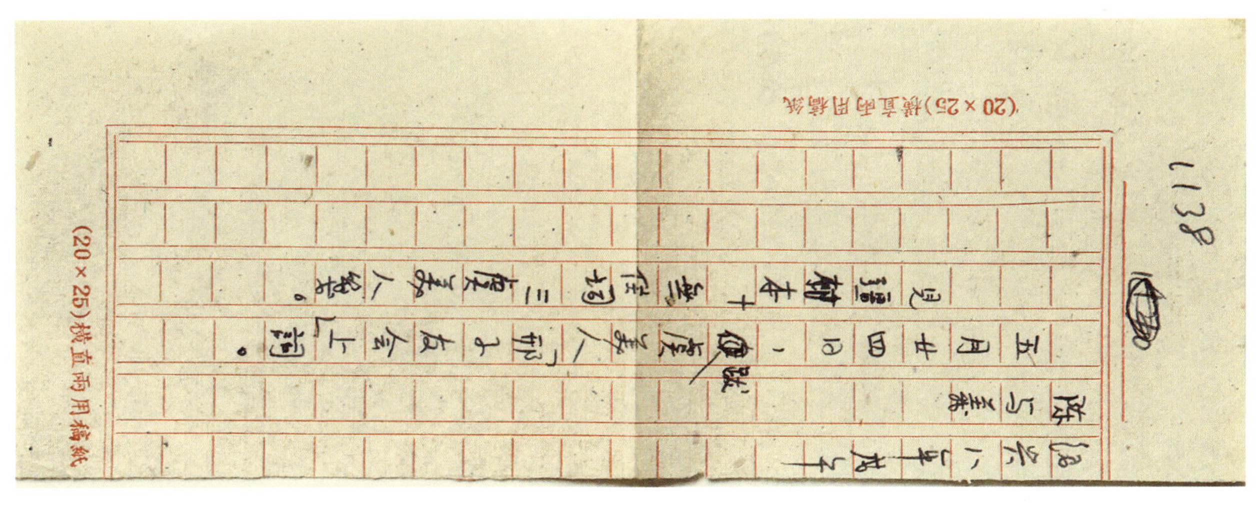
(20×25)横直兩用稿紙
1138

葉夢得結沿江民兵，敵第遣子模將千人守馬家渡，拒金兵。金兵不得渡而去。兼總四路漕計以給餉，軍用不乏，故世得得息。高宗詔加資政殿大學士。（本傳）本傳又言「移知福州，兼福建安撫使，平海寇五十餘巢。與監

胡寅 斐然集 卷 跋朱新仲舍人自作墓誌「秦丞相擅權十九年，而朱公宦嶠南十有四年，僅免便作……於秦檜中年……」

朱翌賜詔妣……（誤在明年當移此）

一四卯 点移此

蔡松年 卅三歲　陳沂官承旨　抄一一

有「水調歌頭・送陳詠之歸鎮陽」　廿年月有

方「雅志易萬歲，一歲晚……」

五月旦二日 別范季霑　抄16下

又有送范季霑還鄉……

楊邦基 第進士乙科　2下上

隱逸詞十闋的天「終與己未得休後賤」

莫夷後遊寶隱」西江月序：「王夫 蔡隆 ……己未

逃祿詞五柳坊如

11了 楊詞甲子此篇早 九年 己未

葉夢得結沿江民兵，敵第遣子模將千人守馬家渡，拒金兵。金兵不得渡而去。兼總四路漕計以給餉，軍用不乏，故世得得息。高宗詔加資政殿大學士。（本傳）本傳又言「移知福州，兼福建安撫使，平海寇五十餘巢。與監

司異議，上章請老，特遷一官，提舉臨安府洞霄宮，尋拜崇信軍節度使致仕。」當是卒前事？　六十三歲

朱翌賜詔妣……（誤在明年當移此）　一一四六年

一四卯 点移此

蔡松年 卅三歲　陳沂官承旨　抄一一

有「水調歌頭・送陳詠之歸鎮陽」　廿年月有

方「雅志易萬歲，一歲晚……」

五月旦二日 別范季霑　抄16下

又有送范季霑還鄉……

楊邦基 第進士乙科　2下上

隱逸詞十闋的天「終與己未得休後賤」

莫夷後遊寶隱」西江月序：「王夫 蔡隆 ……己未

逃祿詞五柳坊如

11了 楊詞甲子此篇早 九年 己未

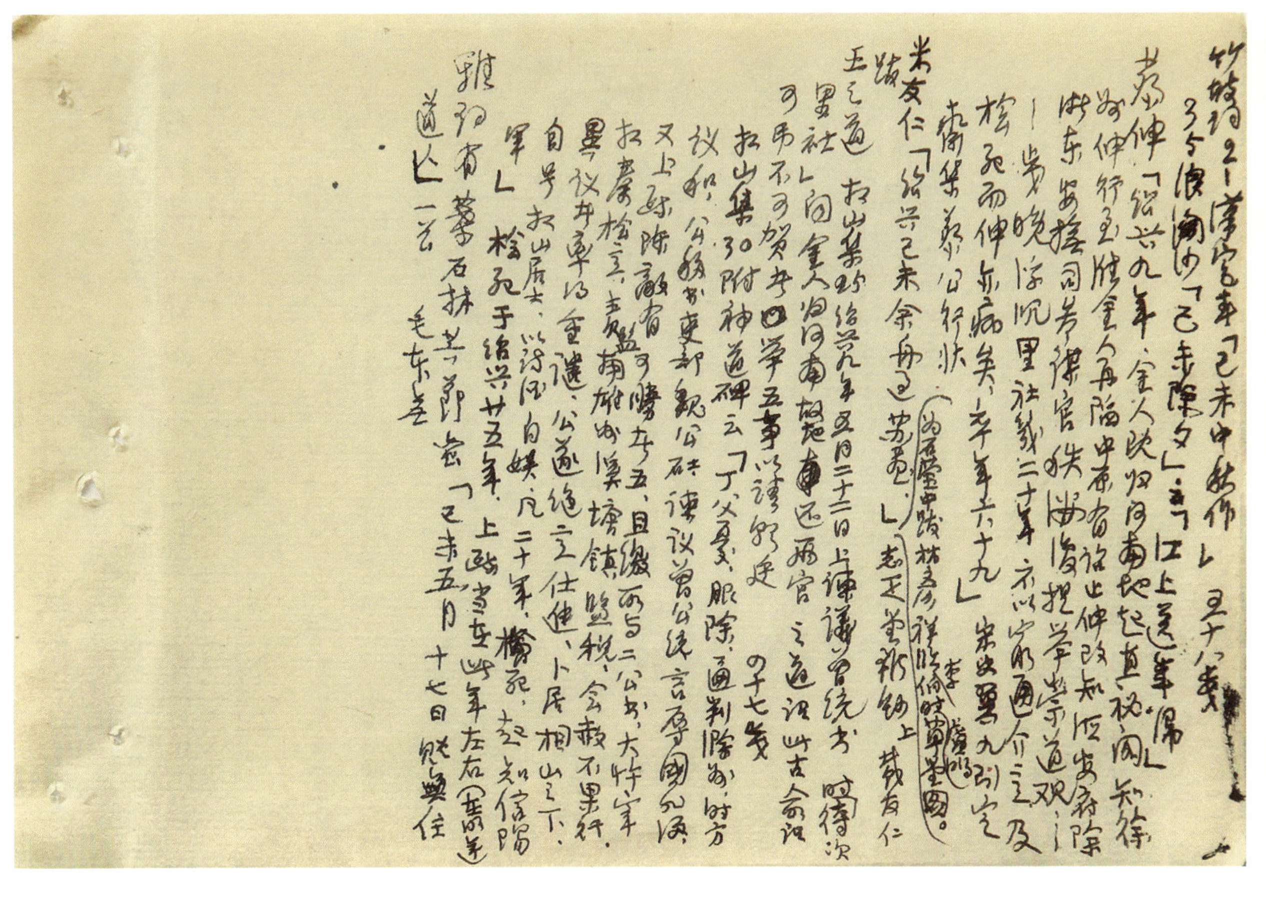

（參見「河南平」，在此年五月。松年從宗弼伐宋當即此年）

金史七七 宗弼（即兀朮）傳 伐河南在此年 册四七

辛棄疾 廿二 胡雲翼宋詞研究 （見集八第一《蔡松年生日》）

秋 蔡松年 在睢陽 作南鄉子「庚申仲秋陪席蕭居士置」

見小斜川 注 許丹房 之之

松年「為行臺刑部郎中」本傳 明此年可，查本傳

作柳頭京時已破，何此時方河南平，查金史

松年入宋年月或始於此年之前的年

有五字十一字 二四下

在汴有園圃，明年有時往詞中

「蕭閒勝友生絃」3/9 「明秀」云 「首奉……」亦作

仲并 彌性 考堅支 突集卷十頁二 楊子人 「湖妓楊韻

可人，遂絕迹十年以後用色藝驚鼓，踏華名，海陵仲并

彌性，并通判，為子為所藏，嘗約一鐫鈇一愛杖世郎

寄」，及仲以李羅」 仲通判湖，為宋里此年後

仲後又為蘄州守，亦見此年

楊炎正 約生於此年 炎正五十二方登第 為宗道序

京丞相所知，見《唐宋諸賢絕妙詞選》，京秤石在慶

元初，炎正亦生此年左右 1196

汪迥 詞引 臨江仙「錦綉異處中，老妻生日，約女靈照生辰

是歲女子亦有弄璋之喜」

友古詞 引 滅字「庚申七夕」

李綱卒 五十六 繫年錄 一〇八五 宋史卷三五十

王之道「紹興十年七月除一官，送吏部，與小監當差遣（見之）

要錄一百三十七 寄賣監 南雄州保昌，嘗視會散不果行

送徙之進，作小居相山之下，自號相山居士」《詩（見明）》

五月十三日 謝伋 葬崇 寓台州，自序四六

談塵，稱李清照為「趙令人李」，時清

照五十八 止戈 （俞正燮：癸巳類稿 易安居

士事輯）

曹勛 授成州團練使副 劉光遠 報兀朮遣使

議和，及淮而返，遷忠州防禦使，金使蕭

毅、邢具瞻來，勛為接伴使，亦經廢，階官為容

州觀察使，充金國報謝副使 正使 何鑄 本傳

按：《後漢》何鑄 金 在此年十一月

使歸曾在十月 十一月十二月

有送程子「淮上元宵等國侍取接因得漢

使一詞，他日錄之」

洪皓 求為太后書，遣李微持歸，冬又密獻

書獻六朝御寶御宗御書 萬其書

江陰 丘崈 宗卿 生？ 本傳無年月 按丘文

定公詞 有宋理宗瑞平二年乙未作（見一一三

五年）倣宋丘宗於是年為九十五歲，當生於此

年

蔡松年以宗弼薦為刑部員外郎 本傳「宗弼

師還，宗弼入為左丞相，薦松年為刑部員外郎」

按金史熙宗紀「以宗弼為尚書左丞相兼侍中

1141 溫陵曾造 以太府少卿遷 全皇統元年 辛酉

太府卿△ 十一年

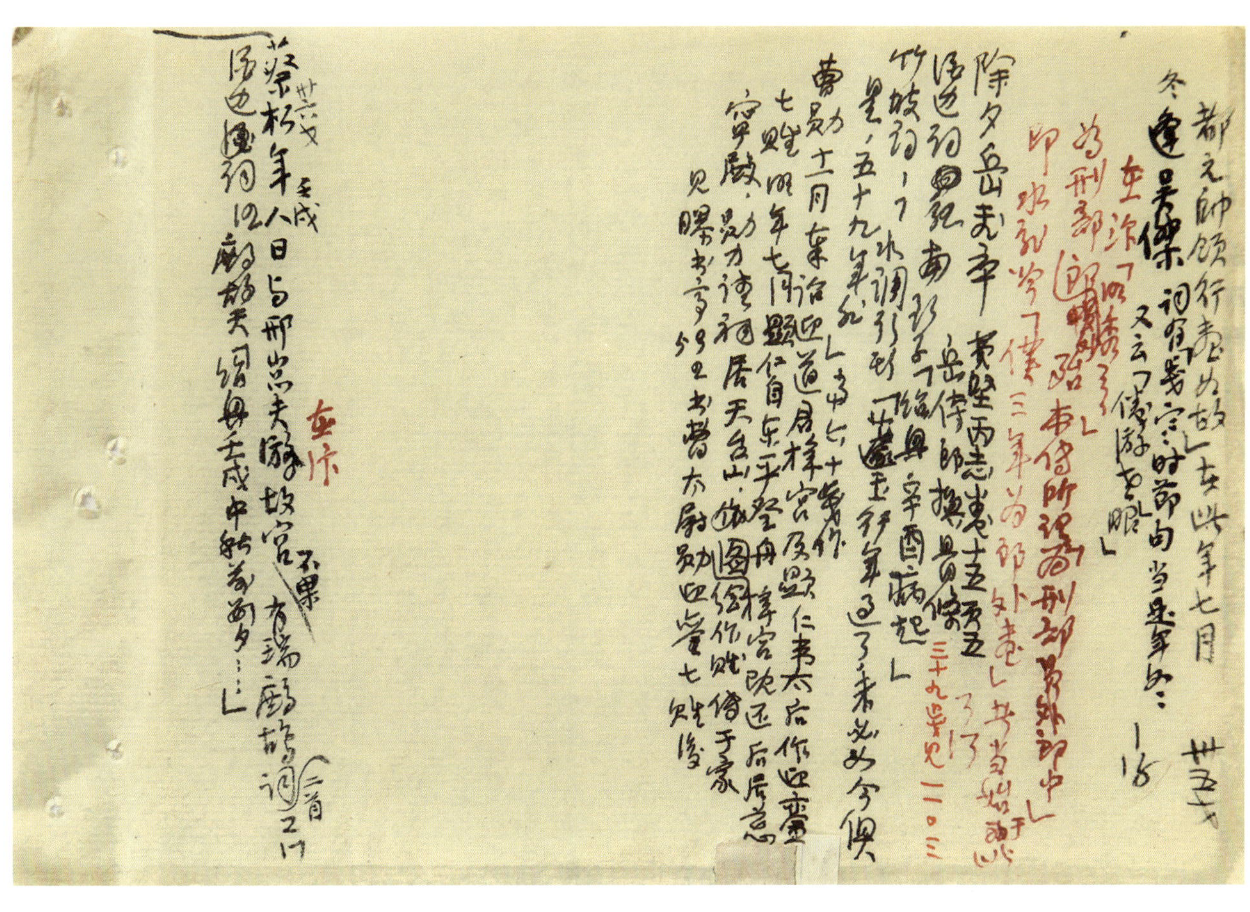

好首外皆木蘭花慢「中秋」、漁家傲「重九」、良辰
翻成悵恨因用前韻、少微、旅情」四首皆在
金時作，不能定其何年作
五十五歲
洪适與弟遵同中博學宏詞科 [illegible] 除敕令所
刪定官 詞選了 本傳
吳激出知深州，到官三日卒 金史一二五作「皇統二年」
又云「有東山集十卷」 按金史本傳「激米芾
之婿也」米芾於宋徽宗大觀元年（一一〇七）年五
十七，激是時以二十歲左右計，卒年當五十餘歲 又本
傳「將宗命至金，以知名留不遣，命為翰林待制」與元好問
中州樂府小敘不載年月、金史交聘表 案
中州樂府激作人月圓「南朝千古傷心事」跋云「彥高北
遷後，為故宮人賦此……」春從天上來「海角飄零，歎漢
苑秦宮，墜露飛螢……」「梨園子弟」「書劍憶游梁，當時事，底處
雪弄里，龍庭……」「罷破中原，塵無際，鳳
不堪傷……」「味詞遲」在汴京破後作，將宗命至金當在靖
康（一一二六）前 中州樂府送五首小敘引斷句「出散關
詩云「春風雷電捲青山，秀晚日春川綠樹平」……「三衢夜
泊云「山侵平野高低樹，水接晴空上下星」」又有
念甫 正甫 樂之侍郎 錢鳳閣使高跳 亦見小敘
蔡松年明秀集二水龍吟「余始年二十，歲在丁未，
與故人東山吳季高父，論求田問舍事，數為余言：懷
衛間風氣清淑，物產奇麗，相約他年為終焉之
計……東山高情遠韻，參之魏晉諸賢而無愧，天
下共知之，不幸年逾五十，遂下世，今其墓木拱矣，雅志
莫申，遂令人氣短……」

周紫芝「壬戌如日壽，時年六十一」 四庫太倉稊米
集提要引 什方中間題一首注 毛晉跋竹坡詞
引宣城志文苑傳「年六十，始以史材薦，三同
學究出身，調為軍不赴，監戶部麴院，擢
樞密院編修官，右司員外郎，以知興國軍。」
王庭珪 紹興十二年，胡銓以諫議和謫嶺表，士皆畏剌舌，庭
珪獨以詩送行，有「癡兒不了公家事，男子要為天下
奇」之句，銓鄉人歐陽安永告訐，以為謗訕，詔下
廣吉郡切究，守臣曾慥王珉按刑，太學生林大聲
復其子……」 宋史卷三七七 程史云時年七十 宋集794
張仲宗（元幹）字長樂人……在政宣間以樂府擅名，銓
貶新州，元幹作賀新郎一闋送之，詞極悲憤，坐是
除名」 宋史翼卷七引閩書卷八八 閩通志
劉光祖生 △
胡銓貶新州，張元幹作詞送之 按揮麈後錄10 10下
胡以「封狼書撤」得罪，再貶吉陽軍 同上
又「秦檜知向（元幹）仲宗之詞，仲宗挂冠已久，以它
事追赴大理削籍焉」 同上 參四印齋胡詞跋
洪景伯中博學宏詞 按揮麈三錄卷三 同上
玉陽王真人三月十八日生於寧海 遺紫七真仙傳
十二年 壬戌
1142

张元干 辛 七十七　三续粹编「芦川归来集」

王之道 有 千秋岁「癸亥重九舟次是江」

陈亮生 二十六岁 赵蕃生△

洪适 改秘书省正字，兹月出为台州通判　春

「改秘书省正字，兹月出为台州通判」白皓 ……秦桧 出知饶州 近尔出为台州通判」

廿七岁

盘洲乐章卷二有好事近「东湖席上次曾守韵」

时慕曹同年「感字木兰花」「太守……」

引路「保作」又浣溪沙一首 邦伯今推第一流……

一时文采说台州……」

云「重阴倒影，五艺」含笑，神仙今古台州」」坐客…… 双岩堂」起

清平乐「次曾守韵」鹧鸪天「次曾守游梅园韵」浣溪沙「以贺曾守梅莲送曾守」……又「以贺曾守梅莲钱曹」又「席中答钱曹」清平乐「以千叶粉红牡丹送曾守」思佳客「次韵苏文同集钱曹池亭」结云「客欺欲指江南去，回首云标怅望一峰」好事中错「曾守生日」有云「今代天台太守，声名已在岩廊了」是曾守钱曹皆宦台州，当皆在台州作

114 十三年 癸亥

米芾 辛 の十七 父一〇九七

盘洲乐章卷二 又蝶恋花有云「何日双旌，却为丹丘驻」江城子「赠举之」换云「明年此日灯江头，板屋楼，望丹丘，只恐溪山千里，碍凝眸」丹丘侍查，疑在台州

九月七日

陈同甫生 据颜虚心陈同甫先生年月（清华研究院国学丛刊一卷一号） 近人童振福陈亮年谱同

又云父 集十七有垂然的一阕，自记云「九月七日自寿」 七 详见一二九四辛年

蔡松年 5 …… 郑氏山亭？

念奴娇 东京路三年，未尝饱见兹物，今岁江梅迎开，遂至远行…… 雪中……

赴上京当今年冬，词句可证

……入上都 …… 官……一の一

…… 乌夜啼「留别赵粹文」「三年不见……」乙丑

（一の迷）录上都 此去上都 三年也

雨中花「……」当此年作

1143 十三年 癸亥

友古詞〈水調歌頭〉「癸亥元日……予適至秀」二首

葛勝仲、葉石林在吳興 癸辛雜識（?）吳興園（?）圃條：

「玲瓏山在卞山之陰……定心石傍有……紹興癸卯葛魯卿、林彥政、劉無言、莫彥平、葉少蘊題名」 癸卯必癸亥之誤，明年勝仲（葛卿卒矣）

葉石林在湖州之石林 癸辛雜識（?）吳興園（?）圃云「石林葉少蘊之故居，在卞山之陽，萬石環之，故名，且以自號。正堂曰兼山，傍曰石林精舍，有承詔、求志、從好等堂，及淨樂菴、愛日軒、躡雲軒、碧琳池，又有巖居、真意、至止等亭。其陰有朱氏怡雲庵、涵空洞、玉澗，故公後以玉澗名書。大抵此山一徑產楊梅，盛夏之際，十里間朱實離離，不減閩中荔枝也。此園在霅最古，今皆沒於蔓草，故無復存者矣」 癸辛雜識前上11

李易安在行都

1144 十四年 甲子

葛勝仲卒，年七十三。（元一〇七二生）謚「文康」。（本傳）

有丹陽詞 孫卿為右相有傳 曾（?）歐陽修太學 本語錄（?）

因革禮為三百卷（本傳） 丹陽詞集卷（?） 有知湖州詞

洪皓提舉江州太平觀 李傳又云「居母喪……除饒州通判」 年十七年安置英州（?） 五十七歲

鄭（?）史浩（直翁）登進士第，調紹興餘姚縣尉（宋史三九六）本傳又云「聽（?）溫州教授，郡守張九成器（?）之，秩滿，除太學正，升國子博士……除秘書省校書郎」 五十三歲（?） 在紹興三十年為[illegible]

蔡松年 水龍吟 3 13 當是吳激作 詞綜誤作 但不知也 作於蝶 2 4 查本集一首疑偽作 念奴嬌 3 13 上為（?）閱竟（?）

王（?）黃詞五先覺堂史浙江（?）告云「學術天人之士，如仕……」 洪志存（?）交文（?）

朱（?）登東溪詞 二頁有漁家傲「紹興甲子，[illegible]官作」云「渾（?）然老，玉山轉節花前倒」 東溪詞 [illegible]甲子

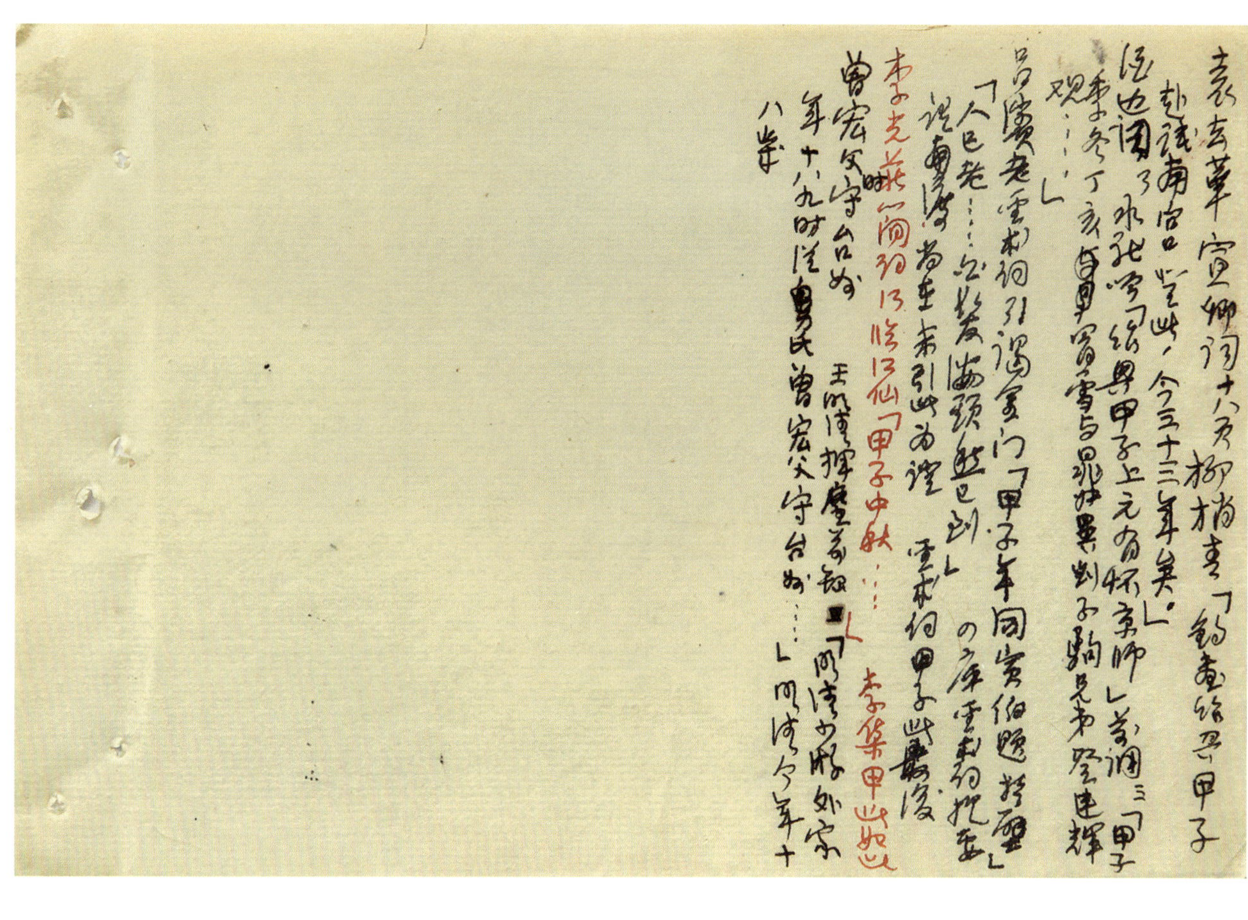

袁去華宣卿词十六页柳梢青「钓台维舟甲子
赵钱南宫日皆此，今三十三年矣」
沈此园了水北宫「绍兴甲子上元有怀京师」前调三「甲子
季冬丁亥自刘宫宴与晁楚老异别子驹兄弟登远辉
观……」
吕渭老云南词引谒金门「甲子年同宾伯题楼壁」
「人已老……公发满头新已到」 の庆云南词批在
沈惠济当是未引此为证 云南词甲子比最后
李光庄简词临江仙「甲子中秋……」 李纲甲出如此
曾宏父守台州时 王以宁挥麈前録 「以宁少时如宗
年十八九时从曾氏曾宏父守台州……」以宁今年十
八岁

傅朋赴镇上饶，拉过嘉兴，观宝晋斋帖
亭、忠、铺、气宇甚，绍兴中甲子九月书
纸扬朱敦儒题（蔺亭续卷一9下）
吴说字傅朋钱塘人见上条同书

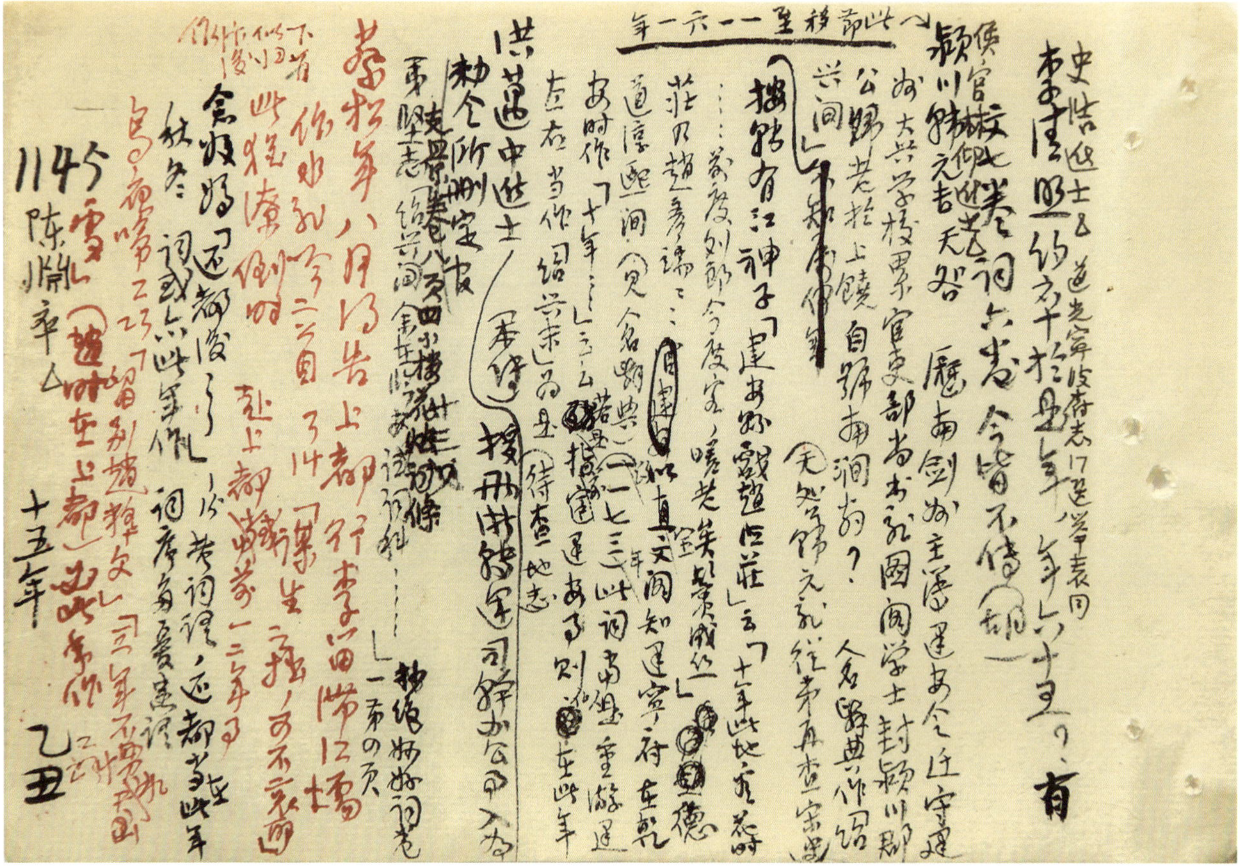

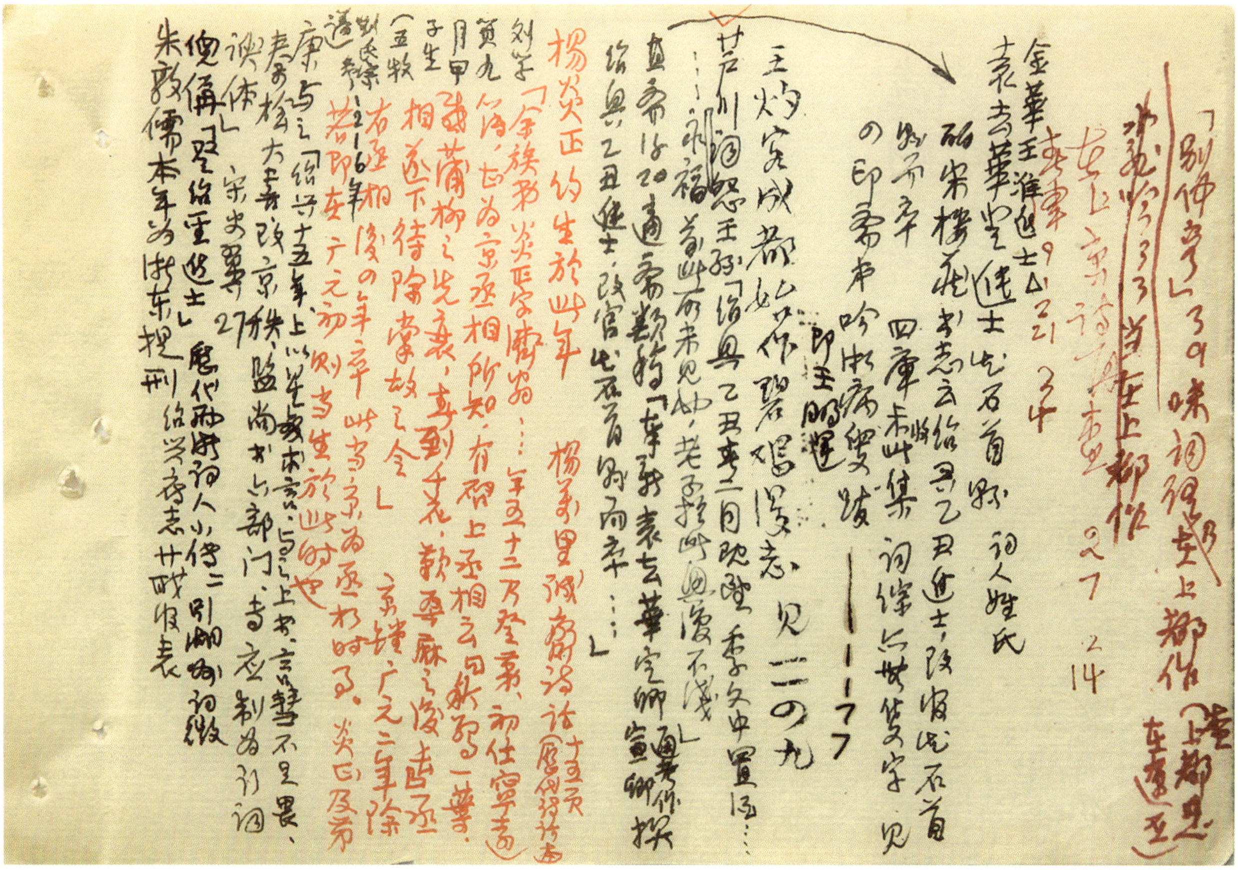

李邴卒六十二 見一〇八五

劉子翬卒，六十？ 撰李邴文。貽配讀原之辭，子翬序

五數 劉氏家譜 有本年

萬至三年（改一一〇七）通判興化軍 歸鄉武夷山不出，其凡十筆

卒年の十七 本傳所記十七年 國 貽撰 史館官房山

王夫之年敘 應于十於此年 屏山詞『秀之 山の前』

年月可攷 呂思退紹興中試博學宏詞△

江都仲并 弼性 由進士？ 人名辭典作紹興進士，又云

『以張浚薦召至闕，為秦檜所阻，改除京口』在此

後 王灼紹興中為幕官△

移至一一三九年

朱翌 中書舍人 秦檜惡其不附己，謫居韶州十九年？ 有灊山集 作紹興

灊山詩餘一卷 止五首

在此年月 有桃源憶故人『辰州泛舟送郭景文閑子

五見 一一五七年

康赴行在』謁金門『道山亭餞陳擇老赴行在』（查灊山詩） 曾協紹興中舉進士不第？△ 人名辭

王之道 通判滁州 忤秦檜論廢二十年 典作紹興間』 曹勛紹興中守台州△ 人名辭典作紹

臨海陳克子高 為敕令所刪定官？ 興中』又云『僑居金陵……有天台集』 赤城詞一卷

の十首 其年月 有浣溪沙『陽羨上元』 人名辭典作 紹興

劉一止以敷文閣直學士致仕？

中』 又云『有非有齋類稿 後改名苕溪集』 有踏莎行『游鳳凰

苕溪樂章の十二首 其年月

臺』 醉蓬萊『秀 望仙鄉 横云『江都自古豪華誇』 蘆 念奴嬌『和曾宏父

城元夕』（石林 尚書左丞 李泰 宣和三年（一一二九））

1140 九日見貽』

宣城周紫芝紹興中秋第△ 皇統二年

丙寅

郭城 止 睦 進士？ 入 作

興國王質景文 又登進士？ 李邴卒六十二△

江王陀齊名 登紹興進士為太學正』又云『李石紹興中為學官△ 人名辭典作『……游太學與九

廿二

李畢登經義進士第 本傳又云『調岳陽丞，

再轉遼陽府推官，歷中牟令……丁內艱，服

除，召補尚書省令史，辭去為衛州防禦判官，

世宗素聞其才名，尋召為應奉翰林文字，

……時方議郊禮，命擢太常博士，俄而真授

為宮籍監讀冊官，五遷秘書少監，兼尚書禮部

郎中，除西京副留守，……召為翰林直學士

兼太常少卿，以母老乞歸養，授鄭州防禦使，未

赴，母卒，起復為翰林直學士，……尋擢吏部侍

郎，兼著作郎……俄為中都路推排使，遷翰林侍讀學

士，兼御史中丞……尋為賀宋正旦國信副使……』

章宗立，為中都樂大 作『皇統二年經

義進士，權福臨汾丞，時太師浩判平陽，一見器

其才，為之延譽，辟遼陽幕官……』 廿四丈

字無黨 中見教 金史七九本傳 參一〇七九生年 六十八歲

向子諲卒 見 一十三 八十四

友古词34　卢祖皋「丙寅」　友古词甲子此最后

李易安上金石录　见洪适隶释「赵明诚所藏三代彝器，及汉唐石刻，为目录十卷，辨证二十卷，绍兴中，其妻易安居士李氏以表上之。」案易安表上金石录，惟见于此，绍兴凡三十二年，曰绍兴中，又在十余年时，易安已六十余岁，其时天下已粗定，宋高宗又喜文学，故表上之，盖[?]洪适作隶释书称易安为[illegible]再嫁[illegible]可见知。一为朱子称易安为赵令人，则更在孝宗后矣。」　萧道管萧闲堂笔记卷二（国学论衡第一册）

张表臣　绍兴中除右司农丞△

朱雍　绍兴中召试，有梅词△

耿时举　绍兴中人△

[?]时行　[?]可　绍兴中官奉礼郎△

曾宏父　绍兴中守黄州　有双溪小稿，[?]诗[?]辞（?）　见挥麈后录10 8上

汪应辰　绍兴中为（绍兴）郎守　绍兴府志廿八职官表

陈深　绍兴间为海盐县令　光绪嘉兴府志职官师表

曾惜　[?]父　守临海，[?]后，门生故吏私与窃次词属资严长刻诸板，属谢伋为序　赤城集十七，曾使君新词序　作「十二年岁在丙寅，[?]父来守临海」　三当六之讹（周泳先据文澜阁本

1146　十六年　丙寅

俞灏商卿生　考在1231

第四册

洪皓责濠州团练副使 安置英州 熙宁辛 六十三 见一〇八八生

本传无年月，而云「安置英州，居九年，始复朝

奉郎，徙袁州」。按续通鉴，徙袁州在绍

兴廿五年（一一五五），则安置英州当在十七年

续通鉴系此年五月乙巳 秦桧传云五月 钱大昕洪文敏年谱同

洪适谐罗 本传又云「适来，欲南首侍其

九载」 卅一岁 盘洲乐章卷一有番

禺调笑，当作于此时 此后 徙袁州时

洪遵 教授福州 本传谓在洪皓忤秦桧

投闲时，当在此年 又云「男迁吏部郎……礼部」

此后 黄 迁左司员外郎 年十七

霖措成田毂等罪状劾宗颖诛之

七月 闲住 石林词 见关序石林词 の十二

第坚又志卷八页六 广州城 「绍兴十七年夏，先公

南迁，予与季弟从行，八月二日至广州……郡守

曾端伯慥来见，日……独……耳……」

曾慥时为广州守 见前

碧鸡漫志三 近岁帅曾端伯增损其发乡传谱

曲 荒 增损其 为句读 …… 漫志成于

1147

与十九年，曾为广帅，当在此时，为侍……在

十七年

丁卯

此时也

七月 闲住为石林词序

南宋谭卒 见一一三二

〇〇〇 曾端伯慥知广州乃由归 为吴开 秦桧 抄

浮丘词 ……曾端伯侍君自广守归帅荆南，

作是词谢之」云「……人人……保」

芦川词 念奴娇「丁卯上巳……堂……」

侯寘 ……

鲁……

赵鼎卒于吉阳军（南宋の名臣）

再查宋史

胡铨在新州（或再谪吉阳军时）「潇庵在谪所，因读……

浩然……

满湖……

雨烟……

庚子 「拥……监丞」 宋史 27

刘子翚卒 の十七△

东武侯寘 ……

丘密 ……生

作丁亥 1227 ……

曾宏父此时守京口 ……

叶石林弁山藏书被火 ……

朱敦儒为王…… 朱自……为秦桧所不喜

长……刘……云生

张孝祥 ……

王……

明年 ……

外制 ……

二六七

「葉少蘊花本于霅川，丁卯与宅俱焚，而李秦安家本亦毁兵火」 徐时栋烟屿楼笔记（天一阁书目附二引）

1947年

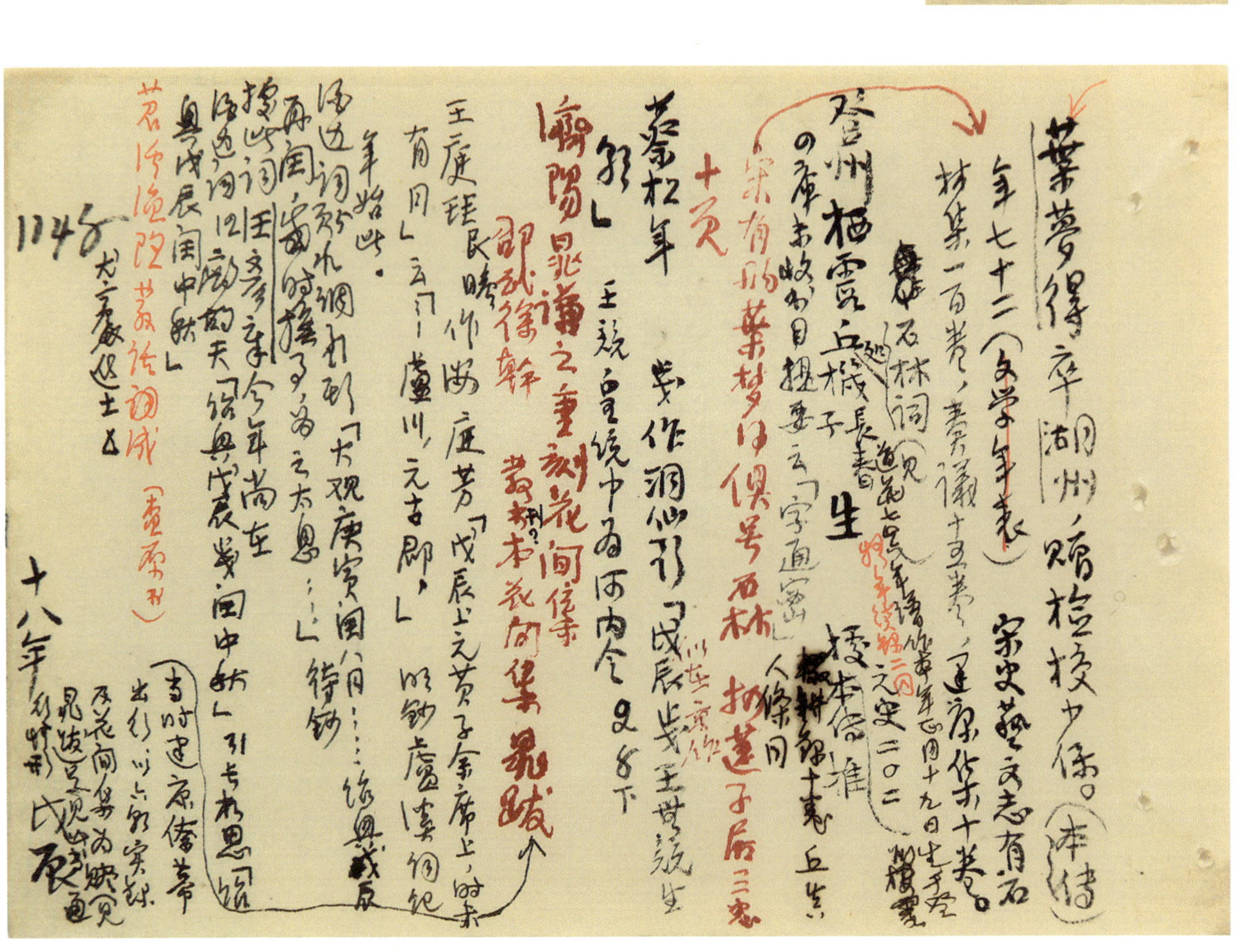

葉夢得卒湖州，贈檢校少保。（宋僻傳） 宋史藝文志有石林集一百卷，審齋十五卷，建康集十卷。

年七十二（文学年表）

石林詞

登州栖霞丘處機長春子生

蔡松年

王競皇統中為河內令

王庭珪

十八年 戊辰

1148

南戲盛行于杭

元劉一清錢唐遺事「戊辰己巳間，王魁戲文盛行于都下」

南戲始于宣和末，盛于光宗朝（卷一一〇之5）

「六月過功郎王庭珪編管辰州，以作詩送胡銓也」紹興八年戊午 秦檜傳

「十二月胡銓自新州移吉陽軍，以作頌謗訕也」同上

朱敦儒上疏請歸，許之。（本傳）雅歌

上有沁園春「七十衰公羽，告老歸來……」是 自紀七十之歲 集約七十九歲

詞又云「蓮社輕輿，雪溪權有些作物……」 一一二五〇

蔡松年生 擢吏部侍郎，俄遷戶部尚書 本傳作

「天性初」又云「海陵遷中都，從擢戶部以實都城，後鈔引法，皆自松年發之」 の五三一七

雅引上封事，見「棲仙」云「禁飲因循……」琴尚承

新寵（此紫微恩雨將醲，忽然推挽草堂去，夢夢帖冷冷然……）

錄女嫂作 自斜燈暗，盡樓勳動」等詞當

胡適注「此似指秦檜之召」

松年友高士談

雨中花送李不當「一死」？ 一一二

丙辰丁巳以來三求官河內 吉官山陽 序有云「故自……」予與郎遠俯仰

「一代……」當此年左右作

高士談以子累于宇文公俱死 辛丁卯 （見宇文虛中）

有蘭室集……高士談安溪

邢具瞻 嵩夫「皇統中以當塗議死」の二

有臨江仙「雪晴……」 一一二 此年前作

趙松石雨為遼陽幕帥「……」

天性初擢卿刺……

子堅宗堅

有藏兩「中秋前一日從趙」 一一四下

左右作

送趙子堅再赴遼

1149

金皇統九年

天德元年

十九年

己巳

三月，王灼晦叔作碧鷄漫志五卷成。 自序作於己巳三月，又云「己丑冬予客成都之碧鷄坊妙勝院」，據四庫提要一〇五頤堂詞，灼遂寧人，紹興中嘗為幕官，則己巳常為紹興十九年。自序又有「頹將老矣」之語，則書成於灼已晚年。

王庭珪民瞻論夜郎州學許臥子作菩薩蠻武陵西上浣溪後」 趙彥虞侍詞性 去年及此二詞紀年

王在湖南文詞當皆此二年間作

康與之「(留題)十九年冬，東平周三畏著某知蘇州，與之挾秦氏子弟勢，為樂伎趙芷脫籍，撻以去，三畏不敢顯拒，諉之通判蘇師佐。師佐(案選)同惡相也，其子趾又為同惡，皆營芷，遂為與之終身累，乃追還芷，與之恨之。二十年二月，同辛于海鹽，遂訐三畏贈錢二百萬，令師佐越境往祭，祭文有奸人在位、公主棄而死之語，檜怒，命提舉王珏鞠之，三畏繫獄，師佐編管，趾亦停官，與之竟奪芷為御史。未幾又積檜命往鎮江市玉帶，又從都統王權借金，上聞之，出之外，為福建安撫司主管機宜文字」 「二十年」以下於及二十年 宋史列傳

王庭珪「……至十九年知洪州沈昭遠妃勸以問庭珪生勤停送昭州編管」 宋史翼七

黄公度差通判肇慶府攝知南恩州 卒於二十二年 宋史翼24 の十一歲

高宗下旨揚州毀曹勛所刻其父組之集，以多猥褻也 見漫志卷二「近有旨下揚州毀其版」 漫志成於此年 當在此年前也

曾端伯 碧鷄三「近歲曾端伯捃拾其(不真)雅詞」 當此時矣

朱敦儒居嘉興，有巖壑舊隱，後為秦會之所得
子寫得後來志 有後巖壑以隱一文
又嘉興志 放鶴洲在郡南三里，敦儒家圩，或云亦敦
儒別業，見竹垞江湖載酒集第一首 柔天曉角注
引靜志居詩話 朱古老在 1149

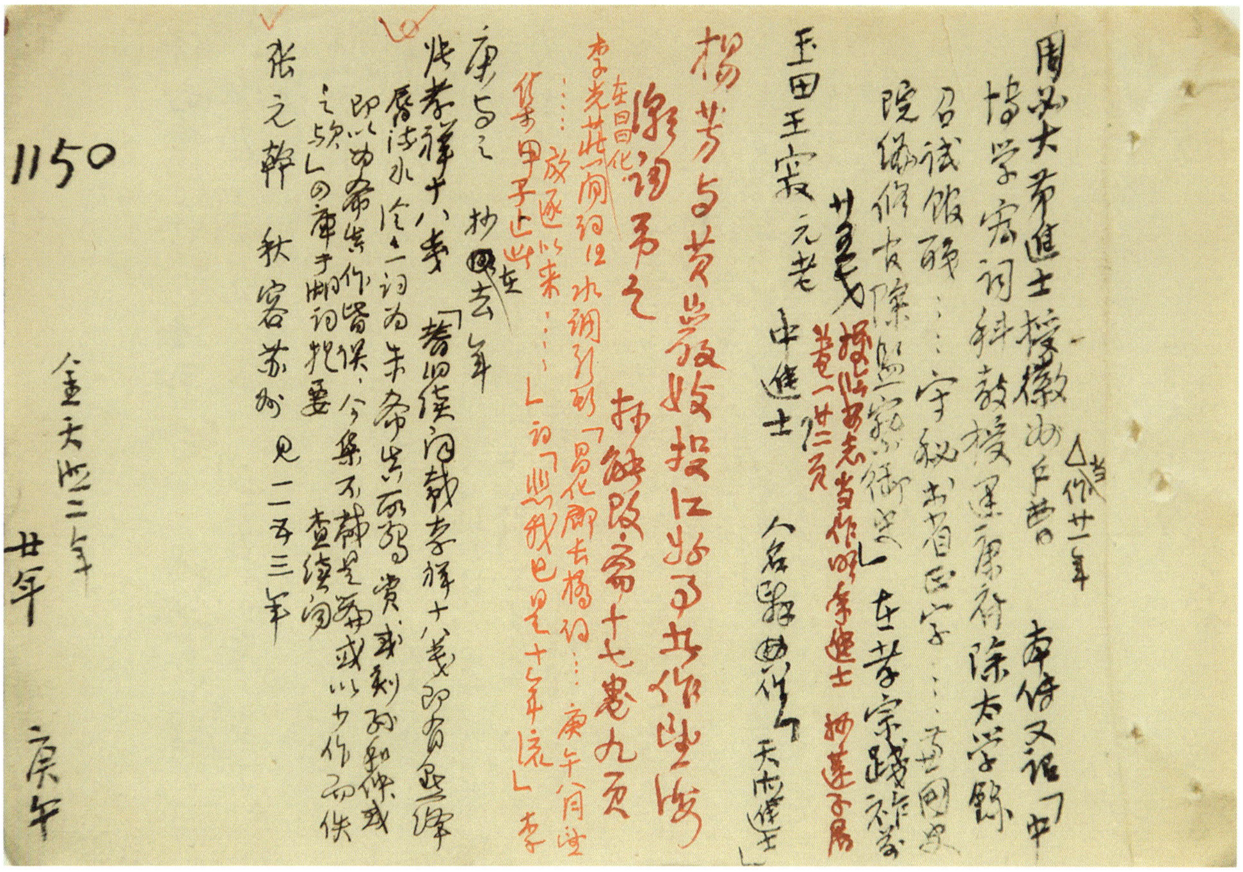

1150

周必大第进士 授徽州户曹 △当作廿一年

博学宏词科 教授建康府 除太学录 本传又谓「中

召试馆职……守秘书省正字……

院编修官 除监察御史」 在孝宗践祚

廿五年 据临安志当作明年进士 卷一廿三页

玉田王寀元老 中进士 「入名録西作」 天府进士」

杨芳与黄岩牧投江州五作此诗

缘词弟之 抄録段窦十七卷九页

李光 在昌化 「……间归旧 孙绸引联「男花卿去桥归……庚午八月望

……放逐以来……」 又「悲我已是十五年流」 李

集甲子止此 在

康与之 抄 去年

张孝祥十八岁 「蕃川续闻载孝祥十八岁即负邑缘

张元干 秋容苏州 见一二五三年

金天德二年

廿年

庚午

1151

休宁汪莘叔耕生 授方壶诗得

自序「嘉定元年云「今年五十四岁」」当生于

是年 徐俯 岩野 绍兴中赐进士。

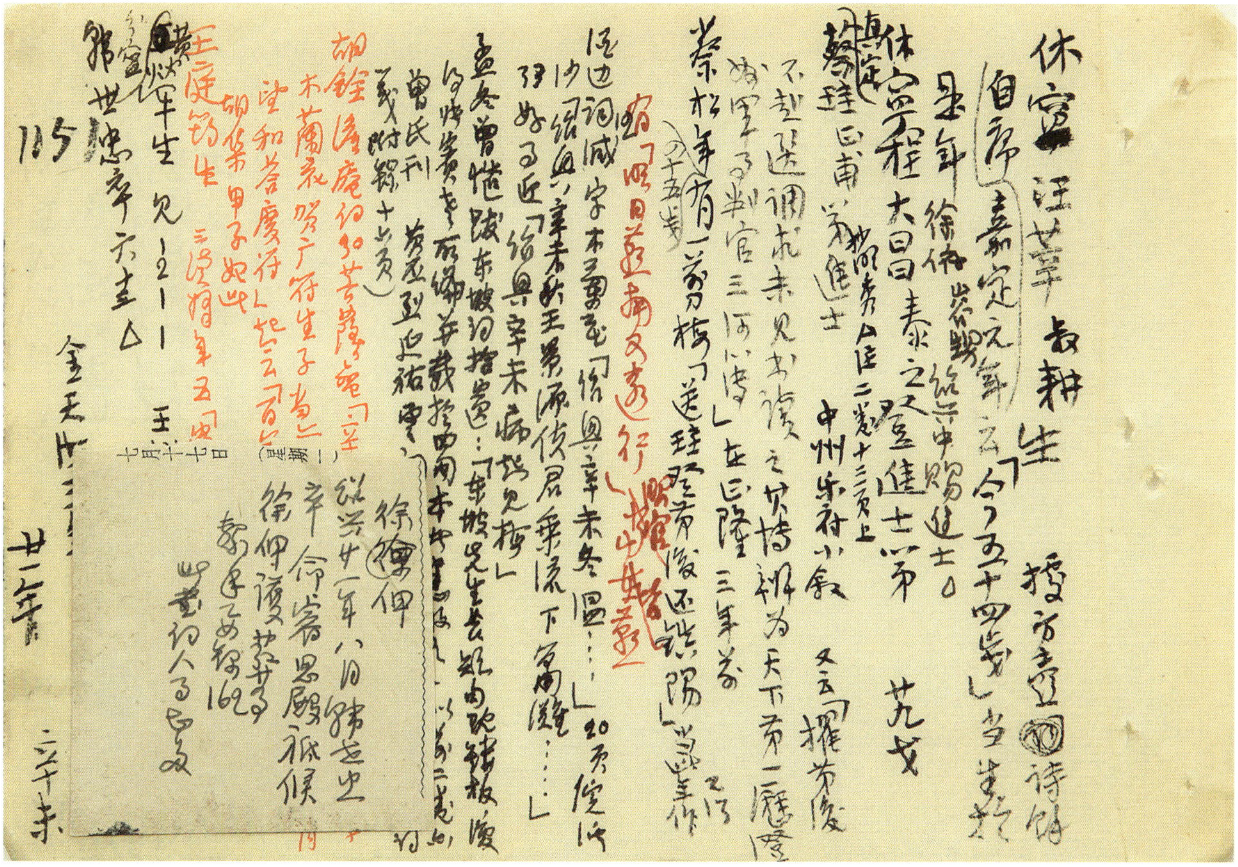

休宁程大昌泰之 登进士第 廿九岁

真定蔡珪正甫 第进士 中州乐府小叙 又云「擢第后

不赴选调 求未见书读之 其博洽为天下第一 历

官三河以待」 在正隆 三年前

蔡松年有「一剪梅 送珪登第后还铁阳」 当是此年作

「明日苗边南又来送行」

洛边词 咸字 「信与辛未冬……」

少 绍兴辛未秋 王景源侨居 乘流下……」

好了近「信异辛未新 怒见梅」

孟冬曾慥跋东坡词 指迷 「东坡先生长短句……」

曾氏刊 见载附録十六页

胡铨 木兰花 贺广府生子 望和答广府 起云「百…… 胡集甲子如此

王庭筠生 △

黄 生 见1211

郑世 △

七月十七日（星期二）

徐俯 师川

绍兴廿一年八月卒

辛命岩思殿祠候

徐伸 162

金天德三年

廿一年

辛未

休宁汪莘叔耕生　　据方壶诗馀
自序「嘉定元年六十四岁」当生于
丞年　徐侨崇熙　绍兴中赐进士。
休宁程大昌泰之登进士第　　廿九岁
真定蔡珪正甫，第进士　乾道二年十二月上　中州乐府小叙　又云「擢第后
不赴选调，求未见书读之，贯博称为天下第一。历
翰林修撰、判官三河以卒」　正隆三年卒
蔡松年有「菊梅」「送珪登第后还镇阳」（见萧集作）　五十五岁
咏「明日送南文家」行（樱花生）
陆游词咸字本蜀笺「信是辛未冬遇……」　四十页　便佶
乃绍兴辛未秋王景源侨居桑溪下笃隐……」
写好了近「绍兴辛未归赵见梅」
岳冬曾慥跋东坡词：「东坡先生长短句，既镂板
而行，兼在豫章本，似亦有之。曾氏刊有东坡乐府（第二卷，如
曾氏刊　黄坚近祐间本东坡乐府后（以下
载附录十五页）
胡铨澹庵词如「芸窗庵」「辛未七夕答张廉衍」同页咸字
本「蘭花」赠广衍生子当同作　同页赠张衍「辛未九月
望和答廖衍」　旧云「百年强半，高秋犹在天南畔」
胡铨甲子如此
王庭筠生　三十八年五「忆山集序墓碑」
金元好问曾于生　见1211　王榭生△
钱世忠辛亥生△
115
金天德三年
廿一年
二十年

曾慥刻东坡乐府　　书林清话七·二　拔宋十四
按此不及元延祐庚申叶曾刻本
蔡考祥　于湖文集一寿芝颂代总得居士　进士上郑
漕　原诗前称时年十九作」　自序云「上沈尚任
一字清，方内庭宦，眷注之」此皆为录旗，皆有罢黜
刊十年于兹矣……」　1159　纵此　十九岁
张之翰　字苏卿　见　二五三

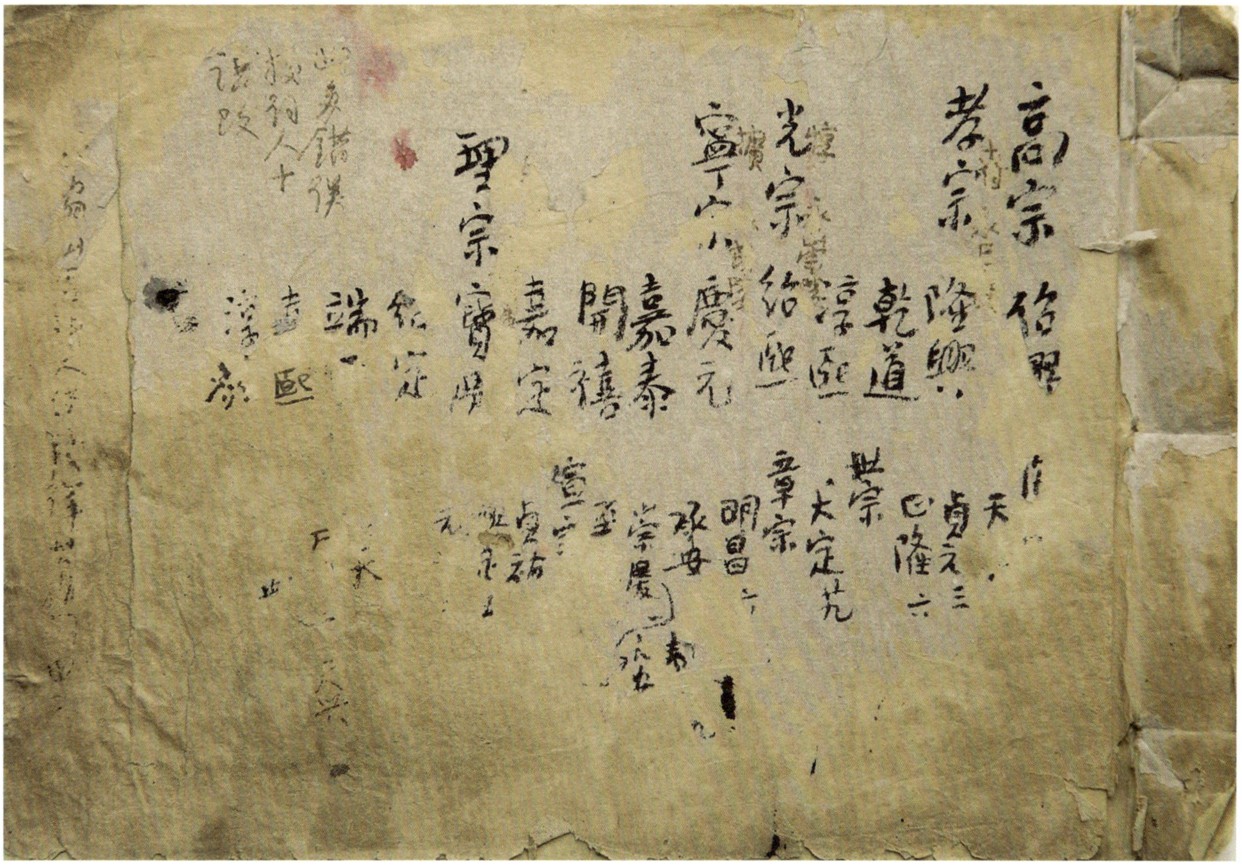

高宗 紹興

孝宗 隆興 乾道 淳熙

光宗 紹熙

寧宗 慶元 嘉泰 開禧 嘉定

理宗 寶慶 紹定 端平 嘉熙 淳祐

天 貞元三 正隆六

世宗 大定廿九

章宗 明昌六 承安 泰和

崇慶

宣宗 至寧 貞祐 興定五

此多錯誤

叔祖人十

該改

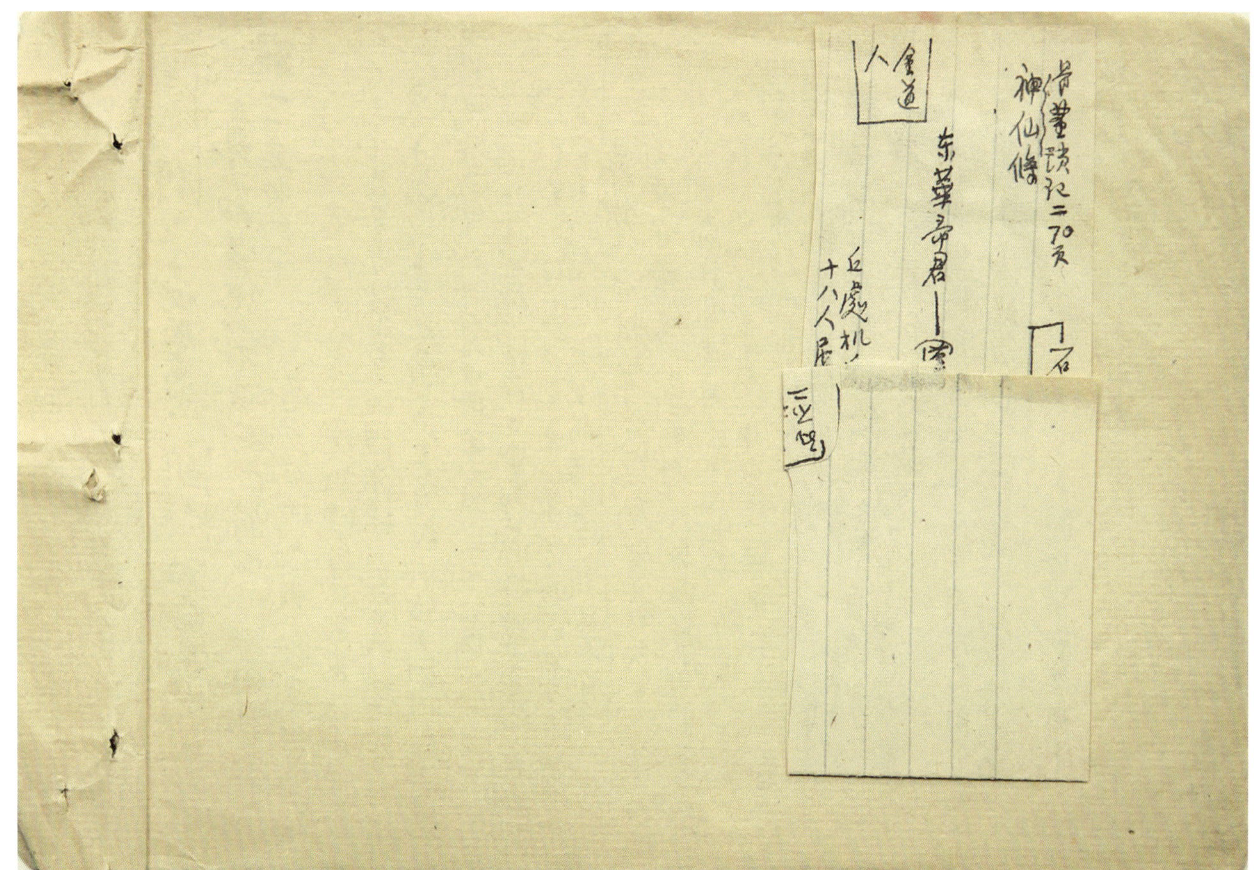

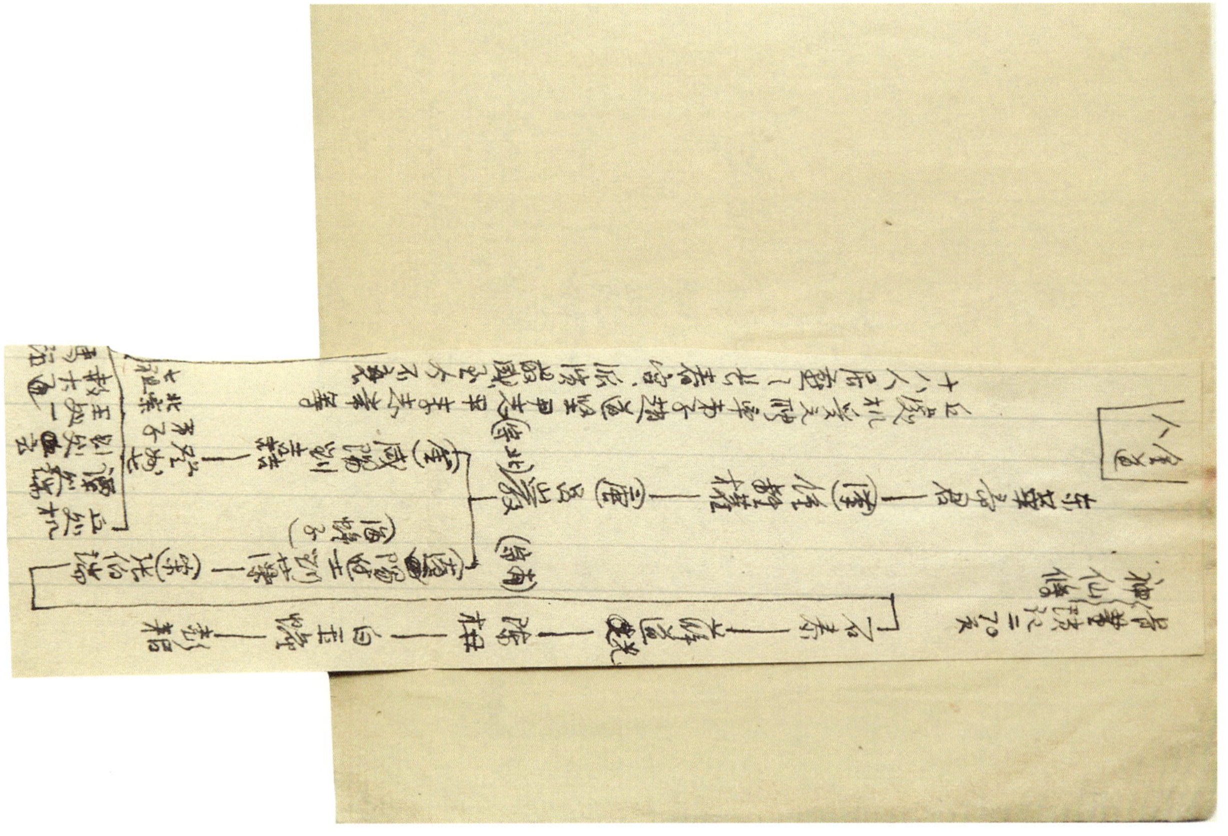

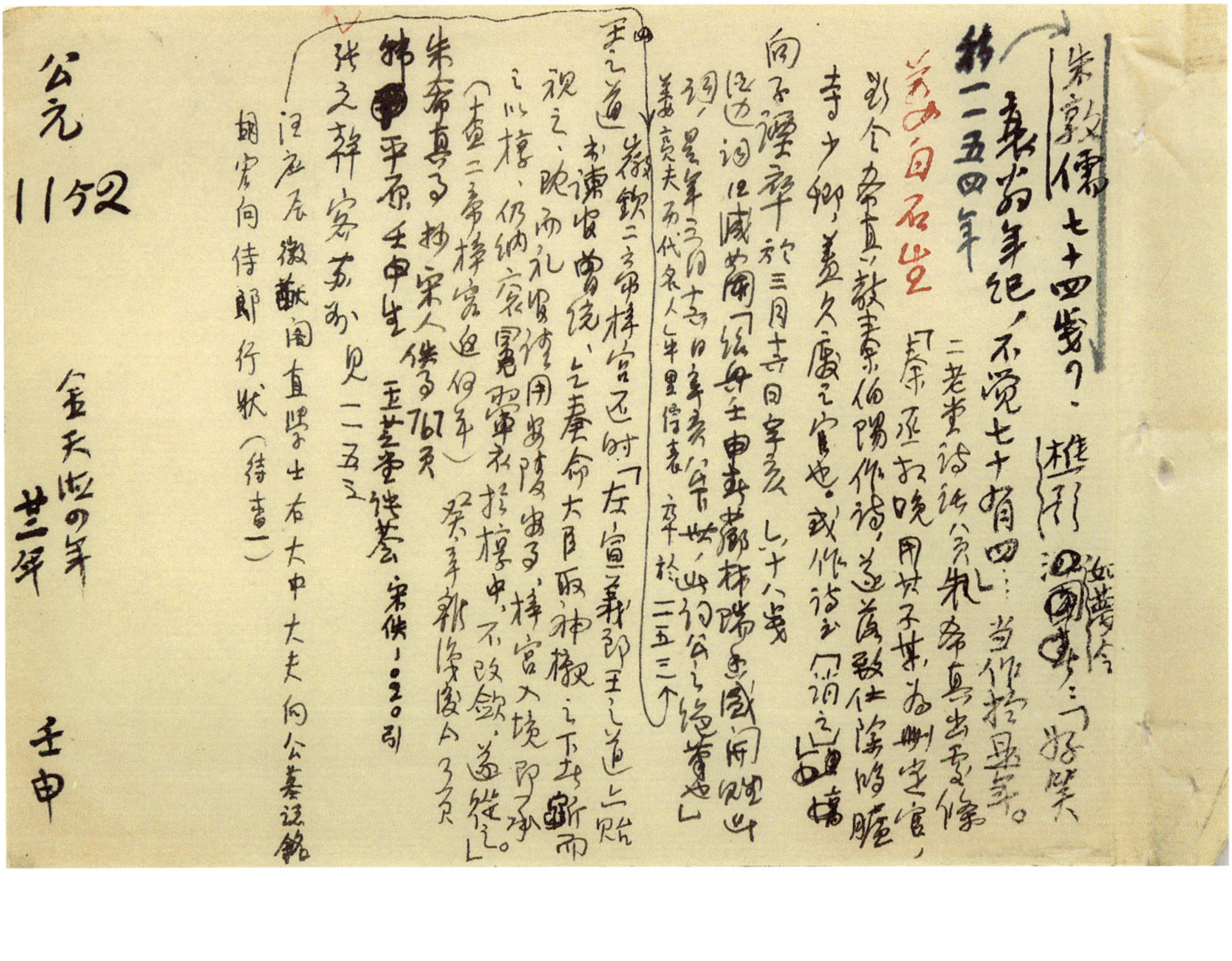

朱敦儒七十四歲？、《樵歌》〈沁園春〉之「好笑衰翁年紀，不覺七十猶四」…… 當作於是年。

一一五四年

姜白石生

二老堂詩話八頁「朱希真出處」條

「秦丞相晚用其子某為刪定官，欲令希真教秦伯陽作詩，遂落致仕，除鴻臚寺少卿，蓋久廢之官也。或作詩云「[illegible]」

向子諲卒於三月十六日寅亥，七十八歲

（酒邊）酒邊詞 [illegible]

詞，是年三月十六日卒 [illegible]

姜夔 歷代名人年里碑傳表 卒於一一五三

王之道 徽欽二帝梓宮還時「左宣義郎王之道」上貼於諫省曾統、云奏命大臣取神櫬之下者斫而視之，既而禮官請用安陵故事，梓宮入境即承之以槨，仍納衮冕翬衣於槨中，不改斂，遂從之。」

（查二帝梓宮返何年） 癸辛雜識後集 [illegible] 頁

朱希真子 抄宋人傳 767頁

韓侂冑 平原 壬申生 玉芝堂談薈 宋傳 1020引

張元幹 寄[illegible] 見一一五三

汪應辰 徽猷閣直學士右大中大夫向公墓誌銘

胡宏 向侍郎行狀（待查）

公元1152 金天德四年 廿二年 壬申

陸游蔭補登仕郎鎖廳薦送第一
秦檜孫塤適居其次檜怒至罪
主司　本傳「檜至罪主司」為兩浙轉運使陳
阜卿所賞　廿九歲
三月二日　秦以張鎡功甫生（據其南湖詩餘臨江仙
詞序云「余年三十二，歲在甲辰……」當生
於是年　又木蘭花慢癸丑生日云「年二十八，
三月二，是居士始生朝……」
史浩在紹興　有喜遷鶯「癸丑歲元宵與紹
興守曾景游」
張鎡有江城子「凱旋」「東風旗鼓石頭城……」　水調歌
頭平甫大卿宗魁武昌凱旋　不比伊州作
蔡松年以戶部尚書與右司郎中聶窒為賀宋正旦使（使臣・改吏部尚書）
本傳「海陵謀伐宋，以松年家世仕宋，故亟擢顯位以
聳南人觀聽，遂以□□□□（原缺）疑是「其為賀宋」の
字）正旦使」按金史交聘表松年以戶部尚書與右司
郎中聶窒為賀宋正旦使在此年十一月　の十七歲
買田於蘇門之下……　又又　松年吟詞作於此後數年
或在一一五五年

1153　使宋錄
金貞元元年
癸酉
廿三年

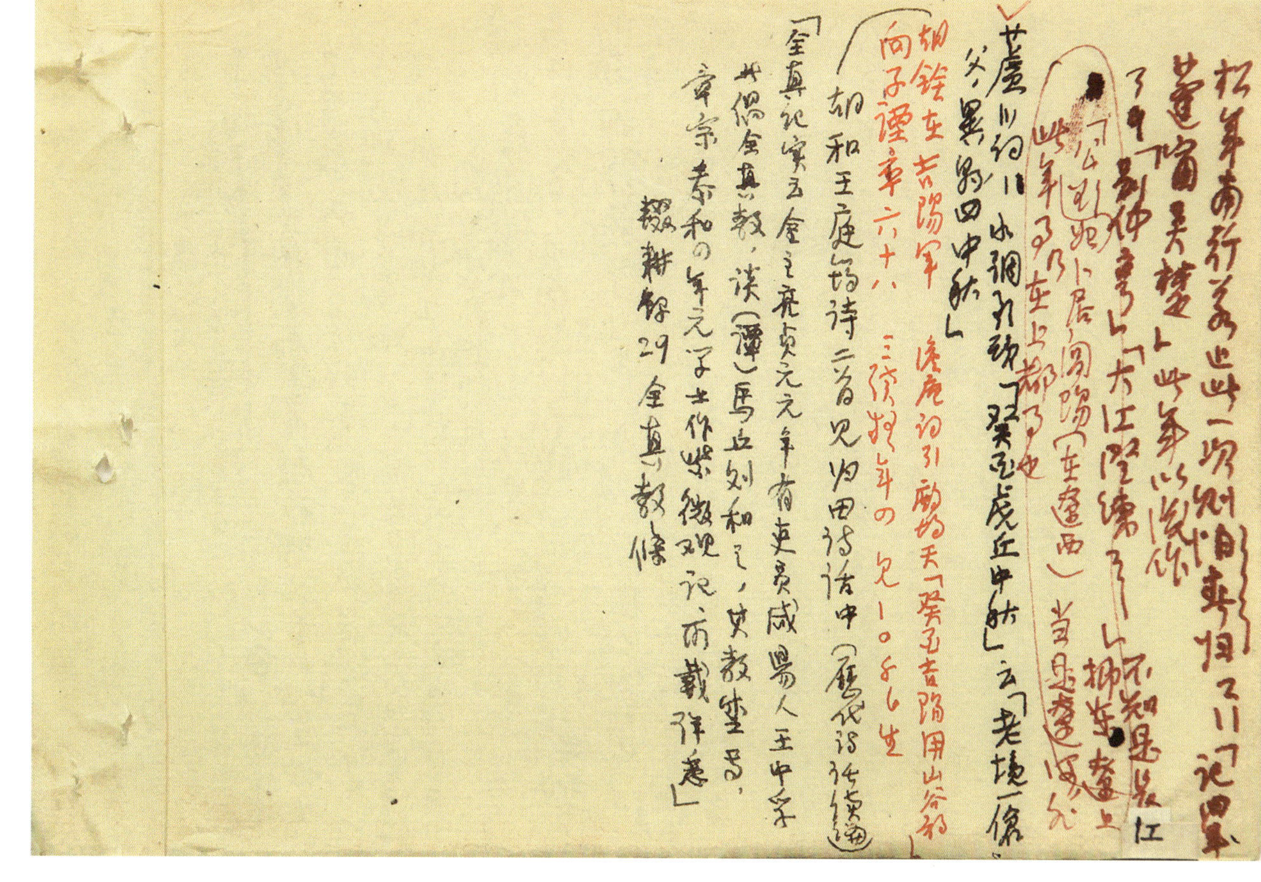

松年南行蓋此此一次，則自聶歸又川「記四
蓮喻吳楚」此年以後作
了了「別仲寧」「大江望鎮了」「柳梢青」不知是歲
（公此地卜居閩陽（在遼西）當是遼陽　此年子某在上都了也）
蘆川詞水調歌頭「癸丑虎丘中秋」云「老境一條
父子異鄉四中秋」
胡銓在吉陽軍　張元幹詞引鷓鴣天「癸丑吉陽用山谷韻」
向子諲辛六十八　三歲後年の兒10子6生
胡和王庭筠詩二首見歸田詩話中（歷代詩話續編）
「全真紀實云金主亮貞元元年有東夷咸陽人王中孚
此倡全真之教，譚（譚）馬丘劉和之，其教遂昌。
章宗泰和の年元好問作紫微觀記，所載略同」
輟耕錄29全真之教條

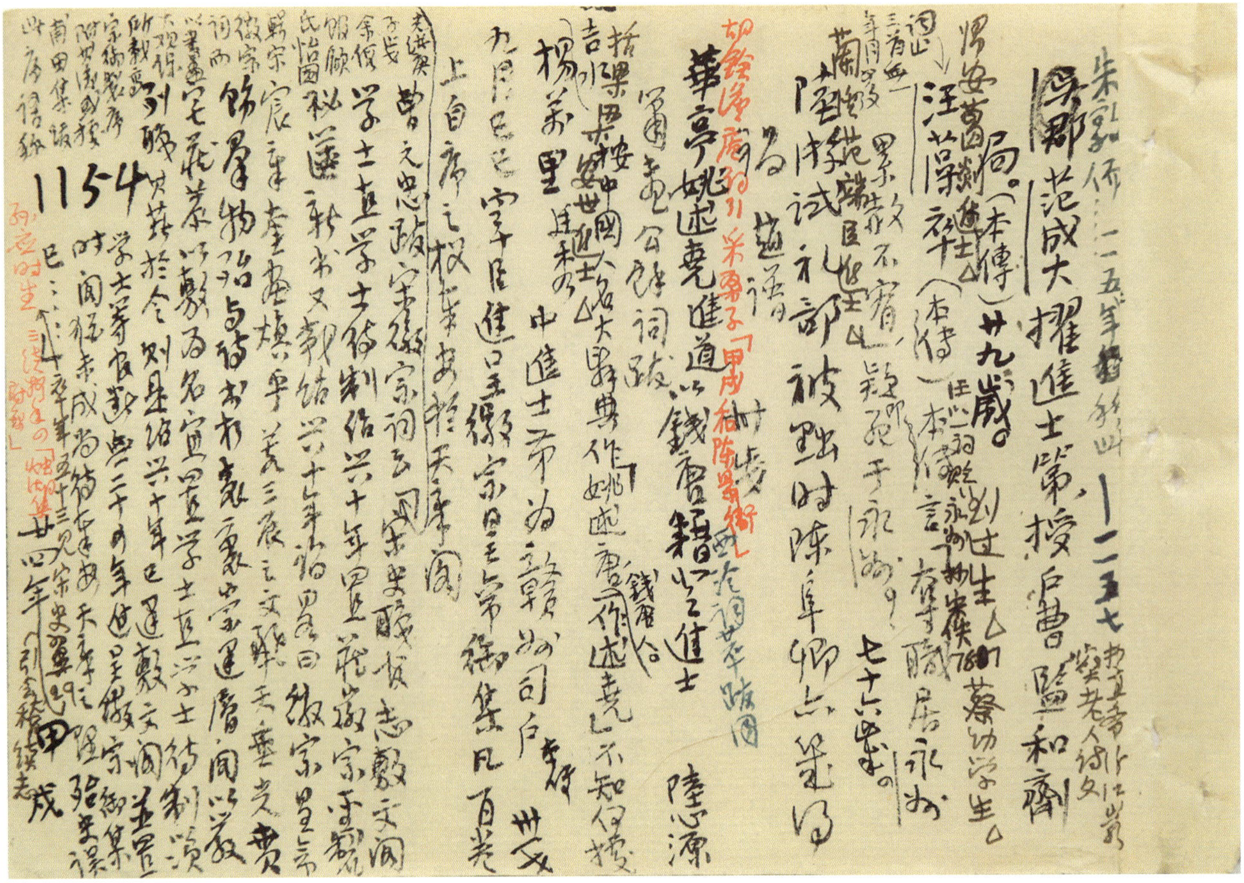

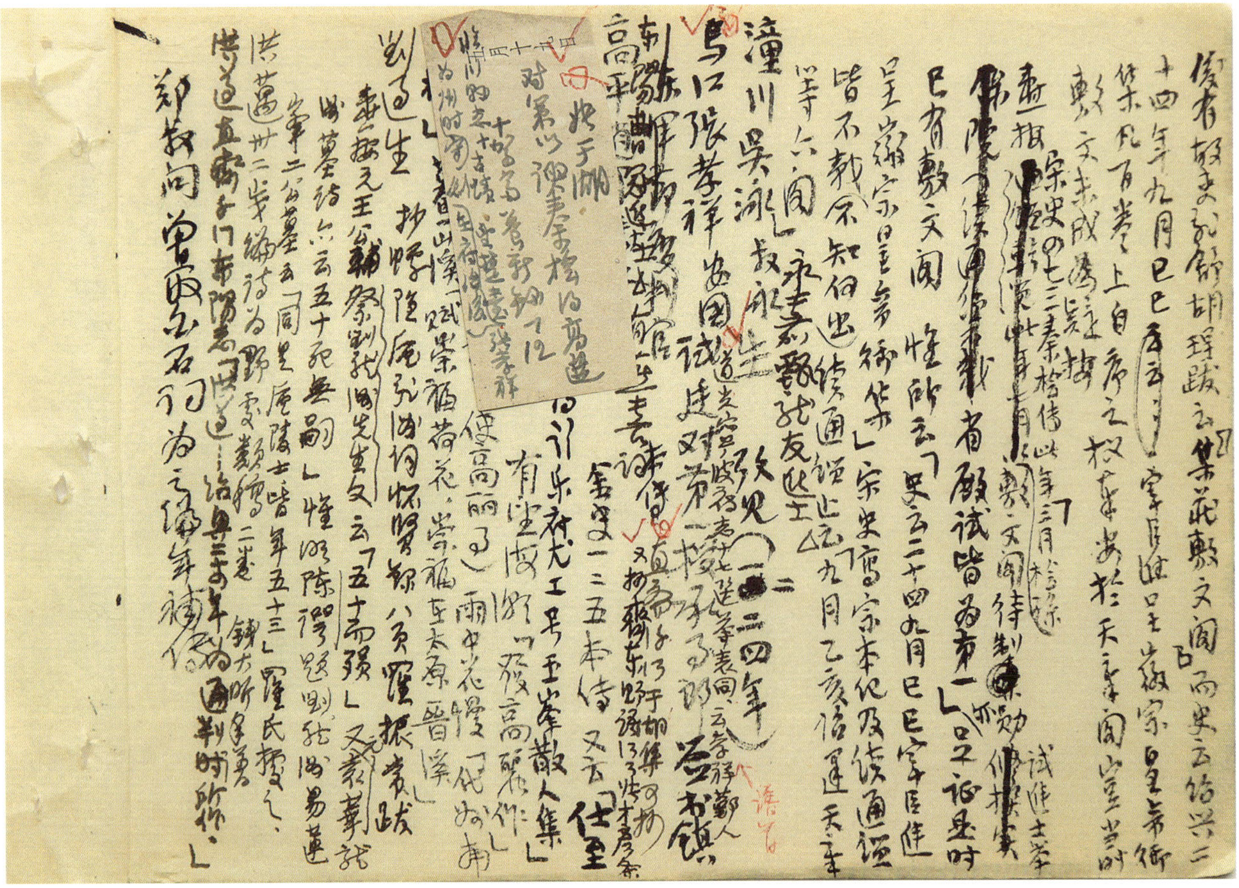

一一五七

吳郡范成大擢進士第，授戶曹監和劑

汪藻卒

陸游試禮部被黜，時陳阜卿為考官

華亭姚述堯進士，以錢唐籍登進士

楊萬里中進士第，為贛州司戶

上自序之，校正兩於天章閣

曾元忠跋宋徽宗詞

學士直學士待制紹興十年置

1154

鄭敦問

后有敷文阁待制胡理跋云：「集花敷文阁」。而史云：绍兴二
十四年九月己巳，宰臣进呈御宗皇帝御
集凡百卷，上自序之，权安於天章阁，岂当时
敷文未成，遂疑据
宋史の七二秦桧传：此年三月……敷文阁待制……
[illegible]……首殿试皆为第一」只？此是时
已有敷文阁。性所云「史云二十四年九月己巳，宰臣进
呈御宗日生御制集」，宋史高宗本纪及续通鉴
皆不载，不知何出。续通鉴止云「九月乙亥，召进天章
以等六阁」。永嘉刘敬孔友进士
潼川吴流」叔永
乌江张孝祥安国 试进士……文见（一一二四年）……著书镇
东阳……高平……进士　金史一二五本传，又云「仕至
翰林直学士……共诗刊乐府尤工，号玉峰散人集」
中州乐府选词十首　有尘海「发高歌作」
（金史文聘表無题，可使高丽了）　雨中花慢「代如郁」
楼」　其馬山读「赋紫福荷花，紫福在太原晋祠」
刘过生　抄野陈尾书……八贞……跋
黄元王公辅祭刘先生文云「五十有强」，又袁华
此墓志亦云五十死無嗣」，性此陈……题刘先生……易莲
宰二公墓志云「同生庐陵士，皆年五十三」，羅氏据之，
洪迈册二岁编诗为野云数帙二卷　钱大昕……
洪迈直斋书录解题……绍兴三十年为通判时所作」
郑叔问……石门为之编年补传

1154

曹冠「绍兴甲戌进士第二」毗陵志一八一引……
民传　已见于湖集附张安国传
张孝祥状元第一　参宋史……引の……見録
「时年二十三」见于湖集附录宣城氏信谱傳
三〇、二〇二……
十一月十日補承事郎，授镇东军签判　于湖集附錄诰

张安国传：年十六领乡书，再举冠里选。绍兴二十四年廷试第一，策问师
渊源。秦桧之子埙与曹冠皆力攻程氏专门之学，孝祥独不攻，考官
魏师逊已定埙冠多士，孝祥次之，曹冠又次之。高宗读策，皆桧埙
语，於是擢第一而埙第三。……授承事郎，签书镇东军节度判官……
上都记之二日：……孝祥为……故予殿试第一人，次举始召，孝
祥甫弱冠，……年三十八」
又于湖集附録：省年名氏子孙墓在栋陵

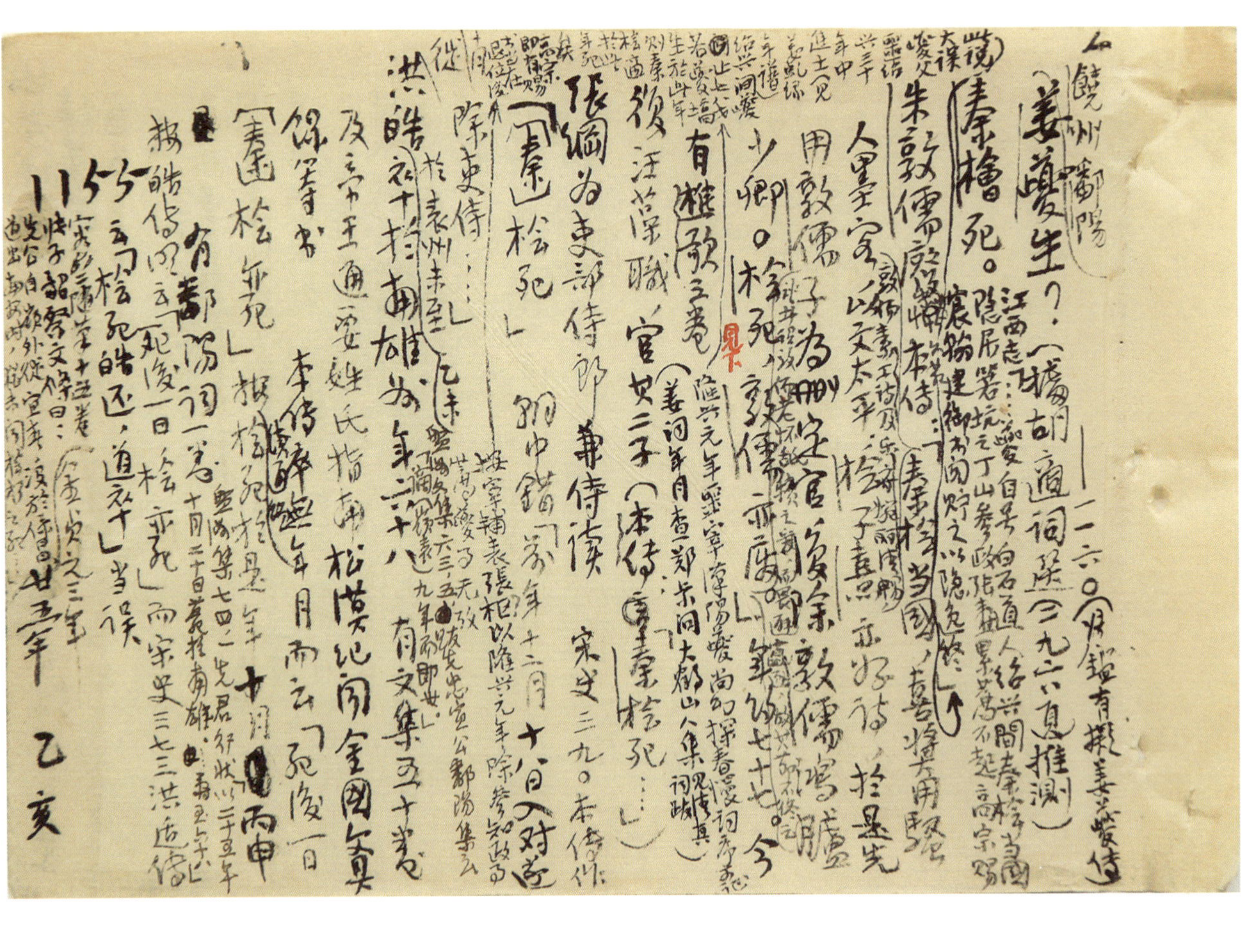

於蕭山千巖觀丙午夢後與何宏為年三十則應
之生也。弘在高宗檜末年乙亥丙子間，從石湖游
為館遊辛亥，年三十五六，石湖贈以小紅，方合情
理。由此下至嘉泰癸亥，截十二三年，年五十
內外，何宏其壽七十，則及與夢窗游方合情
理。吳履齋暗香疏影序云云……何宏白
石乙亥生至己丑已七十五矣。履齋曾與瓊姬
石郎不知其說，並可惜」
考定石生年
(一)履齋詞 (二)贈於蕭千巖 秦檜當國隱 (三)丁山不可信 石湖贈小
紅

雲麓漫抄四：「秦太師十客：施全刺客，郭知
運逐客，吳益嬌客，米元章真上客，曹詠食
客，曹冠閑客，康伯可狎客，□□莊客，□□
詞客，湯鵬舉惡客……米元章真隱人，以
遠遊自，既致仕，後出為記中原了，秦喜
之，秦荐用，後為秦加禾……康伯可捷於
歌詩及應用文，為教坊應制，秦每宴集
必使為樂語詞曲。」

二老堂詩話八頁「米元章子友仁，寔(速)，蓋真點老
許。高宗曰此人（昭）因秦薦以隱逸命官，宣無館閣，
豈肯為情，退而晚年競號耶。其實元章真老，愛其子而畏
避竊逸之敵不起，遂其情之。」 11分 乙亥

11分分

號為清真 與董穎 仲達 卒於此年前 夷堅乙志七
卷二頁董穎霜傑集條「……然其窮至骨，他日
入郡為人作秦丞相生日詩，窮思過當，遂得狂疾，
走出郡投江水，或為道人呼其子買舟載以歸，歸家日
而死……聽十餘日，宗人董寂夢其夢見之（求為刻
霜傑集）……」
秦檜卒於此年 董穎道宮薄媚大曲詠西
子詞（見樂府雅詞）
董給與向人徐俯師川游，秦氏為作字說，見
陳振孫書錄解題
周紫芝卒 見其竹坡詞跋引寧城志條紫芝傳云
乙亥卒」七十五歲
黃公度自廣東帥 除考功員外郎 仲冕生年
即年四十八，卒（見詞序跋） 宋史翼24回
康與之「檜死，監察御史湯鵬舉劾其在平江干求如
嫂、妄造語言，貪污尤甚，二十五年除名編管欽
州」 宋史翼27
揚无咎字補之，辭逃隱者人又謂清夷長者，何人後宗
孫序「子雲之後，其字从才不从木，高宗以不直
秦檜為其，累徵不起……」 宋史翼36 引洞天清錄
圖繪寶鑑書史會要
王庭珪編管昭州「（秦）檜死許自便」宋史翼七 檜死作檜死 又宋詩紀事
葛仲的卒於此年 年六十九 見1139
張孝祥以父被伯父誣叛，繫獄中叫閣，在本年秦檜卒後遇
赦，齊東野語13 4張才翁事
康伯可當秦檜死時貶五年 宋人佚事776引宮箋軼聞
張孝祥此圖出父祁獄 見宋史軼8-15

黃公度卒　見一一〇九

范成大為新安戶曹。宋史翼廿引行狀……呼有……按：詩集三十三荔枝

賦序：紹興丙子夏，有自行都餉貴餉新荔子者……時為新安掾。」又據驂鸞錄

「予自紹興己卯歲以新安戶曹□撒來識

劉臺……」卅一歲。

張掄為參知政事　續通鑑卷一二〇九

楊萬里為永州零陵丞。本傳。錢□見張

浚。浚勉以正心誠意之學　按：續通鑑此年十

月安置永州　卅二歲　胡銓林五貴卷五之文

蔡松年卒為尚書右丞，六月為左丞　本傳元年月

見金史海陵紀。海陵紀正隆元年閏十月云「庚寅杖

右丞相蔡，左丞蔡松年，右丞耶律安禮，御史

中丞馬諷等　本傳……金史中大夫……為右丞海陵

此年卒　又一十……

同年王庭筠子端生　據金史一二六本傳。又云

「生米明說書讀十七字」　本傳樂府作然安人」

「　一一六〇。

遊從年譜，謂王鶚與遺山三十九歲。　施國祁元遺山年譜，附遺山師友

元年（一一九〇）從施說則庭筠當生於大定三年（一一五

二）卒於承安三年（一一九八）。然金史本傳繫泰和

元年後為翰林修撰。陸游秋山一題章宗泰和

金正隆元年

廿六年

1156

丙子

泰和元年九月甲寅以秋山……至自秋山」……此年

卒，年四十七。」若卒於承安則不及見泰和矣。施

說誤。　太原元(?)容

元往明東嵒生　遺山本生父

附錄本傳箋云「東岩先生本生父東嵒君無卒年。施國祁遺山年譜

中州集本傳云：『先人捐館後十年，好問避兵南渡，

合之與驅上人寄甲戌渡河之說，當在泰和中年。

又據先敏之銘云年二十乾，時先東嵒君已

沒。」敏之殁於貞祐二年甲戌，年二十有九。上數

之，知東嵒生卒于泰和三年癸亥。施據中州集

本傳「先人捐館後十年，好問避兵南渡」之說，則德

明或卒於甲戌前十年甲子（一二〇四）泰和四年，

適與元好問年譜等年甲子……泰和五年乙丑……

先東嵒君已沒」較……施說並誤

檀定，茲仍依施說。

張孝祥獻鄮之文　程史卷一頁　以校書郎擢為南宮郎

王炎自小從成都為士人，黃伯…… 高引　黃堅三志

壬戌七…… 郵遞傳作「紹興二十六年」紹興廿……

卷是紹興元誤

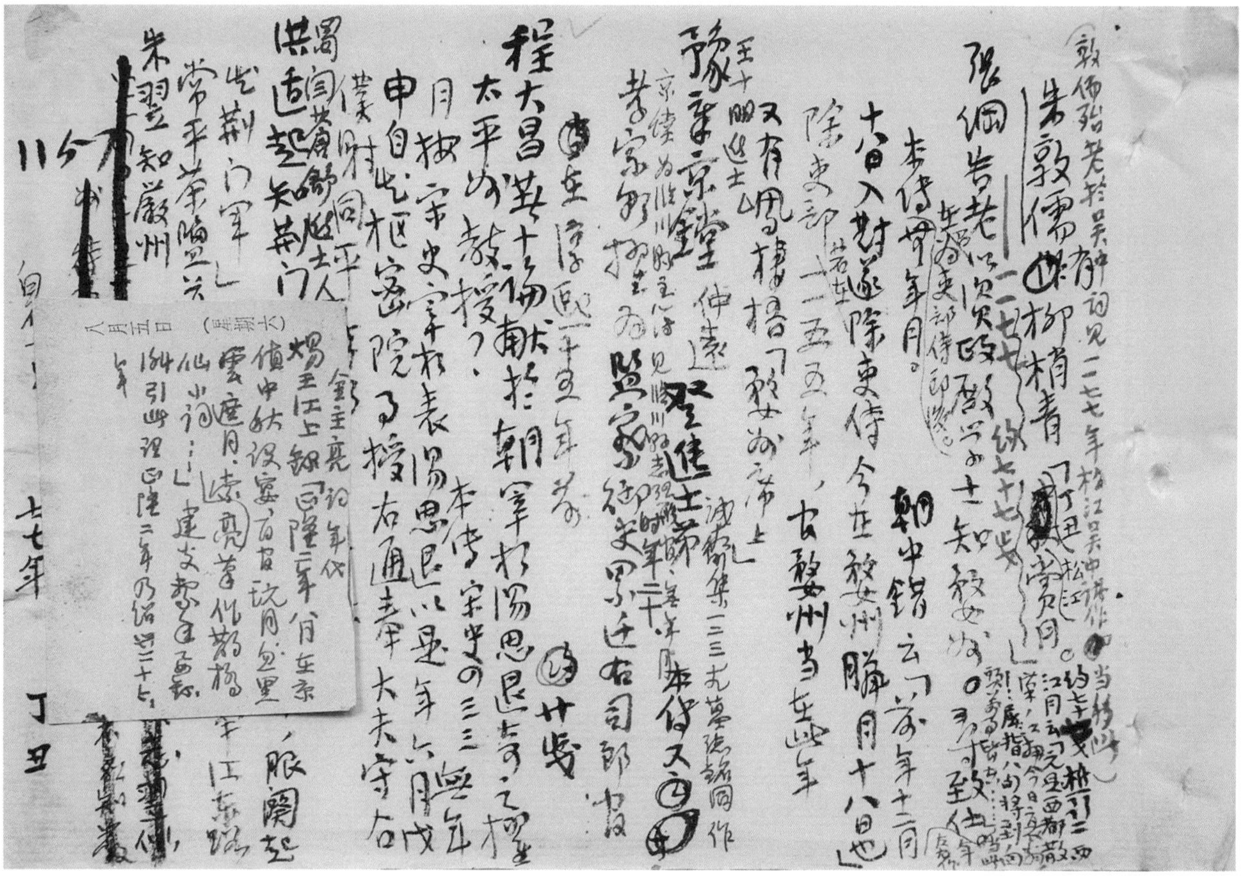

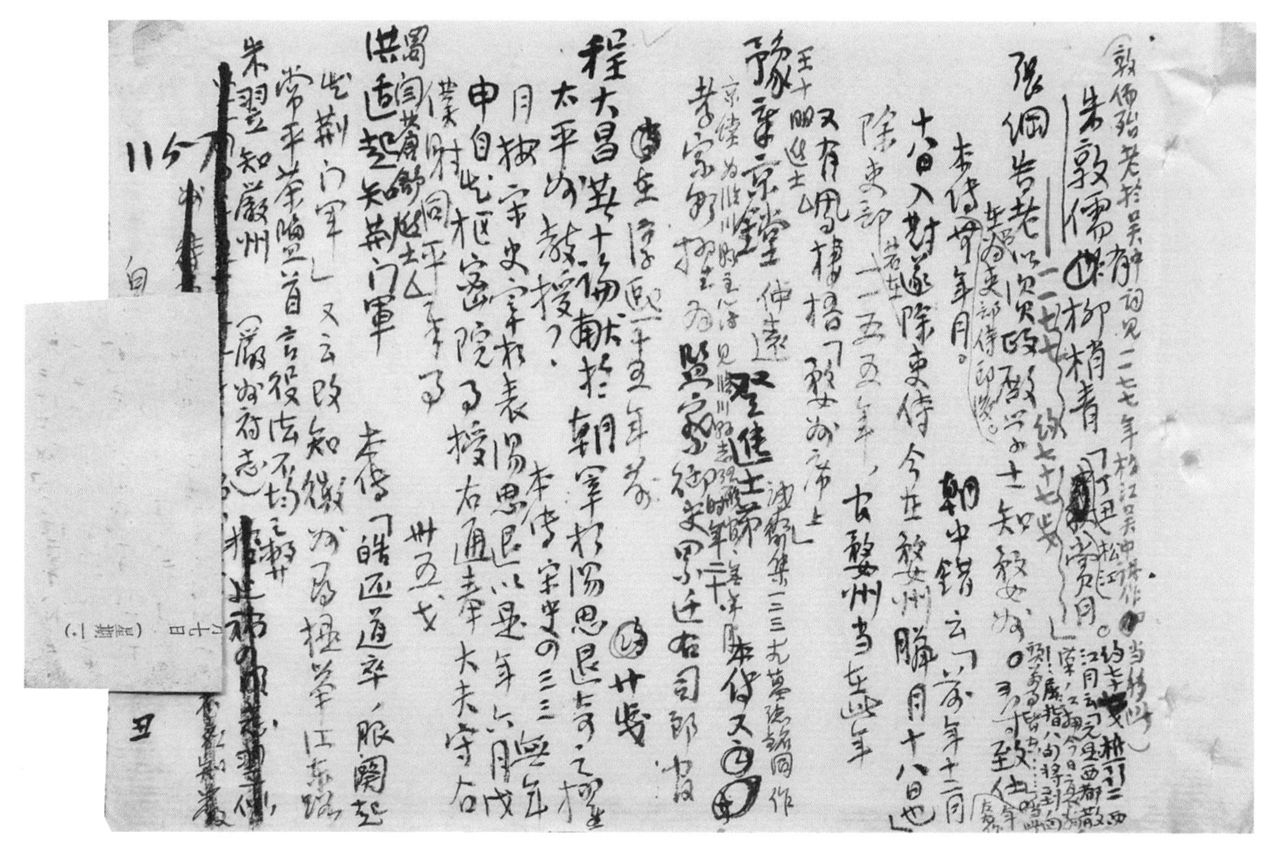

（[illegible]）

节七岁

梅引上七 旧仙刻「今年生日，庆一百岁，❌寿超烧烛作欢会。」

日知录 4 ❌短陌條：「陌路今时，王〔案：为三司使，察钦刻急，量出钱出入，皆以八十为陌。〔案：始令入者八十，出者七十七，谓之省陌。（此存此日百钱谓之陌者，借陌字用之，其实只是百字，如什与佰耳〕」 宋史言宋初凡输官者亦用八十，或八十五为❌百，然所私用，则各随其俗，至有以四十八为百者。太平兴国中，诏所在以七十七为百。」是史之「大定中民间以八十为陌，谓之短钱，官用足陌，谓之长钱，大名男子斡鲁补者上言，谓官司所用钱皆当以八十为陌，遂为定制」此看以省当中用省陌为喻，宋为八十与今根据下条甲子未能定也

徽宗实录成书，以右仆射阳思恩言，赠汪藻端明殿学士（汪本传）

陆游官福建宁德县主簿 卅四岁 [illegible]

程大昌召为太学正，试馆职为秘书省正字

？、

本传在提太平州教授之明年

卅六岁

本传「以荐者除敕令所删定官，时杨存中久掌禁旅，游力陈非便，上嘉其言，遂罢存中……迁大理寺司直兼宗正簿」在孝宗即位前 查赵译年谱

金史 ❌传

蔡松年「拜右丞相，加仪同三司，封卫国公」 七月 海陵纪❌「七月甲申」为右丞相在

五十二岁

蔡珪为[illegible]兼[illegible]编类官 中州乐府小叙「正隆三年，铜禁行，官得三代以来鼎钟彝器无虑千数，礼部以珪博物，且识古文奇字，辟为编类官」 本传不载

朱翌 夷坚丙志卷十页 朱新仲梦 条「朱新仲侍制翌，绍兴二十八年守宣城，梦至大山下，左右指云岳山也，未几徙宣城……又一岁徙平江……不踰月新仲罢去，仲见实录其后云」

洪遵与汪安公同被召 三月除秘书省校书郎 （钱谱）

11分5

廿八年 戊寅

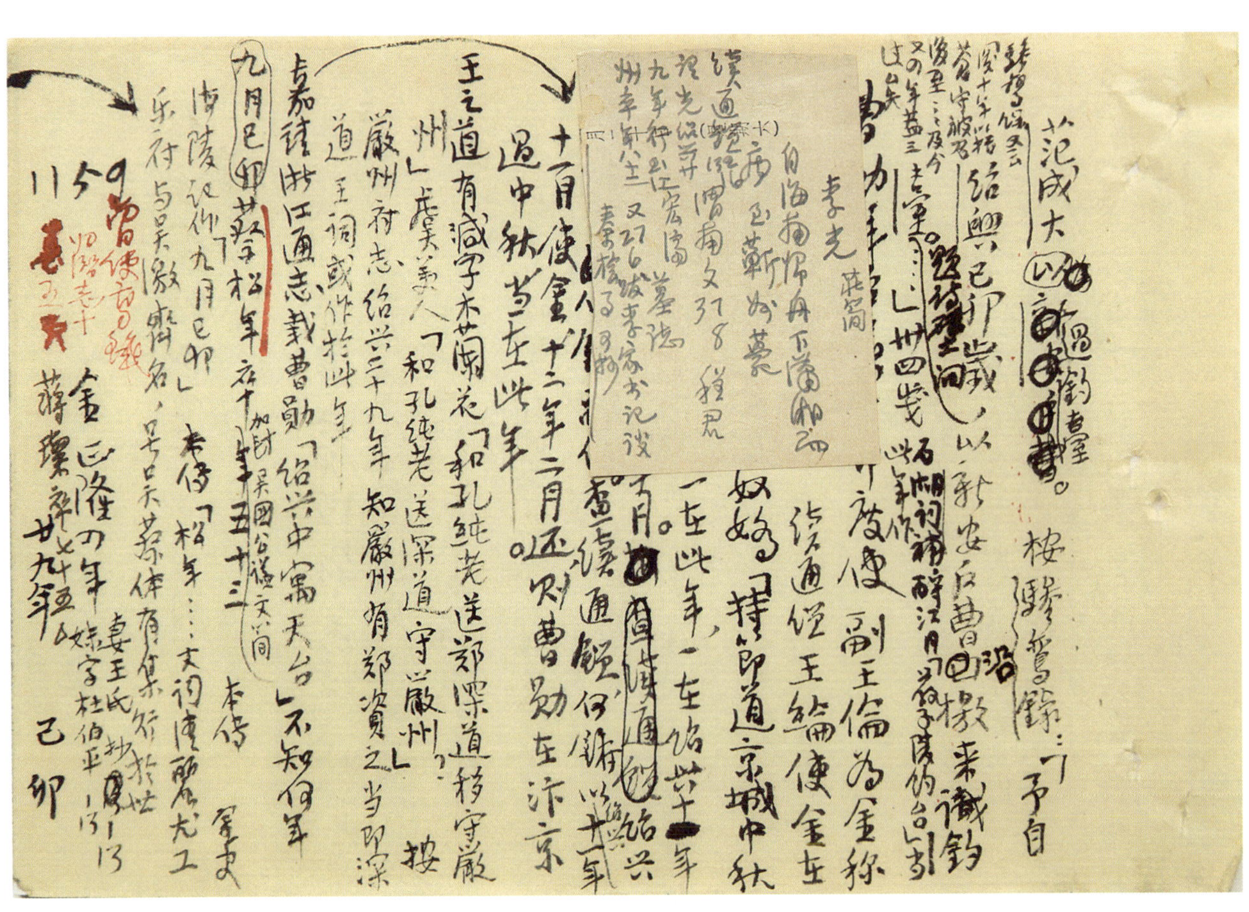

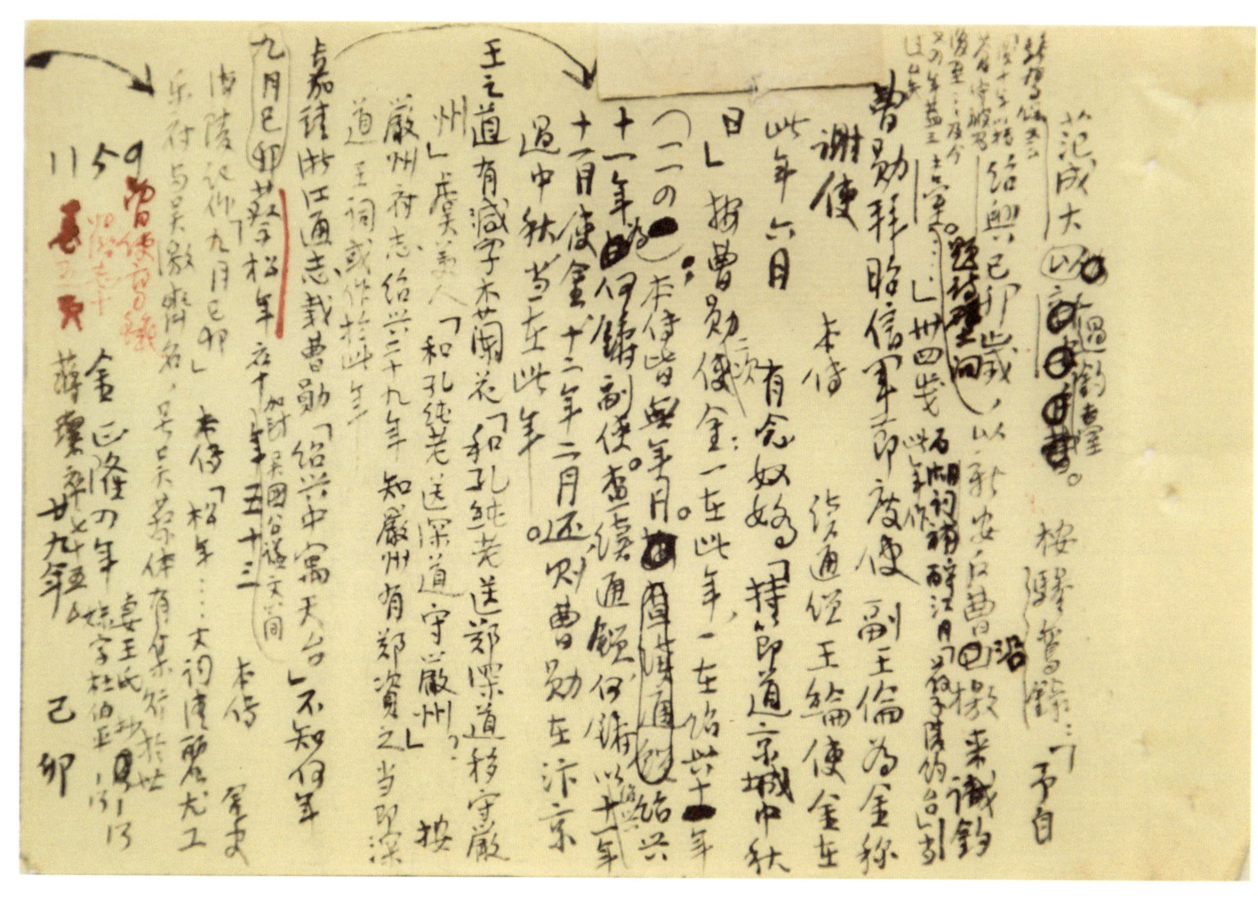

1159 廿九年 己卯

逃禪詞56 去年思「己卯歲留塗上……」（淦）

張九成 卒 六十八 見一〇九二

韓淲 生 繫年補錄二「瀛奎律髓 源案律髓己卯 作「三十年」誤」 張淲號案「自己卯至甲申 在六十六歲 補 錄云六十六歲必有誤，俟考」

趙東文 生 繫年錄

康與之 在新安 「二十九年臨安秦妓妄說不端、送南 康存貶謫，本年抽取 要錄百八十九

宋史翼27引周南仲山房集 鶴林玉露 程 史 探年要錄 汪文定集 常公夢 …… 廣東 南海廟風雷雨師廟記

韓元吉「以補臣舊不執行在」 宋史翼引要錄一九二

吳芾 此後以觀文殿大學士為 ……宮提舉 嘗初亭65

1160 三十年 庚辰

劉一止 卒 八十二 繫年錄二

姜夔父 噩 字蕭父 中進士

（詞年譜）夔父執萧德藻千巖中進士（見 （同上）靈鶴閣藏，乾隆宮本白石道人集，附二十 世孫虬緑白石道人詩詞年譜。況周頤蕙風 漫筆卷二）（胡適詞選作庚午，在公元一一五〇年）（未知何據） 壽按：胡說當誤。夔高祖俊民紹興八年進士（見九真姜氏世譜），若噩中 進士在庚午，則祖孫相去只十二年。）見姜虬緑字秋崖 見況周頤蕙風 漫筆卷一第廿九頁 夔約六歲

王之道 有朴舟桂「送蘆邁英邁」三子 庚辰年 首 —— 一一六三

史浩 權建王府教授 守司封郎官 兼直王府直講 本傳 試 五十五歲

蕭德藻 字東夫 閩清人 紹興進士 嘗令烏程 後遂家 焉 所居屏山千巖 號千巖老人 楊萬里 錄云：近世詩人若范石湖之清新，尤梁溪之平淡，陸 放翁之敷腴，蕭千巖之工致，皆予所畏也。其有千巖 擇稿 見福建通志 今缺 進士

江西志「萬年臨川人，字…… 詩於…… 千巖 ……」 中為朱存少叔

王庭筠父遵古字仲元登進士

王質 登進士 兩宋詞人 著 引雪山集 表身集云 進端五戈 —— 一一六二 字景文，其先鄆州人，後徙興國，紹興三十年 進士第，歷官……枢密院編修官……入為

樓鑰 進士 △

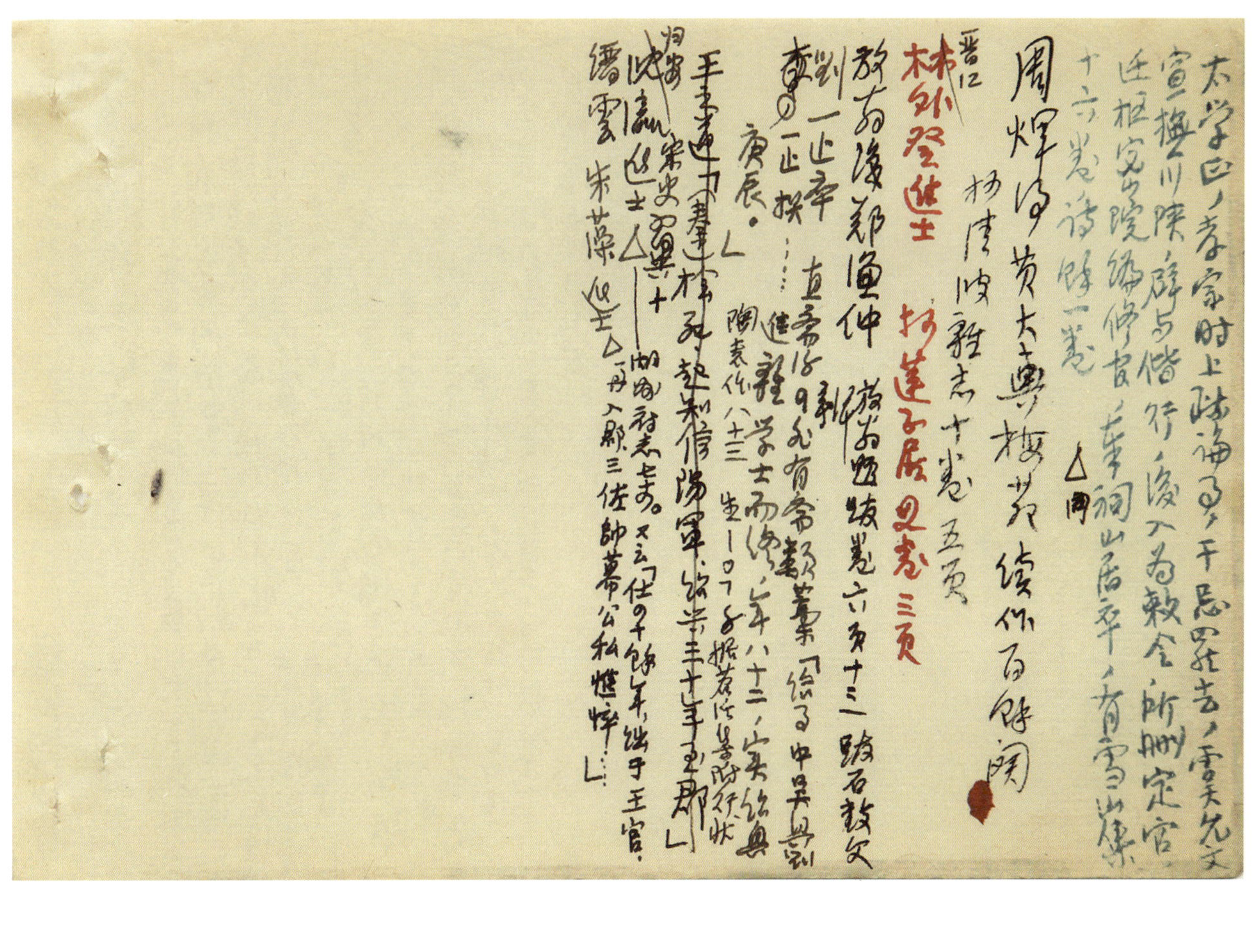

太学正，孝宗时上疏论恩平王忌嫉，雪天先文
宣抚川陕，辟与偕行，后入为敕令所删定官，
迁枢密院编修官，奉祠山居卒，有雪山集
十六卷，诗余一卷 △四
周焯 字贵大，与楼钥续作百咏
杭州 临安 杭清时杂志十卷 五页
晋江 林外 登进士 杭莲子居 见卷三页
郑渔仲 藏书题跋卷六页十三 「跋石鼓文
刘一止 直斋18 9页 有斋类藁「论吴兴刻
袁一正 ……进道 学士而卒，年八十二，宋史无
庚辰。」 陶袁作八十三 生1078 据莫作墓志铭行状
王十朋 进士，字 年，授知信州军，绍兴三十年，丞郡」
沈瀛 进士△ 宋史目录十
缪云 宋藻 进士△ 一母 入縣三 佐帅幕公私憔悴……」

洪适 观帝于金陵，上疏论御金丹者，为户
部郎中，总领淮东军马钱粮 李传
金主亮南侵，及亮被杀时 五十六
六十五
史浩 迁宗正少卿 五十六卷
颍川 韩元吉 为建安令……
丘密 丘文定公词 有福金门「为赣漕，天知……」 误在一一〇五年
是时有曹 查 年
洪迈 仪 钦宗谥曰钦宗，不用
……
韩元吉 有
左司员外郎」
一卷 六页 查 韩通 缪云 年月
姚宽 西溪 令威 六十
舜明任补官，权户部员外郎，枢密院编修官……
完颜亮入寇，中外以为忧……
题诗作于……
词引叶水心跋西溪集云「公著书二百卷，古今同异……」
忽感风眩而死」
西溪集十卷 …… 一百三十卷
全宋词 六年
三十一年
辛巳

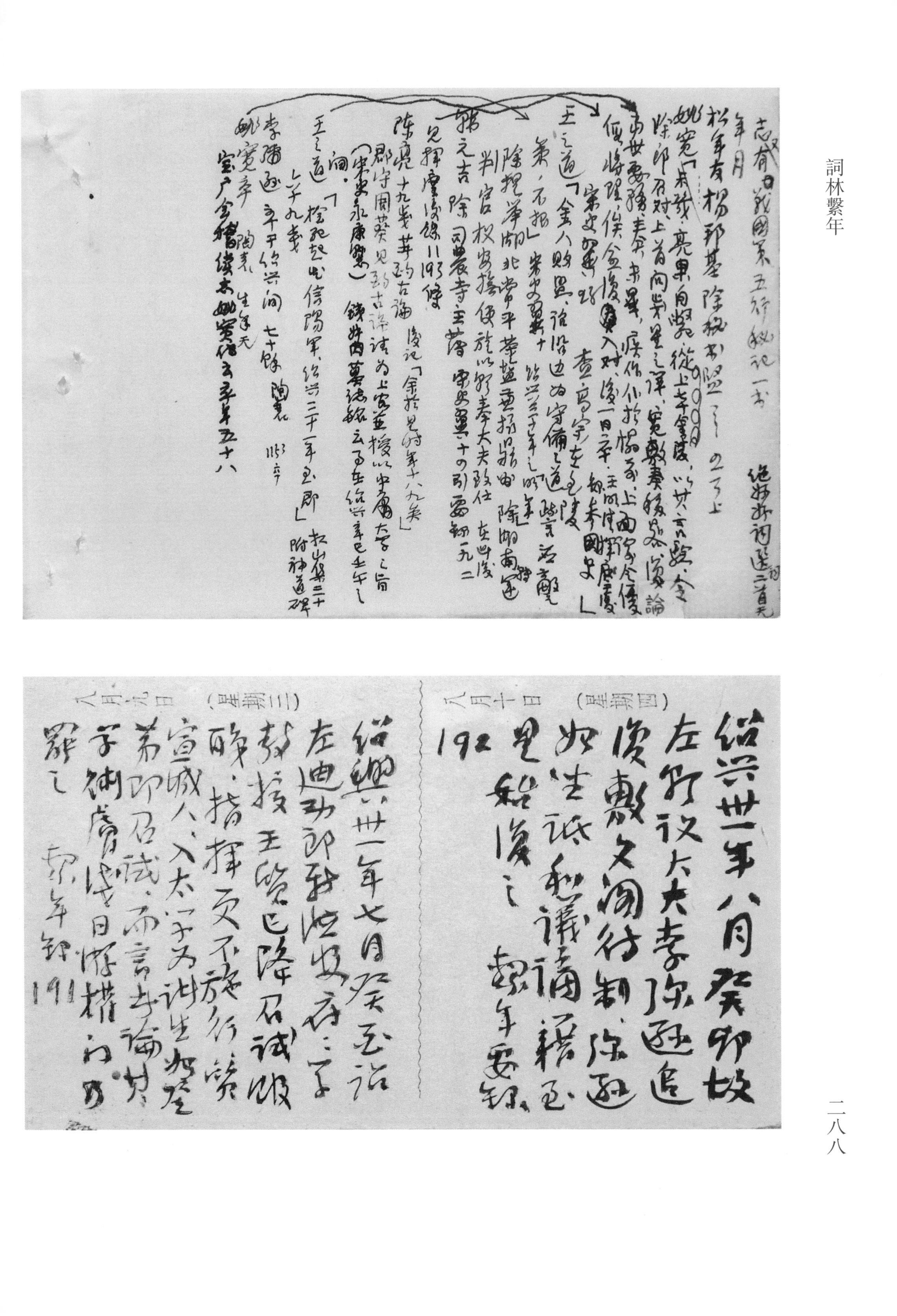

史達祖生？、按嘉泰元年（一二〇一）張鎡為梅溪集序有云「予若矣，生鬢髮未白」彼時史必四十歲左右，約生於是年前後（胡適假定史生於[illegible]）

洪邁四十歲（一一二三年）（三月除起居舍人假翰林學士充賀登位國信使知閤門事張掄副使）

陸游兼樞密院編修官兼編類聖政所檢討官　以史浩黃祖舜薦召見賜進士出身　本傳云「孝宗即位」按孝宗[illegible]禪[illegible]本[illegible]錄

卌八歲

召張掄陪祀南郊以老病不至

有人月圓「壬午生日時初過金慶」本傳作「孝宗聖節」　有「宮闈常晚多陰像的」

節至翌日小集」

江西月「壬午生日」（樂章作）非此年　云「十月風光，小春時候，宴堂初啟朱筵」是生於十月　已見上

程大昌遷著作佐郎　本傳作「孝宗即位」又「遷為恭王府贊讀　遷國子司業兼權禮部侍郎直學士院……除浙東提點刑獄　徙江西轉運副使……進秘閣修撰……召為秘書少監……兼中書舍人……校

汪晫應龍生△

三十二年　壬午

刑部侍郎升侍講兼國子祭酒……兼給事中……累遷權吏部尚書……力請郡，遂出知泉州……遷知建寧府」　光宗嗣位[illegible]

四十歲

有水調歌頭「上巳日飲家住後樓」[illegible]

時作

辛棄疾二十三歲（正月）奉耿京表詣行在（閏二月京為張安國所殺　棄疾擒張安國送臨安斬之）授江陰簽判

洪邁以起居舍人充金賀登位使三月五日（七月還朝殿中侍御史張震以邁使金辱命論罷之）

孝宗即位　本傳作「孝宗即位後」

洪适遷司農少卿　四十六歲

丘崈[illegible]國解後　左太學　本傳不載　中詞學「紹興書太學作」　丘詞此首最早　是崈當

約廿七歲

周必大除起居郎　本傳又云「兼編類聖政所詳定官又兼權中書舍人……應詔上十事皆切時弊」權給事中

六月胡銓復原官差知饒州（胡銓與王庭珪詩[illegible]復原官）

史浩除起居郎直兼太子右庶子　孝宗即位　遷中書舍人遷翰林學士知制誥　尋除參知政事

張浚有陳俊卿[illegible]除參知政事[illegible]無年月　通鑑[illegible]

仲并擢光禄丞出知蕲州　人名字典作「孝宗即位」

又云「有浮山集」　仲并浮山诗馀一卷卅二首

宴平江有好事近「宴平江七首，时留平江，伴侍儿歌以侑觞」　芰荷香「中秋在毘陵不见月，作数语未成，后一日来隆江，途中先寄赵智夫」　卿

可见行迹

洪遵为金报使（金使金），知阁门张抡副之　本传

张孝祥复集英殿修撰，知平江府　本传

孝宗即位」年亦三十　临川县志35名宦「绍兴庚辰廷试第一，三十二年知抚州时……」　……1166

王庭珪　七岁以能诗　本传

高登起为迪功郎　词人姓氏作「绍兴末」　……嘉定」

侯寘24　懒窟词甲子此一首，据宋定为此年，程「壬午元宵戏呈元功参议」「乾道」

京西回，其人尚存」　有蓦山溪「建康郡圃赏荷」　……绍兴中以

直学士出守建康」

又有玉楼春「中秋用聂仲石韵」　可

李年代　新安……府会教子词」

张纲　绍兴末乃致政」　卷1114　查宋史

杨万里……

李石　直斋14　方舟集……宋为学官，乾道

中为郎，历……以论……」

1162　胡铨「孝宗即位，擢起居郎」（湛庐词）再查

绍兴三十二年

杨如仲……并……力……

资如李石「绍兴末以赵逵荐，除太学博士……

学士

芝草……学官方贵，石独以为……乾道……

名……及士……蜀学……

乾道中召为都官……

相，与石有学宫之……

……

参、邓椿画继、资如志」

辛王继年　宋史……　四川通志一五一上……

王庭珪「孝宗即位，政承奉郎，除国子监……以年老乞祠，主管台州崇道观」　宋史……

曾觌　帅合肥　梅庐……97

又云「继而外舅易镇京口」　袁中有作……

张于湖集十八题王钦英梅……竹院「壬午春，余自建康还宣城」

三十岁

临川县志……　抚州知军州……「绍兴年任……孝祥……」

陵一人　汪藻　左史……

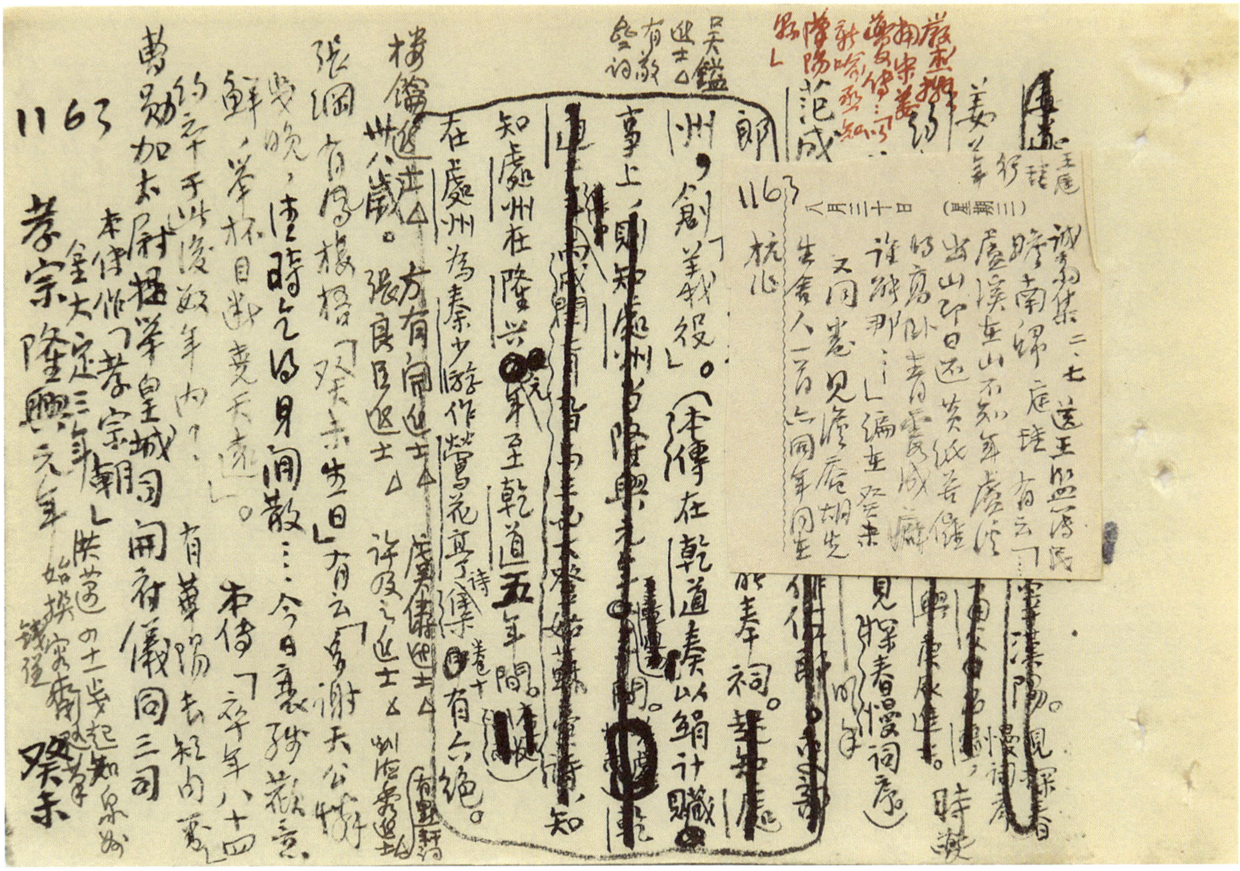

1163 孝宗隆兴元年 癸未

曾觌加太尉，提举皇城司，开府仪同三司

张纲有隐括「癸未生日」

楼钥 进士 卅八岁。

吴镒 进士

知处州在隆兴

范成大

姜夔

1163

1163 孝宗隆兴元年 癸未

曾觌加太尉，提举皇城司，开府仪同三司

张纲有隐括「癸未生日」

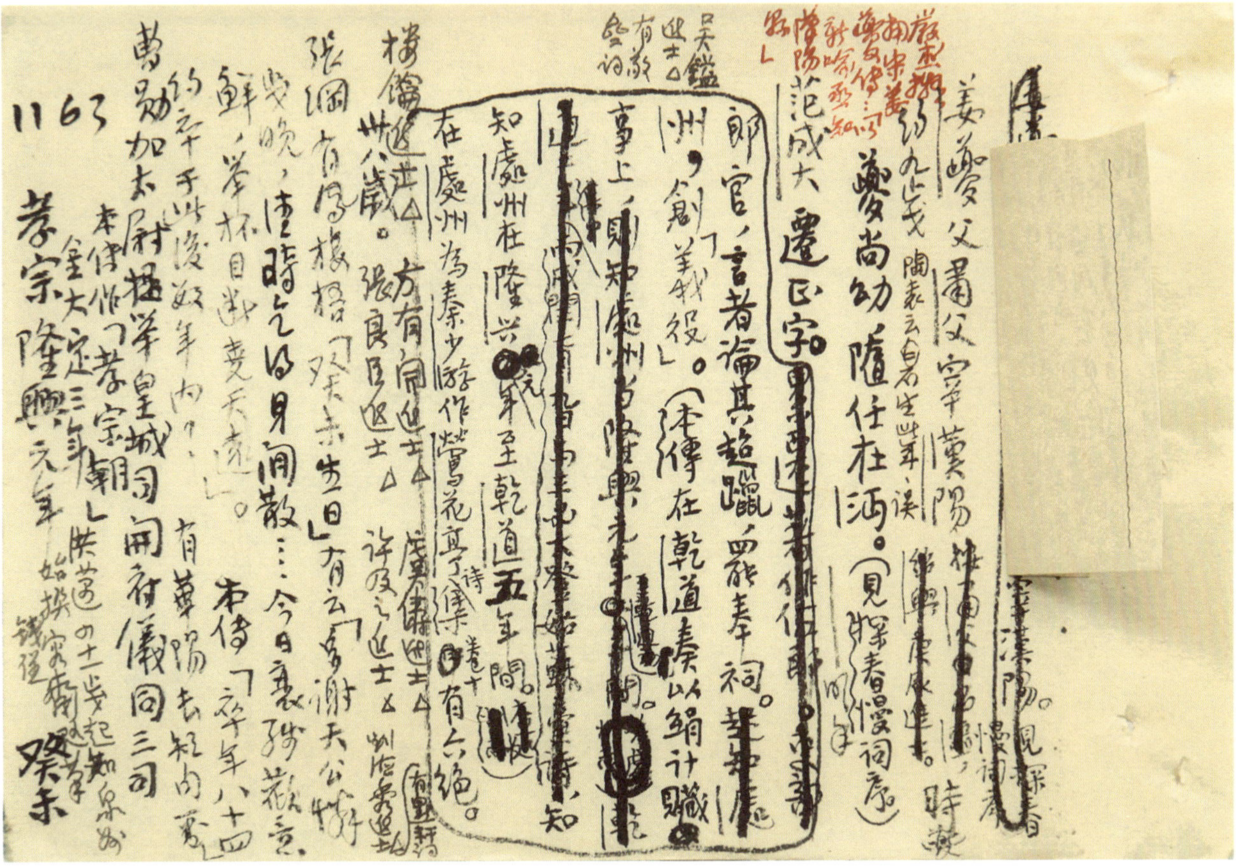

楼钥 进士 卅八岁。

吴镒 进士

知处州在隆兴

范成大

姜夔

1163

張孝祥以張浚薦召赴行在入對除中書舍人
除直學士院兼都督府參贊軍事
俄兼領建康留守 言者攻除敷文閣待制
留守如舊 李
「孝祥既為湯思退所
知，及受張浚薦，思退不悅，孝祥入對，乃陳二相
當同心戮力以副陛下恢復之志……」按宋史
宋本補表張浚以此年四月除樞密使
渭南題跋三卷十三頁跋陸務觀家問云：「……」某
自淳熙別此紙三十二年之間，撫觀此紙
徽若為在前見之，直不能讀，」 慶元五年
十一月戊申 寶謨陸某書」上之五年逆數至
此三十二年。（一一九九）
王庭珪（字民瞻）論所選 初召除國子監，再召除敷文閣待制 時年
錄九十。 誠齋集八十二盧溪先生文集序作孝宗即位
詞林紀事八、十九引宋名臣言行錄作此年九十三。
待查
于湖集一六對…到在建康留守…提要引
韓玉是時已自金入宋 提要 1985 在…詞提
王千秋 審齋詞提要為孝宗時人 審齋
詞中第甲子 提要 1984
王明清在（年）搢 揮麈後錄十八頁
孝宗隆興元年 癸未 詞選3.12頁 韓玉事 考

黃公度卒於此時 見一一三八
（注）「呈佑掊田詩話中下「盧溪在長沙，八年迎為師，
孝宗受化，許自便，光宗即位，忠簡薦之，
召對便殿，除直敷文閣，年已九十餘矣」
王庭珪與 才卿鄉禁苑文字 見黃林清話
引誠齋集
韓元吉以書投張浚，言和戰守三事 勸張浚勿取山
東。（附在本年正月）不听，李顯忠邵宏淵之敗
六月 周葵為參政事、陳亮在幕下因得交一時豪俊
二十一歲 葉適墓誌 宋史
四月，史浩退張浚恢復之計。五月王十朋論浩八罪，出浩知
紹興府。十朋再疏論之。予祠 宋史紀事本末
五月張浚北伐取宿州，旋大潰于符離
十一月湯思退奏以王之望充金國通問使、龍大淵副之
許割棄四州，求減歲幣之半。旋手詔之望等回待命
境上，令胡昉等先往，諭金以四州不可割之意 紀事本末
張孝祥在吳門 于湖集十三 樂齋記 嘉 送王嘉叟朋序本
年六月在吳門作 知平江蕃在此年 廿一歲

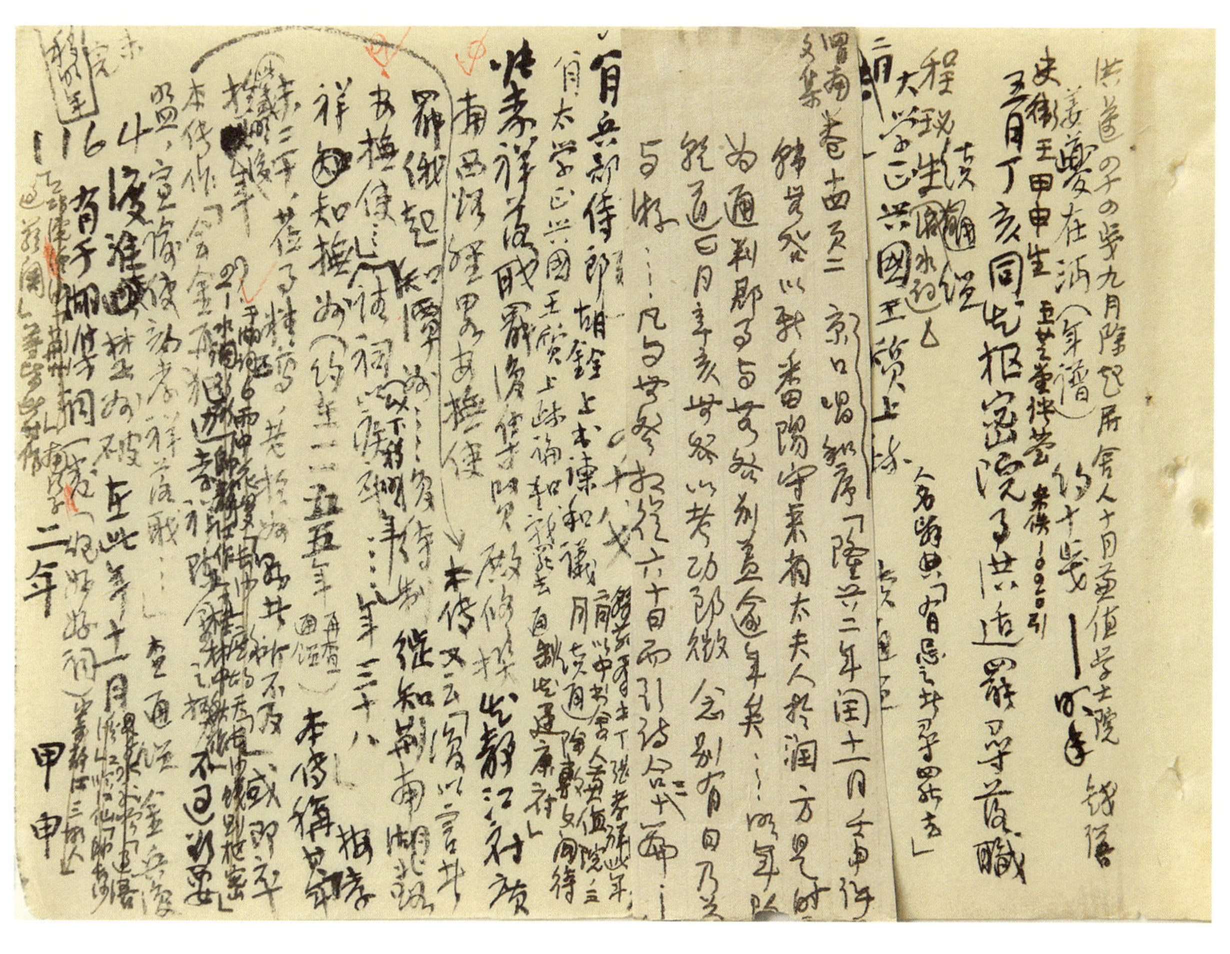

年以後

江陵楊冠卿梦錫 得自羅浮？ 有小詞云
至「得自羅浮道，云胡哭怯安國，丞采石而
李謫仙，悼今昔二賢，亦前之不復見世，月夜醉
泛江濱，悵然而去，作長短句」 張孝祥卒
於是年，詞或此年作？。
罷官 楊嘗出知廣州以至罷（人名從無）止
歸朝官歸 有客亭類稿（人名從無）
客亭詞卅五首 止東坡引作「發癸口秋……」不
可及

穀城王之望瞻叔 九月自左諫議大夫淮西宣
諭使遷右中大夫除參知政事，閏十一月罷參
政以端明殿學士提舉太平興國宮 宋史
字輔表（人名從無），終知温州 待攷
漢濱詩餘一卷 廿七首 補遺三首 皆壽詞
人名從無，祖之，漢濱宋台州 有壽韓天台守
倚江亭印席和李舉之時書功題，賀子悅同生」按
赤城志 賀允中字子悅，上蔡人，紹興初寓居天台，第
年辛後徙臨海 嘉靖斷江通志曹勛（印功顯）
紹興中寓天台，丑之望寓台，必在紹興間（赤城志
有李擢字德升，奉符人，元符三年中第，教官，禮部尚
書，徽猷閣直學士，紹興初寓臨海，不知即李舉之否）

此當移至一一三一年

集有好事近「成都貴山茶用韻」「澧韻」云「……雲叢自羞
醬帽，歎何物不得」，小重山「成都上元席上用權帥許
覺民韻」，念奴嬌「坐上和何司戶」云「莖二七尺，慄一時
十一月四周葵參政（資通鑑）

人物，孤映三蜀……」是晚年曾游蜀 又有答詞
「荊門軍宋簽判周教授許尉同生」 交游又有
錢雯和侯鎧迎榮大監齊克佐李恤志石光
錫

壽近「和榮大監」云「……從此錦城機杼，把曲
游庭芳「賜茶」 當此年作
按浙江通志 錢雯 之望知温州，左孝宗時王
逵 後劉甫答

王質 有雪山甘州「懷怯安國」注云「安國死後，左淮南
為降腸，與作詩詞偶偽歟 及結字此生茶愈喜秦信
淮寧字陸同 目 遇罪尤多」 張如六十撰此年
當作於此年後

按怯孝祥念奴嬌過洞庭下段云「應念嶺表經年
孤光自照，肝膽皆冰雪……」
年譜詞當作於自靜江歸時 當是知靜江府
去年（再查） 知靜江 授詞句則當
在……
庭，自照云堆，余少與過財，公曰云分命，唱所作
詞，呼吸爽而酣之日，亦人不也，其日一前，皆歎此
能改齋漫錄「去年今日，往游西苑，彩仗壓金波，
御水戲魚漫衍，寶津南殿，宴坐近天顏，金杯頒，兵
王功，頭上宮花顫 六年錦編，多駿寄楊宗，日暮
1164 單華歸，擬釣天笙引一片，次今關外，千里赤
歸人，萬山雨，西樓晚，望斷愚民眼 此陳修好

芜湖山溪也，舍人张孝祥所深爱，因宴妓有词此画
「金杯倒，更玉劝，头上宫花颤谁插，首自为之指动，故此
数四，坐客忍笑，指目井七众，而张竟不觉也」
绝妙好词笺一引

癸辛杂识「张于湖知京口，王宣子代之，多景楼落成，
于湖为大书楼扁，公库送银二百两为润笔，于湖却之，
但需红罗百匹，于是大宴合乐，酒酣，于湖赋词，命
妓合唱甚欢，遂以红罗百匹犒之」于湖知京口，本
传不载，查镇江志及多景楼了。

芜坚支乙卷八页二徐南陵读大仙像馆与五年张
紫阳乩南陵了，绍兴甲编之误，张绍兴廿年方过
对第一也

南宋词人长卿情乐府卷四 鼓笛慢「甲申五月仙游
试卷水」首首首甲子 叶藏三柳梢青「前甲庚孝
祥降乩了言「近垦城隍令，字梦山，白日与张公会
人称孩七孝，仅一日暇，命道士请紫府仙，自云其
秀才多我乃张孝祥也，昔日生之了去所雅逃
耳今不复云……」卷中又有甲寅 星女佛君缘 跌和康伯可韵。
是长卿为南宋孝宗时人，甲申当隆兴年
锦东浦词上西平「甲申岁暮西度道中作」东浦词韵
此首甲子 词选了 14

二月治王之望以潼川 纪事
八月胡铨上疏议和有子可弟 同上
十月太学生上书乞斩汤思退王之望尹穑 同上
十一月遣王之望劳江淮上，乙亥罢官 纪事本末
张孝祥为建康留守 于湖集 崇陵阅记，乾道丙戌作云云
年余果桂林」「多年余为建康」 世三家

1164

宋孝宗隆兴二年三月
张孝祥作六州歌头
朝野遗记 张安国孝祥在建康留守席上作
张魏公读之罢席而入 景定建康志载孝祥隆兴二年
三月知建康 据建康志吕擢十月知（见吴廷燮南宋制抚年表）知孝祥知建康是隆兴二年三月至十一月 与词中
写秋景「霜风劲」合
或以为张浚为建康留守席上作，非是

陸游　韓无咎

渭南文集14之京口唱和序「隆興二年閏十一月壬申，許昌韓无咎以新番陽守來省太夫人於潤，方是時，予為通判郡事，與无咎別蓋逾年矣，相與道故，甚歡，間游覽江山，舉酒相屬甚樂，明年改元乾道，正月辛亥，无咎以考功郎徵，念別有日，乃益相與游，……凡與无咎相從者六十日，而所得詩合三十篇……二月庚辰，笠澤陸某務觀序」

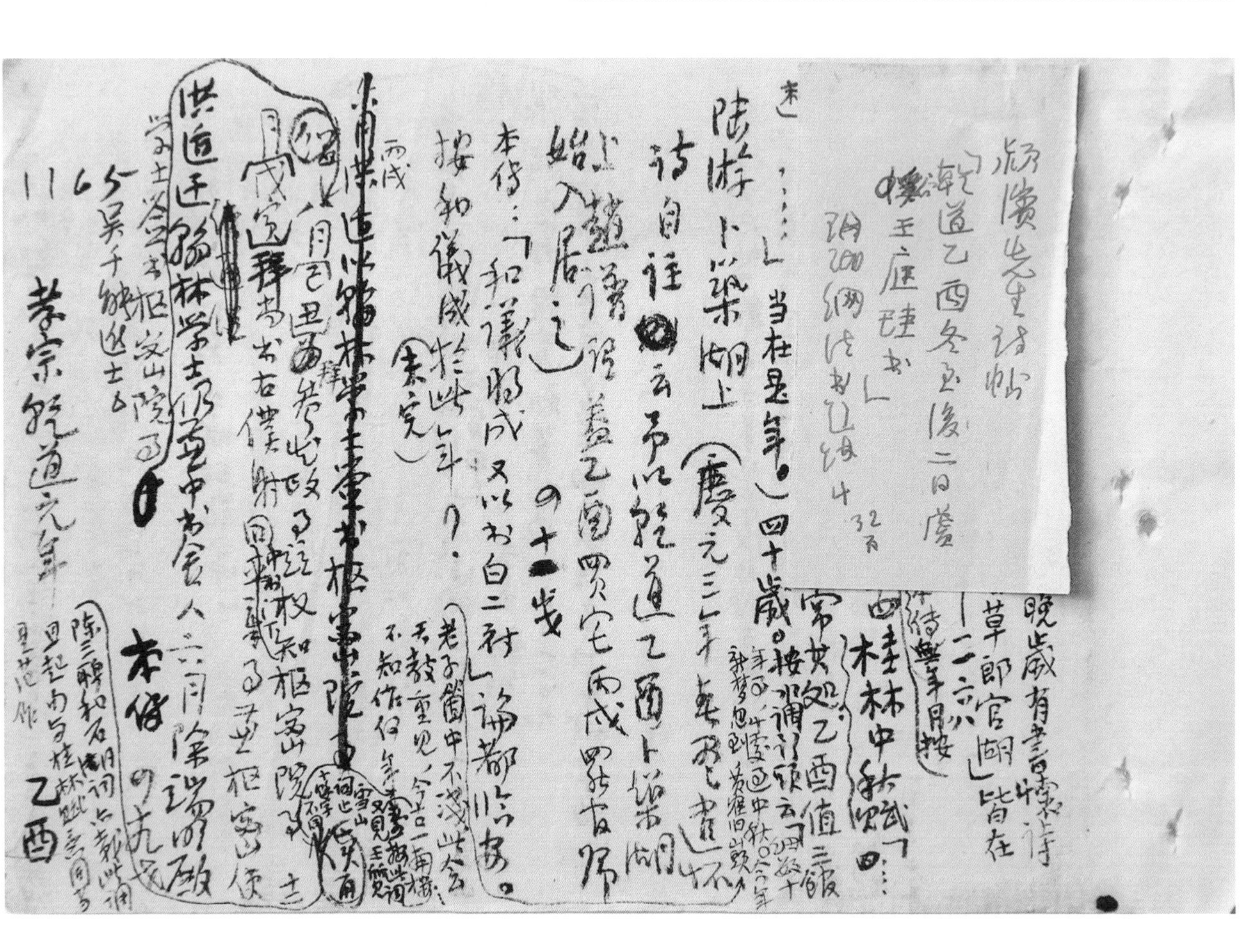

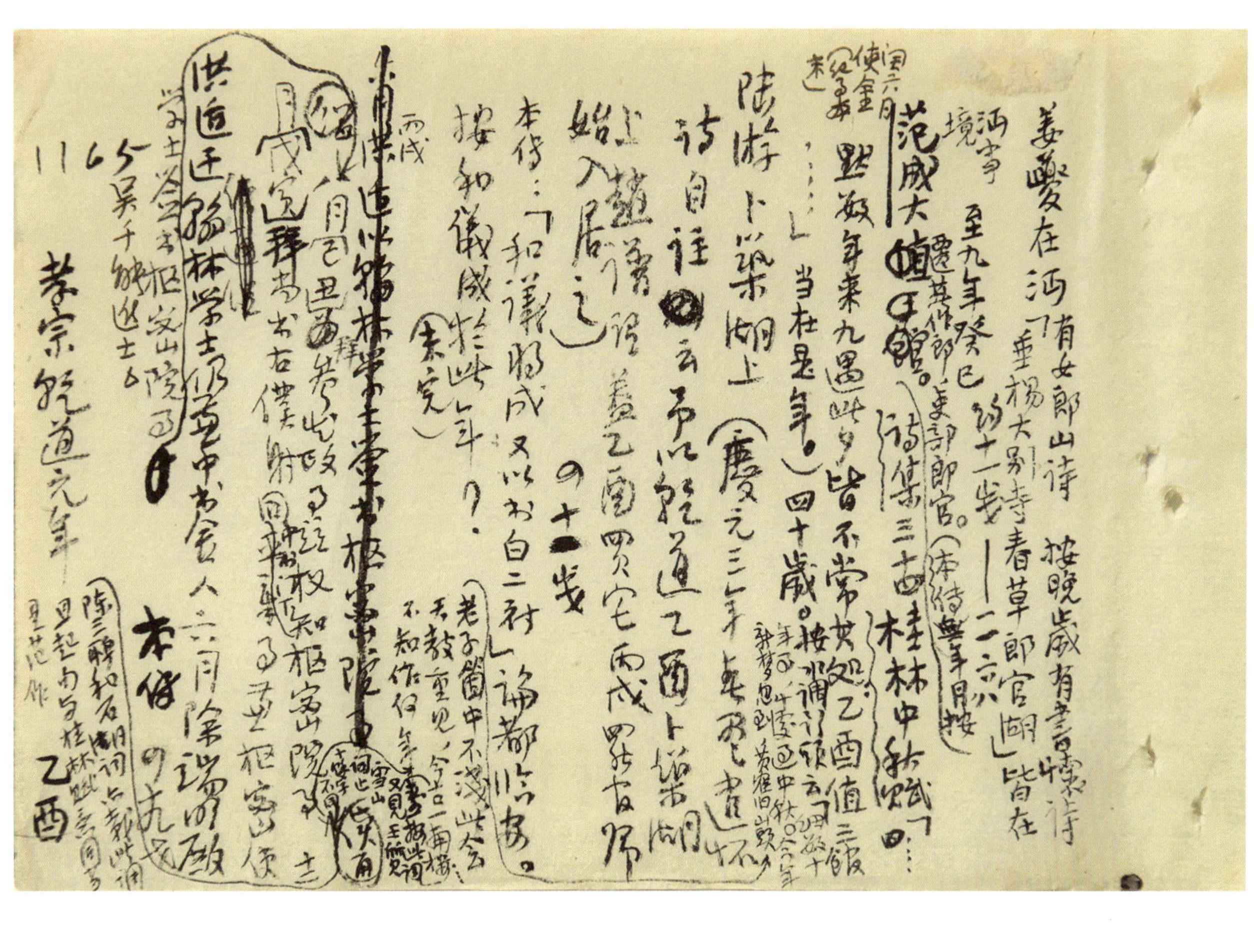

1166

吴儆 知安仁县 宋史翼一十の

又为邕州通判摄府事 代栈蕃々 召对陈恢复

至计 授广南西路安抚司 亲老请祠归所

居为竹洲以养父……自竹洲集二十卷 宝祐の

年曾孙贤深刻於新阳 谨文阁

仙游 蔡戡 定夫 「祖伸父洸,娶胡宗陈补建康府僚

阳知县 乾道二年登进士科 历江西观察推官」

宋史翼十二 引宝庆集 陈寿祺 福建通志 181

续一二六

(下同)

全道士尹志平 葆光集 下 道条性「好在我阳观 山东川,

秋阳来往,丙戌之冬后临行以词别之」 其卷中亚

山一段云「秋阳观作」「十九洲仙子,随师历八方,西临回纥

大城隍,到处见农桑」 又一首「塞北三年路,天西万

里回……」 又一首「太上临闻日,亭宗学道时,七雄戈戟

阴如掉,」何处也是忠 直至西天行化,大教普闻天下

……」 其卷传古道

杨妙 字获 撰 阳倚年刻本 毛泥廿六卷见陆

志 书林清话三 同光又云此年杨妙郡摩刻

云间 清 冬 在会稽作 探灵宫录(原跋)

张孝祥 于湖集四 丙戌去入衡阳境诣

为当在此年 自知桂林改知潭

庭草草」一首当此年作 卷十四 观月记 记中秋洞庭观月 念奴娇洞

「于湖词六 雨中花慢「长沙」题 可钞以住词

「过浔阳」 临江仙「帅长沙寄静江三故人」 为送当此年作 「长沙钱刘枢密」 二首水调歌头

甘露

五月以刘珙荐代珙知潭州 见宋词大事年考

二七年 丙戌

至顺镇江志十八人林……

张纲 字彦正 金坛人 以举首贡 补辟雍

升太学 试内舍上舍 皆第一 政和四年

释褐状元 授承事郎 为辟雍

正 补辟博士 官至权吏部尚书 参

知政事 …… 年八十四 谥文定 有华

阳集四十卷 书录三十卷 告献集

三卷 内外制五卷 编次[illegible]集

八卷 纲笃行君子 事亲孝 ……

追崇 自首不衰 祖母在堂 再乞

以事恩回授 乞恩皆以官其兄

父及弟 任 因丧致 民亩数

千斛 而焚券 曰 以代世储

黄之赞

可入1166

№1414

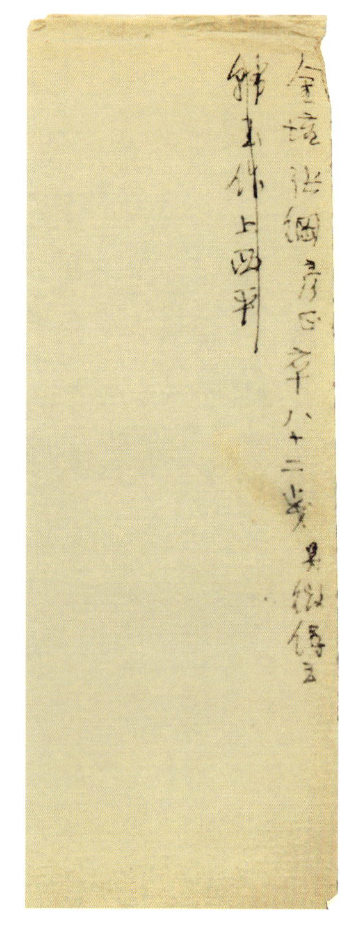

隆兴赵善括……（吉年移此）

应斋杂著卷……「生日辛卯生日二首」味词意卯当是师之误……（一一七一年移此）

名数其云「宋宗室第进士官至岳州通判」据有应斋杂著……」

范成大为吴江三高亭记

三高亭记改本条云「……乾道三年八月，吴江县新作三高祠成，……又属石湖居人范成大为之记

……

赵师侠坦庵词……中有「丁亥益阳於王宜之」

赵词甲子起於此年，至一一九七丁巳

の康据要安为南宋初人公宗梦……录其序称自丁亥，则丁亥宜属此年（参一一八七年）

朱翌　卒七十　见一〇九八

宋史翼27「乾道三年辛年七十一」　引安户の所志卷之拾……

居通议……姓通谱……　宋史翼……「政和八年以太学生赐第」则此年辛当七十二岁　三……

年谱作一〇九八生则今年七十岁　宋史翼　古　引甲乙……

韩元吉　除江东转运判官

马钰　入道　重阳教化集……友序「……（马）先生本儒家官宦……自终南而来，……金穴豪士，……大定丁亥有重阳真人（王嚞）……

王嚞（重阳子）……东华化……

……（范）……

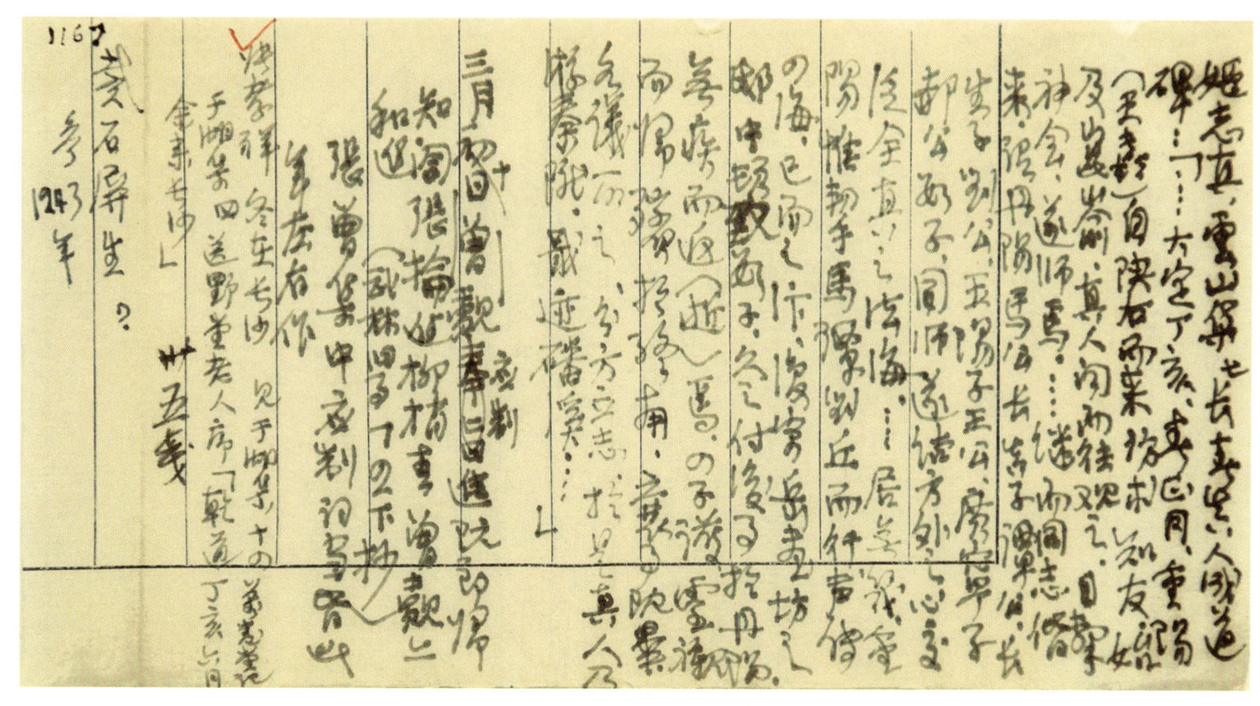

1167

姬志真，云山集七卷（长春真人成道碑）：「……大定丁亥，春正月，重阳（王嚞）自陕右而来，坊间知友好及乡人……真人闻而往……神会，遂师焉……」

……

三月……知湖……张……柳……

和……

参1167年

葛石屏生？

廿五岁

王質　雪山集

質自序西征叢記云「自丁亥至庚寅，得詩一百三十九，詞五十四一……」

·此の序載于卷中得

1167

星山丁亥至

西湖好的 记苏揭

減字[illegible]城老向壺[illegible]梅[illegible]的瓜[illegible]

夢[illegible]山圖[illegible]鄰合[illegible]水仙王

約古の歩

姜夔 姊嫁漢川？ 据探春慢詞序有中去從東

幾二十年云云 語在丙午冬 故

知屬戊子己丑 ： 父噩卒？ 昔游詩序稱早歲孤

間數年事 ： 貧當在乾道間 一一七の

范成大 以[illegible]處州 [illegible]守被召 據驂鸞錄「[illegible]自[illegible]

陳亮廿六歲，九月，易名亮，自貢于鄉（年譜[illegible]）秋，有司[illegible]

[illegible]為太學[illegible]中[illegible]橄[illegible]來識[illegible]韓[illegible]書[illegible]十[illegible]年

為太學生員（詳[illegible]韓弘叔[illegible]）

以括蒼守被召復[illegible]。 本傳「除禮部員外郎

張孝祥 八月自長沙[illegible]為[illegible]見于湖集十四[illegible]金堤記[illegible] 詞[illegible]及三十[illegible]見[illegible]帥[illegible]墓誌

廿六歲[illegible]本集[illegible]年

以范成大起知處州。 劉義役。（本傳） 為秦

陸游作[illegible]花亭。（詩集十有六絕句。）（知

處州，本傳無年月，據詩集三十四，桂林中

秋詞，「戊子守括蒼。」 の十三歲。

姚述堯 知溫州樂清縣 西泠詞萃[illegible]同 陸心源[illegible]

詞跋 又云「[illegible]有[illegible]書室[illegible]詞皆官樂清時

所作，故以為名」 按[illegible]公餘詞一卷，共六十餘首

集中有水調歌頭「[illegible]告歸，[illegible]使君[illegible]別[illegible]

東呈」而無年月，未[illegible]不[illegible]在何時 查[illegible]志

丘崈 有與[illegible]啓[illegible]謝子[illegible]同官[illegible]不[illegible]

集，并[illegible]皆[illegible]之歌……」 或一二三八

1168

[illegible]戊子作 約廿八歲 [illegible]集の年譜 見[illegible]志」 戊子

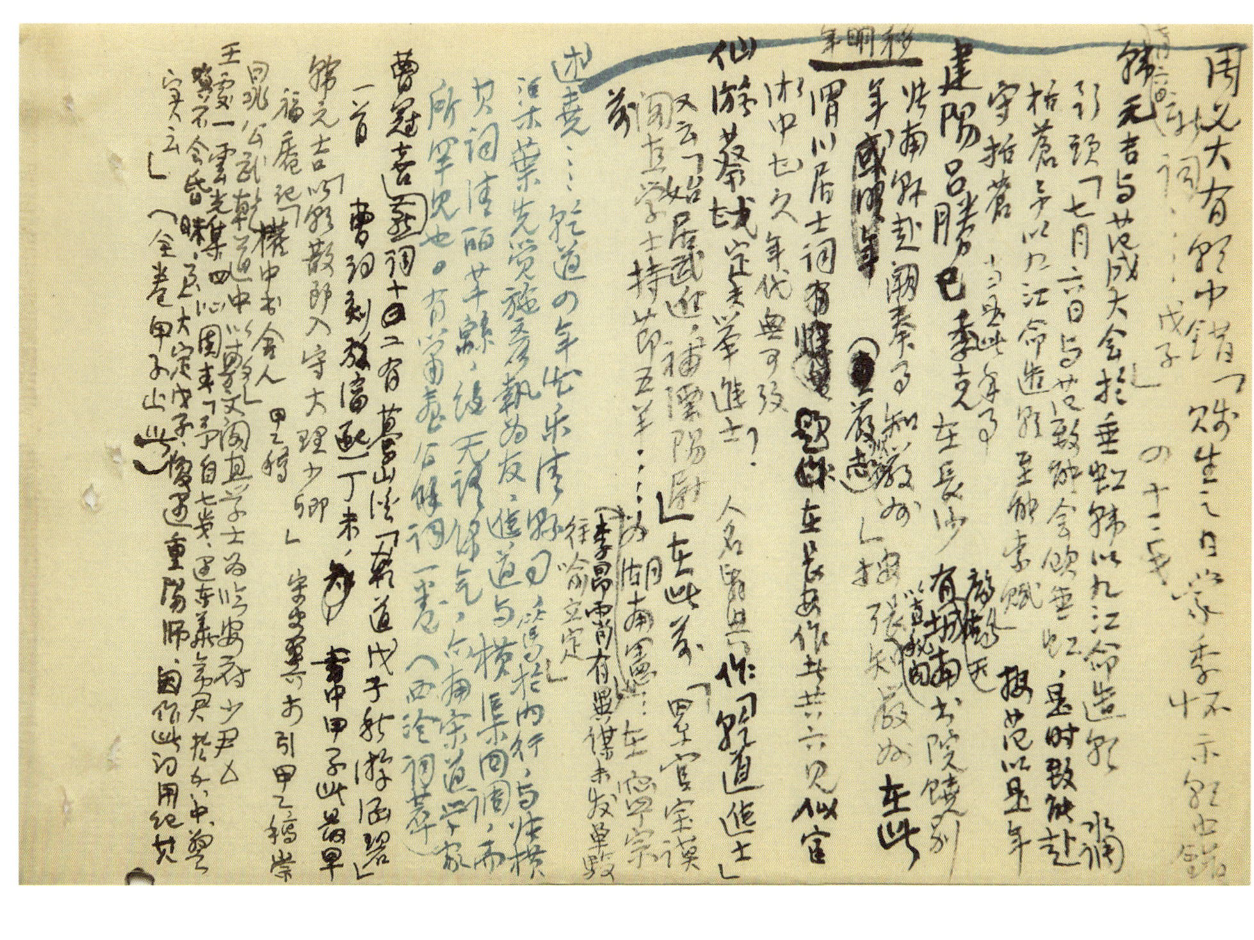

周必大有跋中錯「[illegible]生之日」[illegible]宋季懷不宗錯[illegible]
賀新詞……戊子」の十二年
韓元吉与范成大会於垂虹，韓以九江命造朝
引頭「七月六日与范致能会飲垂虹，是时致能赴
括蒼，予以九江命造朝，至能索賦」 水調
守括蒼 當是此年 按范以是年
建陽呂勝己季克 在長沙 有[illegible]南[illegible]陵[illegible]
將南歸，赴嗣秦召知嚴州 [illegible] 知嚴州 在此
年 [illegible]
渭川居士詞有[illegible] 在長沙作者共六見 似宜
列中乞次年代無可改
仙遊蔡戡定夫 舉進士？人名[illegible]作「賀道進士」
又云「[illegible]居武進，補溧陽尉」在此年「[illegible]宜宗[illegible]
[illegible]學士持節五羊……湖南[illegible]……在[illegible]宗
[illegible] [illegible]前有[illegible]集未[illegible]
述意……乾道の年必朱淑[illegible]
汪[illegible]葉[illegible]先覺[illegible]為友，進道與[illegible]横
[illegible]詞清麗芊[illegible]，綿[illegible]，[illegible]宗道[illegible]家
所[illegible]也。有[illegible]（四[illegible]詞[illegible]）
曹冠宗臣 詞十四首 [illegible]山[illegible]「[illegible]乾道戊子[illegible]」
一首 曹[illegible]刻[illegible]富[illegible]丁未，[illegible] 書中甲子此[illegible]
韓元吉「[illegible]郎入守大理少卿」 [illegible]引甲乙稿[illegible]
福[illegible]「[illegible]中書舍人 甲乙稿
[illegible]公[illegible]乾道中[illegible]文閣直學士[illegible]少尹[illegible]
王[illegible]一[illegible]四[illegible]周[illegible]自七[illegible]，[illegible]中，[illegible]
[illegible]不[illegible]，[illegible]大定[illegible]重陽[illegible]，因作此詞用紀[illegible]
[illegible]云」（全卷甲子[illegible]）

李石為郎 卷一二六の
范成大以處州守被召（見詩集卷十一）除
禮部員外郎兼崇政殿說書。 入[illegible]年（見
本傳） 詩集卷十一有己丑中秋[illegible]宿玉[illegible]詩。の十
の[illegible]錄「……[illegible]己卯……後十年以括[illegible]守
被召後至[illegible]……」
陸游 十二月差通判夔州（[illegible]譜）の廿五歲
本傳：「王炎宣撫川陝，辟為幹辦公事，游為
陳進取之策」
洪适 巳告家居 王之道卒 七十七 見一〇九三
本傳云「[illegible]家居十有六
年」适卒於淳熙十一年（一一八四）則致
仕當在是年 の六十三歲 宋史[illegible]引大[illegible]王公神道
曾[illegible]觀為[illegible]東[illegible]官 [illegible]通館
南昌[illegible]孝友乾道中進士の[illegible] 曲」[illegible]
甲子[illegible]太云「平[illegible]四十[illegible]」[illegible]芳上 [illegible] 皆退休家居[illegible]
楊萬里以陳俊卿[illegible]召為國子博士？
[illegible]李[illegible]「[illegible]陳俊卿[illegible]文為[illegible]」按
[illegible]作[illegible]以是年八月入相，明年五月罷
生」他 のテ[illegible]
[illegible]老知福州
同 又大有朝中錯「胡季懷以[illegible]中館[illegible]八月
[illegible]の[illegible]次[illegible]……己丑の[illegible]
[illegible]9 王炎[illegible]進士の[illegible]二六。双溪集
[illegible]6 双溪[illegible]自叙「三十有二
[illegible]11 [illegible]五年 己丑 始[illegible]一[illegible]」
又宋史[illegible]王大[illegible]

建炎召賜已……誤在去年
南渡曾協同李擢知永嘉？……名賢與作
贈道中」又云「紹興中舉進士……賞後度
果……」在此年「雲莊集」
雲莊詞十四首无年月　曾游汝陵楊、交游
有李粹伯、汪海、馮公輔、士秀、安侍郎、葉叔羽、范菊坡
虞允文、曾國、馬……又有正言、時中、黃用、陰湜
云以年調編　見人名異錄，虞集相在此年……郎
雪山詞无年月　行述曾游蜀完溪中「和王通一」
詞云用虞祖予云「……淚下猿聲巴峽，裏眼荒鷗磧」
楚江蓮　眼花……陵水，……巴下　虞美人
南
「南樓席上春信守」水調歌頭「中秋飲南樓呈范宣撫」云「四十年來夢，十處過中秋，今年何夢還在黃鶴
四樓頭……」（按此詞又見石湖詞）京口水調歌頭京口……
杭州紅窗怨「印」云「……記與三五少年，在杭州曾醉同戲
編……」　交游又有王道一、李敷文、徐守、王守、向守
錄　張刪定　張安國、查郎中
杭州刻淮海居士長短句（？）　陳宗諾　乾道間刻，見葉夢得跋
曾覿　蘇幕遮詞云「有過好事近」「己丑重陽後雪峯」一首
號「故宮之花」
「攬轡錄」「乾道六年閏五月戊子，成大被命以資政殿
大學士、與……信軍節度使康諝為奉使大金
國信使副，六月甲子出國門」
南城……辛……知……人」

1169

「馬鈺云業家從重陽子西行……入終南　重陽
教化集序到孝友序
馬鈺……集七卜算子「盡宗大道」有云「白
自有六宗不傍身，拂袖雲游」又云「我今悟
不來歸去，死在西秦」知今年四十六歲
馬生1123今年四十七歲，此詞本年作
石孝友「乾道進士」　江西通志一三五
程大昌　本年為浙東提刑　紹興府志卅職官表
王觀國　本年進士（見紹興府志卅選舉）（九十人）　七集年譜？
尹志平（長春道人）正月二十日生
李石　乾道間知眉州　宋僉988
陳亮二十七歲　本試乙部未中，上中興五論，奏入，不
報，歸休于家，杜門讀書學者多歸之（宋史，中
興論後紀）
張孝祥　宣城張氏信譜傳「乾道五年己丑，阿不錄（自
荊州）請祠侍親……歸蕪湖……庚寅冬，疾復作，遂卒」
六月晦日　柳梁五史……序記本年自荊州回請祠湖陰……芝鋒
王之道卒，年七十七　相山集附神道碑
又云「以其年十月甲申葬於郡城北三十里長岡之原」

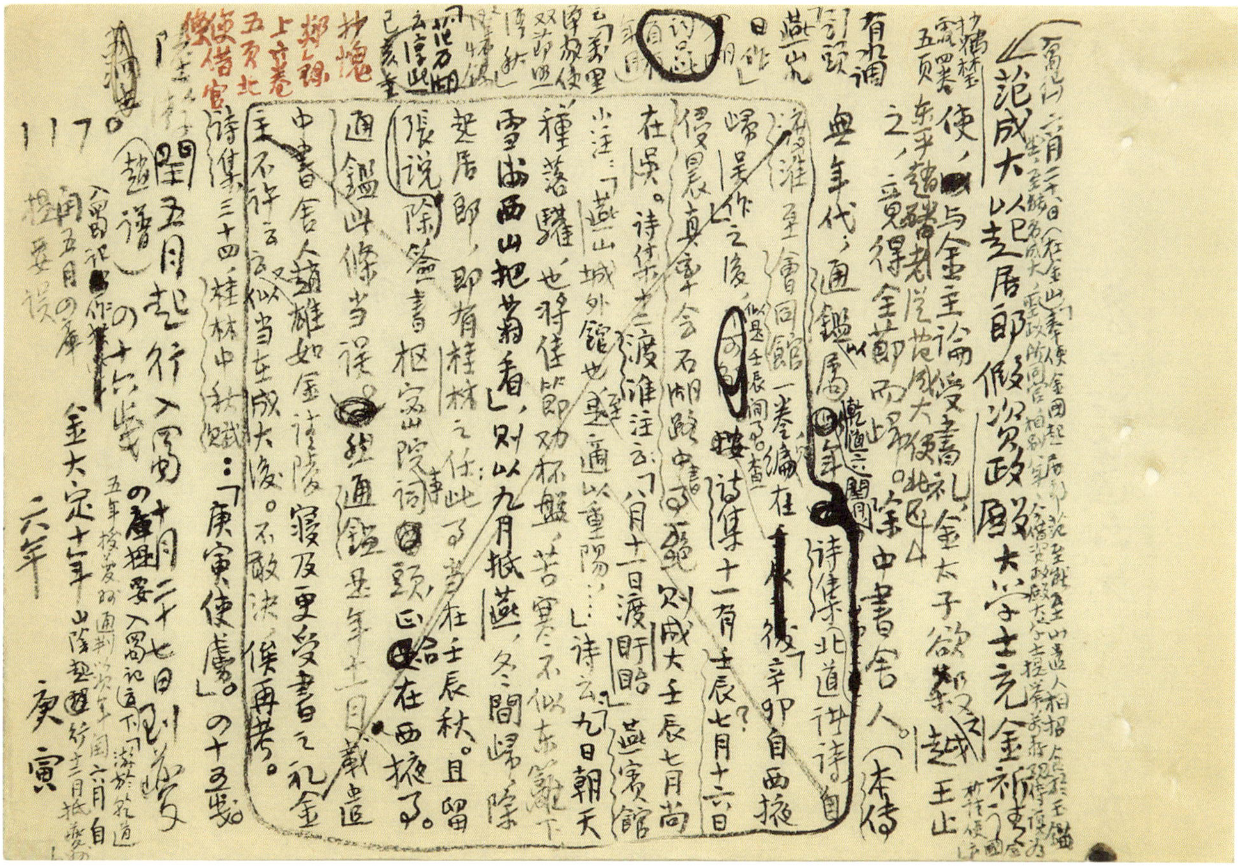

1170

范成大以起居郎假资政殿大学士充金祈请国信使，与金主论受书礼，金太子欲杀之，越王止之，竟得全节而归。除中书舍人。（本传

有诵无年代，通鉴以属乾道六年。（诗集北道诗自注

淮至会同馆一卷编在辛卯自西掖归吴作之后，似是壬辰间了。查 按诗集十一有壬辰七月十六日侵晨真宰会石湖离中书而复，则成大壬辰七月尚在吴。诗集十二渡淮注云：「八月十二日渡盱眙」，燕宾馆注云：「九日朝天种落骤，也将佳节劝杯盘，苦寒不似东篱下，雪满西山把菊看」，则以九月抵燕，冬间归。除起居郎，即有桂林之任，此了当在壬辰秋。且留张说除签书枢密院词头，亦在西掖了。通鉴此条当误，然通鉴是年十二月载直中书舍人赵雄如金请陵寝及更受书之礼，金主不许云云，似当在成大后。不敢决，俟再考。

诗集三十四桂林中秋赋：「庚寅使虏」的十五载

闰五月起行入蜀，十月二十七日到[illegible]

金大定十年 六年 庚寅

抄愧郯录上卷五页北使借官

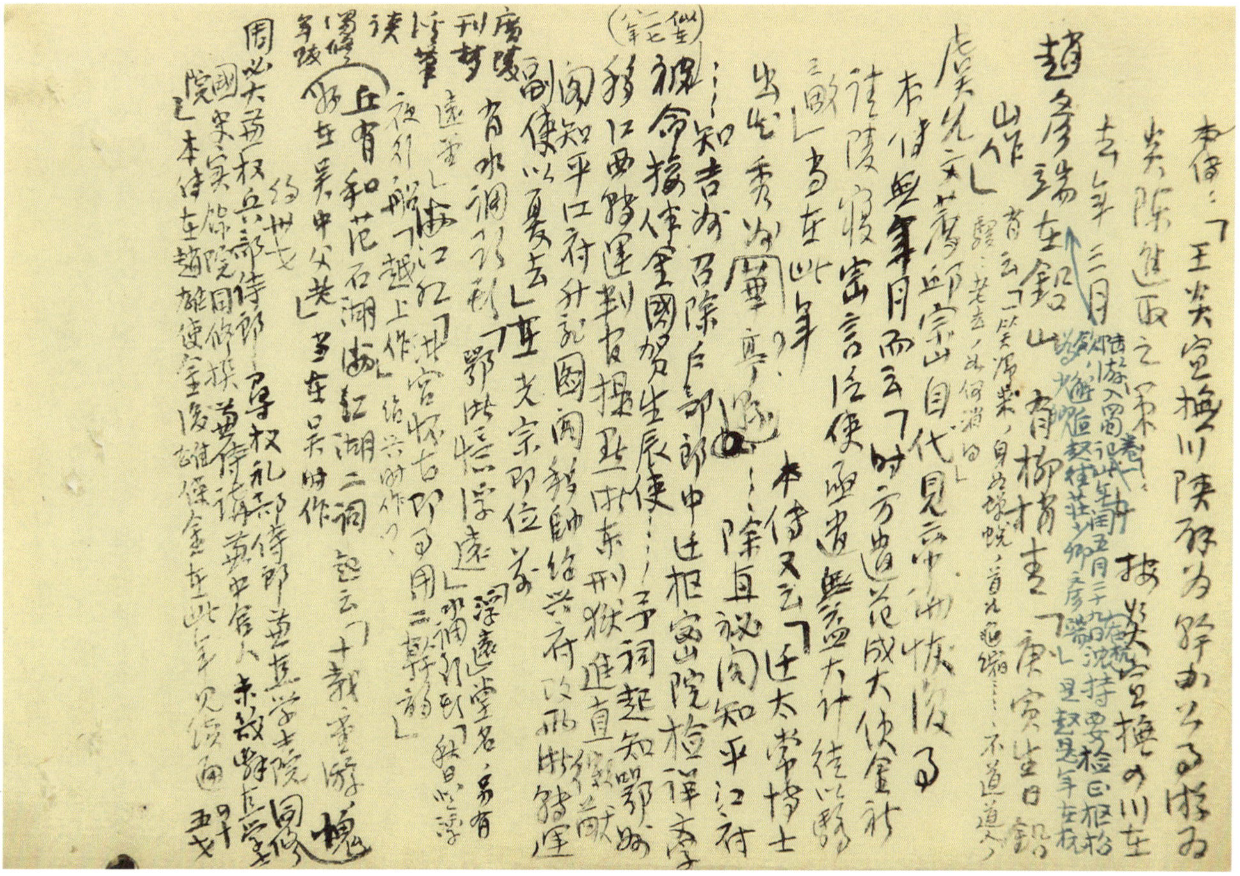

本传：「王炎宣抚川陕，辟为干办公事[illegible]」

去年三月

赵彦端左铭山作」

按炎宣抚四川在[illegible] 庚寅生日铭[illegible]不道道人

虞允文荐邵宗山自代，见云中，用收复了

本传无年月，而云「时方遣范成大使金，请陵寝，密言此使还必遣[illegible]大计，往以显三欧」当在此年

出为秀州[illegible]

本传又云「迁太常博士，除直秘阁知平江府……知吉州，召除户部郎中，迁枢密院检详，孝宗亲命接伴金国贺生辰使……予祠起知鄂州，移江西转运判官，提点浙东刑狱，进直徽猷阁，知平江府，升直宝文阁，移帅绍兴府，改两浙转运副使，以忧去」光宗即位[illegible]

有水调歌头「鄂州憩浮远」浮远堂名

有满江红「泛宫怀古，即用石湖韵」

丘宥和范石湖满江红二词，词云「十载重游」……是年吴中公戎当在吴时作

周必大为权兵部侍郎，寻权礼部侍郎兼直学士院同修国史实录院同修撰兼侍讲兼中书舍人，未几兼直学士院。本传在赵雄使金后，雄使金在此年

1110

周必大有詩「次江西帥吳明可韻」二首

洪邁除知贛州

党懷英中進士第，調莒州軍事判官，本傳（中興樂府紀叙作「咸陽」）累除汝陰縣尹

本傳 又云「累除汝陰縣尹，國史院編修官，應奉翰林文字，翰林待制，兼同修國史」。大定二十九年卒 世宗

趙磻老從范成大使北還，擢臨安府。詞人姓氏

拙庵詞中甲子 有壽葉樞密洪丞相 洪舍人詞 查洪遵兄弟為丞相 九人年代

曾覿海野詞 金人捧露盤「庚寅歲奉使過京師感懷作」，蓋過汴京。憶秦娥鄴都道

上從遊京師舊懷作 感舊重到臨安作，當皆此時 六十三歲

海野詞惟此有歲月

南城吳黻坚老卒。直齋20.13云「雲壑隱居集……宣和以前人，沒於乾道庚寅……」

徐鹿卿生 三院稿卷三「後村集大全」

王庭珪「乾道六年以胡銓薦復召，因論事不合，明年她到闕引對……除直敷文閣，領祠以歸」 宋史卷…七

王之望卒△

尹志平答徐志等 下「庚寅年過仙觀題龍復回」不逢本願 以詞別道友眾邀信」 上結云「年已暮矣，鬢成斑」。悟

1166及此年有甲子

趙磻老「以書狀官隨范成大奉使金國，成大薦之，擢臨安府」 莆陽府志一〇の

辛棄疾年七十九歲 陶表

孝宗乾道六年 庚寅

王嘉詩六十？ 馬大辨重陽分梨十化集序「己丑（馬鈺）從真人（王嘉也）西歸至梁汴間，居留數，真人仙蛻去，丹陽與侍其道，遍與其徒西走終南，訪真人因隱，築環堵居之。十稔，宗閣其穀，結約雲集，不可勝數……」 七七詩作延月初過字

冬 姚孝祥卒（參去年） 于湖集附錄張安國傳云「年三十八」 又有吳氏末于湖墓在秣陵 諸記在鐘山崇泉寺側

直齋書錄十八于湖集謂卒「年財四十餘」，以

宋史本傳亦云享年三十八 據東野語記之，當是送虞雍公飲蕪湖舟中，中暑而卒」見宋人軼事彙編18.5 歿于湖

冬，間卒於京中暑

陶表云係其壬子生 二十九歲 當誤

蘇泂召還生？ 陸游入蜀記二日 姚江上作詩 起云「洞禧改元後峰嶸…… 魚鱗年紀今安是」。向禧元年世宗卒，則當生於今年。僅三年，只三十六歲，當生此年左右（此條移明年）

王庭珪 直敷文閣 紀遊西公

沈瀛子寿
乾道六年六月自左宣教郎为
左从政郎为教授 见入蜀记
一条

经验之所以可贵，完全从苦
痛中得来，如怕吃苦，根本得不
到丰富的经验。

洪邁序 實賢丙志十卷 錄諸 の十九条
張說除簽書樞密院事，范成大當制留
詞頭七日不下，又上疏言之，說命竟寢。
（本傳無年代，通鑑四張說簽書樞密院事在
侍丹查↓此年，止載「張栻獨上疏切諫」，不及成大。）
范成大知靜江府？（本傳在奏張說下。）作驂
鸞錄？ 驂鸞錄「予自紹興己卯……來
識鈞台，……後十年，以括蒼守被召後至，……及今
又四年，蓋三過焉。
范成大歸吳（見詩集十一有与周子充侍郎同
宿石湖等詩）の十六歲。
趙逵序瑞有院集 少「辛卯會要運」序 跋
誠齋集六十有辛卯五月送丘宗卿太博出守秀州二首
丘宗卿 木犀 有洞仙「辛卯年秋木犀文作
素興齋恭廿六叙师表「乾道年蒙山也如[illegible]」
给卅一
洪邁在翰內
本傳又云「召知建寧府」
康興有善籍 有滿江紅「辛卯生日二首」之遠
詞止此有年份者惟數闋「辛卯」「別帥」之「二首」
二葉侯交好集中有范園表「和辛帥二首」摸魚 辛
1 見「和辛帥韵」一首 有五百
1171 年間，述中興 宋諸來入閣往步，姜堂
壬十朋卒六十△ 七年 辛卯

七六一一移

洪邁[illegible]丙[illegible]十[illegible] 錢謙(?)の十九年(?)

張說除簽書樞密院事，范成大當制留

詞頭七日不下，又上疏言之，說命竟寢。

停再查↓（本傳無年代，通鑑㊃張說簽書樞密院事在

此年，止載「張栻獨上疏切諫」，不及成大。）

（本傳在奏張說下。）作驗(?)

日錄「予自紹興己卯……來

時蒼守被召復至……及今

孝宗年代

識(?)[illegible]集66 辛卯五

月送上宗卿太博出

守秀州 序

入集2010 七字謝(?)紹興(?)

立宗卿直楊梅」生朝天

[illegible]丙午年(?)[illegible]

[illegible]

[illegible]丙午年(?)

……十一首與周子充侍郎同

席上作

發。

[illegible]

七六一一移

洪邁在贛(?)州[illegible]

周必大(?)[illegible]

詞在此有年月，並無疑[illegible]

[illegible]

1171

[illegible]年間，延(?)中興[illegible]

七年

辛卯

劉金(?)[illegible]」當指稼軒為耿京使宋事。第一首云「二

十年麾節徧江湖，思咸(?)淡……出處已能齊二

事，功名豈止趙(?)三傑。侍吾皇手敕帶金章，

到七十五(?)[illegible]」 左稼軒五十左右時也

韓天錫(?)與林景度李秀仲司馬季思崔子

霖(?)韓子師八月晦游杭州(?)[illegible]井 西湖志廿七

周必大為禮部侍郎 [illegible]

管鑑養拙堂詞七月有蝶戀花「辛卯重九余

在談園」和張子儀等登舟(?)[illegible]窗分韻

[illegible]此為最早 [illegible]有柳梢青次韻趙佐

莊」云「且對清尊，[illegible]談風月，[illegible]今夕」

[illegible]此人 此辛卯[illegible]是此年

冬 陳[illegible]行為于湖詞序 1184 時系淳熙辛 六月望湯衡為

于湖詞序不云張已卒

王庭珪卒 見1079生卒

王庭珪除敷文閣 見去年「乾道某年辛年九十三」

[illegible]士 趙汝愚生 ㄙ

蘇洵生(?) 去年始此

韩元吉重到建安会赵彦端 有江神子「建安妙戏

赵彦端有云：「十年此地看花时……前度刘郎……」彦端官达

韩元吉以试礼部尚书与利州观察使郑兴裔同出使金

贺万春节 有好事近「汴京试宴」绝妙好词

署云「金史交聘表为大定十三年三月癸巳朔宋

遣试礼部尚书韩元吉利州观察使郑兴裔等贺

万春节」按宋孝宗纪乾道九年为金世宗大定

十三年，南涧作汴京试宴之词当在此时作」

王庭珪有 大江东去「癸巳暮冬小雪家集作」有

云「梦想不到吾庐……点有归耕去」

乐府遗词 十二首 此首年月 ——1176 中斋

十八岁

试问雪溪无恙否，十里淇园佳处，修竹林边，寒梢树

底……」 背词庭游时作「癸巳」二

字宜误

管鉴 养拙堂词一卷 有念奴娇「癸巳重九……登金

石台作」云「堂高倚阑，叹老来筋力，都非年

少」

坦庵词 212 浣溪沙「癸巳豫章」22 菩萨蛮「癸巳自豫章

撩得」26 好事近「癸巳催糕」36 东坡引「癸巳豫章」

闰四月周紫芝重刻其父竹坡词序跋

余周宗五 直斋 20 16 醴庵遗珠集十卷

1173

九年 癸巳

韩元吉「权礼部尚书贺金生辰使 金史交聘表 凡所以觇敌者

跹车之顷，下马盥手，遇小儿妇女，皆以言挑之，往往

得其情，使还，奏言敌之困于盛五十年矣，人心不附，又不

能久，宜合谋定算，养威蓄力，以俟可乘之衅，不必

规小利以觖其望，孝宗然之，除吏部侍郎」宋史翼 十四引书

初行日

记后

曾协「乾道九年权知永州序」 湖南存志 九十

高邮郡庠刻淮海集 見天禄琳琅后编七

赵彦端卒年为 林溪 纪兴府志 廿一 职官表

王炎晦叔以观文殿学士为旧书宅把字 暑书宁的

洪适以资政殿学士为旧宫官把字 同上

二卷三頁 [illegible]「番陽[illegible]」小楷 行京山时作

姜夔依姊氏山陽間歸饒州，有于越 至二年

约廿岁 ——— 一一七六 山陽乃漢川村 兄前游 五首

乙未

范成大在桂林（诗集十四有[illegible]的十九卷）

曾觌 改《[illegible]集》作九月癸丑 [illegible]十首 少作 （曹忠靖公松隐集序 台州府志[illegible]）

虞允文 [illegible]

洪文安公十一月薨 钱大昕洪遵年谱

丘崈有吉[illegible]「甲午秋作」 约卅の七

翠杯[illegible]花君湖云淳熙一己亥重九与宾自阊门泛舟

径横塘…… 始余使广，是山过燕山，赋水调首

的云日前王淳[illegible]使……后每自和桂林云……「万里淳都

護……成都[illegible]万里桥边客……」今年华

叢书刻王鹏运校……不知是否卫……不见词及補……岁酉水

调引歌「万一山九日作」……「万里淳……使」，双声照漆

秋……」一首与后二首

蔡珪由礼部郎中出守潍州道卒 本传载……以为……

罕……高元鼎……狱被杖四十……

之际何……东北路转运使，副……入为御……礼部郎中

封……男……风疾，失音不能言，乃除……

史……同华……谢，……世宗以……右丞……

礼……政……曰：「卿等阅书史……有不能言之人……」以……政……

……又……中……刘……日……蔡珪风疾，不能……谢卿等从……

……乃……今……乃致仕

一凡八五

1174 王若虚生 「…… 五「滹南集」

孝宗淳熙元年 甲午

[illegible]学」又云「珪之文有補正水经五……合[illegible]

子题跋……收宋[illegible]北魏志作南北史志三十卷……

石遗文跋尾十卷……晋阳志十二卷……文集五十五卷

補正水经……晋阳志、文集今存，皆亡」 中州乐府

……叙云「首……欧阳文忠公《集古录》……金石遗文六十卷

古器……三十卷，補南北史志六十卷，水经補亡四十

……晋阳志十二卷，金石遗文跋尾一十卷……一五

……一卷传於世」 中州乐府選詞一首

七月 蔡松年辨……

龚天……游金华洞， 观北雅志上云：「金华洞有……

无……人同游题名 淳熙改元七月既望……陈……

……陈……天与……赵师……

……元吉天……自……山……双……洞……

蒲……偏……石……

刘改之……秋……赴试……作天……心子……

……谓赵师……为……

「……诗选……」 卷十三页引

词……「……宋……十……」

详……纸

虞祖……生（？说……）

刘改之是年……荆……门……

李雨……金临……词……有……宋……花「甲午九月末生

……州……字……上……陈……二首 金……甲子……

後……谷……

……之游……」一首

……和……词……「甲午……」……「……乐……」 12

……「甲午……」

1174

李处全晦庵词有送王景文及婺州韩守陈
尚书。曹冠处文为京口溧阳杭州
刘过甲午（淳熙元年）预秋荐，有过烟水仙子词，别安
至过康年麻姑山过琴姝，撰芳调金门
教授以归，临江游阜阁山逢道士熊若
水，乃知琴姝楚之，且作小诗述怀
见弟坚支丁卷六页の，末云「刘
尚在名庠脱榜中，而登科记不载」又
老丁自序云「襄阳刘改之淳熙乙[?]」知
科，考之登科记不载也」 当在是年 刘是年是否
此人犹待考 此节被词苑丛谈详首论
过隐为书生，而赀产殊足」

（罗大经鹤林玉露引草堂诗余[?]……）

赵彦端花翁词甲子怪失调名之の九世此戈自寿有
「况我暇淳熙可考，大衍之用恰々好」句 不当生
何年
洪迈 直斋作小隐集 刘子[?]
韩元吉「以待制知婺州」宋史[?]引 刘行[?]后
蔡戡「富熙初知隐州，自金人通和之后，边备
渐弛，（上疏言之）……孝宗嘉纳之，转京西转运
判官……」宋史蔡戡传
史浩以观文殿大学士为洞霄宫提举 嘉泰[?]65
洪适以资政殿学士为洞霄宫提举 同上
陈亮与刘元实、庚仲友、陆[?]叶正则[?]安印席贻书[?]
郎一首（何格恩年谱 见民族杂志 重谣引）
据此亮词此最早 叶衡宇此二年九月罢知

117[?]

范成大在桂林（诗集十四，有乙未元日用前韵
书怀今年五十矣一律，又有再用前韵一律
小注云：「时被命帅蜀」 帅蜀当在是年。五十岁
有壬辰观题名在桂林 抄本见陆[?]第二卷六页
（桂海虞衡志序）
陆游为范成大参议官，以文字交，不拘礼法，
人讥其颓放，因自号放翁。 见本传
陈造过士△
丘密有临江仙「乙未寿宁宗庆七十母氏封宜人
作」 五十一岁 陶表
据云「班衣蕊珠仙，缀立，等间历[?]
寿[?]」此殆自诏？ 约廿又
史浩起知绍兴府 东传隆兴之年[?]……不召共十
二年。起知绍兴，当在此年。 又云「时东安抚使
持母丧归，服阕，知福州 富熙初 除少保
观文殿大学士，醴泉观使，兼侍读 宋传 七十岁
韩元吉有水调歌头「寄陆务观」起云「明月照
多景，一别九经年」，故人何处[?]约，蜀道倚
天」 按陆务观以隆兴二年（一一六四）自镇江
移通判隆兴[?]，陆于[?]会于是时，则此词当作
于此年左右 陆入蜀六年矣
醉落魄「乙未自寿」有云「凤凰山下橘花发」殆
在杭作？ 又有同调「生日自戏」起云「相看半
百，劳生等是乾坤客」，若是同时作，则
韩今年五十左右？ 韩生年
章颖试南宫第一（二年） 乙未

按吳興掌故：[illegible]白石[illegible]千巖[illegible]人，客[illegible]遂[illegible]兄之女妻之，[illegible]武康」

姜夔至日過維揚（揚州慢） 按《念奴嬌》序：「予客武陵，湖北憲治在焉。」攷：千巖老人曾參議湖北，公客武陵，殆客蕭郎耶？（蕭字東夫，名德藻，閩人）

昔游詩「昔游洞源山，先次白馬渡」及放舟龍陽縣，洞庭包五河」，皆武陵境

（公同榜進士，乾道間宰烏程，因留家弁山，所居有千巖之勝，自號千巖。（上見引福建通志）傳謂蕭以兄子妻公，雖未定何年，大約丙申後丙午前十年間事也。 約廿二歲 一一八六

據白石自敘「千巖是時為五六十矣」 康熙十三年別[illegible]親友詩[illegible]首乃別[illegible]詩

陸游為范成大西征小集序

作制四川制置使，當在此前數年。[illegible]陳

[illegible]

[illegible]

[illegible]

據此：「范成大……」

[illegible]

丘密有《宣九和錢宇》 泉[illegible]

蔡幼李俊民用章生平：《樂》「壬申年六月十四日壽[illegible]，不住光陰催老[illegible]，三十七年回首。[illegible]中[illegible]

1176 鄭[illegible]之生。張宗元為（紹興）郡守（紹興[illegible]）[illegible]表，又云張[illegible]

列仙不棄躍何」 按：今名《鶴》集 俊民以金承安中（一一九六——一二〇〇）舉進士第一，「壬申」當是宋寧宗嘉定五年金崇慶元年（一二一二）時年廿七

王庭筠[illegible]進士第[illegible]調恩州軍事判官，臨政有新平郡民歌之，又[illegible]新平郡民歌の之說「再調饒陽主簿」

吉州馮延登子駿生 廿一歲 一一九〇 按：[illegible]金史一二四本傳推

張鎡自序[illegible]仕學規範 南湖集[illegible] 一一九七

曾覿養拙堂詞一卷 有《念奴嬌》「丙申十二月六日賞梅

黃昇[illegible]「丙申重九」 一首 散花庵詞甲子[illegible] 一一八？ [illegible]丙申生 宋[illegible]二〇引 生卒表同

袁去華[illegible]作柳梢青詞 [illegible]一四四年 一一四五 宣卿[illegible]詞[illegible]此首

曹冠[illegible]詞[illegible]有[illegible]江[illegible]「丁亥[illegible]月十三日[illegible]」 [illegible]東陽指[illegible]也[illegible]

[illegible]詞 36 調金門「丁酉冬昌[illegible]」

吳[illegible]錄「石湖居士[illegible]丁酉五月二十九日[illegible]

成都……冬十月……己巳大[illegible]（[illegible]）

[illegible]有水調歌頭呈[illegible]首，[illegible]知[illegible]與存在

[illegible]丁亥

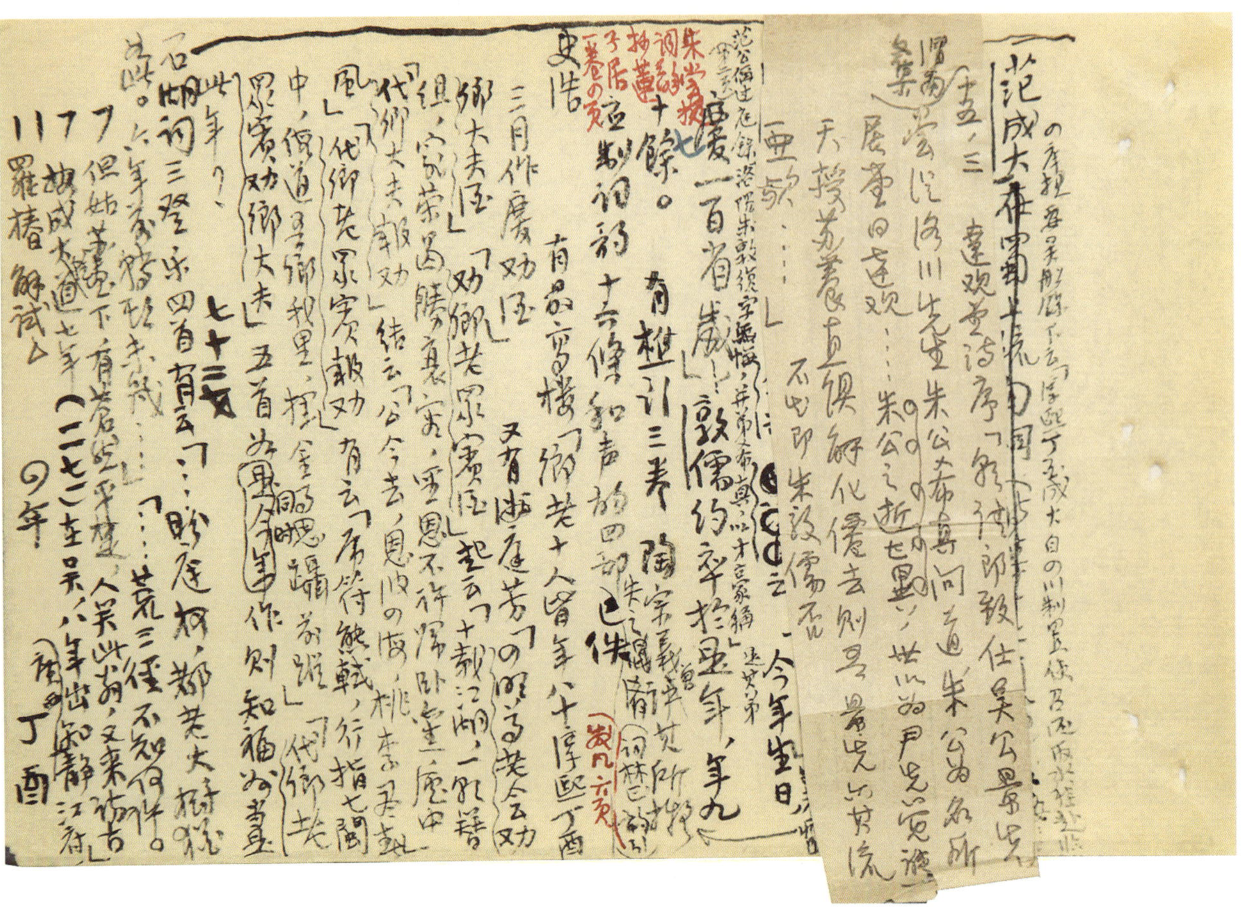

范成大 [illegible]
夏，離蜀（返吳）。有淳熙四年六月二十七日登大峨 [illegible]
之歎詩）陸游送至 [illegible]
（律。）五十二歲。
朱敦儒卒？ 樵歌 上 洞仙歌云「今年生日，慶一百省歲」，敦儒約卒於是年，年九十餘。有樵歌三卷 陶宗儀 [illegible] 已佚
史浩 [illegible] 十六條 和声 [illegible] 四部 [illegible]
有最高樓「御老十八 [illegible] 年八十」淳熙丁酉
三月作慶功臣 又有滿庭芳 [illegible]
石湖詞三登樂四首有云「……」 七十二歲
此年？
1177 [illegible] 淳熙四年（一一七七）丁酉
羅椿 解試△

西年游蜀返吴，首尾恰六年，词殆初返吴时作。
陈三聘（梦弢）和石湖词和此の首有云「一品归来，
佁健日小园幽圃，扁舟兴恐天未许。」想当年指学郎
采[illegible]咻楚の舟忘此日盛名千古」指使金了六年
前了。（「一品」又似在拜相后而。拜相在次年。查宋宰辅
[illegible]周必大在杭游下竺御园　见必大游下竺御园诗序
（西湖志十九引）
朱敦儒行踪有[illegible]　水调歌头「淮阴作」云「当年五陵下，结
占少年游……楼云暮，阮水寂，雁际漂，而今憔悴，天涯倦
客，可[illegible]……」（当の五十岁时）●桂枝香「南都睡起」
云「……年光自趁，飞花队里，乘兴人，雪添双鬓……念壮节漂零，新
来稳，负九江风笛，五湖烟艇。起舞悲歌，泪眼自看清影，
梦了又向梦时醒，把人间多梦深者……」○水龙吟「放船千里凌波
去，略为吴山留顾。云屯水府，涛随神女，九江东注。北客翩
然，壮心偏感，年华将暮……回首妖氛未扫，问人间英
雄何处。奇谋报国，可怜无用，尘昏白羽……」当在の五十
岁避乱时　念奴娇「约友游长杨，魏倅那武不预，作念奴娇和
好韵」（前调）云「我逢佳时，无留了好，约莺迁[illegible]」前调
「垂虹亭」　木兰花慢「和师厚和司马文季虏中作」云「……吾曹
领中原取，且狂引裁伍古扬州……」（此或亦避乱时作）（游逢坊）
云「鹏[illegible]风波，鹤巢云水，梦残身寄蓬[illegible]，老来穷健无
闷也无欢……渔竿，要老伴浮江载笠，[illegible]观澜倚棹[illegible]
何适，白鸥随轩，直到垂虹亭上，教怪我御做仙官……」
●教何殆老于吴中乎？○芰荷香「金陵」云「……无一事，闲为客
前里客，敬人今何在，身老天涯，壮心零落，怕听叠鼓掺
摇……」（避乱时作）○鹊桥仙「康州（不知在何处）同子权兄弟饮梅
花下」云「悲歌醉舞，九人而已，总是天涯倦客，东风吹泪
故园春，问我辈何时去得」（避乱作）○蓦山溪「和人冬至」

1177

韵」云「西江东去，总是伤时泪……」（避乱）
伏虏王雄风英气，晋书有心人，追剑履，时好
黄传珍重，[illegible]生意……（避乱时）●中借「当年弹
铗五陵间，……[illegible]，此，天涯倦客，海上苍
颜，多谢江南苏小，尊前怪我青衫……」（避乱）
孤中借云「[illegible]……」夜平[illegible]远，伍游鱼肥，好是中
秋园月，今照天下人」（南[illegible]）西思仙「淮阴与杨道孚
云「……只向横[illegible]，我归秦……」须分跳查竹丹枫……」是
教何曾游[illegible]　皇恩「湖口口园旧」十云「曾[illegible]
武陵溪……安肯来报人少……」南乡子「沈蕉[illegible]
词」云「住近沈道浦……」不知何地　浪淘沙「中秋阴雨
同显中宴集年饮之生寺作」云「圆月又中秋，南
海西头，蛮云瘴雨晚难收。北客相逢情惨澹，今
恨分然，学我今倩凄凄，但说皇州，天家宫阙[illegible]
楼，今夜只应清汴水，呜咽东流」（避乱）浪淘沙
「穷家好消船」○归去行「送子权赴藤」云「花隐藤
江，草黄鸦起……为君先[illegible]赤城东，回棹早
赴桃源路」（避乱）△好了近云「春雨[illegible]元宵……」王孙
同舍原始晚，越山光点碧，○休说凤凰城里，少年
一时踪迹」（在杭时作）好了近云「尖卸故山云，索手指
[illegible]为客，○菩萨蛮「鱼留我住，似[illegible]湖似……」
（嘉兴作）沙塞子云「万里飘零南越，山引泪，[illegible]……」

依然，不見鳳樓龍闕又驚秋……」（西興）如「大
悲再作」云「晉鍾吕飛去，早，千點雪〔楊花亂撲〕……
莫作楚囚對泣，傾眼淚洗瑤池……」（西興）感字木
蘭花云「東風桃李，……剩得骨山被褉打頭落帆，
吾曹一醉，卻笑新亭人有淚（音同均）」（左校）感字木蘭花
云「去路分，今夜錢塘江上雨……」（左克）柳梢青云
「淮海秋風，洛城花下，揚州歌舞……」（左遊）狂踏怪遊，誰
料年華，天涯為客，……洛浦鶯花，伊川雲水，何時歸得」
（西興時）柳梢青「松江秋中秋，載得，幽人問答……」（左
松江）采桑子「剪銀燭」「松江勝處詞，仲殊作」舟去作江南客，……采桑子 一番收
雲，萬里烟塵，回首中原淚滿巾……」（西興）
角聲懷舊夢，卻到長安……雲散了，我，風雨番江半
夜空」（西興）憶秦娥「君無置酒新亭，師厚同
飲，作」云「西江碧，江亭夜宴天涯客，……秦關淚
無消息……」（西興）憶秦娥「吳船窄，吳江岸下長安
客，去也客，……塵心洗，鐘蓬眠近……」（西興）卜算子
「山眠鶴，嶺帝雲暗，說也愁……慘澹無緣鬼同宿，隱
閨閣鼓」（西興）相見歡「流水殘書生秋，許多愁，
鞦韆照，開了少年頭……」（西興）相見歡「東風吹盡
江梅，橋邊閒日，吳王宮殿去無蹤……」（左吳）相見
歡「金陵上漢秋……中原亂，簪纓散，幾時收，試倩悲
風吹淚過揚州」（西興）相見歡「萬年江山……」（水調）劉
松江烟月正堪遊」（左松江）交遊有董[illegible]大（中州）（水調）
引頭）梅鹽尉范行之（水調歌頭）楊子安侍郎（念奴嬌）師厚
（大安蘭花慢）太易（洞仙歌）許德昌（鳳銜天）以上推引 李處厚（木
蘭花）趙智夫（鷓鴣天）毋貴方（千秋歲）祝亞卿（夢玉人引）丙
中（蓬萊閣）駒父（好事近）中郴 孫季欽（浣溪沙）黃大夫（同上）

1177

黃昇南柯子「丁巳清明」
方信孺寄若生 △

四月丙寅，范成大自礼部尚书兼直学士院，迁中大夫、除参知政事。六月，罢参政，以知政殿学士知婺州。（宋史宰辅表）本传：「位至二府，除权吏部尚书，拜参知政事，两月，为言者所论，奉祠，起知明州。」本传又云：「除端明殿学士，寻帅金陵，……以病请闲，进资政殿学士，再领洞霄宫。」当此至绍熙二年间事。

陆游〔诗集〕「建康出城……」[illegible]

陆游録 四月东归[illegible]

五十三岁 [illegible]

[illegible]

1178

二十[illegible]有旨令升擢，往皆一时[illegible]也。为荐叔似、杨简、陆九渊、石宗昭、陈谦、叶适、袁燮、赵静之、徐子宜，皆擢用不至通显者[illegible]六人而已。」而仍在绍熙[illegible]。

（陈亮）[illegible]

[illegible]

陈亮和石湖词[illegible]

[illegible]

洺水詞卷之二 水調歌頭「戊戌自壽」原詞似贈侮，与
自壽無涉。中有後 十贊 滿庭芳「戊戌上元壽
靈壽訪開桃洞」 前調「戊戌自壽」 洺水詞甲子
此最早——1226
韓元吉與吏部書云 知郡 見1174
「陈龍川國學士賢知契 如 拙日齋 罷郡為提舉太平
興國宮寓臨川郡公甲乙稿 詔序 嘗守信清之慈相寺東
萊吕祖謙其婿也…… 西吴里鄰 元吉少受業於尹和
靖之門 學業朱子以自代，与葉夢得陸游沈明遠
趙蕃皆游，後於僧和甲乙稿 政為文章為一代冠冕 廣藏
詞選 朱子稱其詩 數語……」 宋史翼 十
蔡戡「五年遷廣東轉運判官」 宋史翼 十
辛良能 進士△
劉褒 進士△
真德秀 生△
魏了翁 生△
陈韡 生△
陆游自蜀挾一妓歸 妓有詞　齊東野語 11 蜀娼詞
日抄
陈亮 三十六歲 正月丁巳至臨安，更名同，伏闕上書
（宋史傳、葉適墓誌、續通鑑、四朝聞見録）
前後共上三書。 抄宋史傳
與辛棄疾會臨安之西湖（陈思龍年譜）
薛師石 生 陶表
1178 淳熙五年 戊戌

魏了翁生
錢大昕校鶴山大全集「文靖了翁生於淳熙
戊戌 嘉定元年登第 年卅一」
六月八日生 鶴山大全集96 生日謝同官 六月八日
沁園春詞

1179

范成大归吴。「重九游横塘」（见《澄怀录》）五十の岁

辛弃疾帅湖南（续通鉴云「今知隆兴府帅湖南」）

朱翌自韶州贬所召还（下居鄞）延祐四明志「朱翌谪韶

州」，翌卒置贬韶州（见一一四〇年）后召还归，迁

悯其饥，以计赎所の十年，忽复乘忘予之远，卜居鄞

堂作信夫绿堂，卒死自为志……署首为吴人文集

の十の卷」（跋）楼赎韶州人斜晖……作十九年」此楼の

四志计居鄞，或在此年左右（见一一四〇年）

人名录典云「有湘江集」

坚怀从范成大　石湖云：淳熙己亥重九与客自阊门汎舟

径横塘……横棹石湖……登姑苏

后台……始余使虏，是日过盘山馆，尝赋水调首句

云「万里汉家使」……今年幸也，获归故园，偕乡

曲二三子酬酢佳节于乡山之上，乃复用旧韵首句

「万里吴船泊，归访菊篱秋一」指此词。今从村氏

王鹏运校，以不足斋本，四及陈三聘和石湖词皆

不载

蔡四……跋三、跋朱新仲舍人自作墓志

二「秦桧执政十九年，而朱公窜山……

卅什有の年……」延祐四明志作「の十年」

乃十四年之误。此前上移三十六年

孙憔信生　三溪乐府五「后村大全集」

名墓志据六年

己亥　据大全150卷花

杨万里有贺新郎「寄辛幼安」　辛知隆兴在此年

坦庵词14 ……「己酉同常盘游伴阳洞」　北关河今

「己亥宜兴舟中」

蔡升……「己亥三月」　西河「己亥秋作」

知阁张抡　三月十五日……中天楼（或题云是

康伯康所赠张抡以为己作）　武林旧事7、9

九月十六张抡进临江仙　同上7、11下

黄协辛　或在此年　参1200年

胡铨卒于此年左右　参1199年

五月周必大自吏部尚書除參知政事　本傳？
年月見宰相表　五十五歲
任詢致仕？　六十四歲？　中州樂府作「六十四致仕」
強煥刻周美成詞 二卷　[一一八二年移此]
強煥或即張彥文　抄清波雜志別
志卷中 二頁　再查溧陽志
趙大昌作演繁露序　說郛卷廿
洪邁七月又刻夷堅志於建安　出建安任秋解郎
印归　容齋隨筆成 序之　錢塘
胡銓卒 七十九　見二〇二
楊炎正此年初識△
范成大本年三月知明州　道光寧波府志16 職官表
建安宋刻之最先者
敖陶孫鄉薦第一　後村大全148 敖臞庵墓誌銘
劉過卒　陶表生年考
陳耆卿生　陶表

1180　七年　庚子

洪适有滿庭芳「辛丑春日作」有云「六旬過　盤洲樂章卷三
四，七十古來稀……」南丹十五歲　孫子「示裴
裴弟附葉憲明日壽十有……」有云「七旬後
有五漢明」　又有前調「春睡用前韻」
「呈葉憲」「示裴弟」　起云「強作千年調
同年作　緣蹊五度春」或亦
滿庭芳酬葉憲」　張十五一歲「和葉憲」「再贈葉憲」
韓元吉有鼎中錯「辛丑重陽日對宇語飲石亂亭
追錄」（又有西江月「閏重
陽」一首在此首後何年錄者　未有壽辛侍郎」
此詞有辛年月　最後九　南澗詞一首　有相陰相詁　南澗甲
乙稿 付一尾集（人名雜典）
韓元吉 與范成大 孫淩（范一一二六—一一九三）
辰与陸游（陸一一二五—一二〇九）見一一二六年
倪守沅州 紫思始帰次韋沙道」中作　有「辛丑年
典呂勝己從朱熹、張栻講學　此辛丑為是此年　按人名錄
漁家傲「沅州作」
西吳里語「韓元吉……官至尚書　常寓信州之……相寺……」
（卅節稿至一一八四年）不知在何年

1181　八年　辛丑

第五冊

衡陽廖行之 天民 淳熙進士。 人名錄作淳熙
進士，官巴陵尉，以親老歸。
省齋詩餘 水調〔歌頭〕引「壽汪監」云「四海且勝久」
賞梅 斷雁 湘川 又壽鄧彥節 云 「歸湘江上秋」
色 使君云勝遠 皆在湘作
堀庵詞五 滿江紅「呈王信 舟行鎖石中」
沈端節 把臂引 湘水 兼志 溧陽縣志「淳熙間官至郎」
蔡大夫 克齋詞 壬甲子
呂勝己 滿江紅 辛丑年假守沅州 爰日轉 施施
壽詞二 辛丑 宋孝宗淳熙八年

呂祖謙 辛 的 生 撰年譜二

樓鑰 淳熙中知江陰軍△
李廷忠 進士
王自中 淳熙中登進士乙科△
姜特立 淳熙中除閤門舍人△
徐仲閎 淳熙中 狀石居太一宮△
李處全 淳熙中進士△ 晦庵詞
韓彥古 淳熙中知平江府△ 經世 存志 廿州 收表
丘崈 淳熙中年為浙東提刑
衛湜 字正叔（同考陳傳「櫟齋世家人，唐末居秀州，
范成大 淳熙 知明州 任 寧波府志收表 此年四月為端明殿學士 即移 大將
元日孝宗賞雪，節使吳琚進壽 雪水 龍吟詞
武林舊事 7 13上

周必大自參知政事除樞密院事 宋傳卅五月
是年權密 五十七歲
吳琚 居父 雲壑 作酹江月詞 武林舊事「淳熙九年八月十八
日駕詣德壽宮」 抄絕妙好詞一卷八頁 吳詞皆
年月此篇最早 去年最早
宋史外戚傳：「吳益字叔謙，蓋
字叔平，俱憲聖皇后弟也，以恩補官，帝與
后皆喜翰墨，故益、蓋兄弟師法，俱有書名，
益封太寧郡王，蓋封新興郡王。」 書史會
要：「吳居父太寧郡王益之子，世稱吳七郡王，
性寬和嗜學，日臨古帖以自娛，字畫類米顛，
以詞翰被遇孝宗。」 夢窗詞箋七頁
曾覿為淮東開府儀同使 抄海野詞遍
二頁下 八月十五觀上壽 壺中天慢賞月詞 武林舊事 7 14上
〇八一一
晉陽張縯 褒園叢胡
汲古閣本片玉詞張縯序：「……余欲廣
溧水 道人愛之之意，故褒公之詞，一芳樓遠誤僅
得百八十有二章，離為上下二卷，西頭欲傳
餘，鳩工鋟木，以壽其傳……淳熙一歲
在上章困敦孟陬月圓且春日晉
陽強煥序。」
果安世 淳熙中桂林轉運使△ 于國寶 淳熙間太學生△
趙彥端 淳熙間宦途寓存△
1182 管鑑 養拙堂詞有次趙德莊韻△ 壬寅

三一三

白石謁千巖　白石詩集自序：「余識千
巖於潘德久上」　據姜氏譜，昔游詩
作於嘉泰元年。然，其第八首「昔游桐廬上
先次白香候」一首結云「我今二十年，歷歷
猶能紀」桃源山白香候及「放舟……
洞庭，包五湖」皆詠……。千巖……
識湖州。嘉泰元年……此二十年，識千
出版或在此年左右　據白石酒邊千巖
通白石自述「四十年作詩，始得此友」此時
至九、十五、六歲
白石此後皆來此
……
是白石此後皆來此

黃昇《重疊金》「壬寅立秋」
張伯端此時已六十三　天台山全志八、十三「……傳說中其
字平叔，見「道流居上席而坐，叩其字平叔，乃悉人，
值其飲他出乃去。人以為用誠（即伯端）之詩云……」
又「年九十九歲，趺坐而化」
馬鈺《仲夏遊海寧》……　劉孝友重陽教化集序
錢元吉《南宋》尾集序「……壬寅秋，居于南湖，因為之序」
宿云「……詞……上為人傳道，有未免于俗與……
楚之《宮》……也」　楚錢之詞集（南湖里稿十四、三）
周……
陳造（……）中曾為貴池簿，錢元吉南湖甲乙稿有……
貴池簿詩（陳思……年譜）

史浩請老除太保致仕封魏國公　本傳又云
「晚治第鄞之西湖上」七十八歲
鄮峰真隱漫錄卷……「四明洞天」有云「要知要，五皇家封
鄮西湖西曲」　鷓鴣天「次陸務觀韻
東湖」詩，陸游同
云「四明山中自有神仙洞府，煙霞……知多少……
笑當年狂客，愛休官何須入道……」
天」起云「鄞有壺天，景傳圖畫……
且衛杯……
南浦「洞天」夜合花「三島煙霞，十洲風月，四明
鄮峰真隱詞曲卷二皆致仕後
……作步蟾道公
……吳……道之……
韓元吉……見一二五七……年
吳琚作醉仙……第一
……元以南士節　……武林舊事……下
范成大以資政殿學士出知提舉杭州洞霄宮
……杭州洞霄宮……
趙師俠坦庵詞之水調歌頭「癸卯信豐送李」
……「癸卯信豐雙蓮芙蓉」
……川詞「癸卯九十月日壽朱元晦」　……川詞甲子此最早
蔡戡「十年充淮西總領使（上疏言淮西屯田）……」未
……召除司農卿……」宋史翼15
1183 吳儆卒五十九……年
癸卯

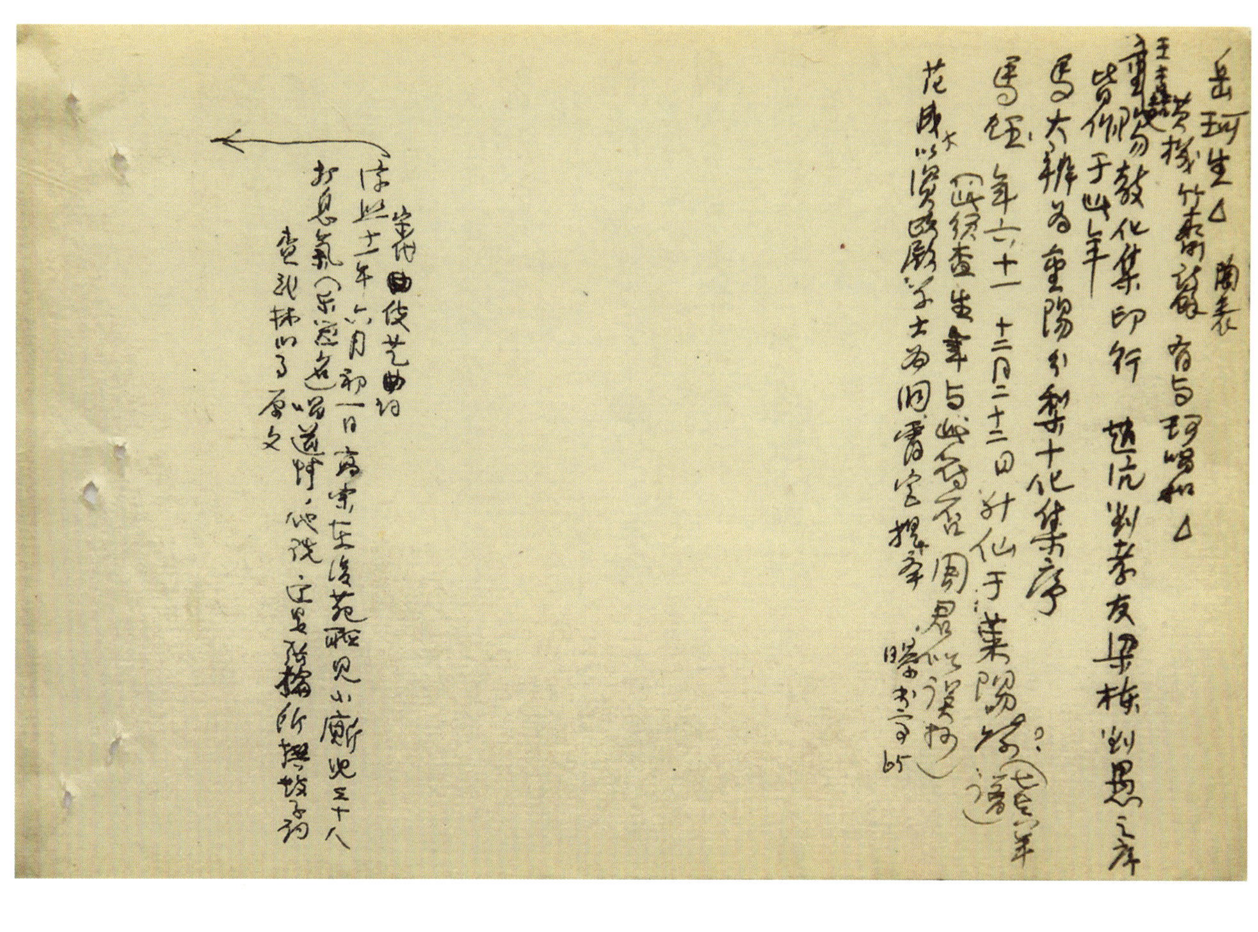

岳珂生△ 岳珂
王[illegible]竹齋[illegible] 有与珂唱和△
重陽教化集印行 趙抗 劉孝友 梁棟 劉愚之序
皆作于此年
馬大辨為重陽分梨十化集序
馬鈺 年六十一 十二月二十二日 升仙于萊陽[illegible]
（[illegible]生年与此[illegible]）
范成大以資政殿學士為同書宮提舉 [illegible]

宋教坊曲
淳熙十一年六月初一日 高宗在後苑[illegible]見小廝兒三十八
[illegible]
武林旧事7 原文

張掄 揬鼓子詞 武林旧事7.16引考
范成大 [illegible]字△
[illegible] 三十二歲 見[illegible]
三十二歲在甲辰，[illegible]
每圈橫界作十眼，[illegible]
十有二性，[illegible]
鄧[illegible] 化孫[illegible]
（中興館閣[illegible]）

衛[illegible] 淳熙十一年登第，[illegible]

洪适 年六十八
年三十[illegible] [illegible]
周必大自知樞密院事除樞密使，[illegible] 首 盤洲樂[illegible]
洪邁知婺州 [illegible] 作十一年 [illegible]
道[illegible]十一年[illegible]
韓元吉知婺州？ [illegible]
州在洪邁後，鄭伯熊（永嘉人）[illegible]
[illegible]
王[illegible] 有南鄉子「大宋甲辰[illegible]」
1184 羅願年四十九△ 十二年 甲辰

張掄撰鼓子詞 武林舊事可考
范成大與杞辛△
吳鎰 三十二歲 見南湖詩餘臨江仙詞序「予生
三十二歲在甲辰，嘗畫七圈於紙，揭之座右，
每圈横界作十眼，歲塗其一。今已過五
十有二焉，然一增感，戲題此詞」
鄧[illegible] 字以孫，號古[illegible] 進士 中興館閣錄
洪适 年六十八 首盤洲樂
卒年六十八 法銘云享年六十八 行狀二月二日卒 周必大作墓[illegible]年
周必大自知樞密院進樞密使
月以六年十月拜參
洪邁知婺州 特遷敷文閣待制 [illegible]上知紹興府[illegible] 作十一年兩[illegible]
道出十一年十一月[illegible]此年[illegible]
韓元吉知婺州？ 據浙江通志職官五 韓知婺
州在洪邁後，鄭伯熊（永嘉人）前，萬如以此年遷
敷文閣待制，則韓知婺州亦此年
西吳里語……淳熙一一八二自
據浙江通志職官五 二人知婺州皆在范成大前 范知婺
州在一一七八年 此處當誤（洪邁年表未定）
王質 有南鄉子「大定甲辰知聲[illegible]……」
1184 拙齋詞有年月者止此及一一八八年一首
羅願 年四十九△ 十一年 甲辰

韓元吉水龍吟「[illegible]英華了」當作於[illegible]
金宗安[illegible] 十三歲 遺山詩集卷三[illegible]公宅
辛小集[illegible]「十三執經侍吾旁」
雷淵生 陶袁
鄂州雲印花間集 [illegible]印齋刻本跋
黃鈞 養拙堂詞七首 有葛山陰「甲辰生日詩」
知余老矣年 云「老來生日，渾覺心慵懶。」
金[illegible]甲子此後
養拙堂詞 曾游[illegible]陵、武陵、永嘉等處 念奴嬌節
寫表」 [illegible] 云「病怯遨遊，老添嬌艷」
似在晚年。
又將有[illegible]沁花 [illegible]「三月十日賞醉醺時
坐客沈[illegible]與余[illegible]路更花[illegible]後[illegible]歸蜀[illegible]中口
占」 又虞美人「自家賞海棠……」亦有蜀鄉不
遠長安遠句 官似四川人也
見川[illegible]蝶戀花甲辰暮春之[illegible]
王邁 臞軒生 三[illegible]甲子五 「臞軒大全集」 152 見1248
徐得之 進士△ 徐直 進士△
廖行之 進士△ 高似孫 進士△
林昉 進士△ 易祓 進士△
陸[illegible]被逮下大理獄 [illegible]十二歲 又見[illegible]通志一六三[illegible]
辛[illegible]按之五月詞出獄 「官巴陵尉以詭老
據宋史傳 時方[illegible]宋 [illegible]御主[illegible]未赴」
秋有蝶戀花壽朱子，不[illegible]

五月楊萬里以地震應詔上書，擢爲東宮侍讀（李傳）。又薦朱熹（全集）袁樞以下六人於宰相王淮。「歷樞密院檢詳、守右司郎中，遷左司郎中」（本傳）[illegible]年譜

呂勝己有《渭川居士詞》「乙巳八月十日賦倩兄樓作」 六十六歲

渭川居士詞中又有瑞鶴仙「賦倩兄樓」，有云「江淮楚甸，又何勞分明在眼」；瑞鶴仙「賦倩兄樓作」有云「日靜書邦心事，多氣，香樓掣意閒閒」。勝己詞多在長沙作，按或在長沙？ 鵲橋仙「乙巳の次[illegible]」。呂詞有年月者，此爲最後。

有渭川居士詞一卷 人名大辭典 稱「歷倅江州，知杭州」 [illegible]年詞中無乙巳

洪邁 又首論編集[illegible] 以提舉神祐觀兼侍讀，同修國史，遷敷文閣直學士、直學士院 [illegible]

郭應祥有踏莎行（李傳）「乙巳正月二日雪」 [illegible]

講讀官

趙東文 字[illegible] 進士 李傳 又云「調安定[illegible]，以課最遷知鄞令，再遷唐山，丁父憂，用薦者起復，[illegible]遷司都句判官」，在淳熙六年前 廿七歲

張鎡 作玉照堂（第五頁） 1119 玉照堂成，在此年後 抄本東珍[illegible]十五卷 玉照堂梅品

李壽卿 陶[illegible]

1165 大定廿五年 十二年 乙巳

丘崇 去吳作淛江紅「和范石湖」二首 孫東白石年譜引二至

范石湖六十歲 作淛江紅「竹籬茅屋」一首

黃昇 賀新郎「乙巳正月十日[illegible]逸峴亭」 孫東[illegible] 「慢」 云「已病中」，云「悠悠老矣，後香來，何止[illegible]三休」 散花庵詞 甲子[illegible]

劉過 有沁園春 柳梢青「乙巳丙西[illegible]別」 陸詞[illegible]此一首 此甲子

王明清作 揮麈錄 跋

張炎子（譚）年六十二 四月初一日卒于洛陽

陳亮 四十三歲 有詞壽朱子

致書王淮，激其恢復中原；並薦葉適、薛叔似、陳傅良

薦邁（與王丞相書） 叔衡

盧陵劉衡 甲辰乙巳間，在衡東，從岳[illegible]兄圍伯游（抄村史6頁上）

白石詞三 清波引「在湘作，有云『自隨秋雁南來，望江國，渺何處』」。白石來湘是不始於今年（丙午）

卷の八 探春慢 送姻婭 華似此年作

白石在此有眷妓了？見踏莎行淮詞

丘宗山如東湖[illegible]任 見一一七

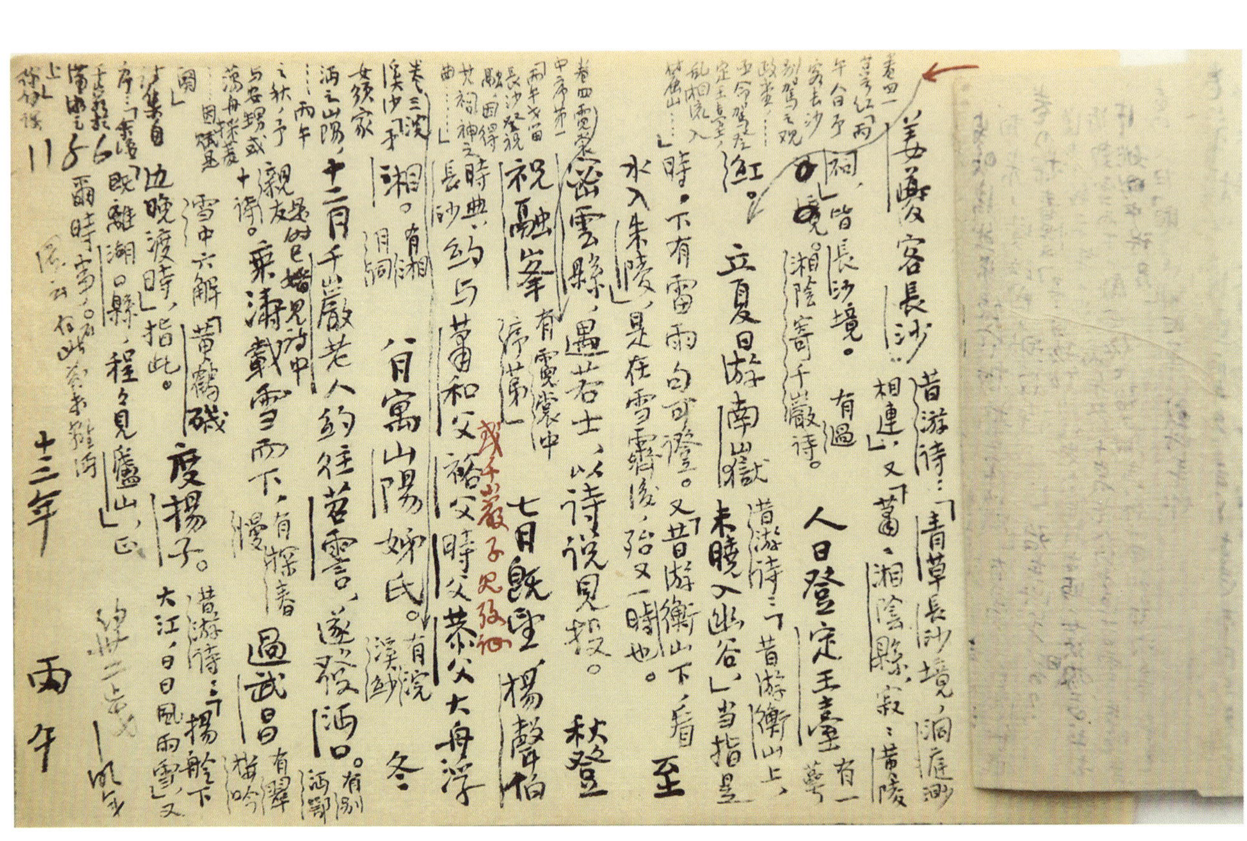

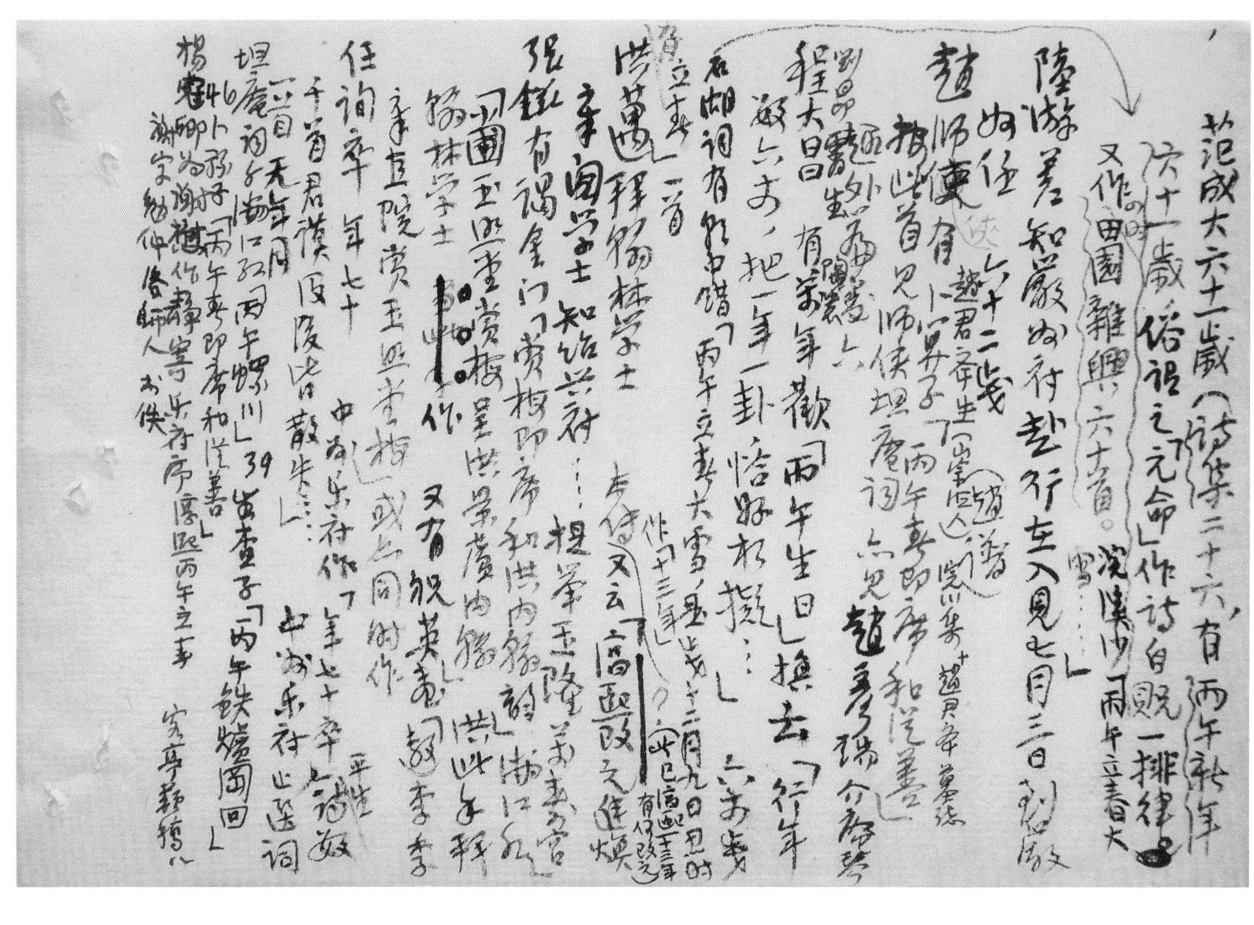

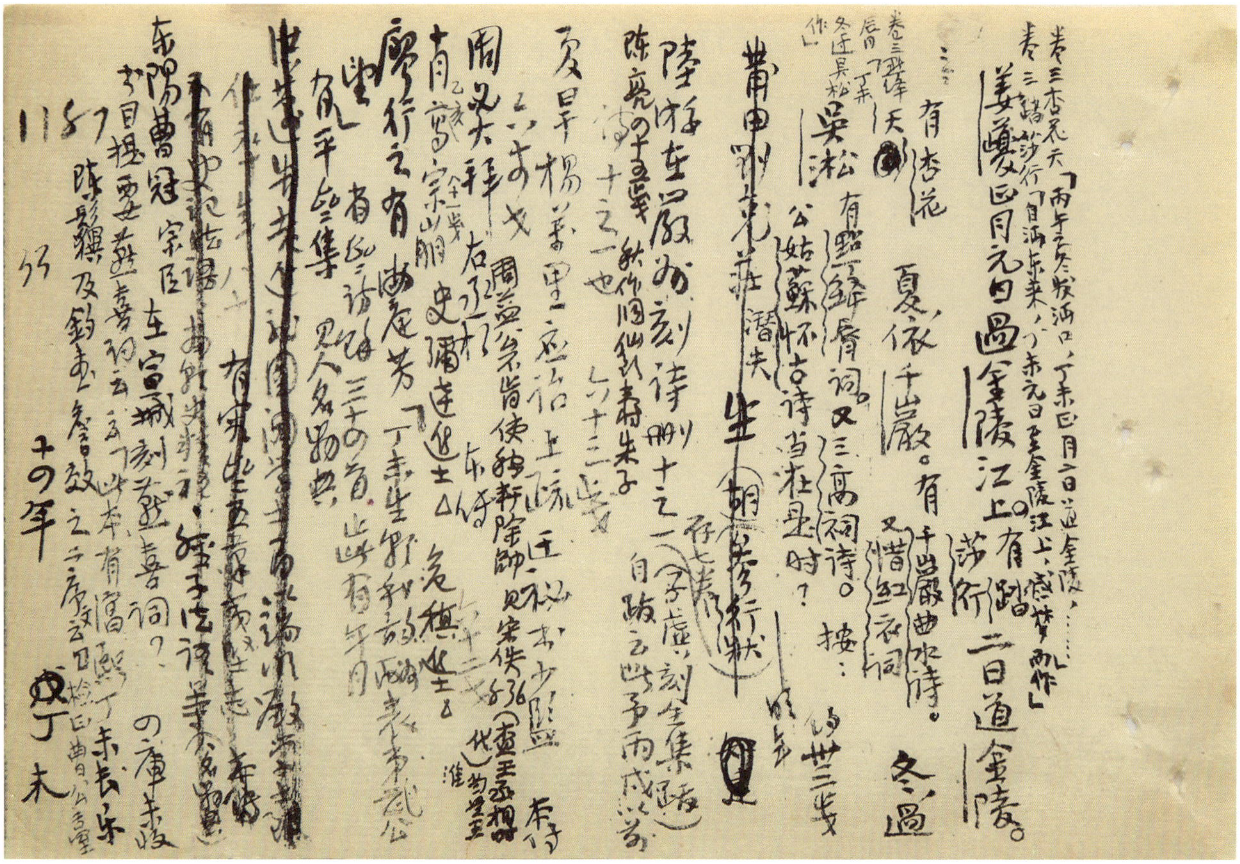

1187　淳熙十四年丁未

卷三杏花天「丙午之冬，發沔口，丁未正月二日道金陵，……」
卷三踏莎行「自沔東來，丁未元日至金陵江上，感夢而作」

姜夔正月元日過金陵江上。有踏莎行。二日道金陵。
有杏花天。夏，依千巖。有千巖曲水詩。冬，過
卷三點絳唇「丁未冬過吳松作」
吳淞。有點絳唇詞。又三高祠詩。又惜紅衣詞。接：[illegible]
公姑蘇懷古詩當在是時？

劉克莊潛夫生（[illegible]行狀）

陸游在嚴州，刻詩冊十之一（子虡刻全集跋）存七卷
陳亮四十五歲，[illegible]作[illegible]壽朱子 自跋云此事兩成[illegible]
[illegible]十之一也　六十二歲

夏旱，楊萬里應詔上疏。[illegible]松本少監
六十一歲　周益公皆使錢[illegible]除帥。見宋史[illegible]（[illegible]）為[illegible]　本傳

周紫芝[illegible]右[illegible]
青[illegible]宗[illegible]史彌遠進士△
廖行之有省齋詩餘　登進士△
[illegible]有三十四首。[illegible]
[illegible]有平無集　[illegible]人名物[illegible]

[illegible]
[illegible]
[illegible]

東陽曹冠宗臣　在當[illegible]刻燕喜詞？　[illegible]
[illegible]日[illegible]燕喜詞云[illegible]此本[illegible]淳熙丁未長樂
陳[illegible]及[illegible]之序云[illegible]

首回人來游宫「慕府太守大監詹公[illegible]賞於文利
[illegible]宫職學宫，復以所著樂府析為[illegible]
喜」[illegible]作序[illegible]淳熙丁未[illegible] 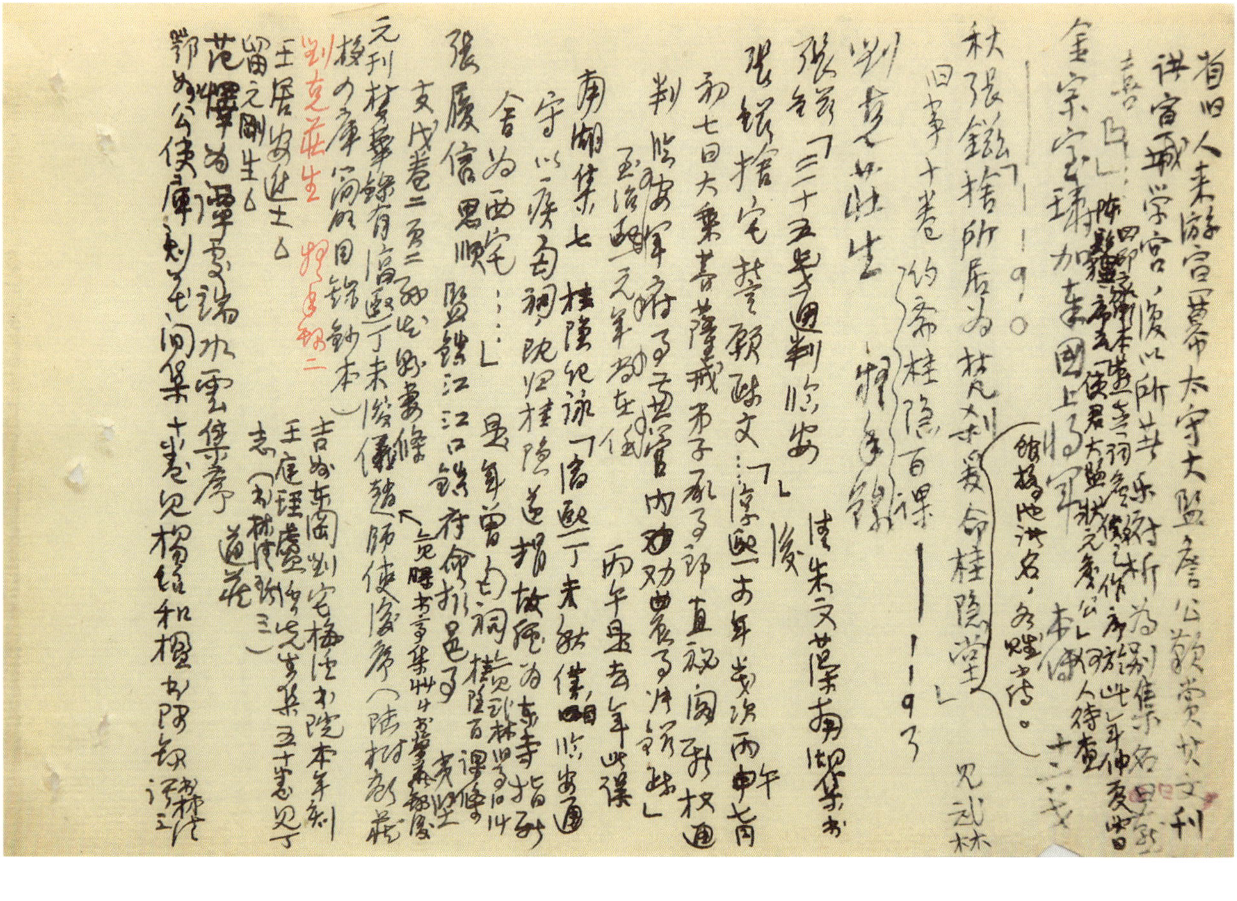
金宗宇[illegible]加幸圖上[illegible]本[illegible]十二歲
館[illegible]地[illegible]名，各[illegible]。

秋，張鎡「一一九〇」捨所居為梵刹，[illegible]命桂隱堂」
回年十卷　約齋桂隱百課　——一一九三
劉克莊生　[illegible]

張鎡「三十五歲通判臨安」後　見朱文集南湖集
張鎡捨宅[illegible]額[illegible]文……淳熙一十四年歲次丙申午七月
初七日大乘寺[illegible]戒弟子承[illegible]郎直秘閣[illegible]權通
判臨安軍府[illegible]兼管內勸農事[illegible]」
[illegible]元年[illegible]　丙午是歲[illegible]年此課

南湖集七　桂隱紀詠「淳熙丁未[illegible]始[illegible]臨安通
守，以廢園祠院歸桂隱道指故[illegible]為[illegible]寺指[illegible]
舍為西宅……」
張履信思順　監鎮江江口鎮　是年曾有[illegible]洞[illegible]
支戊卷二第二[illegible]　[illegible]見[illegible]
元刊[illegible]有淳熙丁未[illegible]師使[illegible]序（[illegible]）
[illegible]之序[illegible]目錄[illegible]本）

劉克莊生　[illegible]

王居安進士△
留元剛生△
范[illegible]為[illegible]吉[illegible]東[illegible]刻[illegible]本年刻
王[illegible]志（[illegible]三）[illegible]五十卷見[illegible]
[illegible]雲[illegible]集序[illegible]道[illegible]
鄂州公使庫刻[illegible]集[illegible]卷見[illegible]和[illegible]

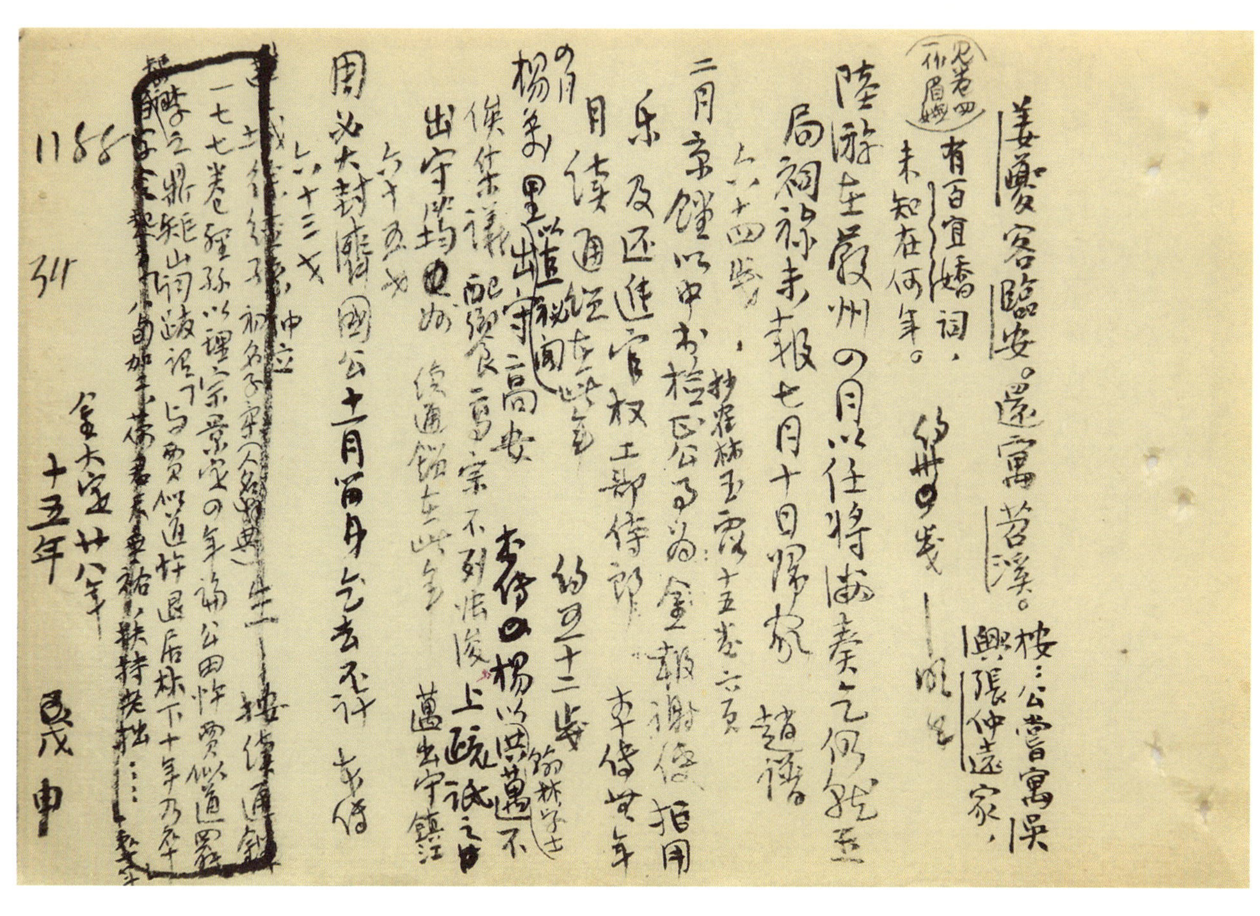

姜夔客臨安，還寓苕溪。按：公嘗寓吳興張仲遠家，
（見卷四 一作眉嫵）有百宜嬌詞，未知在何年。 卅四歲
陸游在嚴州，四月以任將滿奏乞祠，然五
局祠祿未報，七月十日歸家。 趙譜
二月京鏜以中書舍人[illegible]金報謝使，拒用 六十四歲。抄[illegible]林玉露十五卷六頁
樂，及還，進官權工部侍郎。 本傳無年
月。 續通鑑在此年 約五十二歲
四月楊萬里以秘閣修撰出守[illegible]言高安 侯[illegible]配饗高宗不列張浚，[illegible]上疏[illegible] 本傳 楊以洪邁不[illegible]，翰林學士
出守[illegible] 六十五歲 續通鑑在此年 [illegible]出守鎮江
周必大封濟國公，十月，留身乞去，不許。 本傳
六十三歲
[illegible]一七七卷[illegible]以理宗景定四年論公田[illegible]賈似道[illegible]
金大定廿八年
十五年
戊申
1188
341

陳亮復至金陵[illegible]，[illegible]後[illegible]時[illegible]孝宗[illegible]將內禪不
[illegible]一五一在此年四月 本傳無年月 續通鑑
入大理，少卿鄭汝諧力言於光宗，遂得免 [illegible]全王[illegible]教人
王寓在[illegible] 右[illegible]「戊申季秋十有九日
[illegible]於[illegible]時有
[illegible]不能已也」
「宣中都[illegible]使」 行過[illegible]北[illegible]
[illegible]
[illegible]「[illegible]」大江東去「[illegible]」云「去[illegible]千里[illegible]」
陽」……[illegible]
拙[illegible]詞一卷
趙[illegible]
[illegible]「戊申[illegible]陵[illegible]
[illegible]「大[illegible]戊申[illegible]二月，世宗[illegible]
丘[illegible]
陳亮四十六歲 [illegible]四月復上[illegible]論復仇 時孝宗將內禪，不報
宋史[illegible]
正月元日[illegible]詞[illegible]刊于此[illegible]

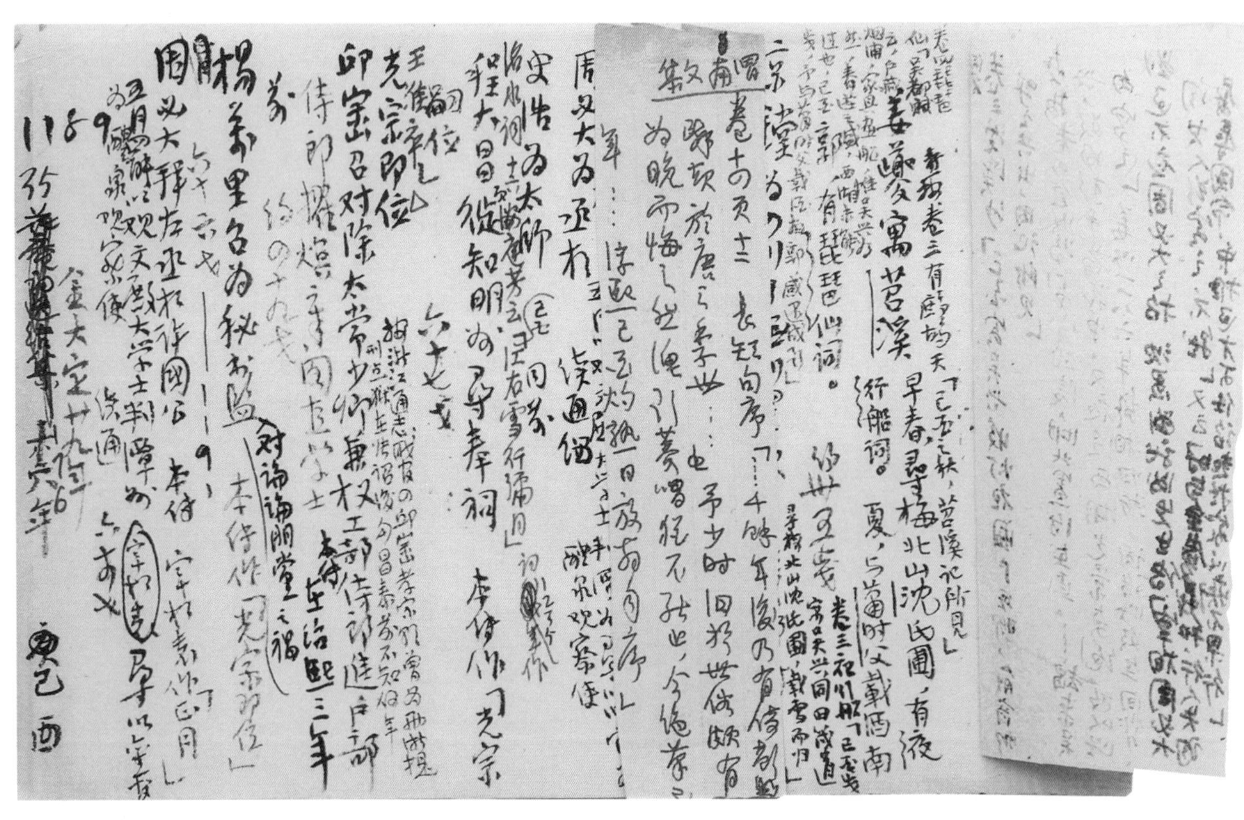

姜夔寓苕溪 嘉泰集卷三有鷓鴣天「己酉之秋，苕溪記所見」

早春尋梅北山沈氏園，有夜行船詞。夏，與蕭時父載酒南湖……有琵琶仙詞。

宋鑑為四川安撫制置使 本

侍郎年月 按松坡詞有滿江紅「壬子年成都七夕」首云「被西川七夕之回首佳」 當以是年

七月以後入蜀 見下

周必大為左丞相 五月以觀文殿大學士判潭州

史浩為太師

程大昌從知明州 為寧奉祠 本傳作「光宗……」

六十七歲

光宗即位

邱崈召對除太常少卿兼權工部侍郎進戶部侍郎擢煥章閣直學士

楊萬里召為秘書監 對論語「明堂之禮」 本傳作「光宗即位」

周必大拜左丞相

1189 己酉 金大定二十九年 淳熙十六年

三月 史浩進太師 八十四歲 淳熙十六年三月 本傳作「光宗御極」

徐經孫生 徐經孫仲立 初名子柔 寶慶二年中進士 三十五歲

宗景定四年論公田件賈似道罷 翰林學士

咸淳九年（一二七三）年八十二歲

君天垂佑 扶持老拙

一一九二年

宗室璘十八歲 遠山詩集三 五十六歲

有云「十八從軍陵陽房」

李安 十乙以上 又奏乞妻待制

行簡 政仕 政礼部尚書 翰林學士承旨 本傳作

「章宗立」 按金史章宗紀 章宗立於是年

正月

1190

上諭大臣 除鐘之川帥

1189 十六年 己酉

臨川刻知稼翁詞 曾丰序及男沃跋

知稼翁卒後之 年

姜特立

傳撰以父恩得西班 直齋20.16 梅山詩稿「梧葉姜特立邦傑撰，以父死王事得官，累官不甚顯，為國戚所使，周益公留卿

公皆為其所困……」

王質雪山卒 三續疑年錄「雪山集序」生年參 1256

趙以夫生 三續疑年錄「虛齋樂府」

故有續金荃集「淳熙己酉立秋觀于國史院直廬」 疆村叢書

此時已有金荃集，彊村跋曰「宋人雜劇亦載

集中所有諸家詞，多不分調，以供引唱，其宗旨為

為名家之僕，故其所錄之名，編者自見名家集』」

毫金奩當是北宋歌詞時代之作

趙以夫生 周必大跋王之望先代自山東過虎長樂

公神道碑 陶吉撰 虛齋資政趙

徐鹿卿生 陶吉據徐清正公年譜 墨志生乾

陸游跋金奩集 見彊村本金奩集跋 道六年

可見金奩集此時已稱成于此等

紹定元年

1190 光宗紹熙元年 庚戌 36

白石道人 ……六年

姜夔卜居白石洞下，因號曰「白石道人」。有白石洞

十月 楊萬里自

大蓬除

按公己酉以前但僑寓雲川，未成卜築，且其指瀟

故夜行船詞序止稱寓吳興，則寓在郡中，

除江東提舉

弁為北山，又載酒日南郭」則寓在郡中，

內出濟

江東見絕非山林可知。而辛亥除夕別石湖，乃稱

賀新郎「歸潛」，白歸」，則居然有家矣。據前後

淨慈寺

南方雨年事蹟並論，則公之卜築在是年無

鄭僑

疑。周方泉題公新成草堂詩，有「參種

竹將挑筍吃，旋栽松待斫柴燒」，及獨

有往山窮活計，與公自序所謂「與白石洞

天為鄰」脗合，則所居已在山，非復城市

明矣。

趙子潚生

陸游自韓九曲巷推以後皆家居 六十

又據鄭譜 遷禮部郎中，並兼實錄院檢討 陸侍

太原秀容元好問裕之遺山生 （據吳程翁園郡

遺山年譜

北研年譜

蔡戡

「光宗初政時除謹此八事……臣欲盡死……光宗不能

全章宗明昌元年……重華宮趙上疏極諫

……臨入不禮」蔡定齋集

庚戌

程大昌有點絳唇「庚戌生日」六十八岁
益光寧波府老 鉄岩表大昌此年十二月知明州」明年正月林栗代往
楊宗甲倩魚大年同学士为接伴金国贺正旦
使，孟曾保检讨官 本传又云「出为江
东路运副，便权鉞钦淮西江东军马钱粮……
……陈出，辞嵩不赴，乞祠，除秘阁修撰，提举江
寿宫」，有宁宗即位，为 六十七岁
诚斋，朱熹念奴娇「上章乞休致」，诚斋作念
奴娇以自贺」有云「拣罗军，贾浣裁锦，
致政诚斋叟」雪作好盖 时畏怨「念武松」
上鸥」，续云「那已乞归休，报沙鸥」
觉怀莫再迁国子祭酒 本传 五十七岁
の月王庭珪被召试馆职中选，御史言庭珪在饭阁
尝犯骂，不当以馆阁处之，遂罢，乃卜居彭蠡
贾田隆虑读书黄华山寺因以自号 本传
中州乐府小叙云「平生爱天平黄华山居相下十年
自号黄华山主」 卅五岁 ——1190
李献能生 一一九五 按金史三十三
东伴及归潜志 据殁年三十五及三十五
金宗室璘加银青荣禄大夫 本传作明昌初 七十九岁
张镃舍宅为佛寺 ——一一〇九
楼钥云祥寺碑记「绍熙元年春口月辛丑，故右补
王之曾孙、宣义郎直秘阁、前通判临安府事
刑州金石志卷十 安浩 楼钥 广寿
存了张镃谨於祖曰：愿以城东北新宅一区效

为资舍为佛寺，仍刘田宇顷有奇，随其徒……
……张某独门佳裔，自幼刻苦问学，年未弱
仕，逢然世之于荣途，闲居而风乃著淡
味，修日於人的诗文，自爱不异布衣膻儒，
人所难能。今又捐所重以刷精蓝，尤难能其
……资成以动请予为记……」 先大父少卿舍
宅一区，以築梵宫……绍定危於劫火，寺虽
重建，而记文皆不存，蜀人许居士所藏收
旧刻，即先大父手书，慨然捐金就石，併
寺志重勒，以成此寺之阙典，请跋于
予……景定壬戌重阳后十日承信郎
同门晋班祗候张枢百拜谨书……」
院之桥」，存在艮山门内白洋池……按南湖
集，镃所居名玉照堂、桂隐、林池馆之胜，の
时湖居接踵摩肩，照耀一时，而宦献
此文则谓其闲居远势名淡味，不异
布衣贤儒，改晚等南湖诗词，似皆
足传信，何异同若此耶……
姜特立「光宗即位，除知阁门事，为曾觌所福荐」
王庭珪「光宗即位，忠简荐之，召对便殿，除直敷文阁」 何人姓氏
1190 知宁闻，年已九十余矣」归田诗话中5
绍熙元年
参1163

吴琚「潮劉之詩過遠宗也琚字居父號雲壑、謀可以
安光宗歟 因撰進詞旨曰……今孝宗山陵不果
……史宗置之十年引朱之學
襄陽」郡守吴琚刻襄陽耆舊集一書見陸志
陸志（引林詩話云） 吴左襄陽
楊萬里「紹興（照之詞）庚戌十月俛文節公思為中書舍人
楊文節萬里自大蓬除直秘閣，將漕江東，執
論惜其去（俛思入劍廟之）」
姜特立出鄉約在此年 約1200年」
「五百家播芳文粹大全二百卷 卷首有紹熙庚戌序稱徐許
閩作、稱徐館廣紀齋賢仲賢、撫陽葉棻子實所
集，且列姓氏凡五百二十家」（曝書亭五十二播芳文粹跋）
陳亮四十八歲 光宗即位，伏闕上書成歲。（皇朝名臣
言行錄） 以呂天濟死被誣下獄，少卿鄭汝諧直其冤
保釋 辛稼軒上樓之（年譜81頁）

1190

周必大跋李次山遺王晉卿遺杜圖
「……東坡東湖后陵，前居安城東湖，寓法多至十數……紹熙元年三月三日（右）□□丁巳書于原野大周必大」
又尤袤跋「……予生甲辰，與公同歲，而先公嘗得其方正之詩來，為請」

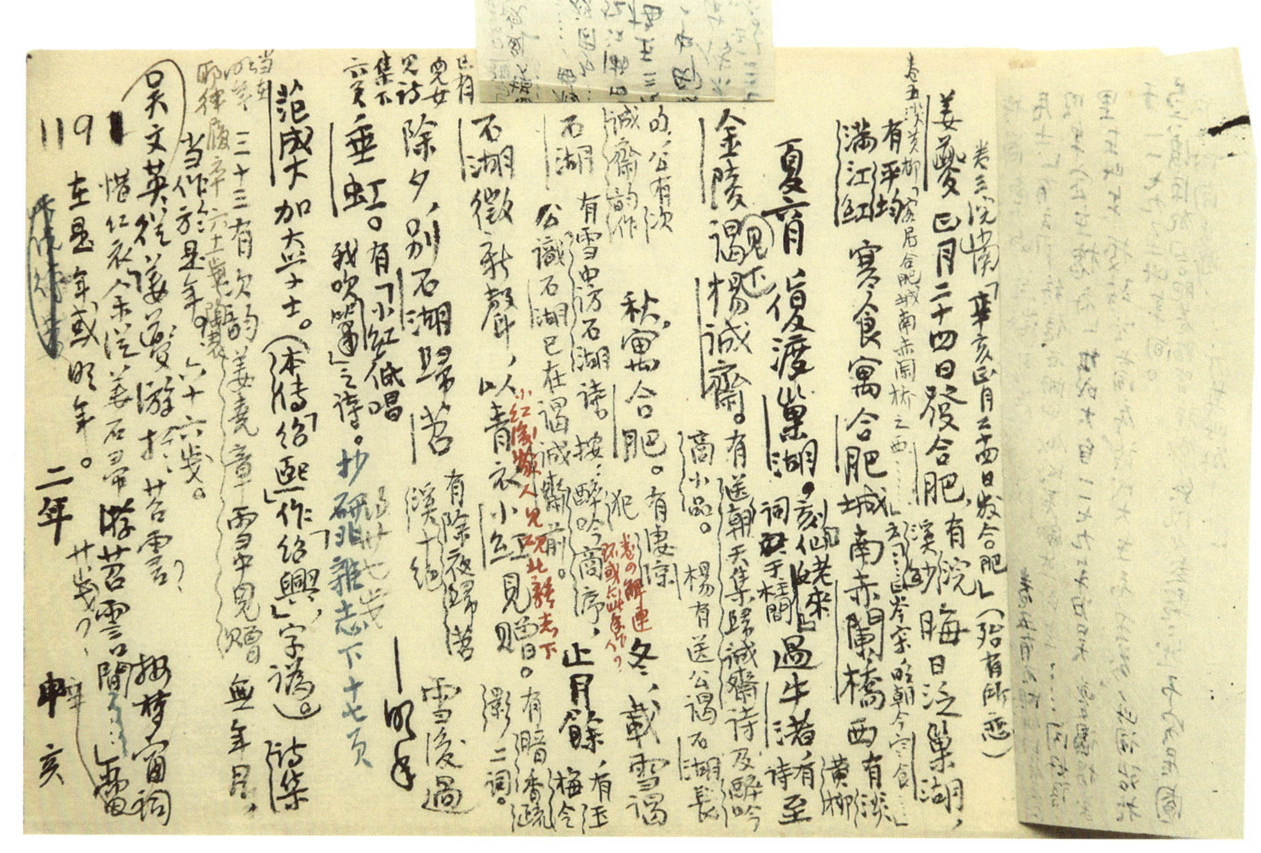

京鏜在成都 有水調歌頭 [illegible]

念奴嬌「七夕是年七月九日立秋」[illegible]

[illegible]

川安撫制置使 [illegible] 煥章閣直學士 [illegible]

楊誠齋在金陵 [illegible]

楊炎正有洞仙歌 [illegible]

[illegible]

姜夔居 [illegible]

京鏜有滿江紅「壬子年成都七夕」[illegible]

七夕回留在 [illegible]

[illegible]

范成大加大學士 [illegible]

三年 壬子

後二年 紹熙 [illegible] 江陵 [illegible]

姜夔居苕。按：辛亥除夕詩「但得明年少行役，且成詒居苕不出」。明年 [illegible]

[illegible] 鶴仙壬子年燈夕詞一首 [illegible]

京鏜有滿江紅「壬子年成都七夕」。下段云「[illegible] 且將佛去，[illegible] 勝休思慮。被西川七夕回留住」。[illegible]

水調歌頭「次王宣使韻」有云「四年留蜀郡 [illegible]」

後有 [illegible]

[illegible] 有云「[illegible]」

調「次永 [illegible]」有云「自笑 [illegible]」

[illegible] 有云「[illegible]」

[illegible] 又 [illegible] 有云「[illegible]」

[illegible] 云「四年留 [illegible]」

字文 [illegible] 韻「[illegible]」 洞庭 [illegible] 錦城 [illegible]

范成大加大學士 [illegible] 三年。 壬子

洪邁上萬首絕句 [illegible] 罷 [illegible] 八総集 [illegible] 百首進御 [illegible]

陸游有 [illegible]

[illegible] 紹熙三年 [illegible]

[illegible] 信城大火 [illegible]

[illegible] 宗 [illegible] 四 [illegible] 紹熙 [illegible] 年 [illegible]

[illegible] 翰林學士 [illegible] 翰林文字 [illegible] 五百五十卷 [illegible]

（誤在一一八九年，[illegible]）

[illegible] 本 [illegible]

并次李使君見贈韻」下段云「畫省趨逢」，「君去驂，
鸞舟」。滿江紅「次呉儀川濤劉啟院韻」結云「握手
方成同社款，肯說又作岐亭別。也不須內悲大刀頭」，
歸心折」。念奴嬌并引云「某丐歸得請，有旨候
代者入境，方許東去……」菩薩「次洋州王郎中
韻」有云「需教人生習慣見，莫為分襟鳴咽……」次
新四首，天涯何處風月」水調歌「次邛州趙守
韻」賀新郎「中秋」雨中花「次閻侍郎韻」下片
云「幾逢迎錦里，誰寬懷抱，幾多情懷行裝」瑞
鶴仙「次宋文卿領韻」有云「恨不遂肯日，留連
歲計」醉江月「次眉州李大著韻」結云「報國
無功，歸田有興……」宋孫松坡《劉仙侍時話》間，月一
朕季信歸蜀」當皆在本路作 本
傳云「召為刑部尚書」，或即此年 約五十二歲
時宗為四川安撫制置使兼知成都府 本傳無年
月。據通鑑在此年四月 本傳又謂「進煥章閣
學士」在寧宗即位前 約五十二歲
豐城徐經孫生 （誤在一一八九年，當移此年）
黨懷英卒 遷翰林學士 本傳 五十九
王庭筠召為應奉翰林文字與秘書郎張汝方品第
法書名畫，遂分入品者為五百五十卷 本傳
徐渭南詞敘錄「南戲始於光宗朝，永嘉人所作趙貞女王魁二
種實首之，故云宋人詞而益以里巷歌謠……號曰永
嘉雜劇……」

1192

河中李獻能欽叔生 從中州集 冀都司馬錫傳 又遺山詩集一送欽叔內翰……詩推
定 金史一二六本傳及依歸潛志作卒年の十三當生於
一一九〇年，誤（參一二三二年） ——1214
陳亮作贈劉改之詩 劉跋云「昔故人陳同父魁天下時，
與余皆落拓不振，一日過於濠姓子樓上作此詩相與
勞苦，明年同父唱名為多士第一……」 同父明年狀元
張水詞「水調歌頭「壬子五月二十三日，流盃玉泉南恩
六作……」
豐城徐經孫生 矩山詞「水調歌頭：平生出處，為突
縱孫，之二十五時作，經孫」 李之跋矩山詞謂徐經
孫廣二年進士 再查李刻宋人集甲編矩山存稿
劉克莊直齋21卷翰林詞「簡也劉克莊」劉克莊撰徐經孫
名臣為御史起居郎……」
徐經孫生 三灣先生子「矩山存稿附錄」
孫應時「徐照壬子卯宗山節制蜀帥入制幕……」
高郵軍學刻淮海集四十卷 見天祿琳琅後編七
（書林清話）
邵陽郡齋刻胡隆刻廣卿道老詩集九卷於道一卷
郴道一卷見姚志（書林清話三）
南戲大盛於光宗朝 見——2.5 引南詞敘錄 永嘉
陳亮五十歲二月出獄 俞夏卿墓誌銘（童舊）
詞選 1 14下

壬子

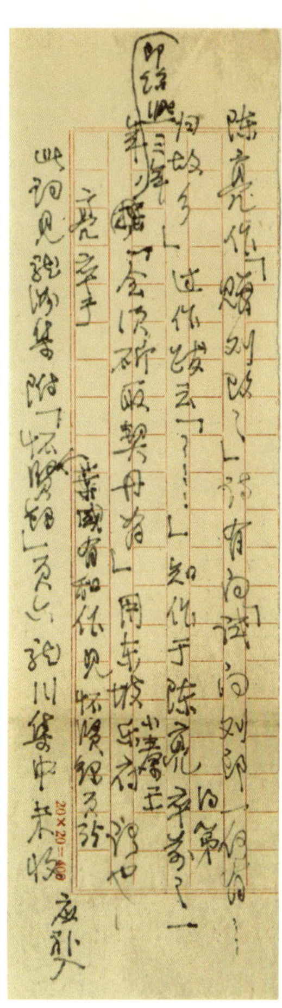

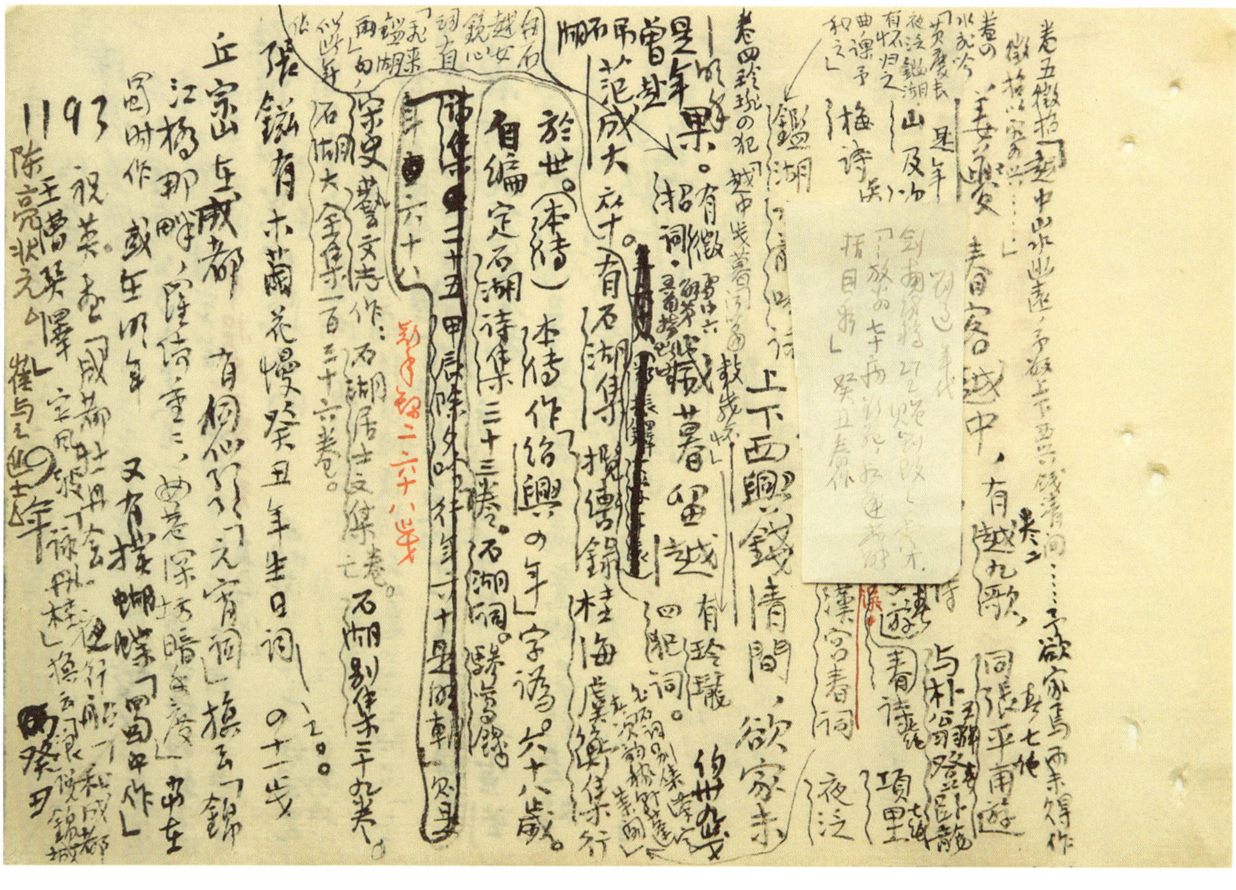

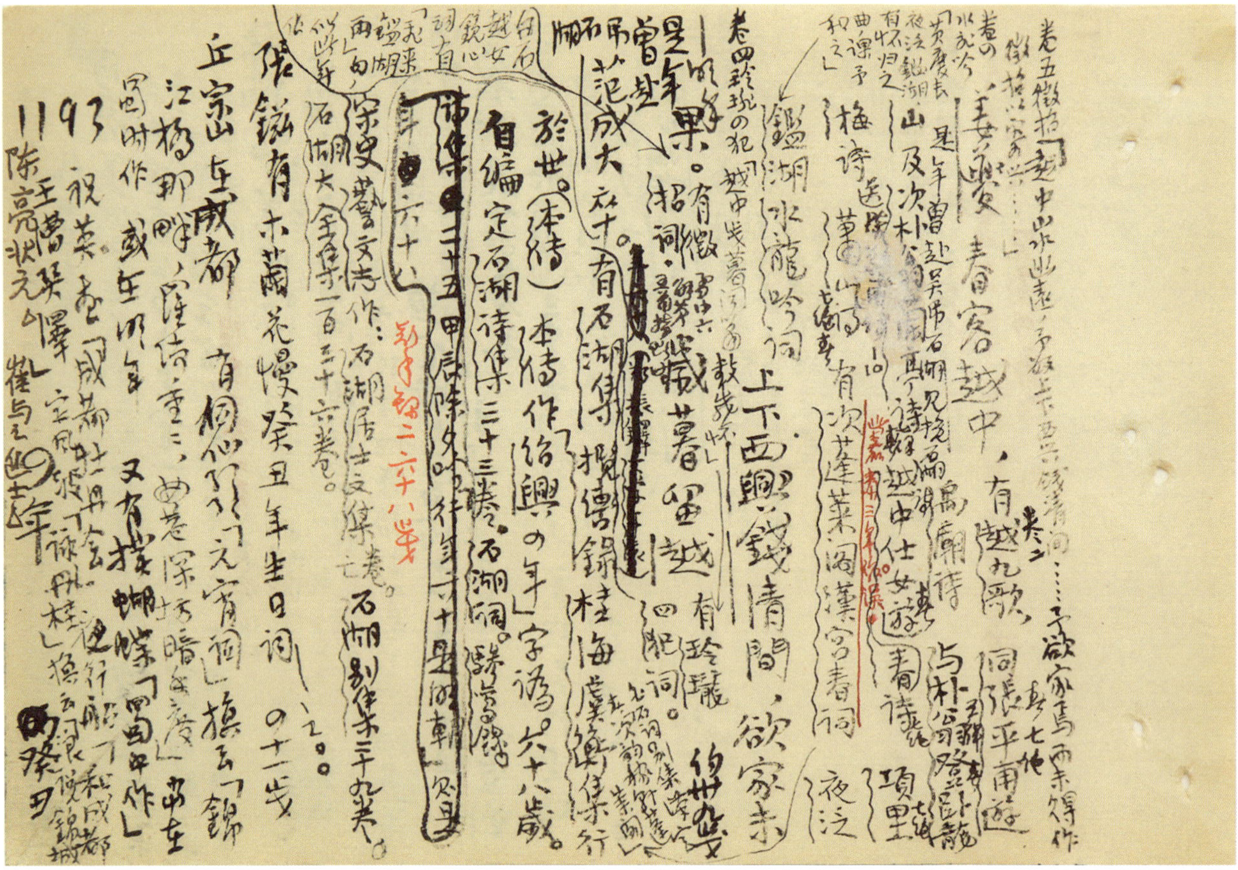

卷五徵招「越中山水幽遠，予數上下西興錢清間……予欲家焉而未得，作徵招以寄興……」

姜夔 春客越中，有越九歌，同張平甫遊

是年曾赴吳興石湖

山及次[illegible]越中仕女[illegible]

梅詩送[illegible] 有次蓬萊閣漢宮春詞

鑑湖水龍吟詞 上下西興錢清間，欲家未

卷四玲瓏四犯「越中歲暮聞簫鼓感懷」

是年曾赴[illegible]。有徵招詞。

范成大六十。有石湖集 攬轡錄 桂海虞衡集

於世。（本傳）本傳作「紹興の年」字，終六十八歲。

自編定石湖詩集三十三卷。石湖詞。

宋史藝文志作：石湖居士文集[illegible]卷。石湖別集二十九卷。石湖大全集一百三十六卷。

張鎡有木蘭花慢癸丑年生日詞

丘宗山在成都 有[illegible]「元宵詞」，據云「錦江橋那畔……」

蜀時作 又有撲蝴蝶「蜀中作」

1193 陳亮狀元

元自少，不道只今何處？[illegible]枝芳」或亦在蜀作

約六十三歲

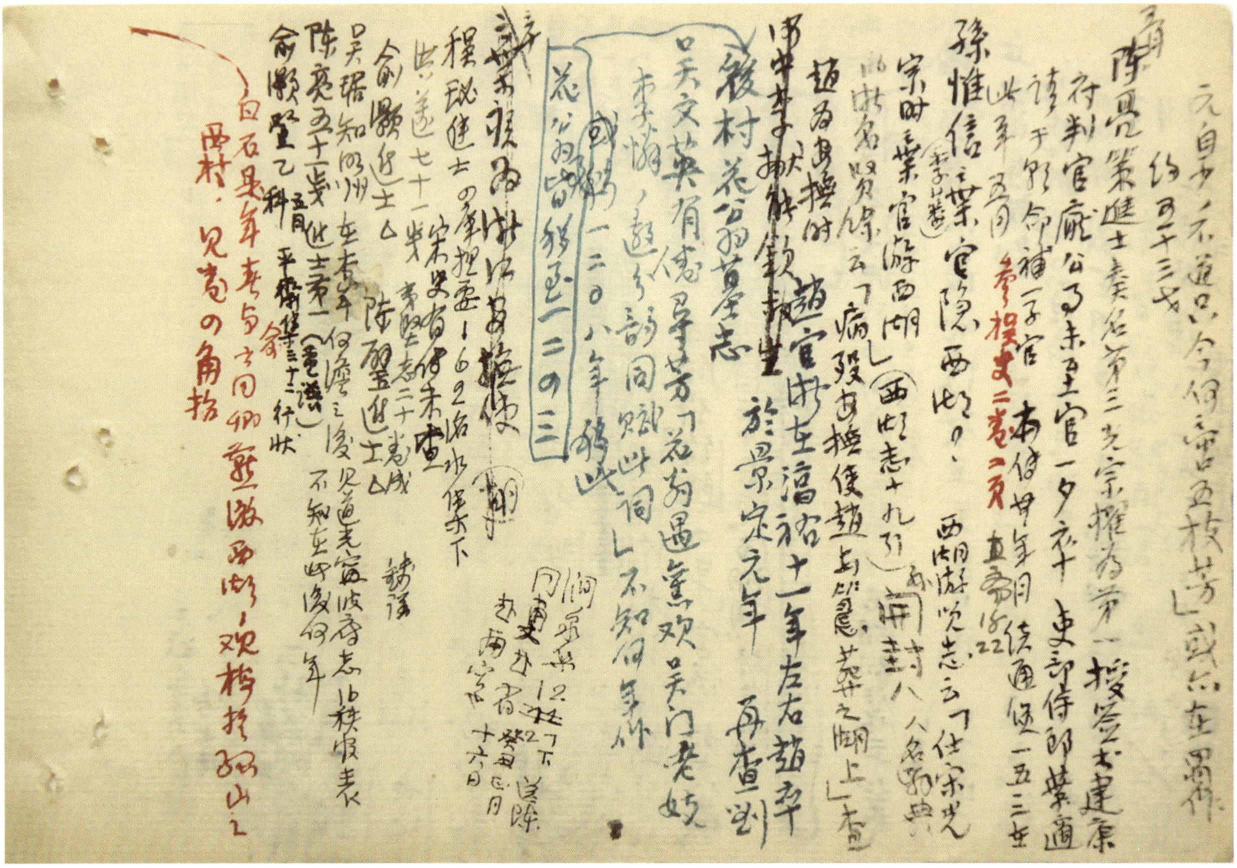

陳亮策進士奏名第三，光宗擢為第一，授簽書建康府判官廳公事，未至官一夕卒 吏部侍郎葉適請于朝，命補一子官

孫惟信（季蕃）棄官隱西湖。

後村花翁墓志

吳文英有[illegible]「花翁遇舊歡吳門老妓」

不知何年作

程珌進士

俞灝進士 陳塈進士

吳琚知明州

陳亮五十一歲進士第一

俞灝登乙科

白石是年[illegible]

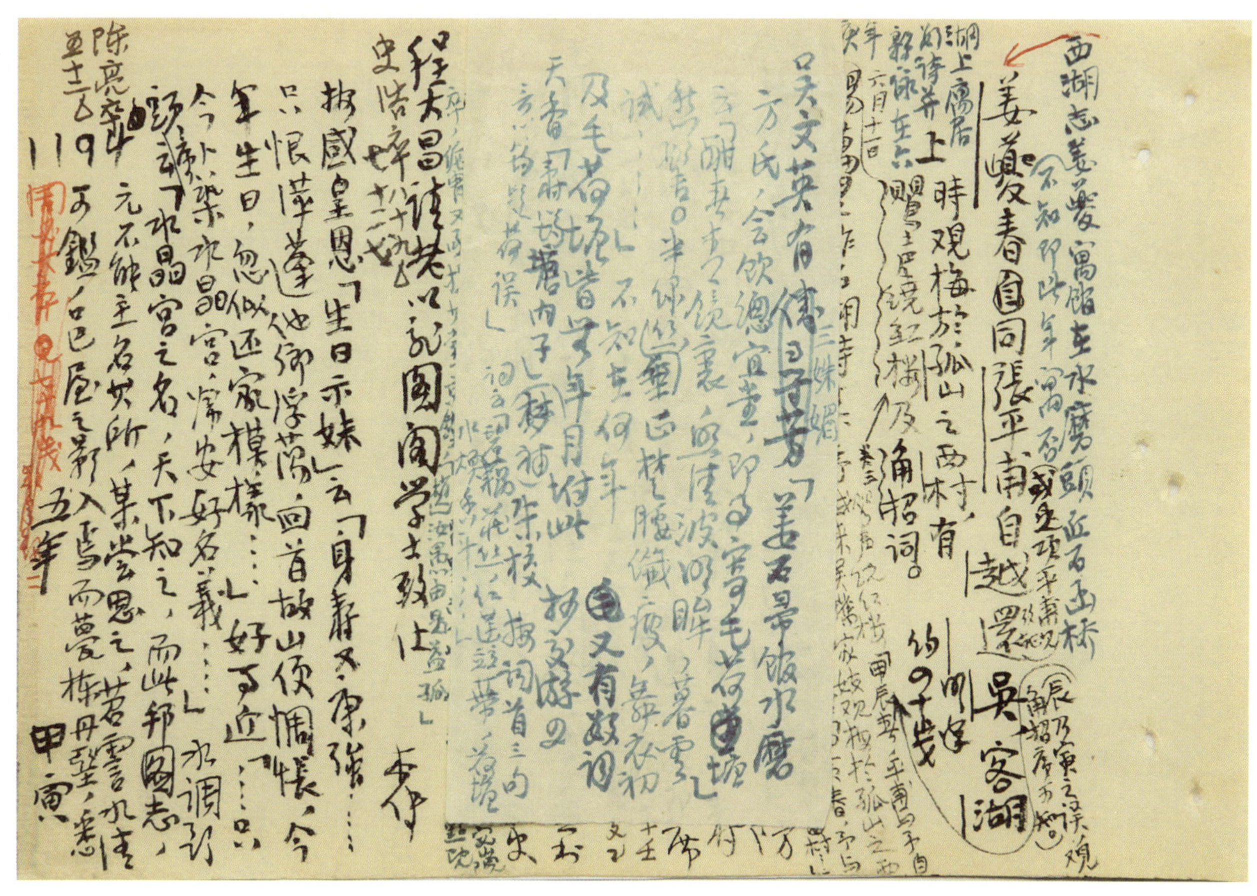

能透過視本象，有如水玉，故善為言其所以然
援其美，而曰此其宮蓋水晶為之。如驪今之謂
寶闕珠宮，亦其類也。……」是夫日日老年
寶慶間湖州。如不知在何年。本傳不載。待
查。（按楊僕守湖州時，詩有清光合作水精宮
句，從此湖州亦稱水精宮。見隨園隨筆。趙孟
頫自稱水精宮道人，以吳興人也。）
好事近「雲曳春霞」據云「浮家泛宅在他鄉
雖仍合仙萬」，亦在湖州時作。
七月，寧宗即位。
邱崈赴召以中丞謝深甫論罷。 本傳作「寧
宗即位」
——進敷文閣學士改知建康府。 又云「居數年，復職，知慶元府……左……開
禧元年卒（一二〇五）
楊萬里召赴行在，辭。升煥章閣待制，提舉興國
軍，引年乞休。 七十一歲
8
周必大應直言詔
六十九歲
史浩卒，年八十九。諡會稽郡王。
有鄮峯真隱大曲二卷，鄮峯真隱詞曲二卷
王庭筠遷翰林修撰。 本傳「五年八月上欲招執
輟耕錄：「金章宗時，董解元所編西廂記
蘇洞入蜀。劍南詩鈔引送蘇召叟秀才入蜀。編在本年，十月略後

寧日在奉王庭筠以諂誥妻之，其人才亦足
為相……近為懷英作去名山冊文，殊不及閩文士多嫉
庭筠者，不論其文，顧以行止為譏，大抵皆人主口頰
或於党，東學之士與定官分朋，固無足怪，如庭
筠偏李諸宋司馬光王安石均為偏黨而互相摘毀
何論益近千庭筠為翰林修撰……」卅九七——
三月？陳亮卒 宋名臣言行錄外集：「紹熙四
年舉進士，上親擢之第一，授建康軍簽判
未及之次年卒，亮年五十有五。」
按顏虛心陳同甫生卒年月攷（清華大學研究院國學論叢一卷一號）
按龍川集二十九先妣黃氏夫人墓
誌銘、祭妹文，證定同甫卒年五十二歲。言
係誤 又云文集卷三十呂夫人夏氏墓誌銘
作於紹熙五年甲寅二月二十七日，後此未之有
見，同父之卒，其於是年春三月間乎」
則改之為光宗不逮事葬駁上書作詩
詳抄茶苑珍誤三卷二頁紹熙內禪條
張鎡為玉照堂梅品
五卷六頁作紹熙甲寅人日」 高務本齋東野語十
誤 玉照堂或成於是年 抄原文
陳亮有女妻吳深
1194 吳潛「吳思齊字子善，處之麗水人，祖深有
宋遺民錄九

秀才、永康陈亮以子妻之，遂来家永康……」
刘过论光宗过宫事　[illegible]卷三二页
五月 辛稼[illegible]　李平为书舟词序　书舟雅[illegible]　蕙风词话
品毛晋书舟词跋以程垓为东坡中表兄弟　卷十六页　辨升庵词[illegible]
兄，程是年上距东坡之卒九十三年矣
杨冠卿为东坡引　自序云岁癸丑冬[illegible]秋
张履信　官江西（夷坚支景卷一页六[illegible]签判妻像）　见客亭[illegible]　杨[illegible]八年
为[illegible]（夷坚支癸卷七页の古田民得遗宝律）
刘过始交陆游、　陆赠刘改之秀才「放翁七十之病野
死，相逢尚能揩眼看」未见即在今年耳
放翁今年七十岁
程垓书舟词刊于此年　王称序作于此年说「正伯方
为尚书郎[illegible]以制举论荐」　书舟词无甲子
光宗[illegible]六十八　[illegible]二　此误　见一二〇四
蔡戡「宁宗登极迁户部侍郎除右文殿修撰此隆兴存
学为广西经略安抚使……」宋史卷三十五
王明清挥麈后录[illegible]作于此年
孙[illegible]老苏[illegible]东坡有表弟程正辅，毛
晋以正叔为坡中表，殆由此而误。
金李治仁卿约生此年　（[illegible]谱）　卷一·265
陈亮五十二岁卒（据何谱定）　[illegible]谱·商务印
苏洞约廿三岁入蜀。剑南诗钞三十一有送苏召叟秀才入
蜀[illegible]今年[illegible]

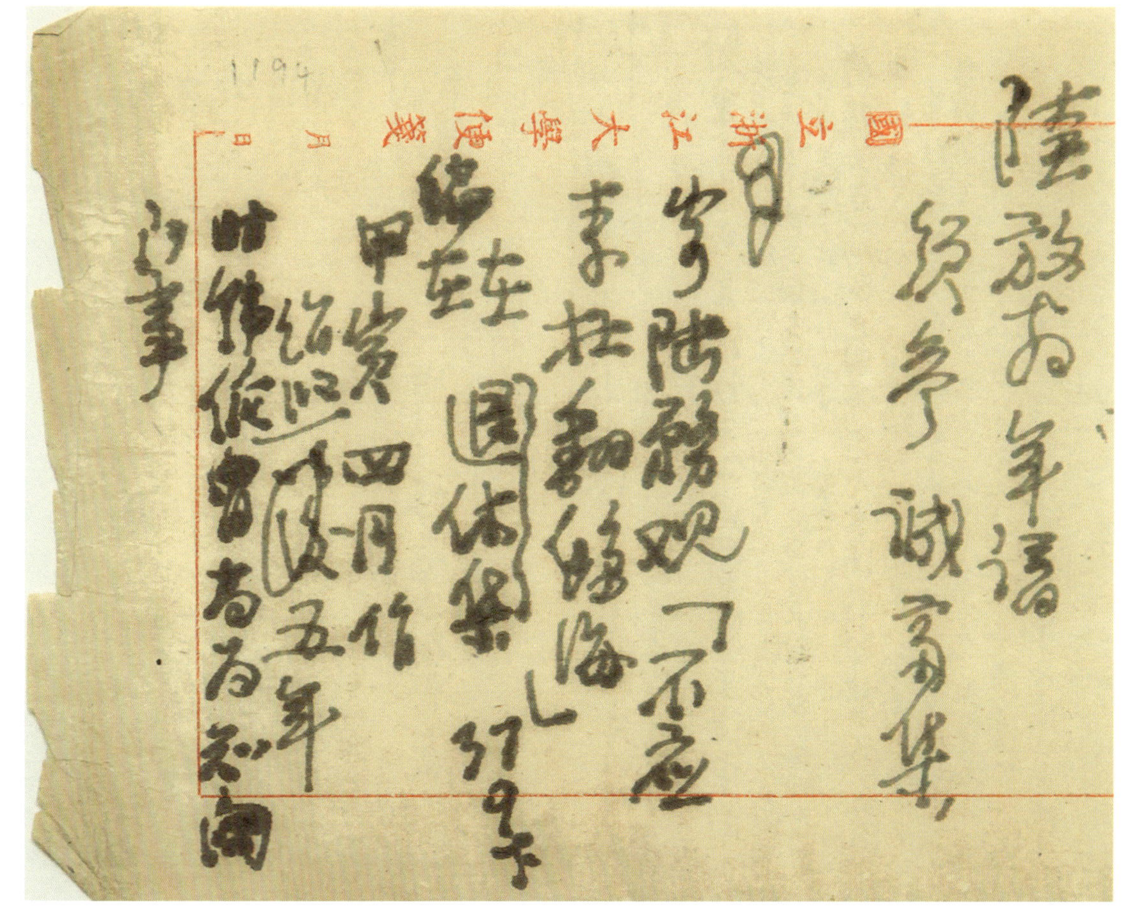

草堂詩餘編於慶元之前　見提要1999頁

姜夔春與張平甫自南昌同遊西山，有鷓鴣天。（白石詩集卷三鷓鴣天「予與平甫自南昌同遊西山玉隆宮，止宿而返，蓋乙卯三月四日也」是白與平甫初度）

李獻甫生　陶……

沃。——明年　約の十二歲

史達祖為韓侂胄堂吏，韓當國左光宗

未至開禧三年，史彌遠誅韓，擅權，當在此時。

劉克莊生。（元初官侍御史）

……郎神「已未自壽」云「古稀近也」，是六十五歲所生

日七當生於是年，卒於……六十八

閩慶元年

……自大中大夫參知政事除知……宮山院　宋史宰輔表

程大昌卒，年七十三。有文簡公詞一卷　約五十九歲

原雅錄易老通言……

備對　本傳

有感皇恩「生朝」詞，云「七十三番拜孤門首，此……」

宋史三上表引年以少傳致仕　七十……

寧宗慶元元年　乙卯

119頁

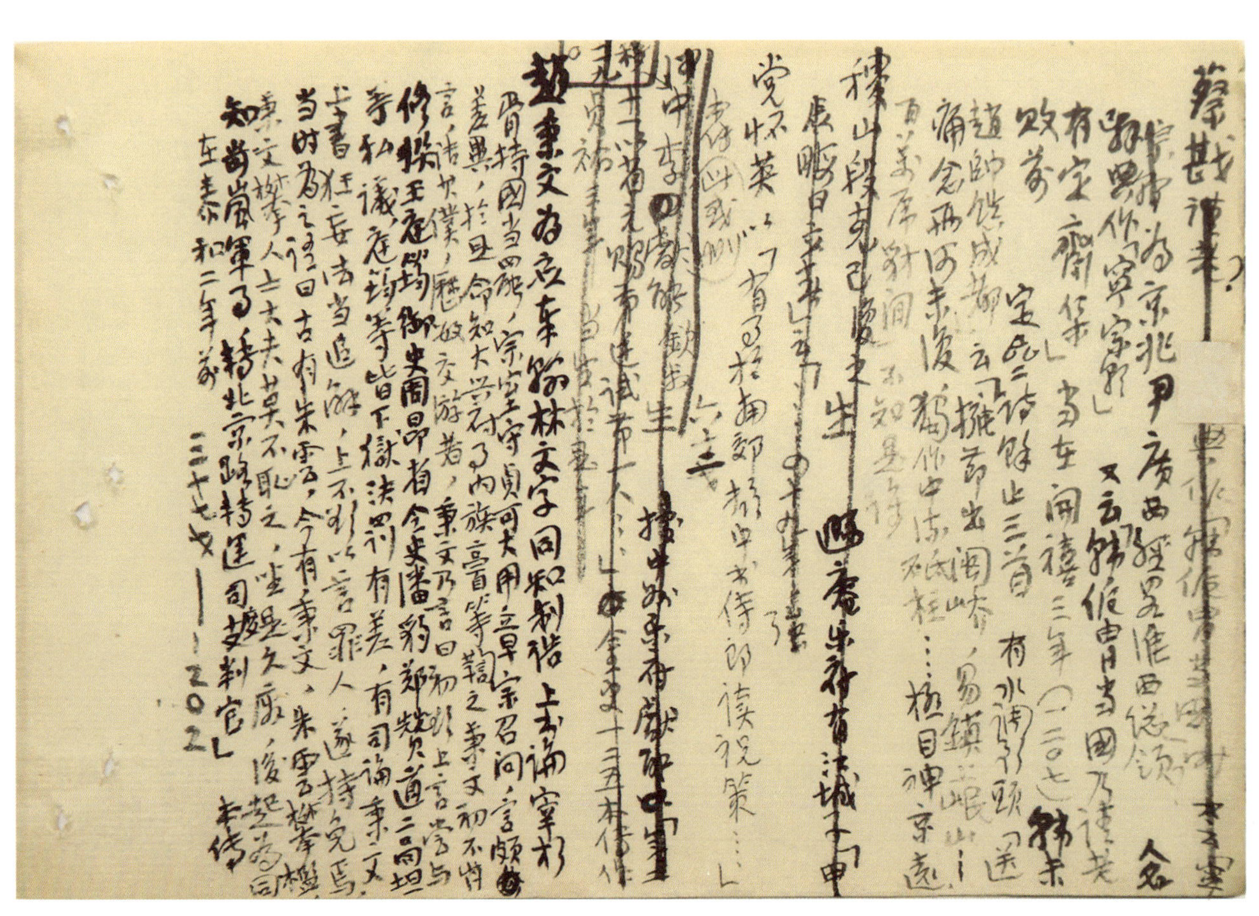
蔡戡補傳？

……為京兆尹，廣西經略、淮西總領。又云韓侂胄當國，乃請老。

有定齋集，當在開禧三年（一二〇七）韓敗前。

定齋詩餘止三首，有水調歌頭「送趙帥鎮成都」云「擁節出闕峽，易鎮上岷山……極目神京遠……」

有芳庭辭詞，不知是何時。

段克己生

遯庵……

中李……生

撰中州集……

金……十三年

趙秉文為應奉翰林文字同知制誥，上書論宰相胥持國當罷，宗室守貞可大用。章宗召問，言頗差異，於是命知大興府事內族膏胥等鞫之。秉文初不肯言，詰其僕，歷數交游者，秉文乃言曰：「初欲上言，嘗與修撰王庭筠、御史周昂、省令史潘豹、鄭贊道、高坦等私議。」庭筠等皆下獄，決罰有差。有司論秉文上書狂妄，法當追解，上不欲以言罪人，遂特免焉。當時為之語曰：「古有朱雲，今有秉文，朱雲攀檻，秉文攀人。」士大夫莫不恥之。坐是久廢，後起為同知岢嵐軍，轉北京路轉運司支度判官」（本傳）

左泰和二年前　三十七歲　一二〇二

1195

李壁归老

李侍 七十三岁 ——1197

邵阳郡斋黄沃刻其父黄公度知稼翁集十一卷

見陸心源儀顧堂續跋（刻於淳熙三）

王明清揮麈第三錄成 見原序「慶元初元仲春丁巳」

乙卯

按卷三鹧鸪天「予与张平甫自南昌同游西山玉隆宫，止宿而返，盖乙卯三月十四日也……明年平甫初度，欲治舟往封禺松竹间，念此游之不可再……」

姜夔春与张平甫约治舟往封禺，见鹧鸪天序。

作鹧鸪天时，以平甫欲往度生日故然。院郎归。

卷三有鬲溪梅令「丙辰冬自无锡归，作此寓意」

词有「平甫寿日，同宿湖西定香寺」，恐防风之约未必果往。

秋与张镃功父会饮张达可家。有蟋蟀。

卷四庆宫春「绍熙辛亥，予别石湖归吴兴……后五年冬，复与俞商卿、张平甫、銛朴翁自封禺同载诣梁溪……道经吴松……」

卷四齐天乐「丙辰岁与张功父会饮张达可之堂，闻屋壁间蟋蟀有声，功父约予同赋……」

卷四鹧鸪天……于此年作

卷三江梅引「丙辰之冬，予留梁溪，将诣淮而不得，因梦思以述志」

留尤延之，将诣淮不果，有江梅引。遂归。

尤袤於绍熙中见宋史三八九本传，此误。

白石诗大雪……

有鬲溪梅令。

冬，与俞商卿、銛朴翁同寓新安溪庄舍。有浣溪沙。

岁不尽五日，归舟过吴淞。有浣溪沙。

卷三浣溪沙「丙辰岁不尽五日吴松作」

1196

赵汝愚卒。宁宗庆元二年。

约四十二岁

丙辰

1196

姜夔 春与張平甫約治舟往封禺，見鷓鴣天序「以平甫欲往度生日故」。詞有平甫壽日同宿湖西定香寺，恐防風之約未必果往。

秋与張仲遠會飲張達可家。有惜紅衣詞。是秋依朴翁寓封禺。

冬，与張平甫、俞商卿、銛朴翁自封禺同載詣梁溪，公有云「平甫欲」。道經吳淞，有慶宮春。止梁溪月餘，將詣淮不果，有江梅引。

過吳淞。有浣溪沙。

安溪莊舍。有浣溪沙。歲不盡五日，歸自

趙安愚卒

丙辰

元好問 雜詩 七岁 （施譜）

正月 宗鐘 贈正議大夫陳右丞相

輔錡表

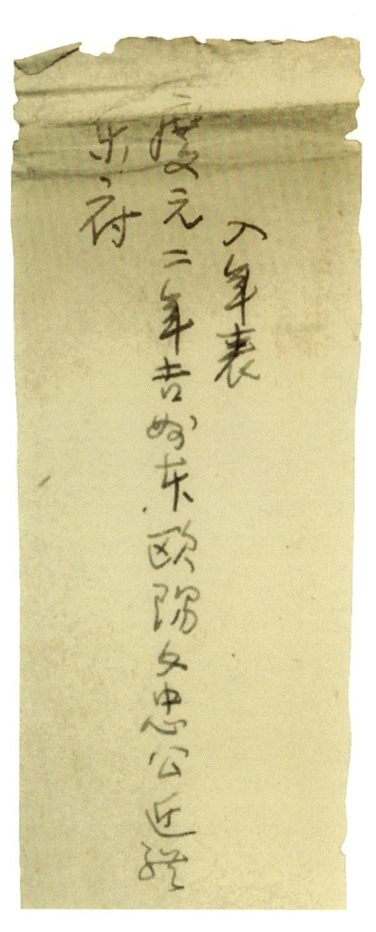
入年表
庆元二年吉州东欧阳文忠公近体
乐府

1196

黄公度知稼翁集 荣宋刊
庆元二年十月洪迈序
陈俊卿序 说黄官止外郎年四十八岁

吉州东欧阳文忠公集刻成于此年
近体乐府校注引百家本奁集
见康抄本奁集跋

居杭 三十六年……（以下红笔难辨）
卷三 ……「丁巳元日」又「正月十一日」
观灯」「元夕不出」「元夕有所梦」「十六夜出」五首同时作
姜夔 元日家居。 有鹤 鸿天 依杭 夏四月，上书
论雅乐，并进大乐议一卷，琴瑟考
古图一卷，诏付奉常，同寺官校正，
不合，归。 秋，寓湖上。有七月望书事。又和转庵丹桂
诗。 约四十三岁
洪迈七十三岁有序容斋四笔
丁巳七月望湖上书（西湖志）
陆游夫人王氏殁年七十一。有子子虞、子龙、
子修、子坦、子约、子布、子聿；
孙元礼、元敏、元简、元用、元雅，曾孙
程逊
赵师𢍰 七十三岁 春风鹤
朱熹 庆元中广西漕使△
赵善括 七十三岁 丁巳除夕」有云「
绿江南村，不与人间执手……归欤
有园林胜，次第花开可自娱
有介庵琴趣外篇六卷
韩侂胄造南园 见游南园记「庆元三年二月丙午，慈福有旨，以南园赐今少师平原郡王
公九十云：「游老病谢事居山阴泽中，公手书来曰
子为我作南园记」 今放翁集不载此记，西湖志引
1197 庆元三年东阳徐……
王柏生△
三年
丁巳
（移至一二〇三年）

又云「据以镇安节度使留守建康」　德懋和词作「广元间」又云「历尚书郎部使者、直学士」在此前

党怀英　之致仕，改泰宁军节度使　　李侍　六三

中州乐府云「为政宽简，不言而化」

王庭筠　除授郑州防御判官　　东坡　四十三

冯延登　登词赋进士第，调临真、涛源、顺州军事判

1199

郑域　广元中，太学博士…使北　Δ　—201

李晏　卒年七十五，谥曰文简　　中州乐府选词の首

研北杂志：「[illegible]辛弃疾…议乐，以弹琵之语不合，归番阳，过吴，见陆务观、张茂，致务观曰：伊不能二十五言弹在月之诗乎，袁年同之，不觉自失」

白石疑与…似曾遇？

齐东野语八卷：「赵忠定以冯初登第，谒赵彦端…因家焉，故与忠定交…」

吴兄赵富…

查冯登第年

周必大　七十二岁　兄二老…诗话…老人十…

为最后

坩庵词中水调歌头「丁巳…」…

[illegible]

1197

广元三年

韩淲　涧泉集诗：「十五日夜月蚀，闻县中…」

[illegible]…起云「广元三年中元日，是夜…月蚀」

三月下旬…满江红云「…」

据此，韩淲此时…

…年…以辛词有贺…「韩仲止判院山中见访席上用…韵」一首乃广元六年庚申作，语…

满庭芳…庚申春。（辛词年代待考）

…以夫九…　袁父　…

…142

武林旧事载姜夔字号「东西度頭近石函橋」

右水磨頭，吴梦窗词稿（西湖志 志馀二五页）

萬天民有 六月一日 同姜白石泛湖诗 见西湖志文献六

姜夔寓湖上。有戊午 约四十四岁 ——吴

淳祐宋查卷一二 清帖子。

永嘉加卢祖皋申之蒲江 登进士为军器少监？ 戍作印秘人（文字大纲）

能为好词篆作「[illegible]」

吴琚居父 云壑以镇安节度使留守建康 朱

李[illegible]窗词乐小安

王之道有[illegible]子「戊午重九」 传书云 墨庄香云楼四能写，试问县区何处谓江东」

士词时有老境。但此戊午为洲一一三八年，则王

以宣和间进士年二十左右计，至此已九十余岁

周必大有「二老堂会七兄乐语戊午」一首 八十岁

能中错「[illegible]又[illegible]」结云「且此四时八节，兄弟兄常在」

金舫」当亦此年作品 千秋岁「癸亥重九前次韵」

有相山集 相山居士词 人名辞典 词一卷 有年月者

止此及折丹桂「送蒋遂」著万 庚辰年 首试 二三首

有蝶恋花「追和东坡时谢华当池」 李五柒「有怀轩东山旧隐」

西庭芳「代人上高左尉，时在太学」宴桃源「乌江路中」二首

（宋细闻） （淡淡沙 随园铜陵追和东坡游泗洲）

梦华录有見行述 南山前」

李俊民 用之 举进士第一（一二〇）人名辞典作金

承安中 又云「为举翰林文字，崇宣教授乡里，

从金世宗，後隐於西山……」

11 9 8 李吕卒 七十七 金承安三年 四年 廿三岁

陈荆[illegible]（？） 戊午

党怀英字为翰林学士承旨 本传 六十五岁

卢祖皋字申之，又字次夔，自号蒲江居士，永嘉人，为楼大防之甥，元元五年进士，第，除军器少监

六十家词跋？ 若居庸章记？ 寓耳集？

附江西通志选举志の在

元元五年

姜特立梅山词 罗马有西江月「戊午生朝」，云「骎骎八秩未华颠，更喜此身强健」「金印新来如斗，近缘御书褒锡」

节度使」戊在此时 词人姓氏「宁宗朝拜庆远军

郑域松窗词 赵辑 第三册 有念奴娇「戊午生日作」云「……漾雪

衣庭归来久，还促装游行李，不半年间，北胡南越，一万三千里。」域使虏见一一九六年 会编住此有

甲子」

李吕卒 见一二二二

王炎大广元中出守湖州 九十二 大学士 吏部郎「丁巳初度自赋」云

李曾伯生 曾伯卒于宝祐戊辰 1268

「问今年平头六十，公知否」

则丁巳乃宝祐五年1256，逆数六十年，生于今年

「西风又近中秋候，记桂花开来，月儿圆又。」则生

于「月也」 宋史忠传：字长孺，覃怀人，后居嘉兴

陈同甫卒，年五十五（陈忠毅轩年谱）

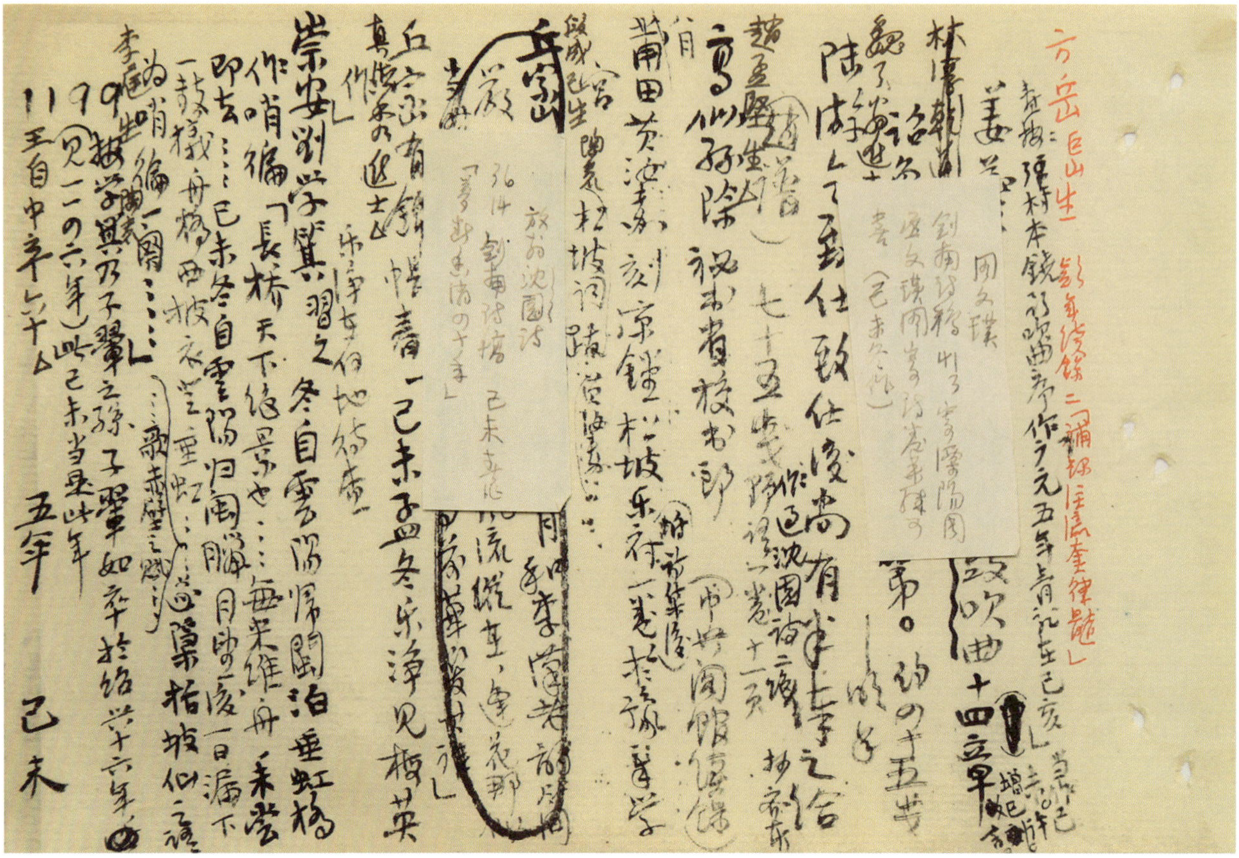

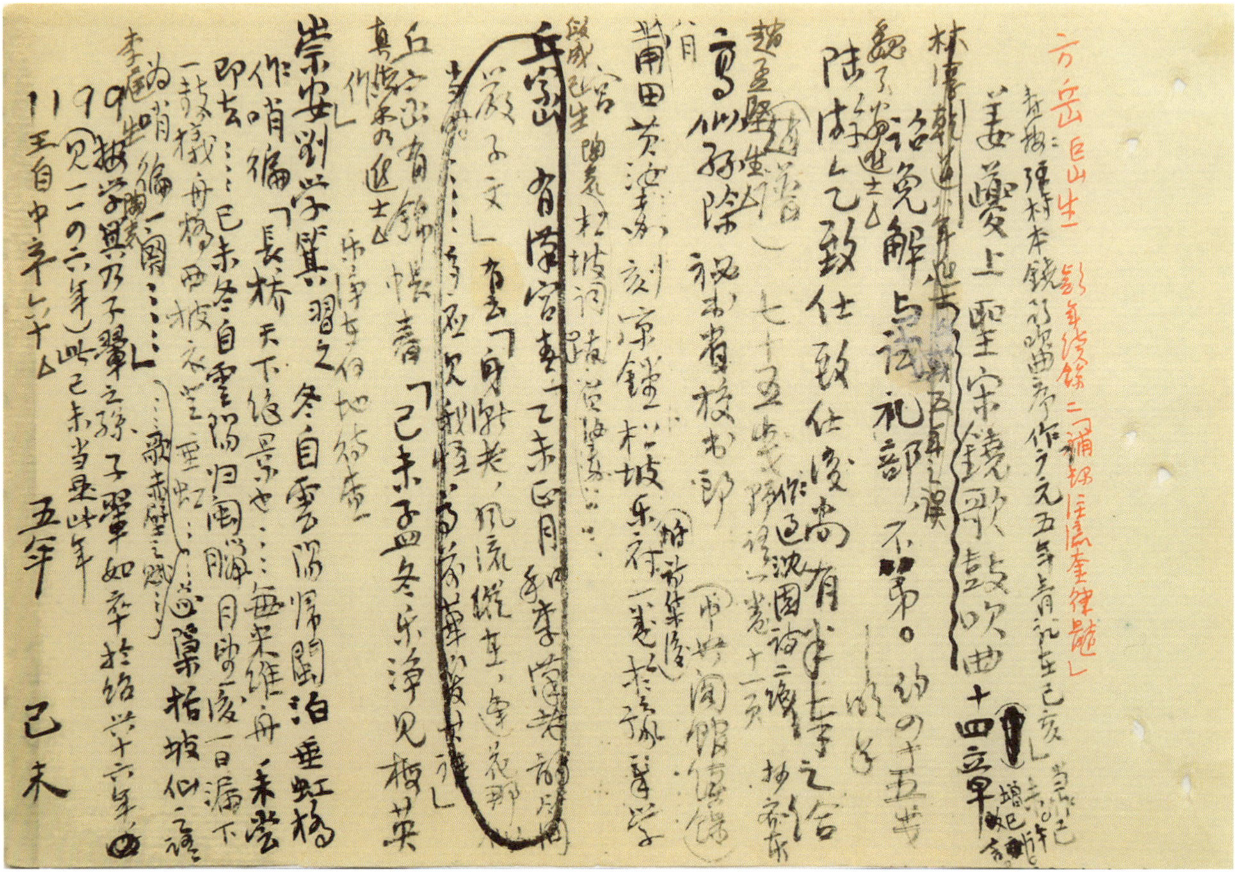

方壺閒居士詞三十八首 此無有年月　人名錯出理宗時
「恬於仕進，年未五十，即南山之下居焉，自號種李子……」
有方壺閒居士小稿一卷（四庫提要）
詞有蝶戀花「北津夜雪」 九調引「頃垂虹」云「三
載役京口，十二度過松江……」 去相思「西湖秋醉」 序 多全
鷓鴣天「發舟安康，將游兜湖，往返三月」 臨江仙「雪中泛岸」
「登多景樓」 行香子「鄂渚口魚」 菩薩蠻「鄂渚岸下」 交
下」 漁家傲「分湖觀捕魚」
游有范回之（名政路） 鄭材卿（賀新郎）
王庭珪 起為秘書 翰林文字　東侍四十之文
—120—
唐祖舉登進士　謀生 告葬　敖陶孫登第 墓誌 後村大全148
姜特立梅山詞 四卷 有滿江紅 九 廿五生辰　八卷 賀 己未生日」
方岳秋崖生　秋崖詞 八卷 賀新涼「戊戌生日」有「四
十年贏錄菩薩景」句　九卷 戊申生日
賀新涼「五十到頭公老矣」 廿一卷 卷四 最高樓「壬
（正月廿日生，參一二四一年） 寅生日」云「人間四十四載
秋」 可知公生在是年
詞人姓氏錄謂 紹定間鄉
薦 為別省 第一」 卷三 晴
遍 間 月」 亦有「笑……」 宋
嘉熙」之 經故 定為此時人
一二四九止
鄱陽邵宗胡銓 忠簡 先生文選
九卷 見 ……誌（書林清話三）
劉子寰 花庵詞選謂「早登朱文公之門」 楊 ……
邵……源流十二 謂有己未文公謂朔一卷，似此年作（見趙……南道學
篁嶼詞）一名篁嶼 朝 皆 甲子 性 …… 東 …… 角 慶
母八十有「今也阿彌（？）八十，兒也口五十五」句
敖 了少州 登第　婿（紅筆）　鄱陽 兒 …… 作「旅中己丑第」的 （鄧 …… 登第 ……）
敖陶孫第進士　宋史 …… 29 引後村集敖先生墓志作 ……

1199

敖陶孫　入年表
慶元五年己未登第　寶慶二
年丁亥卒　包石行實考文
游芳引劉後村

1199

錦溪生之宗　淵泉集十二 墓第之作 烏程 注云「己
未秋潘 …… 久 …… 第之 …… 之 …… 同往西林 …… 木樨，
潘 …… 已下世三年矣」

胡銓澹庵集 先生文
慶元五年己未八月楊萬里序，謂先
生沒後二十年，其子澥……哀集先生之
詩文七十卷……欲刻梓版以傳，負未能
也。……之宦鄱丹，通池陽，太守蔡必勝
為刊之　則銓卒年己未前廿年
左右。　查周益公神道碑

姜夔寓湖上。有湖上寓居雜詠數詩并。樓:公詩:

「釣窗不憶見南山,下有三雖骨未寒」

是公已殯三子,知在杭非一日矣。又云:

「未了藐裘一悵然」,知公欲家焉未能也。

約の十六歲 ——明年

高似孫通判徽州(母舅[illegible])

劉克莊省[illegible]「庚申生日」云「香[illegible]」

李蓁燭洞[illegible]上[illegible]

[illegible]四[illegible]一[illegible]

閏二月 京鏜拜少傅左丞相封翼國公 宰相表

八月丁酉 薨 —— 誠齋集一三三 京鏜 約六十四 文集云「庚申秋八月十四日鏜以左丞相薨於位」

有松坡詞一卷 皆官の州時作 銘作年六十三

丘崈 有洞仙歌「庚申示淨錦堂感同作」 約六十七

蒙皇恩「庚申為大參壽」 旗云「斑衣戲綵[illegible]」

張鎡作桂隱記成 初識、葉[illegible] 云「淳熙十四年[illegible]」 武林舊事十[illegible]桂隱百課[illegible]

1200 朱熹卒 金承安五年

六年 庚申

陸游……建元庚申歷十有の年之久,近生於[illegible]
指示景物,移從交葬,規模始全……」 ——明年

蘆祖皐有清平樂「庚申中吳對雪」

湖[illegible]當此時作

姜夔云梅[illegible]有[illegible]「庚申生朝」云「宣[illegible]」

[illegible]間急流[illegible],幾人同早,自別[illegible]

[illegible]紀生[illegible]到。[illegible]風[illegible],手[illegible]草木,爭

似梅山好。……日[illegible]晚玉節未[illegible],君恩[illegible],金

印[illegible]斗……」

攻媿集十卷有[illegible]別盧申之歸吳門詩同頁又有

又謝申之示詩卷云「[illegible]十一年」申之居吳

[illegible]久也

盧[illegible]志十卷「[illegible]吳[illegible]居父以郡人朱[illegible]所編

[illegible]次[illegible]并[illegible]之[illegible]年」 [illegible]

朱[illegible]六十七十一 [illegible]

白天[illegible]三[illegible]の「[illegible]」

趙[illegible]七月[illegible] [illegible]

[illegible]中[illegible]宗[illegible]名 [illegible]

[illegible]自杭[illegible]上(上1197)自此十年皆在上

[illegible]1209

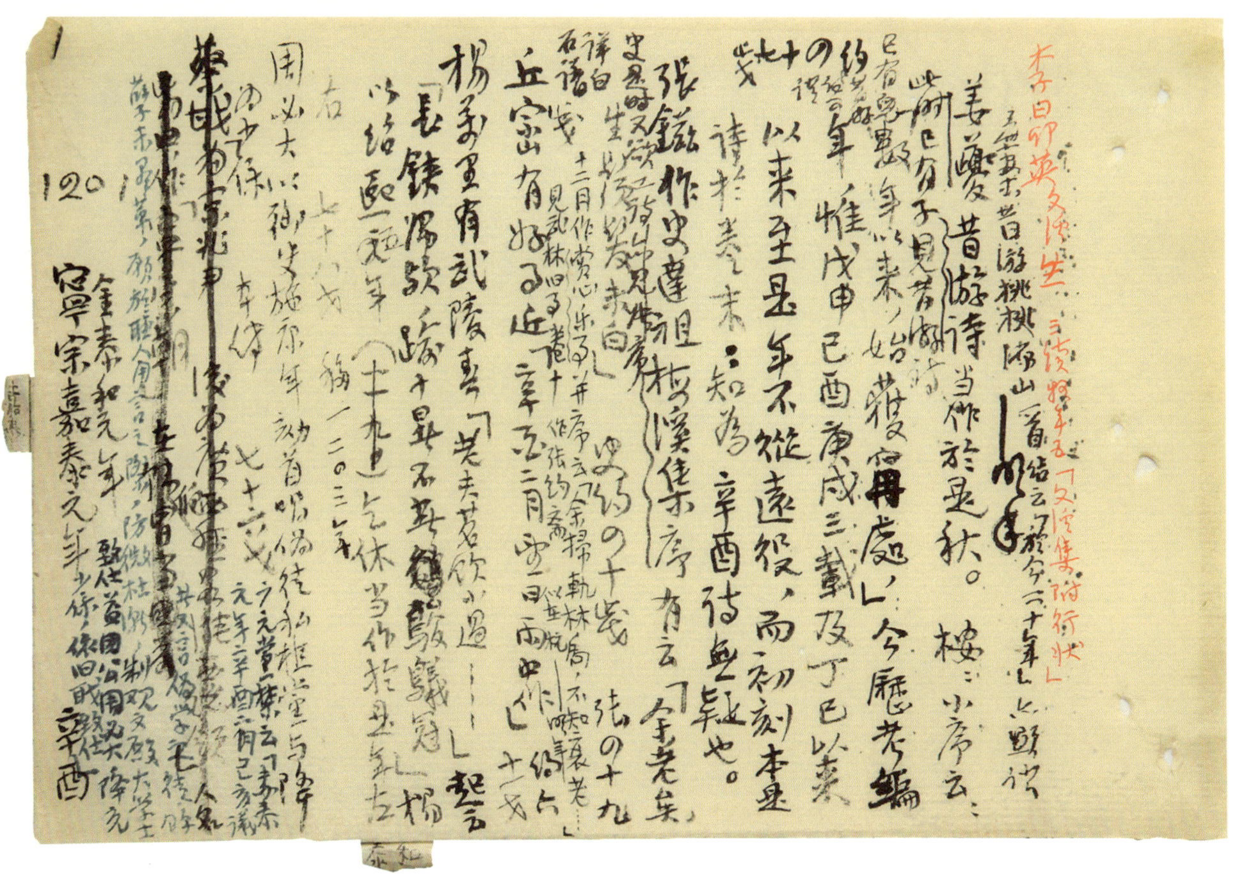

姜夔 昔游诗 当作於是秋。楼上小序云、「此詩已有之子見者[illegible]、[illegible]以來、始獲再處」、今歷考編年、惟戊申己酉庚戌三載及丁巳以來以來至是年不從遠役、而初刻本是詩於是末、知為辛酉作無疑也。

張鎡作史達祖梅溪集序 有云「余老矣……」 [illegible]の十九 [illegible]の十六

丘宗山有好事近 辛酉二月雪一日雨中作

楊萬里有武陵賽「老夫茗飲小過……」 挈云「長鋏歸歟、踰十年不[illegible]騎[illegible]」 楊以紹熙元年（七十九）已休 当作於是年左右

右 七十六歲 稿一二〇三年

因以大[illegible]

1201 寧宗嘉泰元年 辛酉

吳琚有浪淘沙「岸柳可藏鴉」一首 景定建康志

引此詞題云「遊[illegible]」

辛[illegible]

馬之純 [illegible]

有雲[illegible]集 詞選 三首

黨懷英致仕

[illegible]「泰和元年增修遼史……」

懷英致仕後、章宗詔直學士陳大任繼成遼史

王庭筠 [illegible]

趙秉文 [illegible]

馬廷鸞 [illegible]

[illegible]

五月 [illegible]

1201

番禺李昴英生。《文溪存稿》理宗理李
宝庆三年进对第三。《文溪词》有水调歌头癸丑自
寿云「鹤来五十三年矣」，贺新郎丙辰自寿「学易
以来然又六」，得五十六岁。癸丑为宝祐元年，丙辰宝
祐四年，知生此年

嘉泰元年

辛酉

有关花诗
张平甫约卒於此年。夔於一二○三，至此十八年
姜夔上巳同朴翁过净林。有诗。见咸 咸淳临安志。
又有访全老及观沈碑隆书二诗。
刘镇见咸淳志 李良谟亭中居舍人 秋容云
赵崇嶓间 有华亭钱参 政园他诗。
至日编歌曲六卷
与岩瞻作嘉泰壬戌刻於东岩之祠堂。成，云间钱希武刻诸东岩之读书
钱希武跋作嘉泰壬辰
约のナ八岁
史达祖作东风第一枝「壬戌闰腊望雨中立癸
曹豳进士，与高宾王交赋」の千一岁の
陆游被诏起同修国史实录院同修
撰，免奉朝请，入都，间局皆有诗
（赵谱）七十八岁
卢祖皋有贺新郎 刘郎 陪 吴江三高堂
之家作鸽雪亭……赵子野约予赋之」一首
按嘉靖吴江物志，彭法传师 吴建钓雪亭
在此年（见绝妙好词笺引） 即作於此年
刘克庄有贺近一壬戌生日和居厚弟
1202 张镃作约斋桂隐百课「……或问余曰，……
名室之协……
时今子三仕中外，疑是一年 壬戌

山阴
高观国 宾王 有东风第一枝「壬戌立春日访梅溪雨中同赋」（竹屋痴语 有时代可考）
高氏纪年别无可考？
山阴陆……九之传则可……壬戌正月中方定……
史达祖 东风第一枝「壬戌闰腊望雨中立癸亥春与高宾王各赋」
周必大 少傅 卒 东传 七十七
洪迈 卒 年八十 钱大昕 李传作「淳熙改元进焕章阁学士知绍兴府……提举玉隆万寿宫，明年再上章告老，进龙图阁学士，寻以端明殿学士致仕，是岁卒，年八十」
郑侨 卒 年七十二 朝散郎
会稽续志……有宋丞相郑侨墓志行状
「一二八六年以下年月须再查」
陆游 本传云「晚年再出，为韩侂胄撰南园阅古泉记，见讥清议」当在是年
刘 林至 露「陆务观……晚年为韩平原作南园记，除从官。杨诚斋寄诗云君居东浙我江西……」
抄绝妙好词一卷五页
抄莲子居一卷 十九页
杨炎正 济翁 江西宗诗派陆游（见陆条）
王庭珪 卒 年の十七 本传又云「上素知其人，令给有司续钱八十万，给表面求平生诗文藏之秘阁，又以御制诗赐其家……」陆游书……以赵秉文冯璧 子 纯甫皆一时名士……有蒙
辨中卷 文集の十卷
中州乐府存滏水词十二首
赵秉文 为户部主事，迁翰林修撰，十月出为宁边刺史
本传「承安五年冬十月阴晦连日，宰相张万公入对，上顾谓万公曰卿言天日晦冥，亦犹人君用人」
王庭筠 卒 五十二 见一一.五一

1202 二年 壬戌
斥之不用，今始有理，若赵秉文曩以言事降授，其人有才藻，工书翰，又且敢言，朕非弃不用，此造罪而归兴，姑试之耳。泰和二年召为户部主事……」
南唐 刘镇 随如 宗诗派 进士 宋诗纪事 晚年
姜特立 梅山词五页有谢皇恩「壬午生朝」云「京祠新任，好多日边恩又，清闲半个了，君恩厚」时之戊午以后年方有生朝词，此壬午当是壬戌之误，若为嘉定十五年，则特立已百余岁，当非。
姜词甲子此最后 约卒於此後数年
林正大 敬之 随庵 作风雅遗音成 序作於此年
张镃 作桂隐百课序 武林旧事
嘉泰中 明 为太守陈杞刊清真文集廿の卷 词刊八号 毛晋跋 词

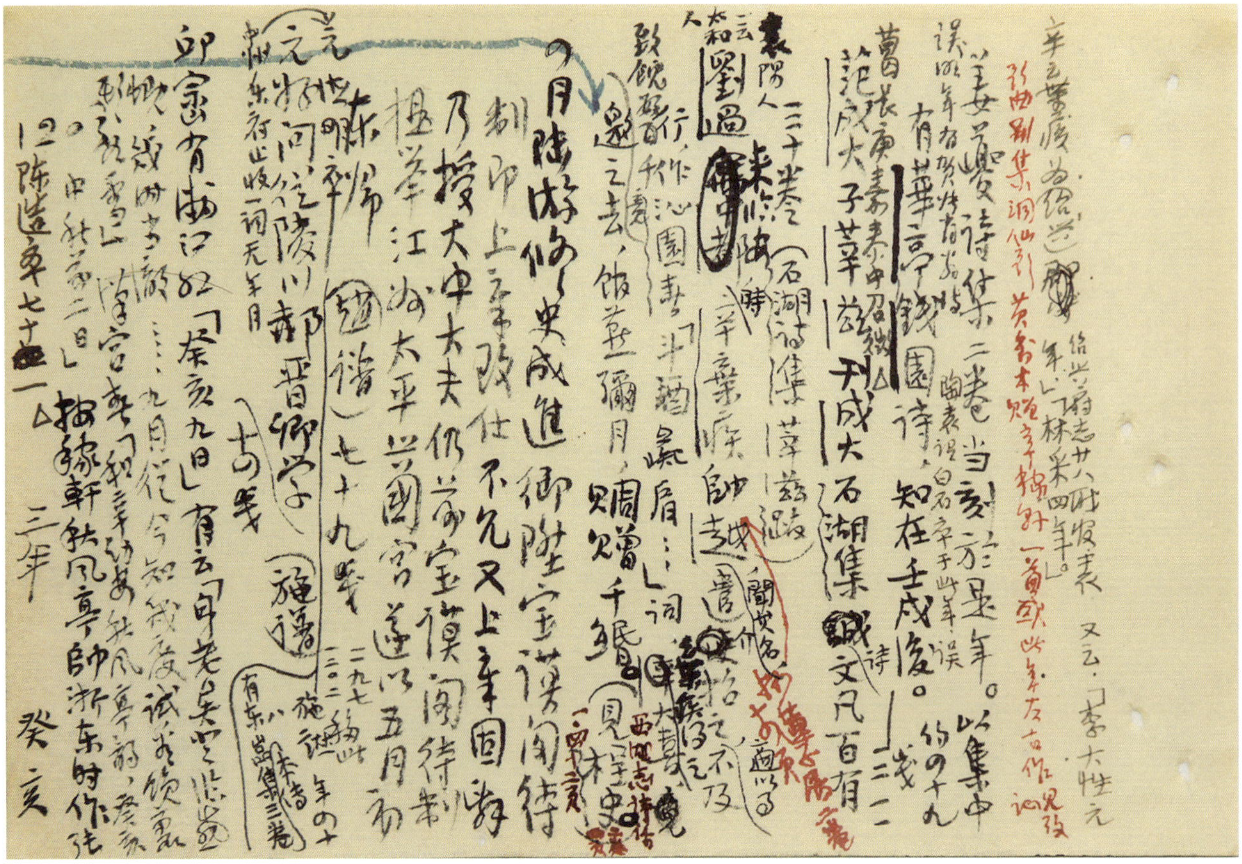

辛丑葉廣爲紹興[illegible]年」（紹興府志卅八職官表）　又云：「李大性元……

引兩別集洞仙引　黃氏本贈辛稼軒一首，或此年左右作　詞見後

姜夔送曾詩集二卷當刻於是年。以集中

誤此年爲徐似道

有華亭錢園詩，知在壬戌後。（陶表誤白石辛于此年，誤）

曹長庚素來中召鐵△

范成大子莘　刊成大石湖集。（詩文凡百有二二）

襄陽人劉過　三十卷（石湖詩集，莘跋）

云太和人　（辛棄疾帥越，聞其名，招之不及）

致餞行，作沁園春「斗酒彘肩……」詞

遂之去，餽薺斷月，賙贈千緡（見程史）

の月　陸游修史成，進御陛寶謨閣待

制，即上章致仕，不允，又上章固請，

乃授大中大夫，依前寶謨閣待制，

提舉江州太平興國宮，遂以五月初

歸（遺譜）　七十九歲

赤[illegible]　郭晉卿學

元[illegible]問從陵川　七十九歲（施譜）

卯　家有曲江紅「癸亥九日」有云「白髮[illegible]……九月從今知故度」

[illegible]錢時事……

12　陳造　年七十一△　撫綠軒秋風亭帥浙東時作

三年

癸亥

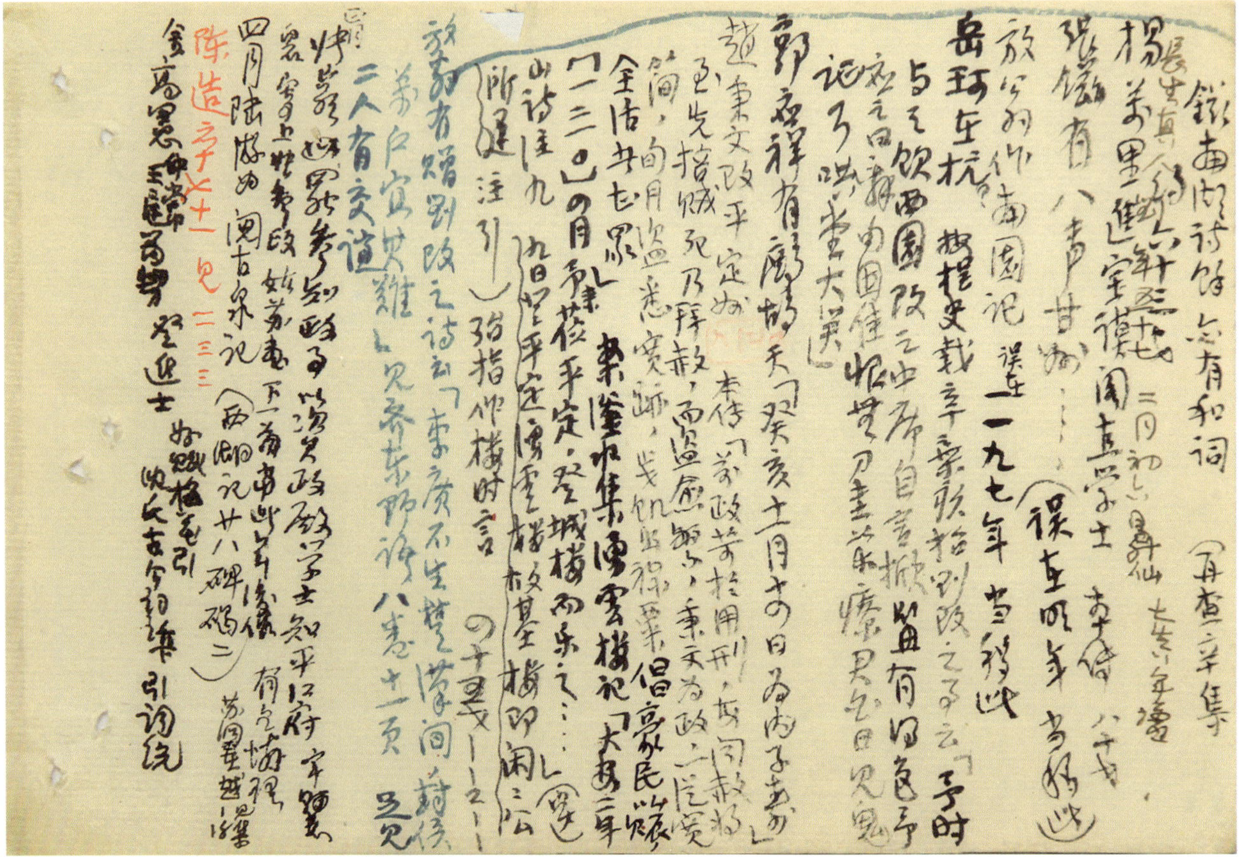

錢南湖詩餘亦有和詞（再查辛集）

楊萬里進寶謨閣直學士　二月初[illegible]

張鎡有八聲甘州……（張有一九七年）

放翁作南園記　誤在一九七年

岳珂在杭　[illegible]史載辛棄疾招劉改之事，云「予時與之飲西園，改之中席自言[illegible]，幾有[illegible]記」

郭應祥有[illegible]　癸亥十月十の日爲[illegible]

趙秉文改平定州　[illegible]

[illegible]

全詩[illegible]

「一二三」の月　秦檜平定，登城樓而樂之……

山詩注九　所建注引

登聞有贈劉改之詩云

二人有交誼

陳造　六十一　見二三三

四月陸游爲閱古泉記

金　高憲　登進士　[illegible]引詞說

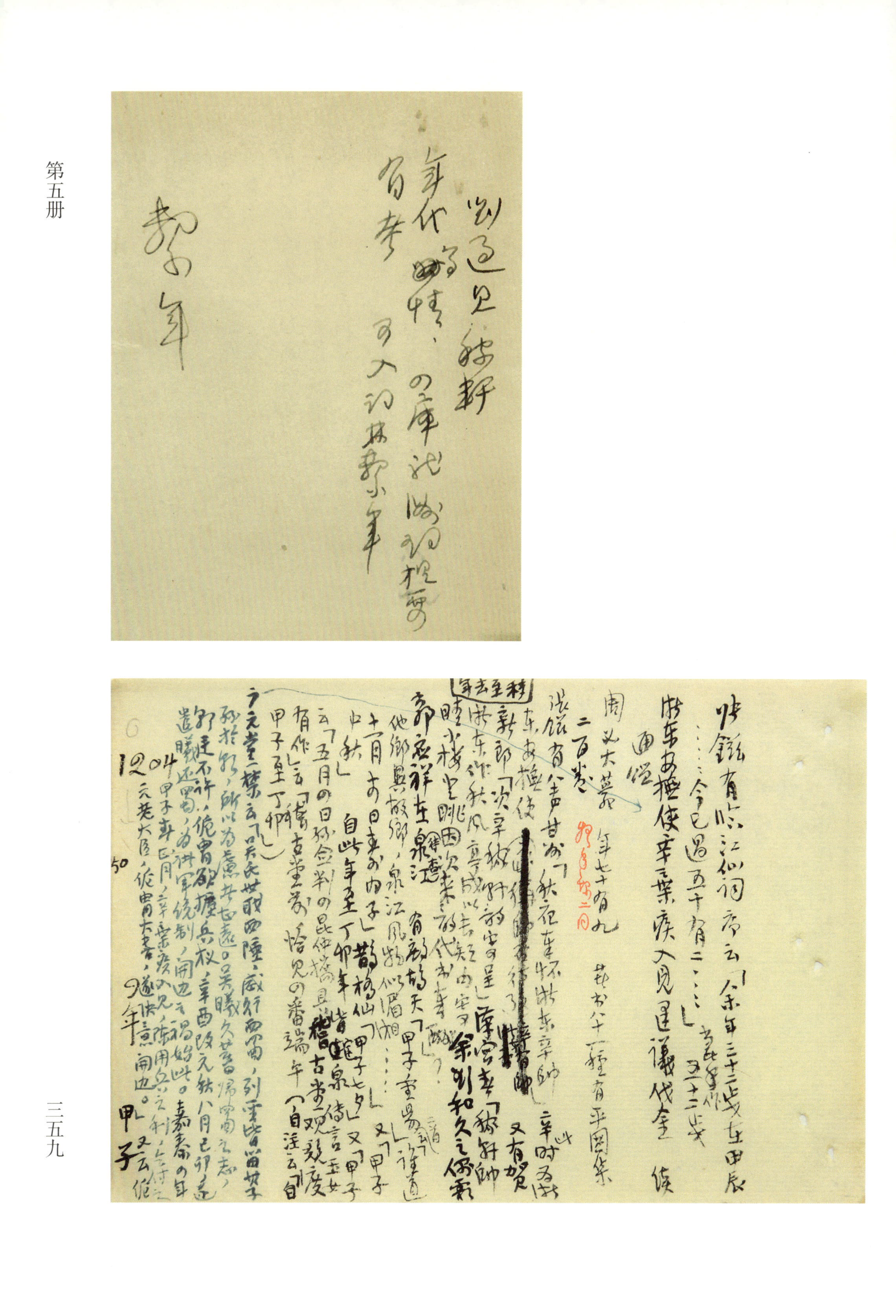

建陽縣志九（宋史翼廿五引閩書及後村集）言「開禧初為淮西安撫機宜，召知光化軍」

元好問摸魚兒詞題序云「乙丑赴試并州

十六歲（旋讀）有雁邱詞

詩錄有孔氏序云「夜夢行修竹林中，有道士頎然而

去，風神秀異，自稱兒獨居士……（一首）

……因賦此詞，乙丑冬十二月也」詞一首　五十歲

按元好問摸魚兒「乙丑赴試并州道逢捕雁者云

……」亦有雁丘辭，舊所作無宮商，今改定

之」改定不知何年

崔與之 崇[illegible]江淮宣撫使 廿佐曾代（見[illegible]）本傳 卒年[illegible]

通[illegible] 紹六十五

楊炎正 召復[illegible]　本傳 八十二歲

郭應祥有鷓鴣天「乙丑八月十八日東[illegible]太孺人」又「乙丑

東[illegible]內子」西江月「乙丑中秋前二日[illegible]李季功[illegible]

逵李敬叔郭元擇預賞中秋……」（是歲閏中秋）（自注）

昭君怨「乙丑九日前二日偕元擇、敬叔、季功登高

作云「青[illegible]銀山堆上，今歲金山塔上，屈指[illegible]

」……泉江，再重陽……」 鵲橋仙「乙丑七夕」柳梢青

「乙丑自[illegible]」

吳文英生

1205 蔡戡「開禧初帥佐曾宏父國姑蘇老，以寶謨閣

直學士致仕」宋史翼卷十五

寧宗開禧元年

乙丑

陸游有村游沈氏園兩絕　楊森東路記

一九七六（?）一頁

參1199

敖陶孫 第進士 宋人軼事 897 見四朝聞見錄

出於作金放翁宋改贈[illegible]某子孫，[illegible]不足信，

所錄[illegible]月光[illegible]序[illegible]

詩[illegible]楊[illegible]子居（卷九頁）并[illegible]

[illegible]諸校勘數條，[illegible]詩論。

劉改之遇宋口（劉程史二卷四頁）

作[illegible]樓[illegible]

改之卒猶[illegible]

此後即婚於崑山某大姓　墓在崑山 見陸村

[illegible]見程史同節　程史云「

余未及與面[illegible]」劉

卒於此年。

陳韡進士△

留元剛舉博學宏詞△

卓田進士△

王武子進士△　一二〇七

項安世 知鄂州　紹興[illegible] 宋史三九[illegible]七傳

嘗為詞 附錄 佐曲同，卒歸然後

張[illegible]送[illegible]此時作

李孝[illegible] 開禧初為吾州[illegible]

劉過婚於崑山董氏，程史記在開禧乙丑（此年）之後。

羅本劉詞附[illegible]錄十一頁元[illegible]後[illegible]狀，記「婦放

人潘友文，尹崑山，先生來客其所，為[illegible]娶婦而家焉」

查潘為崑山尹（據崑山志）　若此年婚，則年五十二矣

程史不可信　楊[illegible]墓表亦記「客相周必大門，其人

影[illegible]門下，不就，故人潘友文宰崑山，為延致先生，兒

[illegible]志影航海，因[illegible]留寓焉」不言婚　宋史翼29

引吉州人文紀略「晚年欲航海，[illegible]崑山，友人潘文留之，娶

卒」又按云「白志舊案劉過字改之，江西詞家中「人也，其詞名龍

洲集」近有[illegible]作芬[illegible]安志改列[illegible]，不[illegible]崑山城中

祠墓今尚在[illegible]改列劉過，後列劉改之，分名字作兩人，

誤矣 江西通志」

1205

梅溪詞夜行船曲「陪節欲行，留別社友」上結云「楚江南每為，神州未復，闌干靜，慵登眺」下片有「斷腸秋早」句。33 齊天樂「中秋宿真定驛」 34 滿江紅「九月二十一日出京懷古」下片「天相漢，民懷國，天厭虜，臣離德，趁建瓴一舉，并收鰲極，老子豈無經世略，詩人不與平戎策」 39 鷓鴣天「衛縣道中有懷其人」結云「從今倚闌干怨曉秋」 39 惜黃花「九月七日定興道中」

四庫提要說「核其詞意，是奉使金之時，佗胄遣之隨行覘國，故有此詞」今案宋史本紀奉使金，寧宗本紀及佗胄傳皆不載。（選三九八業）李璧傳赫然在「開禧以前……」佗胄三日一朝，「滿江紅」及「陳景俊使北還」之間，考本紀，佗胄平章軍國事三日一朝在開禧元年七月庚申，遣陳景俊使金賀正旦在九月丁未，則璧使金在七八月間。水龍吟有「斷腸秋早」句，齊天樂「中秋宿真定驛」，殆即其時，若滿江紅「九月二十一日出京懷古」，鷓鴣天「衛縣道中」結云「從倚闌干怨曉秋」二首，則乃隨陳景俊使金時作，殆一年之間兩隨使節也。佗胄用師意方銳……（矣璧傳在九月之說）據璧傳明云「璧使金還，黃華岳中力……云云」若依提要以為皆隨璧行時作，則九月所詞，時日不合矣。

此可入提要校議

「秋，梅溪兩隨使節赴金」

此說見、惜黃花東提要已有考

1206

李曾伯可齋新稿卅二沁園春「丙午和昌安朱黃詩，以同在安陸圍中，朱年八十餘矣」詞云「嵩山翁，鐵騎圍中，惟公尚知，悵當時北角魚雅同隊，為今鐺翳，盟忘機」 九歲

曾伯父在安陸，黃守將捍金人見

1224年

刘克庄（孙名时序，五十三）悼云之、 椒本集有〈风入松·福（绍兴廿七年生 刘过友）
清道中作〉悼云之词，改定作于一二二七年（见
一二二七年〉有云「细思二十年前事，了」句 克庄
悼云之当在是年？

辛稼轩陪……（王悼五邀……政换小诗）
史嵩之为江淮宣抚使，进端明殿学士，侍读
……权密院……见江使……侍通
十月●本传 十二月遣使如金，军藏和 侯通 约六十六岁
韩元靖南来为金帝谯摆与宋请和 侯通邀

林改之为泉州学官有风雅遗言△
杨……至宝谟阁学士，六十年，八十三
杜蘅……南……〈……〉△
郭应祥有《笑笑词》「去岁奉本……开立」此年
四调「丁卯春……宗……」当作于此年 鹧鸪天「丙寅元夕」鹊桥仙「丙寅七夕」又「丙寅除夕立春……」
好事近「丙寅重阳」云「……」又向银山……
黄花一醉……
醉落魄「丙寅中秋」临江仙「丙寅生日自作」云「……」
子开年五十，……
林以大……中为……元太祖元年
学官……
易安……献序 金泰和六年
12 他姜考 52
二年 丙寅

满江红「次子云弟韵」云「五十头颅，早已觉无
……」当作于是年
候友汪丹作」云「泉江……通昌阳节」……于是 ……「同
手左右
张扩 遂知枢密院事 宋史传
王炎 以……「闲逢丙寅在大坂作」云
「白首重来谁是伴」 卷中甲子此前早
刘过辛 抄罗振常说刘过诗怀贤录八页下 振常跋
五十三岁 葬昆山马鞍山东麓之西园，陈
刘……抄 校词 此安德芗墓 见罗刻怀贤录
日记 ……六页引昆山志
苏过……作雨中花……
方回……功父……「功父……诛韩，前史已忘之，
韩侂胄诛，即有桐川之窜谪，後得归，坐前议谪死
……天下冤之。
方信孺使金 ……「莆田方信孺字孚若，拟阁
禧中使入金国，後为……」
……
の物 ……见……录两集五页……史●……
姓……於雪，後以旨放还，由史……，又别……
史，放……置泉……」
（移一二一〇條）
嘉定元年，秋 史弥远？ 窜 大理评事 胡梦昱 于
象州 戍与……有关
丘……以端明殿学士提举……洞霄宫
……集（移）六十五……
题……

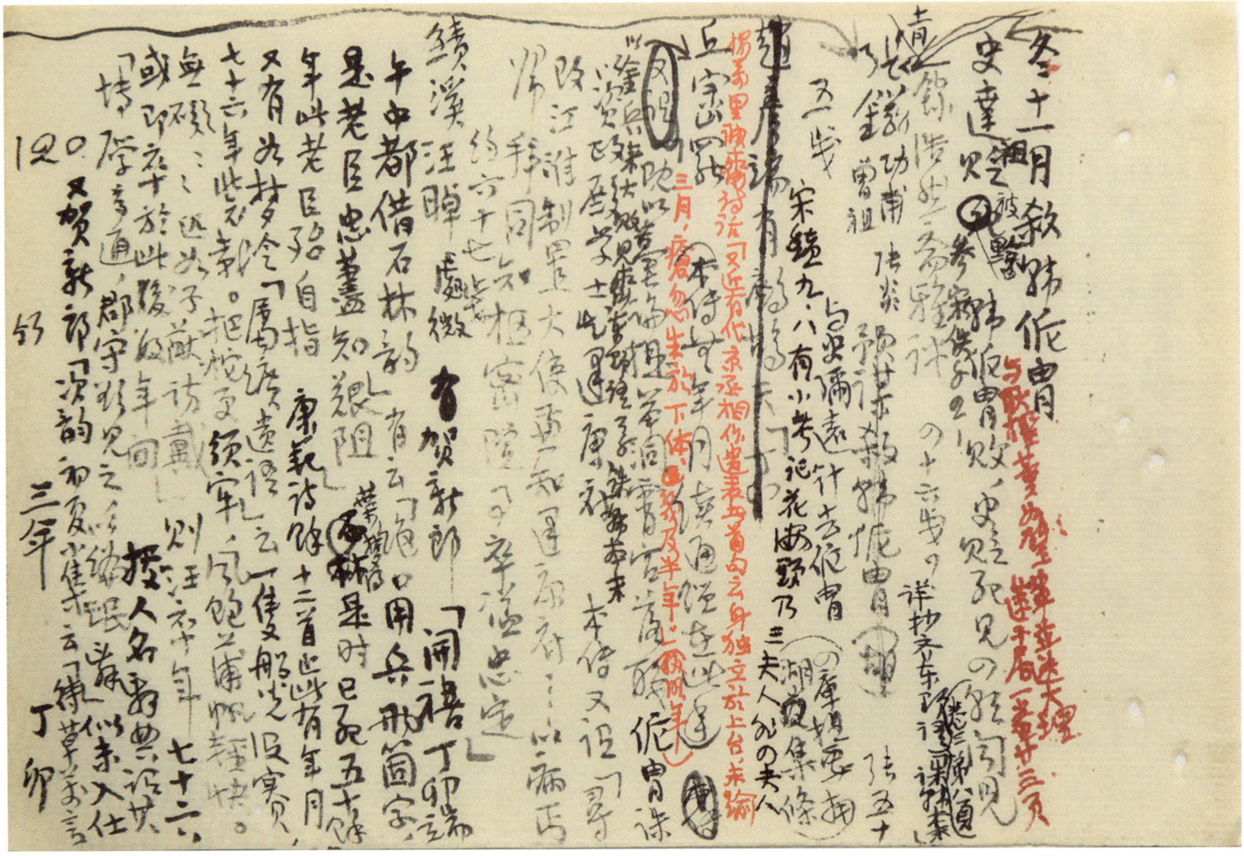

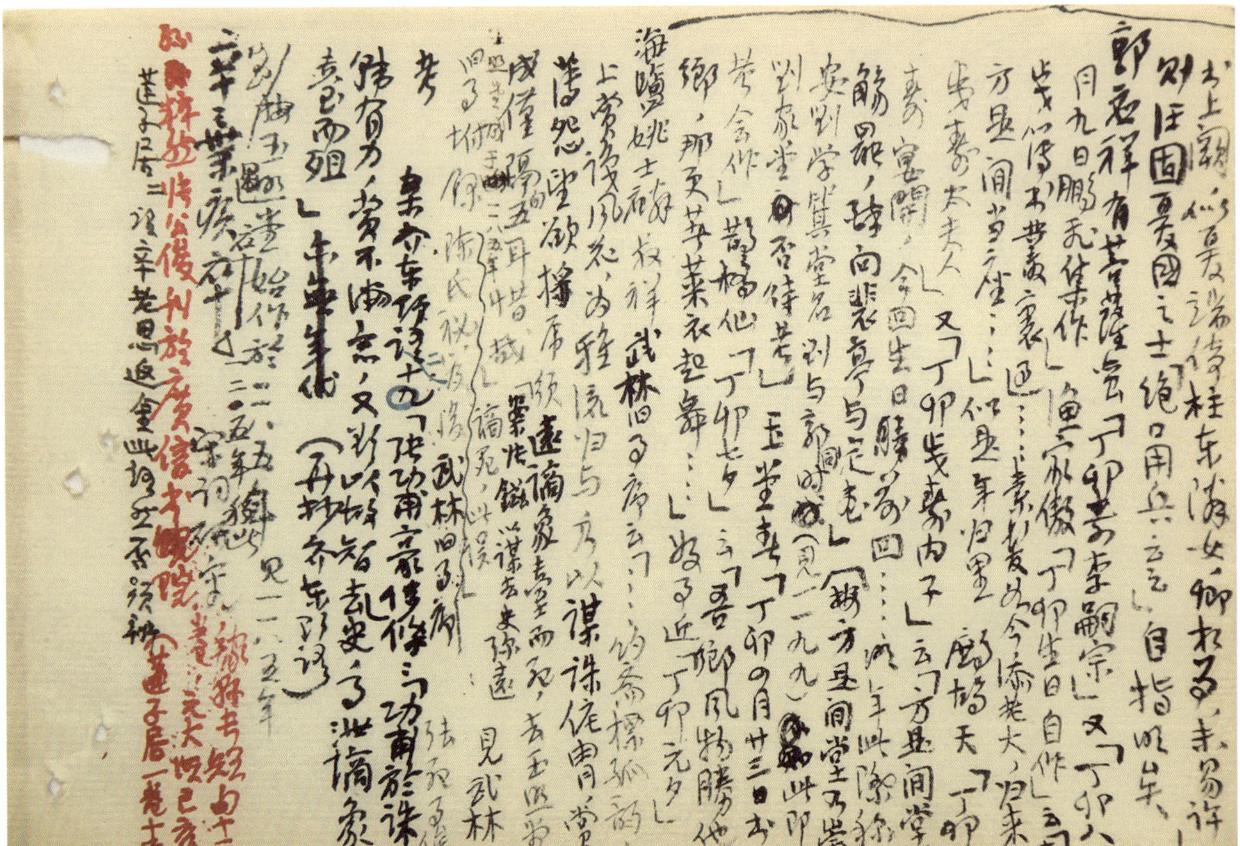

冬十一月，歙韩侂胄 与戮辛弃疾[illegible]遂于居一卷廿三页

史达祖 被黜 参韩侂胄败，史达祖贬死 见[illegible]

清[illegible]卷之十六 详抄本东[illegible]谋[illegible]

[illegible]韩侂胄[illegible]

张镃 功甫 曾祖 张俊 张 五十

又一卷 宋鑑九·八有小考 与史弥远计去侂胄[illegible]乃 三 夫人 [illegible]夫人

湖[illegible]集[illegible]条

杨万里[illegible]近有代京丞相作[illegible]云身独立于上台[illegible]

三月，瘠忽生于下体，[illegible]及半年[illegible]

本传[illegible]

侂胄诛

丘崈[illegible]

[illegible]路江淮制置大使[illegible]知[illegible]

[illegible]本传 又[illegible]

续溪 汪晫 处微 有 贺新郎「调[illegible]丁卯[illegible]」

午中都借石林韵 有云「[illegible]口用兵 形[illegible]字」

是老臣忠尽知艰阻[illegible]林是时已死五十[illegible]

年此老臣[illegible]自指 康节诗[illegible]十二首[illegible]有年月

又有[illegible]「[illegible]遗[illegible]」云「一隻船[illegible]

七十六年[illegible] 刘[illegible]七十六

鱼[illegible]

或[illegible]

「[illegible]学[illegible]」

120 又贺新郎「次韵[illegible]」 三年 丁卯

授人名[illegible]入仕

[illegible]上[illegible]柱东[illegible]女，卿[illegible]未[illegible]许」

刘仙伦[illegible]国[illegible]之士绝口用兵」云云，自指此矣。

郭应祥 有[illegible]云「丁卯[illegible]李嗣宗」又「丁卯八月九日鹏飞[illegible]作」

[illegible]「丁卯生日自作」云[illegible]

方是闲堂[illegible]……」似是年归里 鹧鸪天「丁卯[illegible]

[illegible]太夫人」又「丁卯[illegible]内子」云「方是闲堂[illegible]

[illegible]会[illegible]生日[illegible]……[illegible]

[illegible]向[illegible]与[illegible]」

安刘学[illegible]堂名 刘与郭同时（见一一九九）[illegible]此即

刘[illegible]堂[illegible]」 玉堂春「丁卯の月廿三日[illegible]

[illegible]作」[illegible]「丁卯七夕」云「吾乡风物胜他

乡，那更[illegible]莱衣起舞……」 如[illegible]近 丁卯元夕」

海陵 姚士[illegible] 武林旧事 序云「……[illegible]

上[illegible]，为[illegible]谋诛侂胄，赏

[illegible]远[illegible]史弥远

[illegible]张[illegible]见武林

[illegible]陈氏[illegible] 武林旧事[illegible]

考

[illegible]东[illegible]十九「张功甫豪侈」三 功甫於诛

[illegible]力，贵不[illegible]，又[illegible]以[illegible]乱[illegible]

[illegible]而[illegible]」 [illegible]集（再[illegible]）

刘[illegible]始作於[illegible]二二五年 见一一[illegible]五年

辛[illegible]

[illegible]刊於[illegible]已亥 [illegible]

[illegible]辛[illegible]

1207 开禧三年

黄机竹斋诗余无甲子，年代无考。集中有
「乱蓬飞下次稼轩韵寄稼轩」，又有
与岳总干以招为首の，四库提要谓岳即
岳珂，黄当与岳同时人，如
卫泾上疏谏救钱，促罢侂胄，欲黄郎见了诛韩事来
此时为绳郡当（校注参考） 嘉定为郡右司郎官 见宋史243 恭圣
仁烈杨皇后传
丘崈以端明殿学士为旧贵宫祝章 嘉泰中 65
韩元吉有水龙吟「寿辛侍郎」「南风五月江波
……」是寿稼轩（辛生五月。此即用稼轩寿韩
元吉韵） 二年为侍郎在此年 元吉生重和元年
戊戌一一一八 此时当在则九十余矣（韩卒年无考）
争韩词理相仍当居

1208 宁宗嘉定元年 54 戊辰

元好问 有蝶恋花词题序云「戊辰长安中作」 新轩乐府「长安中作」当同时作
十九岁
卢祖皋有沁园春序云 戊辰寿攻媿 客为一首
潼川吴泳 叔永 登进士（宋史四二三有传）（作嘉定二年，宋诗纪事作须再查）梦窗词笺
婺孙惟信 ○花翁 在江西 两浙名贤录「孙惟
信……嘉定初尝於大雪中至虎阜绝顶
更得其景物之详……」（见易）（见明年）
休宁汪莘 叔耕 有水调歌头「东坡云明月几时
有，把酒问青天，本於太白问月云青天有月来
几时，太白云今人不见古时月，今月本於抱朴子今月
不及古月……非诗词也，宋思而
归之诚有此，况嘉定元年中秋日因赋此
调其在当月」等廿七首
「余平昔好作诗，未尝作词，今五十四岁，自中秋之
日至孟冬之月，随所寓赋之，得三十篇」，提要
方壶诗余 世七首皆此年作 方壶词自序
宋人滕仲因为序（见原序） 笑词集（见凉序）
郭应祥

二郎神 祥有戊辰昔蔭生日「戊辰重陽」云「何處七里逢重九……明歲定王壺傳杯不放杯」」殘錄天「戊辰四月十一日壽公兄」又「戊辰七夕」又「戊辰生日自作」云「古道去少千里遙，三年多憂作生歸……安居只似孤居樣，實取寒松最後凋」

西江月「戊辰七月十日作」云「今宵過七夕，今年已陽三宵，未再盼七夕早而遙，行此誰人所料……」又「戊辰八月一日壽趙惠女日社」云「……湄湘元是小東京，英簡風流今尹……」

汪莘自刻方壺詞 見自序

吳 孫遠 [illegible]奇迎村兼樞密使兼太子少傅 宋通奉大夫

字[illegible]表

吳文英有西河「陪鶴林登袁園」云「……漫將西子比西湖，溪邊人更多麗……」不知何年作

淒涼 又云「想劉先祖號鶴林，與西名臣，先於夢窗，丁南亦號鶴林，居烏墩，見烏青文獻」

吳文英有洞仙歌「方庵主日花勝宴客，論作綠之，花前對詞，俾為韵亭」

箋云「想今中有木蘭花慢游虎丘詞題云「李方庵將滿秩，益以吳中主」 此詞或……不知何年作 朱

陳耆卿（左口吳作）諸有丑子紀，紫山寬

「國子司業陳耆卿壽老撰，水心葉適為之序」直齋書錄解題

耆卿學於水心者也，嘗主丽水縣，有篔窗集 嘉定年成書」

1208

直齋8.29 眉山紀游一卷「開封劉惟德中和之子叢撰，當大雪登山至絕頂，見洞中異物之懼

祥 壽 勝乾卿年也……」

長沙劉氏書坊

滕仲固壽之集改作先生之詞話「昔同劉氏刊于湖一傳而得以天教為再傳而得郭遜齋，去沙劉氏書坊改以二公之詞復付木，而遜齋先生之詞稍獨宋絕有一日，予叩遜齋，并顧刊之」 長沙坊刻詞話當本于

直齋書錄有于湖嘉定二家 撰及勝序知劉氏書坊所刻在此年之前也 此詞集第一名某刻

丘密山 [illegible] 名人年譜

再查通鑑宋史字補表

汪莘「不居陰之場蓬之文屏居黃山後另自號凡翁，壽論釋老諸書，辭不究九霄，嘉定間下詔求直言，遂三叩閽論天災人事民窮吏汙之弊，楊慈湖真西山見其書，民墓園之言也，不報，以朱子召赴行在，宋亡，莘遂通書言財不待先生而富，兵不待先生而強，惟主上父子之間而不能濟者，待先生而濟……朱子深善其言，徐誼帥江東日……欲以遺供芸閣推薦，不果……」 宋史翼卷36引新安文獻八十七汪居士傳

魏了翁登第年三十 見慶元戊午

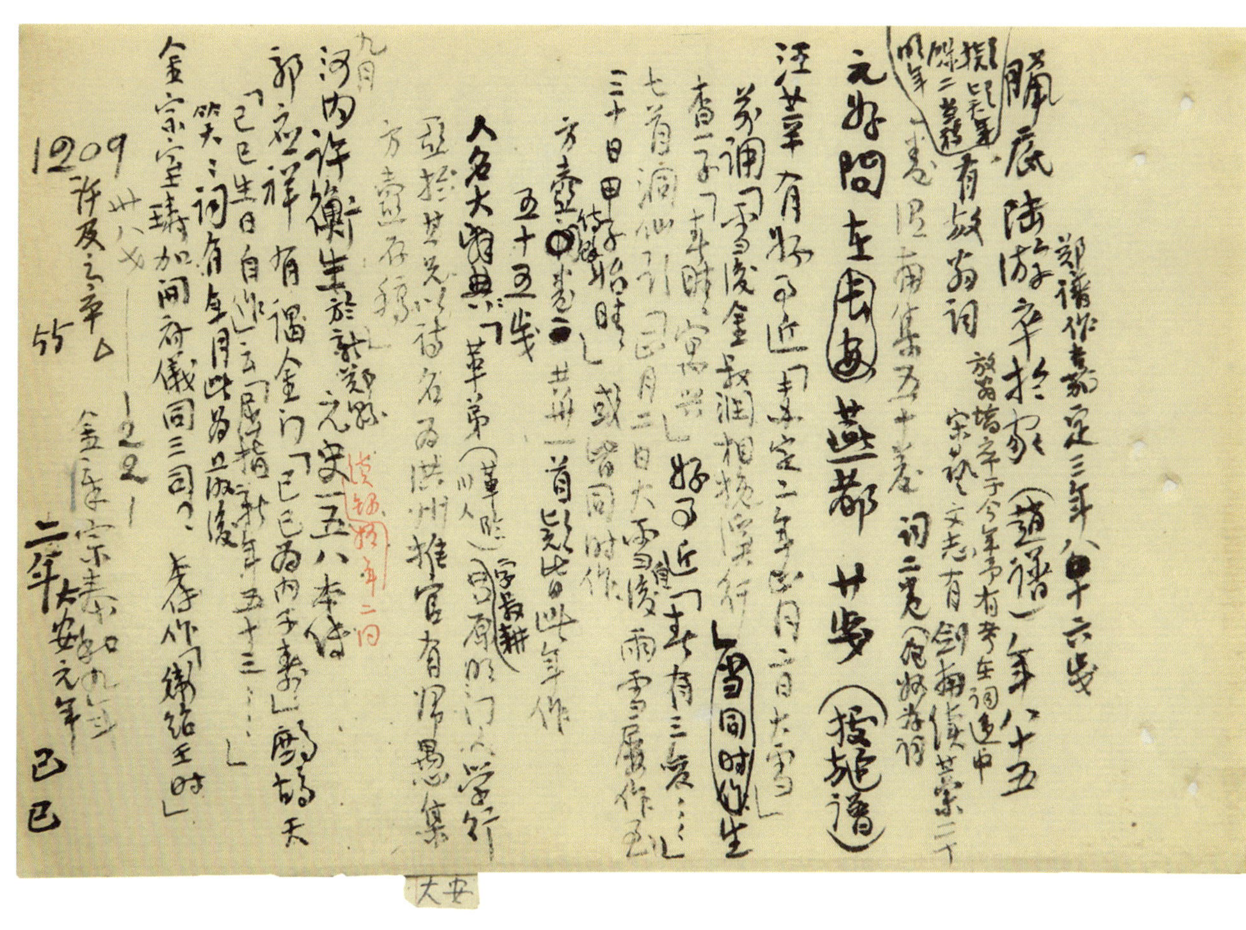

郑谱作嘉定三年八十六岁

陆游卒于家（赵谱）年八十五

有放翁词

宋艺文志有剑南集[illegible]

元好问在长安、燕都 廿岁（按施谱）

汪莘有好事近「嘉定二年[illegible]月一日大雪」

前调「雪后金[illegible]相将[illegible]」好事近「[illegible]」

[illegible]日甲子[illegible]

方壶[illegible] 五十五岁

人名大辞典「革弟（[illegible]）[illegible]」

河内许衡生于新郑[illegible]

郑[illegible]祥有[illegible]

金宗室璹加[illegible]

1209 己巳 二年 大安元年

大安

顺延登在宣也 本传「大安元年秋七月，[illegible]」

民艰于食，延以之发粟赈贷，全活甚众

廿四岁 ——[illegible]

吴泳 戴栩 文子 浣川集三卷 二月有[illegible]

[illegible]

洪咨夔登进士 [illegible] （平斋词 [illegible]甲子）

史浩[illegible]词[illegible]

据续通鉴

五月丁巳，御史[illegible]同知枢密院[illegible]

钱长编

[illegible]入长安

元好問護父喪歸鄉 二十一歲（施譜） 律……堅志

會稽參傳為郭應祥笑笑詞序，原序見滕仲因

笑笑詞當刻於是年，滕刻於長沙。 人名無典，「……嘉定

郭今年五十四歲

跋

進士，嘗官楚越間。」郭自作笑笑先生傳贊

云：「……既冠貢試有司，得與中第，從宦踰一紀。未能

乎歸歟間……」

眉山家鉉翁則尚生○、 神宗通鑑一百九十卷

至元卅一年鉉翁放還，題「至是年踰八十」，不云

卅一年（一二九四）以八十五歲計，當生於是年

果家鉉翁生於此年，此年當……卅五歲

比……少卅九歲

陸游八十六歲 錢譜 八十二歲 直齋書錄 渭南詞

元統甲戌章祖程注林景熙白石樵唱，詞家

則嘗大參，風自北宮呈云：「雨子喜伯顏兵

至杭州，則嘗疑鉉翁以參知政事與丞相

吳堅等充祈請使，皆籍中詐，祈請

之役，國亡守志不仕，然河間留十九載，

至元三十一年甲午，命還放自便，得歸江

南，時年八十二矣。」

1210 三年 庚午

陸游自定渭南集 方回讀陸放翁渭南集并序

「……渭南集者，猶惠烈王之嘗然，近

得其前集二十五卷，三千餘首，嘉定庚午自

序，蓋所謂以活法授識齋者……」 渭南集題詞

渭南集今止十卷，詞在內

渭南詞自跋 （一二〇七 錢譜） 卷首「庚午三月望日煙艇老翁跋」

陸游卒八十六 錢譜卷二「宋史本傳云嘉定二年卒，八十

五，今按集中臨終詩云嘉定三年正月後不見題字，錢大

昕則庚午嘗正月，放翁當有意陸氏未錄，朔望日，跋

嘉定庚午年八十六，而得年八十六矣」 此錢說

梁溪學宮刻陸游渭南文集，子遹跋見黃顯佳 三 詞林紀話

第五册

（壬申）佚鑑[illegible]堂卒　陈思白石年谱误据宋史，查宋史[illegible]纪

姜夔作春诗二首（程公许进士△）　约五十七岁　一二一九

史達祖卒?、　约五十岁　史有「白发」词　当卒六十以外

二月元太祖伐金　约一二二一

元好问

[illegible]祖[illegible]年有洞仙引序云「辛未岁，[illegible]氏

[illegible]石[illegible]山于东楼之下……以乱此词之」一首[illegible]

[illegible]方序云「辛未岁，[illegible]王和长秘监

林屋晚成……因赋此以寿之，俾舟人引以和渔唱」

一首

庐陵刘必钦序作于汴陈元龙少章片玉集

注序作于此年　见片玉集

庐陵陈元龙少章作片玉集集注成

[illegible]陈元龙之为曹杓曾注清真词，亦见书录解

题，又书久佚。刘必钦序陈注，谓病旧注之简略，详而

疏之。所言旧注题即曹注，见宋孝藏片玉词注跋

美成词刻于宋世者有三：（一）严州本名清真诗馀（二）溧

水本名清真词（三）[illegible]注美成词（四）[illegible]美成长短句

（五）三英集，则与方千里、杨泽民同刻。见宋孝臧片玉

词跋

1211

党怀英卒七十八　见一二一三の「[illegible]」

金大安三年

9年

辛未

九月党怀英卒于家（年七十八）（[illegible]文献）赵秉文[illegible]叙作「九月」又本传

[illegible]云「是夕有大星陨于所居之室，里众骇视之，而公

已逝矣」

赵秉文被召论备边策　中州[illegible]选词五首　元年[illegible]月

本传「大安初，北兵[illegible]

召秉文与待制赵资道论备边策，秉文言今我军

聚于宣德，城小，列营其外，涉暑雨，器械弛败，人且

病，俟秋敌至，将不利矣。可遣临潢一军捣其虚，

则山西之围可解，兵法所谓出其不意，攻其必救也。

卫王不能用，其秋宣德果以败闻。寻为兵部郎

中兼翰林修撰，俄翰林直学士」

王纪　元太祖南征在此年四月遣西北路招讨使粘合

打乞和，平章政事独吉千家奴参知政事胡沙行省事

备边，八月千家奴胡沙自抚州退驻宣平，河南大

名路军逃归，九月千家奴胡沙败绩于会河堡，居庸

关失守，元兵至中都，十月罢宣德行省　秉

文论备边当在四月　[illegible]

王若虚　双[illegible]诗话　[illegible]「辛丑中秋与文尉连日饮」

黄[illegible]卒年六十有一……杂著二十卷　[illegible]诗词三十

卷」宋[illegible]引[illegible]集黄公行状

[illegible]洞[illegible]建康，[illegible]为[illegible]，[illegible]二百首，约在此年（见

[illegible]行实考」（[illegible]年[illegible]）

1212

卢祖皋有洞仙引序云「辛未岁，攻媿家氏斋名紫山，于东楼之下……赋此寿之」一首

李俊民有清平乐「壬申岁六月十四日」云「尚母殊科目，劝我千金寿，不住光阴催老丑，三十七年回首……」　当三十七岁　庄靖词先生乐府有年代排此尚最早

王从双溪诗余清平乐「嘉定壬申除夜」　中秋时

赵师岩乃序君誉光雪书词　吕己卯卒　词刻于此

柴望生　见本年1280　陶表曰

程泌知富阳　光绪富阳志十七

苏泂（去年移此）　年の十一

宁宗庆元年　五年　壬申

宗庆

1213

王楙卒　六十三

赵东文建言时「寸行共三，一迁都，二导汉，三封建，朝廷罢施行之？　李俊作贞祐初

又云「向言上未行为国家守残破一州以当一方，朝廷恒民之言，且曰陛下勿谓书生不知兵，新进御快此许萧业以许用为书生也。又曰使臣死而有益于国犹胜生，……为世用之人上书东文志固可尚，然今翰苑大……仰宿倘……左右，不许」左贞祐の年卒　五十五岁　1216

河南福昌　辛愿敬之　游长葛　归潜志「……贞祐初，先子主长葛……，敬之来不设，问其名……行得甚惬，及别厚赠之，归而买牛使其子躬耕以自给，居女几山下，往来于永宁间……」

1222

吴文英有贺新郎「为沧浪全赵君赋小垂虹」云　恐

……「重来趁得花时候，记留连……山夜雨，短亭……」

李……桃李新栽成蹊处，……逢行人……

朱彊村「据沧浪……宋史……赵伯……嘉定六年任，越……嘉定十七年任，今未知孰是……」　……此待考　又有瑞龙吟「沧浪看……」　祝英台近「春日宴……沧浪园」云「……自……」……一年……文身……深……」念奴娇「赋沧浪……看亭」

当嘉定十七年

仲……作

金至宁元年　贞祐元年　六年　癸酉

宁祐　至贞

珍珠簾「春日客龜溪，過貴人家，隔牆聞
簫鼓聲，疑是按歌，佇立久之」云「……素蛾揚
彩，紈人去久，漫凝佇，莫蘭為笑。……」凡入松
「禁苑公羽園第宴客」云「……燕池雨閒下來
紅，舞風小垂紅……」或在此後作 毛本[illegible]
公羽作雲樓，因是史宅之（字子仁）史衛王在此燈下
無芳 燭影搖紅「賦德清縣圖古紅梅」云
「……花滿河陽，為君羞褪晨妝倩。雲根
直下是銀河，客老秋槎變……」似醉麻舒令
作 夢補 青玉案「重遊鷗芟園」云「……梅花
似惜行人去，不忍輕飛送殘照……」
「兩犄祝英台近，題四明春日客龜溪遊廢園」王校云
「鷗鷺上脫龜字，葵為廢誤」

家鉉翁公羽生 一二一〇 館此 壽縣年錄
樓鑰序 年七十七 宋史三九五傳
王象祖跋詩餘上孫子「秦史賓客兩到雙峰」 江城子
「賓王春社」
公羽 采良樂參知政事 見一二〇九
趙與峕生 蕭松雪燕集 八宗傳即阡表
陳耆卿自序賈窗集 奉史山宋定府記 參
1243

吳潛舉進士調建德縣主簿 宋史四一六
本傳 又云「改差淮東制置使司幹辦公事。丁父
憂，詔以舊職起復，力辭者許……服除，差淮東
提舉常平鹽司幹辦公事，丁母憂，改鎮江府節制司
沿江制置使司幹辦公事，皆不就。知武陵縣，改
揚子縣，兼淮東總管司幹辦公事，添差通判
為入為將作監丞，遷樞密院編修官，兼
刑部郎官，再遷秘書丞，仍兼刑部郎官，以直煥
章閣知平江府兼節制許浦水軍，提點浙西刑
獄，會衢嚴盜起……以功為樞密院檢詳諸房
文字，兼國史院編修官、實錄院檢討官，兼左司
進右文殿修撰，樞密副都承旨，兼右司兼檢正
」左 年第 讀平之 紹 十二年

李獻能破家 中州集及本傳云「家故饒財
及於貞祐之亂，京師洊食，為大口家，世以自給，太
夫人素不家傳，而奉養自若，少不為意，附有金魚袋之
地之，識人視之，始不能安，且處而欽歎，愛之自若也」
本傳引此 據金史宣宗紀是年以元兵來過
五月壬午從都汴京 五月「河東州縣多殘毀」
廿三弋——187年
14 王象祖詩餘 宋美人「甲戌正月望後題」
來人南鄉子「甲戌正月」，怪春賦「甲戌爽」
12 本 60 七年 甲戌

（四月辦）

晉鼎以知大興府召爲尚書右丞　金史宣宗紀

馮延登補尚書省令史　本傳又云「尋授開封府判官

英一行尚書省左右司郎外郎」卅七——三七

傅增湘藏園羣書題跋　跋明鈔宋五家詞跋其所藏

明鈔石屏詞末有真德秀跋，足補汲古之缺：

「戴復古詩詞，高處不減孟浩然，手叩金臺

夜值顏不從，遂入廣中，復一見天子，平之愧

多矣。嘉定甲戌四月哉生魄，延安真德秀

書」　是真叩金臺夜值時，石屏猶在也

石屏詞無甲子，其全集待查

二月辛．良純卒　見一二〇九

陸　王義山生　[illegible]　年五　「稼村類稿附錄」

陳耆卿第進士　「官至國子司業」　宋史翼六29引臨

李劉　[illegible]志　進士

吳陽雪峯摩崖詞　念奴嬌題「嘉定甲戌九月」

鶴山大全集卷什上　益甲戌進士協自都城　水調歌頭

（此甲戌是1214否　待查　鶴山本年）　見此科

——周必大玉堂雜記卷上第七十九：「北門掌內制，西掖

掌外制，遂謂兩制……」

1215　乙亥　年

61

盧祖皋　以軍器少監　[illegible]　直

北門？　嘉靖溫州府志作「軍器少監中」　直北門直學士院（一二一四）

「嘉定中，直言汪革三上書不報，爲楊益

湖朱騏塘先生西山所歎服，以疏宋室柳塘自

號方壺」　古今詞話引詞綜

有「汲居」一集，方壺存稿　見（人名大辭典）

有方壺詞三卷

許衡入學士　本傳　本傳又說「遊成峨嵋山……

居三年，開戲且定，乃還，懷往來洛間……」在

理宗寶祐二年（一二五四）前

吳潛舉進士　「累官直舍人院……累遷吏部侍郎兼直學士院」　作「嘉定進士」　人名大辭典

李欽特賜詞賦進士第一人（廷試）　「宋詞傳箋」　本傳　宋詞傳

以寺授丞兼翰林文字　兼翰苑凡十年　一二十一以省元賜第　嘉熙中

「宋詞傳箋」　中興樂府作年　授丞兼翰林文字

[illegible]

堅志云　開中李欽叔初生，其父之才作湯餅

局，有杯共爲宴，史學陳言，君俊當擢宋魁

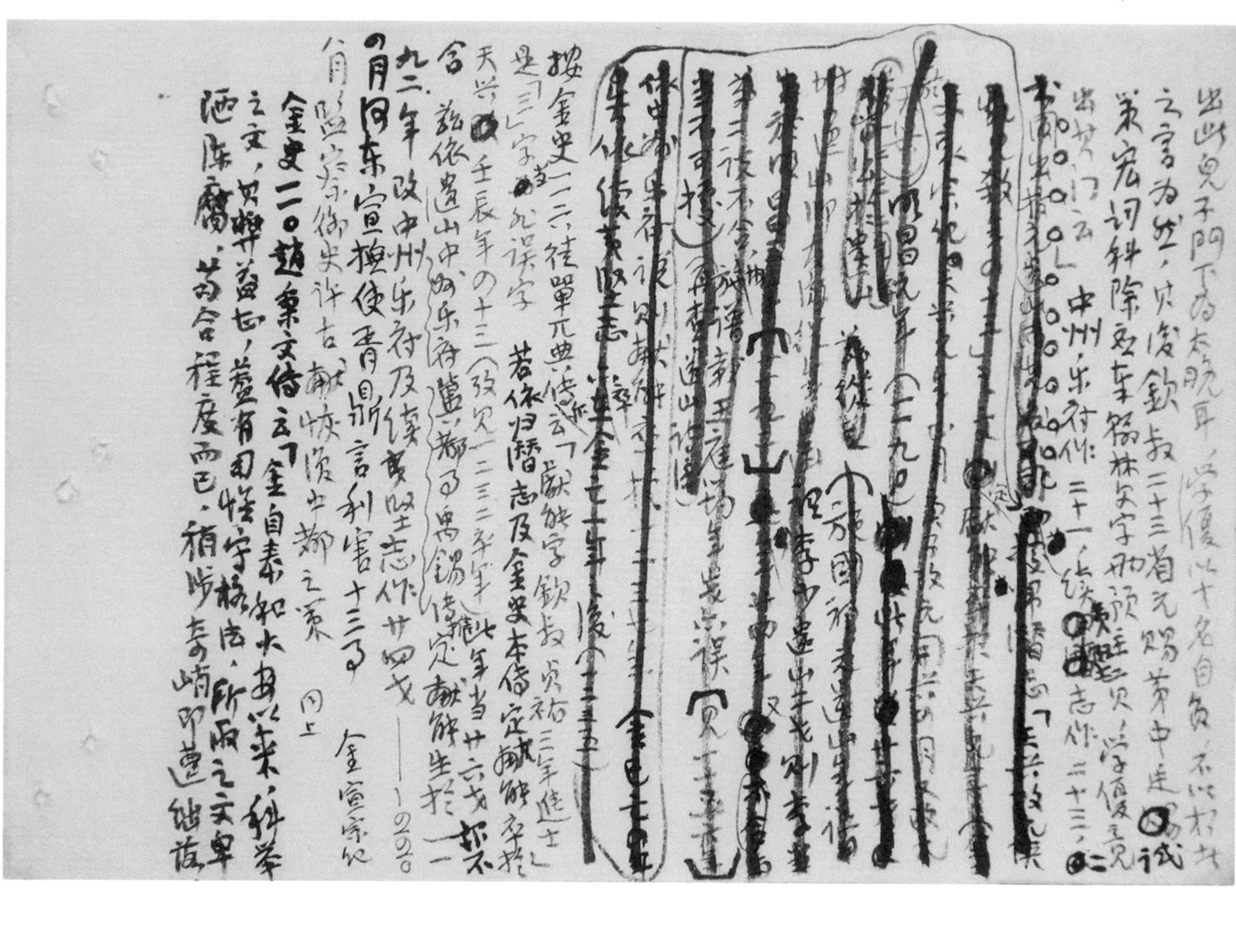

出此兒子門下為太晚耳，以得優以才名自負，不以於
之言為然，貞祐欽叔二十三省元，賜第中進士，試
宏詞科，除應奉翰林文字，初…貞…以得優…
出…門云　中州樂府作二十一…志作二十三

按金史一二六，徒單元典傳云「獻能字欽叔，貞祐三年進士」
是「三」字亦誤字　若依歸潛志及金史本傳定獻能卒於
天興元壬辰年の十三（改貞一二三二卒）年七年當廿六歲，卒不
合。茲依遺山中州樂府遺鄭禹錫傳定獻能生於一
九二年，改中州樂府及陳賡歸潛志作廿四歲 ——一〇〇〇
の月同東宣撫使胥鼎所言利害十三事　　金宣宗紀
八月監察御史許古、獻能、陳規、蒲察思忠之彙　同上
金史一一〇趙秉文傳云「金自泰和大安以來，科舉
之文，其弊益甚，蓋有司惟守格法，所取之文卑
陋陳腐，苟合程度而已，稍涉奇峭即遭黜落

1215

於是文風大衰，貞祐初，秉文為省試，得〔李〕獻能賦，
雖格律稍疏，而詞藻頗麗，擢為第一，舉人遂大
喧譟，訴於臺省，以為趙公壞文格，且作詩謗
之，久之方息，俄而獻能以中宏詞，入翰林，而
秉文竟以是得罪　是次省試是趙秉文

趙秉文為試擢李獻能第一　貝苦

金貞祐中太原已受兵，人情洶洶，思大作以出一詞于古
宣治寧靈間云　浩然之力新神下，〇　李…

金貞祐三年
八年

乙亥

劉克莊知建陽縣時有真德秀 [illegible] 當

[illegible] 孝宗淳熙以前 [illegible] 廿歲

當作於是年 [illegible] 詩集 [illegible] 作於是年 [illegible] 見

汪莘 [illegible] 嘉定時上書闕下 [illegible]

劉秉忠 仲晦 [illegible] 先生 [illegible] 元史一五七本傳 [illegible]

再查 [illegible] 其樂府（的印本）

臨海陳耆卿 壽老 [illegible] 進士 [illegible] 篔窗集 [illegible]

進士官至國子監司業 有論孟紀蒙 [illegible] 赤城志。 篔窗詞一卷 止三首（再查臨海志）

[illegible] 彭止 岳珂 [illegible] 守嘉興？ 檇李詩 [illegible] 嘉定

[illegible] 家郡治西北金陀坊 [illegible] 官至寶謨閣學士 封鄴侯 有玉楮集 宋史三六五

[illegible] 吳泳 [illegible] 六十三 [illegible]

十有三 [illegible] 生日自述 [illegible]

陶 [illegible] 葛長庚 [illegible]

1662 金貞祐 [illegible] 九年 丙子

[illegible] 有 [illegible] 丙子中元後 [illegible] 有 [illegible] 玉蟾先 [illegible]

有 [illegible] 年月 [illegible] 一首

[illegible] 有蘭陵王 [illegible] 賀新郎

[illegible] 西湖 [illegible]

[illegible] 沁園春 [illegible] 鶴林 [illegible]

[illegible] 陳元 [illegible] 柳梢青 [illegible] 送 [illegible]

[illegible] 又有 [illegible] 江月 [illegible]

王侍郎 [illegible] 三山 [illegible] 江月 [illegible]

[illegible] 川 [illegible] 仲止 [illegible] 之 [illegible]

洞泉詩餘 一卷 皆無年月 [illegible]

鎮江 [illegible] 有 [illegible] 不知是 [illegible]

[illegible] 年代

仙游王邁 [illegible] 進士 [illegible]

葛長庚 字白叟 [illegible] 玉蟾 [illegible]

[illegible] 文集 [illegible] 白 [illegible]

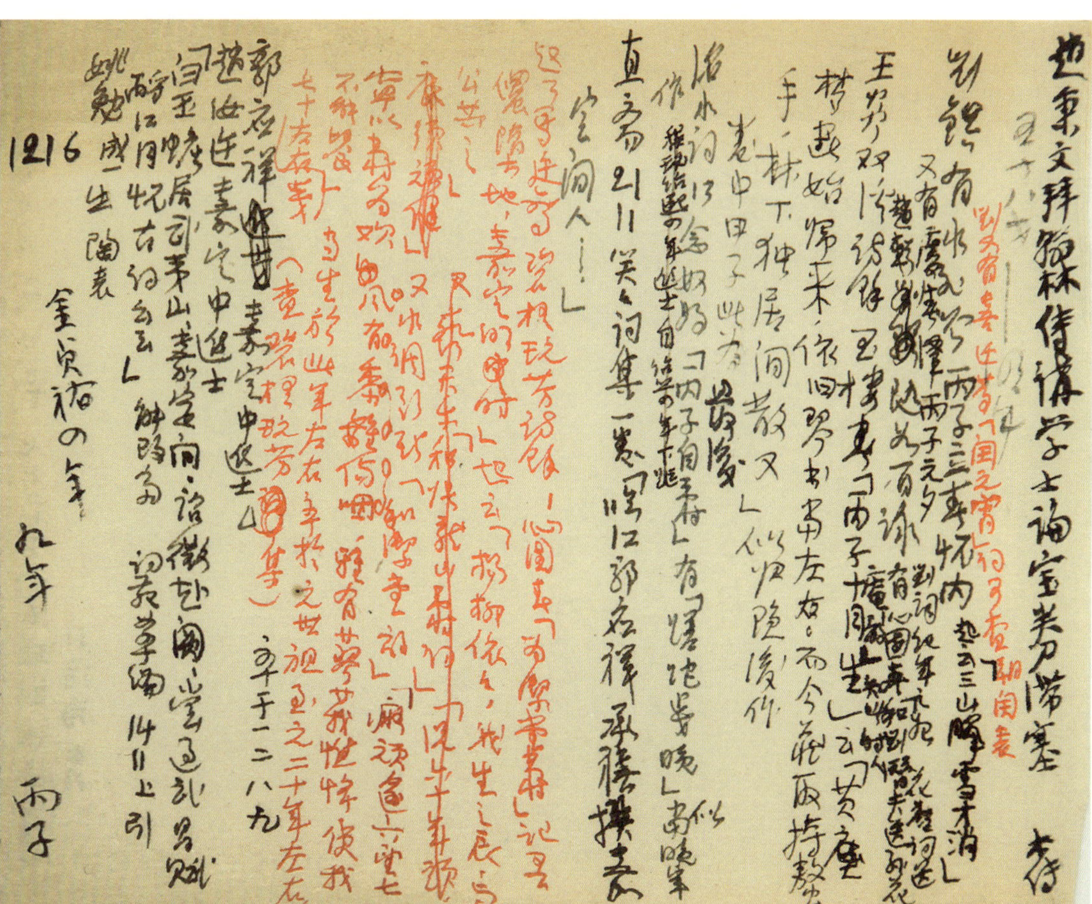

赵秉文拜翰林侍读学士论宝券滞塞

刘铎有《水龙吟》丙子三年怀内

梦趣始归来，依旧琴书左右。而今花底持螯

手，林下独居闲散

直斋 21 11 吴氏词集一卷「吴江郭名祥承禧撰」

空涧人」

……辛于一二八九

1216

金贞祐の年

九年

丙子

刘学贺十月十三日卒 七十二岁（五牧刘氏宗谱）

刘揆甫示及

劉圻父（宰）篁嶸進士△　姚鏞雪篷進士△
元好問以詩文見趙秉文　有步虛詞
二八月并州雁錦機引　句詩四三十首
趙以夫進士廿八歲（旅謄）　史彌鞏進士△
嗣國吳潛毅夫　狀元進士第一　絕妙好詞箋
趙[illegible]元好問水調歌頭「汜水故城登眺」或作於是年？
劉鎮元進士△　是年閒居汜南
宣國吳潛毅夫進士第一　授承事郎　簽鎮
東軍節度判官　宋史四一八卷本傳
本傳又云「改簽廣德軍判官　丁父憂服除
授秘書省正字　遷校書郎　添差通判嘉興　以
祠格遷著作佐郎　兼[illegible]侍郎　尚書金
部員外郎」　當在紹定以前
趙秉文翰林侍讀學士　拜禮部尚書　兼侍讀學士　卅三歲
同修國史　知集賢院　本傳
陸[illegible]志「興定再入翰林時　時趙閑閑為翰長　予先
子為御史　李欽止　欽叔　劉光甫俱在……」遺山詩
注卷八李屏山挽辭二首注引　五十九歲
趙以夫登第　後村大全集神道碑
同年吳文英友山陰尹煥惟曉登進士　見絕妙好詞
箋三　尹煥字惟曉　山陰人　嘉定十年進士　自號梅
津　[illegible]郎司　有梅津集　[illegible]紹定[illegible]　東野「……」同上
1217（浙江通志選舉五同）　十年
丁丑

吳文英有齊天樂和吟「壽尹梅津」二首（詳見一二〇七）　又調「壽
「律」　塞翁吟「餞梅津除郎赴闕」　瑞鶴吟
送梅津」云「……還背垂虹西去　[illegible]煙
雨　一宵話[illegible]　攜壺　烏帽
風[illegible]　西湖[illegible]　重見梅鈿皺……
來共住[illegible]雲話舊……待
夢窗「趙昌芙蓉圖　梅津所藏」　或在蘇州作
花犯次吳江小泊　夜飲僧窗　惜別　邦人趙[illegible]　惜
攜小妓　偶尊[illegible]　皆[illegible]真詞　[illegible]四[illegible]
[illegible]尹梅津[illegible]
花庵中興絕妙詞選謂吳文英從吳履齋諸公遊
吳集有浣溪沙「仲冬望後出迓履翁舟中」
「五年」　不知何年作
翁孟寅　蔡幼學卒　六十四歲△
盧祖皋　樓鑰（？）　斜樓上尹梅津　六稿一三〇七年
吳文英兄翁逢龍登第　見吳潛「[illegible]」　榜進士
翁逢龍[illegible]　十七選舉表同
七選舉五[illegible]　人當即石龜
浙江通志一二
梅澗詩話卷中「翁元龍處靜　號[illegible]　吳潛榜第四人　登第
王邁　實之　仙遊人　登進士　臞軒詞人　劉克莊作臞軒詞跋
東野　[illegible]嘉定十年登進士第　寶祐中以朝議
年　召入為右司郎官　吏部尚書贈司農少卿　有
臞仙集　詩餘一卷
翁東野[illegible]王[illegible]詳
臞軒集卷四
劉克莊跋王[illegible]丁丑七夕　賦詞有[illegible]百首
詞[illegible]王邁　丁丑第四人及第　劉後村跋　又略
之詞云……（宋輯五·十四引）

1217

「以夫」

趙以夫「少孤苦學，用父世陰授信安府諸暨尉。嘉定十年，以奏調江陵府監利縣令」

福建通志173

五陽先人(壬)年七十六 の月廿三日昇仙

[illegible]年譜

李曾伯可齋詞 滿江紅「丁丑登均州武當山」

可齋四新稿詞紀年此為最早。自此至一之二

介之壬子曾見雜稿 十九歲

宋史四早年「通判鄂州」，詠武當山時或在鄂

新稿26 有丙子登峴山詩

1217

楊炎正守(瓊)象州 後村大全142趙虛齋神道碑

「昔虛齋登第為象州户錄，楊守炎正號公年少，每吳獄上，引因參問，如大歡服。方漕信孺冠致之幕，鎮廣西，漕薦，中嘉定丁丑第……」以夫少年廿九歲登第，在楊

守象州當在此前十年之内

王邁擢甲科第四人 為漳州觀察推官 後村作墓誌

1216

岳珂 金陀粹編二十八卷成 の庫提要

「珂守嘉興，當在此年(一二一六年)後，此

要語珂別業亦在嘉興金陀坊，故以名書」

劉鎮，號隨如，有隨如百咏，有蝶戀花「丁丑七夕」

梅磵詩話下「雪蓬姚鏞希聲，越上人。嘉定丁丑登進士第。余錢定之丑，侍親司簿吉之太和時，雪蓬為元幕。尚後之瑞平初，守章貢，因忤帥臣貶衡山，有吟稿行於世……」

王炎卒 八十一 一一三八

宋史翼24引新安文獻志

王大烈傳同 雙溪集當詩集提此年 自叙「自紹崇

陽建令又五十年，而吉所存者不過五十餘，闕」

嘉王以一一六九年第進士，至此首尾五十餘年，為崇

陽簿，即第進士之年

馮延登卒 五十歲 陶叢

64

十二年

戊寅

姜夔在維揚。壽樓,吳潛吊夔詞二(詳集名卷數)

自首自序云:「猶記己卯庚辰之間,初識堯章於維揚。……」約廿五歲

吳卅五歲

元好問生 三十歲(履齋)

按湖北江「郝仲純、侯君守坊如拄道過,于於……封,……」我作於是年?

元太祖自生奈曼召丘處機……與弟子十有八人同往見 元史二〇二本傳云己卯」不知即此年否

丘七十二歲

吳泳六十六歲

有沁園春「生日戲通菩仙降詞」自注「卯歲……」

趙秉文致仕 「興定元年……又明年知貢舉坐取進士盧亞重用韻,削階因請致仕」「又明年」當在此年

錦佩年 陳思白石年譜……

黃……

王……

十一年 己卯

甲甲 十七年

绍定二年己丑 一二二九

姜夔在维扬。（见上）

元好问有「玉华谷月夕醉饮少姨庙得仙人词二阕」　与雷希颜、李献能同游玉华谷　三十一岁

（焘按集中止有水调歌头一首　孙[illegible]姚谱　另有）

●水调歌头「少室玉华谷月夕与希颜钦叔饮……」「与李[illegible]原游龙门」「缑山夜饮」

首想亦同时作

吴潜在仪真　按履斋别集暗香「仪真城三里东园，花柳之盛甲天下。嘉定庚辰辛巳之交，余犹及识其盛……」　廿五岁

吴泳在洪都　六十七岁　有满江红「洪都生日不张乐自述」有云「[illegible]余山七十欠三年，昔日长安……」（[illegible]马西来[illegible]是梦　紫衣双引浑如醉）

自注「乐天六十七岁诗云『共把十千沽一斗，相看七十欠三年』」

又有沁园春「洪都病中同计院幸[illegible]父谈[illegible]刘隋共初罢[illegible]宣[illegible]命之词而壮其图[illegible]自安[illegible]」

点在洪作不[illegible]

李献能与元好问同游玉华谷　见元遗山年谱

赵与[illegible]进士△

1220 黄师参进士

十三年　庚辰

宋戴栩文子浣川集卷三页二（敬乡楼丛书）有卢直院挽词云「五十一回寿梦空，兄悲子哭渺心中。东风别有[illegible]勤归天上，不共尘凡作域中。悒怫丝琴自语，尽灵跨叶粒哭功。松[illegible]九里凄烟，依旧西湖不负公。」卷一页八有「宿[illegible]宝谟[illegible]舍[illegible]卢梦玉[illegible]葬西湖之上，近侍有[illegible]大仙[illegible]井是[illegible]」五律一首。卷十页二有「[illegible]祭卢直院文」亦云：「[illegible]五十四以嬉化，悼[illegible]盟以莫逝。」「先[illegible]十于直院时年五十一岁，葬在西湖。」是卢

浣川集一卷七页有「宿局次韵卢直院[illegible]」五律。一卷八页有「送卢次夔赴仲父校书之招」五律，二卷二页有「次韵卢直院题[illegible]郎贝[illegible]君家新出梦图」一七古，二卷八页有「和卢直院秋怀」一七律。

四库全书总目一六二浣川集十卷　栩字文子，永嘉人，登嘉定元年进士，为太学博士，迁秘书郎，出知临江军，不赴。后复起为湖南安抚司参议官。

东嘉姓谱：「卢祖皋于军器少监」……（见[illegible]好词[illegible]）然一为军器少监在[illegible]学士院前，见[illegible]年　或即在此后数年

见逢不出给定初也

元好問中第　有同年顏頤英狀元堂
探花詞　廿二歲（施譜）見後頁
盧祖皋權直學士院（絕妙好詞箋）　與永嘉四靈唱和　莫(?)堯伯仲　見前頁
丘處機發撫州往見元太祖
耶律鑄生（成吉思）　據元史一〇六本傳
李獻能歸　卅七
元好問有送欽叔內翰家山陽圖（見施注送山之辭）
遺山詩集一送欽叔內翰并寄劉達卿郎中白文舉編修五首　第二首言歸養有云「六月淀盈津，十月行氾水，風濤駭沈舟，冰雪危墮指，若子生中野，永念負甘旨……」第三首云「……君年始三十，今首成一翁……」當亦此年作　施注遺山詩以第一首有「爰見如連枝」（我有平生懷，半年姜肱被，所樂良不贊」語，謂此詩指子無時事，誤。同庶建
——明年
滹溪少「歸中郎膝撲落懷」下段云「……故國中原猶北顧，十年去踪卻西州，傳播休恐有詩咏……」不必作於何年
趙秉文復為禮部尚書　入謝上曰「卿老秋高，以文章故，須復用卿。」秉文以身受厚恩，無以自效，願開言路，言廣忠慮，進見，往來為正言，人主勤恤
1221
67
金興定五年
十四年
辛巳

岳刊所以祈天永命者，上嘉納焉」　本傳　六十三歲
金宗室璹父越王永功卒　一二二一
中州集云「……明昌以來，諸王法禁嚴，諸公子皆不得與外間交通，故公得窮日力於書，讀通鑑至三十餘過，是非成敗，道之如目前。越王薨後，始稍得出游，文士輩亦得遊其門」　本傳云「……永功薨，後，稍得出游，與文士趙秉文、楊雲翼、雷淵、元好問、李汾、王飛伯輩交善……」　五十歲
一〇五卅
家所藏法書名畫，幾與中秘等，客至，貧不能具酒殽，設蔬飯與之共食，焚香煮茗，盡出藏書，商略古今，談大定、明昌以來故事，或終日不聽客去，風流蘊藉，有承平時王孫故態，使人樂之不厭也……」沁園春云「壯歲耽書，黃卷青燈，留連寸陰。到中年贏得，清貧更甚，蒼顏明鏡，白髮輕簪。衲被蒙頭，草鞋著腳，風雨瀟瀟秋意深。懷人處，鎖中還累，指下忘琴……」見史館撰
馮延登入為國史院編修官　本傳又云「改太常博士」
四十三歲——一二二二
盧祖皋草恭膺天命寶璽詔　乃是年十月召
方為學士院權直　見齊東野語十九卷嘉定寶璽條
吳祖謙述約此時卒　一二二一頃此
朱晞顏　景熙生　三俊樓集云「漫堂集」

第五册

元好问与李钦叔在孟津　三十三岁（癸巳）
按集中《木兰花慢》「孟津官舍寄钦若钦用昆仲并长安故人」当作于是年　好问与钦若、钦用去年同在京
《临江仙》「自洛阳往孟津道中作」亦同时作
《鹧鸪天》又「孟津作与同钦叔赋因寄希颜兄」
「孟津作」　《浣溪沙》「宿孟津官舍」

丘处机见元太祖于雪山　本传无年月，惟云「乃发抚州，经数十国，为地万有余里……自昆仑历四载而始达雪山……时太祖驻于西域，日事攻战，处机每言欲一天下者必在乎不嗜杀人」又云「癸未太祖大猎于东山，马踣，处机谏曰：天道好生，陛下春秋高，数畋猎非宜」是见太祖必在癸未前，当是此年（查西游记）

马廷鸾生　十月五日（见施氏遗山年谱）

李献能与元遗山在孟津　廿一岁　1224

（福昌）李献能敬之自女几山下来会元好问李钦叔于孟津
中州乐府小叙云「元光初，予与李钦叔在孟津，敬之自女几来，留数日，兴行也。钦叔为设馔，备极丰腆，敬之放箸而叹曰：平生饱食有数，此其……」
哀长吉进士
金元光元年

1222　69　十五年　壬午

人名辞典云「一作崇皤，官至朝散大夫，有奏议，曰白云稿」
南丰赵崇嶓　字宗[illegible]　登进士　授石城令　改淳安（?）　有白云稿（见江西志）用密有湖月词　用赵白云词　白云小稿　[illegible]首皆无年月

元好问夏至昆阳　三十四岁
按《临江仙》「饮昆阳官舍有怀」或作于是年？（施谱）

丘处机谏元太祖畋猎（使）还燕，[illegible]使侍者持牒招求河南北（往雪山时）残民于锋镝之余（本传）
弟子李志常著西游记二卷（查西游记）

刘昂霄　七十六岁
刘昂霄辛未　三十八岁　陶素
大安（?）辛未进士　当在丑是年

徐鹿卿　德夫　进士　八十岁
（后村大全卷一四四）徐侍郎神道碑　本传
调南安军学教授（宋史の二の本传）
本传又云「辟福建安抚司干办公事……改置……以母[illegible]……
词全尤[illegible]……
编修官……
教授
南安军……
支官告院干办诸司审计司……迁国子监……
[illegible]左司……
全词十九……
有[illegible]……
金元光二年　69　十六年　癸未

三八一

1223

某年 蓬萊鼓吹 甲申

寧宗 嘉定十六年

夏元鼎 [illegible]

度二年 據 [illegible] 序 見四庫提要

鼓吹有贈劉潛夫賀新郎

真德秀有贈夏元鼎詩二絕

元好問 [illegible] 孟州 見夾雜詩選 五月 [illegible]

詞科 施譜 冊五 [illegible]

有蝶戀花詞 南京作「甲申 [illegible] 南都作」

吳文英 [illegible] 補七頁 朱溪 [illegible]

宋史 [illegible]

此首為最早

[illegible] 吳詞可考者

胡適詞選 [illegible] 吳詞 [illegible]

有一二三六至一二五一年有年代可考者

夏元鼎 [illegible] 三十三卷

水調歌頭「甲申燈夕 [illegible] 來謁 [illegible] 顧問金丹大道……」？

夏 蓬萊鼓吹一卷 [illegible]

[illegible]

1224

甲申 十七年 [illegible]

吳潛有滿江紅「嘉定甲戌之秋七月，良砚梦偕
泉山邑過鶴林之下……」（山呈鄭宗魯老仙誕日之祥節）
遂由此夢賞成一闋（壽花臺山）
何似當江今夕……」（閒不落陽春和雪飛放詩風韻） 獨北都留守姜燮 有云「料中異
添今年七十一歲乎？」

（北都留守待攷。中異地名查不到，疑宋人）

鶴林詞一卷有年月者止此一首 謁金門「宣城宴鹿鳴」 曾宦宣城 有「賀
新郎「壽李季永帥」
溫州有謁金門「溫州宴鹿鳴」
月宴雙溪 倉江滿江紅「倉江别送劉寔錢轉」 又雙溪水調歌云「云
雲 千秋歲云「松舟桂楫，黃雲溪頭別」 曾宦鄆 苔
别有摸魚兒「壽友人」云 鄖 宴同官」 又有賀新郎
「送鄧景仁赴夔漕」 滿江紅「送劉帥山都督」
待查何年作

李獻能出爲鄜州觀察判官？ （「李獻能凡十年出爲鄜州觀察」） 李傳 見一二一五年
又云「用舊井後爲名事依臣修撰」 卅二歲

1227

金宗室璹進封密國公 本傳作「四大初」 又云「璹
本朝請の十年日以講誦吟詠爲事……」 五十三歲

1252

盧祖皋卒（？） 五十一歲

韓淲卒 六十六 見一一五九

吳潛父柔勝卒 七十一歲 參宋史年表
柔勝仕行如晚宋無比，廣齋、實齋
許山黃詞論 十七歲
李曾伯 可齋詞 水調歌頭「甲申壽州觀月」 滿江紅「甲申春利州會……」

1224

（續前）李曾伯滿江紅「甲申年侍親來利州道間」
又「甲申壽蜀國間」 賀新郎「甲申
可齋詞 「代親庭送崔菊坡出蜀」 如可近甲申年益昌作」
並考 丞相以侍從帥蜀
新續20申明還蜀以和糴錢加贈先父奉祠
父初以宰屬以恤官而在興陸力贊守將而當
邑國以弱卒萬千人捍孤城百八日……南後荆
催侍勝州……嘉定末年宣使節蜀……」
侍父入蜀當在此時

九月 理宗即位
程珌以禮部侍郎兼侍讀 宋史本紀

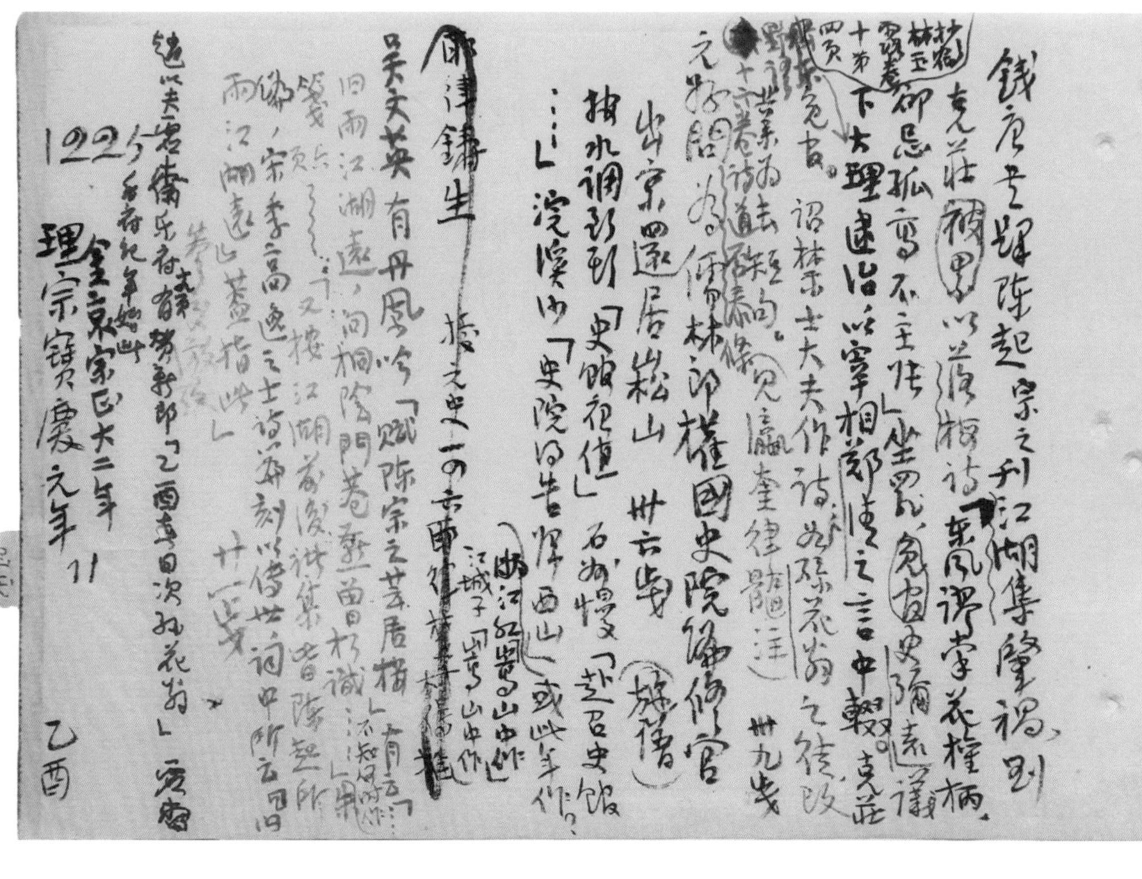

元好問在方城作满江紅詞 為鎮平令（施譜）

吳文英有惜紅衣「余從姜石帚游苕霅三十五年矣，重來傷今感昔，聊以詠懷」

按姜夔游苕霅在一一九一及一一九二間

詞當作於是年

鄱陽張輯宗瑞

按元好問满江紅「方城商帥國器坐中」

李欽用

元好問為鎮平令（施譜）按清平樂「嚴鄭鎮……」

趙孟堅 [illegible]

興趙孟堅子固中進士

九十有七有樓譜

二年 丙戌

劉辰翁有水龍吟丙戌清明和章質夫韻

徐經孫

三十五歲

白樸生 王博文天籟集序

趙孟堅

李昴英

留從元

方回生

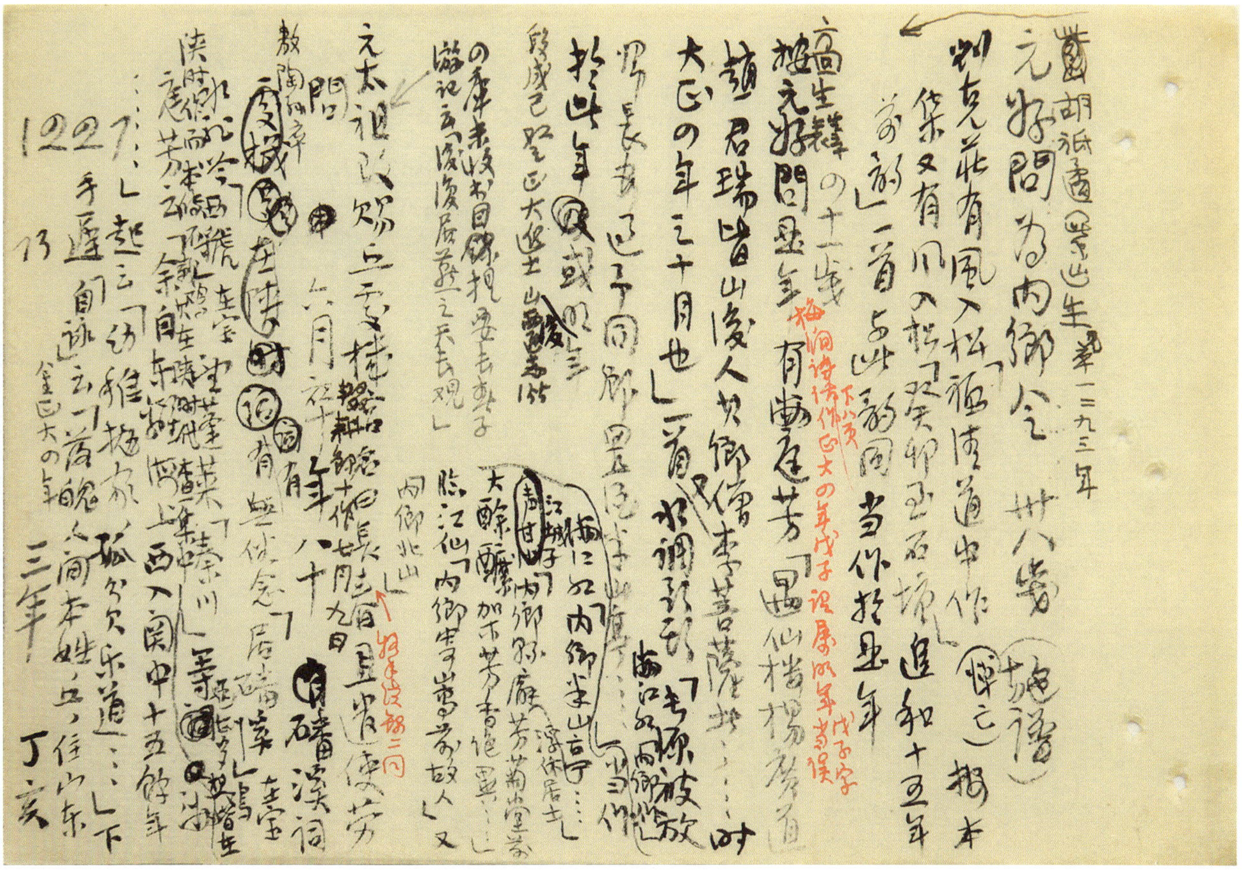

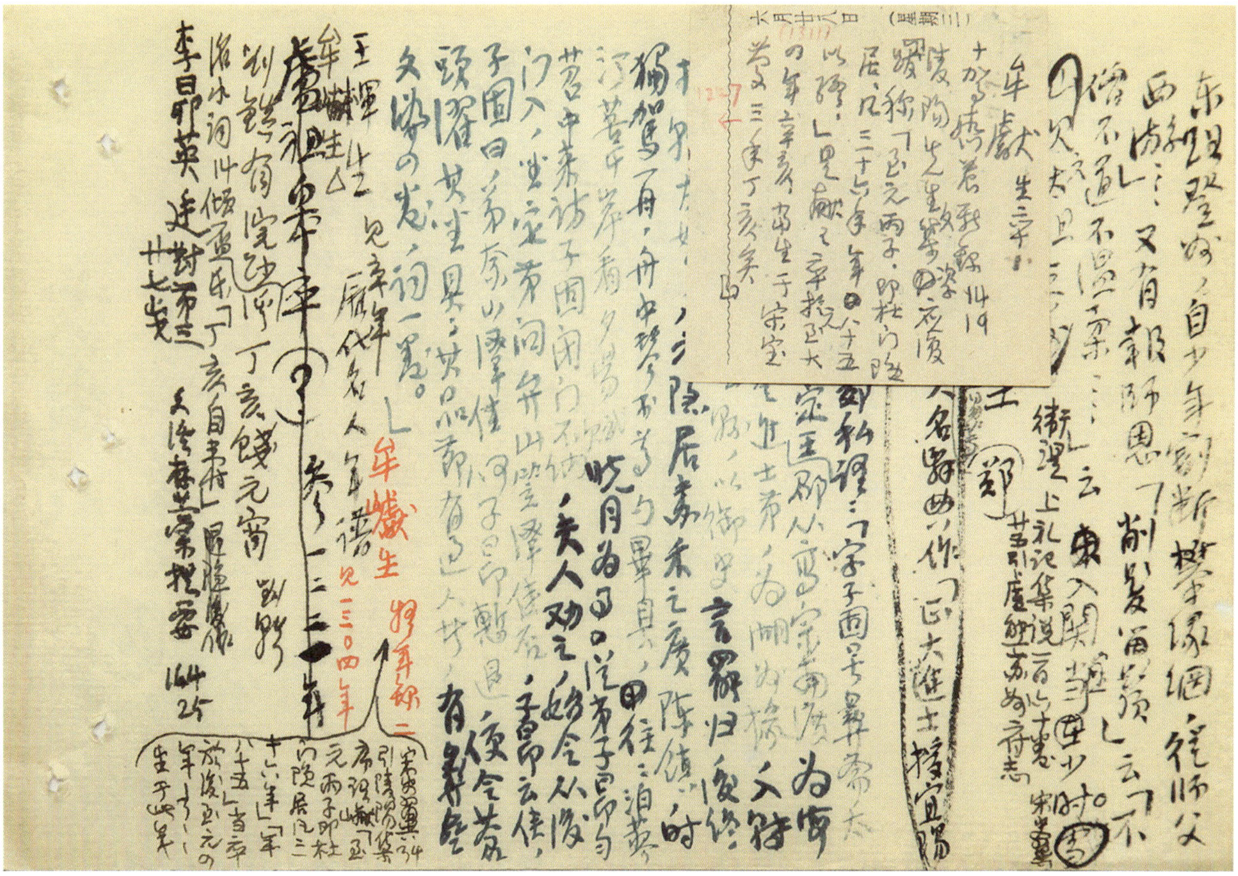

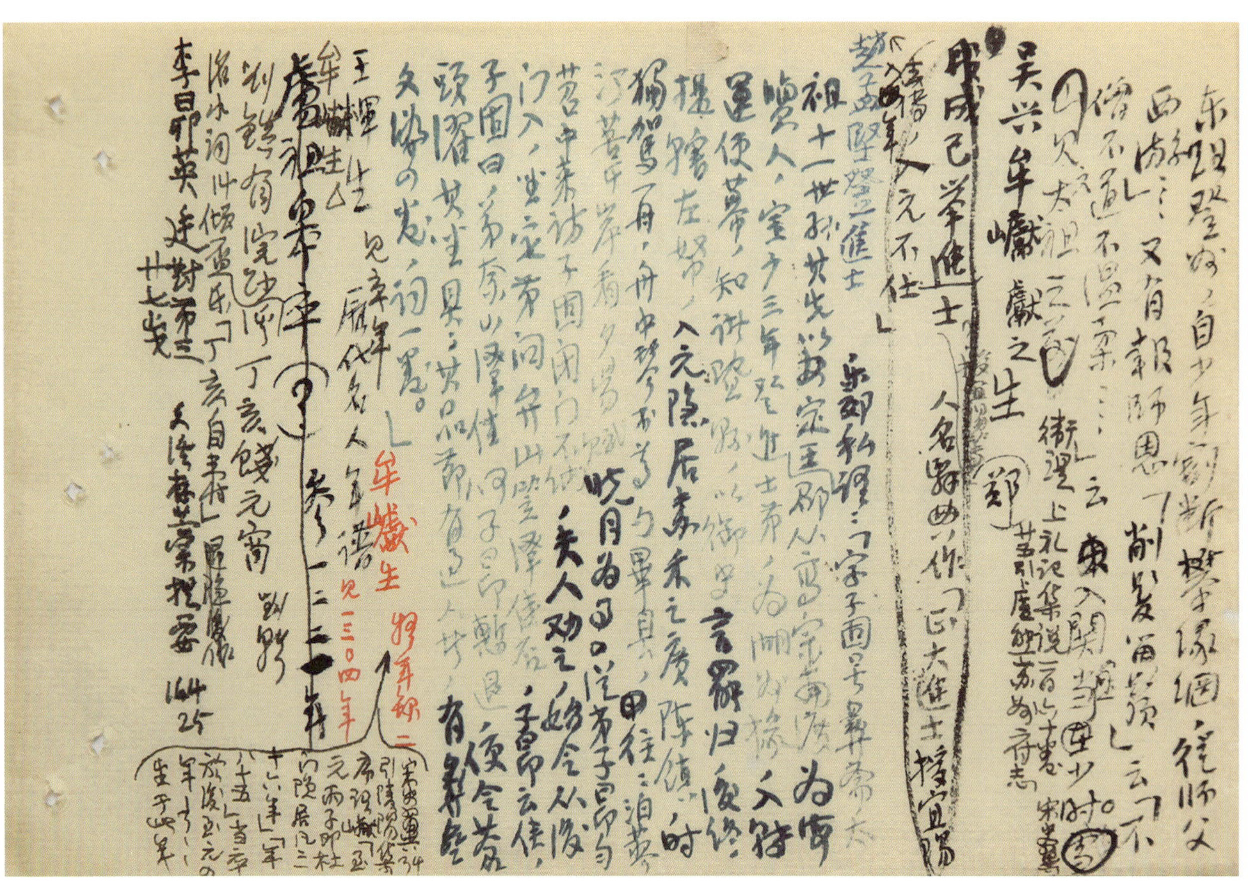

李曾伯可斋词醉蓬莱「丁亥寿蜀帅」小桃红「丁亥重阳宴益昌三郎官楼」又「丁亥送方子南出蜀」柳梢青「丙戌送陈仁甫赴班」

词云「三载乌奴西畔」

新编三十五有丁亥纪蜀百韵附书

姜夔之撰(?)

刘后村作贺新郎送陈子华知真州（见宋词大系卷）

[illegible]

福清敖陶孙（臞庵）卒年七十四

后村大全一〇八、九 敖臞庵墓志铭

胡祗遹生

1227

元好问满江红(?)上作(?)……慢词 廿五岁（遗山年谱）

按遗山是年丁内艰(?)罢内乡令 水调歌头「长寿新斋」作于是年 诗集次韵……云

戊子冬十月，长寿新居成」蝶恋花「白鹿原新斋作」（新斋赋）「予既罢内乡，出居县东南白鹿原……乃名所居为新斋」 十五作于丑年

刘辟(?)师古(?)卒五十一

刘秉忠为贽子于帅存(?) 陶先(?)

岳珂金陀续编三十卷成 李侍の康复(?) 十三年

吴文英从吴(?)……于当(?)雪(?)伯(?)在此时 廿の岁

白石柱吴兴(?) 楼吴梦窗惜红衣词 见梦窗年谱

年版(?) 夏补姜虬(?)绿年谱

「宋镜赤甜(?)圃为萧东父湖知坡公赤壁词会好将一阕去。清光一片问苍苍桂影扶(?)中何物……正大五年重九日（此书宋……）屏却是间之词苑岁序(?)」陆元石题跋(?)十五(?)

二卷六页

刘铨(?)有广东学戊子元夕 刘……

1228 理宗绍定元年 14 金正大五年 戊子

绍定

十一月山陰陸子遹刻潘閬逍遙集於嚴州
郡齋　見不足齋本十三集逍遙集後
王惲生　據年譜二　見一二〇〇年
薛師石八月二十三日卒△
安晚之翁定初知江陰軍△
以前潘則有刻潘閬逍遙詞一卷，見陸志　如林傳注三
李曾伯可齋詞瑞鷓鴣「爲子爲親庭壽，時方出蜀」者
「居諸吾獨，皆入蜀荊蜀」句　廿一

1229
二年
己丑

姜夔在嘉興　懷樓：吳潛吊夔詞
二首自序「己丑，再會嘉興……」
姜約七十歲　吳卅五歲　一二三五
吳時通判嘉興　宋史傳
宋史謂：潛丁父憂服除，通判嘉興。嘉定十七年甲申（1224）服除，紹定二年出仕
姚鏞在太和幕　見一二一八
趙蕃卒，八十七歲△
馬天驥進士△
蕭泰來進士△
黃由長庚「紹定己卯？或傳長庚解化於盱江，長庚嘗有詩云：待我口當三十六，青雲白鶴是歸期。以歲計之，所著存逸，年人皆見之於蜀，又未嘗死，莫知所終」廣東通志三二
九引彭耜白玉蟾傳
趙以夫「紹定二年，盜起汀邵，安撫使檄爲參議，公論起，陳韡出帥劍、汀、邵，韡爲福建招捕使，韡奏以夫通判邵武軍，又爲招捕司機宜文字，知……」福建通志173
李曾伯可齋詞滿江紅「己丑爲親庭壽」云「緬懷荊蜀」
其父發蜀，過鄂也　廿二
《鶴山先生大全集》卷八陳韡神道碑：陳以三年正月到汀，以夫通判汀州……

元好問閑居 〇十一卷（總譜）

汲郡 王惲 仲謀 生（公元一二二七年）

七年自「自為通議西溪兄拜三十年，莘西溪……」至元十

授館蘇門趙侍御府……

蘇门在一二〇九年以二十歲計當生於是年……」推得在

奉元 蕭𣄃 維斗 生 陵元史一八九儒学一李傳

推

延平 馮取洽 熙之 名與此人

有金縷曲對菊「幸同魏如鶴莊」劉望嵝

與竹溪呂柳溪道士王溪雲處西湖荷花詩中壽意

用望嵝韵庚寅」 双溪詞有年代者只此一首 誠取

洽行实見可考 詞中與黄昇唱和，昇曾以詩受知於游

九功 八名家集 查九功端平初累官司農少卿 同上註 宋元学案補遺通志

則馮黄皆此时人 此庚寅當是此年

又有賀新郎「送別定軒云……到皇州風景異，只有湖山依旧……」

況觀窮之杯酒。雨抹晴妝西子……千首」

作《律查一 交游有張宜軒黄玉林 呂柳溪 劉望嵝 江定軒 吳金狮 鶴莊

又答谢词次玉林韵時韵」云「……」

……

過江水，首做共知世……

卒在六十以外 有西江月「太歲日作」云「老子今年頭六十，新年第一

今日」又有賀新郎「用前韵自壽」云「今日不知何是也，從戊申

重見何須賞」不知是戊申年生否

1230 蕭𣄃 生 16 集蕭𣄃公墓志云「……」

三年 庚寅

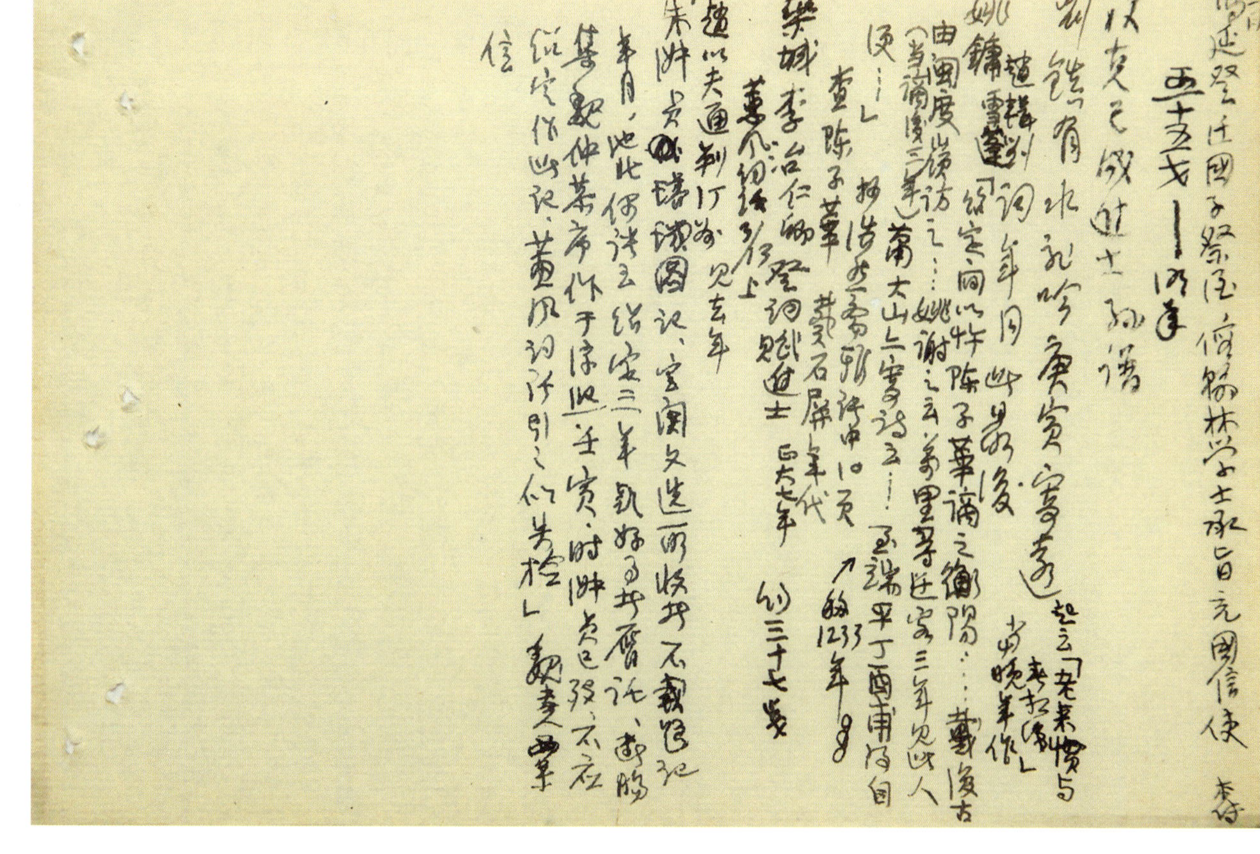

馮延登 任國子祭酒 侍翰林學士承旨 充國信使 卒

五十五歲——此年

段克己成進士 二妙譜

劉鑑有水龍吟 庚寅 寄李遠 題云「老來懷与……」 出晚年作

姚燧 趙雪樓 詞年月此後 戴復古

由通度此族訪之……姚謝之云……衡陽……三年見此人

（宋詞繫年三年）蕭大山上室詩云……！ 玉端平丁酉甫得自

便……」 據浩然齋雅談中10頁 ↗約1233年

查陳子華 韋蘇石屏年代 約三十七歲

樂城李治仁卿登詞賦進士 至大七年

蕭氏 [illegible]

趙以夫通判汀州 见去年

「朱𣄃 [illegible] 圖記」宋圖文選……不載 [illegible]

年月，此此條云紹定三年…… [illegible]

集欺仲茶齊作于……壬寅，時𣄃…… [illegible]，不在

紹定作此記。蕭氏詞所引之…… [illegible]

信

𠃑月元好问官南阳令 秋过襄城

(游谯)(自)离南阳後作三奠子词 𠃑十二卷
(同周卿良佐偶过南阳故城)三奠子 (时当作同时作)

周密父出宰富春 (周密先世见齐东野语自叙)

绍定の年辛卯出宰富春」 又癸辛杂识「先子於 续集廿一页

密父名晋字明叔号啸斋 见江昱苹洲渔笛谱

攷证二卷之一页

吴潜迁尚书郎 本传 都城大火上书 疏论致灾 (本传又曰)

之由……又指斥丞相史弥远……论……授太常少卿

闻淮东提举常平,不赴,改吏部员外郎兼国

史编修实录检讨,迁右司郎……除西湖……镇文

告执政论用兵河南不可轻易…… 自後无师

入洛者败失之,不幸果如潜之言 辛卯 疏(按通鉴杨

谓赵葵全子才入洛兵败於端平元年)

密遣太府卿兼权沿江制置使建康府江东安

抚留守上疏论保蜀之方、惩襄之策、防江之

策并备安之宜进取有七难其三事」 当在端

平元年矣

李献能以镇南军节度副使元兵中观行省经历官 本

传作「正大八年」 中州乐府云「正大八年河中陷 按本传 元兵破河中」 因 独

1231 曾原辞试△ 雷渊卒の十八岁 陶表

張友仁除南宫(?)正大八年 官永州 9年 ……△

辛卯

又一册赴陕,被召以道梗不能赴,就权陕府行省左

右司郎中 (明系) 廿七

续夷坚志云「秦伯禄李钦叔壬辰冬十二月行部河中 通鉴河中陷在九月

先,城未破,秦与钦叔胡于袖,伯禄携城皇上,平破城

落水中,为一锦衣美妇援之而去,美妇援出,满眼皆桃

花,钦叔梦人与桃符二,上写宜の新年,长命富贵

明日城陷,伯禄争船不得,上落水死,李得船走陕

后三の日,改省陕,仓猝仍在陕,以桃符所书为楼中

所书」 此云壬辰,则明年事也,然本传作「正大八年」

(明年正月即改元开兴)中州乐府作「正大八年河中

陷」 查金史哀宗纪「十二月己未……河中府破,权签

枢密院事草火讹可死之……」 是河内破在此年十

十二月 续夷坚志壬辰」 (当作辛卯)

辛愿卒於洛中 本传 有诗数十首 中州集 竹

宗中 中州乐府 一首 一二三对元好问李

矿育「每见二弟之诗当冠於元李 河山亭词又有

「苦道……」 元好问……辛年……

十些 归潜志「……正大中,先子令叶,後来游後

归潜志下……

李献甫辛の廿七岁 陶表

马延 帮国 赵號 对元主御营请和,元主使招凤

翔帅不从,判杀……刘……鹞……官……二年

乃还 中州乐府 本传 五十二……年

白朴父寓……以遗元好问,以白朴托遗山 王博文

天籁集序……遗山……城……遗山

乱,朴以此渡白……不如草血」 六岁

龟山长……子同端续 四 幽居……辛卯孟逃于安於吉唐

之境 姜五皆词 名氏多考

1231

吴潜　履斋遗集四上史相书　原注「史弥远当国，火后上火子」有云「今岁绝辛丑整整三十年，……今岁为主上即位之八年」　查本纪，大火在今年九月丙戌夜

同卷上史相书　原注「论救火赏罚未当」

又上庙堂书（论不当用兵河南）

俞灏　辛巳の同朔前三日　年八十六。　洪咨夔平斋集三十二挽节俞木中行状

黄泰来　绍定间为扬州军子推官　临川县志32职官

白朴随元好问北渡の（见去年）　七岁

三月壬寅元兵攻金汴城　十二月金哀宗东行　草窗敏得之汴咸淳丁卯诗「我年未の十」

元好问为省令史　七月为左曹都司　在围城中　有怀州江别业作

城中

漏　逢词

湖州周密生（于杭州……寓居）　壬辰

癸辛杂识……

辛卯出守宁国　壬辰……

庐陵刘辰翁会孟生

吟……词

壬辰相望二十六岁　云「刘子生时，当月朔……」

起云「刘子生时，当月朔」

五月辛卯……

献能遇害年四十

中奔陕州……

极渊潜志「李献能……」

四　黄……

五年

壬辰

又按《金史》一一六《徒單兀典傳》：「天興元年……九月，單昌知府元帥完顏忽斜虎入陝，為詣拜參知政事，行尚書省事，以河中總帥府經歷李獻能元左右司郎外郎，獻能字欽叔，貞祐三年進士，後立山寨自擁軍民。十月，朝制旨令忽斜虎赴南陽，留山寺，以阿不罕奴十剌權參知政事行省事，趙偉為河解元帥（按偉又名三三，見同傳）屯金鷄堡，軍務隸陝省行省，月給糧以贍其軍。明年五月麥熟，省劄令偉計置兵食，權罷月給，十月，軍食又盡，屢白陝省，云無糧可給，偉私語其軍曰：我與李員外郎有隙，坐視我軍飢餓不為存恤，……十一月冬，至，大兵已破元村寨，偉攻府治不能下，於是遣書進總欽……三哉軍士三十人入陝，為醫菜園中凡三日，藥在壬哉殺北城躍死十，舉兵召偉軍，皆渡河入城劫殺阿不罕奴十剌李獻能……因誣奏奴十剌等欲反，且已誅之矣，劉廷知其冤而莫敢言，就授偉元帥左監軍兼……郎度使行總帥府事，尋……又反，以明年三月降大兵……」又查《哀宗紀》：「……十一月……丙寅，河解元帥权兴宝軍節度使趙偉殺（當作「陝」）州行省參知政事阿不罕奴十剌以下凡二十一人，巡阿不罕奴十剌等反狀以聞，……」是趙偉之叛當在此年十一月。《徒單兀典傳》「十月軍食又盡……」向承上「十月朝」，「明年五月麥熟」……上三句，蓋預約之辭，非天興二年

遺東文辛七十七 行年錄二「歸潛志云天興改元冬的……」辛年七十三 若按此則當生于陰庚辰」

十月也。（癸巳） 元好問《中州集》冀禹錫《京父傳》云：「……欽叔（獻）與京父（禹錫）少子二歲，希顏（雷淵）沒於正大辛卯之八月（一二三一）年の十八（渾源），其明年之七月「天興元年壬辰一二三二」年の十七，欽叔（獻）沒於其年十月，年四十一……」恰合，施國祁《元遺山詩箋注》九〈哀詩〉李欽叔下：「案《歸潛志》云欽叔死於癸巳正月，與中州冀京父傳云欽叔沒于壬辰之十一月不合」誤。本傳從《歸潛志》作「年四十三」，《中州集》作の十一，少遺山二歲，當從《中州集》。本傳「……嘗人云五品，夢官至五品，壽不至五十，後三兆如其言」。中州樂府遺詞三首

1232 魏氏《遺山年譜》興定五年（一二二一）有送欽叔內翰叔山歸夢圖（按遺山詩集〈送欽叔內翰並序〉……御部中丞文學編作五首……首云……君年始三十，白髮成一半」辛於此年：の十一，興定五年恰三十歲。正月汴京戒嚴，上命欽叔為赦文，以布宣悔悟哀痛之意，欽叔指陳義慎，文俱可，及兵退，大臣别称賀，且命為表，欽叔文曰：「……」此所言……不當賀，遂已。時年已老，日以時為為憂，……不能忘，每向一子曰……一士可按用，大抵辭……為寫……自已。三月草間興政元詔，閤老間皆傳誦，洛陽人釋諸……舉城痛哭，其為人如此，是年五月壬辰辛年七十四歲……本傳又云……以大……

五年 壬辰

全天興元年

又因進[illegible]与雲翼共集自古治術[illegible]
要為一[illegible]號以進焉，秉文自號[illegible]，秉[illegible]一日[illegible]
書，其所著有[illegible]說十卷，中庸說一卷，楊子發微一卷，
太玄箋贊六卷，文中子類說一卷，南華略釋一
卷，列子補注一卷，删集論語孟子解各十卷，資
暇錄一十五卷，所著文章號滏水集前後三十卷……
[illegible]使至自河湟，多言夏人問秉文及王庭筠起居
狀，其爲の方所重如此……（自居仕五紀，官六卿，自
奉養如寒士，楊雲翼嘗与秉文代掌文柄，時
人號爲楊趙，晚年頗以禪語自污，人亦以爲秉文之
恨云」
卒於十二日 遺山有五月十二日[illegible]諱日作詩 題當
引「過天门関作」 山州作集選詞 六首 元年月 有[illegible]為
金宗室[illegible]詩 卒 年六十一 金史一七 哀宗紀作「五月辛
卯」 遺山詩集卷九有五月十二日 [illegible]軒[illegible]忌辰
追懷」 本傳作年六十一
「三月[illegible]子封[illegible]王子[illegible]，嘗[illegible]議以為「完」，[illegible]國公
[illegible]當日王[illegible]，往[illegible]行上[illegible]遺云，不[illegible]其代……」
哀宗紀（本傳較詳） 平生詩文甚多，自删存詩
三百首，樂府一百首，號[illegible]小[illegible]」 本傳 [illegible]
志「自删」作「自刊」 遺山詩集[illegible]卷[illegible]引 中州樂府
選七首 [illegible]中[illegible]云「[illegible]陽[illegible]遺[illegible]陵[illegible]」

吉州王予可 南雲 卒
亂，為順天將領所得，知其名，[illegible]禮[illegible]之北歸，
館於[illegible]之瑞雲觀，（南雲）[illegible]日，見將領自言云……我不
能住其家，瑞雲觀也，不[illegible]日而卒の後復有見之
淮上者」 又云「……父本軍校，南雲亦嘗隸籍
年三十許，大病後，忽發狂，久之能[illegible]筆作詩文，及
談世外恍惚事，南渡後居上蔡，[illegible]遊平[illegible]鄧城之間，
東鄧城為最久……… 麻知幾（[illegible]即麻九疇）得伯
玉（[illegible]即[illegible]）与之遊最狎，談其所作詩，以百分為率，
可曉者才二三耳……」 金史一二七 隱逸傳同 中州
州樂府[illegible]詞三首 元年月
二月庚申，馮延登使北來歸，五月丁亥，以奉使有勞授禮部
侍郎 金史一七 哀宗紀 本傳云「哀宗撫慰
久之，復以為祭酒，歷禮吏二部侍郎，權刑部尚書」
五十七歲 —— 明年
方岳 第進士 の[illegible]一六四 [illegible]集 廿四歲
名水詞 [illegible]西江月「壬辰自壽」
「周密字公謹，曾祖祕，自濟南來[illegible]吳興至密の世 戴表元[illegible] 東野語序
[illegible]思[illegible]、[illegible]、[illegible] 弁陽集序 馬廷鸞碧梧玩芳集 [illegible]之[illegible]，[illegible]府
之故[illegible]、風[illegible]佳、童而習之 戴表元序 [illegible]書[illegible]，居[illegible]，
弁陽山水清[illegible]，[illegible]好景佳時載[illegible]有[illegible]扁舟，[illegible]日一夕
賦詠于其間、[illegible]集 弁陽詩序 最為馬廷鸞所知[illegible]」
卅の遺獻[illegible] 宋史[illegible]
1232 第三[illegible]
壬辰

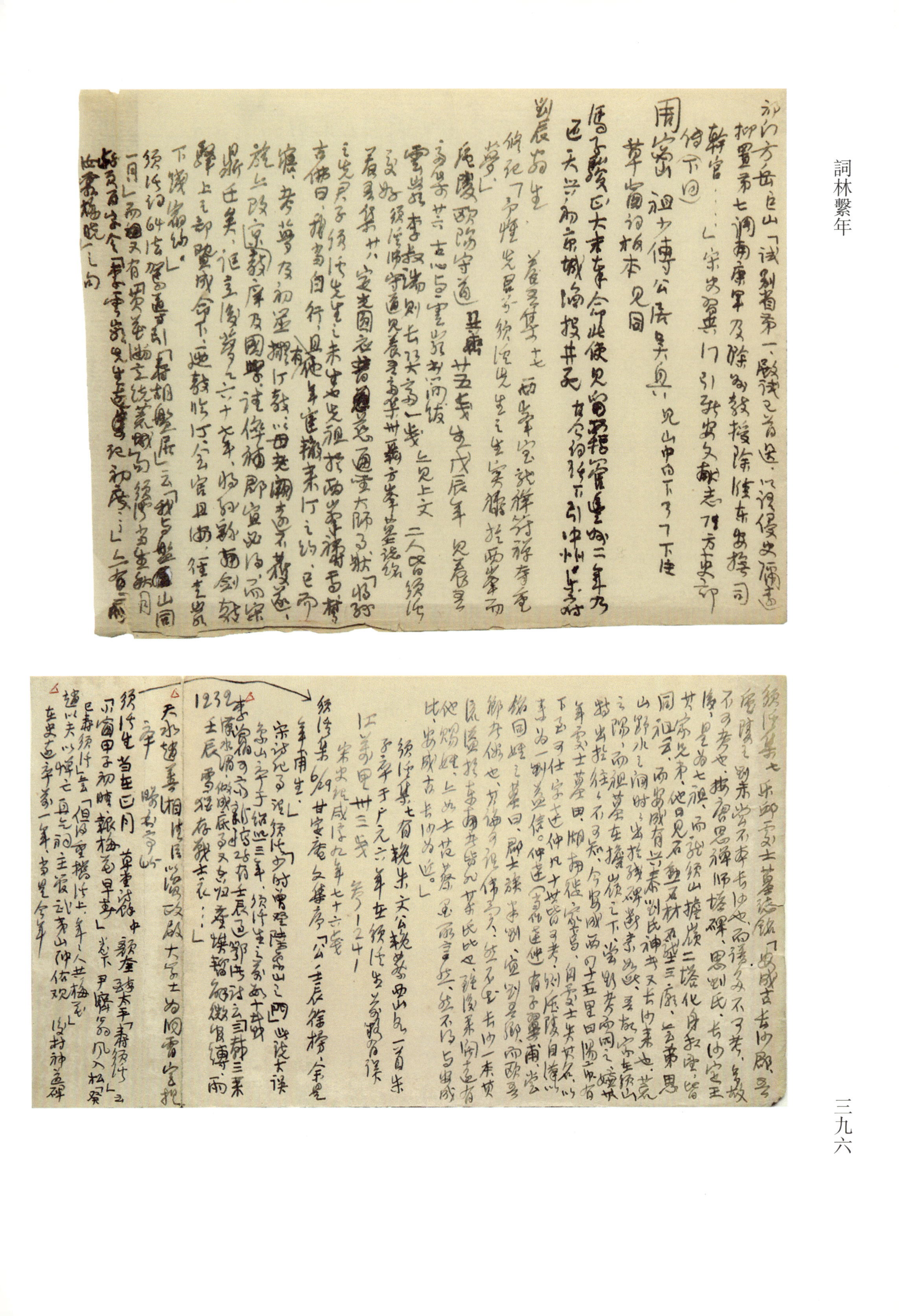

(123-2)
遺山大全集 Vol.16
木蘭花慢
錦機先生曰
附刊戴石屏集有紀（?）宮（?）壬辰自序
（日）格（?）宮（?）壬辰

史論遺元詩案解，劉克莊作訪梅
絕句云：「夢得因桃卻左遷，長源為柳忤當
權。幸然不識桃并李，也被梅花累十
年」（瀛奎律髓注）四十七歲
正月，金西面元帥崔立反，殺宰相，令衛王子
從恪為梁王監國，自為太師尚書令鄭
王。遣穎元軍。四月，哀宗北還。
元好問[illegible]為省者，令史。崔立以為左右司
員外郎，改易巾髻。為崔立草碑文。四
月二十九日出京（汴京），五月三日北渡
[illegible]居注[illegible]都尉[illegible]
邑五百戶[illegible]初入翰林
知制誥
郝經[illegible]遺山先生墓銘
元好問撰中州集（郝）
劉秉忠為邢台節度使[illegible]隱武安
山中
李治又云[illegible]
[illegible]

123[illegible]
11
六年
癸巳

葬具……服除復被召奉旨還知林上書故
千百言」又落真定牧耕為邢洺安撫使洺水
劉曾為副使　在癸丑（一二五三）前
馮延登為元兵所得投井死　李獻甫年四十歲　陶裏
上校刑部侍郎」）大元兵圍汴京，公名辨逃難，為騎　本傳明年（按：……
兵所得，敲擲而北行，延登躁憤惋慨，義不受
辱，遂躍墀旁井中，年五十八」　中州樂府
小敘云「京城陷自投井中」　按金史一七哀宗紀
壬辰以汴京降元在此年正月　中州樂府小敘云
「有集號橫溪翁」　送詞一首
十月壬辰史彌遠致仕乙未薨死（十年猶表）
一二〇八、——一二三三
胡祗遹生　延祐二年劉賡序紫山大全集云「至元二十
九年劉諗以耆儒碩德徵……，辭以疾不起，時年才耳順
矣，辛年六十有七。」當生於此年　劉序作於延
祐改元後至元
洺水詞16　兩江月「癸巳自壽」　八月作　知漳州、安吉守
道以夫「紹定」六年冬　後村神道碑云史彌遠薨，　知漳州　今年冬
知漳州」　有木蘭花慢「漳州……」　福建通志73
盧摯生於此年　參1297須溪作作先政作勝
姚鏞為贛守被陳韡子華所參　後村大全集146陳韡神道
碑，陳紹定六年知隆興府「九月，抵豫章，以盜賊起于贛，奏
奏贛守姚鏞、興國守王柏，御筆各降五官安置」　按1240

1233
吳潛履齋遺集三梅和甫稅院墓誌「……紹定癸巳，
蔭調金陵……」
知建江府、江東安撫留守」　參本傳「遷太府卿兼權沿江制置
　本紀在今年十二月
明本梅石屋集有紹定六年三月姚鏞序　雪蓬序

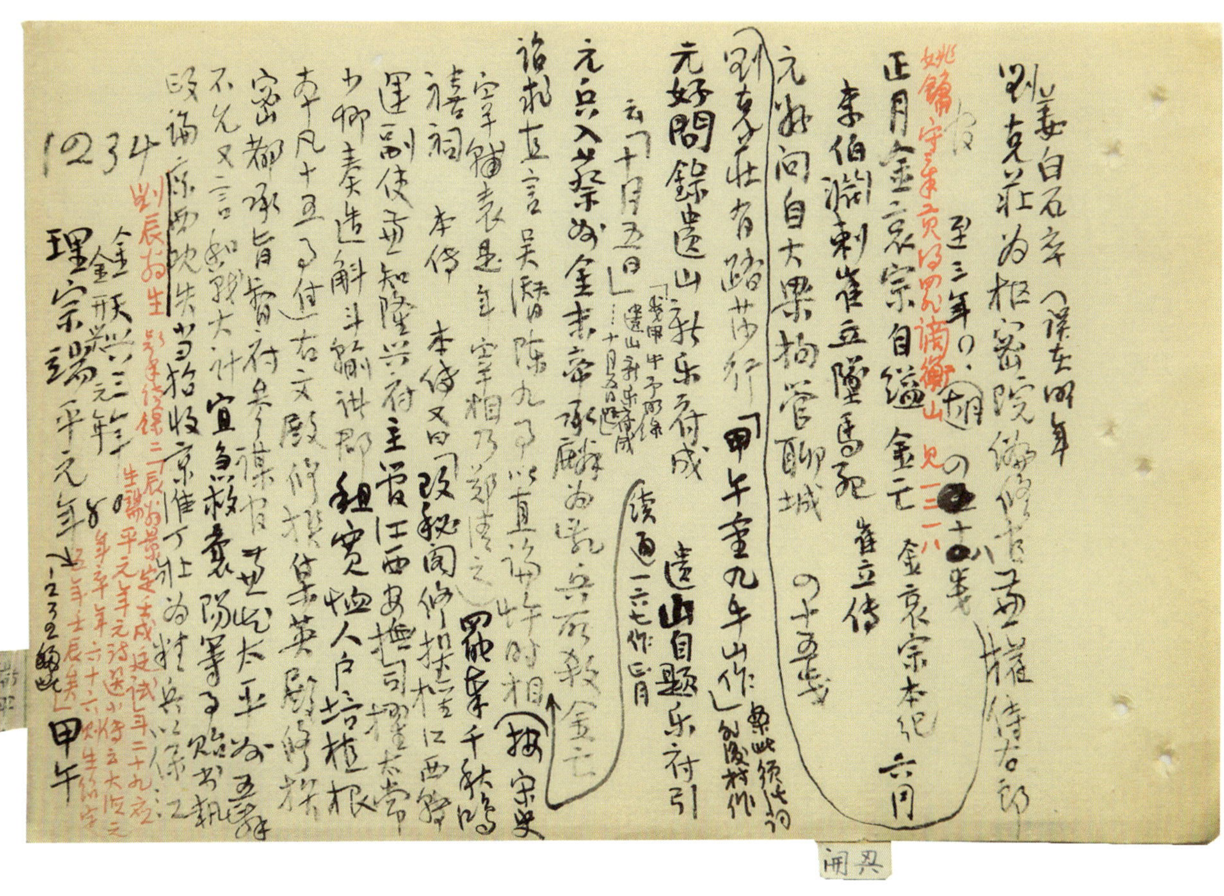

刘姜白石卒……误在明年

刘克庄为枢密院编修官兼权侍右郎

至三年……の五十四岁

正月金哀宗自缢 金亡 金哀宗本纪 六月

李伯渊刺崔立坠马死 崔立传

元好问自大梁拘管聊城 の四十五岁

刘克庄有蹈背行「甲午重九牛山作」

元好问录遗山新乐府成 遗山自题乐府引

元兵入蔡，金末帝承麟为乱兵所杀 金亡

论孔直言 吴潜陈九事以直论忤时相 按宋史

宰辅表是年宰相乃郑清之 罗氏集千秋鸣

禧祠 本传 本传又曰「改秘阁修撰权江西转

运副使兼知隆兴府，主管江西安抚司，权太常

少卿奏造斛斗输纳租郎。租宽恤人户培植根

本十凡十五事。」

1234

理宗端平元年 甲午

吴潜

西枢工部侍郎知江[illegible]府不赴……改权兵部侍

郎……

大理[illegible]……兵部尚书……

端平甲午东平……

鹤山大全集……

吴潜出知江[illegible]，改江淮荆湖福建广南[illegible]

西，權工部侍郎、知江州，將不赴……改權兵部侍
郎兼權正論士大夫私意之蔽……又請令經筵
士以收復襄(?)之人，特試工部侍郎兼權元(?)府黃(?)
沿(?)海制置使，改知平江府……授寶謨閣待
制，提舉太平興國宮，改兵部(?)……試戶
部侍郎，依前淮東總領兼知鎮江府，言邊備防
禦事(?)十有五事，改寶謨閣直學士，兼淮西都
大提舉坑冶，權兵部尚書，淮西制置使，申論
防托江防團結措置，五年進工部尚書，改吏
部尚書兼知臨安府……兼侍讀，經筵，以臺
臣論奪職，罷。授寶謨閣學士，知紹興府
兼浙東安撫使，辭。提舉南京鴻慶宮，後致仕
授文華閣學士，知建寧府，丁母憂，服除，歸中
大夫試兵部尚書兼侍讀，歸，翰林學士兼制誥兼侍
讀，改端明殿學士，簽書樞密院事，進封金陵郡
侯。以元年十二月四日(?)……改資政殿學士，提舉萬壽觀(?)
宮，改知福州兼福建安撫使，從知紹興府兼浙東安
撫使，會同知樞密院兼參知政事」 當在淳祐

十一年辛亥(?)五十二歲(?)　陶(?)表(?)四十歲(?)
吳淵出知江州。改江淮荊浙福建廣南大提舉坑冶(?)院
治，都司袁商令御史王宗(?)劾淵罷。侍御史洪
咨夔不直之，劾定左遷。 按本傳「淵歐(?)何(?)欲
用兵中原，以授閱(?)宋何為說，淵為陳其不可……丞相

鄭清之不樂，兩罷帥，出知江州……」 查宋史宰
相年表，鄭清之以紹定六年癸巳（一二三三）拜相，
又查續通鑑一六七，趙范趙葵欲乘時撫定中原，
建守河據關收復三京之議，朝臣多以為未可，獨鄭
清之力主其說」在端平元年。 又同卷「四月
丁酉，臣僚言江淮荊襄甘(?)路大提點一院，治吳淵恃才
貪虐，籍人家資以數百萬計，其弟潛遂通干(?)懸(?)引
用匪類，詔並落職放罷」是淵潛落職，皆此年
事。 本傳又云「差知鎮江府，寬(?)防江軍之援
兼淮東總領，以功遷太府少卿，復以總領兼知鎮
江，加集英殿修撰，知鎮江府兼總領，權工部侍郎
職，仍於鎮江……權兵部侍郎，權戶部侍郎，再為總領
兼知鎮江……仍兼職，提舉太平興國宮，久之，加寶
章閣待制，再知鎮江府兼總領，未幾，以戶部侍郎
兼知鎮江府，召赴行在，以寶章閣直學士知太平
州兼江東轉運使……以功加華文閣直學士，沿江
制置使[struck]……升華文閣學士，知隆
興府，江西安撫使兼轉運副使……加敷文閣學
士，仍知隆興府兼安撫，轉運副使，改知鎮江府
兼都大提舉浙西沿海制置，許浦水軍，節制澉浦等處
兵船……右正言三疏劾淵奪職，後復職，提舉
太平興國宮……宮，丁母憂，服除，起復(?)
1234 國閣學士，江西安撫使兼知江州，尋為沿江制
理宗端平元年
甲午

四五一副使兼提举常平兵甲公事节制蕲
黄州安庆府屯田使（平湖南峒寇之功）迁兵部
尚书知平江府兼淮西刑狱准发运使召兼知平江府
……兼浙西提点刑狱兼知太平州兼提领淮东茶
盐所以功进端明殿学士沿江制置使江东安抚
使兼知建康府兼行宫留守节制和州无为
为军安庆府兼三郡屯田使……拜资政殿大学
士，改任如旧，与执政恩例，封金陵侯……进爵为公
从知福州兼福建安抚使，改知平江府兼发运使，御
史刘元龙劾渊亲丧夺情，改知宁国府，寻具辞免
且白祠，以本官提举洞霄宫，起知潭州兼湖南安抚
使，不赴。改知太平州兼提领江淮茶盐所，寻兼制
置大使，知江陵府兼夔路策应大使，兼京
湖屯田大使，带行京湖安抚制置大使，拜观文
华殿，改任如旧，兼提领江西京西财赋，湖北京
西军马钱粮。渊调兵以二万人往援川蜀，然后力
战于白河、沮河、玉泉。 …… 五年卒。

二支

李曾伯可斋词 水龙吟「甲午春大制使」（旧云「新安坚吟集」……淮山长久）满江红「甲午
宜兴避俗舍墨梅」 卅七
熙弟……有甲午催……和…… 也已入淮幕
又有甲午七夕在京诗，甲午中秋安邑……
王遂自安外睦宗院教授赴都堂审察，召试学士院
论楮币田役，时为除正字，参与。（后村作墓志）
入馆次月上封事论烟没田……某人言其弹劾……进为……
绍……为侍理……为上言……改秩……判……（同上）
（理史…… ）

《名贤词别集》小重山《全闲道郎中谢吟馆伴太夫（
人归来都下，家寿西湖……」，金牧姓「姚合浚」
作」云「……四五抓山林处士，来踏梅根残雪」
「笑子吏部梅花八咏」……
水调……等地名词，有云「万古西湖……」，重庆引西冷桥
〔相……〕……等句，皆在杭时作，不知何年
君衍……又有鹧鸪八「指芳君烟雨……」水调
引……又有……
名君交游有洞仙词……
词有云「……」此公爱山入剡，……若……李白
……

把离衣探送去，天市」……
词又云「佳客……」
窗前晚……闻去，……程耳。」……或在江西人
月底修箫谱「乙未之秋，高邮朱
使君钱唐北关舟中」起云「客西湖醉夜雨
之游，闻有鹤梅仙「乙未三月吴氏紫微观桃符上闻花

12 3 5 一枝……」
元祐间七月过……
二年
乙未

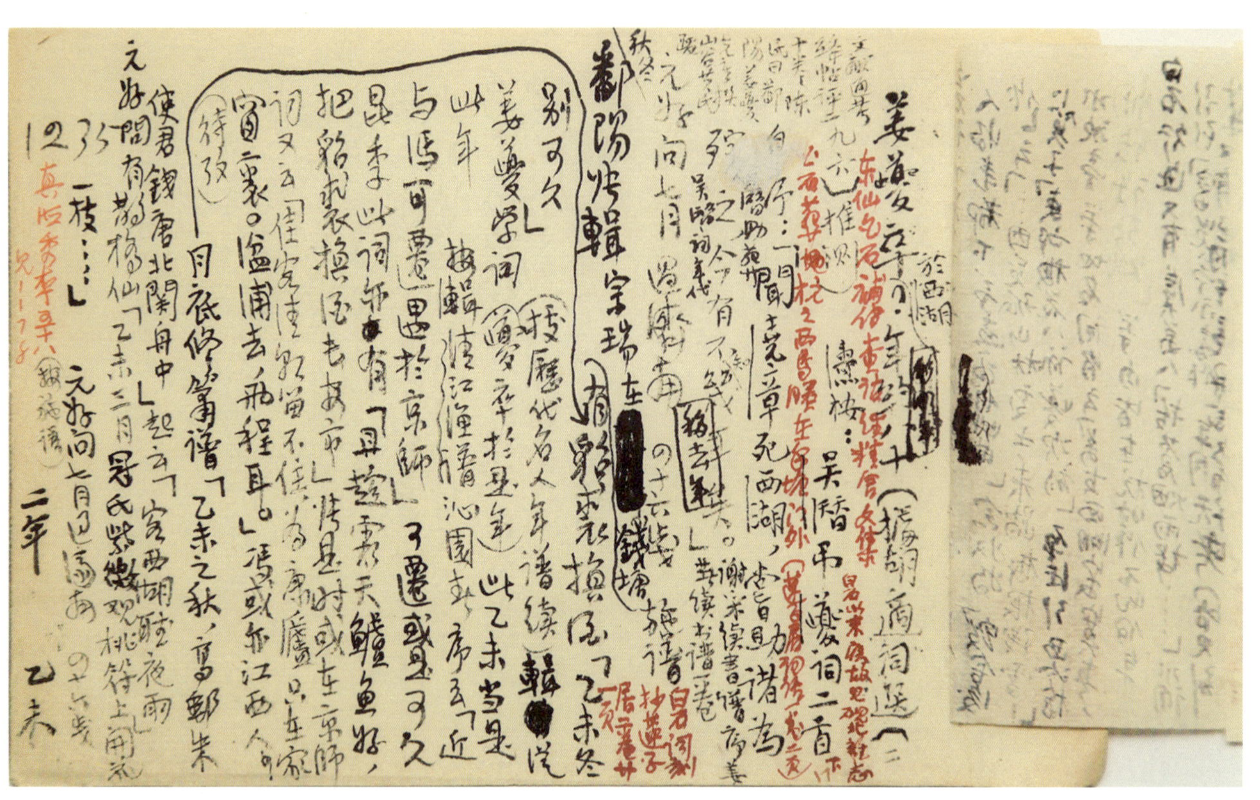

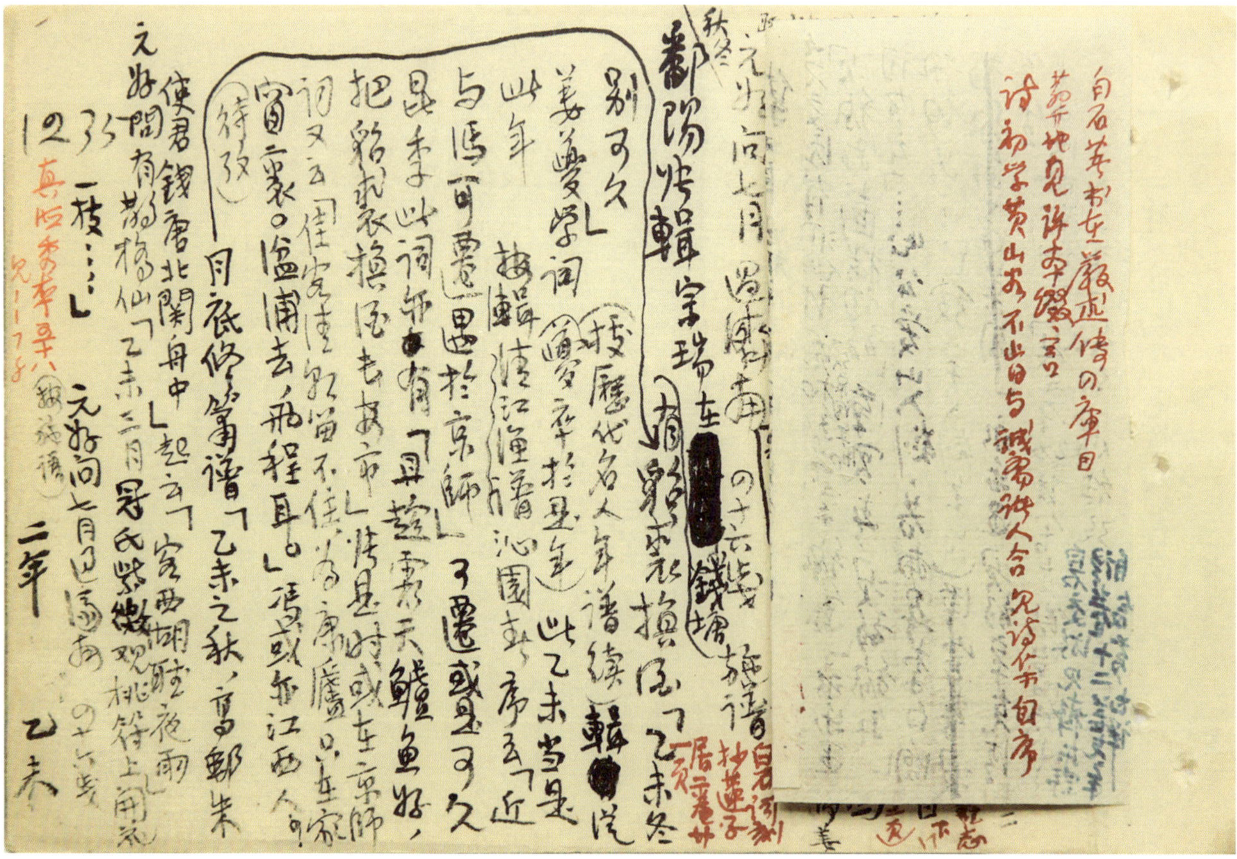

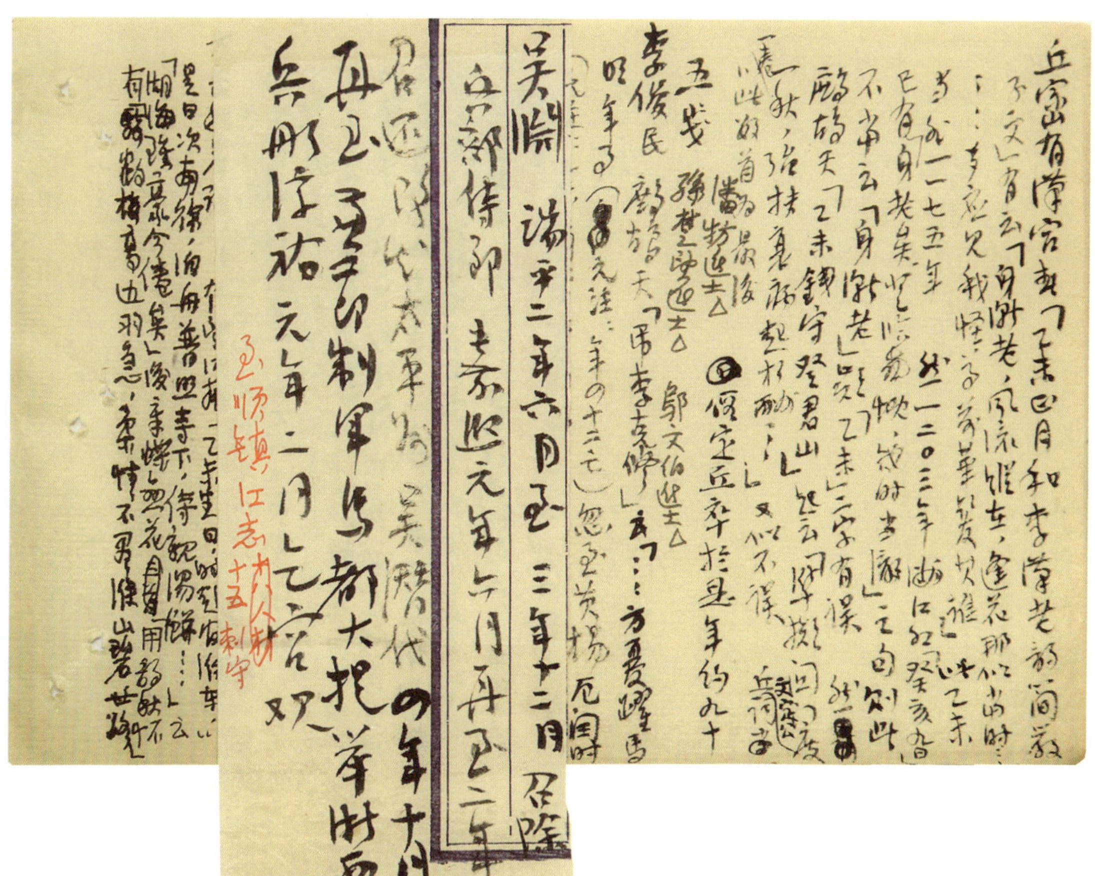

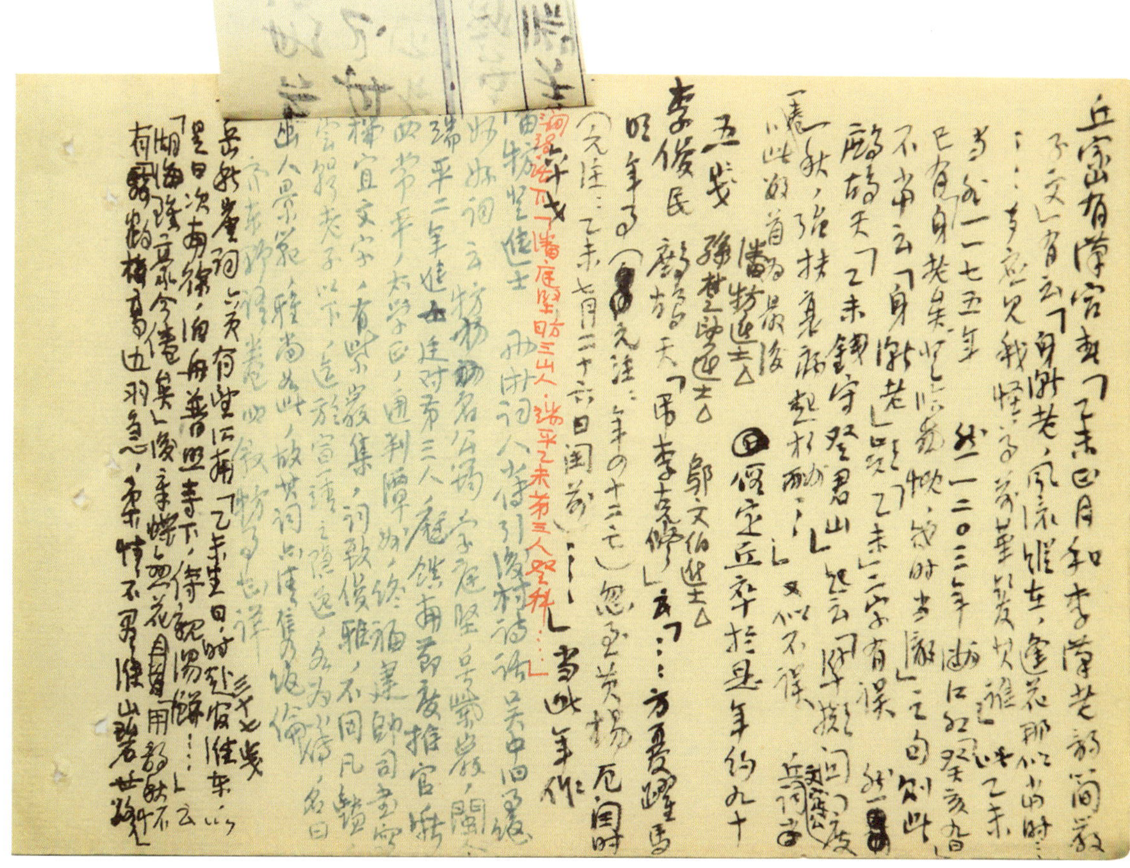

秋崖詞中水調歌頭「平生用前韻」九日李景[illegible]

的即 風流子「和楚客館」東坡韻 揚燈夕

張之翰 周卿 約生於此年 趙韓 西巖詞十六頁中秋夜不寐云「未過松江去，被高沙同盟，[illegible]，暫時留住。」換頭「樓中似醉，嫦娥說道，人生百年強半，未為之衰暮。」考集中心園詩序謂「至元甲申，二八の不肖以南書京行，退居高沙。」甲申時五十左右，則當生此年左右也

李日卯英「端平二年，撥鋒成辛叛，鄂州[illegible]起番禺……日卯英與楊任中皆出誅賊……賊退，召除大理司直，主管礎司機宜文字，後與之平賊，以昂英有黃屯功，召除太學博士，賜對上奏……上賜書，曉其直，尋召試館職，除秘書郎，兼沂王府教授，遷著作郎，兼屯田郎官……會除崔與之右相，辭不拜，上以昂英嘗從將偉，幸御札趣召，除直秘閣，以積與之力辭不行，昂英上不拜，積為之命，遷大宗正丞兼吏部郎中，以親老乞外，便養，除直秘閣，福建提舉」宋史

十六

游九言 端平中卒△

樓扶 端平中以判至司農官△

陳端文 端平初治三上書，論[illegible]△

李曾伯 可齋詞 心園詩「乙未代某將[illegible]」水調歌頭「乙未沿檄過額壽」「宿遷道」「乙未中秋同張此家[illegible]」瀛州之南樓」 廿八 宋史 早年「通判濠州」或即此時 新添 有乙未渡淮登壽春南樓詩

程珌 洺水詞 十六頁滿庭芳「雪」……「今月，の十七年前此年也，今再見之」詞云「未步嘉平，初旬日四，雪中歸自崇惠」 自己至此正の十七年

1235 乙未

潘牥 廷試對策論當王之完 後三年嘉熙丁酉為葛峴所劾 後村大全[illegible]墓誌銘

吳潛 履齋遺集三 歐陽山文集後序「端平二年，文昌以右文殿修撰知太平州，時文忠歐公點檢皆視之，佳京湖軍馬……歸于公，公有好之，嘗[illegible]為上客」

趙以夫 為[illegible]提舉常平 [illegible]漳州軍志[illegible]「端平二年任」，三年為[illegible]

方壺存稿八卷 汪莘

端平乙未臘月二十五日除[illegible]遞民經跋序「僕頃為史官，不卿[illegible]之逸民，今一念之[illegible]已」

王[illegible]重光協洽[illegible]中秋序「長短句似[illegible]不文[illegible]」

只催双影白云句，杏酒花慢「吴尚书宴客连
观……」云「金陵两点，曾几丹云……不出溪路、吟边笑，」
明吴文英词中只有此年至淳佑辛卯（卯）
亥（一二五一）后逆十余年，是有年份可考。文善益己
此说误 思佳客闰中秋作于一二四四年，作者因此
洪咨夔 胡 陶襄
元好问 秋居吴氏秋宫阳平の支景（逸）
吴文英在吴有探芳信「丙申岁吴灯市」 七十八页
家国中年余借宅幽坊 三十二页
词见付
张辑在高沙（疑即高邮） 有淮南田赋 丙申
此戈
游高沙访淮南迹」有起云「短舞
怀古，更文游台上，秋生吟兴。」
尚在壮年？ 张盘时
谱一卷 有东泽绮语一卷 渡江留
花庵词客曰「作词韵行文」云
今词话词评上の十六页
元好问三月游泰山 有清平乐「太山上作」
陈蕃 有虞美人「丙申乡人薛常风」
补
吴文英惟在吴在杭词最多，留吴尤久
惜秋华「八日登高沙望湖」云「二十载吴宫
吴苑……」
二十五页
探芳信 永遇乐 定风波 三年 丙申
暗 吴宫采香踪 知秋帕泪

向年吴「暗忆芳盟」云云又似兴六字人所应道
赵南夫 凡度李仲达来……吴鸣好为传归信，
杨柳阁门应好间」
吴泳（叔永）自号学士，草窗已语
详见杨面佳能览
文天祥生 历代词人年谱 宋史の六
诸子国盟新城窗镜 砚北杂志下16 纪年录二
五月二日文天祥生 文山先生纪年录 文山全集卷后 叙白石词
张炎词作丹芳「雪窗篆」「丙申自寿」秋向作 十五首海屋
乐也，今再见之 已亥1189年 江右雪行闰月，四十年后
张炎词甲子此后 词前年
赵与筹 惠帝年五月知风 道光宁波府志16职官表
绍侍友人黄雨炎生 绍兴黄东父墓志「生丙申」
今案
二月甲寅左曹郎官赵以夫上备边十策 宋史本纪
六月已亥洪咨夔卒 宋史本纪
赵以夫 临川 仅见去年

王邁以詩論紀爲誇晚所劾（後村作墓誌）
王辟 嘉定十七 七十六
元好問八月自大名還太原 家後過冠氏 秋在山陽 陳耆卿卒 五十八歲 陶表
の十八歲（諸謂）
袁甫 沈義父伯時 以饑領鄉薦 為南康
軍白鹿洞書院山長 文云 致仕講學二十
編時爲先生 並時會仕宗寶道世公云人樂府
指迷 の座 極要 樂府指迷不刊 約
元好問 大名手刊本跋 徐鹿卿以作詩送方大琮劉克莊王邁為言者所劾 主管雲臺觀 後村大全一十七 神道碑
揚存 玉樓春「楊叔能……」劉于於山陽
當作於今年……七年？
魏了翁 仲鞠Δ
張弘範 仲疇 生 樓之史一五六本傳推
再查一佳陽樂府（の印齋）
鄭陳其 子微 字作謙之 詞集有 咸字 求之南宋「嘉熙元年
七月 為浦城 二十三日 別 我康界 遊居宿 為七言
雨作」 本集詞有年月此最早
李後民 有瑞鶴仙「王懷為壽日丁酉年」 卷十二
吳文英有浣溪沙「琴川慧日寺蠟梅」 世三之 宋
絳然 嘉熙初 王 「過桂蒼 為志 同常熟琴川 橫塘七派為琴」
梭 吳詞當作於是年後 增 橫日琴川
1237 理宗嘉熙元年
嘉熙

許棐 梅屋
嘉熙丁酉中秋自序獻醜集
獻醜集 高瓶
寒韻
云「……」晴
詢指潛
宋義十三
「……天……」
當時因臨安大火 對策 言 宰
史徐清叟 御史蔣峴劾 王邁 劉克莊
及防 洋通經 宋季三朝政要已指 後村譜
陳人傑龜峰詞 沁園春「丁酉歲感事」「誰使
神州 百年陸沉 青氈未還…… 劉表坐談 深 說和說戰
原 國失之 指 問……
都難 算未必江沱地寬安安」 此最
早。
一二四二
莆田劉克莊刊梁溪詞 增李綱 附金集後 劉叔仲子 此年九月
吳淵再知鎮江 見一三五
史宅之本年在嘉興 知嘉任 見 志
姚鏞自衡陽貶所歸越 卷1273。
監 徐鹿卿面對 指 貴 宋季三朝政要 卷一 廿頁
宋伯仁客杭 の庫提要164.28上
李曾伯可齋詞 詩 蓮葉「丁酉春……江……亭」 有「極目長淮」句 時自
間還幕府
鄧園曲水之集 云 功名 東坡 人間 古今」

吴文英有江南好「友人还中吴，密圃坐，杯不（朱彊村十三页）
深情恢，不觉后期。越罗裹日，夕阳敲徙
间字，时备示江南好词，绝爱夕字为瓶
次韵」不知何时作
永乐迟「探梅次时斋韵」
杭：慢」和沈时斋八日登高韵」云「……暗
看去，我年少，箫传杯吊甫，把菊插潜。
身老江湖，心随飞雁天南……」

潘坊因临安大火对策，……临安王之望宠荐
史弥远　御史蒋岘劾　王迈　刘克庄
及坊　详国传　宋季三朝政要已载在后村谱
陈人杰沁园春「丁酉岁感事」「谁使神州，百年陆沉，青毡未还……刘表坐谈，深源轻进，机会失之弹指间……说和说战都难，算未必江沱堪宴安……」
[illegible]

早，
二四二
莆田刘克逊刊《渠溪词》见李纲《梅溪》全集后　刘叔似此年九月
吴渊再知镇江　见一三五
史宅之本年在嘉兴，宋知嘉兴府　卷一二三。见克庄《竹溪墓志铭》
姚镛自衡阳贬所归越
盐仓徐鹿卿面对火灾事，指陈贵戚　宋季三朝政要卷一，廿页
宋伯仁字器之，杭人　四库提要164.28上
李曾伯可斋词　莲叶「丁酉春暇江西舟中」有「极目长淮」句
沁园春「丁酉春陪制阃燕郎园曲水之集」云「赤壁功名，东坡文字，依仰人间无古今」

李曾伯　宋史「通判鄂州」据上
词当在此时　卅岁
吴潜履斋遗集三　孙守叔墓志「嘉熙丁酉，余以工部侍郎领吴牧，适常平使者阙，被旨摄事」
李伯「试工部侍郎知庆元府兼沿海制置使，改知平江府」

1237
丁酉

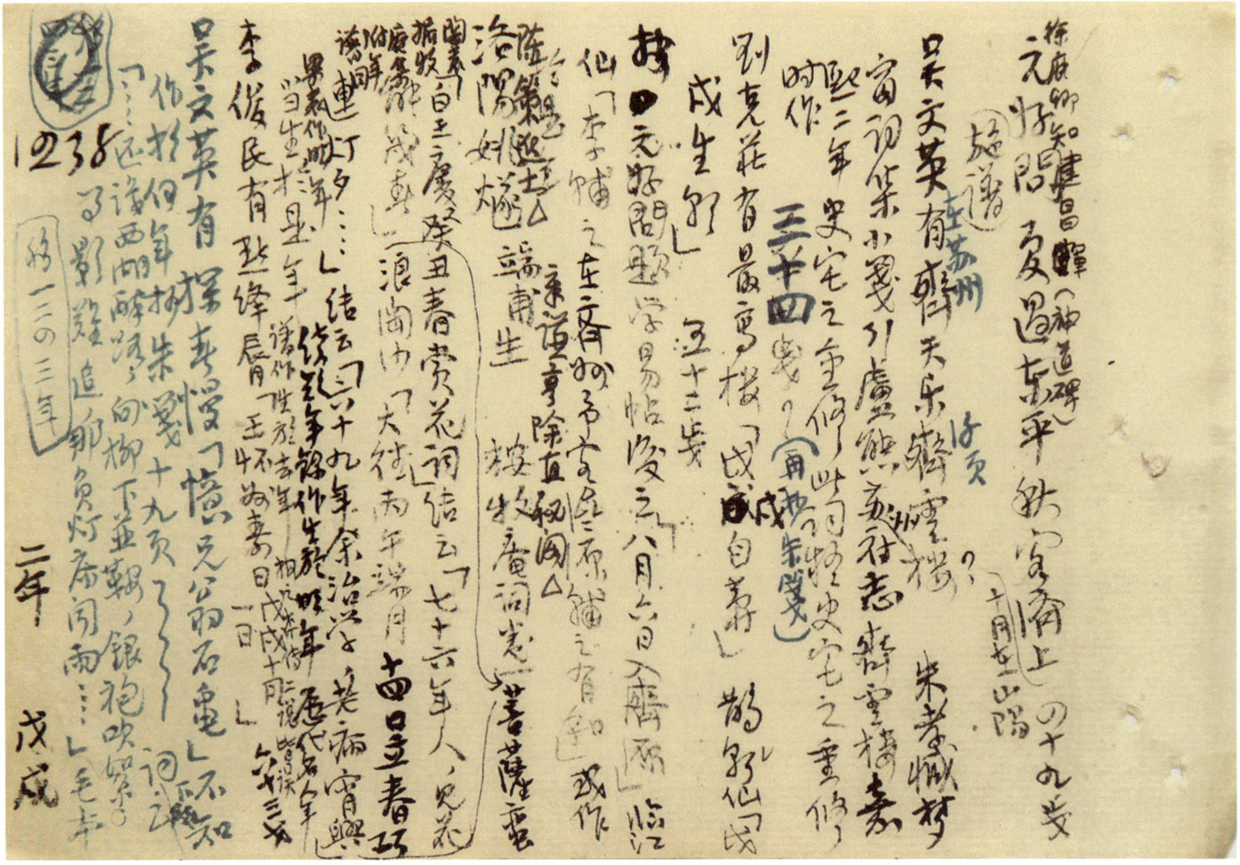

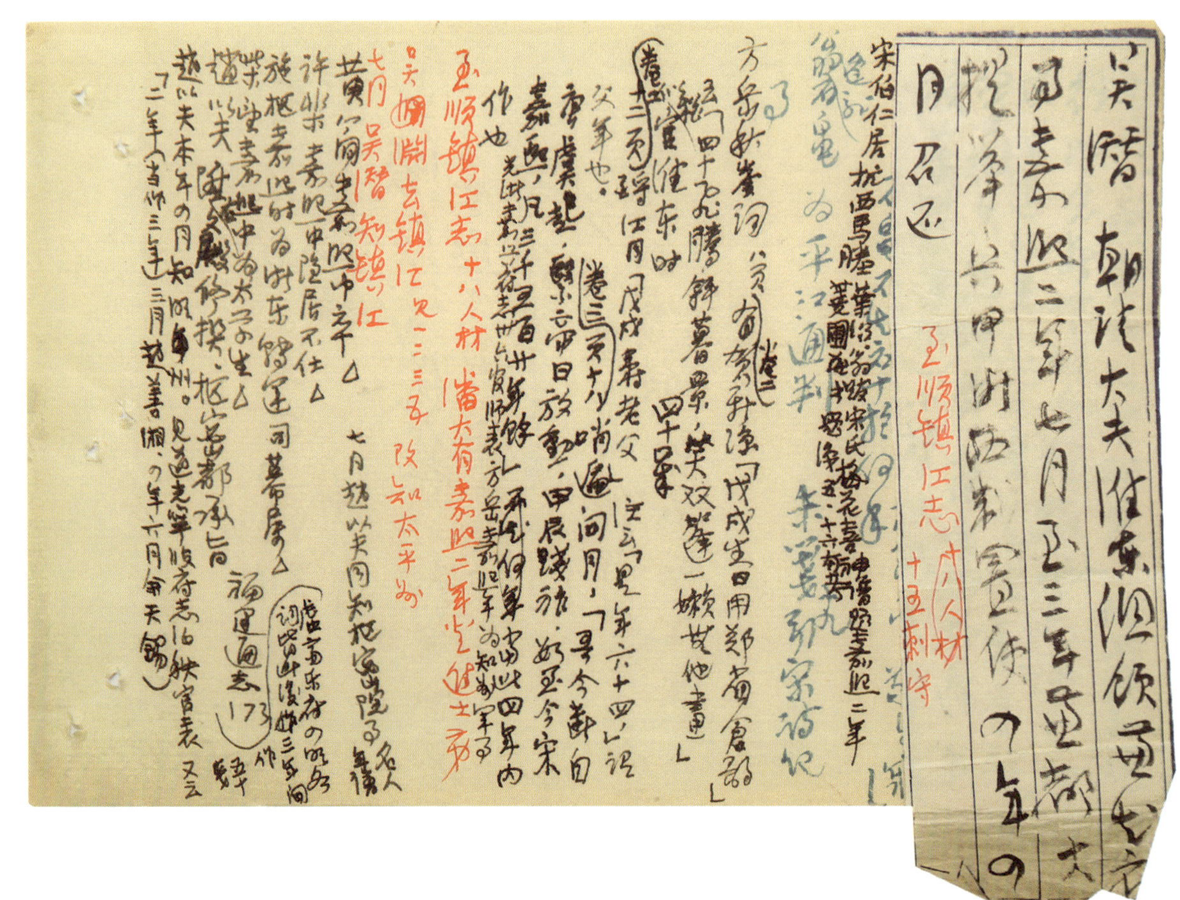

题作「宛翁下世后，坚研意」 词上段云「谘抚深知断，无数人，轻敲幽户。细草斜回自送流光一羽。重云冷，高屋敲，留微共熟，蝶梦。芳鸣断，残蓬寒」 校蓬辉加遥携」 小梦枕残云，翁传寤

翁我龟为平江通判，朱灵(?)刻宋诗纪(?)

逢铭不龟不龟六十(?)

宋伯仁居杭西马塍，兼作翁，撰宋氏梅花喜神谱，序于嘉熙二年

方岳秋崖词 八页 卷二 有贺新郎「戊戌生日用郑省仓韵」 注云「四十九腊，钱暮景，笑双[鬓]一嫩，要他书」 四十翁

卷二 三页 满江月「戊戌寿老父」 注云「是年六十四」 记父年也。

曹冠燕(?)喜集 卷三 页十八 满庭芳 间月，「寿今断白嘉熙，乙亥……日放动，甲辰钱旅，如至今宋作也

光绪嘉兴府志，凡三千五百四十余条，……四年内……为知……宋……

玉顺镇江志 十八人材 常大有嘉熙二年登进士第

吴渊 嘉定镇江 见一二三子 改知太平州

七月 吴潜 知镇江

七月 赵以夫同知枢密院事 名人年谱

黄公甸(?)嘉熙中主……△

许应龙嘉熙中隐居不仕△

施枢嘉熙时为浙东转运司幕僚△

叶以梁(?)嘉熙中为太学生△

谴以夫除……修撰，枢密都承旨

福建通志 173 卷三 记浙东……(?)卷三 嘉熙……

赵以夫本年四月知泉州。见道光晋江县志16职官表 又云「二年(当作三年)三月赵善湘，四年六月余天锡」

1238

戊戌

绣伴(?)集 3/14 本事堂花「帝年七八，与西家二三兄共受书，居对于蓟城，曾游甫……先生名子渊(?)[鉴]庄氏，同邑永和人」

翁子孟寅与赵希声西白良朋曹[鉴]从贯(?)道游。见戊隐临安志元日治平寺题名「宋，人俟乃9930引」

李曾伯 可斋续稿 后十 诗伯「戊戌冬至后年援僚，自删……入……」

长春(?)挹(?)堂尹志平「[宪]太宗十年戊戌，志平年七十」，年[鉴]志常自代」

1613 长春真人西游记序 观李[illegible]

山阴王英孙 修竹 才翁 生 见1312

清邵廷采念鲁思复堂文集三「宋将作监簿修竹先生传」 集十「宋遗民所知传」

瘗宋六陵之主持人

元好问有鹧鸪天、杏花、清平乐词　五十岁（施谱）

与郝季寂返读书山

刘克庄有水龙吟「己亥自寿」二首　五十三岁　又「自和」第二首」

江山柴望仲山秋堂为太学上舍，除中书省奏名　[illegible]作「嘉熙　」？　八名，郑典作「嘉定结题同」

绝妙好词作「嘉熙中」，不知何据，当误

读书山当即鄂州山中，好集有过东丈家丹山图诗

在诗云「山头佛屋五三间，山势相连石岭关，名家[illegible]

不[illegible]从我改，须孙元子读书山」　杨云翼亦有诗

平甫有诗题元子东丹山图　[illegible]

丹徒施枢知言芸隐为浙东转运司幕属，尽[illegible]

[illegible]之厉鹗提要「嘉熙时」　吴文英有扫花游「赠芸隐」

[illegible]

有云「……小山有课，向很画仙，占破明香吟……」

未归去，回去安辕红为露」　又有瑞木兰花

慢「施芸隐随绳节迁浙东，作词留别，用其

韵以饯」云「……会西子初案，当时望眼啼……

雨难晴，婵娟，奈红共翦，对越吟翻调……

吴宫……雲，梦……溪流水畔……

……谁知……，江山秀……」

当此时作　三年

1239

己亥　八十二

李气[illegible]……」

姑

姑台和施芸隐韵」　吴廿五丈

许棐「嘉熙中居于秦溪，自号梅屋，因以名集」　梅屋诗余

四库提要「六四梅屋集五卷

一卷芸窗

姚燧生　参年谱录二

崔与之卒　八十二　有菊坡集△

宋伯仁居西马塍　三年　马塍藁中岁旦一首注云己亥嘉熙

「宋伯仁字器之，号雪岩，苕川人。尝为监淮扬盐课，又著梅花喜神谱二卷

拙，而禄位不显。」　器之锐意功名，尝应词科

李曾伯可斋词水龙吟「己亥……」　已矣，……愁帽……」　曰上

游似　卅二

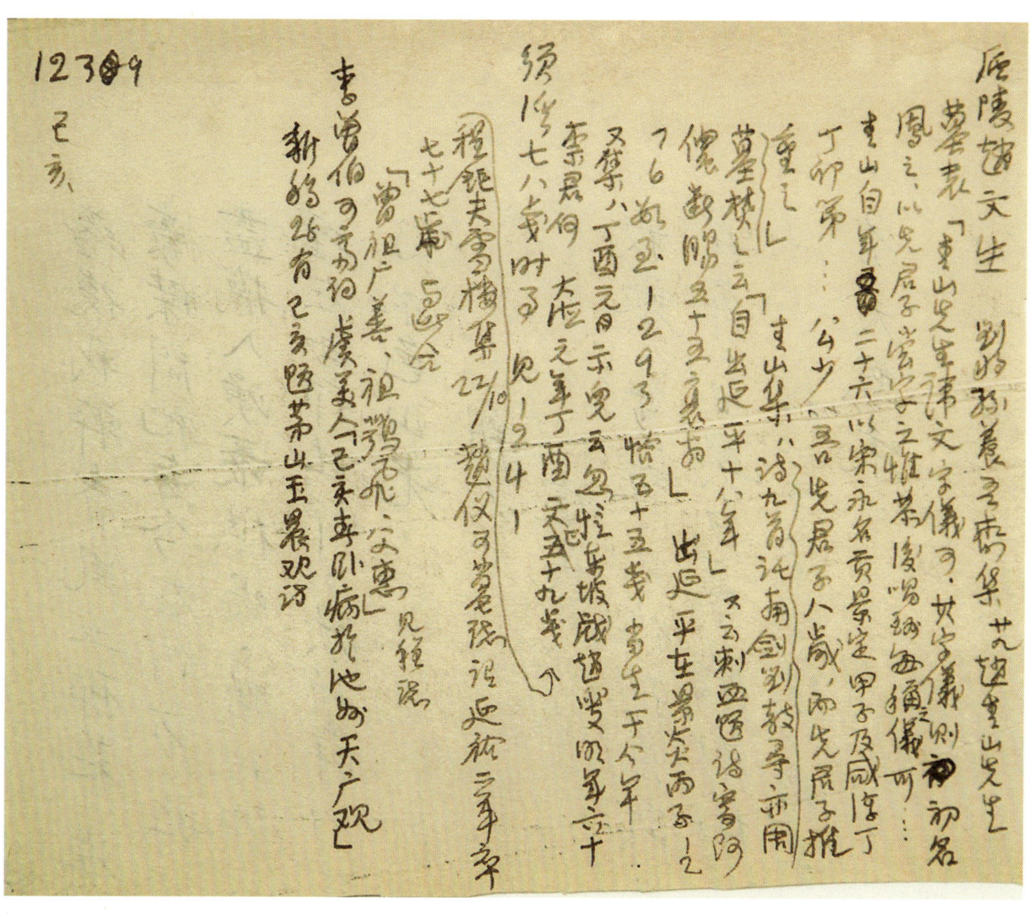

廬陵趙文生 劉將孫養吾齋集廿九趙東山先生
墓表「東山先生諱文，字儀可，女字儀則，初名
鳳，以先君子嘗字之雅，茶陵……儀可……
東山自年二十六以宋永名貢景定甲子及咸淳丁
丁卯第……公少八歲，吾先君子八歲，而先君子推
重之」
墓誌云「自出延平十六年」 東山集八詩九首託南劍劉教導，亦用
儀歐陽五十五哀哉」 出延平在景炎丙子一之
76 歲至1299恰五十五歲 當生于1247年
又集八丁酉元日示兒云忽惶兵燹……
余君何大德元年丁酉 吳五十九歲
須係七八歲時 見1241
（程鉅夫雪樓集22/10 趙儀可當老隱 延祐二年卒
七十七歲 可與此合）
「曾祖廣善，祖鵬飛，父惠」見程誌
東當伯可高祖 虞美人「乙亥寄臥病於池州天廣觀」
新編26有乙亥題茅山玉晨觀詞

1239

乙亥

元將向自山東返鄉里 卒年二十一歲（施譜）
劉辰翁 以漕松……
（他）松詞
子千四歲
返越 王孝…… 見所年譜
劉辰翁之名見於……年譜二
姚燧（殺）父有於伯父樞隱居蘇門 二十一歲
元史一七四本傳……除江東道判補……
周密父佐 國漕幕
潘坊 庭堅 王邁 實之 在當少
又……集四集四頁 16
又後集16全編傳
抄本東野語
之弟為卷十頁「潘庭堅王實之」條
徐鹿卿改吏部架……
杭為大學，西湖圍為也，地人……為一詞
抄函湖志 詩話之第五頁
周密恥父宦田
陳人傑龜峯詞 沁園春「予弱冠之年，隨牒江東漕闈……說西北歷淮山，自齊安泝江泛湖，薄遊巴陵，……泊回京師日詣豐樂樓以觀西湖，因誦友人田東南婦女，以……了男兒之句，嘆息者久之。何……鬥心胸中之……甚感……嘉熙庚子……秋下……浙也」云「誰君傳……塗……，問南北戰爭都不……原夫……如此，古何用毛錐」
（玉壘……，珠淮……浪，……吹……）
龜峯年……沁園春「庚子年……自壽」「何為……」……
……回皇……

1240 丙和

9年 庚子

吴渊再知镇江　见一二三五

吴潜去镇江　见一二三八

刘壎水云生　三种年谱引「水云村泯稿附」

东莞赵必瑑覆瓿词约生于本年

宋史翼十七谓赵「元世祖至元二十一年卒，寿不踰五十」，以五十岁计，当生于此年

刘1240年

刘壎生　江西通志引人物志「年三十七而宋亡」

宋亡时指旧旅二年 [?]

李曾伯可斋词有沁园春「庚子寿史函[?]」（有催浦[?]铺由）心画斋「庚子望凤凰和望同韵」安南宗 水调歌头「庚子寿刘阆别岩[?]」

又「庚子送周[?]仲赴江东幕」云「当年[?]云岷[?]帅[?]…」

宋史本纪四十二　本年五月「诏沿江沿[?]西制置使别之杰往来[?]防」　本纪

徐经孙 矩山存稿 庚子祈雨矩山语[?]

徐保[?]夫[?]任右弟一[?]

苏泂约七十岁　冷然斋集八 四月十三日晓梦云「行年今已七十」，辛年无考

平阳郑宗仁林卿生　见1302

珂

徐鹿卿[?]由将发县太平州，暂领茶盐司判赋[?]。时岳[?]□字当[?]生，横钦百出，

冯去非可远号深居　宝祐进士（神道碑）　去非为宋再[?]查宋史

刘克庄有临江仙「庚子重阳，余以漕摄帅　梦窗词笺引

会客帅户伯玉、漕黄成父于越王台　三五

明年丑日宴海上[?]驿作」　五十五岁

吴文英有齐天乐「与冯深居登禹陵」不知何时作

烛影摇红「饯冯深居，翼日为初度」

云「西园晚秋，御[?]胜青[?]天气……　廿七　秋日生」

入四生 隔明刻十[?]年[?]吴中会……」

周密[?]年十[?]时随父在故都　癸辛杂识后集

方岳秋崖词十九页　卷三　鹊桥仙「辛丑生日小寒月」「今朝廿九，明朝初一，恰是秋崖生日」「寿缘[?]

缘誓，长缸摇碧，便泥做梅花消息」卷一　廿五页

望江南「乙未生日」亦有「梅花老」句，是方岳生

正月三十日也（1199年生）　四十二岁

陈人杰龟峰词沁园春「辛丑岁自寿」「未到中年先老着，西湖路，僻留连老景，仅自浅淋湿[?]」赤[?]

中年在杭作

宋伯仁撰烟波渔隐词二卷　四库存目

谓「其书盖作于淳祐元年……」　惜未见原词

（皆用水调歌头）

李曾伯可斋[?]……和宫[?]……

1241　理宗淳祐元年　辛丑

岳珂知当涂自诡兴利，横钦百出，今年罢。见后村大全康卿神道碑及宋史[?]

第五册

张端义贵耳集六称吴居父居士诗……

家封吴安子(?)

二月吴渊乞宫观 见一二三子

苏州新生 见一二三。

李卯英「淳祐初,杜范入相,首荐为监司,以吏部郎官召,辞祠不允,未赴」宋史卷416(查杜范相)

徐儆夫进士第一△

利登进士△

远以天台自临江……

「郎」

(溧水神道碑记以言忤贾似道,罢归,提举江州太平兴国宫,召权刑部侍郎)

三月,迁以夫职,道通志173 名八年谱……("虚斋乐府心图序「自郑归时」云:同寓……吾年吾将老矣,今五十三"以夫今年正五十三岁)

续说十集袁父 续集七、八 莆阳李南叔墓志铭「吾邑陵之嵩,续山之北,有大儒曰黄宗鲁,其子为叔韶,吾先人师宗鲁而友叔韶……自是,从吾先人游者,如二黄间,而宋氏父子实先后讲其学,后赠检为资。余七八岁时,袁氏抱余学于南叔先生,后改名埴字亚卿,号古平,官至太学博士……先人死,吾十岁」

续集七……祭师后溪刘志先生文「念公守言,予南十岁……公闻余归,或谢宿去,公迎归,曰此又刘子。叔姻弟一、第及兵谋,挥除学士,模索暗投,太学半年,受其真赏,公归同野。实始往见,携提反覆,扶建往闻。我如女,公我父兄。公宰少子,曰我畏友,每书集之,君母我母,修门出走,风雨对床,执手奈何,别泪浪浪……遗橐酬罚,公撰铭志。八年出处,於志有之……公母弃我,我公暮子,魂而有知,於我归只。我育孤,母公实葬之,我育稚子,公实奖之……」

宋史卷江万里传「知吉州,创白鹭洲书院」

续集三/四 吉州书院江文忠公祠堂记「先生广元戊午(?)登进士,以丞相樵乐之世,父师家窗传习朱氏,爱白鹿洞书院,而吏部尚书刘公出入讲席者,其为吉州年四十有三……声名在台省,道并闻,始筑创吉州如白鹿……方其为吉州,四方书院未有萌,其后继讲赞论是实始此。」

又1/8 双溪书院记「自古公为吉州,而县又友建於理,每分邑(?)……深夜行讥竹间,接我先生之友,倡何不出……前此而后,其后余西仓……」

李寅仲可旁诏小涧……「辛丑进士,同湖子安赴安远」

吴昭(?)诗「吴昭雷(?)」……李居言知建宁府吴昭有三家诏夺职罢升任。宋纪

王迈「妄听言」刘后村作王某墓志「淳祐改纪,通判吉州,太守赵王某之才可惜,不即召,上曰:当以为文字官。有尼之者,遂止,知邵武军……」知邵武见1247

刘后村诗……时自国桂林被召到莆,又刘自赋来归在此年

1241

陳櫟 壽翁生 [illegible]二「定宇說」

沈義父識翁元龍　朱孝臧校夢窗詞

樂府指迷：「絕妙好詞選翁元龍，字時可，號

處靜，句章人……」按沈義父樂府指迷，壬

寅秋識靜翁，癸卯識夢窗，亦逸筆之

[illegible]即靜」又見明年　11頁

吳文英 有六醜「壬寅歲吳門元

夕風雨」云「……紅消翠減，……歎霧鬢……過眼年……」

[illegible]有壽[illegible]好「壬寅生日」詞云「比如去歲

第年今朝差覺門庭靜。玉軸錦標無一

首，知道先生遠……」其十六歲　壬寅十二月十五日

李俊民有瑞鶴仙「錦堂壽日」云「河東賢太守」

醉江月「壬寅中秋，與楊員外郎仲明婿郭

仲進婿蒲福昌待月」云「……應笑我，功名，

倚樓看鏡，空說禁煙路……」　年七十七

吳文英有玉燭新「立春風雨中餞處靜」14頁　朱

箋の頁「浩然無確……」　一剪梅「餞[illegible]」

靜以梅花枝見贈」補　不此何年

[illegible]學楳 隆吉　十二月十二日生於鄂

胡適男先生詩序　宋遺民錄十二卷

胡序作於皇慶癸丑，乃先生

元[illegible]六年壬寅者與此年

趙萬里輯本胡適

於此年後

宋史[illegible]

1242 程珌 洺水 卒七十九

二年

壬寅

方岳秋崖詞（卷四 頁廿一）最高樓「壬寅生日」「帝

遣五十六翁，人間四度新秋，問何似第一把

橋千頭」似在都中作　又云「思無端負射策，

覓封侯」似在都

陳人傑龜峰詞沁園春「壬寅春寓京林山中。

有感而作」「[illegible]馮君[illegible]畫文今五年，

為西子西湖、貴人持理，秦林年老[illegible]地滿[illegible]……」

前調[illegible]壬寅[illegible]之門，逢風雨，因賦以上

巳三日奉神霄將更之祀……」　甚中甲子此歲　四十四歲

陳人傑龜峰人　沁園春向杜驛「西山路，待封侯了，」　二三七

歸去兮[illegible]。」送陳起莘歸長樂「君歸兮，兒家

林四竹，為報平安，」似長樂人。陳容公[illegible]

云「長吉慘夫俱不算，其才而死，」陳合惟善[illegible]

癸卯冬，懷四一絕，云「西晉風流自一家，憶君觀

梅到梅花[illegible]深處人[illegible]，一枝雲

字也外斜」似陳即卒於今年，或次年，去歲年卒[illegible]

陳騤丑自壽詞語「未到中年先老眉」[illegible]

江東中年也。　全宋詞沁園春詞　[illegible]

曹門　見詞序：吳門居悅最久，似即卒於杭　[illegible]

之之流也

方千里和清真詞「六么令」「[illegible]」

內有感代作餘詞人姓氏[illegible]列二人於方岳楊纘之後，黃

昇於吳文英之前，壬寅當即理宗淳祐二年」（陳

思清真居士年譜）

時伯厚生　三歲[illegible]年子「養蒙集附錄」

趙崇嶓以宗正簿首上封事攻[illegible]宜孫[illegible]余晦[illegible]集下

1242

李曾伯可斋词沁园春「壬寅饯余宣谕入蜀」
の壬寅 按宋史本纪 时当为两淮节制
林景熙（霁山）生 见1310 郑思肖 宋遗民 两知传 汲古文集 三

1242

杨泽民生年
和清真词（備）六么令「壬寅の月挟病外邑，种寓内」，过宾「今岁重甲子，正是雞鸣目。」
是生于壬寅
似为淳今

1243

郝经陵川集 無已
元好问九月客燕中，冬还太原 王若虚辛 七十 见一一七の
吴文英有瑞鹤仙「癸卯岁寿方蕙岩寺簿」 五十の岁
水龙吟「癸卯元夕」 有梦窗词 二十九岁
沈义父识吴文英 乐府指迷「癸卯识梦窗」 七十二叉 满江红「饯方蕙岩」 梦窗补遗
吴文英在杭 按柳梢青「与龟翁吟研言欢」 梦窗集补遗
香怀癸卯岁
刘克庄后村词 贺新郎「癸卯佛生翼日将晓梦中有作」 背思佳客「癸卯除夕」 见千万 沁园春 木兰花慢「癸卯生日」 风入松「癸卯至石塘追」
耶律铸双溪醉隐集 见1178 和十五年前韵 羽生信辛 六十五 五十七岁
（本传）按耶律楚材卒元史一〇六本传作甲辰（明年一二四四）夏五月薨于位年五十五 时年二十三
查耶律铸袭于至元廿二年（一二八五）年六十五 当生于一二二一宁宗嘉定十四年 本传「楚材薨，嗣领中书省事」 楚材卒年当即其年 元史自相
三年 癸卯

陳郁 南章丘劉敏中 士 文史一七八卷本傳
徐琰卿以右司召，擢[illegible]太府少卿，遷[illegible]右司[illegible]
下省檢校，出[illegible]公[illegible]宗政院[illegible]
敏中已有水調歌頭「癸卯，同十七日送旅平陽，夜同賞荷花，雨作」，望月婆羅門
上平陽
中山旧旅
門引「癸卯元宵與張君[illegible]詞以為樂」，[illegible]所見以望
山村魚子道士，因與其[illegible]年[illegible]，[illegible]節，將有[illegible]
月婆羅門引歌之[illegible]
之續其二首，金亡至此已十年
江紅「過汴梁古宮城」云「宮室[illegible]」，又有滿
樹黃顏色……」，亦金亡後作，不知何年
海棠「壬寅冬，謁[illegible]」，宋[illegible]有滿月上海棠
其，乃金遺作也，詞玫[illegible]，[illegible]游[illegible]外其[illegible]
[illegible]吾友陳子[illegible]過余山中，[illegible]為[illegible]和，因亦次韻
以[illegible]同[illegible]音」
敏成已有月上海棠「次韻屬先遺玉[illegible]韻」[illegible]
[illegible]年 菊野樂府天年月
李俊民有鵲橋仙「劉君祥壽 癸卯二月十五日」，[illegible]十六
[illegible]有[illegible]「送魏[illegible]寧吳[illegible]解組」，[illegible]
[illegible]字[illegible] 東牋 十三元
吳文英思佳客「癸卯除夜」云「自唱新詞送歲華，
[illegible]老生涯，十年[illegible]，[illegible]
新春不在家[illegible]」，[illegible]年[illegible]，[illegible]
樹[illegible]謹。」[illegible]毛本[illegible]華與上[illegible]，[illegible]鄭文焯校」，[illegible]校[illegible]
[illegible]（一二〇八年 [illegible]有詞 [illegible]此）

孫惟信花翁卒 見劉克莊孫花翁墓誌銘 西湖志廿
六 吳文英 洪[illegible]花詩[illegible]此
方岳秋崖詞廿[illegible]卷四 行香子「癸卯生日」云「[illegible]
推素，策閑[illegible]門，道先生[illegible]」，[illegible]自[illegible]
後 四十五歲
趙以夫虛齋樂府 三頁 水調歌頭「次方[illegible]癸卯五月四日」
虛齋樂府紀年[illegible]
孫惟信「淳祐三年卒，[illegible]便娃與[illegible]湖上」宋史
[illegible]36 引[illegible]名賢錄
陳允平為[illegible]姚[illegible]
[illegible]志，[illegible]收表
（[illegible]第七年[illegible]）此至七年皆陳任
盧[illegible]生此年
（大德元年[illegible]作，[illegible]五十五，[illegible]生今年）
[illegible]1297 [illegible]代作[illegible] 又[illegible]1246
年[illegible]此
李[illegible]正月為華文閣待制，依[illegible]東西制置使 宋史
四十六卷
[illegible]九月壬寅，孫惟信[illegible]卒于湖上，年六十五 杜立齋
[illegible]與江湖士友[illegible]之此山水仙王廟之側，自欽[illegible]
[illegible]，[illegible]出姚君[illegible]手，姚[illegible]趙公[illegible]也。 [illegible]
150 孫花翁墓誌銘

1243
淳祐三年
癸卯

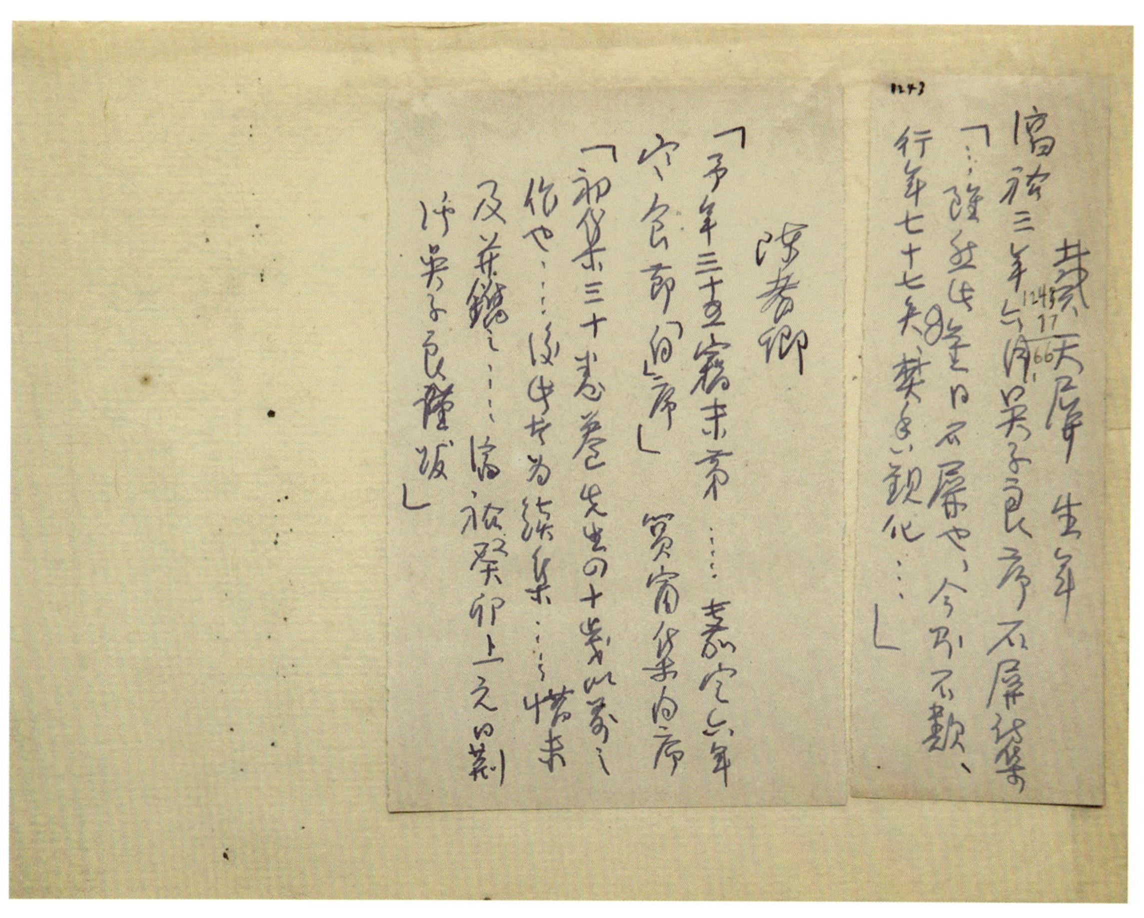
1243

戴復古 生年

寶祐三年乙卯（1255 / 77 / 1166） 吳子良序石屏詩集

「……強[illegible]先生 孫[illegible]生日石屏也，今以不歉、行年七十七矣，樊然觀化……」

陳耆卿

「予年三十五寓京第……」 嘉定六年 篔窗集自序

「初集三十卷 先生四十歲以前之作也……後由其為續集……惜未及兼錄之……」 寶祐癸卯上元日 劉[illegible]

吳子良謹跋」

戴表元生 程年録二 [illegible]

秋元[illegible]問東路寓 五十五歲（旅譜）

舉 徐居卿 辛年七十五 冬過洛西

張炎大生 江昱山中白雲詞疏證 [illegible] 一 第十三頁

此後張 炎生於淳祐八年

吳文英 寓吳 [illegible] 江外「甲辰歲盤門外」

居過重午」 喜遷鶯「甲辰冬至寓越」

尾犯「甲辰中秋」

風棲梧「甲辰七夕」

喜遷鶯「甲辰冬至寓越……」

惜秋華「甲辰中秋」

悼亡姬（徐都春「燕亡久矣京口……」）

1244

修國史 兼實錄院同修撰 兼侍讀

給事中……遷禮部侍郎

同侍制 寶謨閣待制

禧觀 致仕 進華文閣侍制

有泉谷文集 奏議 講義

著業[illegible]官 對策 集

苑粹 華[illegible]

9年

甲辰

戴表元生 明年録二 [illegible] 學表

耿元鼎向在洛陽 五十五歲（旅譜）

宋 徐鹿卿辛年七十五 參過洛西 [illegible] 作 [illegible] 年辛 [illegible]

張炎生 江西山中 [illegible] 一 [illegible]

此後張炎生於淳祐八年

吳文英寓吳 [illegible] 滿江紅「甲辰歲盤門外

居過重午」 喜遷鶯「甲辰冬至寓越

文英 [illegible] 「甲辰七夕」 [illegible] 尾犯「甲辰中秋」 [illegible]

律楚材卒 耶律鑄 [illegible] 時年二

十三 元史一○六本傳 [illegible]

本傳在此年五月 年五十五 而通鑑作去年

癸卯 此從本傳

徐鹿卿 [illegible] 權吏部侍郎 本傳又云以疾辭

遷右文殿修撰 知平江府 [illegible] 副使

力辭 [illegible] 兼國子祭酒 權禮部侍郎兼同

修國史 [illegible] 兼侍講 [illegible] 兼權

給事中 [illegible] 遷禮部侍郎 [illegible] 提

同侍制 [illegible] 而引年之疏五上 不允

嘗 [illegible] 侍 [illegible] 文

1244 有泉谷文集 [illegible] 文

9年 [illegible]

甲辰

有徐匪正公祠一卷

段克己有江城子「甲辰晦日立春」云「[illegible]」の十九

年，隨兼在天涯 [illegible]」 の十九歲

此及去年有年月

主貢 [illegible] 成已齋名，時 [illegible] 二 [illegible]

有 [illegible] 人名 [illegible] 「以 [illegible]」

海 [illegible] 有滿江紅「重九日山居 [illegible]」

而其年 [illegible] 「寄 [illegible] 山中作」

山人 [illegible] 周景純 [illegible] 楊 [illegible]

周密 [illegible] 歲 外舅楊彥瞻 [illegible] 守任

東 [illegible] 狀元同郡 [illegible] 云「[illegible]，至淳祐甲

辰，省 [illegible] 元，徐霖，狀元留夢炎，皆三衢人，一時

士林 [illegible] 為 [illegible] 時外舅楊彥瞻

以工部郎守衢，大 [illegible] 狀元坊以表其間 [illegible]」

吳 [illegible]：周密 [illegible] 傳 [illegible]

郡城 [illegible] 業弁山

[illegible]

文 [illegible] 十二 [illegible] 仙「甲辰 [illegible] 夕」 冊の歲 [illegible] 甲子

此 [illegible]

汪元量 [illegible] 湖山隱 [illegible] 于西湖 [illegible] 樂橋 [illegible]（[illegible] 甲辰）

劉 [illegible] 為之記 [illegible] 湖山隱 [illegible] 水雲 [illegible] 家 [illegible]

名琳，字玉甫，生甲申，於今八十一，七子 [illegible] 水雲 [illegible] 以

於今 [illegible] 記作于此 [illegible] 年 中 [illegible] 水雲 [illegible] 年 [illegible] 詞 [illegible]

宮 [illegible] 中歲從 [illegible] 宴瑤池 [illegible] 雲 [illegible] 雪 [illegible]

絕 [illegible] 使 [illegible] 學 [illegible] 於 [illegible] 道人」

[illegible] 宋亡後 [illegible] 仕元也

第五册

須溪集 3/45 廬陵歐陽立心筆記「余年十三
以童子試歐學堂上，後十年而進士第一者二
於此」 張文天祥以宝祐三年薦于鄉也
十三歲
李曾伯可齋詞 沁園春「甲辰錢尤木口赴九江師」
又「甲辰壽王總侍」 水調歌頭「甲辰中秋
和傅山父韻」 詞云「兆園叢蕩、南渡後來、等此
偉人。」 （有「楼天清」句）

1244 甲辰

元好問往河南嵩母夫人旅櫬，冬，過大
名，冬，過永樂(?) 三年 五十六歲
吳文英有「乙巳中秋風雨」
段克己有江城子「九月有感」，云「自笑行年如
伯玉，思往事，寻蛇(?)岩……」 又云「
鄧栫(?)茅屋大如蝸，是生涯，寄山家……」是
年始在山中
段成己菊軒樂府臨江仙「繼遁庵兄韻」（二首）云「十載
紅门山下路，夢魂不到京華……」「の十六年隱
指迹，考證撫翎新華……」
有云「……紅葉流光，蘋花雨意，總是成秋水……」
趙汝燧 辛七五△
吳文英有聲聲慢「壽魏方泉」云「鶯園橙徑，
鱸躍蓴波，重來兩過中秋。……風池去，信
吳人有分，借與遲留。不是香山夢，又
凝香追詠，重到蘇州……」 杭州(?)集第十八
頁了了 及十四頁了了 味詞中「重來……」及
「不是香山夢」 蓋是指魏，此詞當作於
是年
方岳秋崖詞 一萼紅「乙巳生日」云「君不見秋崖
鬢衰蒼白鬚眉，筆硯點俗人老大，旧山不了詩
爲絶分，……重看起，西山秀，綠多卻，东山路，把菊(?)
牛書借与，論眠匠斂……」

1245 王英孫生 見1276 五年 四十七歲 乙巳

淳安何梦桂约生于此年　据词人姓氏何感序
元年登进士，以卅岁计，约生此年　王明清跋理宗断
登第

一二三〇

理宗甲词　临江仙「和毅斋见寿」云「十月江南」
信早」　水龙吟「和何逢原见寿」云「吾年
如此，年年十月，见梅如旧」　是生十月

赵必𤩪生　一二〇〇年　如此

李曾伯可斋词　水调歌头「己丑九日寿城戍捷　和傅山父韵」
引韵　有「既与除书」句　绍の十八
宋史曾伯为「淮东制置使兼淮西制置使，诏军马便
宜行之。曾伯疏奏三事……进权兵部尚书」　在淳祐六
正月前」　此时当为淮东制置使　本纪四月曾伯升阁职，宣
同淮东制置使，京西曾伯……「十二月甲戌诏」
字臣刘锐以大元兵围城捍御有功……各官三转」

宋史翼34引宋氏の陈存守附翰吴幼安
紫岩「宁宗六年丙午元旦一日，诏求中外直言，乃撰丙丁龟鉴十一
卷……正月书成上进，时秉之，然七月诏下府狱逮诘，几不
免。时赵与悫上疏言柴望忠诚，一切所述根据史传，未可重
以为罪，得旨放归田里。

白朴廿岁　白朴纪年此最早
天籁集上　水龙吟「丙午秋到维扬……」
木兰花慢「灯夕到维扬」　甲子

卢挚约生于此年　约一二四三年

一二四六

元好问遗山乐府

吴文英有瑞鹤仙「丙午重九」一首

周密父监州

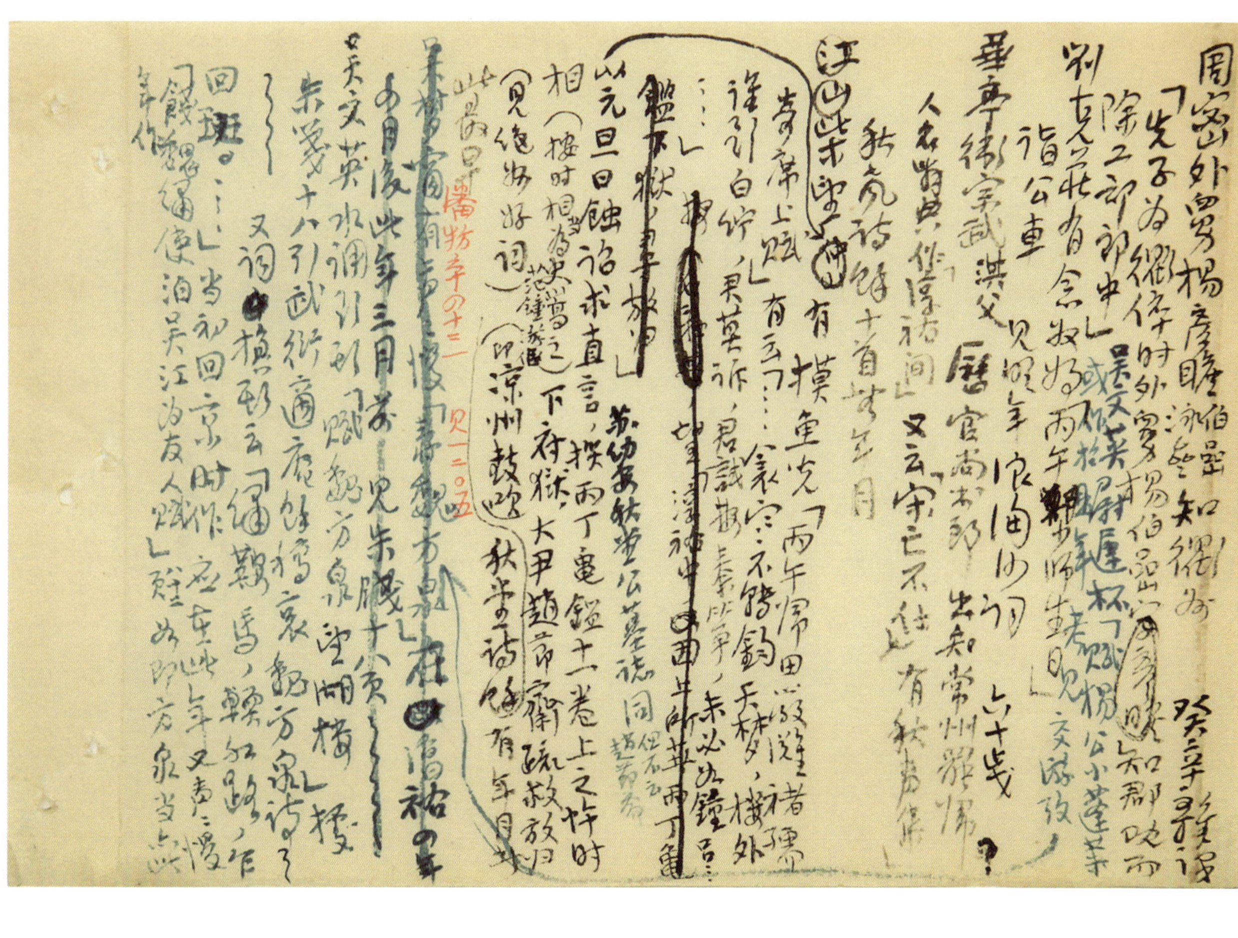

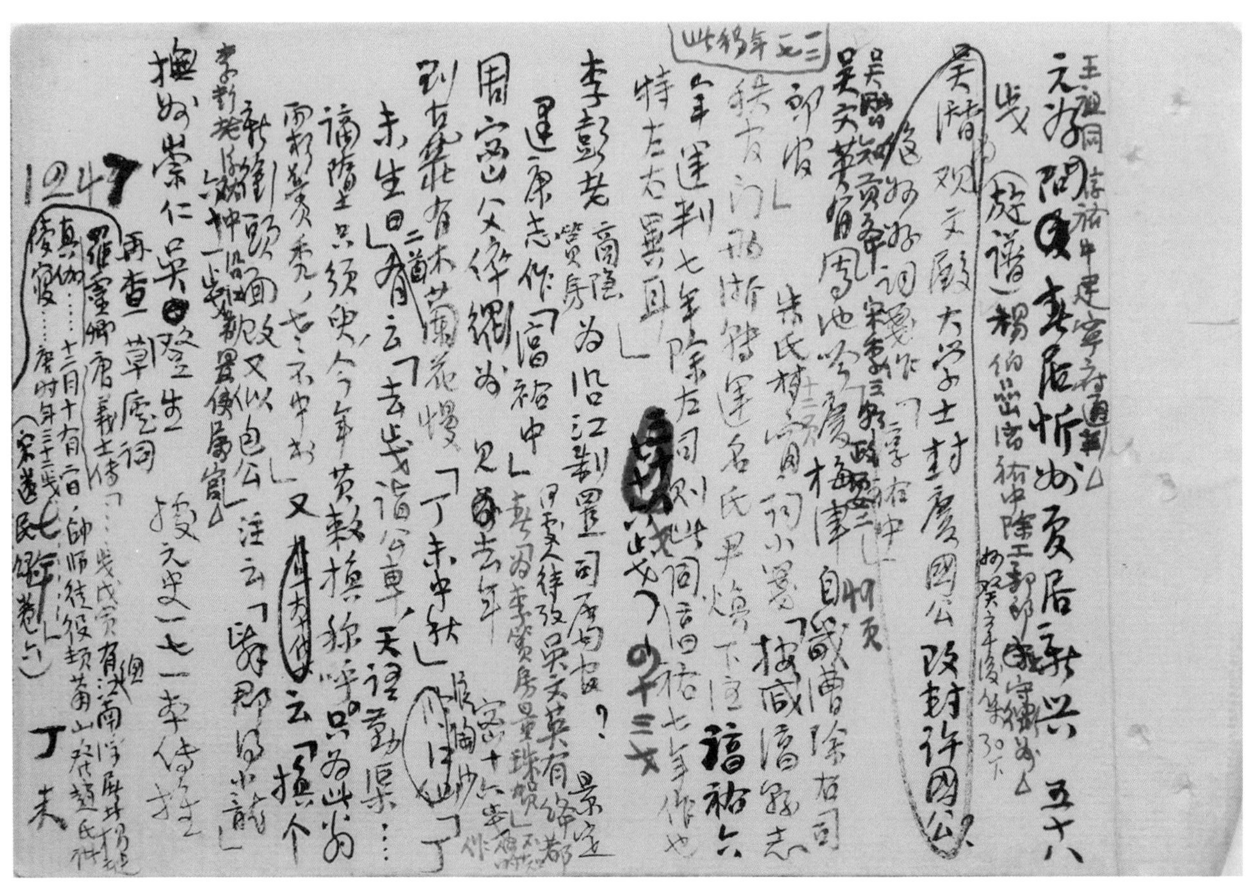

第五册

山陰唐珏玉潛生

宋陵……青……西湖游覽志云……至元十……

丙子年從江南宗底抖揚璉真伽發宋陵寢

……時珏年三十二……」當生於是年

鄭際著　有沁園春「丁未春補游西湖」　滿江紅「丁未九月望賞月」　有■「探良辰歡，宴及今年少」句（同年）當是此年　丁未　減字木蘭花「丁未泊丈亭」云「問征帆初上，準擬今宵過越上」字

馬廷鸞　進士△　卷二十一

王邁　在邵武　李賀秋郎「丁未守邵武，宴同官」

人名辭典云「寶慶知邵武軍，有臞軒集」　臞軒詩餘（十首）此首有年代　有賀新郎「丁未生日」

時自桂林被召……不知在何年　查

劉倩　……

極論……

尹煥　除左司郎官　咸淳臨安志秩官門兩浙轉運名氏「尹煥下注：淳祐六年運判，七年除左司」　夢窗詞　吳文英鳳池吟「慶梅津自畿漕除右司郎官」　止左右字異，當此年作，詞云「日文書几閒，昏朝醉暮，霜雨翻雲，忽念佳賦，紫垣敕使，下星辰、四望年高靜，公同游冰，齋前陽春……」　又有瑞鶴仙「追和尹梅津賦俞園牡丹」云「……惺辰宵紅未洗，寒照黃雨初鋪……」　浣宮春「素名壓年芳，奪竹根，斜影，揭照疏疏……」

（兩浙轉運？）

趙以夫　他本夫作大　時為夕郎　趙葵南仲拜右相，夕郎趙以夫有不肯書麻之意，趙葵相等里之年　見齊東野語，以子趙信

國與相策似在此年　再查宋史

李萬伯可寓詞　水龍吟「丁未約諸友游月湖而不至」

時過揚州海」　滿江紅「丁未初度自賦」　卷三十四

李玉案「丁未壽八窗叔」

謝……按24有「何□壽真州」……（和詞有緣隱詩）

知一律……在丁未戊申間，知此時因為嘉興守也

熊禾生　陶

鄧牧生　陶

包恢生　陶

1247

翁孟寅游靈隱　兩浙金石志　卷十二　有宋李艮翁靈隱題名：「淳祐丁未立秋二日，天台李艮、夏縉、姜武、翁孟寅、金華伊子常、嘉禾葉隆禮、宛陵吳芳珙，來游喜雨」　亦見西湖志卄七

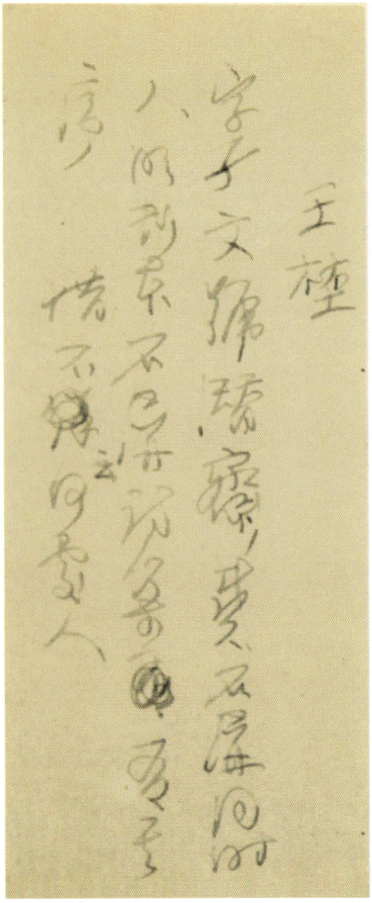

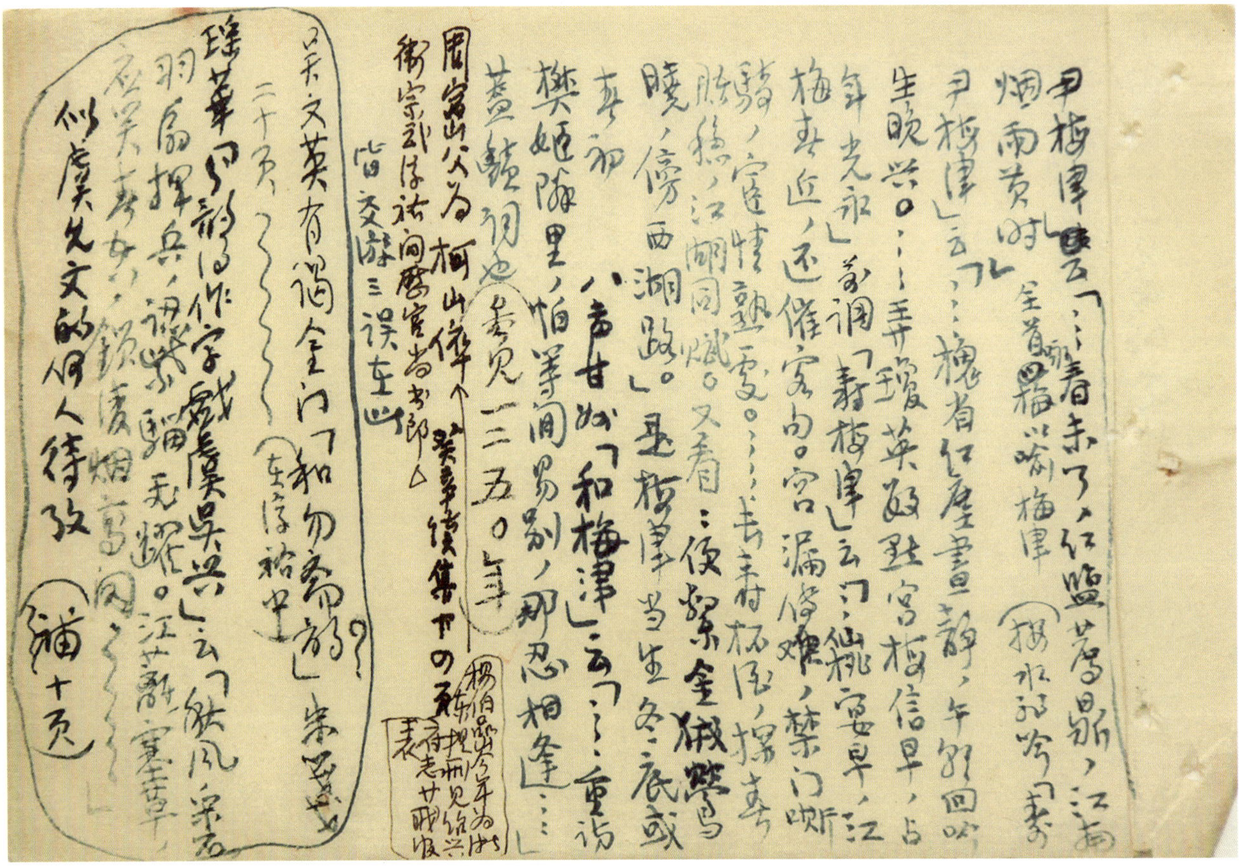

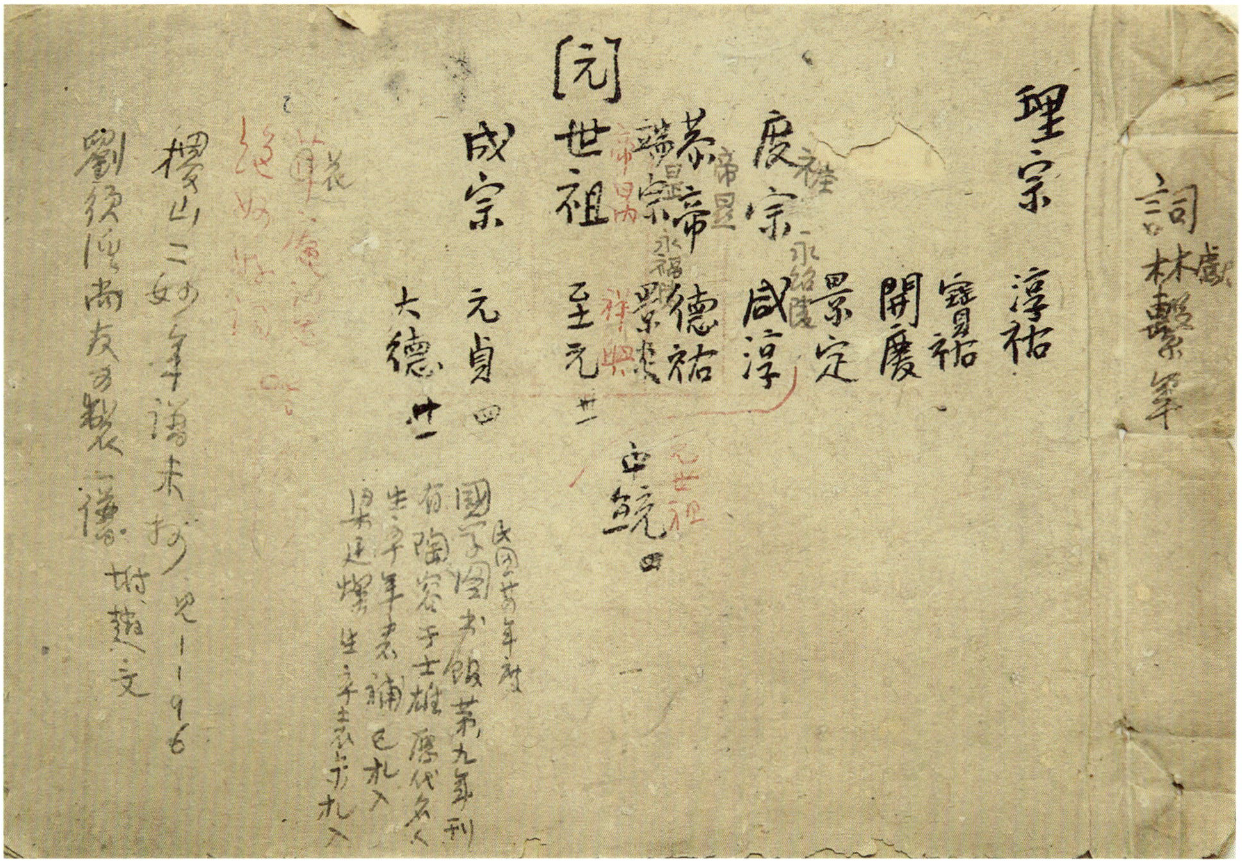

詞林繫年

理宗　淳祐　寶祐　開慶　景定

度宗　咸淳

恭帝　德祐

端宗　景炎

帝昺　祥興

［元］世祖　至元廿一　中統四

元世祖

成宗　元貞四　大德廿一

民國二十五年國立圖書館館刊第九年刊有陶容于士雄歷代名人生卒年表補　已抄入

吳廷燮生卒年表　已抄入

絕妙好詞箋

樗山二妙年譜未抄　見一一九六

劉後村尚友錄　傳附趙文

楊纘　紫霞　大卿　守齋　伴御如　見癸辛雜識前集吉牛女條（女人言論不可信）

戴表元城東倡和序：□□仁□□大德戊戌，劇文璟伯玉、陳康祖伯逸、張模仲實、白珽仲玉湛淵、屠約存博，杜城東倡和。厲鶚城東雜記城東倡和序條云：三張仲實名模，號蘭存，杭人，參出西秦循王五世孫。輯為之増，官江陰學正。

及達官境夔，去未道絕，從甘至徑，所為詞擬姚引之一分，之陳步李英，時至世也。

甘泉徐釋嘯竹注義徵王沂孫傳論詞絕句云：

樗翰張叔夏生於淳祐，王五子，叔夏先世強出。宋史王勳故致，仍跋，回子懷孟四風氣，叔夏出功前後，父樞，所作詞六首，名，錄為五十二（孫），好詞，收。王沂孫，鏤吟，公存。

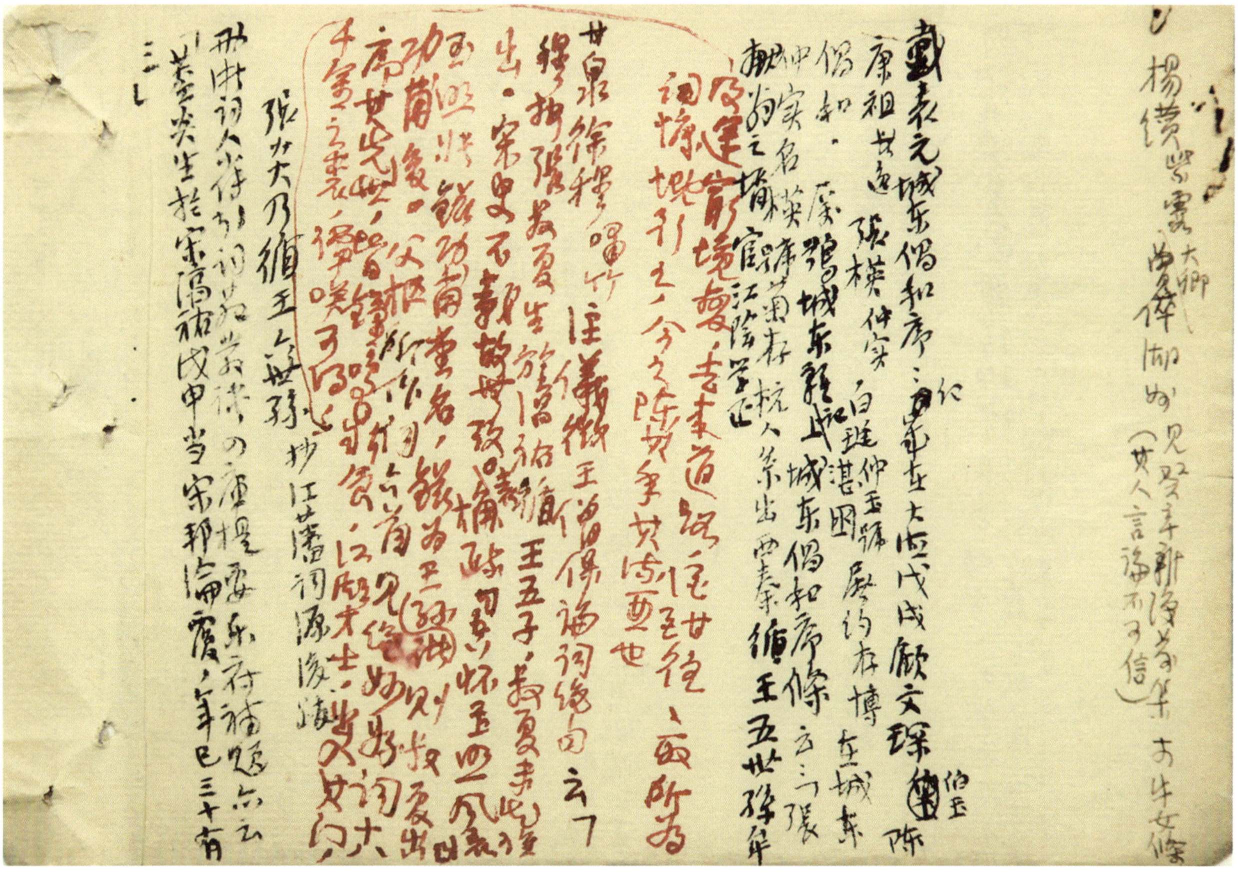

乎家之衰，得嘆可以已…（江）昭才士，其人好詞六，

張炎大乃循王之五世孫。抄江藩詞源後跋

刊樹詞人小傳引詞苑叢談、……詞的座提要　樂府補題云

張炎生於宋淳祐戊申，當宋邦淪覆，年已三十有

三

志雅堂雜鈔下記[illegible]

蒙張炎生　按臨江仙序云「甲寅秋寓吳

野[illegible]是同時有二張[illegible]

時年六十有七」此甲寅為元仁宗延祐元

年（[illegible]）江昱山中白雲詞卷一第十二頁謂玉田生理宗淳祐四年。誤。四字當作八字之誤

元將向九月過宋晉　五十九歲

紫陽有韓天樂「戊申百五王野處醉別」云「……（旋譜）

他鄉又逢寒食……天涯流浪最久，十年何所寄，

幽懷慼慼……此夫客愛為旧，寄處為家……」

李俊民有感皇恩「李子擢壽日　戊申年　乙科第甲」云「

乙占科名，向根仙李……問其甲子，少我餘年

一紀，須知鄉黨，礼莫如齒」

「……（完）世祖以安車召之，延訪無虛日，乞還山，又民宿無依

遣貴人護送之，卒。謚莊靖先生，俊民明邵

雍皇極數學，有莊靖集

七十三歲　行述有同仙郎「汴梁與許道真郎」

伯誠劉光甫同賦」感皇恩「出京门有感」交游有

楊成之、沁南守劉巨源，錦堂，鑑之，王懷叔，教授李勉

之，河南府同知高成之，翟瑞甫，崇堂，楊彥明，

郭延年，楊成之，孟尚書鴻巨川，張文玘，李孝先，元帥寅

于溫，宋翔卿，李克[illegible]，同知崔仲明，宮使居瑞，劉君祥

裴節使誠字叔　侍堂臣，盈之，段侯，東元帥　又有弟李[illegible]

吳文英友史宅之卒　年四十五　侍御史中[illegible]史雲林[illegible]

1248

理宗淳祐八年　戊申

夢窗詞皆在此年前　共十首

史宅之卒年見翁文粹吹劍錄外集

據理宗紀（宋史四十三）止載是年七月　吳文英今年約四十四歲

云年[illegible]以史宅之[illegible]

方岳　五十歲　秋崖詞「[illegible]戊申生日」[illegible]五十到頭公老矣

好在渭來蒼崖底，想月明不負，誰為動手」　上見劉後村年譜

王蓬辛　六十？　見1184

白璞生　胡年續錄二

諸遠與[illegible]　劉將安　松雪先生作印阡表　の乃五[illegible]

李[illegible]伯[illegible]詞[illegible]「戊申壽八[illegible]」　[illegible]「戊

申[illegible]守[illegible]須[illegible]」　瑞鶴仙「戊申初度自韶」云

「百年過半也」　五十歲

[illegible]臣歸休

王[illegible]知邵武，改侍右郎官，未幾，以諫官往[illegible]予祠歸仙

[illegible]上巳之明日辛年年六十五　劉後村大全集152[illegible]

[illegible]

趙以夫虛齋樂府結集　自序作於淳祐己酉中秋

劉翔[illegible]重要[illegible]蝴蝶妓　宋鏈十八引癸辛雜識

作淳祐己亥，淳祐無己

亥，當己酉之誤　于[illegible]翔[illegible]此年者[illegible]

方岳巨山知南康軍 自序饒州九月 抄本東路往の巻七頁

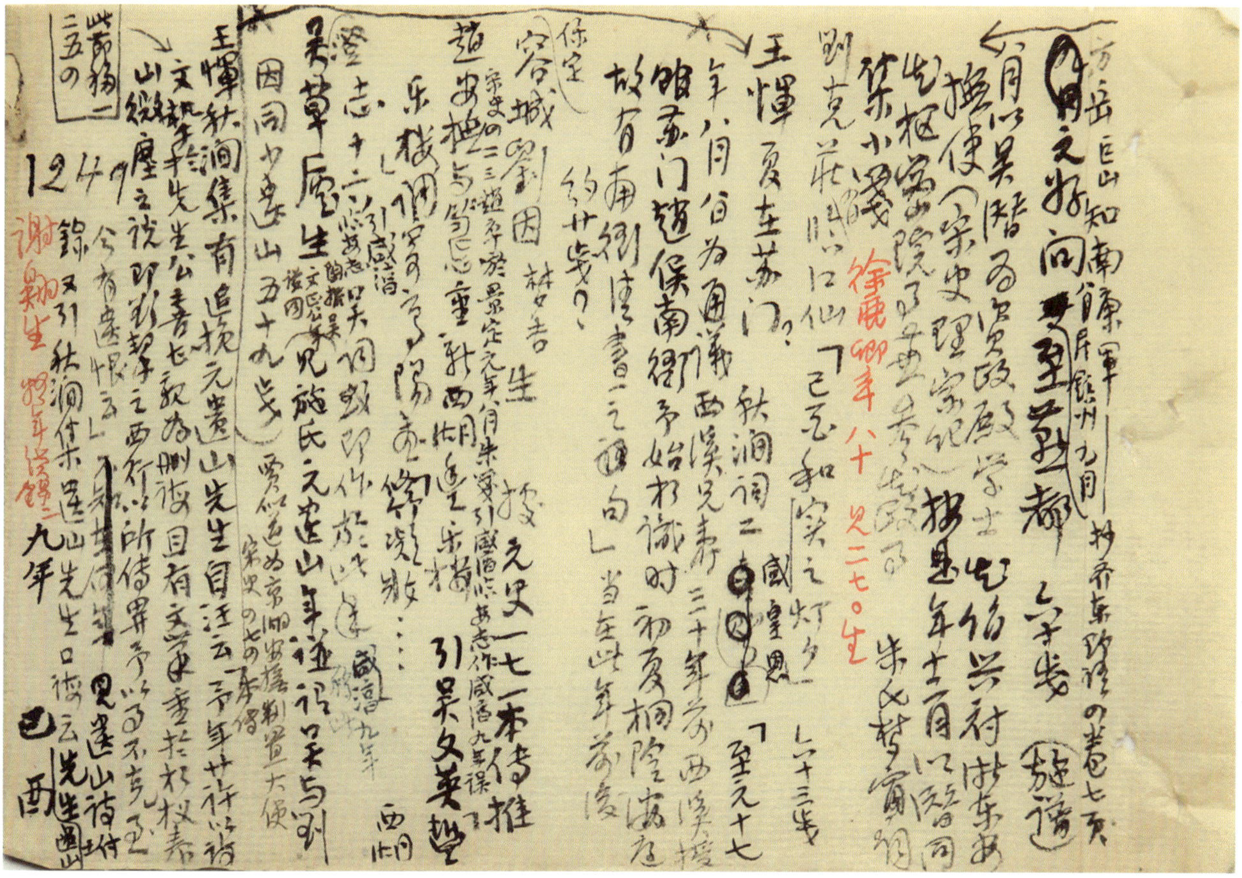

□文英向□至□都 字夢（號遺）

月以吳潛為資政殿學士 知紹興府浙東安

撫使（宋史理宗紀） 按是年十月以吳潛同

知樞密院事兼參知政事

策小醫 朱氏彊邨

劉克莊時以仙 徐鹿卿年八十 見二七〇頁

「己亥和宗之灯夕」 國皇恩

王惲夏查茶門？ 「六十三歲」

年八月省為國議 秋澗詞二 「至元十七

晚秀門趙侯南鄉子始相識時初夏桐陰滿庭

西溪兄壽 二十年前西溪授

故有南鄉詞書一之題句」 當在此年前後

約廿歲？

係定 容城劉因 字夢吉 生

趙與□ 宋史の二三趙希□景定元年八月朱寶引感舊此為□作感舊九年課 與□重新西湖樂樓 授 元史一七一本傳 推

樂樓開□□陽處□ 引吳文英

澄志十六 引感舊 □□□□ 吳因□印作於此時 感舊九年 西湖

吳□居生 文□□□ 陳振孫 兄施氏元遺山年譜 □吳與劉

因同□遺山五十九歲 □似遺為京湖安撫制置大使 宋史の七の本傳

王惲秋澗集有追挽元遺山先生詩 自注云「予年廿許以詩

文執手於先生公書七□為刪後目有文字重於於杖壽

山幾屋之□印□之西行以所傳异予以為不忘也

今有遺恨否」 於此年□□ 見遺山詩 付

1247 錄又引秋澗付禁遺山先生口授云 先生□

九年 己酉

謝□□生 □年□二

此節移一二五の

向與歐□侍公自汴北歸過鄴 先君命余近作一卷三

十餘首為□贄 □二公於賓館…… 期於明年秋當

見先生於西山時歲甲寅春二月也……」

吳文英有木蘭花慢「壽秋壑」云「……想

□影千年荊江□頃 搖信去通 金猴錦

□易為又索橫□邱兼仍紅……訪□日□

山川於鄉 □日賞詩問……

亦及見後樂園？ 當在□都

西門柳，荊州昔未來時 又有壽秋壑 云「翠市

舞，西風舊色 勝東風乘……」 英果□□秋江……

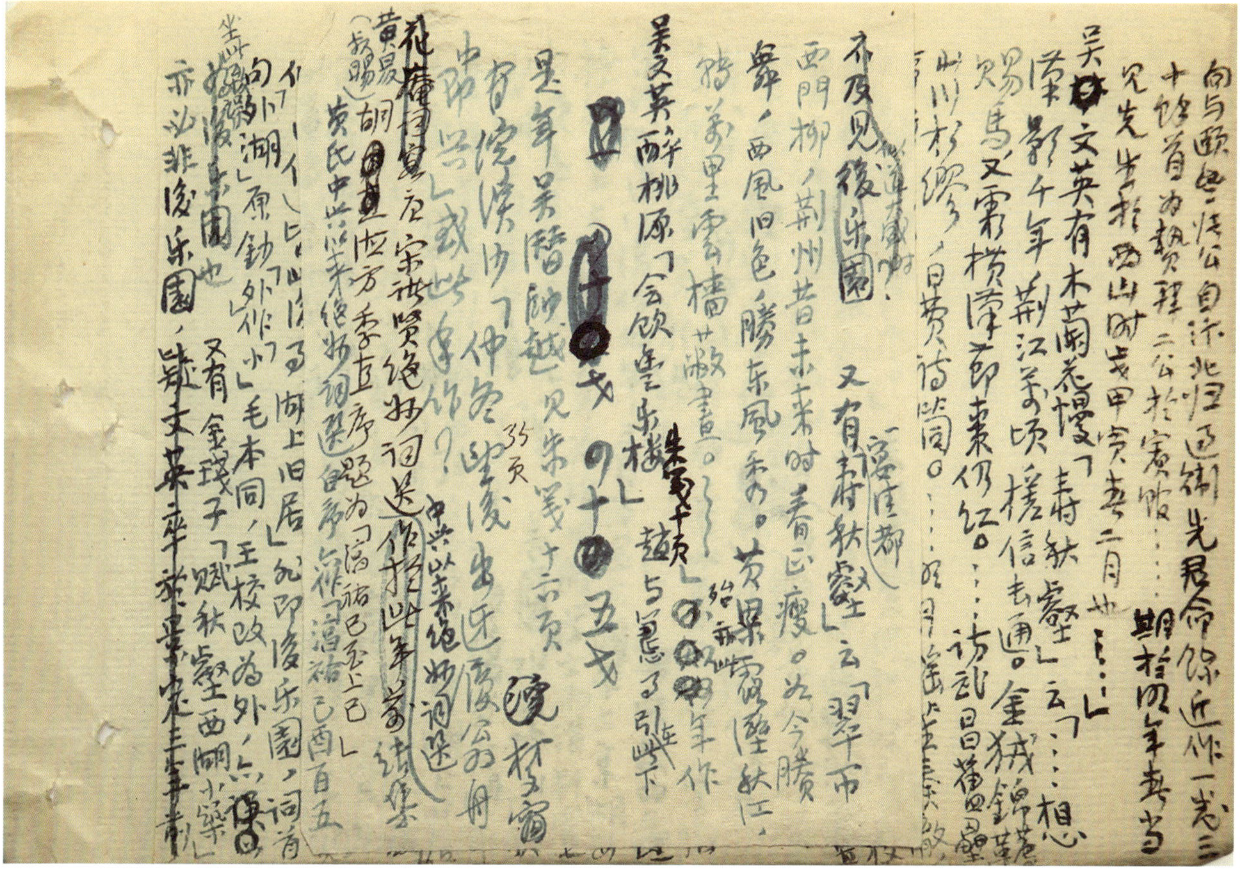

□雲萬里□墻 □□壺……

吳文英醉桃源「會飲豐樂樓」 朱□□□ 越與吳恩引此下 □□年作

□ 十四 の十五 □

是年吳潛帥越 見宋箋十六頁 賀

皆從淡吟「中吟」 □□ 後□□遂□ 夢窗

中□□ 或此年作？ 35頁

黃昇（叔暘）胡德方季直序 宋詞賢絕妙詞選作於此年前後

花庵詞選 黃氏中興以來絕妙詞選 題為「淳祐己酉上巳」

中興以來絕妙詞選

□淳祐己酉百五

亦必非後樂園也 又有 金盞子「賦秋壑西湖小築」

向「湖」原鈔「外」作「小」毛本同 王校改為外 □

亦必非後樂園 疑文英卒於景定元年前

向与欧阳公自许北归过衢，先君命除近作一卷三
十馀首为贽。程二公于寅嘏……
期于明年春当
见先生于西山时，是甲寅春二月廿三……」
吴文英有木兰花慢「寿秋壑」云「……想
从影千年，荆江万顷，槎信未通。金狨锦鞯
赐马，又霜横汉节枣仍红。……访武昌旧垒
山川於乡，日费诗筒。……明月瑶笙奏彻
倚楼黄鹤声中。」朱笺「枣仍红」句云「王校
云秋壑生日在八月，贾进荆湖制
置大使时为淳祐九年（据宋史似道传作
「京湖安抚制置大使」，理宗纪同）。是词殆作于是
年八月。应用郊岛诗义，若以枣为蕃，尊指
汉节，则仅贺新秩矣……」
按宋史四三理宗纪：似道以宝祐九年三月为宝文阁学士京湖安
抚制置大使，十年三月为端明殿学士两淮制置
大使。是在郢首尾一年。吴〔梦窗〕又加以吟「过秋
壑湖上旧居寄赠」……〔梦窗〕当亦是年
为」作。朱笺引齐东野语以「秋壑湖上旧居」
为后乐园。校「外湖」白语「秋壑居葛岭
云外湖北岭也」误。凯：后乐园造于景定三年
（见齐东野语）赐第葛岭东，咸淳三年同
似道传。皆此后事，湖上旧居乃即后乐园，词首
句「外湖」原钞「外」作「小」，毛本同，王校改为外，亦误。
坐据后乐园也　又有金缕子「赋秋壑西湖小筑」
亦必非后乐园，疑文英卒于景定三年前。

方岳秋崖词九贺新凉序「己酉生日用白戊字韵」
「谁与庭坚对，自〔〕庵〔〕虚席，秋〔〕推道也」，云「兄我特白
叙〔〕之东第，适一揭〔〕蒙〔〕留之，推〔〕明后」，词人姓氏
录云：「岳……吏部侍郎，历见〔〕，铣换袁三为」
或此时乎？　全书甲子此最后　五十七岁
卷中水调歌头别庐山赋「苍颜白发为此女」　一一九九
后实令〔吾〕」（西江月「寿老父」云「宋德我幕，俾教无忌」）
四库提要一六四秋崖集「淳祐中为赵葵参议
官，移知南康军，以抗丹辛忤荆帅贾似道，出
袁州，又忤丁大全，被劾罢归。」集中心园
寿寿赵尚书（西江月「寿花园用朱行父韵呈
荆帅赵端明」，当指赵葵；「方以忤贾改官邵
武，见齐东野语十」
查四库秋崖集の十卷　工方巨山集后统传」

吴坚生
将年录二「修业吴文正公以至顺二年辛
未六月卒，年八十三」。已生淳祐己酉。又安集送徐
则用北上序云至顺二年春吾年八十三矣，卧病月余
不出户，则即以是年春病至六月而卒也」
刘因生
将年录二　渊圃踪业「绿锦生宋淳
祐の年」。毛翼庭校云业年为不符の年甲辰当
为九年己酉，依毛校改。自子踪李本の十方生
淳祐の年甲辰，二十五年后（戊子）

莆田郑〔〕刻刘克庄后村居士集五十卷见陆志林书
吴潜为（绍兴）郡守　淳祐三　天骥十一年　绍兴府志廿六职官表　又云「正
花庵词选续集自序此年作「淳祐己酉」
共选敦叙续查
李曾伯可斋词小阑干「己酉寿〔〕宣宪」，水调歌
头「己酉样原韵谢雨」，念奴娇「己酉遇猿鲜贽
茶放翁」
宋史「九年」以旧职宣抚江西广西经略安抚使，武庆
124　の　己酉　赵葵送侯」　新猜26有己酉赴桂林诗

1249

淳祐己酉夏吴渊序鹤山大全集：「公薨后十二年，而公子曰近思、克思，梓遗稿刻梓焉」

元好问五月过镇阳七月过顺天　六十一岁

施谱）

吴文英有《儀都……》题蓬莱阁镜屏

履翁帅越　七十六岁　65页

赋朱氏梦窗初集小笺　十六页

一二七年花香……七十九岁

刘克庄有贺新郎「戊戌寿张守」　六十九岁

金缕曲「陪履斋先生沧浪看梅」　再抄初集

姚镛见许衡於苏门

紫霞翁有阳关三叠「庚戌送何师可之维扬」有云　十三岁　本传

「西风吹我，袅残鬓，早星星。叹故园……

流水，荣惟奉其禄……」

尹焕东江西运判任

锦外集亦云淳祐十年江西运判尹焕

瑞为云

日吴文赠尹回或皆在此年　按翁文韵吹剑

荔　廿五岁

白朴别燕城　天籁集上有「庚戌春别燕城」

集下有木兰花慢「为乐府宋生赋……燕城好……」

写真」词注「时方丧偶」或今年所作

「年来成陵多病，更玉琴凄断，冷落吟窗」

冯去非进士

贾似道除……兼侍　宋史传

赵孟頫生

赵与旹生知嘉兴府　岁咸淳元年

12 徐鹿卿卒　六十二岁

庚戌

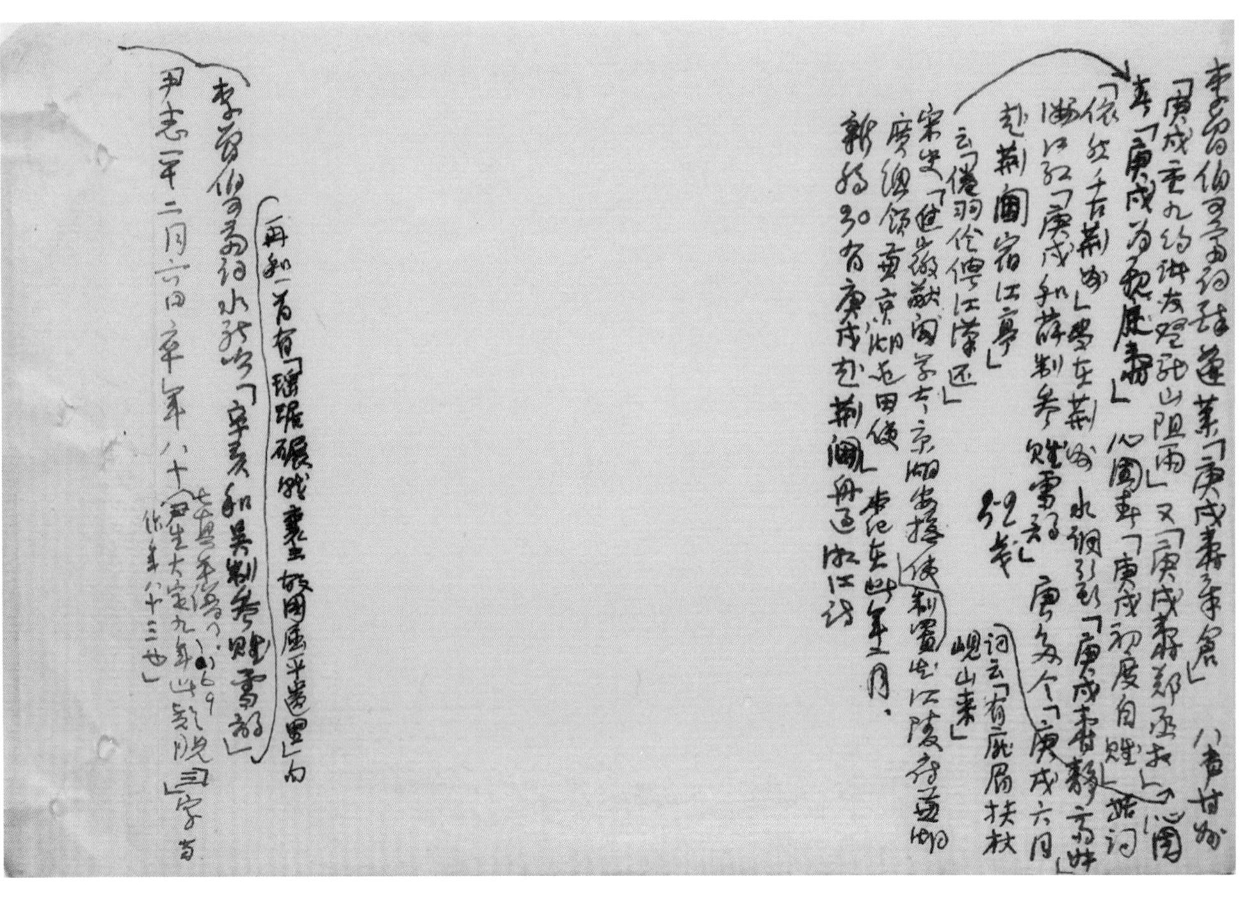

刘克庄被召任大常少卿、直学士院，不久仍兼说书及史馆，至前一年而去（行状）

郑堂之年七十六

吴文英有莺啼序（毛晋跋梦窗丙丁稿以此为梦窗绝笔，都是错的。此词全本只见于乙稿，名题丰乐楼，毛氏先刻丙丁稿，后乃见甲乙稿，竟不及改正」）の十七岁

之后，两五月来太原，冬……顺天，六十二岁

吴文英有莺啼序「丰乐楼」 朱氏

丙词集笺，汲古阁本注云：「即景一新，迁」

此楼于梦窗丙丁稿十二年二月甲子作，是太守

于理宗淳……

嘉熙……吴词年代可考者，的以此词为最

后……此……有 ……「辛亥暮晚生孙」 六十岁

吴潜入为参知政事，程右丞相，知枢密使（李

学锴考云 十一月」） 五十七岁

姜夔《白石道人歌曲》后序：嘉泰郡斋……

绍兴……秦……壬戌刻于云间之东岩……家塾……

12 今 杭学……被……6 11上 十二年

辛亥

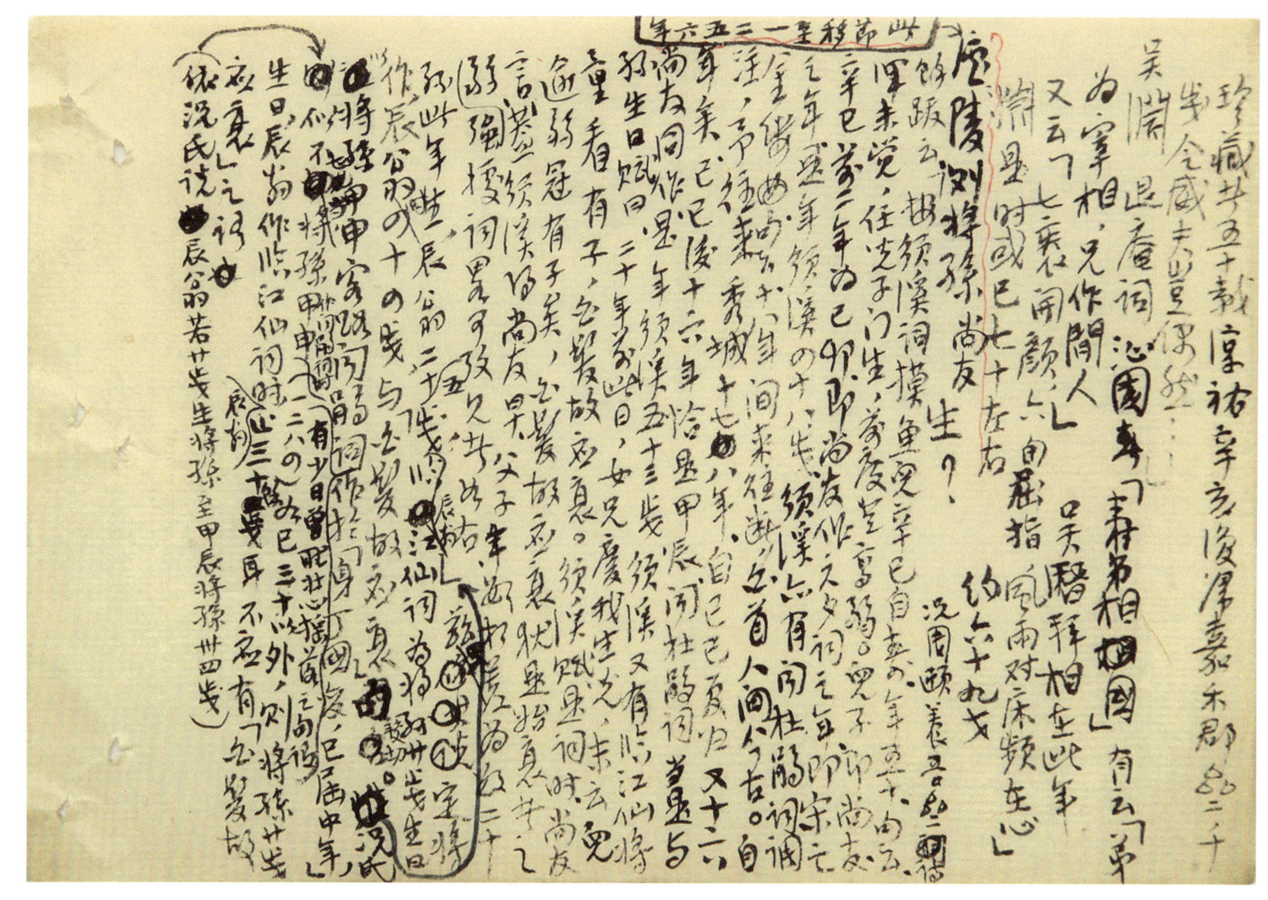

（1251辛亥）

李曾伯可齋詞水調歌頭「辛亥中秋和陳次賈用坡仙韻」　滿江紅「辛亥初度自壽」云「問何為修途桂嶺，重來荊渚」　西江月「辛亥餞陳次賈歸」在荊閫　[illegible]　條考

詞綜吳宮達後鑿襄　新詞「賀荊閫[illegible]」

收復襄樊表十八首　出師理襄樊奏十九首　奏襄樊經久五事

李志常領道教事　觀夢集林11　13　七真出人[illegible]注

序云「憲宗即位」（即今年）

吳潛跋鶴山大全集　署淳祐辛亥四月

元好問北覲（元世祖於潛邸　李冶傳　世祖時在潛邸，辟）行狀云「壬子公與張德輝北覲，請世祖為儒教大宗師，王悅而受之」

七月廿七日入都　十月居鎮陽　過東原

六十三歲　繆譜

吳潛以水災乞解樞政，以觀文殿大學士提舉洞霄宮（李遵）　寧樸云「十一月」　五十八歲

休寧陳櫟壽翁　公號　生　據元史一八九儒學一本傳推

天籟集下14　垂楊「壬子冬，寓燕，順天張侯毛氏夫人之正卿邀予往拜夫人，既而留飲，撰詞一[illegible]……」　二十七歲

李昴英「淳祐二十年徐清叟為大政，力薦之……起宗除直寶謨閣江西提刑兼贛州」　宋史翼[illegible]

趙與訔淳祐末知嘉興府，後為侍郎最」　光緒嘉興府志　姓名錄志

（見入白石詞版本考）

蕭泰來時為憲官，為李伯玉所劾　[illegible]系下27

平水劉祁刊禮部韻略　淳祐壬子　為現行詩韻所本　元初黃公紹古今韻會因之（見詞刊9期葉恭綽跋詞林韻釋）

南宋人詞有叶現行詩韻者　見詞例

1252

十二年　壬子

李曾伯編可齋雜稿　夏丑旦一日自序

摸魚兒「壬子初度」　齊天乐「壬子和陈次賈為壽韵」
八声甘州「壬子餞帥機使好問」　陈又「壬子九日约游浮(?)」
游龍山」　满庭芳「壬子謝呂帥送蟹」　有「荆江上」句
是时为安撫司
可齋雜稿　自嘉定十年一二一七至此皆见
續稿之前有季(?)汪陵實閔人松庵語　此词の考
續稿後有王免画閒房後鈎奏　壬子十二月　所見
平水刘辰翁书二百卷　卅卷为一百七卷曰壬子刊于礼部
瞎：原集世卷録为善伯本　瞎：寄守65
李曾伯以資政殿大学士為湖南宣撫使
羅大经　臨川知志陆(?)殿使　接州守召接收「淳祐年任」甚
後一人

宝祐

元好问夏过燕都冬以行台召东行
六十の歲
(旋)語
馮去非為宗学谕　宋史列传
刘克莊有水龍吟「癸丑生日时再得明道祠」
六十七歲
元世祖受京兆分地　元史の世祖本紀
刘秉忠从元世祖征大理　李俊(?)作「癸丑」
卅八歲
正月　趙禥（度宗）立为皇太子　宋史度宗紀（四五）
(四)太祖十一世孫父嗣榮王与芮
吳文英有宴清都「壽榮王夫人」　朱箋：「词
云：「玉虹梦入仙怀」又齊天乐「壽榮王夫人」
云：「鹤胎曾梦电绕」　皆当时实事也」　据
二词当作於度宗立为皇太子後
妙好词笺：馮去非号深居　不知何作
吴文英有齊天乐「与馮深居登禹陵」
李曾伯為淮東制置使進权工部尚書　人
有賦(?)「理宗时」……
有浪淘沙慢「賦李尚书山園」　宋史本傳　吳文英　朱箋
（移寶祐六年）
吴文英の十九(?)歲

江介可(?)
理宗寶祐元年
癸丑

文及翁 字本心「參政本心癸丑榜眼，後來廬陵，
省其舊可則，先生時年十八，是榜為試官[illegible]篇題
日中道狂猖御原如何題榜進通講書」 文山全
集與文傳郎及第信，進後堂注 文山生年
十八歲
文溪詞「水龍吟「癸丑江西持節自壽」云「唱蓬初
三十有四，端平五十三年矣」 五十三歲
熊鉌 位辛生 [illegible]年後錄二「自照第本位辛巳」[illegible]
十六生宋淳祐七年丁未六十年同」
不知即熊禾否
姚勉 進士第一△ [illegible]
蘇有桂 進士△
余玠 名拜資政殿學士△
潘希白 進士△
黃甫泰來 除左史 [illegible] 27
趙與[illegible]十月 知平江府 [illegible]
李曾伯 [illegible]癸丑二月[illegible]
（[illegible]）[illegible]「癸卯生」[illegible]「癸丑[illegible]」
宋史[illegible]「[illegible]」
[illegible]
有[illegible]休致表 癸丑三月 [illegible]月五月六月[illegible]
王奕 午生

元[illegible]間二月自汴北歸，[illegible]月自太原來鎮，
[illegible]七月自[illegible]還太原，十二月出[illegible]
[illegible]歲 [illegible]
劉因 [illegible]詩 本傳[illegible]歲 [illegible]
元世祖出王秦中，[illegible]為京兆提學
劉秉忠 從元世祖征雲南 [illegible]
柴望 有[illegible] 撰[illegible]「寶祐甲寅[illegible]賦」
卅九歲
王惲 見元[illegible]向於[illegible] [illegible]二的九[illegible]此 [illegible]
賈似道 加同知樞密院[illegible]郡開國公
[illegible]七四 本傳 [illegible]
[illegible]
周密 往桐川
「[illegible]甲寅[illegible]桐川[illegible]
病及[illegible]外[illegible]……」
陵[illegible]六十[illegible]九歲 [illegible]
趙孟頫 生 [illegible]年[illegible]二
李昴英「[illegible]被召除大宗正[illegible]國史編修
寶[illegible]院檢討上殿[illegible]……[illegible]
[illegible]吏部侍郎加中大夫封番禺開國男（[illegible]
天錫[illegible]董[illegible]二[illegible]與天錫[illegible]
1254 [illegible]
[illegible]年 [illegible]
二年 甲寅

李曾伯编可斋续稿前 四月既望自序
贺新凉「甲寅寿刘襄帅(?)」云「乙卯岁……上寿表」
秋壑荆阃 续稿前卷七卷八共词三十四首皆癸
丑甲寅两年间作 同书本集三四月间曾有五乞
以下续稿后 休致表
(?)读王「甲寅初度和次韵」 水调歌头「甲寅寿刘
舍人」 临江仙「甲寅中秋和刘舍人韵」 水龙吟「甲寅
中秋」云「把御史两中秋」 六十岁
七月为四川宣抚使兼京湖制置大使 本纪
段克己卒 五十九岁 陶表

元好问 夏来燕城 八月过□□镇□阳
十二月往镇州 六十六岁 缪谱
刘克庄有《最高楼》「乙卯生日」四首，首云「甲辰
岁后六请挂衣冠，甲子始休官。」 据克庄
于景定五年甲子（一二六四）以焕章学士致仕
在此后十年，「乙卯」疑是「乙丑」之误。乙丑景
定五年也。否则只有一首咏「乙卯生日」，余五
首和本题 六十九岁
王恽有《望海潮》「乙卯岁端午燕北郊踏鞠呈节
使史侯」 二十九岁 本传
姚燧始受学于许衡 长安 本传 十八岁
刘因始能属文 七岁 本传
许衡为京兆提学 本传 世祖月通鉴系是年 四十七岁
元世祖辟为(?)□□以应(?)诏 授陕西儒学提举 累
授集贤直学士国子司业 改集贤侍读学士
皆不赴。 元史一八九本传作「世祖在潜邸
秦（时）」为中在是年前后 以下出处 据本传
「自为先时，知其才不凡，精出为行史，上(?)……不合
卯言汉……南山书三十年……」世祖分藩在壬子
辟……」 钱过乙科解试 据元史世祖本纪 世祖受京兆分地在
1255 三年 乙卯

寶祐元年癸丑（一二五三） 时鄭斗方廿四歲

文[illegible]「[illegible]南山共三十年」曾[illegible]與平生[illegible]之[illegible]

被詳以前些而敘次不明

濟寧碭山曹伯啓士開生　據元史一七六本傳

大宗丞趙崇嶓為洪天錫（君疇）劾李[illegible]上書

附松谿方毅惠國

附馮君疇」條

見齊東野語七卷四頁

周密父守蘄江　癸辛雜識前集17頁

曹伯啓生　姚年續錄二

李昴英「自寶祐三年歸後，與後仕進之家」　宋史無傳

文溪之上[illegible]」

文天祥貢于鄉△

吳大有寶祐間太學上舍△　大約1255年

姚勉成寶祐中狀元，授平江節度判官。江西通志141

及吳潛入相，召為校書郎！忤賈似道免歸　同上

查潛入相年代

陳[illegible]

李昴英後以上疏留洪天錫　李時為右史　李[illegible]為御史

朱公元所劾　見齊東野語7.6　馮君疇条

趙文[illegible]生　參12 四76

李曾伯可齋詞[illegible]「乙卯[illegible]」　心園[illegible]「乙卯[illegible]」「雪山[illegible]

[illegible]……[illegible]蜀」[illegible]　在蜀作　一翦梅

「乙卯中秋」云

[illegible]宋史[illegible]第[illegible]　[illegible]集廿九

「玄[illegible]荊州」今[illegible]

[illegible]

宋史[illegible]「寶祐間，為[illegible]」宝[illegible]　[illegible]

[illegible]「[illegible]州」

詞[illegible]大末[illegible]此时。[illegible]年

1255

李曾伯　心園[illegible]「乙卯[illegible]」（[illegible]）　58歲

宋史「授四川宣撫使」

[illegible]以夫[illegible]外宗正三年，乙卯秋[illegible]，以病[illegible]　神道碑

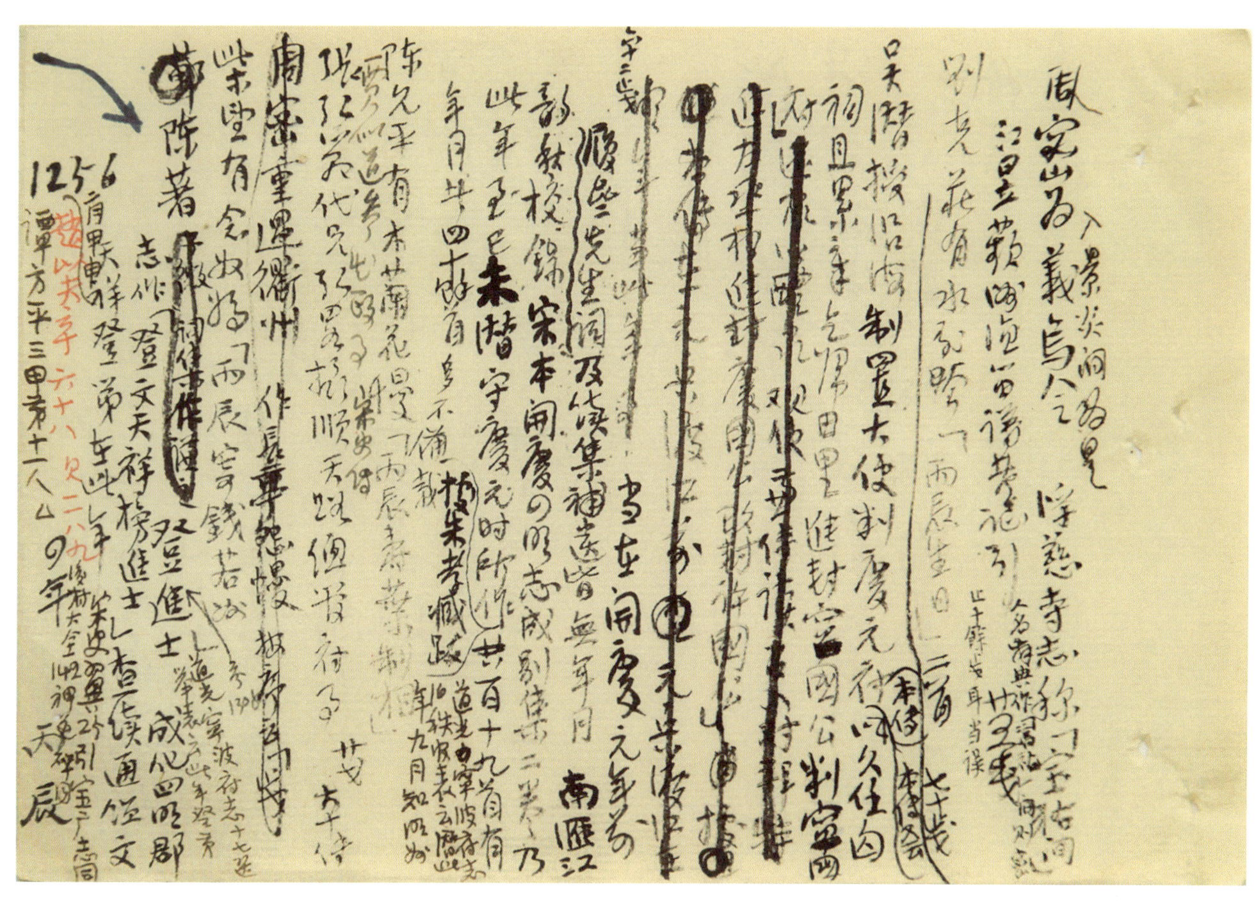

庐陵刘将孙生（一二五一年）于此 刘须溪年

贾似道加参知政事 本传

两浙词人小传引「浙江通志」云：刘英字子徽

遂安人，宝祐四年登进士第，官著作郎

有本事词二首」

忤贾师宪，改临安通判

陈经国登第（有龟峰词）

文天祥第进士第一

刘辰翁「拾遗莲子居」九页 宋开宋文丞相传（宋遗民录）

文信国之贺新郎「丙辰自寿」……云「蜀学兴来秋又六」

又见文山先生纪年录 …五十六岁

张鉴芸窗词有甲子集中有寿岁寒相词多首，又与周密有唱和，盖此时人

陆文圭生 十八捷之 三陵杜手录「墙东类稿」咸淳九年生

李振祖四甲十三人△

谢枋得进士」

徐理南溪进士△

罗椅进士△ 见癸辛杂识续集1页

朱埴第一甲十六人△

薛嵎进士△

赵以夫 以…… 明庆告老进 致仕 享年六十有八 福建通志173

李庭生 参1132年

赵与訔权知镇江府 松雪先生之祖即此人

衢州海防 陈蕴国伯夫登第の甲一百の十八人 扬莲子居词话1.6 上虞刊

须溪友陈合登第 须溪集七 陈礼部墓志铭

刘廿五岁

李曾伯可斋词「沁园春」「丙辰归
里和八窗叔韵」「庆宝成也、八秩
书宗，始遂一归」满江红「丙辰七
秩自赋」「明日生初还知宗明年六
十。
宋史「知福州兼福建安抚使繫 59卷
以大学士执笔问寄宫」
吴潜履斋遗集 傍附大藏正应眼
花庵「宝祐丙辰仲冬生日寿子の所
邵斋」

方岳卒于此年左右
多谓 1273年

陈著 寓东年踏莎
8 陆研堂集十九 鄞县志 辞说
陈著修补陈著事迹可抄

陈景沂 全芳备祖 自序今年孟
秋作

1256

九月四日元好问卒于获鹿寓舍 六十八岁
遗山 著中州集 壬辰杂编 续夷坚志 遗山
金史艺文志二「文章诗若干卷
杜诗学一卷 东坡诗雅三卷 锦机一
卷 诗文自警十卷 中州集 壬辰杂编
编 印金元君臣言行录
刘克庄有满江红「丁巳中秋」 水龙吟「丁巳
生日 七十一岁
贾似道为枢密院 宋史传
元兵从[illegible]攻[illegible]别将由[illegible]
广西攻襄阳 别将入交阯 通鉴
中[illegible]以兀良合台[illegible]录
正月朔吴潜拜参知政事 越七日而卒 赠少师
六十岁 所著有履斋遗集及退庵文集 奏议 本传
退庵词一卷 李传是年岁 授满江红「丙
花老用吉履斋 乌衣园」有云「人间无何睨
百岁苦无多日」心园春「新亭相望」云
七襄开颜 六向属指 风雨对床 数上心」吴潜
拜相在一二五一年 渊是时已七十左右 则李生
问此六首皆是年月 退庵词
七十五岁

刘将孙生 见养吾斋集 贝一二〇一
李日邵英辛子十七

1257
秋 辛年五十七 谥忠 五年卷 宋史翼卷十六
丁巳

周密重過縹緲 作長亭怨慢 詞序云「歲丙午丁未
先君子監州太末……侍居接乘卑下瞰萬室
外環之山，先君作幽堂曰「嘯詠」……余時甚少，執杖履
供灑掃，從老先生論辯……今不勝，後十年
過之，則徑草池萍，憮然葵麥之感，一時交從水
逝雲散，而此堂今既失。徘徊水竹間，怅然久
之，因譜白石自製調以寄前度劉郎之懷云」，當
作於此年 正父但附此篇之年

崇寓有祝英臺「丁巳晚春訪楊西村湖上不回」 廿六歲
賀新郎「酌西湖……覺湖山依然如故未老，
遊人如舊……」亦在杭作 不能確定

文溪詞十拿…「寶祐丁巳閏四月借袁通甫遊冥名
雲寺」 五十七歲 文溪詞甲子作後

竹溪書院刻方岳秋崖先生小稿八十三卷 見丁志 書林清話
周密 寶祐間為義烏令 包攷一上 及之下 7上
嘉定時志作景炎間 包攷9上 宋詩紀事云德祐中 包下
致在包攷10上 似景炎間為是

劉將孫 尚友 生 卷一1269 須溪 廿六歲
劉辰翁 處軒子 入仕約在此年 二十左右
李曾伯 賀新郎「丁巳初度自壽」卷1297「老作星沙守」 在長
沙作
宋史「知潭州湖南安撫大使兼知靜江府廣南」 六十歲
經治靜江」
吳潛 履齋遺集四 以先生同氣 再辭祠 寶祐五年三月十二日「臣去冬
仰書垂恩，起之山林，付以藩閫……而臣福分菲薄，先生同氣身殁
要卿」 是吳淵卒于三月十二 蓋時在四明任
同卷再乞祠「四月十二日」 乞休致（九月十六日）

劉克莊 有館遊環「戊午生日」 七十二歲
吳潛 在慶元守 戊午沁園春 戊午自壽云「吳
指頭數，循環雖甲，卦數已周。歎蜀公前輩，
休官去歲，溫公耆舊，入社今年。」 六十四歲
耶律鑄 隨憲宗征蜀
按通鑑 元憲宗以是年入閬州 本傳 廿八歲 集中有鵲橋仙
「閬州得疾……」 錄全集…… 本傳 鑄入蜀 惟此次
當作於是年 又有木蘭花慢「丙戌歲將安
永安故宮編覽大渡地……柳桂叢 天寒 同生
由謝寅感命燭之」 丙戌 在一二二六年，鑄才六
歲，一在一二八六年，而鑄卒於一二八五年，皆不
合，當亦作於是年。或明年
劉辰翁 有青玉案「壽老登八十六歲 戊午十月十七
日」自稱「小生嬾惰，近來高臥，忘卻今朝加貝」
廿七歲 須溪詞 有年月此為最早
賈似道 以兩淮宣撫大使 史詩
趙與訔 除知揚州向旋 改江西轉運副使兼知隆興府 松雪吳詩
印所表
須溪 筆千卿 慶壽之集 廿 梅所曾貢士 萬墓誌銘「梅所
諱處說，字仁夫，元（當是宋誤）祐戊午，與先君子同舉
於鄉，居廬陵南宣化鄉之朗溪」、
1258 須溪 歐陽守道 未詳何年
氏 鄭植詩序云「吾鄉六十年 氏生 須溪集6/5 歐
……

植也未有字,字曰性直,……」 是与欧阳为姻亲

须溪集6/4 甘定庵文集序「……公以戊午来校文庐陵……

陈如可 燈词人 陈旅安雅堂文集十二 陈如心墓志铭

李曾伯可斋词 见1379年 小词引到「戊午初度自寿」云「今年又61岁」

向桂林看」

金志稿

李志常卒 宋史「教治鬻」江

刘克庄有木兰花慢「己未生日」 贺秋郎

王恽有水龙吟「己未春三月同……」

刘秉忠从元世祖伐宋

王山王奕伯敬游匡庐 贺新郎「舟下匡庐」

1259

理宗开庆元年

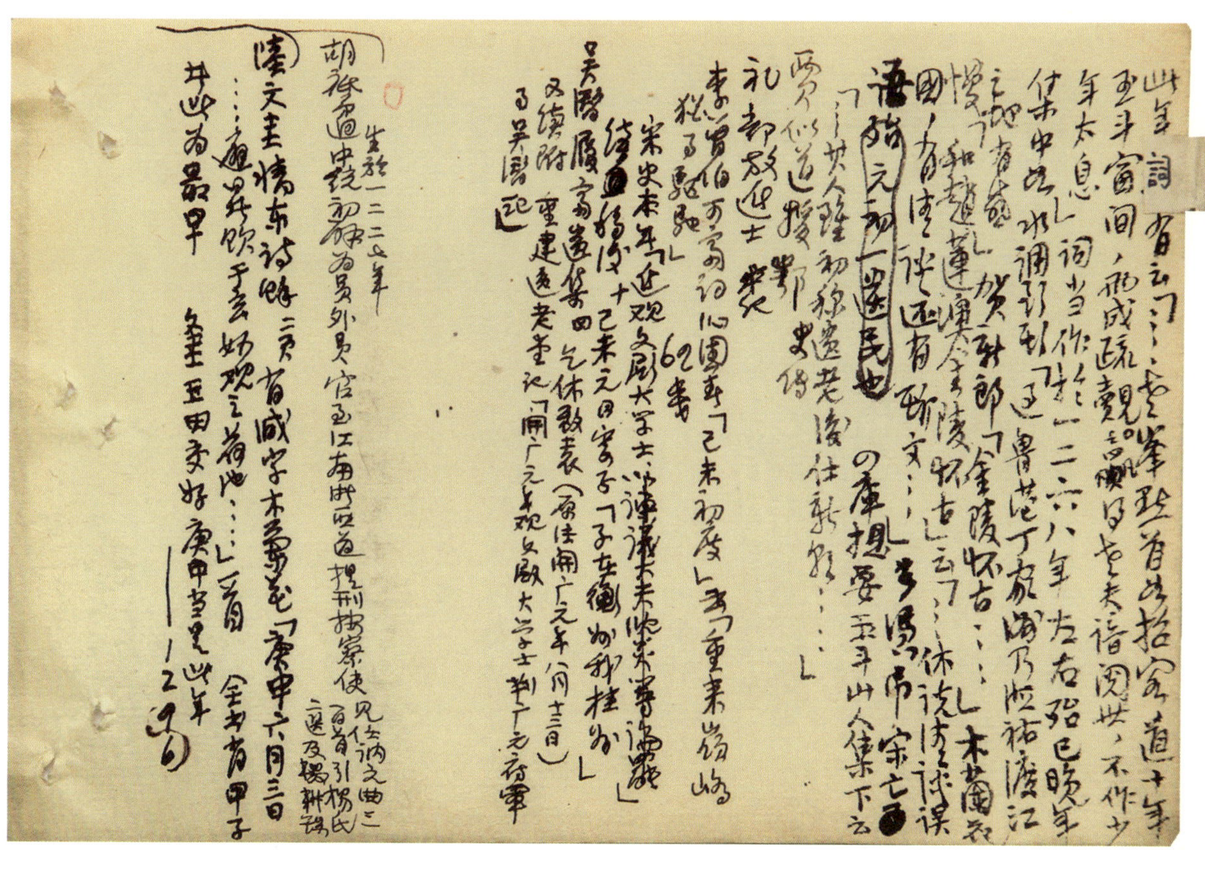

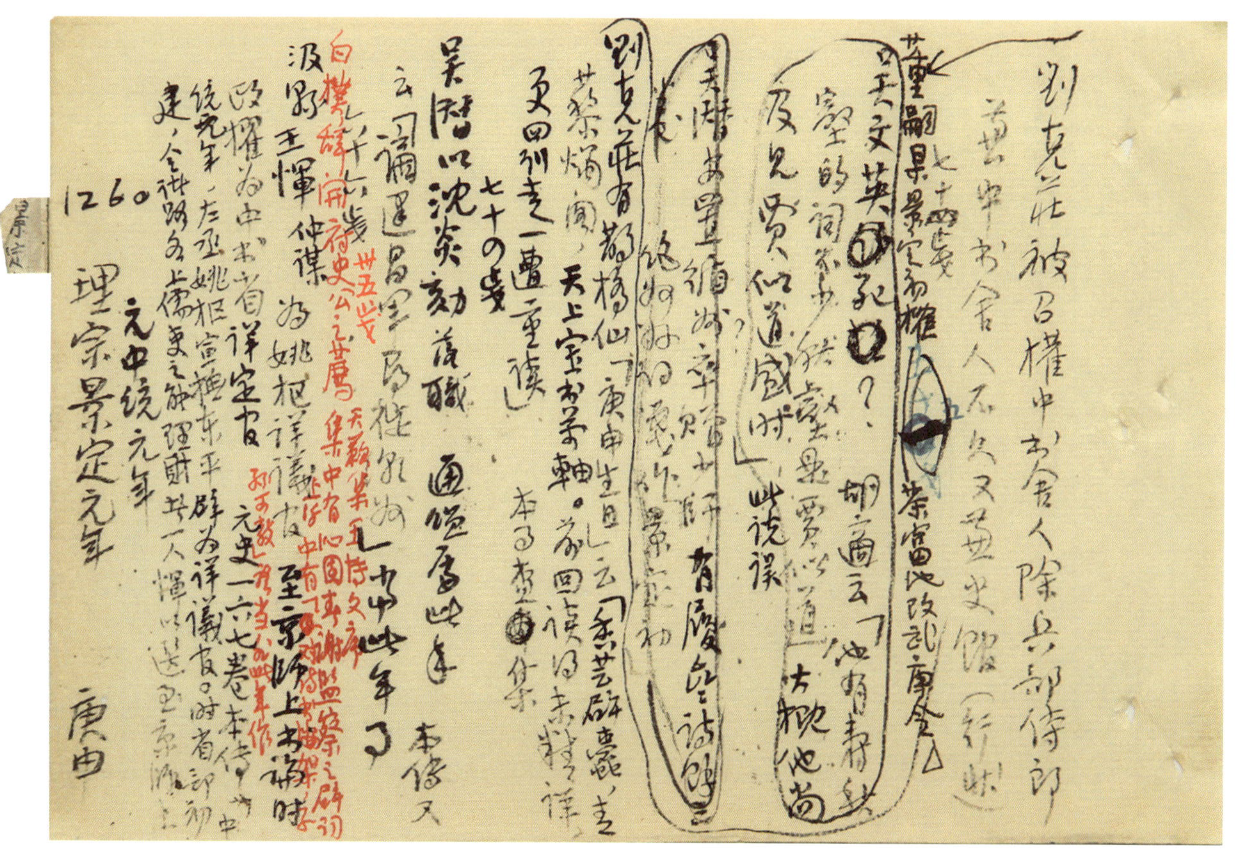

第六册

七月，吴潜责授化州团练使，循州安置（通鉴在此年）

陈允平有《兰陵王》「辛酉代寿壑翁母夫人」　六十七岁　吴潜传及宋史四七四贾似道传十页

春，王恽转翰林修撰、同知制诰，兼国史院编修。

约卅二岁　本传又谓「至中书省左右司都事」　恽作《玉堂嘉话》载此年及至元十四年两入翰林一切掌故及词臣待遇考核甚详

姚燧始从姚枢迁之文，从学为文，人称有作者风格

燧由于许衡之荐，举贤且识之　本传（见四库提要子部十杂家类本书下）

廿四岁　耶律铸拜中书左丞。冬，诏将兵备御宗北边，后

徼兵庵，从败阿里不哥于上都之北　本传

汪梦斗　约廿二岁　魁江东漕试，调江东司释官（宋史翼卅引严州府志）

两浙词人小传：汪[illegible]村书云：梦斗字以南，号杏山，绩溪人，景定二年魁江东漕试，授

承节郎、江东司制辟官，元至元元年以尚书谢昌

言荐赴京，不赴，以将仕郎教授乡郡，有[illegible]

山集，北游集词附

夏，周密病足　齐东野语九卷「健啖」方

仇远生　[illegible]年谱五「以方回送山村为溧阳教授序推之，当生于宋景定二年」辛丑岁

中统二年

1261　二年　辛酉

周密「景定二年为临安府幕中属」　癸辛杂识：「先祖再尹京，余为帅幕」云云

荣光祖再尹京在景定二年

据临安志

局充奉礼郎、兼监太仓　癸辛杂识前集「余为图局」云云　兼和剂局，当时称京局，又称[illegible]

图局监局三十人，以士人任其为之

吴镇生　宋史翼34

徐经孙以礼部侍郎上疏，陈贾似道买田之害，言

「多剥切乏，不付外」，遂四乞休致　齐东野语17了

「景定行公田」像　1267

赵文婴胡氏

赵与訔知临安府、制西安抚使　松雪斋集印行

谥恭，年二十归于我，又二年癸亥，太夫人病殆也」当

婴于是年　（或卅）

李曾伯可斋续稿后为甲寅以后至辛酉之作，或亡

曾伯自号（四库提要）　八声甘州「辛酉自寿」云「我

年年据牍在南州，今年在家山，常平生怎你，荆阴岁

闲，多少闲闲」

十七年也　可斋词四纪年此为最后，辛[illegible]

64岁

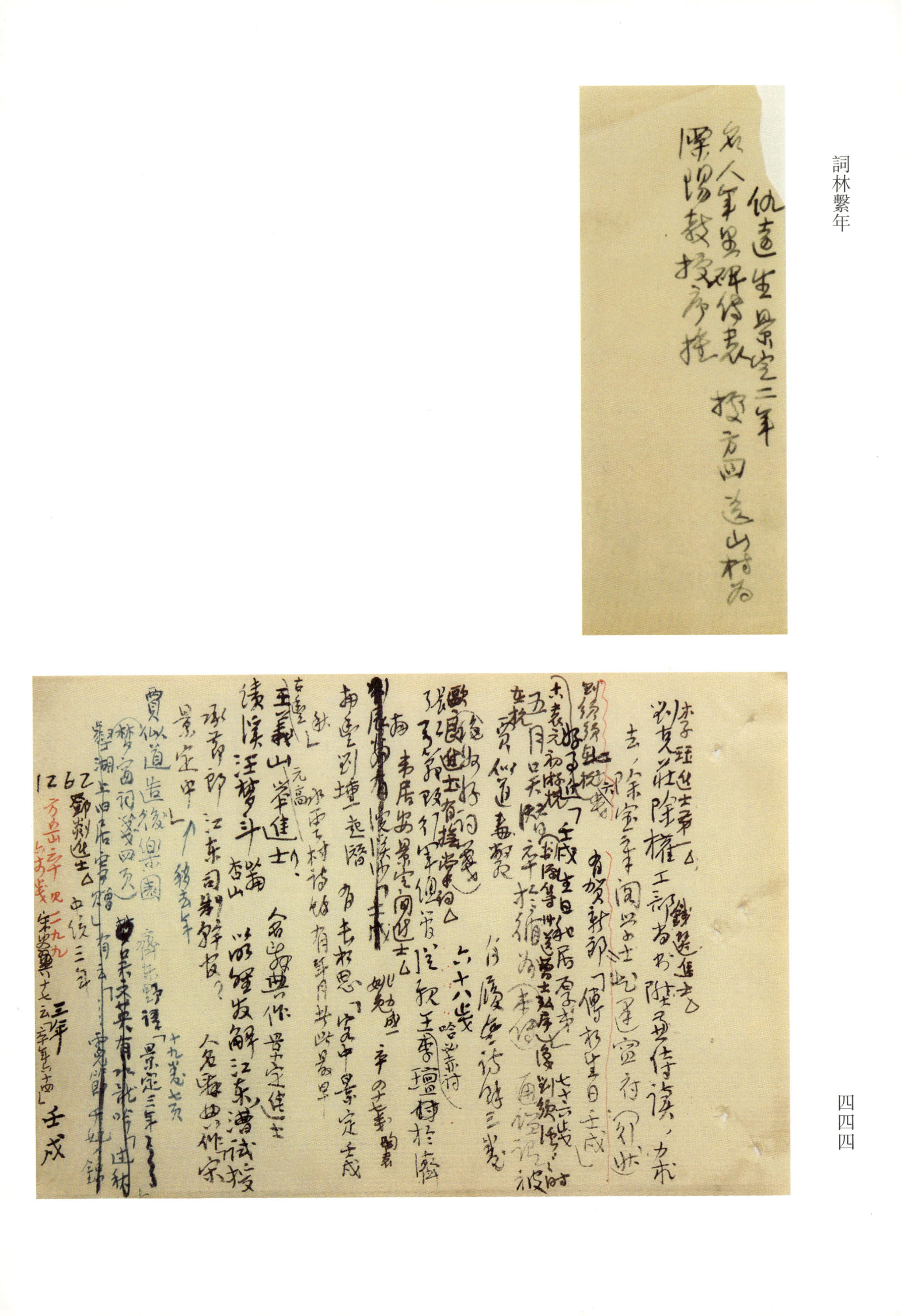

冊[illegible]州，橋將春去。半帕初來，青燈孤客，真州諸花向。黄鶴樓頭月午，悉笑
江梅解，鄂口黃鳳紫禁，嚴更清夢思怀
幾許。秋水生時，賦情還在，南屋別墅。
看字，意憂寫，去陪種取，柔絲牛樹。

劉辰翁　須溪詞入此書引歷代詩餘　小傳云：辰翁
字會孟，廬陵人，補太學生，景定三年廷試
对策忤賈似道，置丙第。以親老請濂溪
書院山長，薦居史館，又除太學博士，固辭
不赴，宋亡，託方外隱居以卒，有須溪集本
詞一卷

張東澤　兩浙金石志十三有宋陳□□等題名云
「景定壬戌上巳陳□□偕張東澤僧□□□游
此條不載地名，在臨安淨慈延恩寺勒崖斷碑
下　張東澤若是張韡，則時此年爲卒

白樸天籟集上卅公好狗「壬戌秋泊潼江紀夢贈」
卅七歲　集中詞情調極詞與此年多後作

洪杏非為范晞文對床夜語序　時景定三年十月

袁易生　三十從野年錄子「黃文獻集」

劉辰翁「補太學生　壬戌廷試賈似道當國，以敢直臣、以塞
言論，辰翁因之被邸，言後可以激忠良，戕害可以傷
風節，不競之譏，強忤賈意，而理宗愛之，寘丙第、
以親老請濂溪書院山長，陳宜中江萬里薦居史
館，除太學博士，皆固辭，宋元託方外以歸」宋史
翼35　引江西林志　四庫總目須溪集提要，但不言託方外以卒

李伯玉　辛於景定間，

趙子昂　夫人生　兒 1 3 1 9　子昂九歲

1262

劉將孫集　廿六　題陳文二初歸堂「景
定壬戌永嘉陳公第二」陳宜中也
須溪曾受陳氏
須溪集3/68　虎溪蓮社堂記「予廉居客
讚我以世名，穆陵（理宗）策進士十
有五年，獨掌教授中都百六十日罷、
又三年，走從屬山公江東七閱月，從江東歸又
如學故，乃修門第十五日，以憂歸，
七年而當任祐初元，五年召入館，
未行，十國除博士，道已阻，歸晚自
永新江歸入虎溪，留虎溪三月矣，
十年之間仕已如此。」　廿一頁

許月卿　景定間為江南西路茶鹽提
幹　臨川志32　碑目

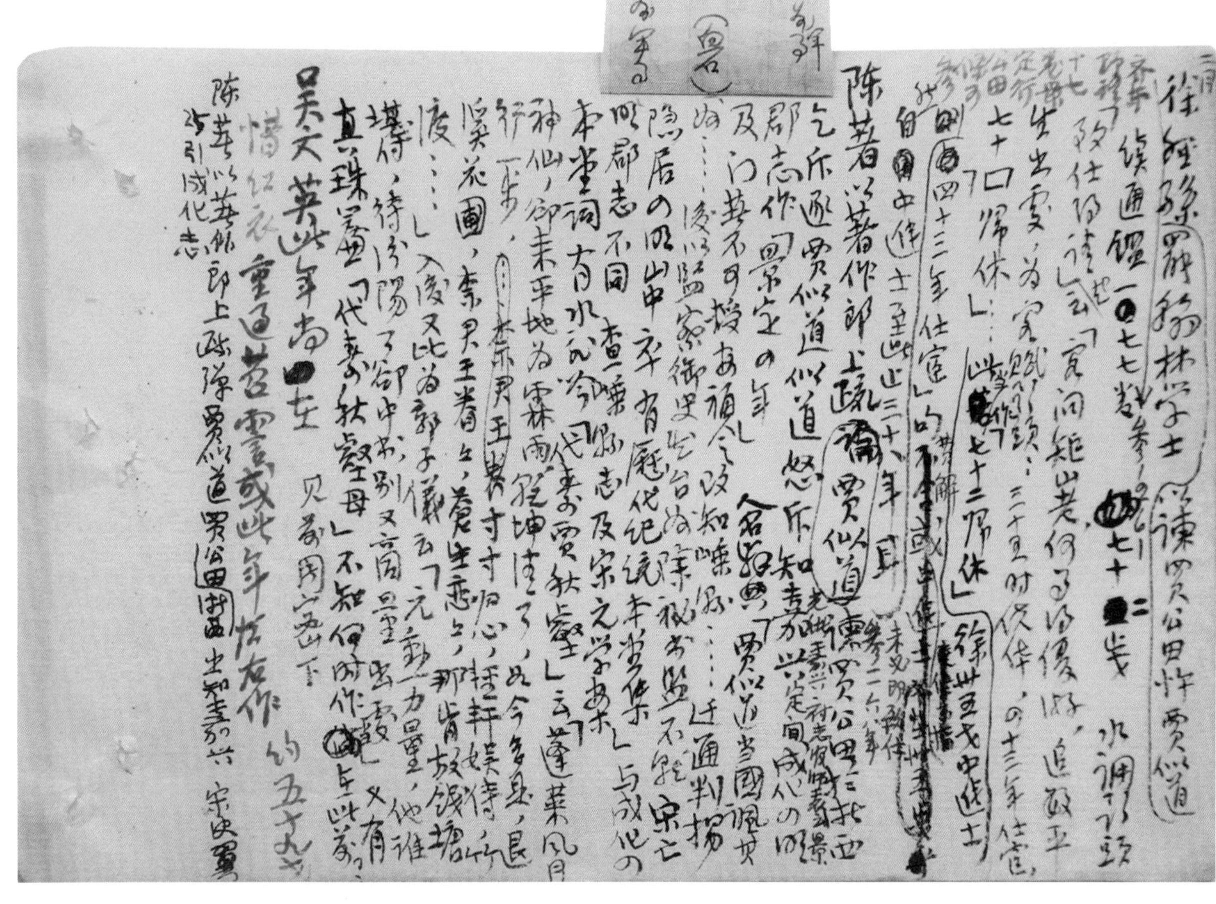
二月 徐经孙罢翰林学士（以谏贾公田忤贾似道）
续通鉴一七七 参一九二 七十二卷 水调歌头
「致仕归读书」云「宾闲般山老何事，□修好，追叙平
生出处，为寄题颈……三十五时从仕，四十三年仕宦，
七十□归休」……以诗作「七十二归休」
徐卅五岁中进士
自四十三年仕宦」的
自南中进士至此已三十八年耳
陈著以著作郎上疏论贾似道 参二六年 未见明确
乞斥逐贾似道，似道怒，斥知嘉兴 景定间成化の四明
郡志作景定の年
及门莫不可授安福令」入名臣录「贾似道当国，佩其
……後以监察御史台为除秘书监，不就，宋亡
隐居の四明山中，卒有历代纪统本堂集」与成化の
四明郡志不同 查一统志及宋元学案
本堂词有水调歌头「代寿贾秋壑」云「蓬莱风月
神仙，御来平地为霖雨，经坤任了，也今多暇，退
衍一步，……寸寸归心，催轩召侍，
溪花园，东风王着，卷生恋，那肯放钱塘
後……」又以为郭子仪云「元勋一力量，他谁
堪侍，待汾阳了，御中书，别又商量出处」又有
真珠帘「代寿秋壑母」不知何时作，或与此为同时
吴文英此年当四十左 见蘋洲渔笛谱卷下
惜红衣 重过苕霅 或此年左右作 约五十左
陈著以著作郎上疏，陈贾似道、贾公田违抑，出知嘉兴府六 宋史翼
卷引成化志

1263

癸亥

刘辰翁有《须溪集》卷十二 送郭于石
序「郭君于石持先君子癸亥所赠郭梅垣
序，且述梅垣先生家将如末退，予而言曰」
须溪 卷六集卷十一郭梅垣墓志铭「昔梅
垣之贬于沅也，先君子须溪先生实序而送之，
时为景定癸亥」 郭共文序须溪也
须溪「教授中都百六十日罢」见此年 当此年
为京教在1265 廿二日

劉克莊　壯以……年……學士致仕　左眼盲

吾收集十9上姚牧庵　公巡行江南、徐省司求師安　會吟

楊纘　在杭　見前

劉克莊有傳和生日　甲子　賀新郎

「甲子端午」　七十八歲

王惲　有鷓鴣引「和雨軒且韻中統五年三月十二日夜陪徒單文與雷膺正夜話」　伯世[illegible]？

鄭律鑄　加光祿大夫奏定法令　三十七歲　本傳

四十四歲

張弘範　授順天路管民總管　元史一五六本傳

廿八歲

劉秉忠　拜光祿大夫位太保參領中書省事　詔以翰林侍讀學士竇默之女妻之　四十九歲

劉辰翁　有臨江仙「代賀巡撫郝國夫八十三和并序」序云「甲子之秋九月吉日……」

汪夢斗　近史館編校與葉李效賈似道生祠……據元史一七三葉李傳……

作感……初名……

1264　嚴州府志二作「感居詞」　五年　甲子

劉克莊　壯以……年……學士致仕　左眼盲

七十八歲　有解連環「甲子生日」二首

周密　在杭　宋綠吟　乃楊纘……會吟

社　社友　泄日於西湖之……

楊纘　在杭　見前　絕妙好詞箋……何人？

劉克莊有傳和生日　甲子　賀新郎

「甲子端午」　七十八歲

王惲　有鷓鴣引「和雨軒且韻中統五年三月十二日夜陪徒單文與雷膺正夜話」　伯世[illegible]？

鄭律鑄　加光祿大夫奏定法令　三十七歲　本傳

四十四歲

張弘範　授順天路管民總管　元史一五六本傳

廿八歲

劉秉忠　拜光祿大夫位太保參領中書省事　詔以翰林侍讀學士竇默之女妻之　四十九歲

劉辰翁　有臨江仙「代賀巡撫郝國夫八十三和并序」序云「甲子之秋九月吉日……」

汪夢斗　近史館編校與葉李效賈似道生祠……據元史一七三葉李傳……

作感……初名……

1264　嚴州府志二作「感居詞」　五年　甲子

吾汶稿卷一〇 上姚牧庵书「至元初年翰林学士徒单公巡行江南、访省司求师史」

周密山 子儒生 齐东野语十三卷「福山家狱」

修门……戊辰年录子周五岁、瘸胥蒸……

蓺始台……

刘公孟涛礼部钟墓志铭（天下同文甲集卅九卷）「……景定末，余留建，君留京，居临安中雷湖二纪，寄余闽日甲子上元日并赞……」知今年刘在建，

刘震孙中书与魏克愚京尹为湖边偶和词语，俱犯贾公田时，被劾去 齐东野语十七卷下 景定行公田时

赵与訔知临安府，浙西安抚使 松雪先生传即阡表

吴文英约子于此时

赵文青山集六 亡室胡氏墓志铭「甲子余以宋永名举于乡，丁卯更名宋吉举，庚午又更名宋年举，虽屡不第，然每举辄得嘉议夫人「」」

刘辰翁 养吾斋集十一·七 题櫰庭诗序「先子每为翁言甲子与刘须溪出柳宫大比前后第，须溪观望吉，所取宋元然，是时适留古心公三山馆中，古心方录士子著，习属取上年册一一开视，惟三山发觖，翁公取揆者，名言甄切，与翁问俱高，即日学以属考论……」 二十六岁

须溪集七 陈礼部墓志「景定末，余留建，君留京，君为二继寄余，赋四甲子上元日并赞」 须溪江万里于建 卷一二十一

须溪集七 36 谢有山萝挽章序「建安三四月，莺士第一人，岂日无荣，特隐然，棱标出角，固出推挽之不容，家常还珠，金觉铜傀之竿竿」（宋须韵） 或在建时作（建安二

宋史州江万里传「知建宁府，寻权福建转运使，已而加资政殿学士，依旧职知福州兼福建安抚使，度宗即位，召同知枢密院事，又兼权参知政事」

1265 度宗咸淳元年 乙丑

張弘範移守大名 本傳 廿九歲

陳著以太學博士 本傳

王惲在汲 作廿九歲之（見明年東漢天上來序）

劉克莊有解連環「乙丑生日」 七十九歲

周密山左杭 乙丑秋晚同盟載酒為水月游……」詞云「重到西泠……」 卅四歲

咸淳進士

杭州仇遠山村（仁近）登進士？

湖州周密為兩浙運司掾

改临安通判 成化《四明郡志》作「咸淳元年」又云「晚岁隐居奉川」

（按四明图经，度宗诰以宣议郎直通判在咸淳十年正月，成化《四明志》当误）

陈文集约六十卷，是集 平一十六卷 再遗五卷

周密生杭 闰十一月廿一 前雅堂上卷七十五页 29 下卷六页 17 23 廿页

何梦桂约廿岁 六月廿一 省试第一，廷试甲三名，授台州军事判官 词人姓氏录 一三三〇

赵孟坚为建宁府知府 建宁府志职官 宋史地理志建宁府本建州……咸淳元年升府

何梦桂 淳安「廷试第三，授台州军判官，改太学录，迁博士，侍吉如」 宋史翼34引严州府志

兴化林大有 字之「咸淳初以子雷发预荐赐迪功郎」 宋史翼36引福建通志 见全宋词人待查

东莞赵必𤩪进士 宋史翼17引东莞志 约廿六岁见1224。

黄公绍进士 有在轩词△

阮秀实咸淳初授芜湖茶局△ 唐氏词人考略云「太宗十世孙，咸淳元年进士，入元隐居，元至元三年卒，年五十」云至元三年误

赵必𤩪进士△ 「咸淳元年乙丑进士」 广东通志27

建宁府建安书院刻晦庵先生朱文公集一百卷 续集十卷 别集十一卷 见陆志（书林清话三）（父宗袖同科，……作为咸淳……）

赵与訔辛丑进士 从父 ……进士出身，三月以疾卒于临安府，…… 「咸淳元年赐也……享年五十有三」 要李氏 先十五年卒…… 草窗有挽诗。

1265 乙丑

刘辰翁在庐陵 养吾斋集廿六 跋刘至

澹庵为九嶷山庐主宗濂碑，蒙友、温刘以「乙丑以馆陵登科教授袁州，犹记出庐陵首访先子，独手书状叩门，曰吾不谓有二人也，明日先子往谢之，首以是碑刻本为赠」

将供为此学校官留韶轩 见1281

须溪集 6/29 甘定庵文集序「乙丑，馆陵登极，古心在政府，余为京教，白公宽，榜几天门，甘某三四三回，宗谨款者子。已而古心荐擢为京局，余为公择上日公韶曰，见次师是日谢古心为然大言，余患二人，皆以海会子益故，且一人夏同门而锡，寄古教也，明年，余就去，公代公去，夏代，夏改官日，白堂曰，予诗为锡，愿李为诗锡，而权照曰有自诗诗耶，亦泳」…… 吴梅1258 廿四岁

须溪为京教

△李治仁卿 至元二年再以翰林学士召，就职期月，以老病辞归，买田元氏封龙山，隐居讲学，十六年卒，年八十有八 蕙风词话3/13

当辛于 1281

△李曾伯本年为「剑中侍御史陈宗礼论劾褫职」宋史 生于1194

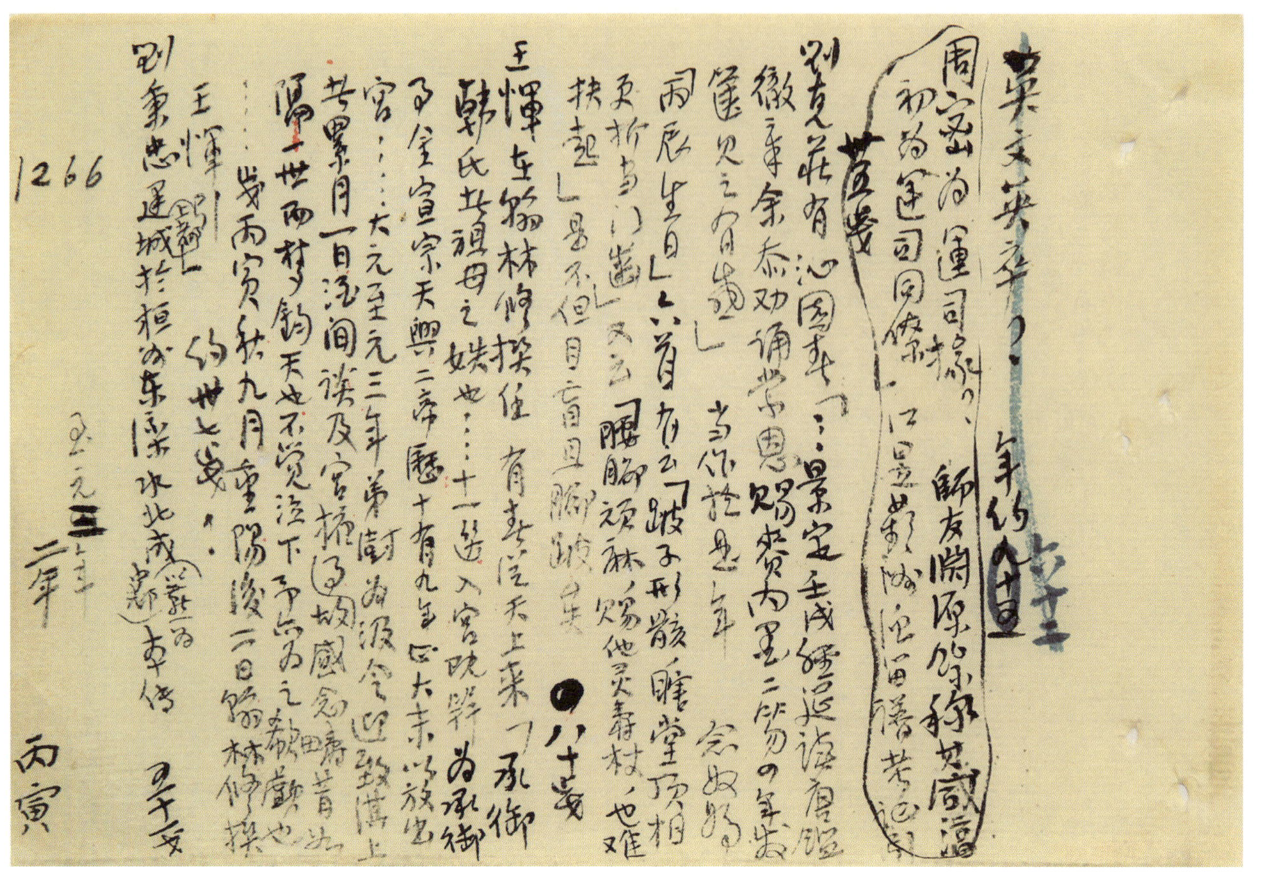

莫文英卒?、年約八十五
周密為運司掾、師友淵源錄其家論
初為運司同僚……江皇甫……
蓋卒
劉莊有《沁園春》「……景定壬戌，謬延諸屆館
徽，年余泰，勸誦先恩賜賚內署二樽之年歲
筵見之有感」　當作於是年　念奴嬌
丙辰生日」六首有云「跛子形骸，瞎堂頂相，
更折當門齒」又云「腰腳頑麻，賜他靈壽杖，也難
扶起」是不但目盲且腳跛矣　● 八十歲
王惲在翰林修撰任　有春從天上來「承御
韓氏其祖母之姨也……十一歲入宮映辭，為承御
至全宣宗天興二年，歷十有九年，從大京北放出
宮……大元至元三年，萬戶劉公……致湯上
其累月，一日酒間談及宮禁，感念舊昔，
隔一世兩村鈞天也不覺淚下，予為之歔欷
……是丙寅秋九月重陽後二日，翰林修撰
王惲　約廿七歲
劉秉忠建城於桓州東灤水北，為……本傳　王千安
至元三年　二年
1266　丙寅

陳某有《霜天曉角》「丙寅十一月七日夜江行絕今寒
風雪中送雲西先生陸景西官溫陵不已」
又「丙寅十一月十一日行，止阮橋宿，風雨衣月俱濕
望有楚些留一段頒與今日情味同，因錄於
此」
白樸《天籟集》下10石州慢「丙寅九日期楊翔卿不至書懷……」　の十一歲
「天籟文字」
范晞文同華李蕃規上書詆賈似道，似道以泥金飾
齋扁為罪之，竄瓊州
（又云景文元世祖時程鉅夫奉詔求賢，與趙孟頫
同薦於朝，授浙江儒學提舉，不赴，後以子拱
為翁錫封，授迪功郎，遷之芳場丟居焉，故其行
多見于吳錫陳宗志。近人編《元詩選》
好詞則云以程鉅夫薦，擢浙江儒學提舉，時長
與此說有別，當有所據」）
劉辰翁將歸　《養吾齋集》十三、五　送劉須溪村序「往乙
丑丙寅間，余侍親宮西府，堂西樓，與東崇則履
山公外甥小村劉先生在焉……其年余年始八九……
己巳再送於昭文館中……乙亥履山公兄弟番陽，小村
與焉，彭衡驗谷，脫越天末，又六年用周甫奴詞，先君
在履山幕文忠公用周甫客也……
須溪履尾山公江東七閱月……
宋史四二八江萬里傳「萬江度宗時出太平州，首提江淮
州轉運副使，召拜參知政事，進封南康郡公，
須溪動去京，除西府提舉同宮，宮觀文殿大學士，提福
教、參去年」
69　廿五歲

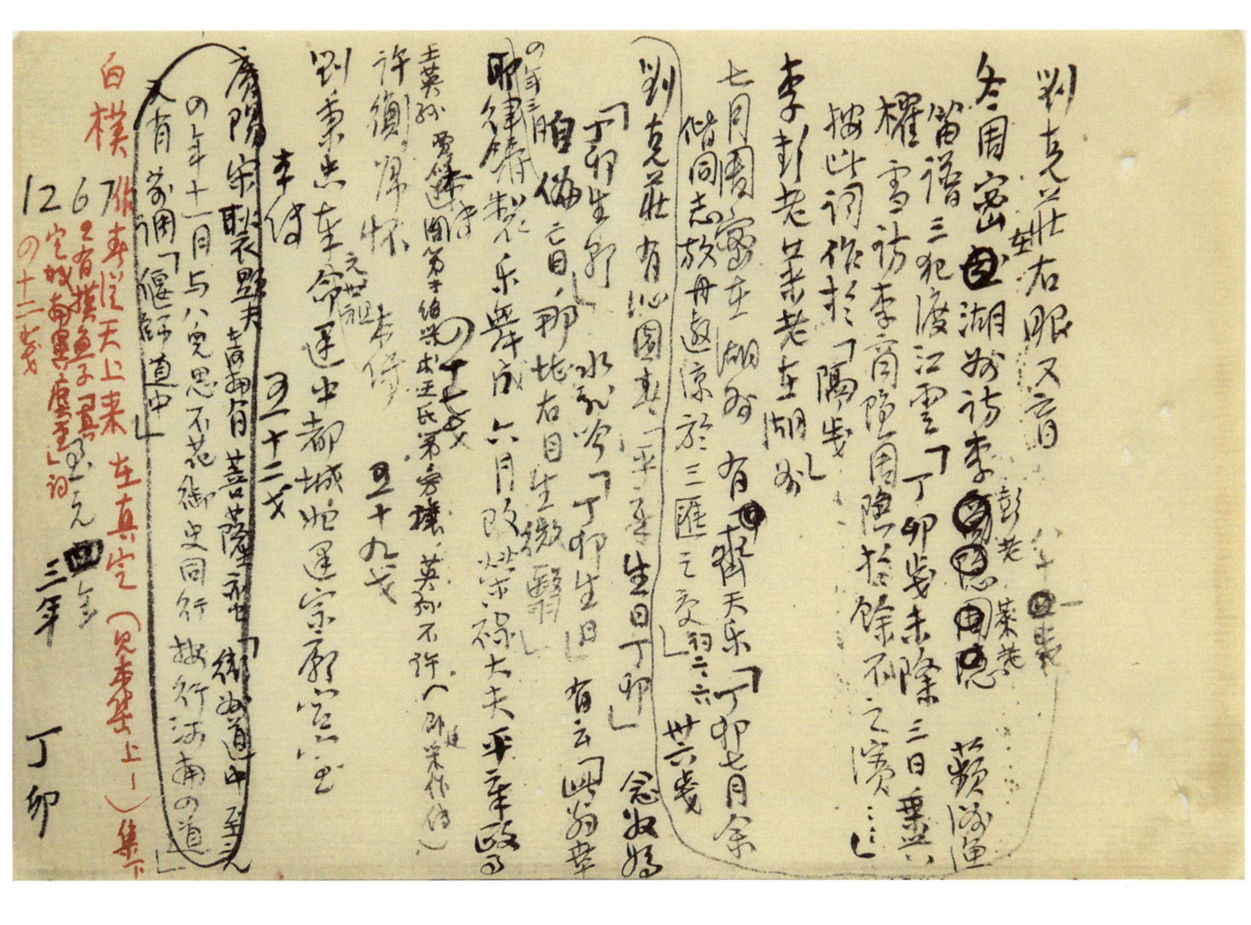

刘克庄右眼又盲 八十一岁

冬 周密西湖韵访李彭老 莱老 蘋洲渔笛谱 三犯渡江云「丁卯岁未除三日，乘兴棹雪访李商隐周隐于余不溪之滨……」

按此词作于「隐步」

李彭老 莱老在湖州

七月周密在湖州 有齐天乐「丁卯七月既望，余偕同志放舟邀凉于三汇之交」 词云 卅六岁

刘克庄有沁园春「丁卯生日」「平年生日丁卯」 念奴娇「丁卯生日」 水龙吟「丁卯生日」 有云「四海[illegible]」

陈允平 [illegible] 乐府 [illegible] 六月改除 [illegible] 大夫平章政事

许衡 [illegible]

刘秉忠 [illegible] 中都城 [illegible] 宫室 [illegible]

李俊 五十二岁

唐珏 [illegible]

白朴 [illegible] 从事天上来 在真定（见本集上一）集下 1267 三年 丁卯

秋 赵与芮（嗣荣王）进封为福王

吴文英有水龙吟「寿嗣荣王」

刘辰翁 [illegible]

黄公绍 [illegible]

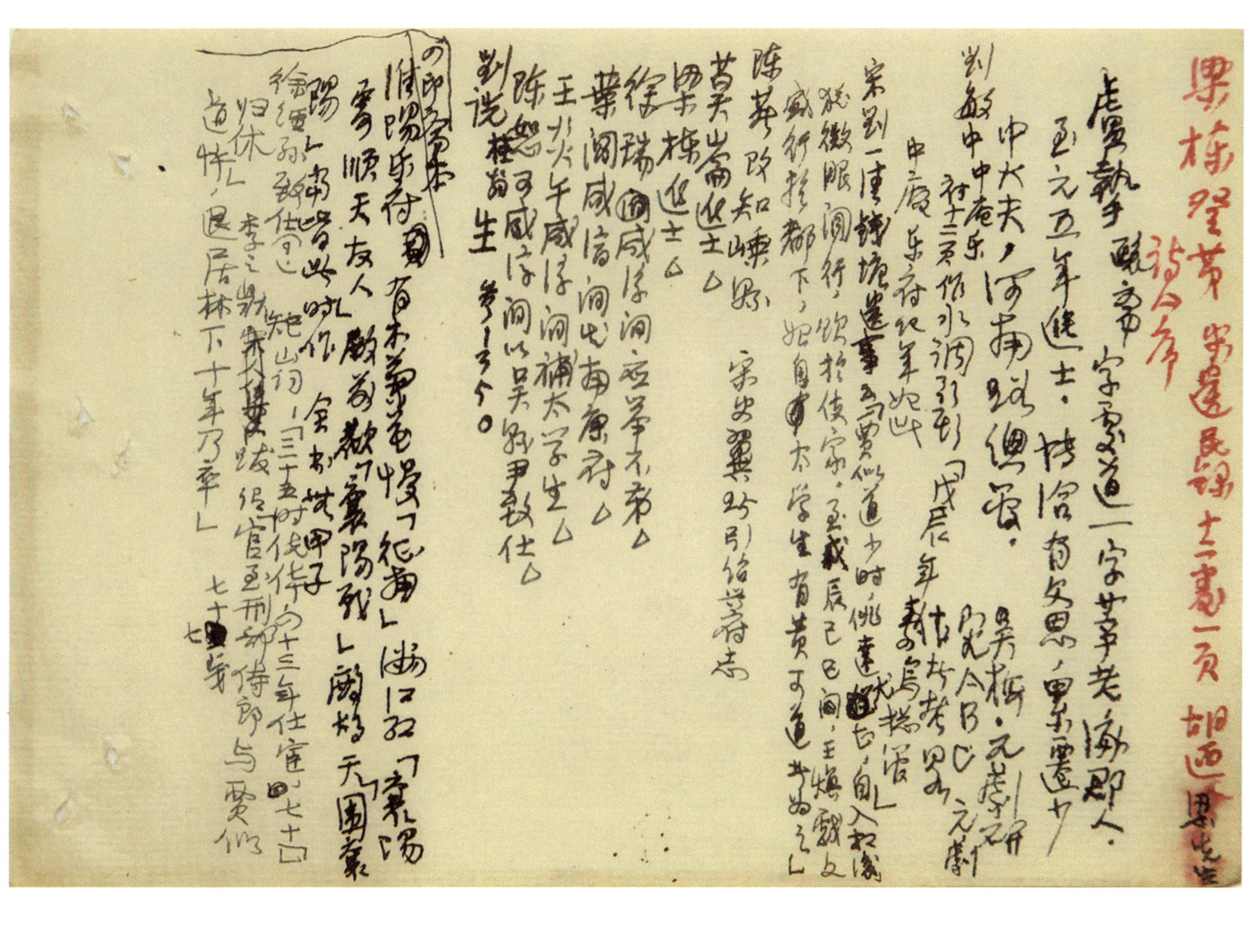
梁栋登第 宋遗民录 十二卷一页 胡适 梁先生
诗人序

卢挚 疏斋 字处道，一字莘老，涿郡人。
至元五年进士。博洽有文思，累官至
中大夫、河南路总管。 吴澄、元明善、刘
刘敏中 中中庵乐 补十二页作水调歌头「戊辰年秋」 与吴、元明善、刘
中庵乐府纪年如此 吉卿 … 鸟揽辔
宋刘一清《钱塘遗事》云：贾似道少时佻达，自「入相」
挑达[illegible]行，[illegible]于侯家，至戊辰、己巳间，王爚、戴文
[illegible]行于都下，如自[illegible]太学生有黄可道者为之
陈莘 改知嵊县 宋史翼34引《绍兴府志》
黄吴 淄 进士△
梁栋 进士△
徐瑞 咸淳间应举不第△
叶阊 咸淳间屯南康府△
王炎午 咸淳间补太学生△
陈恕可 咸淳间以吴县尹致仕△
刘诜 桂翁 生 卷135。

四印斋本
傅[illegible]阳乐府 有杂著一卷，曼「征南」，游山记「襄阳
李顺天友人，献策数「襄阳破」，献「始天国」
阳」，常[illegible]此，作 金书，甲子
徐琰 致仕 〈纪山词〉「三十五时倪侍郎……十三年仕宦」七十四
归休 李之[illegible] 跋 侣官至刑部侍郎，与贾似
道忤，退居林下十年乃卒」 七十七岁

1268

刘将孙《养吾斋集》八，一与姚牧庵参政书：「某
自年十二即为文，十五即识时文之纡道
擅场」 十二卷
又 「鹫峰说文」有「我时十三」句，记当时
情况可抄 十三页
刘埙 以首夏归 卷1262 出此年
埙 须溪集6/16 赠倪生 蝶屋序「……道继往时
屋陋不庇穴者，伯章欲入东(?)，东湖，予东府，起
江东？官府挥麈？连朝光、最后都城借金
府则二解、皆极华屋，而吾母亦见之葬于此。
辛未尚有家居子舍之乐焉。……」 廿七岁
为宋少数 左1265
李曾伯 辛 〈四库〉可斋杂稿 提要「李曾伯辛
于宝祐戊辰」云宝祐误 七十一岁

正月廿九日 劉克莊卒,年八十三 行狀 後村有文集二百卷

後村大全集 後村別調長短句五卷

冬 王惲在京 元 有木蘭花慢「至元己巳京師除夜燈下與兒子孺談文正范公行己且憶昔賓王來予為之語因為兩絕以見其志云」有云「……其朱衣白髮間,春風三拜兄墀」

許衡 與徐世隆 定朝儀 與劉秉忠 左丞張文謙 定官制 六十一歲

張弘範 授益都淄萊等路行軍萬戶佩金虎符 建伐宋策 襄陽策 精兵千人戍萬山以 卒侍 宋師 三十三歲

建陽 熊禾 勿軒(後改名鉌字位辛)舉進士 人名附

無作咸淳進士 授汀州司戶參軍 宋亡不仕 入武夷山講授其中……有三孔若異,莫能論著 經序學解 勿軒集」

勿軒長短句 四首 皆失年月

劉辰翁 自吉安城歸 全宋詞「問杜鵑」注云「辛往來贛城十七八年 自己巳夏歸 又十六年矣」

蘇江 萬里 薦 廿八歲 入名附無 云「少舉進士……以親

1269 黃袁元入太學 至元六年 黃 生自序

己巳

江萬里 史館 …… 除太學博士 皆固辭 按宋史宰輔表 江萬里以此年正月自湖南安撫使除 明年正月 除左丞相兼樞密使 明年三月除 是年此年 除端明殿學士同簽書樞密院事 十二月提舉臨安府洞霄宮 咸淳元年 進同知樞密院 二年正月除湖南安撫使兼知潭州 何年

鄱陽 黎廷瑞 祥仲 進士? 人名附無 作咸淳進士

邵武 黃公紹 直翁 舉進士 人名附無 作咸淳進士 作昭武人 入元不仕 所著古今韻會 ……存 其有在軒集

汪夢斗 ……八首 元年 ……

陳恕可 行之 宋叢生 以吳門尹致仕

吳文英 夢窗 約卒是年 六十五歲

陸文圭 墻東詩餘 有滿江紅「己巳二月二十二日 北門有……」

張伯淳 師道 咸淳進士 ……

周密生烏程 陳存敬序草窗詞，謂「咸淳重光協洽未仲冬，甲子四郎
將韶宮遊蘇灣……」 二十 密記至元「辛未首夏以
「不敢後與弁（？）年友、周君公謹同……」 の十岁 （陳存敬序自 梅花益素……）
蒙古初改國號曰元
許衡為集賢大學士兼國子祭酒，教蒙古弟子
六十三岁
張弘範築一字城逼宋襄陽 破樊城外郭
辛侍 卅五岁
劉秉忠奏建國號曰大元，以中都為大都
辛侍
「蒲壽宬咸淳七年知梅州」 五十六岁 梁廣陽梅州志二三八引蒲壽宬李引廣東
壽欽公自作碑，見「曾井」遺愛在民，道人還
籍，而家資，遣石亭其上，曰汲井水二瓶 置
之公堂，欲常目之，而蹤其就也。 為進士 榜
題其果曰「蒲氏井」泉千古列，蒲侯心跡
一般清」，今祀名宦祠 光緒嘉應州志十九
曾井 南宋時程鄉令 曾芳所鑿之井
「壽宬西域人，為泉州市舶使蒲壽庚之
兄」 工詩 陳垣元西域人華化考
「作晟或作宬」人名字典
陳著「本堂集」四年，匯判揚州」 宋史翼卷二十引嵊縣志
黎廷瑞生 至元……年…… 七年 辛未
127

戴表元登第 道光寧波府志十七選舉表
劉將孫登第 （登仕郎……同年） 戴剡源先生自序 名「宗大 吉水人
寧都曲阜肖公行狀「將孫往歲
辛未，讀書就山中西麓，錄見公為忘年交」 戴剡源人
名見上文 與
嵩卅嘉，方當……鄭李甜岩
奇之，獨患其太急，心遠「某年十五，得見先生一見即
當 名 心遠名字吉文望族也 心遠先生傾資待之也」 方
續係の千岁 梁 3/14 本家宣紀「予年未の十執筆政
十年言 為人很未休」

王惲有浣溪沙「至元九年秋九月望秋風亭
觀雨燧呈曹彥宗周幹臣」
王惲授承直郎平陽路總管府判官 本傳
作の十三歲
雍虞集生 據元史本傳推
張弘範拔宋樊城 至明年 本傳 卅六歲
徐琰卅卒 李之鼎矩山詞跋語「與劉從
道悴，退居林下十年而卒」 入名類典[illegible]
憲 有矩山存稿五卷 矩山詞止の首
[illegible]今六十五歲 百以今[illegible]，[illegible]加二，若[illegible]
王義山有臨江仙「壽吳平章相」云「明日中元生
上相，真上相，上元生……」和氣藹萬家同
泰運，湖山第宅光榮……」案与義山同
時宋相宋有「宋鑑」此年六月丁丑自吏部
尚書除端明殿學士，同簽書樞密院事，十月丁未
垂[illegible]知政事 同年九月除簽書樞密院事兼[illegible]
後年十月自簽書[illegible]
德祐元年三月罷（宋史宰輔表）此詞或作於
此年或明後年 （和氣[illegible]宋[illegible]）
元史宰相表有[illegible] [illegible]
延祐元年平章政事（三一四）[illegible]
1272 八年 壬申

宋元虞作後黃堅志序 作「壬申歲除」[illegible]
梁棟為仁和尉 詩△序
虞集生 紀年錄二「水東日記云七十二」
蒲壽宬知梅州△

百字令云「八句加二，若君天垂祐，扶持七十捻」 今年

宋末徐以宝庆二年进士 水调引头云「三十五时仕

伟」 年往进士 者年二十五七中进士此年恰八十二 宋

谥文惠有矩山存稿五卷 矩山词一卷止の首

南宋 刘壎 隐居 李璘 首言难忘「咸淳癸酉用达出

词」（张体送人） 又看福金门照泣有汀州猜

慧」，咸淳中尝与黔、朋在醉中楼……後二年再

访之，墨洞墙墨尚存，而人已他适矣……」不知

在何年

刘须溪 安尾陵 养吾斋集六 卌 王敬轩公墓

序「蒲田参政敬轩公与先君子须溪先生定交，庵

陵请序时，同会同年，同门同郡，知契深厚……継

惟癸丑先君子送参政守庵陵归诗有序云追念

江东尚举，姑苏惠守，飘风可哉，此诗传之两家子弟，

永为好耳。……」

江万里自知寧，时湖南安抚大使手词时咸淳九

年万里年七十有六矣」 宋史の一八传

须溪在庵陵 集分附留楞杭「……咸淳癸酉夏，北七

楞地……余 谒太守黄同年续日……」 の十二集

江万里 文山集二「吉心江先生以旧衍出镇岳阳，癸酉十月乙亥。

是为七十六岁。门人文某以一节造之 部内谨撰古风一首为

寿」一首

欧阳巽斋守道卒 文山集11/25祭欧阳巽斋先生文「维咸淳

癸酉正月乙卯朔越七日辛酉学生具位文某谨致祭于故

先生殿讲大著刑部巽斋欧阳公柩前…… 年六十五不为

夭……」

王恽有醉江月「平阳行第有来禽两株……岂

臣马会遂取欢实……时至元甲戌春三月十有

三日也」 约の十五岁……

刘敏中由中书掾擢兵部主事拜监察御史

李侍又云「枢臣桑哥秉政，敏中劾其奸邪不

报，辞职归，……卯时而起为御史台都事

……出为燕南道政廉访使，入为国子司业，

迁翰林直学士兼国子祭酒」 至大四七年

首 沁园春「锦云卿右司赴赏牡丹……时

予方为国子祭酒」「省右司来日收棠和诗

王柏 辛韵 卒八△ 卅二岁

张弘范为北兵帅驱渡江伐宋 長驱至建 癸辛杂识前集卅云十二月十四日渡

邓剡 东忠 庐陵人 登进士授 至上斋 卅八岁 因户参军 宋亡不仕 引礼部道士

见1-216

八月卒 年五十九 有

文集十卷 在杭州

刘辰翁有祝英台「水淹」云「明朝今朝雨湿

暮霭如许，凤肚儿重，认是洪江语，是谁

力挽天河……渐仙客，并失御乘搓路。……

穷年菊衣，隋巷深少乾土，纵初错铸，鸥鹭不如归…… 勃

1274 继宋 宋亡不仕 梁宣云山の方来举一事……

以孔孟行道……天下皆然也 不为……」 上阐西志甲戌

1274

广信书院 李阳冰 刘须溪集1-6 稼轩书院

兴造记

赵文青山集六 屯室郇氏墓志铭「甲戌余以弟入京试礼部，三月三日礼部榜出，余弟泰名同日余以京庠補太学生，其冬江上急，兄弟归拜二亲，自後则无复礼部贡举之日矣」 刘将孙养吾斋集二十九 青山墓志「甲戌宗琏（文弟）第青山以公名试京庠，分入太学，二京庠有题甲试，若常参筹千百，试礼部赋魁取一，从逆缀志，青山笑谈拾芥如方州兄弟，同时提借，徘徊如涸陈中山、张达叟、龚何说叟、龚旋景文皆知己如日方升異等，蠹之而科废遁，晚教东湖广，迁教南雄，而青山老矣……」

须溪友 江万里 投水死 东湖年 刘将孙理 东湖年乙亥兄1276 刘将孙养吾斋集 古心与云 查镜岭年 岩书阁续「文忠公（江万里）之三十一年，大德乙巳月二十有四日刘行庐陵刘某」 江似死于此年 须溪集子 虎溪莲社堂记作于咸淳二年二月，云「去年庐山公以节死，谥文忠」 又似德祐元年死 集3/23 归来庵记「先生（文忠）生于林，老于同野，死於芝山之下」

年谱

宋史418江万里传「咸淳九年万里年七十有六矣，留年大元兵渡江，万里隐草野间，为游骑所执，大诟，欲自杀，既而脱归，先是万里闻襄樊失守，凿池芝山后圃，扁其亭曰止水，人莫谕其意，及闻警，执门人陈伟器手曰：大势不可支，余虽不在位，当与国为存亡。及饶州城破……万里竟赴水死，左右及子镐相继投沼中……事闻，赠太傅益国公，加赠太师，谥文忠」

文山全集16/12 集杜诗 怀江丞相万里 序云「先生居饶州，入城，先生投后圃中止水死，其弟万顷於庭，为北兵执杀死」

1274

陈恕可 咸淳十年中铨试，授迪功郎，四州南主簿 安雅堂集十三 陈[illegible]如心墓志

王英孙知广元府 慕縣赈饿平贷 黄震上其事 转承议郎 「尋以藉田，通判广元府，提辖市舶，摄事半载……陈景行荐先生除将作监簿，命下知时事去，快计归，归之日流於二年二月」 （邵廷采作传）

秋崖密观画馆词　见[illegible]第十四卷第一页　[illegible]

[illegible]中进士？　胡作梅

陈允平　官制置司参议官　续甬上耆旧诗

此二字据[illegible]改　[illegible]日提要日[illegible]下补

陆行直　生　陆[illegible]　仍还执政恩数

王恽有浣溪沙「乙亥自寿时二孙口行一女孙口亮时避入吾汾西广福院」　亚续居闲

「乙亥三月七日安河上」　撷湖指平湖或在

归の十六岁の　浙西？待查

唐文集又没却手家赵岩欲外　宋元史一八一本

传　の岁　本传「还长沙」不知在何年

姚燧始为秦王府文学　未[illegible]钱授[illegible]

夫要[illegible]陕西四川中兴以来[illegible]学校以秦王命

出辑广蜀　本传云「燧年三十八始为秦王府

文学」又云「十二年以秦王命安抚广蜀」实同

年而不见当提世　卅八岁　有云「二十七年[illegible]」

刘因有[illegible]「乙亥元旦[illegible]甲子」　廿七岁

张弘范次[illegible]宋[illegible]

1275 文天祥起兵勤王

恭帝德祐元年　乙亥

都　从中书右丞董文炳由海道会　伯颜

进次近郊　入城　两宋称臣降表来　[illegible]

刘辰翁有感宋李[illegible]花门之[illegible]上元　「铜驼故老说英宫和似天宝，五百年前，曾向杭州看上元」　卅九岁

[illegible]「乙亥二月贾平章似道督师至太平州鲁港未见敌，鸣锣而溃，后半月闻报赋」

[illegible]「绝北空声动，[illegible]最苦周公千年后」

[illegible]郿坞，问何日[illegible]

孳天重来[illegible]

放翁南园记　常[illegible]园柑[illegible]回首何人

修凤[illegible]讽[illegible]言[illegible]不是邦昌

宋，直与[illegible]

被[illegible]皆在是年[illegible]

当似道[illegible]

论之[illegible]　の十の七

江[illegible]居史馆又除太[illegible]

[illegible]不知何年

刘辰翁有临江仙「将孙生日[illegible]」……（一二七〇）

年[illegible]「[illegible]」

王义山有[illegible]「乙亥[illegible]」

「乙亥[illegible]」[illegible]　觉老来尚[illegible]

[illegible]

进士　乙亥当是[illegible]年

九月[illegible]似道[illegible]

[illegible]村乐府有[illegible]　人名[illegible]

李莱老，扬州慢「琼花次韵」云「……春雨春杜
郎还见，应赋悲吟……□九曲迷楼依旧，沈沈夜想
觅行云。但荒烟幽翠，东风吹作秋尘」 山房随
笔云「扬州琼花天下祇一本，士大夫爱重，作亭花
侧，榜曰无双。德祐乙亥，北师至，花遂不荣。赵棠国
炎有绝句吊曰『名擅无双气色雄，忠贞一死根东风。
他年我若修花史，合传琼花烈女中』」 李词当
作於此年或此後
龟溪二隐词无年月 有莱老秋
崖词 无年月 文游有周密金石桂（疑见一三六）

七李彭老下

文天祥起兵勤王 文山先生纪年录

冬，周密山游会稽 王沂孙花外集八淡黄柳「甲戌冬，
别周公谨丈於孤山中。次冬，公谨游会稽，相会一月。
又次冬，公谨自剡还，执手聚别，且复别去。怅然於
怀，敬赋此解」

王炎午（[illegible]梅边集）「某年秋为太学上舍生，旨文天祥同
游，宋亡，天祥募兵勤王，炎午谒军门劝天祥毁家
产供给军饷以倡士民助义之心，又请[illegible]
谋我行，以训江广乌合之众。天祥嘉纳，自为书荐子
以授职，从戎，以母病不果」 宋史翼卅引江西通志

陈著 宋亡後居四明山中，六十年八十の 宋史翼25

[illegible]

周密 秋，李莱老、李彭老题草窗韵语诗，各一绝（见
12/75 原本草窗韵语）莱老「菊节题，有云「学陶之和刘法真」
彭老中秋题，有云「吟到之和极感诗」皆评其

学中庵
又有文友为墨于玉堂之屋（考文在玉堂」 序
草窗韵语续集于此年
[illegible] 刘静庵 文瑞见于齐鲁明後
先生仙署」 蒙正平（[illegible]丑秋）
康乐随园赤番若杨沙橧于萧城
己丑仲秋，许嵩有沙柳赋，语花溪丘琳序
家
又有乙丑八月翔鹤行并序，不出何人

施岳 仲山 卒於此年前 草窗韵语十八首 [illegible]也有怀施
中山一绿 云生平逢坡老梅词字及其墓为题水仙

紫霞翁 卒於此年前 草窗韵语三童子迳东
园八怀之己，有云「自紫霞老翁逝，终此斯後如
有杨梅西为门外第三人，老遍梁斜阳堡晚红
两紫霞翁维宗尚东园」 韵语二三有诗又叹紫阳
湾月面湾之州月 张枢白云词序云「余有蛇兮
恨有『凤霜二三咤』，觉下紫霞翁窗上之内七面外
乃携紫霞翁作旧图（东园似即宫果园 见江注）

草窗 文陈君衡至此年（韵语有诗）之史梅溪史
山後（韵语年谱）

薛梦桂 淳祐後进士 △

刘辰翁 农秋 丽集九二 刻长吉诗序「先君子托评诗家诗
最先长吉，盖乙亥避地山中，无以纾思寄怀，始有意留
眼目，开卷来，自长吉而後及於诸家…… 自诗本乃出，
近年乃无不知读长吉，诸效者容体制类屋相诵赞
剑江王庭光尤好雅，尚敢募本校而刻之 寄声尾赞
俾後世读……」

冬，周密自剡近，王沂孫作淡黄柳為别（見去年）

宋 周密 [illegible] 四十五歲

文天祥四月十九早除樞密使，午除右丞相兼樞密

張炎廿九歲 [illegible]文[illegible]

天台劉瀾 姜派 卒 抄刻漁集第二本末 見瀛奎律髓 [illegible] 二九上 絕妙好詞

詞瀾早于江船

宜興蔣捷 勝欲中進士？ 竹山詞 [illegible] 甲子 [illegible]

人名大辭典作「咸淳進士」。「元初遁跡不仕」

或在去年？ 梁棟歸武林 詩集序

日天天台 [illegible] 嵯峨 [illegible]

王沂孫 春 [illegible] 城山 [illegible] 原作丙午，予以 [illegible] 丙子之誤

王惲 平陽 [illegible] 有木蘭花慢「十三年平陽 [illegible]

滿江紅日燈 劉辰翁作西江月詞 宋遺民錄 十五卷三頁

王惲 奉命 [illegible] 人於河南 [illegible] 有木蘭花慢「十三年平陽 [illegible] 日燈」

的の十七歲

姚燧 [illegible] 民 [illegible] 命 [illegible] 王立於合州 [illegible]

三十九歲 白樸在九江 集卷九 [illegible] 九江 [illegible] 别侍兒 [illegible] 有感 [illegible]

郭 [illegible] 監 [illegible] 國史（五十二歲） 天 [illegible] 西江月「九江送劉牧之同知之杭」

許衡 以 [illegible] 太學士 [illegible] 國子 [illegible]

陵 [illegible] 太史令 [illegible] 教 [illegible] 太史

表 [illegible] 六十八歲

1276 宋端宗景炎元年 二年 元 至元十三年 王昭儀 [illegible] 滿江紅詞 徐君寶妻 [illegible] 二九 [illegible] 芳

樂安鄭松 [illegible] 吳 [illegible] 居 [illegible] 水谷 [illegible] 一 [illegible] 向校

[illegible] 孔及大小戴記

二十一 吳 [illegible] 傳 又云「程鉅夫 [illegible] 求賢江南」 見元史

起 [illegible] 京師 [illegible] 在 [illegible] 元 [illegible]

廿歲 白樸集上19，[illegible]「[illegible]山左 [illegible] 回 [illegible] 金陵」

張弘範 平 [illegible] 集下 [illegible] 木蘭花慢 [illegible] 丙子 [illegible] 山 [illegible]，今十二年 [illegible]

劉辰翁 有燭影搖紅「丙子中秋泛月」有云「[illegible]

[illegible] 胡笳 [illegible] 向 [illegible] 江 [illegible] 旅，對嬋娟 [illegible]

「……[illegible] 去 [illegible] 江令恨别，庾信愁 [illegible]」 蘭陵王「丙子送春」

（三人皆北去）[illegible] 子 [illegible] 語」

[illegible] 方 [illegible]「丙子中秋前 [illegible] 詞 [illegible] 借 [illegible]

[illegible]」の首有云「錯向五陵 [illegible] 上 [illegible]，[illegible] 四月，[illegible] 四秋 [illegible]」

[illegible]

廬陵 趙文 儀可 の十三歲

[illegible] 依文天祥 [illegible] 於 [illegible]（見人名辭典） 按宋史の一八文天

祥傳 天祥 [illegible] 自溫州至福州 [illegible] 拜右丞相 [illegible]

[illegible] 兵入汀州 趙文 [illegible] 天祥 [illegible] 入

[illegible] 在是年？ 人名 [illegible] 又云「入學 [illegible] 上

[illegible] 此 [illegible] [illegible]

[illegible] 宋 [illegible] 進士 出 [illegible] 院 [illegible] 元祈 [illegible] 使 [illegible] 元 [illegible] 留

表 宋史の二一本傳「大元兵次近郊，丞相吳堅 [illegible]

[illegible] 天下 [illegible] 城 [illegible] 元 [illegible] 使至

[illegible] 加 [illegible] 日中 [illegible] 執政之理，堅 [illegible] 表 [illegible] 于大元

趙文 表母 [illegible] 山 [illegible] 六十

276

入1288

廬陵鄧光薦「從宋文氏·天祥起兵募方勤王，挈家入閩，一門十二口，同日死於火中，乃跳駕厓山。不死，日厓山潰，光薦赴海者再，輒被不死，敵人撈出之，張宏範改容以待，後同天祥送燕，至建康，因天祥於驛中，而寓光薦于天寧觀。後從黃冠歸。天祥既歸之三年，乃送別」宋史翼34引江西通志 約一二七○

玉山王奕 伯敬「及謝枋得于其子與文天祥謝枋得友善，及枋得能執此行，送之以詩云，兩生無補秦無庭，一出仍回魯重輕。又謂青山如得所，何須究女嬰。詩詞皆激烈。宋亡，建書山書院，杜門不出，所著有東行稿」宋史翼34引人物志 查謝被執年

汪元量「宋亡從三宮北去，留燕甚久，時故宮人王清惠昭儀英皆善詩，相見輒共涕泣，或至文文山鎖鐐所，作拘幽十操，文山倚歌和之」宋史翼34引錢塘縣志

余嶸 歸隱「除大理司直，至元丙子即杜門隱居凡二十六年」宋史翼34引陵陽集

韋居安 景炎元年（思）司科三甲

元史世祖本紀「至元十三年二月，「伯顏遣不伯周青招泉州蒲壽庚壽晟兄弟」 蒲壽庚考引

宋史瀛國公紀「景炎元年十二月，「蒲壽庚及泉州知州田真子以城降」同上引

趙文 青山集七「揚州后土廟瓊花香如蓮花，落不著地，丙子一夕大雷雨失花所在。相傳以為上天云」詩話

趙文從文天祥於延平，與州亂，至小留，留而病，弟死，歿葬 與弟宗強 亦周四

從文出門（見青山集二·廿 曾秀峯建祠序）須抄

劉將孫集十三送趙青山序「予猶憶往歲庚辰日，青山矣竹枝歌如前，宗家君和，宗天山二三人，各一操出門去。當時相視，真若羈翮之生身，何言席未暖而患及，果卿死烈於平原，千將為飛隍於錦水，御後二年，與青山相對叢鉞之竇，每思高璧蘊同吟共謳，之未嘗不在館廬下，連床清夜，覺獨往不忍聞」。此當指此時出從文山、天山文人，皆指文山

須抄 義至而集廿十 贈梅所韋處士序「往丙丁間，先君子辟地永水上，去梅所鄉十許里，梅所時時過籬飯，因來訪，飲鹿鳴之首」 の十五年

將孫集三 寄鄭義山詩「年二十寫田海棠」

須抄 友陳劉「步所以兩都偏安，寧從谷口道病丞門辛，有趙同舍文自居，偏言著居人寫錦紗窗七載，延陵禮部去，旦黑然，文公哭之慟，葬伏虎山，既葬，亭先生之墓，居年二十九出文檄，至其里の十九，又兩年，文公北，日門人林達可始以行狀來請銘，則君死十九年矣……」

須抄 德祐二年二月戊午作虎溪蓮社堂記 集3/2

須抄 詞34臨江仙將孫生日「三千年前此日，如見广我生光……更有鬼童有子，更有家姑茲歲」 將孫年二十歲當已有子

趙文弟宗強 宗強死延平 年二十 除 雪樓集22/6 趙仪可墓誌

十月二十三日

以録为介之礼成不得命留館中」。又云「改館河間
近以蒲叙教授弟子」。又云「以府補太常丞
知常州。近世東坡刑獄の為大理少卿直華
文閣，以秘閣修撰充紹興府安吏，遷枢密都丞旨
出遷寧府事，福建転運副使，枝右部侍郎
再知臨安府，淮西安撫使，遷戸部侍郎，枝侍右
侍郎，仍兼枢密都丞旨」，在職前。约与宋史
蒲寿宬宗元，帝第一庚以泉州降元
益二王航海至泉州，弟寿庚守泉州距城不納，寿庚
寿宬伴著黄冠野服入法石山下自称處士，密令寿庚
降款於元　人名辭典「庚
又　謝枋得通鑑　蒲寿宬寿庚隠元在　年
心泉詩餘廿首　元年月　人名辭典「蒲寿
心泉学詩稿」　蒲寿宬了实见國学季
刊陳垣一作　蒲寿文也詳
「寿宬有心泉学詩稿六巻，已佚。清人在永楽大典中
録為六巻，余家抄本の庫提要（别人
数十八）卻見詩中修詞雅，在宋元之際極為
雅音。凶西域中国詩人之以学作者，蒲氏一家
耳。今瞿村書目有心泉詩の一巻，即の本
本於心泉学詩稿刊本。　陳人英述对寿宬
兄弟多政，微異。西日学僅泉州詩志勝覧（巻）
述云：「宋末西域人蒲寿宬与弟寿庚以
1276 互市舶成淳末擊海寇有功，寿庚歷官

至招撫使。」寿宬授知梅州，不赴，功寿庚援
泉以降元。宋既定，偕弟黄冠野服入法石山
中，自称處士，偽示不臣之意。忽有二士，因
其寓舍，各投一詩，不具姓名而去。其詩云：「
梅花落地點蒼苔，天意高量要入梅。
蝶不知春去也，双双飛過粉墙来。」其二云：「
剑戟紛紛扶主日，山林寂寂閉門時。水声
禽語皆時事，莫道山翁總不知。」統隆
府志（六六）引八閩通志有同樣之記載。
閩書（一五三）及心月紀寿宬兄弟事頗
詳：日比野（十三）館靖亭外集（三三）均有記
寿宬詩。然其撰郎詩人将為寿宬
詩寓。邱葵共宋末泉州人，另大夫弟子。大宗
頗於當寿宬庚之聖，而葵钓矶詩今集三首与
寿宬倡和詩，是の寧有挽寿宬詩。则葵
对寿宬抑绝黑词。所谓水声禽语皆时
事莫道山翁總不知卉，特其秋責備賢
者之意耳。近日本桑原騭藏氏著「蒲寿庚の
事蹟」極詳悉（史学雑誌廿八巻七號）。の庫提要謂寿
宬之名不見於史，不知元史世祖紀至元十三年
二月辛丑條下，大書「伯顏遣不伯周青招
泉州蒲寿宬兄弟」，此提要之疏略也。
安世通為青城山道人，蘭溪石山隱
士，元代两西域人之兩有之一代西域人之秘化之照
年而矣……　陳垣之西域人華化攷　國学
季刊一卷の号」

1276

陆叡（?）「江南内附後，卜居西湖之上」 姜

二月

春 王英孙与弟茂孙（梅山）同月谒宫（将作监簿）

归山阴（见1274）

茂孙时年三十二 见邵作

邵廷采宋遗民所知传、思复堂文集十

董嗣杲宋亡挂冠为道士，更名思学△

会稽王沂孙，碧山、中仙，与为庆元路学正？

白樸别巴陵 天籁集上沁园春「用前韵别巴陵诸公」自注「时至元……」

陈允平……云「谋为崖山之……」

白樸集下念奴娇「洞庭怀古」或此年作 五十二岁

钱塘仇远山村（仁近）为溧阳州教授？

张炎有月下笛「寄仇山村溧阳」

王恽除翰林待制……

姚燧……

张弘范还师……

1277

刘辰翁有卜算子「丁丑元夕」……

元世祖至元十四年 宋端宗景炎二年 丁丑

变序。……」蘭陵王「丁丑感怀和彭明叔韵」云
「……哀柏秋凄凉骨，怯氈帳，何處漫路何食，相思未老
頭先白，想荒坟酹酒，回车回首，香魂揣手抱相
泣。但青山無色……瑶地黄竹家罗帝，约人魂
猶到，露桃重摘，金銅知道，忍去國思去國」
此不知何指待考（似指二帝北狩） 永遇乐「予自乙亥
上元，诵李易安永遇乐，为之涕下。今三年矣，每闻
此词，辄不自堪，遂依其声，又托之易安自喻，虽辞
情不及，而悲苦过之」 宋亡此年作 又「余方痛海上
元夕之習，鄧中甫適和易安詞至，遂以其事弔之」
起云「灯舫華星，崖山矶口，官軍圍處……」
之十六
摸魚兒 去年三月，宋帝㬎及全太后北去，今年
五月元封宋主㬎為瀛國公，七月謝太后
降元，封為壽春郡夫人 詞為指此 又有臨江仙
有感云「迈天边消息，两宫他上心情」 晚思海角慨
辭平……」一首或亦同時作
劉有瑞云「和王圣与赤韵」云「……挪些许，女乐如烟
驻々江南雾々，倘晴重到湖边凝，满目荒凉依稀
弔古，……为柳漫陨，一丝一缕，无雨蒙々絮々，袁夫送
金銅去，漫肠断，王孙泪痕心去，市隐今成尘，
袖回地狭，天吴凤舞，莫是青州借，悠不早归々白
青海任，回头陈海，已沈花露 ……
炎昺帝序「感怀」二首云「……置之勿道，世共公，亡宋
此是昺帝逝後の五年间作」
久矣，只如為吾归计为耕计，但問某所泉甘白鄉

云岩师 刘后溪 刘存敬 胡存齐二
东幼安秋堂公墓志云「……景炎二年，以荐
授迪功郎史馆国史院编校，宋亡不仕，与弟
隐齐元、齐元庞，称紫氏の隐 号秋堂，自号三
道以台众集，以校勘
張由雨生 郑年録二「刘基作墓志云 至正乙酉与外
史一见，明年七月卒，则年止七十也」
柴望「景炎二年，三山孔大谏荐，奏授迪功郎
史馆国史编校，屡进疏论，是时贾似道当国，每
山中，及宋亡，杜门谢客，独卧一楼而萧然谢客，
吟咏，间见之，以市迪判陵京，制府元京，隐者推之
虞，但以与同志，游不与二姓，寓伯于烟霞之间，称
柴氏の隐云」 宋史翼34 引书见1.2.6。
赵文「再任高安丞，道为守文天祥，拜为幕僚，丞
相文天祥，天祥之兄也，集兵勤王，文孙往谒，
谓公相见，必深悼怆泣下，天祥重之，後以疎荐
坚守之即归…… 时天祥开督府于潮东，辟为
孙为郎散郎（时天祥聚兵助宋军） 签书，重为
军事判官，当世称之为弹谋，後而势已不
支矣，宋亡，归隐东莞之瀛境……」查天祥
在惠州年表人之年为
约二十八岁，见1.2.4。
宋史翼17 当孙为及详广东通志270

1277

王陽更人（王）年七十六，是年四月二十三日卒
·七十五年譜 閑游作（元丁丑）不知是此年否
生陽生于嘉泰二年壬戌　已改入1202

趙文 年中四月 從文天祥經汀州，俾以病中道不
能從，又從黄（?）拾（?）摇出汀州，以事表告父　青山集2.20
曾秀峯墓道祠記
須溪「臨要」居永陽之二年，訪集析水之濱，日在胃，二兒
原，自重量章史餘，於是建云廣寢成……　广元戊午
重修碑也，又八十年矣……」　據此推，當在此年
集五·十一 建興廊記

節頁，儀修人「至元丁丑江东宪使（?）為贵池教諭，鐵満湖丹徒
至正庚寅，歸自如皋（?），學正以道梗不赴，隱陸山中，夙興
床居不出，名所居曰岩素窩，……其自守之志也」　四庫
岩素窩集提要（萬历19詩3/5册別）

至元丙年五月以兵（?）雨禁釀，　元草堂詩餘中有羅志仁
木蘭花慢「禁釀」屬將考定為此年　同時 又有周密先
廊（?）鈞天「禁屋」尹煥（?）寫聲：慢「禁釀」當亦同時作

張雨生　參 1348

1278　戊寅　十五年

張炎在杭　有高陽臺「慶樂園即歸平
原南園戊寅歲過之，猶存丹桂百餘株
……」二首

江昱按：「戊寅宋端宗景炎三
廿（?）一歲　王炎午「及天炎被執為生祭文」宋史翼卅江西通志
文山先生紀年錄　登光薦從海不死見1.2.8
曹伯啓歷仕為蘭溪主簿，累遷常州路推官

遷同南省都司，擢拜西臺御史，改都司。
白樸天籟集上「水調歌頭」「至元戊寅為江西道山參政壽」五十三歲
集中林下闕花後一刻夕陽時（?）
宋作「至元中
張炎 平闋之廣，撥發古渾，宋都元帥至揚
州迎（?）將接水陸二岸，拔三江寨
破滬州，拔鮑郎寨，獲文天祥于五嶺坡
送至京師，獲宋禮部侍郎鄧光薦

四十二歲
周密 唐珏貸家具擁宋陵寢骨（西湖志）
羅天福（?）唐義士傳
陶宗儀輟耕錄唐珏傳（宋遺民錄）
又云時年三十二
劉辰翁有「齊天樂·戊寅紀（?）節和（?）秋崖韻」一云蔣
陵故吳（?）籍花錄……

王沂孫、周密、王易簡、馮應瑞、唐藝孫、
李彭老、李居仁、陳恕可、唐珏、趙汝鈉、張炎、仇遠、
在宛委山房賦龍涎香，紫雲山房賦蓴，天柱山房賦蟬
宋詞紀事（?）三年
張炎與鄰（?）家宋（?）文（?）等
詞已日卜（?）
徐理孫約年於此年　八十七歲一二八四歿（?）

浮翠山房賦白蓮，餘閑書院賦蟬，作樂府補題

按周密宋詞選於唐玉潛賦蓮曰「冰魂猶在，翠輿難駐」，曰「珠房淚濕，明璫恨遠」，以為喻為元僧楊璉真伽發宋諸陵而作。又賦蟬曰「佩玉流空，綃衣將霧」，曰「晚妝淺鏡，暗裏嬌鬟」，疑亦指此。其乃王樹榮跋樂府補題語「今讀此卷，依類求之，意無不可通」，殆即玉潛所謂「只有東風知此意」耳。蓋亦杜宇哭冬青也」（此乃是林霽山句）。茲綴於此。

發陵之年各說不同，全祖望定為戊寅云……

……發陵之年，周雲卿作唐雷門傳以為戊寅，周公謹志以為乙酉，宋景濂從公謹，乃其於元史又先一年，以為甲申，則已自相矛盾。放翁周目注雲卿，若以景卿之詩合之，先君癸年崖在尾，則雲卿之言是也。近人邵遠平以為戊寅，宋少帝元年，崇古不在，舉敵是若此，因以為乙酉，而屢查引不足，則姑闕之，不必再陵之初，於陵已自不保，況崖山陳丸，豈為敵所懼，是真迂儒之言，不足辨也。

（宋遺民錄十の）作乙酉，皆（以乙酉者皆）

冬青義士祠祭

議二與俗守杜君

周密景炎間寧國……掌寫翁舊……

宋陵歌……穆陵遺骼……「初，至元二十一年甲申，僧……嗣古妙高……明年乙酉正月，奏請……發諸陵寶……」

發諸陵宋遺民錄六卷六頁

嶺東王英孫為宋諸陵復土把六祖發……（宋遺民錄六卷六頁）

……九成林義士子跋……

六月文天祥已為虜軍所獲……

正月宋軍張弘範破張世傑軍於崖山　十月

入燕　未幾　六年　年四十三

劉辰翁有燈節念奴嬌「己卯……」

人家村市看燈」　の十八家

蕭澤　吳景奎　文可　有滿庭芳「己卯七月十一日得旨」（子名）

劉將孫　有摸魚兒「己卯元夕」云「……人間天上，費盡精神……」

……還更有琉璃，春棚月榭……百年勝事……

……宋亡作……依況用頭義……為此年……（見一二六四）……二首……

約廿の歲

朱晞顏　辛巳十九兄（一二二）

汪夢斗以書報謝……

元代自此後三十餘年不行科舉（延祐初元才復）

南詞錄「元初此方雜劇流入南徼，一時靡然向風，宋詞遂絕，而南戲亦衰」

1279 南戲……元初……十五年

己卯

鄧中甫投海不死（一二七九）[illegible]

鄧光薦字中甫，廬陵人……隨駕至厓山，除禮部侍郎，己

卯兼除學士院權直。未幾，因厓山潰，中甫赴海，虜

拔出之，張元帥俘以客禮，與余俱出嶺，別於建康……

……獨免此行，黃冠歸廬……」 文山先生全集16/[illegible]集杜

詩（小序）

段成已卒 八十一歲 陶表

王惲有水龍吟「至元十七年三月廿二日予按部

東行，果〔乃〕劉民仲祥自高林來餞……瀹大尹

而去……」 醉江月「至元十七年十一月十四日夜夢

丞相忠武史公……」 木蘭花慢「至元十七年

上巳日同西溪公飲鎮陽城南高氏勝游園

……」 喜遷鶯「題王姑廟仙姓郝氏清陵

縣含鴻里人……至元庚辰夏四月按部……」 感皇恩

默為七異民禱，赴魏祠下以仙名命曲……」

鷓鴣天「至元十七年八月八日為通議西溪兄壽，三十年

前西溪授館蘇門，趙侯輔之劉子始於識時，初夏

桐陰滿庭，故借南衛清書之句」 白雪十首

姚燧除陝西漢中道提刑按察司副使

本傳又云「調山南湖北道按部，豐路學

張民政二首 の十三頁

玉漏遲「與暢純父學士同舟過唐門山」 水調歌

頭「寄暢純父學士[illegible]王茅山」 当是後作の

許衡以病成奏上之 六月以疾請還懷

本傳 七十二

劉辰翁有減字木蘭花「庚辰送春」 詞意不似宋亡後作

の十九頁

1280

遺文表父 書樂集6.20 [illegible] 卷一 二十六

劉辰翁書屬山堂江萬里 卷一 286 26

十七年 此年 庚辰

汪梦斗以谢昌言荐召赴元京至京后抗节不屈辞不受官而归　李之鼎跋北游词

作「宋亡，元世祖因谢昌言荐召赴京……」不知在何年

北游词一卷共六首　南乡子「初入都门漫赋」、虹女错宓卿有喜」、余像娥「月夕赋有词者皆怆然有感再赋此」、摸鱼儿「过东平有乘之诗作于是时（据李跋）　一名北游集

云「有雪云词集」

白朴卜居建康作夺锦标词　题庚辰（见本集上一）

又集上三水调歌头「初至金陵，洪公会饮……」又前调「蜀角危城宫……」或亦同时作。上10水龙吟「九日同洪公会饮钟山，望草堂有感」云「老计共逢求裘，故在来龙，林泉佳处」。上16瑞鹤仙「登金陵乌衣园来燕堂」又沁园春「金陵凤凰台眺望」又一首云「问乌衣旧宅，谁家作主，白头老子，今日还乡」是时卜居金陵也。集卷下9摸鱼子「忆沿城词」集卷下16恨欢心云「行役古来往，似得还山」下序云「何家先来间，白下长，似老年厌倦南北之久」

夷山集外纪碳子昂宋末为真州司户参军（见宋季编年史传及名人年谱）子昂被召如元了已2纪1（再考）

吴镇仲圭生（据年谱二）

此未知王辛年六十九

吴仲安秋望墓诗　宋史翼34引紫氏の隐集附录

咏史诗、凉州鼓吹。　英雨丁亥往道中台衣集

赵子昂初入觐，元祖命作诗讽留梦炎云「状元曾受宋家恩，目击权奸不敢言，往事已非那可说，且将忠孝报皇元」留以此衔之，终身不召（吴梦龙诸保△上）

子昂「至元庚辰以事至杭……」（见吴兴赋诗书画）

云「五年……来园浸荣恩」「初到杭南云『我钱の十二号城』」

刘辰翁　养吾斋集十四、三送紫岩宗寅序「往岁庚辰足贺子修堂先生田中见溪时……郑氏紫堂长宗来拉与画旦」许古心东涧间师友间见，序而送之，后二十の年予承乏东洋，过视静修理学，江西自紫岩宗实后，间间世族则紫长家也……」

绍仲集七之一　黄纯父　丙炎　黄石翁「庚辰，予所与纯父过风雪东湖之上，……日，贾鹿京见君女间古人所今人所或者君为古矣君在此所修新然者……夜不绝……」

同上卷二、十五　荣陵陈公修复古董记　成庚辰十二月」浔来居记（江东聖所集）「记成

同上9/7古山楼记　为长沙朱君佐作「记成於己卯庚辰之十有日

绍仲集6/21 见徐心易易数序「……吾尝辞去心公不克卜之帝，邸生贺封革，卯日克。予来借也，明日而左丞弟焉，后克薨，予问邸革改也，而不改何也，曰，是在武侯易，革卦车象也，视之信，因悟古今字说未尽……」

汪元量　水云集14/31 胡笳曲「庚辰中秋日，水云慰予因献，援琴作胡笳十八拍……」后来予因编为湖山类稿……

吴仲圭（镇）梅花道人自题墓碣生於至元庚辰年旅至正甲午　过云楼书画记画三页八下

比宏范卒，于至元十七年正月　新元史本纪

1280 庚辰

佳禪筆朴　　第　　頁

「陳深字子微，吳人，宋遺民，入元以節行世稱，不出，其居曰寧極齋。予家藏有傳寫讀春秋編五卷……」據都事危素跋陳子微書

「姑係此年」

張伯淳《養蒙文集》十卷

旧抄本、

泰定三年八月鄧文原序其遺稿，謂「至元庚辰（一二八〇）間」姑係此

至正〇年正月男采跋

建安虞氏影本宋刊刻趙子昂印诸集十七家见陆志陆

王惲（秋涧诗余）

中议大夫行御史台治书侍御史不赴

陈芳庐 李侍 约五十二岁 辛丑年约当二月

许衡 文正 年七十八，书步陶表 三月戊戌 史表 见元史

文天祥 近五首 夏五首 自孟山与外氏帖 有鱼曾留二词一卷 姜夔兰畹集七首

周密 有齐天乐「余自入冬多病，吟事殆废，小窗淡月，忽对横枝，恍然如故人也。赋情不复作少年丽语，但想梅花未识，东方皇帝我，则庶几得之」

癸亥辞 又 「余少年多病，间有一二执巾栉供细碎者，或归于此。兵火破家，一切散去，近止一小获，念之复不留。然犹未免有寄意于疾者，于是家复以前戏之。殊不然，殆未能散花之空色矣。余行年五十，已觉四十九年之非，一念有猛顿绝之思，以徽数年倦净之福，闲门焚香，坐怀观道，同此糟粕，则寥乎其有得于道矣」

此词当作于五十左右 庶相似 绎谦诸行年五十，云云 此年左右 兵火破家 殆宋亡时 盖词殆亦作于五十前后

刘辰翁有但柏碗奴儿「辛巳除夕」 五十年前 云「未送长可无语，肩周衰髯不同眉，不把去年今夕梦，江东怀抱，江西信息，念北南鬼。五十余年房炊，待五十富贵成灰。百年苦乐乘除，今年一半，明年一半，又似曾见」

又一首云「百年已是中年后」云云

或同时作 临江仙 辛巳端午 和陈简斋韵 云「不识龙舟不识雨，侧身东陲望东人间天上一般时同，去云云……」

宫衣元不退，无语醉醒中」 五十岁

江城梅花引「辛巳洪都元夕」云「去岁鼓崖，今岁大年」 1281 辛巳

陈允平 当同时作 大和窗 见前卷 临安八句 宗宗相见在深村鼓静，灯晕碧，为谁人说上元」 又一首云「似我情怀，变变愁」

张翥 游寿英甫江舟泛余酿会觉来门外夜深 水调歌头「辛巳八月九日夜自黄人湖」

来卿睡明白为赋此寄之」

和中鱼梅词」 摸鱼儿「辛巳自寿年五十」 摸鱼儿「辛巳冬」

五十岁 长公羽宗亡后方外以佛 或

左丞年 见人名录 又除太常博士皆国

满庭芳「草窗老仙歌满庭芳见寄，余勉次其韵」云「久，谷无花，秋篱有信，去年前胜今年……」又 满庭芳「草窗……」

谈先生去也，江南岸傅草为船，依然在山桡……食路人边邮常屡。若人三又两，佳风作供，蓬日生烟

但有二三杜宇，不如行缠，敬度披衣寄我，二和和韵

黄石烧铅，休道玉无孔，夜夜照穿天。」 亦

宋亡后未南常时作，辰翁乱后托方外以归 殆以受

周密教乎 周词今蒙微渔笛谱不载

辰翁刘子词亦草窗情古心公韵 注云「沁园春 和草窗……」

风道骨，不特文字为然，故屡莫之不敢忘 草窗 游仙 与方外

予也」是辰翁与周为世交 周词蘋洲渔笛谱亦不

载 草窗韵语有题族伯自醉斋 为草窗父行

（蘋洲渔笛谱满江红）又作书架中自醉兄」 不知孰误」

沁园春「和刘仲简九日韵」云「……方今别驾，常时方外，一历

未必即古心也 花月先流……」 书亦五十岁左右作

燕曹

邵刻如刻本「辛卯年作 未剡刘须溪「百年方半日来多」」 邵刊中岁 有此可考甲子 也可见为大全本集

1281 辛巳

後村集4/9 紫極宮鶴歸軒記「余舊過洪州紫極宮,觀細字鶴歸軒上……後十六年當(閏)辛巳正月,余自廬山還,留滯逾旬」

又5/21 芷堂記「[illegible],吾城居人也,往年闢一室,歸[illegible]問不知,有方外道人叢與芷,念年,舁以好我!歲再花而予往,往而趣,方山之下,他日過吾居未暇,有偶於庭,方欲是根以貽,予與其三歎賦之去」結云「[illegible]五十年為紹定壬辰」 五十歲

李治辛巳年八十八 紹定今年 參見元二年

1282 壬午

李王惲改山東東西道提刑按察副使 至元[illegible]年

以疾還衛 本傳

[illegible]中自壬子年來去不[illegible] 永遇樂「[illegible]今歲秋八月予到[illegible] 蝶戀

貴取日來流[illegible]……」當作於是年

花「昔席庵題軒樂府者淇上一時秀造[illegible]多士

運中元己卯例宦游の方僕二十年間鏡三[illegible]鄉里[illegible]投紱自家南來

歸而[illegible]公[illegible]集……」當[illegible]此年作(見宮[illegible])

紹五十三歲

劉因被徵擢為承德郎右贊善大夫 繼[illegible]

善 王[illegible]近侍[illegible]

李庭辛[illegible]山の歲

而以母疾辭歸[illegible]

劉辰翁有定流沙「壬午九日」云「破帽[illegible]」

[illegible]長引[illegible]草[illegible]香,[illegible]一笑,[illegible]老來

「壬午五日尾從劉辰翁題」

[illegible]

[illegible]卷一

後[illegible]「壬午五日」二首

十九年 壬午

寿王恽改山东东西道提刑按察副使 [illegible]

以疾还卫 本传 [illegible]

[illegible]

刘因被征，擢为承德郎右赞善大夫 [illegible]

[illegible]

刘辰翁有宗谏妙「壬午九日」云 [illegible]

[illegible]

狂 临江仙「壬午七夕」[illegible]

[illegible]

12.5.2

[illegible] 壬午

汪元量有 文山道人了毕 壬午腊月初九日 [illegible]

律一首，或文天祥死於此日 [illegible]

[illegible] 文山诗 作「至元壬午十二月」

周密「宋[illegible]」[illegible]

[illegible]

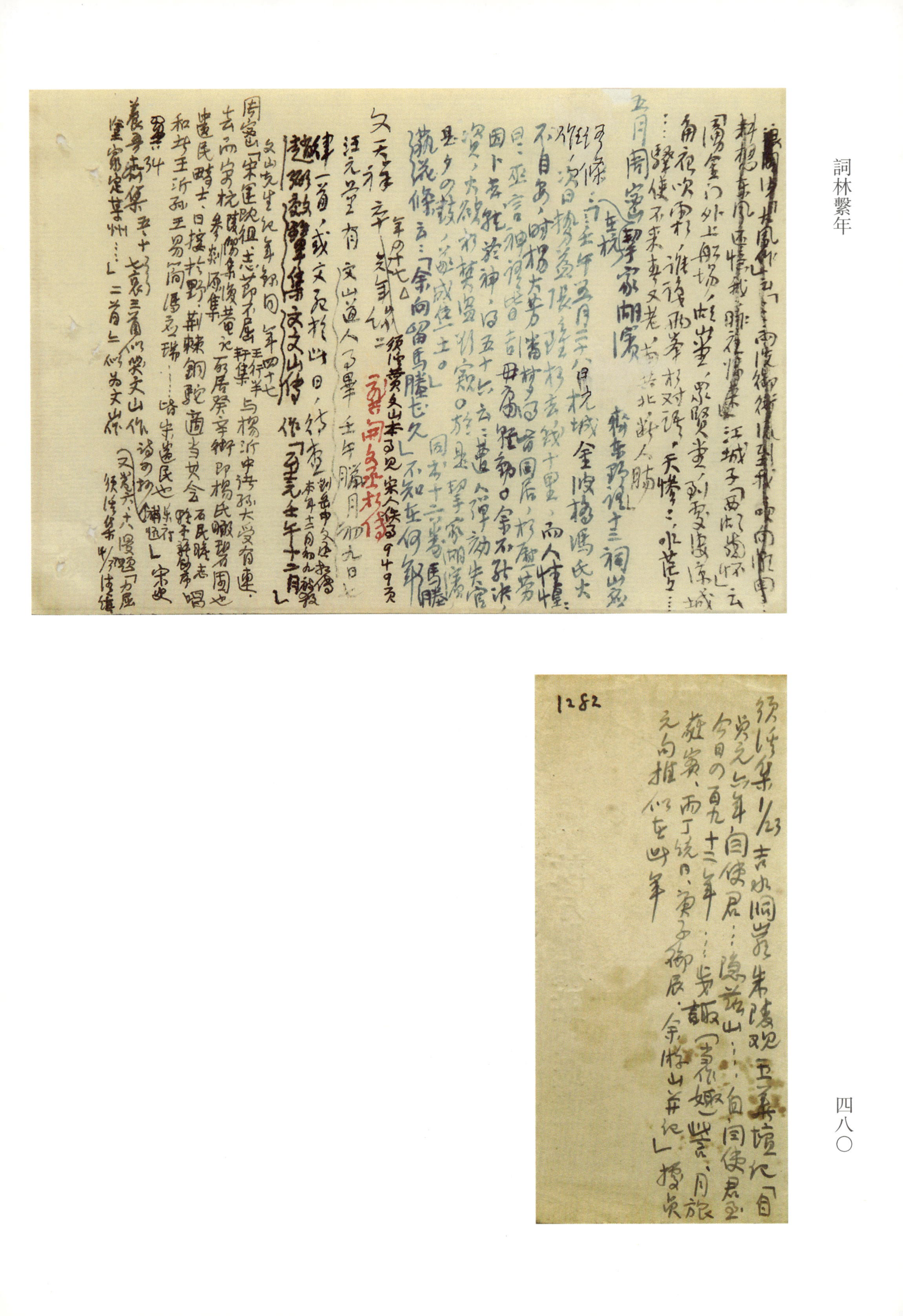

1282

须溪集1/23 吉水同岁朱陵观五龙坛记「自炎元以年自使君……隐兹山……自同使君至今日の百九十二年……岁躔（当作娵）訾，月旅在寅，丙丁统日，寅子御辰，余将山并记」按炎元向推似在此年

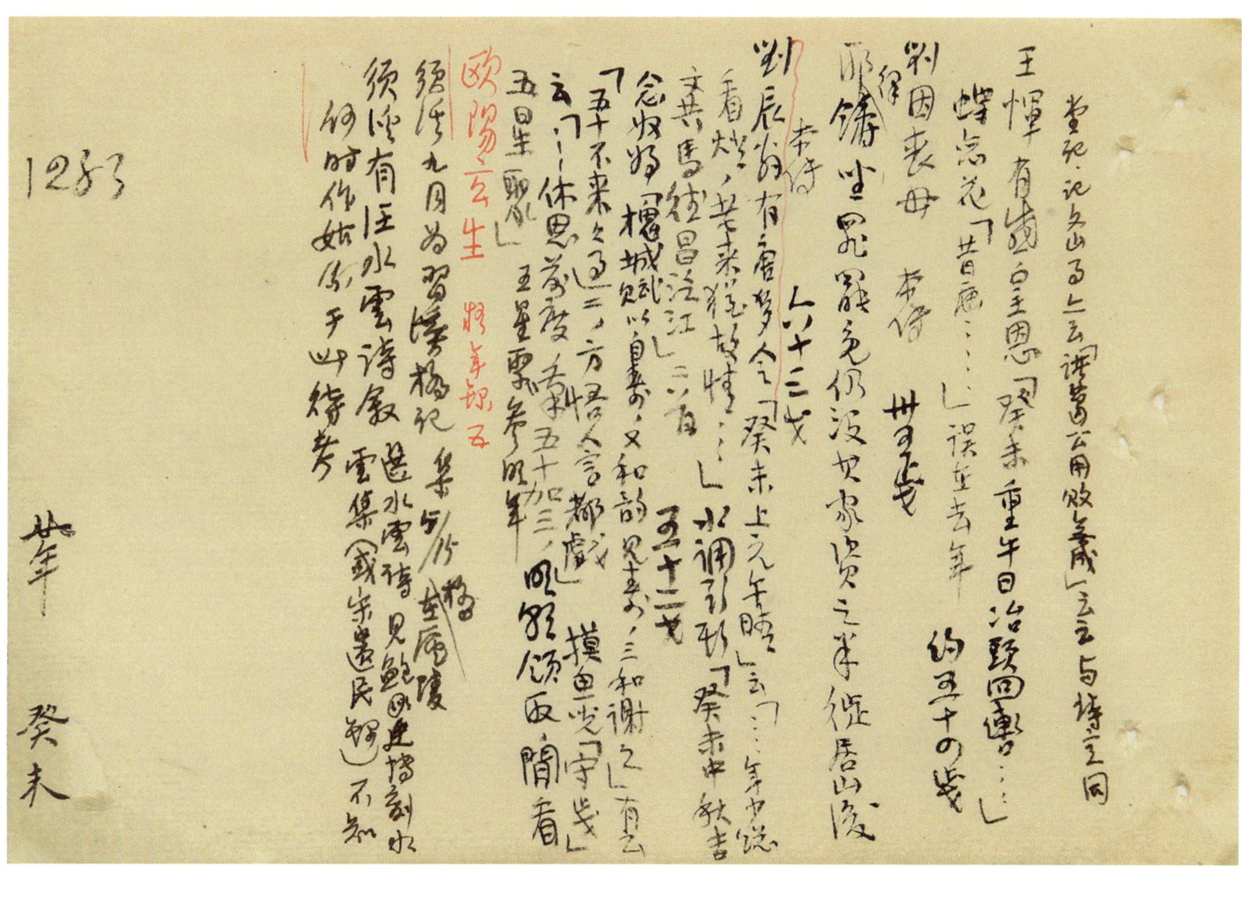

青兒、記文出司上云「謝叠山公用败之歲」云云与诗意同
王惲 有感皇恩「癸未重午日治頭四應……」
蝶恋花「昔庵……」誤在去年　约五十七岁
刘因 表母　本傳　卅五岁
邢鋳 坐罪罷免，仍没其家資之半，從居山陵
本傳　（六十三岁）
劉辰翁 有唐多令「癸未上元午睡」云「……年少從……」水調歌頭「癸未中秋書
看燈，……某來狂放情……」
兼寄馬鞍往昌江」二首
念奴娇「禮城……以自壽，又和韵見壽，三和謝之」有云　五十二岁
「五十不来么……」一方悟人言都戲
云「……休思前度香……五十加三」，又摸魚兒「守岁」
五星聚」　五星聚参照年　凤……閒看
欧阳玄生　　将年谱子
绣傍九月为晋陵杨紀 集5/15 坐廊陵
须传有任水雲诗叙　選水雲诗 見鮑 通坊刻水雲集（或宋遗民録）不知
何时作，始系于此，備参

1283
廿年　癸未

1284
王惲 有醉江月「廿一年二月初四日午夜枕上復
继前韵书梦中所见」　醉江月「至元廿一年岁
次甲申二月廿八日除日舒……送殷卿同僚西还
镇阳」　……晚续雨……　约五十八岁
刘辰翁 有金缕曲「同杜……」注云「……往来秀城
十七八年，自巳巳夏归又十六年矣」当作于此年
刘将孙 有摸鱼儿「甲申客路闻鹃」云「……
……曾醒霎，少日京华灯头，青灯梦断　……，
风林……，……摇落壮心如土，今又古往
常……天涯，……血……红雨……」
张之翰 以南台……去，退隐高沙　西岩词　约廿九岁
……国……序　青　集中木兰花慢「自中年以来，
……度（年……）」　……言归……去，向高沙又
……凝……如流……　……此年作　约五十岁见其年。
刘敏中 中庵集 存廿二……　三月以……相……
……须溪集 4/8 南阁……寺记「记成在五星聚后三月，又……」
……为中元乙酉……书」　五星聚参照年　再查元史
……须溪 将玉芝山……参1286
……　……元……五星聚……（见五十二岁）
……百家……　　……年……见，甲申聚五星……」
廿一年　甲申

[illegible]時年二十二
邵氏宋思陵先生文集之「宋遺民而知[illegible]傳」 傳見[illegible]

王惲有摸魚子「賦白蓮」至元廿二年乙酉九月
重九後三日雨中作」、感皇恩「乙酉八月九日積
雨開霽……」、行香子「乙酉歲九月二十五日過
李孝先楊氏西園……」。陳德永李公年譜行狀推得同此
年王惲以太司郎中召，時右丞盧世榮以聚
斂進用，屢趣之不赴。 本傳 約六十歲

耶律鑄卒年六十五 本傳
有双溪醉隱詩餘一卷。只四首。 集中有木
蘭花慢「丙戌歲游永安故宮，徧覽太液池蓮
瀛桂寢殿天香閣同宮中從宦感而賦此」
一首。按丙戌年明年鑄卒於此年，續通鑑與
本傳同，當非元史字誤。題云「丙戌」，一二二六年
鑄六歲，一二八七年明年，皆不合情理，疑有誤字。按
本傳，鑄以宋理宗寶祐六年（一二五八）從元憲
宗征蜀。集中又有前調「梅仙」一闋「隨州得稼軒示村
全集……」，或皆是年作？（參一二五八年）

1285 劉辰翁有南鄉子「乙酉九日」云「寬[illegible]……」、「華
山自不同……」[illegible]
[illegible]
稿中 天意知人老……」 王幼安

廿二年 乙酉

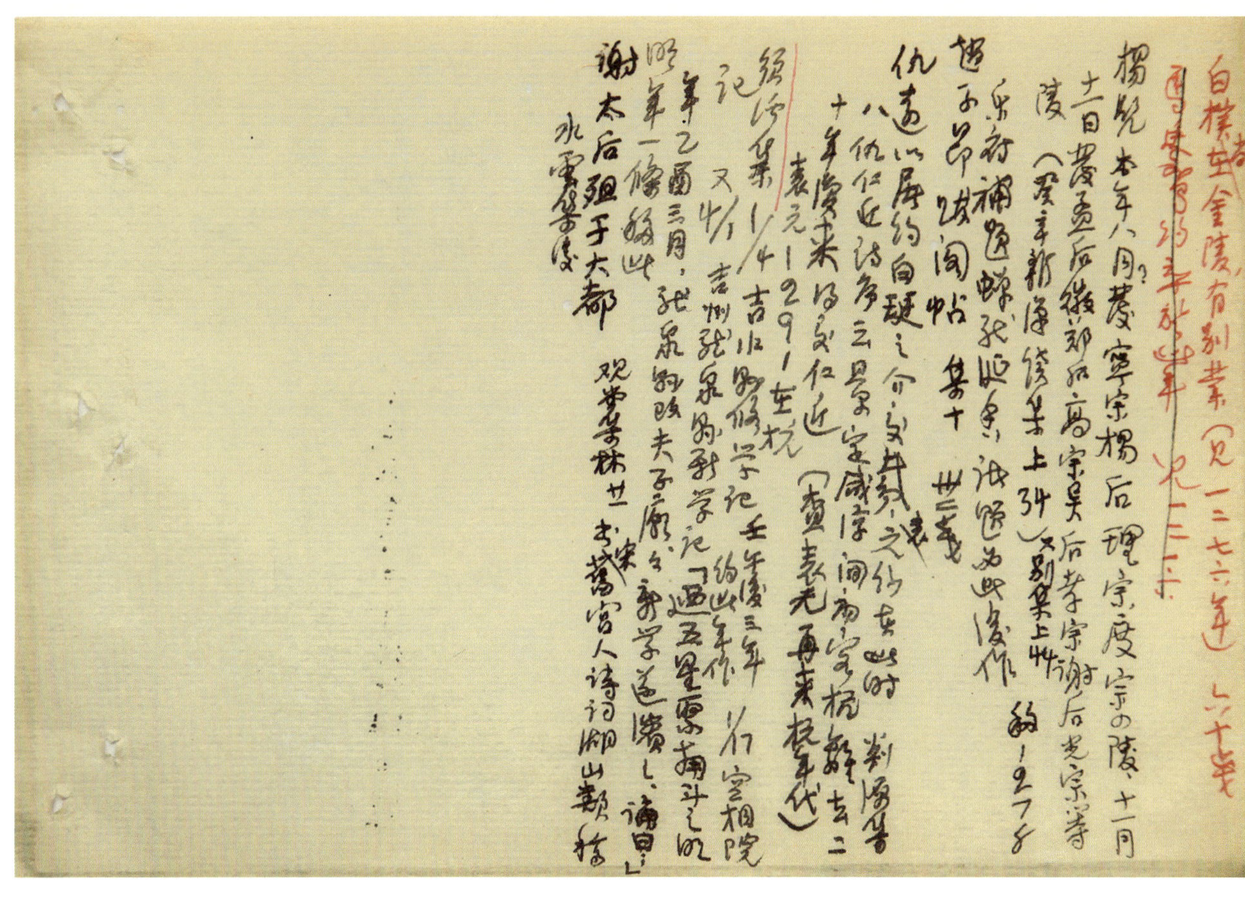

白樸在金陵有别業（見一二七六年）六十七歲

楊妃 本年八月？葬寧宗楊后、理宗、度宗の陵，十一月十二日葬孟后、徽鄭后、高宗吳后、孝宗謝后、光宗李等陵（癸辛雜識續集上34）又別集上44 謝 約1278

樂府補題 蟬 張炎、王沂孫 為此後作

趙子昂跋淘帖 集十 卅三歲

仇遠以屏約白珽之命、父井敷之仍去此時 劉須溪

八仇仁近詩序云 先生宋咸淳間 白珽 去二十年後來 白仁近（查袁先再來生年代）

袁元1291 左右

紹行集 1/4 吉川幸次郎學記 壬午 慶三年 約此年作 1/7 行 室相院

記 又4/1 吉州張系新學記「通五星票 ……」

明年乙酉三月，張系……夫子廟，……新學道濟……謂曰……」

明年一條錄此

謝太后殂于大都 觀宋遺民 宋舊宮人詩詞 湖山類稿

水雲集等

王惲有水龍吟「至元二十三年丙戌孟冬二十八日小雪……因作樂府水龍吟以紀其和平昔盛世此未免掇拾故事悵望景氣而已茲[illegible]之作然從來我抑……懷累光忠樸之至獻不忘之意也」

仍六十一歲

水龍吟「丙戌八月十二日宴李氏宅……」

姚燧大（崇恕）自湖北奉旨趙別 本傳 の十九歲

張伯淳（師道）入元授杭州路儒學教授，遷浙東道按察司也る 元史一七八 本傳 本傳又云

「少舉童子科，以父任銓受迪功郎、淮陰尉，改揚州司戶參軍，登進士，監臨安府都稅院，歷觀察推官，除太學錄」左此若 不是昔無我

劉辰翁有金縷曲「丙戌九日」云「……山谷雜言山也自羞命……秋瘦，黃菜僊……」

五十五歲

王義山有賀新郎「自賀生朝丙戌の月」云「自笑醉……作……一老逍遙，東湖之曲……」

吳著山陰人（提舉江西學事）……人名辭典云「知新喻縣，歷平曹入元提舉江西學事，後退居東湖……」

宋回杭州，有孤山類稿 向曰……湖西……奴婢……

1286

廿三年 丙戌

交游有湖南胡太初、京尹曾留远、余节使

西园周密山左杭。

李放翁诗云「陈用宾 齐东野语十九卷「陈用宾

世。丙戌之夏，寓越，梦访余于杭，坐间 永嘉滕士

有古在斋幅……」 密是时或在杭？

张之翰 冬十月自以北归由维扬至金陵 西山家 心园

词序十一页 作江园赋新词有「双髻黄而今半

断魂人之语 约是十二岁

刘敏中为御史 游江秋词序（中庵乐府已失载） 三页

刘辰翁为临江军新喻县学大成殿记见天下同文甲集

卷八

白朴「丙戌夏四月八日夜梦有人以二元效歌水五言

绝句予续三之云义曰上中下也……」 天籁集上5

六十一岁

贯云石生 耕年续录二

周密山 王沂孙 皆在杭 志牛上 见订人年谱 周密谱

须溪友人临川黄丙炎纯父卒 须溪集七 黄纯父墓志

丙炎曾以私财招军据溪峒起义见志

为丁守堂墓志铭 丁寿翁 须溪集七

为萧寿父墓志铭 须溪集卷七 十月十九日卒年五十三岁

为临江军新喻学重修大成殿记 1/1

须溪刘 玉笥山承天宫云堂记「玉笥山承天之云当

成，主星宗斗之当也。先生余游洞天，宿山房，见其成焉，

为书后陵刘某过第一山，山中人求余记之，未暇也，其明年

乙酉九日，空亭把菊，……主人……记之」

此亦时年

张炎 破序

戴表元送张炎西游序

「玉田张叔夏初与余相遇钱塘西湖上……

垂及强仕（四十岁）

以艺北游，不遇，失意亟亦归

遇 钱塘十年。久之又去游山阴

中间来台间若期遇其……

赵孟頫 …… 刘将孙养吾斋集 …… 甫里 …… 宾 ……

郑思肖 中 …… 《心史》……

晋宁 郑郊、郑 锡

河东 陈 仲举生 钱纤石曰「老仲举本

传 辛于至元二十八年戊申，年八十二，是生于至

元二十の年，丁亥也」 耕年续录二

蜕岩词下卷鹊桥仙云「予生丁亥岁戊子日」

王恽 有鹧鸪引「丁亥上巳日谒君宴林氏花园……」

二首 约六十二岁

姚燧 翰林直学士 本传 五十岁

鹧鸪天「题双峰暮饮」有云「百年五十已过

尔」当于是年作

1287

须溪为黄纯父墓志为乐邱高士黄公 集七

高明李孝仲思 广东人 十二月庚辰日生 道园集

元史一八二 援李侈撰

彩年谱补二

湯陰許有壬 可用 生

吳景奎有《今沙集》「壽胖東陽 丁亥正月十三日生推

送命丙戌 與酺敷及之

蔡紹、與永樂只此及己卯（暫定為一三七九年）

二首有年月 人名錯典「……」為黑興化鄉儒学

餘以因若此好不就 有劳馬推唱」

曾游天台「浙口」

張翥生

趙山村陰居園云「……」大德初元

周密九月の日「蠟鋪蘇遊山」年甫十八「……」石渠隨筆八卷

叔夏（天）來辭「余遊柴」十六页

仇遠於弁陽山得見侍母志帖好 詩語絕妙好

詩「鄰岩村」

題「重潑綾」「……」丙戌冬伯幾得本，繼之公謹夫以

侍田志綾（鮮于）

此本全其人他稿，從後朋海中出有此本 丁亥八月

僕自臺來黃遊來為一本……」周伯壽去此方

王沂孫 王碧村民 一詩在此後後

人王英孫蒼高此年作 王英孫……元戊子才号修竹，山陰後

詠道父 人名有典仿才名

白樸天籟集 王博文序于……此年二月

天籟集下「風流子」「丁亥秋後日寄仲……」諸此四以守

之」 下十二首

後來「木蘭花慢」「燕……」下片「吳萬興，僕奴，抗衡上國，

批謝中原」 元代日本曾伺……

經濟……被召到湖自布衣……

天（？）水鄉山主十七の兄一二の 東淵大夫，兵部郎中

趙孟頫「至元廿四年孟頫從召至闕下，擢兵部郎中……」

佐廉肅存， 松雪齋集八先侍郎附表

卅四出札

別集……氏墓志

張炎與舟溪上 甲午冬

湘月詞自序云：「戊子冬晚與王中仙

「……溪上」 饒四十一歲

冬、張炎與徐平野王中仙游剡溪

詞序云「……戊子冬晚與徐平野王中仙

舟溪上……」中仙有詞……」

沂孫 の十四年

王重之與佳客游剡溪

劉辰翁有摸魚子「水東桃花下賦」……云「……」野又落，

生二十五年，臨晚路花如故（自注）甲子初見」人生白

昔，祇嗅後觀桃，憶昇孟此，世事柰何許。」

當作於此年 五十七歲

張之翰 周卿 作沁園春「至元戊子冬，同子司業

來居西山以真宮小宗伯李命使交趾，故作此以壯

其行」

趙於西出我詞十首 約五十の年

白樸集下6「木蘭花慢」「戊子秋送合道以五司赴任秦

中兼入向……按察」結「從與英雄叩海，慰情枯

槁山林」是白終身未仕也（前謝人薦） 以上十二首

程文海雪樓集卅四、卅三

中子余宮南臺，時中丞鄧公家于昇，余卷……（？）

書鄧中齋名謝子三子從後「至元

……劉辰翁十五年……閏卅外于武目田」

1288

廿五年 戊子

汪水雲南歸　南歸對客詩有「此紀十三載」句，王氏觀堂集林廿一書宋舊宮人詩詞湖山類稿水雲集後，據此定為今年。

王昭儀　此時已卒。　湖山類稿三有女道士王昭儀仙游詞，在南歸諸詩之前。可證。　宋宮人送水雲詞皆後人僞撰，見觀堂考　觀堂集林廿一書宋舊宮人詩詞湖山類稿水雲集

瀛國公（少帝）留法佛于吐番

汪水雲在北營為元官，且供奉翰林。湖山類稿二有茶安劉夜直詩云：「金闕早朝天子聖，玉堂夜直月光寒」，水雲集中有送初庵傳學士歸田里一首有「紫閣笑談為勝長」句，稱嚴為成長，則汪亦嘗為翰林官。又湖山類稿北岳降香，以下二十五首皆水雲奉勅降香途中所作，或在元二十一年。是水雲在元頗為貴顯，後世乃與謝翱方鳳同列，殊為失實。然水雲亦以琴師出入宮禁，乃倡優卜祝之流，與委質為臣者有別。其仕元亦別有用意，與方謝輩賢跡異心同，固宋遺民一人而已。（以上觀堂集林廿一書宋舊宮人詩詞湖山類稿水雲集後）

1289　廿六　己丑

馬廷鸞卒 △

王惲　有喜遇詩「己丑秋八月廿六日雨中飲賈方叔家，東鄰劉氏以假館為賓，欲致之賞音，劉因來來往游……」　奉檄自「己丑歲季冬初一日，裁詩眾兩湖晚坐紫閣無以紓之，併將催甫芳之樂詞……」至元二十六年三月二十一日也……」　北征詩「己丑清明前一日，東霞芳曲……」至元二十六年三月七日也……」

王惲　拜少中大夫福建閩海道提刑按察使　詩「福建安舍言懷」　多作於是年或成

後至

劉辰翁　有感宋亦蕭然　須溪六十の歲　學林己丑壽旦高齋廬陵……」結云「太師尚父，晚遇明時，方開武」大笑於途，把酒郊卿，是家中」　壽魚一兒云祠自是狂歌又笑……。數五十之年，我加八九，君陽

故科沼　多作於是年　須溪六十八歲

風陵殘夢於此傳來　和蘇軾虎穀為小詞二一……云「人生從此無來風吹，三歲兒也，八十兒也……家中白頭……猶……月下橫枝，雪下橫枝，人多有百歲且開眉，今歲今時，家歲今時……亦晚年而在家中之記（八十兒之句貴解）」

周密　在杭　閏十月二十一日「志雅堂」　七月廿五

白樸　集下木蘭花慢「己丑送胡紹開赴仲謀西按察，附右闈中任」（仲謀即王惲）

谢枋得年六十六　见1226
趙孟頫生　据年谱録二「以松雪集六四甲辰[illegible]是年十六推之」
馬廷鸞卒　见草窗谱　如の庚别集16/73上
趙孟頫要管仲姬(管道昇)　文集七管公楼孝思道院記
廿六年以公為至杭，乃与夫人俱至京師　外集管氏墓誌「至元廿六年[illegible]」
子昂即承调引頭「与[illegible]山飲夫容洲[illegible]成甫用[illegible]」
[illegible]翁见烟[illegible]，[illegible]时已巳中秋[illegible]「[illegible]」
已巳の[illegible]，[illegible]今日芳[illegible]洲上，[illegible]平
乙巳之 生[illegible]士，[illegible]」[illegible]与成甫会八
谈见 孫[illegible]」 已巳[illegible]才十六岁　此已丑之论　此年[illegible]
1/3。今 自[illegible]归　廿六岁

小说宋亡时[illegible]以[illegible]不死節 大謬
仇遠「己丑再游九鎖山(即余杭大滌山)口王介石」詩
同雲詩集九(七不足十一)(丞)
須溪集1/10大梵寺記(东缘年)　1/11祝須禅院記(江西)
又5/5山[illegible]記 末云「吾須[illegible]也，年伍十八，[illegible]水華[illegible]
山中」　今年五十八岁　[illegible]有華水華山[illegible]
須溪集6/4錢塘[illegible]詩序「於[illegible]至元十二年矣[illegible]
……錢塘[illegible]人也……去年八[illegible]访[illegible]謝，今年来江
西[illegible]……」[illegible]之年，序[illegible]左右作
馬廷鸞卒　六十六[illegible]

王沂孫卒？　胡[illegible]周密[illegible]山志[illegible]
雜鈔：「辛卯(一二九一—一二九二)十二月
初夜[illegible]仙[illegible]王中仙今但在日在[illegible]司」
证：王元十[illegible]约当是年
有花外集一名碧山乐府一名玉笥山人
詞集　此不足斋叢书及[illegible]印斋本
沂孫集中称周密为公谨丈[illegible]
九月 張炎北游，僅三四數月　(胡)
の十三岁
有[illegible]城[illegible]庚寅秋九月之北
[illegible]汪[illegible]「[illegible]」一首
[illegible]「北游道中[illegible]」一首
[illegible]与沈尧道[illegible]
下与沈尧道同賦一首
一首「國香」「沈梅嬌[illegible]」一首
王[illegible]山[illegible]
姚燧 大[illegible]司農[illegible]　[illegible]十三岁
劉因 袁子[illegible]　上[illegible]相[illegible]　の十[illegible]岁
吴[illegible]詩 卜居[illegible]，时[illegible]山中
1290 [illegible]以飲食细故[illegible]

周密生卒 八月 九月吉日——志雅堂上 八页 19页下

何梦桂潛斋詞「沁园春」「二月三日送女子吴氏至吉」八月初二「陆壽雲行省參——九 下六页14

知政事高公以至元二十七年庚寅奉旨抚兵和輯 癸辛续集上廿一页

宣入去兵境平讲论……八月朔师还，山西人何某谨

拜手引沁园春赋以庆凯歌之後座词曰……」

卷中纪年之始

姚词人姚氏曰「至元中屡徵不起，筑室小西湖，

自号潛斋」 此年已自编山人

張之翰西岩词五页有生歲星息「庚寅立春」有

「……」又有前调「立春日次赵晚堂

大中山韵」有「千里归心，六年怨抱，不觉朱颜镜

中老」之句，當同时作 约五十七岁

陈恕可起为西湖书院山长(任至元……)

文：乐府补题 陈恕可 樊榭山房集外 據陈众仲 安雅堂集 陈恕可

(印恕可)墓志铭考定

静修玉梦宝云与为紫薇道院记「经始庚寅八月落成十月」見天下同文甲集八卷

刘敏中(中庵乐府十页)作水龙吟 会晖亭词 至元辛卯前重阳一日

張之翰西岩词 至元辛卯 有沁园春 引「辛卯中秋望月」 约五十七岁 一首

邯郸人

旦页摸鱼子「辛卯重九日……」

四库西岩集提要「之翰至元末自翰林侍讲学士知松江府事，有古循吏之风」

1290

陈恕可至元二十七年以故宋太学为西湖书院，行省起公为山长主之，谢不就，强而后起 黄志

刘庄孙为题……碑文集……

「周密志雅堂雜鈔」卷下四頁 辛卯十二月初六夜

「陳仙（天放）……資閑（？）王中仙今何在 [illegible]」

周必大（？）……有甘[illegible]辛卯[illegible]

周密歸（？）跡[illegible]「余于辛卯歲北歸與西州諸友[illegible]」

因有感於[illegible]寫周草窗」一首 載作于

是歲。 戴表元贈[illegible]西湖[illegible]……

[illegible]十年……又去東[illegible]……

[illegible]一二九〇年……一二九一、一二九二、一二九三……

一二九七、一二九八、一二九九年

王惲 有「辛卯年秋八月與周密游王氏祠堂」

三疊子「辛卯七月……」「辛卯九月二十三日夜……」

北[illegible]……

世……

王沂孫 129 辛 志雅堂雜鈔下

廿八年（？） 辛卯

「辛卯九月二十五日夜解衣將睡適有[illegible]」

王惲召至京師 [illegible]

以集賢學士嘉議大夫致[illegible]以疾固辭

張伯淳擢為福建廉訪司知事 劉須溪集9 [illegible]

周密齋東野語成於此年

戴表元序作於「至元辛卯孟春」

之校[illegible]周密自序

子佶[illegible]庚子辛丑先君

乃一二四〇年 距是五十年……

左右。

草窗老又過杭，見山中白雲詞 三五七頁

周密在東杭 志雅堂卷下三頁

李遂次行狀 志雅卷下6

六月十三 志雅卷

癸辛雜識續集上廿五頁 有「辛卯三月杭州大火」詩云「至今恰一甲子矣」此辛卯指此年，則密為癸辛續識當在六十年後。不合乃……（一二三一年）……

生於一二三一年……

周密中秋出……

「西湖詞 令不[illegible]」

1291

趙文同仙詞「壽須溪，兄弟共子受鄂州山長」今年須溪七十歲，云它日兄弟，共子不知即將何云（趙作翰墨大全丙集卷十）

劉將孫在廬陵 養吾齋集卷十三送劉復村序「歲庚寅，余行省檄治廬陵，有同姓來訪，自稱廬山向其居則小村之子，復村也」

養吾齋集八、五與姚牧庵參政啟「往歲東平容齋公提學湘，問我其之編其少日也，今江西有閩選事，不謀而置之校官之列，既而入閩者再，獨不見知于公儀」

日本廿二 黃溍吳萊墓誌云「西南之際中山，北之徐」

容齋

須溪集4/56「慶德堂記」「後文節之九年十月望須溪劉某記」記言文山 六十歲

雪樓集26「辛卯九月行省翰維西歸……」詔 是此年

王沂孫 朱彝尊曝書亭集36樂府補題序說「王中仙於崇禎十二年與民先、仲友、齊年、仲友為題集，釋其詞殆宗而翰林」

劉辰翁 為巫山恭哈倫萬戶豐碑文（江西通志）集七云至元二十七年之明年，「余以南遷館姓進瑞民間，親見甘棠勿剪之論」此文不誤 晚年隨至一郎云

張炎有甘州「辛卯歲沈堯道同余北歸，各處杭越，踰歲堯道來問寂寞，語笑數日，又復別去，賦此曲并寄趙學舟」一首 按序當作於是年 辛 四十五歲

王惲見三本 於柳營行省進上萬言書 極陳時政 授翰林學士嘉議大夫 約六十七歲

張伯淳被召見元世祖 授翰林直學士 進階奉訓大夫 謁告以歸 授慶元路儒學教授 治

中行省檄 抽

劉須溪

黃公紹古今韻會，有至元二十九年（西元後1292年）劉辰翁序 其書集之以前字書韻書之大成 見中國音韻學史下 131頁

八日」皆祝帝之語 諸家詞刻紀年此

胡祇遹紫山 六十歲 以替傷頑泄懺，不起 延祐二年

劉賡紫山大全集序云「時年耳順矣」

1292 吳景奎文可生 據年譜卷二

廿九年 壬辰

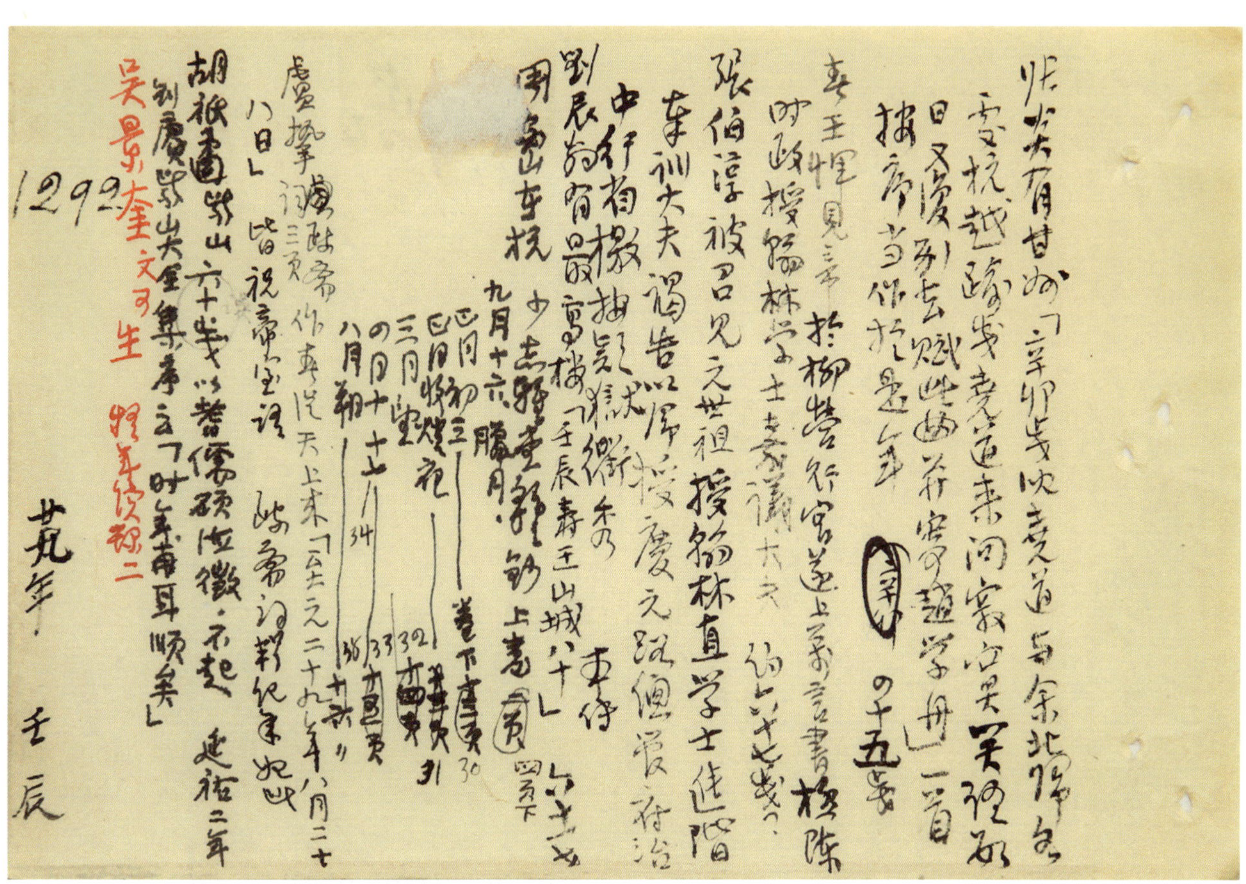
朱古微甘州「辛卯歲沈[illegible]道南余北歸多
愛杭越蹤跡，歲暮道來同客吳下，[illegible]
日又復別去，賦此爲寄」《疆邨詞賸稿》一首
按序當作於是年 （辛）之十五卷
李玉𥃠見三年 於柳營行宮遞上萬言書，條陳
時政，授翰林學士，有萬言大字，詞六七卷
張伯淳被召見元世祖，授翰林直學士，進階
奉訓大夫，謁告以歸，授慶元路總管府治
中，行省撤，拙影[illegible]
劉辰翁須溪詞最高樓「壬辰壽王山城八十」 四卷下
周密山房 少志雅堂雜鈔上卷
九月十六臘月 養下卷 30
正月初三
正日煙花 31
三月望 32
四月十一 33
八月朔 34 35 十卷
盧摯疏齋 詞三首 天（？）作韓（？）悅天上來「至元二十九年八月二十八日」皆祝壽之詞 疏齋詞輯佚本
胡祗遹紫山 六十歲以贊儒碩位徵，不起 延祐二年
《紫山大全集》序云「時年已耳順矣」
廿九年 壬辰

劉將孫客[illegible]延平 養吾齋集十二 送趙景山序
「六年前余客接延平，知之以甫墓在焉」 序作
於1299年 延平即南劍
同書 送南劍二宰序「余客接劍南，往來凡五閱
歲」 卷1207 祭譚梅岩文有「十五年」之語，此年
劉須溪集七 [illegible]林恭哈代美堂碑文 [illegible]作
祖恭以江西省治尾隱凡の十月蒙推信」 治民[illegible]
須溪序
須溪集1/7 須溪書院記 壬辰 2/1 長沙廣志訪司照名記
「至元二十有八年，以按察使銳慶，更其名，首延岡
世人皆有風力為之…… 於是屬司之延岡年
矣，俾某文於碑陰，以為之記，重我勸也」
黃公紹韻會舉要中劉辰翁序云 因稱「壬辰十月」 葉[illegible]
須溪詞集 詞話之刊行約與此同時，或稍後
詳見詞刊185葉 跋
子固書畢趙景山序、 考趙仇辛年
詞話有「子固私記」「仇遠」二則

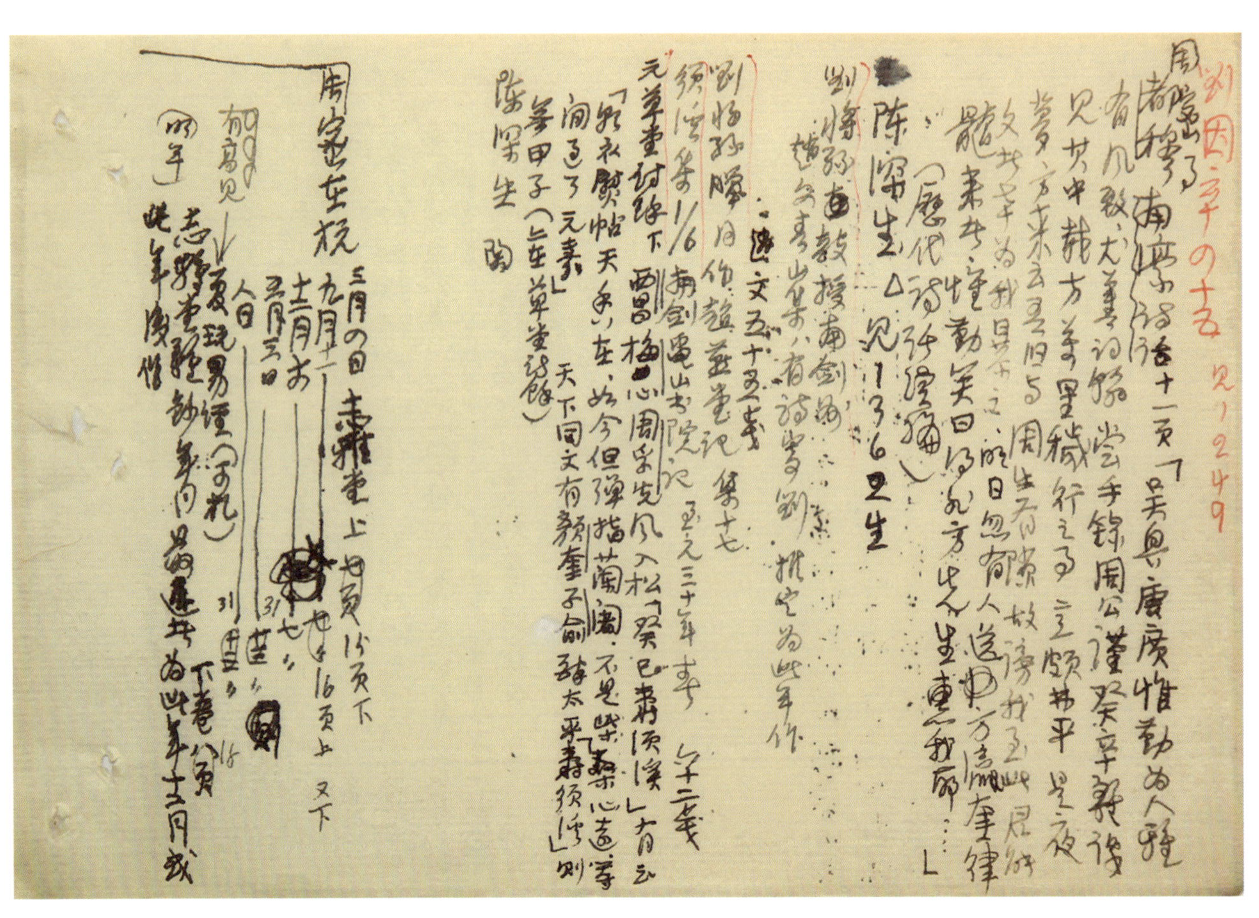

第六册

陆行直《词旨》……李直夫

春 陆大夫(?) 寓罗江 西子妆慢 此时行直本年廿七岁 陈云庵序

梦窗自制此曲，余喜其声调妍雅，久欲述之而未能。甲午春，寓罗江，与罗景良野游江上，绿阴芳草，景况离离，因填此解。惜旧谱零落，不能倚声而歌也。」

又有《梅子黄时雨》病后别罗江诸友」

江照(?) 赤城志 晋太康の年以罗江江属晋安郡 …… 罗江即罗阳 今温之瑞安

[illegible] 四十七岁

春 游江阴(?) 访罗江即瑞安待查 戴表元送 张叔夏西游序

[illegible]……北游不遇……」

[illegible]十年久之又东游山阴の四天台间……」 授(?)[illegible]词

[illegible]安窗(?)宿左丁丑……戴序不言女(?)……自台回杭左

已亥 [illegible] 罗江左山阴我(?)即罗阳? 否则 [illegible] 山阴 至左(?)

[illegible] 后两年间 [illegible]……

[illegible] 地理志 罗江 南宋 [illegible] 江州

晋安郡 李 [illegible] 福建福州府境

王恽(?) 献守成 [illegible] 本传作成宗即位

未[illegible]是年否? [illegible]

五月 袁桷(?)年在中大夫 [illegible] 使代祀中岳 [illegible] 见天下同文甲(?)

1294 刘壎「[illegible]」 「第三十七」 宋亡 又十八年 [illegible] 三十一年 甲午

曾伯[illegible] の十岁 满江红词 次元复韵 题云

「四十年间，问何以，古人方累。……时自笑……」 当[illegible]

[illegible] 尽有感 字木兰花 「甲午九日牛山作」 云

[illegible] 午九日牛山作」 「甲午[illegible]」 [illegible]

天知[illegible]，[illegible]生与[illegible]子……」

牛山在山东临淄 [illegible]

又踏莎行「九日牛山作」二首 [illegible]

家铉翁放还 「至是年踰八十」 宋史本传作「成宗皇帝即位，放还」

[illegible] 约八十五(?)岁

[illegible]

林霁山 白石樵唱 章祖程注：「[illegible]年八十有二」 当[illegible]

四九三

1294

1294 元世祖卅一年 甲午

趙必瑑卒「壽石㙮五十……有覆瓿集行世」

宋史翼 17　廣東通志 270　集 6/29 270

須溪為甘容齋文集序

「去此二十年，臨川胡幼黃，赴校文廬陵……予同公集……幼黃贛尉，名以避，戊辰第……其校尾隕之二年國亡，又十三年，幼黃死……」以此推得序約作于此年　亦十三年

宋繫生　　墨業生于至元廿九壬辰，卒于至正の甲申

謝翱玄京〔宣〕觀林西湖上　此依陶表撰晞髮集附墓誌

（卻疑宋思汶堂文集二　宋遺民列傳）

謝翱卒の十七　見1249

陸文奎山舍？、（又字）の十八歲

程家雲樓集十二　「金華開元觀……」

「……耕花樹為亭，東城路至園，本城開花樓……」

「……越傳攜隱，又推山……城游「拔友振越」二首？

風瀟雨上……「越中……姚江人也……」謝翱

趙孟頫卒　　此誤，參咸淳丁卯

王惲進中奉大夫　九十七　本傳　約七十歲

姚燧以翰林學士召修世祖實錄　本傳　五十八歲

吳澄謝歸　江西南昌縣　李侍作「宋之初」又云「薦士吳一萬」……有道撰應奉翰林文字有司敦勸之乃至，而代者已到，遂以監印日南歸。未幾除江西儒學副提舉，居三月以疾去官」

左丞大齋　の十九歲

劉將孫　有沁園春「大橋名清江橋，在樟鎮十里許，有無聞翁題沁園春，悼庭芳二闋，於過者所見女子……後有蝶州楊氏和二首，又自敘生楊氏婦，丙子暮春自吉州……」

「……下舟行追騎迫，間關避難……入山卒不免於驅掠行，二日經此橋……乃和於壁……因念南北之交，若此者何限，心常痛之……適觸於目，因其調為賦一詞……」詞云「青山……」

1295 周密　雲首萬壽山　成宗元貞元年　乙未

（癸辛雜識別集上　冬在萬壽山　同上十月）

元貞

宫庵笳拍，未比渠侬泪万行 二十载是何时奏
玉，何地埋香」？按丙子（一二七六）正宋亡之年 判 词
云二十载，盖指楊氏逝词後此至亡年数，则判
词当作于此年左右 约の十岁
◎日将阿词年岁可能共此为最後 人名辞典
「…宋末进士，为延平教官，照江书院山长……有
義尊録集 将阿辛年天殁，羲尊詩体
有金缕曲「瓶術射韵作」云「我老兴能集：：
：：：」知岁已乱，来自 强自大年 将臻词
方蘧映坡图这首踏莎行「间游」 八声甘州「吴
年」 携鱼光「已卯元夕」 又「甲申寒城闻笛」六
如乙初到「元夕和宋方」是交游有林碧山洪氏
李园峤同等数次同社 行迹亦有林碧山有满江红题
安戳用林碧山韵」一首，想是为延平教官时作江
城梅花引「有瓘鸾」」有「兆年再三江淹三骑尚车
溥陵冷」之句，不能在何地
黎廷瑞 有唐多令「乙未寒二日同廿巳见心李思宣
饮百花洲上待月，暑公亭呼月，澗禅师不应，故
掉东湖……」 人名辞典：语廷瑞「咸淳进士」此
乙未当是此年 芳洲诗余 卅二首 此诗首年月
曾瀛 金陵（有大江东去「题项羽庙」不知在否）
之文集有谭名山（天阁东去）水龙吟「九日望城」云
「…悦江南风景一毗如故许，放入眼，王黄甫：：」吴
存东庵诗余有木兰花慢「清明夜与芳洲话旧
入元尚是健 人名辞典云「官摩子府司参军」有
芳洲集」

志雅纪年最后「乙未」之作
周密生杭 6月の日——志雅堂上七页 乙未
张之翰作金缕曲「乙未清明」有「便做松江都变酒，
谁袁眉头休西东……万里南来归衣」之句似
宋松江作（查西岩集） 西岩词十四调页
十六 约 页 西岩词纪年此最後 词中有 嘉陵江观放灯词
又江城子有「曾挂风帆三二度，过姑苏」语 又曾泛
太湖 又曾隐鸟沙年馀 游江海有「六月吉波」
句，将江月「烟涛南风景」，孔舡吟有「同时诛叛
萧都」句 心园来有「我走东秦」句 万顷游孤
山寺尚中丞」 平生行游如此 须再查西岩集
卢挚疏斋词 一页 作清平乐「元贞之旦」有「雒浦梅花
长身老衣」之句似写维浦 又有鹧鸪天「元贞元年九月初
五日」 朱笔二 虞时为「少中大夫河南路总管」见天下
同文甲集二「河南路进贺星节陛下登宝位表」の月十の
日登位，注贞元年也
赵子昂为周密作鹊华秋色图
周密山观南游花庵入临蘭亭 志雅上门下 作已未己酉之误 此條在甲午後可论
赵孟頫自浙南归湖 松雪斋集 八先寺即阶表
「至元廿四年孟頫崇恩」「元贞元年孟頫自浙南罢官
归里，守之人旦悦以为绝，手书之，计 而又拜门州之命」
1295 赵子昂四十二岁 召至都下 多集七经 氏先茔之碑
自浙南罢官归里守先茔，悦以为绝，手书之，计 而又拜门州之命
元贞元年 州命 多集八先传录 乙未

趙子昂七月十一日為五台山文殊菩薩頌記（[illegible]）集外集
初到海南云「孤鐘の十二時城」集四
劉須溪為陳禮部俞墓誌銘 見1276
誌云「景銘成則葬後之五年、乙未の月也。」集七
須溪照三周兄子序 約此年作 前卅六年前1267
陳恕可之卜兄之年為嘉興山定海儒學教授 六十の 墓志
謝翱以肺疾卒年の十七 蕭子陵邑補
即是宋文兄去年

1295

年表

趙子孟堅六十年 元貞元年

の庫全書總目文淵閣提要據朱存理鐵網珊瑚載子孟堅梅竹譜卷首有咸淳丁卯葉隆跋定孟堅卒于宋代、近人陸惟鑾平湖經籍志1/12謂「各書所載均云子固年九十七卒、以生年、慶元己未推之、卒年於元之元貞元年乙未、王志亦以姚桐壽嘗卜居廣陳、與子固先後同里、樂郊私語所言為紀實集、而以朱存理所引葉家言恆多譌造、又改海鹽縣圖經子固本傳、後引姚桐壽語、以為今宣城梅蔽造船謂之、竟乘輿去、梅竹立岸上言曰昔人所謂名可聞身不可見、殆謂先生歟、搶梅蔽為之代海鹽令、則子固之卒於元固無疑義、の庫提要因未以子固壽享如頤、故即以葉跋為斷語也、邑志及海鹽圖經均云子固登寶慶二年進士、の庫[illegible]則稱三年、未知孰是」可查宋史宋紀

罗寿可丙申一再游汴梁 癸辛杂识别集上
作大书兵山陵之十九首（见前页） 曹溪
云词「山陵久空一再逢春……」者何指是
集之、琐窗寒「旅窗孤寝而眉垂」刘翼
昭陵事故世……之，往室将「新朋旧侣……」？
赵孟頫二月六日观保母志跋尚书（诰理）
主怪之致仕，平年本纪所七十三岁？
刘辰翁宝鼎现「丙申中秋」二首云「残日下瓜洲，
平安大乱，月穷之挂古城楼，回首少年时事，双
一弓，又悲秋……」兰陵王「丙申中秋，风雨不能出，示
以十年前旧游登楼赏月……」独自凭楼
明日又续之，有云「……回首登楼去笑，此日新亭
对泣，无影空怅望……」重看是谁去，今夕是杭
湖」六十五岁 须溪词有年月者此两首
后」

（丙午鹤鸣）
拔木词话词证
太常引「和香岩上元韵」云「……风雨动乡情，梦灯
火，扬州化城……」又「其二丙申年」扬州时作 对灯晚上花「曲日宵永」寄赵
扬州乎 虞美人「扬州贵镜上元子也」用前韵
云「……寻间秋约是，吹灯，许料人间天上似
当时晚上赏棹」
1296 周密癸辛杂识别集上 六页及此集了
续下 续上六页及此年 二年
丙申

陈其有庆春泽「御人游赏风花」云「翻风湖
干，渐满院宇，投老似梦，犹慢醒……
发，万事欢娱，自祝那时曾，到如今心事寂
凉，怕说芳盟，追思良夜，如今来后，稳依山
游回，雨驹风翎，尽尽劳劳，从他去巧合残者一任
天然，向人不占春争，佳丽……好去安
有那云亭」……回首宣和宫权甚相遇，泊来
只应惹山好，到上林柱是曾观。又一室知自
有幡松，杉与论盟。……醉话归但见鹧鸪
怨夕阳亭」此当是晚宋归隐后作
四、六岁少作」陈其老来阳乐八十外 二
孝示宠」云「信知感慨，往到如今，无生可谋，
素里邨梦败，鼓声虚贺，去年半肉，甘荣尔
恨楼……八十岁，是这般多语，花开花落……」足
只共老年客君状矣（小宾子「寿族弟草夫八
十」又「用前韵寿苗深次日又被涵」有云「愧我一年多）
见汝双欢晚，自觉人生此会稀，有池亭论钱」
有历代纪统，本堂集（人名辞典）本堂词一卷
其有樵鱼吹「随湖南安抚赵庐陵自长沙回豫章
值其生日」浪淘沙「留城」云「白发夫妻时节好，花几多，
美」且地名留城不知 如梦令「舟泊咸池」
（溯子）定鼎现 孙古山最早殊庭 江东军使陆云要集按大舶
沿江大制使 观文马裕斋 同知 同上 交游有京尹曾留远侍郎
竹溪 参政 同上 陈菊坡 枢密 同上 吴 壬修全 枢密 同上 吴
州守赵岩起 东坡 孟侍 水部 赵庐陵 修检讨 必普 瑞物仙 吴 卓 同上 发

1296

景年標 一夢梅 ● 黃虛谷 劉將孫 天籟著林 宣鼎現 等

著晚年多感傷宋亡語 如宣鼎現「四時懷古春詞」真珠簾「四時懷古夏詞」金縷子「四時懷古秋詞」五福降「四時懷古冬詞」沁園春「次韻弟蓮林雪中寄」又次韻劉改之 賀新郎「次韻戴時芳」念奴嬌「留題景山知有菴」又「次韻蓮弟」滿江紅「次呂居仁韻」祝英台近「次韻吾家人詠盤蓮」生查子「次韻戴時芳」鵲踏枝「次韻黃子羽重午」

盧摯「元貞丙申，予過河南，即移家登封。山林之氣，隱入胸次之所栖托……」天下同文甲集十一卷 華陰道院碑

又云「予自秦移洛，游崇少不仕郡中子，將留於華」

又卷十九 虞集 康里國書「熱過河南，遂來登封」

劉將孫養吾齋集卷二十一 丙申元日詩「客舍寓居」句

如卷十二 送劉復村序「丙申夏予自南歸……秋晚而復村來，來未數月，而老兄棄世……」送序此時作。集卷六、廿一 送平移病一律 亦此時作 集卷七 延年謁告歸省，寓次新紀 十首 有二十年無進士科」向當此年作 十三頁

須溪集 張鵬溪劉宗文照堂記「起丙申冬終，求堂名，予命之空心，是日也，操筆書而進之曰……」

貞元大德間是元雜劇 黃金時代

元劇初起 作者皆大都、東平藝人，所謂「倡夫詞」

繼後有文士作品，關漢卿始最早最成功 者自

再進乃有書會才人 有書門論 劉沅機梅

（55.11.6日 光明日報文學遺產 嚴敦易論元雜劇）

1297

劉會孟 元十 天下同文甲集卷廿七 王夢應 哭須溪墓文

劉將孫 …… 胡「大德元年丁酉……十二」

「須溪先生壬辰後六十六年丁酉閏月庚申……以字於今年須溪矣」

廿一年○廿 …… 須溪人 推墓 ……

先生北郭外……劉生總定五年壬辰 此年辛巳 六十六歲也

王自稱「同門生長沙王夢應」又云「夢應自念早從歐公門諸文之十載」

舒岳祥作 劉佚 尖山序 參1-2-2

有云「[illegible]」北游燕趙 上公車還，承明有日矣。一日思江南蘋藻茶蕈等蘇晚然襆被而歸」（見舒岳祥 閬風集）胡 佚五十歲

三月 張炎 寄盛一山 館序 山中白雲

五十 ●

鄧光薦中齋 祭劉辰翁文 大德元年作 云「四十五年如一日……」以大臣薦

本傳又云「除國子助教……除博士 監祭」

黃溪攷 年月？ 廿六歲

劉辰翁 桂枝香「寄揚州馬觀復，時秋旧侯交惡 去思去年中秋臣月感恨雜言」劉去年寄揚詞 張作於此年の、

蓋今詞話 詞評卷上 柳塘詞話云「辰翁三宋亡不仕，惟以詞盡孤竹彭澤比之，自題寶鼎現詞云丁酉時大德元年六月……中子之言……」按須溪詞寶鼎現詞 此一首題作丁酉之年月 授沈雄說，則作於此年 詞 [illegible]

云「紅妝春騎，踏月影竿旗穿市……太平舊樂，喧閩且止，聽得念奴歌起。父老猶記宣和事，抱銅

成宗大德元年 丁酉

大德

仙遣侠也水……慎当等多时来不归来[illegible]
欲睡又说向灯前拥髻，暗滴鲛珠坠。便当日
亲见霓裳，天上人间梦里。殆宋亡后回杭作
辰翁是年六十五岁。
有须溪集 [illegible]
九月十九日 刘辰翁为仇远作山村图题 山村图诗[illegible]
仇诗云「……五十年，一出不可复……」
抄石[illegible]题革八卷五页小字
周密题山村图云「我昔游七闽……文游天姥……归须五十年，过田园甚绝……」
抄同前
当在此年前后作[illegible]
张翥十一岁 [illegible]
梁贡父[illegible]
陆文圭[illegible]
赵文[illegible]
虞集[illegible]
[illegible]见陈垣元西域人华化考上（北大图书）与刘学
世[illegible]

刘须溪「[illegible]十五年（[illegible]）」立斋不满门。
外舅吴一考」 刘将孙集十·须溪先生挽词序
赵文宜孝 养吾斋集廿九题青山赵[illegible]表「先君子」表，自宣其志事云，「先生之门，吾为门人之首，其爱而不弃[illegible]称矣。」
刘将孙为江村先生胡公（求鱼）墓志 胡孝子 十二月[illegible]
胡须溪友安成人
须溪 养吾斋集卅一写楚芳墓志铭「高氏派衍，本自吉水，归仙，分泰和，又从素材徙西昌橘山，十一世始乃大。及吾友南山文丞相、须溪先生，皆有题其墓。楚芳一平生[illegible]」 楚芳父名文彬，见志。橘山
须溪集七之致仕牒代卢挚「挚世祖皇帝天地大造，教育作成，年及弱冠，滥践仕版，今上皇帝嗣登宝位，图任旧人，以挚蒙遇隆先朝，服勤惟旧，屡历要任，方岳，叙历中外垂四十年……」
二三年，何作无影。 须溪今年六十，此文元贞大德间
十，其衰病之体，老之状，跋年谕七十五，未必可比。文又云「残年路未及六
则挚当生一二七七左右（今年五十五近）」
1297 须溪曾游蜀 集3/6下溪隐堂记「[illegible]当年之壶，吾尝[illegible]囊过之」词上有
丁丑「峡江船」句。年代俟考
须溪集6/33 送段郁文序「吾平生[illegible]于感愤，或急于理[illegible]不自适，随所[illegible]耳。须溪觉[illegible]，[illegible]故知为郁文者[illegible]也。吾为[illegible]百[illegible]郡，理言成市，吾间居绝物，犹有[illegible]，其[illegible]，故知为郁文[illegible]也」可见刘须溪[illegible]心情

吳文英 甬東 張炎說云「吳夢窗家會吳……
黃昇於趙葵劉埜八年存今於甬東……
……」 五十四歲
袁桷 贈玉田詩自注云「玉田……時來鄞設肆……
袁詩當作於是時 [illegible]
三株媚 送錦[illegible]
寄水聲東去……」 [illegible]
「拜陳西麓墓」 月下笛「孤游萬竹山中……時寄
甬東積翠山舍
越中[illegible]寺訪同郭春日[illegible]
[illegible]城縱游北山寺（別本作[illegible]）
[illegible]上人山[illegible]

姚燧 有清平樂「大德改元之明年歲在戊戌春
三月十一日宣慰張平章招飲怪生空中[illegible]
[illegible]或云迎生[illegible]吳[illegible]清平樂以壽之」
[illegible]
[illegible]……」 張仲實[illegible]一歲

白珽 與厥伯玉倡和於杭 兄廉[illegible]
雜記引元戴帥初表元[illegible]東倡和序
錢岳祥 [illegible]
1298 [illegible] 戊戌

周密 癸辛雜識別集下[illegible]及此年了
張楚山 [illegible]有水龍吟 戊戌中秋……」一首
「戊戌元宵客京師」 紀年此說早
周密「[illegible]少年[illegible]壯年[illegible]晚年[illegible]
仇伯淳 六十一 兄 1242
[illegible]
[illegible]

1298

趙文 嘗晝行千五百里之延平負笈弟元

以詩畧歸 義立於梁十二、十一 送趙青山

序記此甚詳云 文是年六十

劉將孫 [illegible]集十五 送寧都重修學記 此年年作

吳十六 蒼膝庵記 朱莹 實若詹西杜夫、

人弟右司招魂墓誌銘 正月二十一日作 有云

「余家撥劍南，實與蒼庵為鄰」

頌溪隱不仕宋而頗有與元主理 如集6/29

贈金盟司序「況仁重在上，天眷大之深，度以夫、」

云公 1/6 南劍龜山書院記「自昇復成而書院復起、

此世道之盛也」

頌溪集 7/51 錄其詩「江國遷國二十年，十年

兩歲峽江船，……人生老大無多用，寧須琢磨

先早著鞭」 入蜀未詳何年

又

17/67 壽王太守詩「犹見天子憂隣賊 收拾英

才出太平」

1299

悵炎 自台回杭 文寧闔閭 有牡從天上來「已亥春 塌花將□城來餞……」一首

後四西湖……」一首 聲聲慢「已亥歲自

台回杭雁旅數月復起遠興……」 探春

慢「已亥客闔閭歲晚江空暖雨奪雪……

……」

戴表元 五十六歲

戴表元贈張叔夏西游序「」六月初吉輕行過

門云將改游吳公子季札春申君之鄉……」當作

於是年

聲聲慢「別四明諸友歸杭」 綺羅香 紅「西湖春

多之洞……」 憶舊游「過故園有感」

宋史本傳云「成 稽一二九七

龍鈺 公五十九，

宗皇帝即位 放還，……又數年以壽終」

十月 楊伯嵒 撰萬山縣學重建大成殿記

（兩浙金石志十四）

孫轍「兼輯去經 共內十二卷，元大德己亥孫鎮然

序 公後刊於鄱陽書院 余在此不見其刻 見宋

本」 蓮子居 一卷十頁 指存書可據

趙孟頫 趙由湖跋保母帖 誥母帖作跋云「今公往矣」

之詞 同宣言年於一三〇八年 此跋題大德三年子

月十日。 [illegible]

三年 己亥

信州廣信書院刻辛稼軒詞 趙[illegible]稼軒丁集序

劉敏中冬再至京師 中庵樂府念奴嬌序 六頁

胡祗遹 紫山 卒年六十七 卷一二三 三生年

二月盧摯以集賢學士大中大夫代祀南嶽作代祀南嶽記 見天下同文甲 不標詳 卷三

廣信書院刻稼軒長短句十二卷 見楊際

劉將孫 養吾 卅六 [illegible] 行狀 宗大 吉水人 十二同作

命下 敎臨汀 卷一二七三 宋光大師石獄 卷廿六

約此年作 卷一二七三五

張炎 日本[illegible]口天遇與鄧牧 見鄧牧伯牙琴

續姓叔夏詞集序「……歲庚子相遇東吳

示余若干首傑者，序亦云」 佳平樂「候蛩

凄斷」一首，據珊瑚[illegible]陸輔之行直家傳

名卿之珊瑚網之「綴二十一部」至治元日……」

當作於是年[illegible] 見一二三 五十三歲

木蘭花慢寄鄧牧心東游詩集後」

張伯淳 印於拜翰林侍讀學士 查傳

……卒諡文穆」，有養蒙先生集一卷詞一卷，意境

清遠，頗有宋人風度，伯淳為安撫使趙與訔

婿，與其子[illegible]父也，雲麓[illegible]風雅，故並工書

法。

元代詞人小傳引湖南六言亭[illegible]

國志，養[illegible]詞 [illegible] 二〇六

盧摯作為深學政任姚江村書（天下同文甲集卷十九載）

疏「庚子冬十一月七日」，[illegible]作也。又云「叨持憲節，備

之嶺海之間，崇湘中……居官何摯以不耶凡土俗疾苦，蟲

於危弱奔属奔務府田之事，子弟取四貴未得請

道秋冬之交方得之向平……」

同卷姚雲江村碧峰森書不入詞，「大中亡」同年作有云

「年服臥戎其自諸說之姊乎……王俛之不答盧敦之

廣野民之害深路道也……」 同卷又有答潘學教授

書亦同時作？

天下同文卷五十三有盧摯移鎮北湖南道肅政廉訪司

乞致仕牒，撰之與姚江村書自陳病狀，亦此年作

1300 〇年 庚子

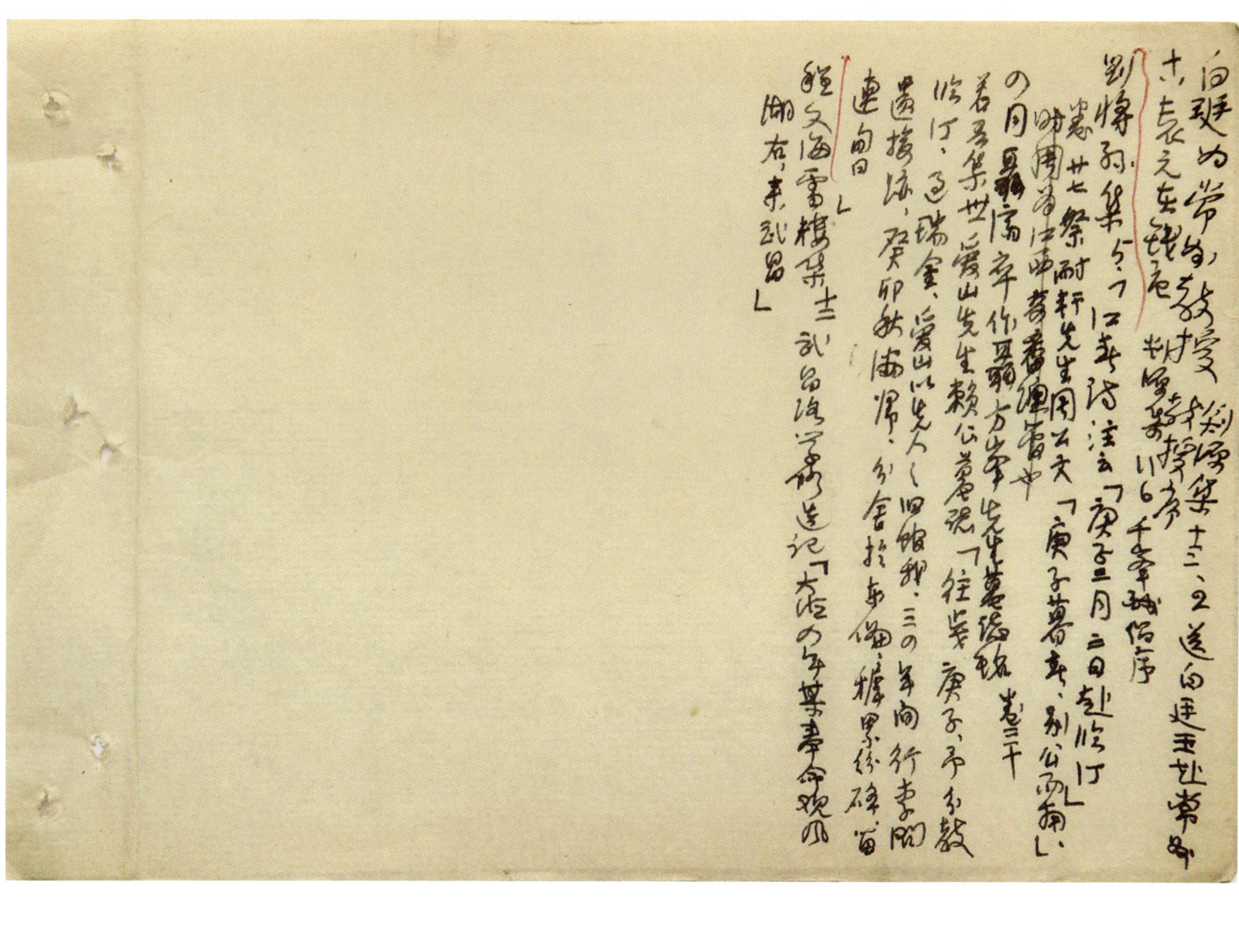
白珽の常熟教授 劉將孫養吾齋集十二、2 送白廷玉赴常熟
十、袁文[illegible]錢[illegible] 州學教授序
劉將孫集5.7 江花詩注云「庚子三月二日赴臨汀」
卷廿七 祭耐軒先生周公文「庚子暮春，別公而南」
時周當江西憲僉當中
の同年耐翁 方斗卒作耐翁方先生墓誌銘 卷三十
若吾集 世愛山先生賴公墓誌「往歲庚子，予承教
臨汀，過瑞金，愛山以先人之同館科，三の年向行李附
遣接琢，癸卯秋滿歸，分舍於東偏，據果終殯，留
連自日」
程文海雪樓集十二 武昌路學修造記「大德の年集奉命觀風
湖右，來武昌」

蔣捷 辭薦りゝ「大德間憲使臧夢解、陸垕交章薦其才，卒不就」中國人名大辭典

壬寅致仕

劉氏陵陽集

仇山村詩集序 12/8「山村仇君仁近嘗有聲[illegible]出西岳諸……居錢山村
不願富貴，而志在田園……其……
出其用陶[illegible]斯可尚矣」

本傳作「元貞」五年 再上章求退

姚燧

「移病太平」當在一大德九年

本傳又云

張伯淳造

虞集撰 蹟字作撲魚兒 辛[illegible] 雪樓先生

歲次亭詩卷」注「大德辛丑五日[illegible]于長沙

西政公字之堂清[illegible]承那廬摯 頓首再拜」見雪樓

元程文海雪樓樂府 作撲兒「次廬疏齋[illegible]使題歲

寒亭」一首 雪樓樂府全卷惟此詞因廬詞可見

甲子 歲皇恩次韻姚牧庵題歲寒亭」或亦此年

姚燧牧庵詞 歲皇恩「[illegible]陵雪樓[illegible]使[illegible]亭記[illegible]

作 節之錄，披疏齋例亦[illegible]年 [illegible]此年所作

李齊賢十五歲 冠成均又中丙科」（年譜）

130

五年 辛丑

蔣捷辭薦〇〇「大世間罷使臧夢解
陸垕交章薦其才，辛不就」中國人名大
辭典

王惲致仕　本傳作「元貞」五年　再上章求退爰
授其子公孺為衛州推官以便養俾官如孫簡
秘書郎」「按元貞止二年，此云「五年」，或當此
年，為「大德」二字之誤。　約七十六歲

姚燧　授中憲大夫江東廉訪使　本傳又云
「移病太平」，當在一大德之前　六十四歲

張伯淳　造〇〇〇〇〇上都　辛付

盧摯疏齋作摸魚兒　奉題雪樓先生憲公館
歲寒亭詩卷」注「大德辛丑五月廿日書于長沙
南政公宰之堅博堂　豫郡盧摯頓首再拜」見雪樓樂府內
元程文海雪樓樂府作摸魚兒「次盧疏齋寄憲使題歲
寒亭」一首　雪樓樂府全卷惟此詞因盧詞可見
甲子　當在思「次韻姚牧庵題歲寒亭」或亦此年
作

姚燧牧庵詞當在思「摸陵雪樓憲使歲寒亭記」
節之餘，按疏齋例亦繫於本年　當此年所作

李齊賢十五歲　登成均又中丙科」（年譜）

130

五年　辛丑

趙文此年尚在　青山集六　趙仁山墓誌大德元年丁
酉葬廿後四年為誌銘　集中甲子此最後　查程鉅
夫雪樓集趙氏墓誌　本年六十三歲
趙文八男五女　見集六　亡室胡氏墓誌
〇〇青山墓表云「八年而寧康安，寂生而偏祥」
文卒於延祐二年

倪雲林　大德辛丑生　洪武甲寅年七十有四　（闕名撰倪雲林墓志　〇〇雲林書畫記畫二頁集引）

仇遠
牟巘序山村詞「仇君仁近發肯辛丑出西岳語」牟謂其甲子紀年學陶詩

1302

張伯淳卒　有文集若干卷　本傳
養蒙先生詞一卷
劉壎　有洞仙歌「大德壬寅秋送劉教谷學正」
云「……檄來早催人，念先占春，休負我琴隊
水邊林下……」　劉詞有年月此最遲
盧摯　疏齋詞 三頁　作木蘭花慢「大德六年正旦」起云
「問東風何似，早吹到洞庭波。」何可淵　里除婦
亦有「借南長住　島南住」句　盧曾寓湘也
上盧詞此紀年此最後
天下同文甲集卷の十二疏齋詩有「春晚命酒郢高齋宴
城南劉何氏遊集於梓山寺僧堂其華映西軒洪荀」又
見其行述
陸行直廿六歲「大德中由人材擢任湖北學士
林典籍」　陸去病詞旨序
小　袁元「大德壬寅余來錢塘後五六年」集卷十一　安陽胡氏墓誌
平陽　鄭宗仁撰　五月辛于宗年六十三
收六陵骨者　卿廷采宋遺民所知傳
似無詞

六集·吾寅

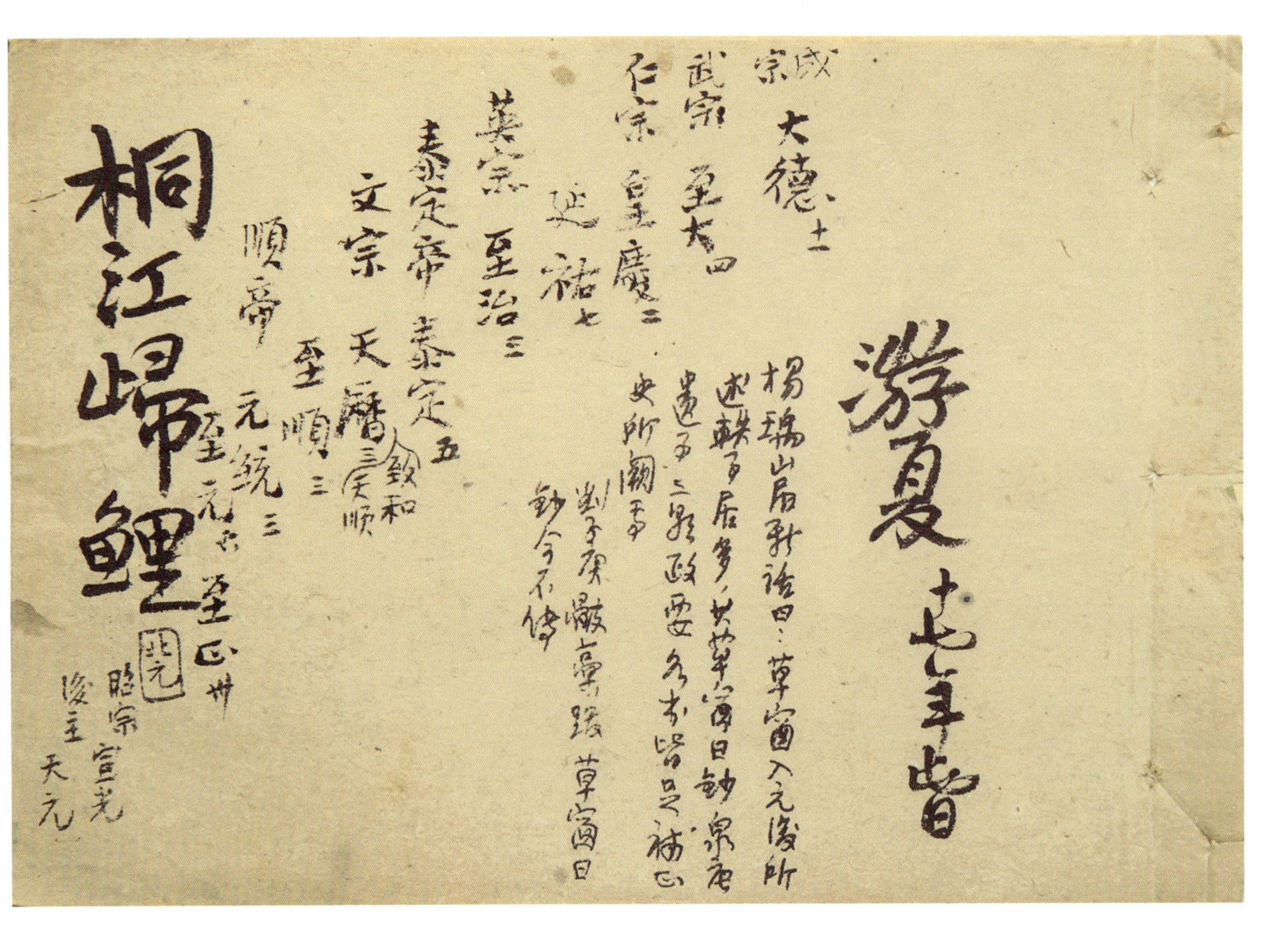

桐江歸鯉

成宗 大德十一
武宗 至大四
仁宗 皇慶二 延祐七
英宗 至治三
泰定帝 泰定五
文宗 天曆三 至順三
順帝 元統三 至元六 至正廿

游夏 十七年皆

1303

風林書院詩餘三卷有大德間刻本？

蓮子居詞話卷十七頁

第七册

旧本卅一鄧烏山著跋「大德癸卯予留汀洋，烏山託時
李仲淵来椽汀幕，相与歲月逾邁」（鄧签可
始劉秋臨汀官满席　参一二〇。
鄧中斋卒　参一二五年

戴表元被荐為拜信州教授　元史傳　年已六十一　宋濂刻序
蔣捷有沁園春壽君芳「昔裴晉公，
生甲辰歲，蒙唐相錄。……芳後同年，
逸學罗遊，由豆　翻成此甲辰」　回当作
於此年？　又有高陽臺「閏元宵」
查宋史律曆志　竹山詞可存止此二首？
有竹山詞一卷　又有小學詳斷（見中國人名大
辭典）
六月王惲卒　秋澗集附神道碑卒於六月辛丑年七十八
有相館五十卷　汲郡志十五卷　承
華子野中堂事記　烏臺筆補　玉堂嘉話并雜
著詩文合為一百卷　李修　以七十九歲
劉敏中述錦江野亭　念奴嬌序六頁
劉將孫大德甲辰爲廬陵同南陽天下同文集
五十卷　記「方今文治方快，混一之盛，又開闢
所未嘗有」（鄧光薦節）（見[?]日輯尾説）
書志　見雪堂叢刻　天下同文集
8（癸三六四）
邵亨貞集乃九摸魚子「甲辰歲予秋与夏頤貞同在吳門
……」（詞明年作）　同頁有同調「吳門客中九日次韻寄
文翁」此年作　將年譜二「何崇仲謀卒大德八年六月
王惲卒　七十八
年七十八　当生元太祖二十二年丁亥，即宋宝慶三年也」
1304
四十年　八六五
汪元量纂湖山隱錄于西湖　劉將孫為之記　一二七
甲辰

別收列在此年　參1280

張炎　在溧陽　會仇山村　夜飛鵲「大德乙巳中秋會仇山村於溧陽……」　風入松「為山村賦」。

姚燧　拜中奉大夫江西行省參知政事　李侍

六十七歲

仇遠　在溧陽（見張炎詞）　仇至少七十の此年　見1341　西湖遊覽志謂「遠元初為溧陽教授」　在溧陽殆已久　無絃琴譜二卷　無一首有年月者

馬思贊跋山村興觀集　入名大典卅……入宋有金淵集　山村卷凡郡十篇　只為首題興觀二字　侍郎手錄而傳之名曰興觀……山村手書……

遺集（西湖志十九引）

劉敏中　召為集賢學士　商議中書省事　上疏

六十三歲

陳孚

……」是仇又有興觀集　仇生於十　無考　擬錢惟善拜仇遠士墓詩云「詩窮八十年，江湖……」是八十歲左右　浙江通志文苑引西湖遊覽志云「所其有山村集　批注唐百家詩選」

藁城安熙　敬仲　有醉清「前歸途……和仲彬把鋤……之影動之……不獲……先……心之所同也　中夕不寐　率爾成三十……和仲可為親見一笑　大德乙巳上元日　神岸野客……」

全元一首　默庵樂府五首　此有年月　竹實他

1305　無考　有默庵集（入名……）　九年　乙巳

新喻梁寅孟敬　生？　人名辞典记

「明太祖徵天下名儒修述礼乐，寅就徵，年已六十余」　按通纪（再查明太祖本纪）明太祖洪武初[illegible]徵[illegible]萃嘉志[illegible]際情通古今练达时宜之士，修礼书，寅被徵当在其时，约生于今年

仇远字仁近，一字仁父，号近[illegible]钱塘人，初家杭溪上之仇山，高文[illegible]问为作山村图，故又号山村，后居虎林白龟池，咸淳间，与白湛渊同以诗鸣，入元又同应荐为儒官，不逮归，老于西湖，更号西湖村民，江山跌宕，诗酒逸乐，[illegible]着[illegible]雨草[illegible]维贤皆出其门，著有兴观山村等集，词集名无弦琴谱，清徵要渺，与玉田草窗为近

[illegible]所撰词人小传引[illegible]堂存[illegible]无弦琴谱跋，[illegible]

[illegible]词[illegible]古堂书画汇考[illegible]

赵孟頫仇山村词及佳处　抄蓬莱子松雪斋集卷五见孟頫辛丑五十五[illegible]　三卷十五页

梁栋辛未年四岁　胡适梁氏生诗人序　[illegible]五见[illegible]作[illegible]二[illegible]

钱国[illegible]观[illegible]　宋遗民录，止二词　（原跋）　再查知不足斋

刘敏中在绣江作感[illegible]别[illegible]敬甫　中庵集6页

卯[illegible]乐[illegible]摸鱼子「[illegible]乙巳九日在九山之东[illegible]水上……未出仙年又在[illegible]……」（[illegible]一三六五）

[illegible]松雪[illegible]水调歌头「与姚牧庵饮夫容阁，年成甫东坡韵见赠，走笔和之，时乙巳中秋也」[illegible]成甫[illegible]苏[illegible]东山[illegible]仁[illegible]古[illegible]书院[illegible]也　廿[illegible]见丁志[illegible]

(1305乙巳)

赵孟頫　未入谱

侯东

松雪集　水调歌头「与姚牧庵饮夫容阁年成甫东坡韵见赠，走笔和之，时乙巳中秋也」又上结注云「丁亥秋与成甫会八咏楼救云」金武祥校云「案序中乙巳字，集作乙巳，考松雪殁于至治壬戌，则乙巳是也」

长寿仙「皇庆三年三月三日季郎大宴」

已入　1314

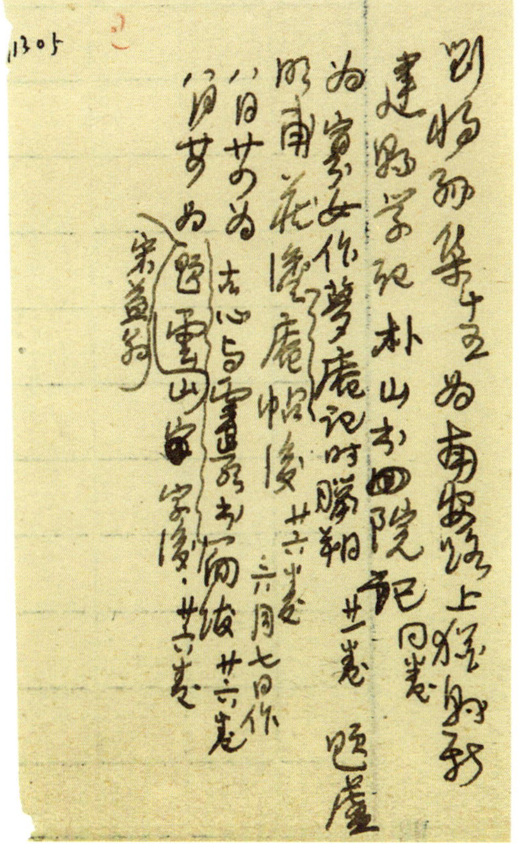

1305

刘将孙养吾集十五　为南安路上犹县新建县学记　朴山书院记　同卷

题庐陵雷寅安作梦庵记时腾翔　廿一卷

题南花漫庵帖后　廿六卷　六月七日作

八月廿四为古心与[illegible]书[illegible]跋　廿六卷

八月廿为题云山[illegible]家传　廿六卷

宋[illegible]

1306 十年 丙午

張炎有風入松「閏元宵」、江路山中見寄

「元世祖至元五年、延年仁 成宗大德十年

仁宗延祐の年俱閏正月 此詞未知何時作」

姚燧有浪淘沙「大德丙午端月十四日立春所作」 鄧牧年五十九 陶 六十歲

連灯夕求西野清凉月向同燈」結云「六十年

余沼学老病宵興」 此年燧六十九歲

許有壬以此暢師文落之翰林不報

按向宗時學士陸文校授未上，厥後北宮謗詞云 李侍又云

衷」 當在延祐二年以前 廿歲

袁易靜春詞六卷 有詩花陰「和沖玉田之夕」一首 京妓

安為此年 靜春与玉田交好，山中白云有靜春館

送三詞，而全編三十首甲子無可考。李園花慢

喜玉田至有「冷泣御水共里」句 似一二九一辛卯玉田

北歸时作 餘皆無考

王沂孫花外集10「聲聲慢「丙午春赤城山中題花光卷」

此丙午乃淳祐六年（一二四六）（淳祐六年周密才十五歲，

沂孫集中稱周密為公謹文，彼時沂孫未生也」 又周密

志雅堂雜鈔下載辛卯十二月胡天放降仙，閒中仙在宣司

辛卯乃至元廿八年（一二九一）（志雅堂雜鈔紀甲子至四一二九四

至元卅一年止）則此年王沂孫已死於此年前十五載矣

此丙午或丙子（一二七六）壬午（一二八二）之誤也

袁易卒の十五 見1262

龔表元帰自信州（戴撰）自序

劉將孫集八与姚牧庵參政書論文 有「今且五十矣」

之語 將孫今年五十 又云「聞明公來江西、至

劉一見於下執事」

同書十五吉安路重修學記 自據文作于此年

同書十五重修吉安路順昌縣雙峯書院記 此年或此年後作

卷十九為見心堂記 下元壬子曰

卷廿 六月土祭祝稷後單文

元仁宗名姚燧……（誤在明年）

姚燧有浪淘沙「余年七十……」

胡長孺吳用晦墓志銘「於越人……（宋紹興）」……咸淳元年進士第……池州東流縣尉巡捉私茶鹽禁

「丁……監臨安府支鹽倉……六十年の十八の實大德十一年九月癸亥……」

蕭㪺

拜太子右諭德 扶病至京師 入覲東宮 書[illegible]

以病力請去職 俄除集賢學士國子祭酒依前

右諭德 疾作固辭而歸 卒年七十八 元一八九 著三禮

說 小學標題駁論 九州志 勤齋文集 本傳

勤齋詩餘一卷 止齋詞の前 生平 輟耕錄二十四 [illegible]

劉敏中

呂思上京 授集賢學士 [illegible] 河南行省參

知政事 俄改治書侍御史 出為陝西道廉訪

使 轉山東宣慰使 召為翰林學士承

旨 以疾還鄉里 本傳 當死一年の生至

大の年誤 六十五歲

1307 劉將孫 三月 為（尾張）鄭廉訪送行詩序 樂府 [illegible]

二月為劍潭 [illegible] 賢祠記 卷十六

十二月為南劍路芹山福地郡建門記 時為 [illegible]

丁未 大德十一年

元仁宗名姚燧……（誤在明年）

姚燧有浪淘沙「余年七十洪山僧相過言別

公十歲年西 [illegible] 潤益加於昔 有道 [illegible]

因為一覺 以 [illegible] 之」 小重山「題女冠寫還

襄陽」 又 [illegible] 云「七十古來稀 方知力 尚未

衰」 [illegible] 年左右作の 七十歲

蕭㪺

拜太子右諭德 扶病至京師 入覲東宮 書[illegible]

以病力請去職 俄除集賢學士國子祭酒依前

右諭德 疾作固辭而歸 卒年七十八 元一八九 著三禮

說 小學標題駁論 九州志 勤齋文集 本傳

勤齋詩餘一卷 止齋詞の前 生平 輟耕錄二十四 [illegible]

劉敏中

呂思上京 授集賢學士 [illegible] 河南行省參

知政事 俄改治書侍御史 出為陝西道廉訪

使 轉山東宣慰使 召為翰林學士承

旨 以疾還鄉里 本傳 當死一年の生至

大の年誤 六十五歲

1307 劉將孫 三月 為（尾張）鄭廉訪送行詩序 樂府 [illegible]

二月為劍潭 [illegible] 賢祠記 卷十六

十二月為南劍路芹山福地郡建門記 時為 [illegible]

丁未 大德十一年

鐔二山匹　卷十七　二月丁巳題吳高文信公兇

君子三帖　卷廿六

「四月乙未朔越二十有二日廬陵劉某赴光澤之任道

既臨川郡，以外謹書一通：為文以饗於近故提舉副憲

梅屋先生豫公之靈」　卷廿　祭譚梅屋文　有云「

憲學余初見，若平生驩，了公園山，不貴以官。……毋

行姚下，悵十五年，若馳而見，今更不若」

明年廿一鄧尚山墓張銘「丁未夏五月來光澤……九

月揮舟過延平」

讀宋居士集卷三先大夫行述謂周密「晚歲以寓賞游訪公微失雅道」

張英至杭　見密杭日記　江是一山卒去重

齋記二卷十三頁（張雄飛縣名八年譜密奉行廿年七十七）

周密元年七十七卒　邱年保二　（「至大戊申年七十七為吳某志採癸辛雜志」）

元仁宗在藩邸，遣使召洙以學徵之，皓故不起

姚燧為太子賓客，未幾除承旨學士，遂拜

太子少傅，辭不拜　李傳　七十七歲

張楚有再到西湖，有八聲甘州「戊申再到西湖」

許有壬有木蘭花慢「至大戊申八月廿五日

同蘇仙翁游城南張園，甲京師主人

錢重右丞去重休致……」

吳澄自為國子監丞　本傳　六十二歲

周密英武林舊事晚年自號有「胭脂湯庵為農

星雲叢初余兒老矣」之語

郎瑛七修類稿云：公謹居齊之東，作齊東野語，居

杭癸辛街，作癸辛雜識，四水出弁陽四水泗水，習矣，

居華不注，弁陽老人」　西湖志　四水乃吳興

之名，西湖志廿九已辨之。弁陽指湖州弁山，華不注，

即說弁陽　西湖志廿九撰述有周密南宋故都

宮殿記一卷　武林市肆記一卷

1308　元武宗至大元年　戊申

至大

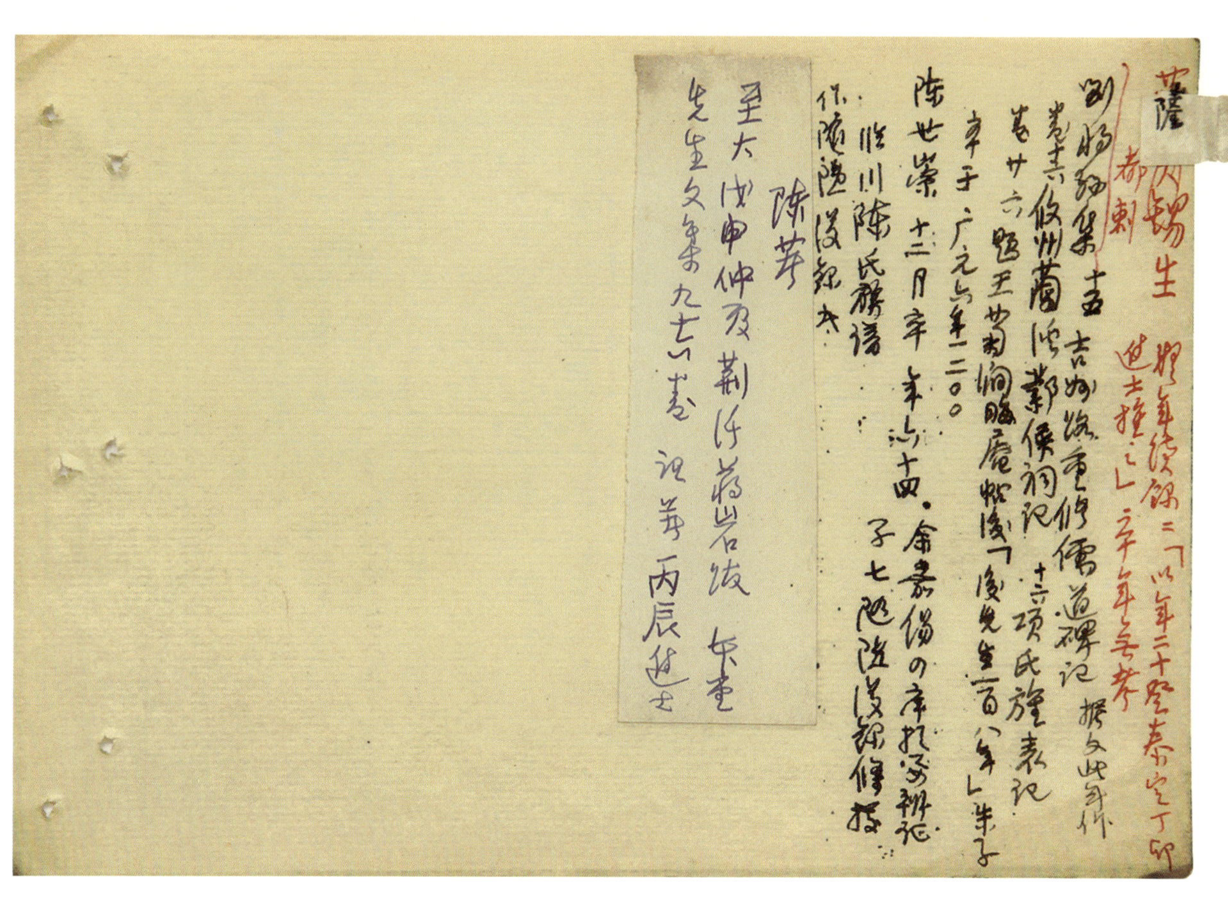

薩都剌 天錫 生 据年譜錄二「以年二十登泰定丁卯進士推之」辛年无考

劉將孫集十五 吉州路重修儒道碑記 据文此年作

卷十六 修州蔺侯鄭侯祠記 十六 項氏旌表記

卷廿六 題王當翁洞曉庵帳後「後先生百八年」朱子

辛于广元六年一二〇〇。

陳世崇 十二月辛未以十四。余嘉錫の序據考辨記

臨川陳氏族譜 子七 隨隱漫錄傳 按

作隨隱漫錄本

陳著

王大成申仲及荆伃藏岩跋 东董

先生文集九十六卷 陳著 丙辰進士

张炎在江阴 六十二岁

暨山楼 模鱼子「已丑重登陆起

暨山楼正对惠山」 有「已丑」浙江春日一首

江跡三「亟图时年六十二云」 壶中天「寓(?)…」

團扇(?)「圖讯风贵野园清暉堂」、清波引

横卅县时以旧相庵使归」 模鱼子「宝馆」

江去寂鼓皋亭」? 蝶恋花「陆子方饮客

杏花下」甘州「陆仁斋起暨山楼の景」

西泉八仙 壶中天「西城路」の前 浙江(?)

仁舍(初复李尹)」 西城路「陆义斋自

陆仁郁丹清游の天山水间……」

姚

燧 撰 荣禄大夫翰林学士承旨 制诰兼

修国史 七十二岁

邵

亨贞 清溪 生 王鹏运蟠帝词跋「蛾术词选卷二知题

文敏词自序云「生十四年而公薨」文敏之殁为至正二

年壬戌 逆而溯之 当生于是年」 陶宗仪

清德年九十有二 ◆王鹏运跋蟠帝词

蛾術詞2 1 追和趙文敏公重作序「予生十有四年而公薨」

查趙孟頫卒于一三二二 否 又1339年詞云可证

建炎志「邵亨貞字復孺 徙居華亭 卜居溪上 以貞溪自號」

1309 劉壎年七十 受郡命教授延平」 卒

江西通志15

元史大二一(?) 1240

己丑

胡炳文「至大間共携子從爲建明經書院，以處四方
來學者倣風之盛，略東南世稱雲峯先生」出萬姓
通志 1/19
趙子昂集外「元元日朝拜表時總管前韻見贈復
和一首」第二首有「江南僧舍雪後見過而余適
往臨淸」別業云云」當在吳興 至元二十六年
劉將孫 左光筆」卷 1/20了（作於河南安撫司廣濟寺修造記）
卷廿六 跋益公帖「後益公百又三年 後學劉將孫
題」 周必大卒于嘉泰の一二〇六

年表
邵亨貞生年
蟻術詞選二、一追和趙文敏公筆作
十首序「予生十有四年而公薨」案
孟頫卒于元至治二年壬戌1322
同卷2.14江城梅花引「己卯除夕」云「明日東風三
十二」
歷代名人生卒年表
商務 歷代名人生卒年譜傳（？）
皆須錄入譜
滋生 1309年

趙孟堅 咸淳之年號 建始村 也村 同下 頤吉 柳永宜為 ?改

邵亨貞 字復孺 從居華亭 以貞行自礪 博通經史 曉音律 工篆隸 入明為松江府學訓導 元至正九年 ?蛾術 文集十六卷 蛾術詞選四卷 後附 ?學 ?詩一卷 ?子伯宣所作 建康路志 楊維楨 字廉夫 宋寅 建號 別號鐵崖 鐵笛 ?從居錢 居次山 ?也宜 別號 ?梅花 ?程 ?紫 ?雲詞 譜 傳世作墨竹 ?簡 ?出 ?堂 同上 ?詞

1310

張炎 晴 風入松「久別曾心傳近今於竹林
……時至大庚戌七月也」
華亭宜學漁子同作志 ?而去
亦不於遠庚戌春自陽羨牧溪放舟過
罨畫溪作漁歌子十解……」 六十三歲
張楚 在杭の事
錢唐 張雨 伯雨 入華陽洞學道 自號句曲外史 （見一三一二年）（查本集）
見茅山志外紀 而年月無考 據陳旅作菌閣記
（張雨馬臻新居 見城北杖錫村志） 謂至元丙子（一三
三六）雨在杭 構菌閣 云「外史抗入入華陽洞學
道廿餘年」 則入華陽洞或在本年前後
劉壎 為延平教授卒 人名辭典作「至大中」
隱居通議 水雲村稿 英華錄 壎 宋理宗
景定間已有志 ?中 詞至此殆已七十左右
日睹宋亡 時有感慨 謂如昔 ?天涯
云「故園春草依然綠 故宮廢址 ?木 狐兔
?悠悠 ?生。胡笳吹落月 北望南人
說 紅杏開東風 何山一樓中 天末淚 ?
牡丹」云「……然雖 ?花自說 ?故宮草 ?
評 其有夫也 皓月 見 ?淚……」
[illegible] 皆是
昌 然見 安 交融 有度 天游 行跡 有黃南山 好丁 使君 鄧元實 陶逸
至正六 二三年 庚戌

置使劉幸出公重爲趙雲倉使見同上集沈潤卿
趙清遠　水雲村詩餘一卷

張雨字伯雨，号貞居，杭州人，宋成國公九成之
裔，早游方外，居茅山，自号句曲外史，常
與仇山村唱和，有擬石田十首怨詞，極
有標格。　西湖詞人小傳引詞綜

「宋濂稱其詩送源……即句曲外史
伯雨之大父也」　石渠隨筆八卷五頁　張茅山
　山村隱居圖

戴表元卒　六十七　生1244

平水曹氏進德齋刻中州樂府一卷　見持志堂目　（陸志、陸跋）
見詩の
　是年孔山趙氏（圖寶）之刻中州集　十卷見繆跋記
　之一首中州樂府不知一時所刻　抑此刻板附於或同
　附刻　之見詩話の

趙子昂　冬被召除翰林侍讀學士夫人之同至闕下
　（外集管氏墓誌）
子昂曾爲蕭婦吳氏又題華田儒學優任泰州
　此年爲國宗召入史院之後
尹（見同上）　五十七歲

劉將孫（卒卅五，鳴）九月跋文山撰外祖義陽逸叟曾
公墓誌後「題揚光澤白道
然世定字逸居墓誌銘「至大庚戌七夕後一日，予以郡運
旴巡平澤中，夢定字語文……越月歸順昌，道中得
由益于城德所有家後世若夢之不偶……」　諸公嘉賞
見養吾世一卷三　鄧島山墓誌（鄧葬于此年十二月）

林景熙卒于家　年六十九
　卯逆宋　宋遺民所知傳

∧1310

中州樂府
元至大庚戌平水進德齋刊中州
集並樂府　日東五山當覆刻
之（屋村跋）
明嘉靖十五年丙申　嘉定守
貴陽高登刻于九峰書院
彭汝寔序

姚燧19看南帰／帝侍

中书以承旨召不赴

蘭陵王「昨日夢佳他玉[illegible]已不悉[illegible]從可此

呉興戒行役時作之蘭陵王高詞上雪崖係

君[illegible]之「[illegible]挑溪名[illegible]甚叶日微妙、亦列

以[illegible]穴、何人聽[illegible]同車轍、華首[illegible]

鄉思為[illegible]剝、定成行否、[illegible]為[illegible]、負[illegible]」

[illegible]是年所年作 七十の年

四明張楚在燕京の、見此年

文武宗[illegible]朋 劉敏中 程鵬 十六人被召諸兩

同[illegible]之路 不起(元史通経) [illegible]人不就者、

被召不起 六年九ヶ

牟巘 八十年 八十五 陵陽詞上九首無出同

首[illegible]に「[illegible]趙[illegible]」待致

有牟氏陵陽集二十四卷の庫提要

[illegible]継[illegible]吴兴為大理少卿以[illegible]似道去官宋亡不復出」 八[illegible]

唐珏此時當在 羅[illegible]卿[illegible]

「辛亥秋」当是此年、[illegible]

[illegible]曰「[illegible]家[illegible]久、[illegible]

「至[illegible]」

1311 の年 六十四歳

辛亥

牟巘 辛 八十五 見1227

劉[illegible]生 [illegible]年[illegible]三

宋史[illegible]無 引陵陽集序 同

安[illegible] 辛年の十二 鐵[illegible]志 引之史

[illegible] 仁宗[illegible]位 自[illegible]傳[illegible]學士 [illegible]

官中[illegible]大夫 [illegible]年[illegible] [illegible]

[illegible]公碑 為[illegible]性圖[illegible]大師[illegible]公[illegible] [illegible]九 十四

為[illegible]集 [illegible]本[illegible]序 外[illegible] 五十八[illegible]

劉[illegible] 三月為仁東[illegible]山[illegible]柏王[illegible]集十七

皇慶

姚述堯　生卒不詳　召橋　五十五歲

張掄有沁園春「壬子和人爲壽用此酒韻」一首，云「記去年歡笑，遊嬉帝里；今年憔悴，臥病江城」。去年或在京。前二首有沁園春寄□「瓜城」一首。江城或即瓜洲。賀新郎「淮上中秋」云「前歲錢塘江上客，去歲京華客與，今歲又秋風淮甸。」或亦此年作。又：是前年在杭

吳陵陸司業　辛丑傳又云「儀徵集賢直學士特授朝議大夫兼翰林京師　次其定稿作不果行」在英宗即位前　六十歲

鍾禾辛　六十　又1253

趙子昂五月十三日「被旨修造家上冢」八月六日上冢

集中吳學士都公遊公碑　朱熹仰山樓隱寺

湖孫佛道緇碑　外集　請　俛隔爲先人立碑　外集

五十九歲

贊氏墨志

劉將孫集十六、十　續後先生集序「趙先君子續後先生集人同世十六年矣，乃出於壬子泉江文集刻成，送徵爲序（續後辛卯1209下轄，今出居）……丁酉以來，深悼散佚……是歲十月之望，劉子將孫謹書於趙默之光霽。」序文見孔抄

趙禾辛　六十六歲　陶

1312

仁宗皇慶元年　壬子

山陰王英孫　修竹　卒年　七十五

清郎任采思汶堂文集三「宋將作監簿修竹修先生傳」

趙汝璪 秋晓 覆瓿集 八卷 旧抄

「……趙侯二十擢高第，居官有惠，緔年

甫三十而宗国陨矣，即韬晦不仕，放浪

山水间，与刘须溪诗咏唱，以贞高慷而须身焉，

……」（前段以属辰翁为此）皇庆改元岁在壬

子郎应东序

趙当生于淳祐七年。

1313 癸丑

張若瑞（左江西） 有 瑞歌吟「癸丑岁冬访游弘道乐安

山中席宾米仁则用清真词韵赋别和以见

情」词首云「数點疏題……」 地待攷 廿七岁

王惲 有 西御子「癸丑三月廿一日祭龍祠回饮张氏草

堂」首云「世事莫论量」於对芳所赏

霜」为南宋一二五三年作 癸丑 然据本传

惲卒于一三〇〇年，「癸丑」二字当有误？

拟 乐安属江西 蜕岩词 有 陶陵王「临川寓舍同

年」 摸鱼儿「临川寻遊连日福隐赋此遣之」 风流

子「临川岁五月……回忆秣陵元夕」 解连环「留别

临川诸友」 齐天乐「临川夜饮隆阳李伯之寓

所」 定风波「江西寓舍……」 蝶恋花「临川平远道中」

川文昌楼望月」 谒金门「……」 浪淘沙「临

浣溪沙「临川别席」 皆游江西时作 当在此数年

内？ 卒，疑同文 英国说，官袁若干年 集五十卷 牧庵文

姚燧 年七十六 有 菩萨蛮「皇庆癸丑春赏

花词」結云「七十六年人，见花能几春」 陶叔据牧庵集附年谱同

張埜（辛杭） 有 牧庵词二卷 据本传当卒于是年 误

水龙吟「皇庆癸丑重九以南宋前贤宋可

柳湯佐同知」 满江红「用李廷阁韵别……往岁」

癸丑

口渡今年同向錢塘泊」（去年在瓜州，當此年作）楚

與元蒲道元（得之）歟？為國子博士？ 人名辭典

作「皇元中」（紀此年則在去年）又云「疑引疾去」

「元和為「興元」郡學正」在此前「及年七十復被

召為陝西儒學提舉，不赴」在此後 [illegible]

〔[illegible]〕 水調歌頭「送權侍制歸」云「蓝城

去夏御史召為集……賴有詩壇詩伯，同

寫玉堂清」……當作於此年左右？

何夢桂（約六十九歲）賀壽詞洞仙歌「和何通原兒

壽」「待明年七十，問何如，更只是今朝浣花黃老」

陸行直（四十歲） 明 是年

湯[illegible]節貴「宣道」升「以余官二品，封吳興郡夫人，

夏五月賜告歸家」 文集七夏公橋亭恩道院

記 集十作御試策題（正宗） 六十歲

本年與夫人入都 外集管氏墓誌

劉將孫 集十、十一 瀛觚集序跋 本年七月書

蒼[illegible]指光澤

雪樓集一有科舉詔，注「皇慶二年十一月甲辰」 又云「於以皇慶

三年八月郡縣興其賢者能者充貢有司，次年二月會試京師」

同上25 [illegible]「……皇慶二年二月[illegible]」 程鉅夫 林傳 學士

〈〈 與會同[illegible]出[illegible]……」

小張屏雜劇應撰于本年 由歷史題材（說）為用真實

背景 未示新劇題材傾向的變化 （見55.11.7日光明日

報文學遺產 嚴敦易論元雜劇）

秋 張炎寓吳 山中白雲作於此年詩集（拜予詞源序）

年六十七 有陸行直自序

云「甲寅秋寓吳，作墨水仙為處梅吟邊清玩」（時年六十七）

〔附〕 曹伯啓（甲）陞內臺都事，（壬）拜刑部侍郎

本傳又云「出為真定路總管」在延祐

五年前 鄧剡（見後面年表） 吳存（退仲）六十七歲

教授未久引年歸 為本路學正？ 人名辭典，或是江西路 詞曲

[illegible]

月 有水調歌頭「江州貢院」 康魯詩餘一卷 大年

〔[illegible]〕 滿江紅「謝番延薦

舉」云：「人從有，垂天翼，謹不待，培風力……」

（老去[illegible]偶[illegible]）

蘇才逢（解佩環 [illegible] 吉安人 隋） 水調歌頭「北道

劉周臣南遷 「滄園寄」 舟中九日次韻」云「紹

墨南還，臨江一笑，奧道偏嫌，賀生來晉，不

[illegible]，帶來分定，只合王孫……」 是曾以

番丞之薦入京，旋失宗兩府 [illegible] 人名

論無語「御史部使某爭劝以仕，不答」非也 [illegible]

治在此年前？ 行述有

[illegible]天晚角山眉真次韻」江城子「高郵舟中」滿江

紅「儀真舟中」摸魚兒「揚州」皆北行時作？

文敏有周伯南（水調歌頭） 方洲

公明（摸魚兒） 周只懷（同上） 方洲（木蘭花慢） 周南

翁吟） 方洲當是黎廷瑞祥仲 鄧覺非 錄于數（水

1314 元仁宗延祐元年 甲寅

姚燧年 七十六 見1279

李齊賢廿八歲 以忠宣王召自錦來中國京師姚燧
閻復元明善趙孟頫咸游王門齊賢周旋其
間學益進（「初忠宣王佐仁宗定內難，迎立之
武宗，故推恩賜宣王策對，遂請傳國于忠肅，
以太尉留京師，邸構萬卷堂，考究以自娛，因
日京師文學之士皆天下之選，吾府中未有其人
是吾羞也。召先生至都，元學士姚燧、閻復、
元明善、趙孟頫咸游王門，先生周旋其間，學
益進，洪公嘉賞不置」）年譜

元叔松雪集詞長壽仙「皇慶三年三月三日聖節大宴」
又月中仙「聖節應制」結「願皇慶萬年天子與天
齊壽」又有萬年歡「上元應制」「元日朝會」之作
或皆此年作

吳存「延祐元年設科取士，儒士多存名，總以安吏煩，日
不可為矣」吳先生，強起之，果中選，接本路學正」
江西通志161

元代至此時才恢復選舉 自至元十六年後不行
三十餘年矣

歐陽玄「紛遭天馬……寶而賦之，延祐甲寅月日拜公以天馬
賦中第，蓋昔時所作也」 玉臣真記127（九行本叢書）

陸行直の十歲 致仕掛不陪老病詞首序云「皇慶兩
路仕掛年才の十年入此年」似誤 又云「延祐元年甲寅の十
十五歲」延誤

趙子昂 稱侍中慶錢 外集紀夢稱侍中」六十歲
詞集有皇慶二年三月三日聖節大宴長壽仙詞 又有
應制月中仙云「願皇慶萬年天子與天齊壽」又有表
制萬年歡 又有元日朝會樂府萬年歡 此皆此時
作 詞有甲子此歲後

1314

劉將孫集 6.18 甲寅難光梁至石岐詩有「八
年贏得客身輕」句
集五十有三山和陽詩云「好睨如鷹鬼，一行其
悔未」六日出閩界云「出山種不悔，隨世久俱
低」出閩云「不憐載家去，更喜抱孫回」
趙文青山集宋遺 十二月 雪樓集22/10 莫從子
黃溍誌
趙孟頫 松雪集 長壽仙「皇慶三年三月
三日聖節大宴」

1315

張炎在錢塘（詳抄）錢良祐詞源跋「乙卯歲……玉田張君來寓錢唐之學舍……
……於從歡也」 六十八歲 有志城跋亦歸杭 當年不合江湖老 詳抄錢跋

歐陽玄以進士出身授岳州路平江州同知 申文

一八二本傳 四十三歲

許有壬擢進士第授同知遼州事 元史一八二本傳 廿九歲

張雨在杭為西湖福真修黃籙與張炎游湖 抄錢良祐詞源跋

趙孟頫在京作大興龍寺碑 文集九 六十二歲

張炎返杭寓錢塘學舍，又被仲雨擢挽程福真院，歸杭台城路詞云「後段宗遠花外隱居」

此已無宗子陽矣

劉將孫集本主李錡以平盜詩序「延祐乙卯夏秋之交，有盜起於豫章之寧都，聲勢搖蕩，仲臣說以平之，李居友人宗南宗族，來我而盜執，不二三月之間，跑師奏凱。」此年作

正月七日趙文卒年七十七 二五年

三月丙寅題趙孟頫畫石 廿六歲 程鉅夫雪樓集 12/10 題汲古

因必大主永新縣修學記 此年作

乙卯

程諒云「科廢益務其力為經史百家之言為文，益編撰往恆滿席，同科舉令下，從擢第時衡不自得者老也，然終不自得以死，死時年七十有七矣」

是文入元猶有宗功名 1301年始此

王炎午吾汶集1/16有慰趙如山喪父青山書

張炎詞源成書當在延祐元年詞集結集之後

延祐の年錢良祐作跋之前 考在詞源序記

1317

正月

錢良右作詞源跋　抄原跋　張炎七十歲

張叔夏（生淳祐戊申）有詞源序跋「丁巳陽月望定海錢良右」（胡）

寶山望海　廿一歲

婺源胡炳文仲虎為信州道一書院山長，調蘭溪學正不赴

人名臣錄曰「作延祐中」又云「有易本義通釋、書集解、春秋集解、禮書纂述、四書通、大學指掌圖、五經會義、爾雅韻語、雲峯詩餘　以上首見年月　北調訂刊「為撰」

子行書」云「……七旬老，千里從，為公來……」

陸文圭為張炎詞源跋

跋云「……西秦張君，著詞源上下卷……自稱得聲律之學於守齋楊公、南溪徐公，……景定間，王邸侯館，歌舞升平，居生處樂，不知老之將至。梨園白髮，濮宮蛾眉，餘情哀思，聽者淚落。君亦因是棄家客游無方三十年矣……」

炎破產於一二八七年至此恰符「三十年」之語。陸跋或與錢跋同時作。詞源或即刻於是年

李齊賢卅歲　九月奉命如元賀上王誕日（年譜）

劉壎一辛年七十八　江西通志九五

歲之中。

の年

丁巳

胡炳文「延祐中以薦署信州道一書院山長」（胡）

通志119

趙孟頫正月在京撰玄真妙應淵德慈濟元君之碑　集九原碑　入翰林承旨　見集清氏墓誌

劉將孫重九為曾以立作義存說　卷廿

養吾集卅二　蒲岡居士墓銘　蕭卒于此年五月

第七册

1318 怯埜有水龍吟「戊午春詠杏花」臨江仙「戊午九月二十日宴罷直有和徐工部韵」 今名大[illegible]
典云「官翰林修撰」或在此时？元官水部
吟「出郊」有云「十載鴻行，孤忠府念，君恩難報」是在官 紀年最後
陳櫟有臨江仙「次月卿賀生日詞韵」戊午 六十七歲
浣溪沙「壽汪茂盤隱即竹逸 戊午四月二十五日」
曹伯啓 遷司農丞 奉旨至江浙議鹽法 拜南臺治書侍御史 御史去位 在英宗立前 六十四歲
劉敏中卒年七十六 有中菴集二十五卷 本傳
中庵詩餘一卷 今劉文簡公集有中庵樂府二卷（見趙録者）
作心園春 送秀峯詞 樂府七頁
趙子昂 蜻蜓 ... 為南家教为四农桑图 外集 六十五歲
劉將孫 養吾齋集 卅 曾貢士梅所墓誌「後丙申又二十二年公子翁迹衣以狀請銘」為戊午年
劉將孫文可考年代者此篇爲後 或即卒于此时
蕭𣂏卒 七十八歲 陶

王年
戊午

1319 虞集 除翰林待制 兼國史院編修官
錢霖
張雨有木蘭花慢「己未十月十七日壽月溪真人」 ○卅六歲
貞居詞有歲月可考者此為最早
許有壬 除山北廉訪司經歷 本傳 卅三歲
歐陽玄 宋聚 題夫差廟 有菩薩蠻「送蔡廷西 掾還司 延祐己未 樂亭縣作」 玄一石詞有年月此最早
趙雍 正月書在 見石渠寶笈 卷三頁
劉壎卒 八十 見1240
李齊賢 卅三歲 從上王降香江南（年譜） 詞集擬
峨眉山 作鶴林寺天 鶴林寺作鶴林寺天 或此年作
詞集有十月北上 重陽虎丘寺 多景樓雪後諸詞 知為如此時年矣
趙子昂作為政 ... 外集 魏夫人腳氣疾
得旨還家 四月廿五 發大都 五月十日 行至臨清 卒于舟中 年五十八 與子雍護柩還吳興 子三人 亮 男 ... 女六人 外集 管氏墓誌
袁桷 序周權此山先生詩集 參1334
周以桷薦授館職

山艾年
己未

考夏詩朱竹垞曾見於金陵 抄延子居二卷の頁共三列

六工蜀水仙

1320 張炎卒？ 年約七十三歲 「珊瑚網

記張炎為陸輔之家傳鄉之作詞平

樂」後二十一載，至治月日，輔之致政

歸，則叔夏卿，皆下世矣」 引見江昱

山中白雲詞疏證四頁十三）此證不記為

至治幾年（然至治僅有三年（一三二一

二至一三二三）我們可以說張炎死時約當

延祐末年 亡 （胡）

有山中白雲詞 詞源 四印齋有 双白詞の （胡）

虞集自江南至京師……（渠在明年）

曹伯啟召拜山北廉訪使 [illegible]

士御史臺侍御史 有詔同列定大元通制

……除陝西廉訪使」 [illegible]

吳澄超陞翰林學士進階大中大夫 [illegible]

英宗即位」 七十の歲

[illegible]叢雪堂[illegible]曾刻東坡樂府[illegible]雲間[illegible]書堂

（即延祐末）原跋 見黃[illegible]記[illegible]

李齊賢卅の歲 七月知[illegible]冬

至元至黃土店向上王[illegible]不勝[illegible]詩三二兩

年後

七年

庚申

世子[illegible]卿 集十洲神賦跋 [illegible]

（至治元年）虞集以憂还江南（重至京師）　本傳「英宗即位，拜集為
相與趨用賢俊時，集以憂还江南，拜集不赴也。
乃言於上，遣使求之於蜀，不見，求之江西，又不見，集
方省墓吳中，使至，受命趨朝，則拜任不及見
矣」。（集四十九 / 三十歲）　按道園英宗即位在[illegible]一三
二一年三月
許有壬遷吏部主事（本傳）　卅五歲
臨川李長翁刻古山樂府（李序）。
括蒼周權衡之游京師，名公巨卿[illegible]
京師，以詩贄袁桷，桷深重之，薦為館
職，報罷」。按元史袁桷傳，桷以大德初為翰
林國史院檢閱官，……至治元年，遷侍講
學士，泰定初，辭歸」。權游京師當在泰定
前，不能確定為何年。　此山樂府有沁園春
「吳此山人，招邵白雲，又[illegible]，惱太華芳詩，
曾觀鍾[illegible]，[illegible]，祇憑飄零……」說
未得逢人眼，[illegible]白，東風吹我，[illegible]難青……
何步去借[illegible]年[illegible]，[illegible]理[illegible]，一洞仙引謝
歐陽學士借陳眾仲學士教遺訪」云「京[illegible]
許學[illegible]遂還借……」　水調歌頭「十載[illegible]風[illegible]
又[illegible]晚[illegible]多[illegible]
英宗至治元年　辛酉
1321

老，性悴不堪聞。」張伯雨（張雨）遺四月，歸枕北山雲」
游京當已年老。滿江紅「別毘陵二十載，一日北歸
瞬舟訪舊，[illegible]如晨星……」。百字謠「東坡昔日
守彭城，……作黃樓於城上。……予回自京師，訪黃樓
古[illegible]，[illegible]項籍[illegible]，[illegible]……」　清平樂「懷
古」云「[illegible]時[illegible]，[illegible]……」
自京歸道中作　又有念奴嬌「姑蘇臺懷古」
滿江紅「次韻[illegible]初[illegible]山」，不知何時作。
有此山集　見人名別錄
宋敏求有賀新郎「[illegible]初池亭聽雨軒，至治辛
酉[illegible]湖南」
李[illegible]出守[illegible]時，上[illegible]吐蕃，[illegible]結之地[illegible]
師[illegible]千里，先生[illegible]京師郎[illegible]　年譜
季道陸行直作碧梧蒼石圖[illegible]　清平樂序云「
保[illegible]海[illegible]……此友人[illegible]也，余不能記憶
於至治元年仲[illegible]廿四日，[illegible]碧梧蒼石圖，[illegible]
山（名陸留）西[illegible]士[illegible]此，[illegible]二十一載，今
[illegible]皆成故人，[illegible]如隔世……」
趙[illegible]作[illegible]圖[illegible]別[illegible]　[illegible]於王[illegible]
國[illegible]凡三十五首　[illegible]上
仇遠至治元年[illegible]　珊瑚木難[illegible]

1322 壬戌

作陆韶音序霞 似卯作词旨 与称……

姑苏陆辅之 行直 以翰林典籍致政归？ 善人 为名友 仁……

（珊瑚网 西中白乱跋记の页十二）作于至治元年……天居士……日 此无年

自题 在前后一年（不知是作词旨之陆辅之否）

作「碧梧苍石图」 猫情之追悼玉田 见

江上山中白云踪记七页九引

许有壬 谢江南行台监察御史 行部元贞东 ……

卅六岁 清平乐 ……「图……月井次阳碧」

山谷楼韵 木兰花慢「表宋住次阳碧山龙楼」

道」 摸鱼子「凤凰台次碧山龙楼韵」 满

江红「次阳碧山清溪」 清平乐「望此山间

钟山……」 皆无此年作？

陈樵 有清平乐「宴惠山 壬戌の月 十二月」 七十一岁

邵亨贞 十九岁 蚁术词选 如道文敏公书作者

「亨贞十有九年而公薨」

赵子昂卒 年谱二

闰五月十八日 力疾跋洛神赋 集十 附见立文松雪斋文集序 同

许有壬 召拜监察御史 英宗被弑 除御史中丞 本传 卅七岁

少重守庸等罢 继上正始十事

欧阳玄 贯公神道碑（圭斋集卷九）「至治三年秋

玄校书湘省，既罢后，出而徜徉湖山之间，

故人内翰贯公与玄周旋者半月」

贯公即小云石海涯 即贯云石。

陈旅 元西域人 新化考上

李齐贤 卅七岁 元议置行东省 指韩东比内地 先生

如元上书 只议遂寝 并上书元郎中及丞相拜住

请归上王环 拜住请于帝 ……手及思廉之地

先生往谒上王 踰陇涉洮 越……鬼蜮之境 ……

词集有过大散关作……此时

驹上

1316 满江红「……华阴作……」……

……山……词……

此时作

四月 元赐流国公死于汉西（释氏常稽佛祖通载）

元小怪大明 和西湖……词上数此年作

月二十日发京师 时上王在西番之後 长安道旅

晴 周王既娶顺帝母子 故……以国以 又顺帝

1324 又 三母乃萧氏 生顺帝（流国公之子）……

而殁，其中消息，可推而知（……林世……）……

书宋旧宫人诗词 如山彩稿 水云集後）

1324

泰定帝泰定元年　甲子

虞集为礼部考试官　除国子司业　迁秘书少监？　本传作「泰定初」又云「迁翰林直学士　仪兼国子祭酒」　五十三岁

许有壬为中书左司员外郎　本传　卅八岁

曹伯启引年北归？　本传作「泰定初」　七[illegible]十[illegible]岁

吴澄为经筵讲官　修英宗实录成　归卿　诏加资善大夫　本传　七十六岁

宋褧中进士　[illegible]天「题[illegible]山[illegible]城南波蛾[illegible]之东[illegible]法兴寺印二宋后本爱」注云「先是虞公至治辛酉状元　予则泰定甲子第三甲十二名」　按褧（本元有）与兄本俱见人名辞典　畿辅通志二一一引　元诗选　二甲宋本[illegible]

周德清作中原音韵

[illegible]后序「泰定甲子秋，予既作中原音韵并起例」（罗宗信[illegible]城[illegible]　代张[illegible]）

[illegible]书见四库

中原音韵起例：「[illegible]泰定甲子以后，尝写数十本散之江湖」[illegible]

贯云石卒　三十九　[illegible]年谱录二「西湖志余载[illegible]斋乐府诗被我瞒却十年　此寻成感言之也　今据元史」

、郑[illegible]南[illegible]诗话十二有「[illegible]云石[illegible]月楼[illegible]吟词[illegible]不知在何年

李齐贤卅八岁　加匡靖大夫密直司事　注、

王[illegible]年[illegible]岁

1324

吳澄集[illegible]附劉聞（炎午曾孫）〈先祖宜山公逸居士墓誌〉「泰定甲子卒，曾大父（炎午）守城失敗，病留力葬，致哀，水漿不入口者連日，見宋亡治命以宋國學生衣冠斂」此文有脫誤，然可見炎午卒年

卷十劉詵〈祭梅邊炎午文〉云「公年不躋於上壽」

炎午有一詞見宋遺民錄

1324

1325

張翥有〈水調歌頭〉「己丑初度呈崇閭丘月礀以自壽」起云「三十九年我，老色上[illegible]」

「吟[illegible]」

卅九歲

錢衎石曰[illegible]甲辰。

「乙丑初度」原作「己丑」，誤

劉將孫弟劉參編刻《養吾齋集》成 原序

乙丑

1326 泰定三年 丙寅

張雨有喜吉來門「泰定三年丙寅歲除在玉山舟中作」「張雨故宋崇國公九成曾孫也」六研齋隨筆（句曲外史集補遺引）

六月 許有壬陞右司郎中 俄移左司郎中 本傳

四十歲

陳文圭贈東甄楊送家鉉翁序「泰定三年丙寅余自建陽出和靖山野訪楊生桂於學，君玉野人一見如舊交……年富氣鋭，功業未可量。余老矣，惜不及見之」

陳垣 元西域人華化考上

八月 鄧文原序 張伯淳 養蒙先生文集 參1280

1327 丁卯

張雨有賀風陵「玉虛宗師十月二十八日誕丁卯九月因錦衣翊頭之佳瑞也」

許有壬丁父憂 本傳 四十一歲

薩天錫登進士第 二十歲 島田翰 訪餘錄 刻永和

官祭酒口號 孫附印人 干文傳 薩天錫逸詩序

1328 文宗天曆元年 戊辰

虞集《仇甚墓誌》「元一郡在吴越不得本傳作「待」……文宗……既即位」（左明年）

又十八歲

白珽卒八十一 見年譜錄二

吴郡陳深子微「生於宋，習舉子業，宋亡，篤志古學，閉門著書……天曆間，奎章閣臣以能書薦，潛遁不出，以終，別號寧極……」

李庭卒年七十三 畿輔通志二十。引稽古續[illegible]撰墓誌 宋史翼三分 引虞集[illegible]蘇州府志

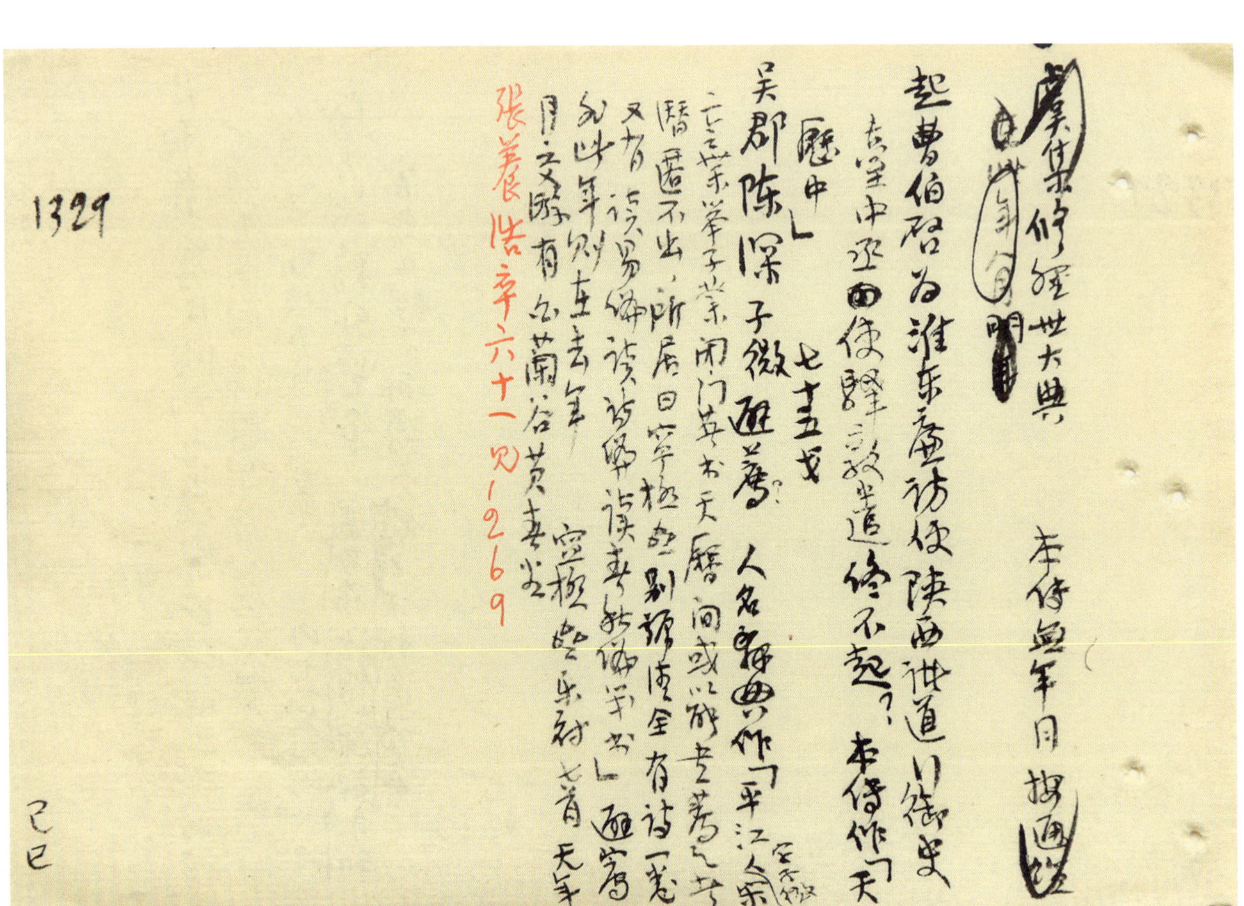

1329 己巳

虞集《經世大典》（此年有明）本傳無年月 據通鑑

起曹伯啓為淮東廉訪使陝西諸道行御史 本傳作「天臺中丞西使驛致遣，終不起」

歷中」

吴郡陳深子微 避薦 七十五歲

人名辭典作「平江人，宋亡，元文宗舉子業，閉門著書，天曆間或以能書薦之，其曆遁不出，所居曰寧極齋，別號清全，有詩一卷，又有讀易編、讀詩編、讀春秋編等書」 避薦

定此年則在去年

目文淵閣有蘭谷黃書 寧極齋樂府七首 天年

張養浩卒六十一 見1269

第七册

虞集修經世大典　時奎章閣學士不先　本
侍書年月通飭在此年　五十九歲
許有壬擢兩淮都轉運鹽司使　李仲の交
有菩薩蠻「寄中書從公」有云「鵬老樵悴
外詩序「淮海無多異，眾目今成雪……」□
（某年作）水龍吟「送伯庸由西臺從祀淮瀆回維
揚綴」結云「自顧疏庸……但酸儒不改，作
鹹元髭助和羹味」　當皆此年作
吳澄次子京為撫州教授　[illegible]　戊戌
邵復孺（亨貞）廿二歲
何夢桂潛山詞有摸魚兒「邵復孺賦梨雲彩繪讀作」　詞選紀年始於元統二年甲戌　王說誤
二首、賀新郎「和邵復孺自壽」一首。三詞邵氏蛻
巖詞不載，不知作於何年。王鵬運跋潛齋詞考定
邵生至大二年己酉。詞「詞選紀年」之始為後至元二
年己卯（疑擬當作五年）是年復孺三十有一，
自壽之詞，即作於二十內外，而此詞賀（夢桂）又弱
歲之第，是時亦年逾大耋矣。歐陽復孺亦
年至九十有二，何詞人多壽之多耶……」　蕤安
夢桂一二六五歲，復孺之年似亦二十歲左右　言於此年
左右，八十餘歲矣
1330　天曆三年　——一二四五
至順元年　庚午

邵亨貞蛾術集卷「寄功父以庚午歲太和老禪泊
雲西居宗寓燈夕知夕前嬉偶得見示求予追和屬摺三十餘
年……」詞紀此　廿二歲作　詞集甲子此最早
〔建安鄭天澤宗文書堂刻〕刻因郡修集，廿二卷補
遼二史紀傳志曰目陳壽　此按修作の

五三三

1331

二月 許有壬召參中書省，召未行，以丁母憂去 參看

四十五歲

六月 吳澄卒，年八十五 本傳

基學統二篇舉

有孝經章句學

草廬詞

辛未

1332

虞集謝病歸臨川（全明集）

六十一歲 鳴鶴餘音 蘇武慢第十首 本傳云「文宗崩」

云「六十歸來，今過七十」……

歐陽玄在燕京 有漁家傲「余讀歐公李太尉席上作十二月鼓子詞，……近年竊官於此，久客輦下，每欲倣此作十二闋，以道京師風物之富，四時節令之華，他日歸田，或可追憶間暇也。至順壬申二月，玄修大典既畢，經營南歸……莅編始刻勝，稍具成……」十二首

圭齋詞一卷 此十二首 六十歲

曹伯啓往撫長子震，卒于毗陵 本傳

七十四 八十

壬申

虞集有柳梢青「至顺癸酉立春宴有持出禅者此卷相视……」有云「從别幽花，玉堂金馬，十載忘叔……」

風入松「……為報先生歸也，杏花春雨江南」（誤在去年）

虞集謝病歸臨川（當亦此年作乎？此上為在朝稿」）

又燕感懷「十載燕山，十年江上……」

按集以一三三○重至燕京已十三年

歐陽玄改答太常禮儀院為拜翰林直學士修的實錄 本傳 六十一歲

許有壬復以參議召 本傳 六十七歲

有水龍吟「至順癸酉九日秋興亭……」有云「雙眸千里，茫茫宇宙，滔滔江漢」或在湖北時作

二月曹伯啟卒於毗陵 年七十九 有詩文十卷號漢泉漫稿續集三卷（本傳） 漢泉

定興王結 儀伯 累官翰林學士中書右丞 人稱 ……一歲

幼作「順帝初」又云「……從太史世重朴愛楼……」歷試宗仁宗……卒諡文忠……有易說詩文集」

王文忠公詩錄十三首無年月

1333 順帝元統元年 至順四年 癸酉

曹伯啟卒七十九 元人傳記資料索引 一○五八頁

吳澄卒 八十五歲 陶撰吳文正公年譜 吳表 生于淳祐七年丁未 卒于至順二年辛未

1334

許有壬拜治書侍御史　務奎章閣學士院侍書學士仍治書　九月拜中書參知政事　先經筵事　中書平章政事徹里帖木兒挾私憾奏罷進士科　有壬廷爭不能奪　遂稱疾在告　帝強起之　拜侍御史　本傳　四十八歲

陳櫟卒　年八十三　見1242　其所著書有書傳纂疏　禮記集義等書　本傳　定宇詩餘一卷

邵亨貞42歲　蘇天爵「甲戌清明雨中書事」詩「待絕清明閒舟曾留窗口」　廿六歲　→在湖北巴東縣（有之）

元統二年

甲戌

1334

周權此山先生詩集十卷　旧抄本

錢塘道王四莊　隔宋

延祐六年閏八月袁桷序　已入

元統二年八月歐陽玄序　稱周以袁桷薦預館職

元統二年九月揭傒斯序

又有文淵閣傳抄本

1335 至元元年 乙亥

許有壬滯彰德 本傳又云「已而南遊湘、衡、向
の十九首 集有摸魚子「雪洞夜郎連天樓和
劉光遠韻」、望月婆羅門引「雪花宴長沙班良
輔家時為湖南宣撫使」（當指班 許未為此官此）、臨江仙「璟
江華樓方吐而予來去沙，風雪十日，晴後大
霜有懷而作」、蹋莎行「贈相士 趙 云共
粉櫻芍胭脂山下，鼓門有客來相訪……」
太常引「武昌別墅」（此為此乃作）於是後數年
沁園春「用次班彥功韻」（二首）起云「孫寶鄰家，浪
走人間、能三十年。索教財才繇宦，在敢復……功
少保貧逕風月西清，冰雪梅花一點……間
閒氣近期思重陟 不鼓宦餘，且許……
追望碑亭孝孔渦陽 又飛上吳頭，第至船……」
薩天錫除閩憲幕，州了， 留閩之實第三年
（為田錫 見一三二七）
宋褧（至元初）照磨御史……任國子司業，占修宋遼金三史，授翰林直學士，兼經筵講官，
辛年五十九，四二十一」嘉補通志211引元 ……謚送

1336 至元二年 丙子

张翥羽在廣陵（冬） 有春從天上來「廣陵冬夜
與松雲子論五音二變十二調……是夕雨雪
蓋冬十又三夕也」 鵲橋仙「丙子歲五十」
追邊戲作」 五十歲
有沁園春「廣陵九日與劉士韓成之、王彥泛舟邗溝」、
水龍吟「廣陵送客次鄭世蘭玉賦夢花韻」、百字
令「蕪城晚望」、八聲甘州「揚州筆工沈生傳
上虞吳學士演漢沙求賦」、風入松「廣陵之夜病
中有感」、浣溪沙「廣陵席上賦別三首」（由中書）
都護 不知何年作 按本傳云「已而落拓淮
揚久之」，本傳皆數起處，當在一
三四〇年前 悅巖詞多湖上之作，按本傳
「留杭，又從仇遠先生學，遠於詩最有名，翥學
之盡得其音律之奧，於是翥以詩文知名一
時。已而落拓維揚，居久之」（留杭在前）
此蓋數年（查仇遠在杭年）
又按張翥曾客吳門，多贈妓懷妓之作，蓋
年時所做，當於留吳 作
張雨在杭結屋於黃閣，時方……幽 文元史二云
見成化杭州志引陳旅黃閣記 記又云雨「入

入華陽洞尋道士隱年⋯獨丈一巨石甲辰
墓⋯異遇俯視⋯步以西望⋯
兩馬騰就居諸⋯陵經武零⋯勘臺井元景
開門方井也

屋玉有桂枝香「兩子送李偉東歸」詞 夏見題
蓋玉有桂枝香「兩子送李偉東歸」詞 夏見題
義曹特補
共天游詞有宣寇䆪中席第一自稱
至元间问宣和古鏡，则两子甲申當此年，玉詞
怪此有甲子

許𫟷辛六十八 見一之七〇
迺址稼三十五十四 有言䆩歌功䇯譔
夢義生咸淳五己巳年二十九
萬壽字及元出本傳 此依陶搜幻雲叢所

1337
三年
丁丑

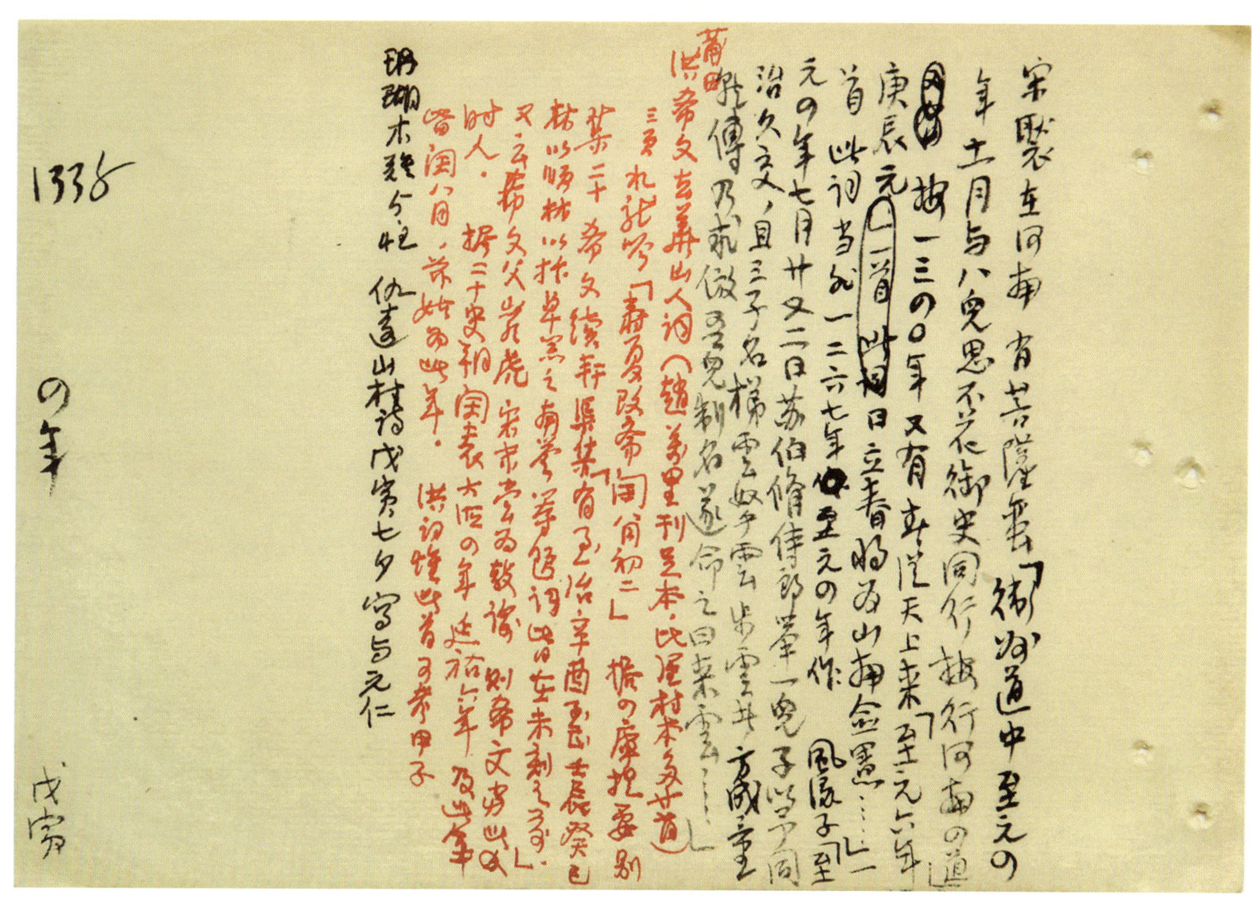

宋聚在同寓 首昔僕蛋「御溝道中至元の
年十一月与八兒思不花御史同行 披行同寓の道」
庚辰元 按一三〇〇年 又有「車從天上来 至元六年
首 此詞当於一二六七年 此同日立春昭為山寓念[illegible]……」一
元の年七月廿又二日 蘇伯脩侍郎第一兒子以[illegible]同
治久交ノ且三子名 [illegible]雲 [illegible]雲 步雲 并 乞歳童
[illegible]傳乃[illegible] 做吾兒制名義 命之曰[illegible]雲云……」

洪希文去華山人詞（續）萬里刊足本・比[illegible]村本多廿首
三月 九既望「[illegible]」 據の[illegible]
其二十 希文續軒集 [illegible]
[illegible]
又云希文父[illegible]
時人。 據二十史朔閏表 大[illegible]の年 [illegible]
[illegible] 洪詞[illegible]

[illegible] 仇遠山村[illegible] 戊寅七夕 寫与元仁

1338 の年

戊寅

1339

歐陽玄 拜翰林學士 希仔

虞集 被召至大都 虞伯生草詔 抄宋遺民録卷[illegible]

揭傒斯 [illegible]

此而在杭 与 陳雲嶠 柏 楊元誠 輩 同游

水樂洞 明日伯雨送至寓 詩[illegible]有首

付黄[illegible] 松[illegible] 赤腳[illegible]

兄楊瑀 山居新語 六頁

邵

邵亨貞 御詞[illegible] 年三十一

[illegible]除夕」「除日東風 三十二 又[illegible] 二毛侵[illegible]」 2.14 江城梅花引 己

卯 天樂「己卯春 寓樓雨中懷小谿 故人行樂」「相思[illegible]

有懷[illegible]」

李齊賢 五十三歳 二月 忠肅王薨 忠惠王親政 [illegible]

曹頔[illegible]

[illegible]

吳存 [illegible] 江西通志 一六一

[illegible] 松雪齋 集十卷外集一卷

附録一卷 見天祿琳琅後編 卷十一 [illegible]

[illegible]

三月朔[illegible] 作 松雪齋 集序 [illegible] 目 小注

[illegible]

至正[illegible]年 子昂已卒十七年

己卯

陳恕可正月廿八日卒年八十二 墓志

張翥以隱逸薦。 元史一八六本傳「至元末同郡傅巖起居中書，薦翥隱逸」 按元史一一二宰相年表二傅巖起以至元四年參知政事是年二月升右丞。 五十四歲

許有壬召入中書仍為參知政事 本傳 五十[illegible]歲

宋褧有壽天上來「至元六年庚辰元日立春將為山南僉憲，挾鄂王石城[illegible]作此詞寄許可用大參陳景讓憲副」 南鄉子「至元六年九月十四日李重山憲副壽日……」 摸魚子「至元六年二月望日與陸公雲樓之令為宗憲公廨，城中有楚大夫宋玉故宅與池，井名玉琉井，有蘭臺故基」 又有西江月「王伯循時別」云「……今日漢南官舍，光陰不日留連，何時文酒再團圓，莫待鬢頭斑白」 [illegible]點在此北時作 時代當不遠宋年始未共

聚累官翰林直學士卒謚文清 有燕石集一名寄人名翰曲 燕石近體樂府一卷 又有滿庭芳梁中宮食」陸陌「海子岸暮歸舊燕」 [illegible]「丹陽道中」虞美人「獨在北還雨中觀[illegible]」 蝶戀花「東[illegible]道「青田舟中」清平樂「武陵客舍……小李曉起」 行香子「梁中」浣溪沙「[illegible]城西」 踏莎行「早發山道中」「[illegible]城……」 點絳唇「沔陽道中」 滿庭芳「[illegible]陵道

1340 中」…… 六年 寒食

伤先兄臣擜公」注云「臣擜与予尝同寓汴中，起元宫一年
又尝客九江，值除夕……后同归京师赴举」 交游
有许可用（吉甫陆宰注◎与人从天上来题）刘时中（贺
新郎）等

卯之第2 八调「庚辰七夕……」 中吕风第一枝
「年来逆境驱驰，不知岁序之九日游赏……庚辰
秋至，与南金游，灯火酣……」 4之调「与来萧
白字气不减旧时……」亦此年四月作 又与从天上
来「次南金早来韵」是此年作
所经逆境」殆即明年角招序所谓「庚午至庚
辰首十载之间，六遭巨浸」也。 廿二要

陆文圭卒 八十五岁 贝一二五六

李齐贤 五十五岁 四月东归，屏迹不出 忠惠王复元年？
（年谱）

柳塘词话一「吾乡张仲举至正初学士」 古今词话下卷上
张翥 在燕城 有洞仙歌「辛巳岁客燕城
初度」有云「五十五年来，南北东西，自笑
萍踪久无定」
本传「至正初召为国子助教◎分教上都生」 其子年五十四
诗有壬辰中书左丞 本传 五十五岁
册用词人文传引西湖志馀：蜕岩词云「翥字仲举，晋
宁人，至元末以隐逸荐，至正初召为国子助教，
累官至翰林学士承旨，致仕加河南行省平章
政事，给全俸终身，有蜕岩词二卷，父为杭
州钞库副使，因家焉。」

张翥作题仇远山村隐居图诗？ 作「至正壬辰阳
赤奋若夏五之望」 何年待查证

自卯之第46 角招「故园旧有老梅两株，自庚午
至庚辰十载之间，六遭巨浸，每一存焉……辛巳正
月廿日曾云萧公以红芽一枝见予……」（下缺一
页，待借钞） 廿三要

罗信生 辛巳当是二十年子未 据年谱录三

归田诗话下：云雨淋漓传「张仲举，至正初为集贤学训
導，御史以学职视原膳，◎东[illegible]郡之出对云：多
冠盖膳，是日适用猪肉，仲举戏续云：郎肉作
美，御史闻之大怒，乘夜逃奔扬州，时扬州方
全国泉事，闻其名，以近政之，仲举遂死
即行以臣编录一首泉为诗。辛巳
至王元年

134

以俳笑之性緯今古一絕云「垂柳陰陰去掃翠
倚闌紅袖玉纖纖，先生撰碧長街上十里珠簾
下。」蓋此中皆失實，時有相士在座，曾曰：仲舉
瘦鶴形也，抑古日不然，此兩淋漓形兩灑，則沖
霄矣。後入大都，以仕貴顯，果如其言」
逃揚州錄卯年

張翥四月朔與揭傒斯同觀東坡席幾詩帖
見席幾原文蘇詩 本蘇州顧氏家道光間石韞玉刻

張翥題山村圖詩 見本年。有句「百年豈料堂堂見，兩
我今亦形容枯槁，霞綾空此楔木，月泉處處
無字無」，知山村卒已久，若在樓霞嶺
張伯雨之大父為宋陳淵，岩判張遠源，甫上見
翥詩注。皆由村石長隨筆卷六下
蛻岩詞下卷嘉蘭樓為山村仇先生壽」云「方寸地
七十四年春」。至少七十四歲

1342

至正二年

壬午

張翥退居淮東。 本傳「至正初召為國子助教，
尋退居淮東。會朝廷修遼金
宋三史，起為翰林國史院編修官」。修史在明
年，居淮東當在此年 五十六歲
許有壬以南臺監察御史未入，劾沙誣錄痛歸
本年傳 五十六歲
即亭貞集，擬古十首，序題「至正二年二月甲子」 卅八歲
李存卅明史五十六歲夏華樵為撰說 證

张翥起为翰林国史院编修官　五十七岁
「至正初，……会朝廷修辽　元史本伝
金宋三史，起为翰林国史院编修官」
按通鉴，托克托特称为达什，张起岩等
等修辽金宋三史在此年三月
虞集送子之官罗浮阻风雪，余年作苏武慢
七十首半　道园乐府鸣鹤余音序云
昭阳协洽之年当嘉平之月
蒲道源有次蒲引列「翠帚乱」中秋雨河中京
甲往卫弟」道源皇之中为国子博士
（人名辞典）癸未当年此年
八首止此，按年月　共闲居丛稿（人名辞典）顺帝初乐府卅
屠隆泰字　刊何士信增修笺注妙选草
堂诗余　见诸书彀词引书目
日本狩野直喜氏藏
李齐贤　五十七岁　十一月元使且及朵赤等执忠惠王
去　上书请赦　年谱
等从赤荒上后朵赤鬼下见仁郎吴郎且铃犊昌陵庶
书（书搜续诗の云　即洪武道正书万本之祖）
李五峰敏名　五十九岁　陈旅永　李公五峰行状「天子诏
丞相征起海内遗逸士の人材，贡一为永嘉郡李孝光！
此至正三年癸未，年五十有二月五也，於是公年九十
134 有九矣」（至正三年）　之癸未

张翥有题杨仙「予生丁亥岁戊子日，今
戊戌岁初度，亦戊子日，偶作」题云「生朝
戊子，今朝戊子，五十八年还是」。钱衎石曰
「……戊戌为七十二岁，与词中称五十八年不合，
疑戊戌为甲申之误，盖至正の年也」。据
村说岩叔词校记引
虞集集有舟中又得苏武慢二章　见鸣鹤余音　五十六岁
序　（无俗念一首）
许有壬　晚江湖制行省左丞　李侍　五十六岁
有和刘吟「甲申七月廿六日偕王居仁、王仲成小
酌洹堂」又次荅韵二首有云「拾饶要把心声
名烟蘩，文章杯隙」「半生人海风波旁
书力盘笼从文致，晚归来结楼，且图踪休，
敢把华簪……但有人来问，金銮宝话，
须答以醉……谁被本入沙洲了。
嘉兴吴镇仲圭　有碧泉子「题画潇湘
潇湘八景图」……嘉禾吴仲圭也，……润阁
图，绘以胜景八点……梯潇湘之题……至正
の年岁甲申冬十一月阳生日书于橡林旧
隐」　梅花道人词止此，按年月
1344 李齐贤　五十八岁　忠穆王即位，八岁。先生判三司
事，进封翊隆君，领孝思观，寻置书筵，以先生为师
就上书见通鉴至正の年　年谱　甲申

四年春五月得古帖三卷、既而五月又得七卷 集十 陶帖跋

李五峯 夏五月 至京師 授著作郎 六十歳

見行状

1345

五年

乙酉

當非一年内遷歷

張翥以翰林修遼金宋史、歷應奉、修撰、遷太常博士、陞禮儀院判官、又遷翰林直學士、侍講學士、以侍講兼祭酒。本傳云「史成」按通鑑遼金宋三史成於是年十月 五十九歳

高明登三甲進士 （查浙通志） 此據兩浙金石志攷

晚雨自书詩帖

右張雨陳第の卷の尾作「乙酉」

張雨「年二十、棄家遊天台括山偈正一之法……」七十六翔化 天台山全志八

搭舒儒學刻道園類稿五十卷 見柳志 該詞明

為中翁作陶帖跋 集十

為去年 陶

手莫孙之弟 黄孙生 見 1276